당시선 上

唐詩選

한중역대한시선 **2**

唐詩選 당시선 上

기태완 선역

보고사

머리말

당나라(618-907)는 근대 이전의 중국 역사상 대외적으로 가장 개방적 시기로서, 적극적으로 여러 이국의 문화를 받아들이고, 그것을 스스로 융화하여 여러 방면에 풍성한 문화유산을 남겼다. 그 중 시가(詩歌) 또한 유례없는 성대함을 이루어서, 당시(唐詩)는 중국 시가사(詩歌史)에서 최고의 정점에 이르렀던 시기로 평가된다. 이후 당시는 후대의 시가창작에 한 전범으로서 막대한 영향을 미쳤다.

한국 또한 당시와의 인연이 유구하다. 당나라 시인들이 신라의 사신, 빈공과 출신(崔致遠·金可紀 등), 승려(無著禪師 등) 등 여러 사람들에게 직접 지어준 시들이 적지 않게 남아있다. 어떤 신라의 재상은 당나라를 오가는 신라상인들에게 거금을 주고 백거이(白居易)의 시집을 구입하여 읽고서 그 시에 정통했다고 한다.

고려 최자(崔滋)의 『보한집(補閑集)』에 "문안공(文安公)이 일찍이 말하기를 '대개 우리나라의 제작(制作)은 고사(古事)를 인용할 때 문(文)에 있어서는 육경(六經)과 삼사(三史)이고, 시에 있어서는 『문선(文選)』·이백(李白)·두보(杜甫)·한유(韓愈)·유종원(柳宗元)인데, 이 이외의 여러 사람들의 문집은 근거로써 인용하기가 마땅하지 않다고 여긴다'고 했다"고 했다. 이처럼 고려 때에도 당시는 시가 창작에 있어서 중요한 전범이었다.

조선에서는 당시풍이 더욱 유행하였는데, 중국의 당시 선집들이 많이 수입되어 통행되었다. 신흠(申欽)의 『청창연담(晴窗軟談)』에 "당시를 뽑아놓은 것에는 『품휘(品彙)』·『당음(唐音)』·『전당시선(全唐詩選)』·『만수선(萬首選)』·『백가시(百家詩)』 등이 있는데, 『품휘』와 『당음』이 가장 정밀하다"고 했다. 물론 이들 외에도 많은 선집들이 읽혀졌고, 나아가 조선에서 간행된 독자적인 당시선집 또한 적지 않았다.

당시에 대한 이해는 다음의 글에서 그 대략을 엿볼 수 있다.

당나라 3백 년 동안의 시는 여러 체(體)가 갖추어졌다. 그래서 왕체(往體: 古體)·근체(近體)·장단편(長短篇)·오칠언(五七言)·율구(律句)·절구(絕句) 등의 제작(製作)이 처음에서 일어나서 중간에서 완성되고, 변화로 흘러가고, 끝으로 떨어지지 않음이 없다. 성률(聲律)과 흥상(興象), 문사(文詞)와 이치(理致)에 있어서는 각각 품격(品格)의 고하(高下)가 다름이 있다. 대략 말해본다면, 초당(初唐)·성당(盛唐)·중당(中唐)·만당(晚唐)의 같지 않음이 있다. 상세하게 분석해본다면, 정관(貞觀)·영휘(永徽) 때, 우(虞: 虞世南)·위(魏: 魏徵) 제공(諸公)은 약간 구습(舊習)을 떨쳐버렸고, 왕(王: 王勃)·양(楊: 楊炯)·노(盧: 盧照鄰)·낙(駱: 駱賓王)은 그로 인하여 미려(美麗)함을 가했고, 유희이(劉希夷)는 규유(閨帷)의 작품이 있고, 상관의(上官儀)는 완미(婉媚)한 체가 있었다. 이것이 초당에서 처음 제작한 것들이다. 신룡(神龍) 이후에서 개원(開元) 초까지는 진자앙(陳子昻)의 고풍(古風)의 아정(雅正)함, 이거산(李巨山: 李嶠)의 문장(文章)의 숙로(宿老)함, 심(沈: 沈佺期)·송(宋: 宋之問)의 신성(新聲), 소(蘇: 蘇頲)·장(張: 張說)의 대수필(大手筆)이 있었는데, 이것이 초당에서 점차 성대해진 것들이다. 개원(開元)·천보(天寶) 연간에는 이한림(李翰林: 李白)의 표일(飄逸)함, 두공부(杜工部: 杜甫)의 침울(沈鬱)함, 맹양양(孟襄陽: 孟浩然)의 청아(淸雅)함, 왕우승(王右丞: 王維)의 정치(精緻)함, 저광희(儲光羲)의 진솔(眞率)함, 왕창령(王昌齡)의 성준(聲俊)함, 고잠(高適)·잠삼(岑參)의 비장(悲壯)함, 이기(李頎)·상건(常建)의 초범(超凡)함이 있었는데, 이것이 성당에서 성대했던 것들이다. 대력(大曆)·정원(貞元) 중에는 위소주(韋蘇州: 韋應物)의 아담(雅淡)함, 유수주(劉隨州: 劉長卿)의

개광(開曠)함, 전랑(錢郎: 錢起)의 청담(淸瞻)함, 황보(皇甫: 皇甫冉)의 충수(沖秀)함, 진공서(秦公緒)의 산림(山林), 이종일(李從一)의 대각(臺閣)이 있었는데, 이것이 중당에서 다시 성대했던 것들이다. 아래로 원화(元和)에 이르면, 유우계(柳愚谿: 柳宗元)는 초연(超然)히 복고(復古)했고, 한창려(韓昌黎: 韓愈)는 그 사(詞)를 박대(博大)하게 했고, 장(張: 張籍)·왕(王: 王建)의 악부(樂府)는 그 고실(故實)을 얻었고, 원(元: 元稹)·백(白: 白居易)의 서사(序事)는 힘씀이 분명함에 있었고, 이하(李賀)·노동(盧仝)의 귀괴(鬼怪)함, 맹교(孟郊)·가도(賈島)의 기한(饑寒)이 있었는데, 이것이 만당(晚唐)의 변태(變態)들이다. 아래로 개성(開成) 이후까지는 두목지(杜牧之: 杜牧)의 호종(豪縱)함, 온비경(溫飛卿: 溫庭均)의 기려(綺麗)함, 이의산(李義山: 李商隱)의 은벽(隱僻)함, 허용회(許用晦: 許渾)의 대우(偶對)가 있었고, 그밖에 유창(劉滄)·마대(馬戴)·이빈(李頻)·이군옥(李羣玉)의 무리는 오히려 능히 기격(氣格)에 힘을 써서 시류(時流)로 나아갔는데, 이것이 만당에서 변태가 극에 이른 것들이지만, 유풍(遺風)과 여운(餘韻)이 오히려 남아있는 것들이다. 이들 모두는 명가(名家)로서 천장(擅場)하고, 당세(當世)에 치빙(馳騁)했는데, 혹은 재자(才子)로 불리고, 혹은 시호(詩豪)로 추대되고, 혹은 오언장성(五言長城)이라 불리고, 혹은 율시귀감(律詩龜鑑)으로 여겨지고, 혹은 시인관면(詩人冠冕)이라 불리고, 혹은 해내문종(海內文宗)으로 추존되었는데, 정(精)·추(麤)·사(邪)·정(正)·장(長)·단(短)·고(高)·하(下)에 있어서 동일하지 않음을 지니지 않음이 없다. 보는 자가 만약 궁정천미(窮精闡微)하고, 초신입화(超神入化)하고, 영롱투철(玲瓏透徹)하게 깨닫지 못한다면, 그 문(門)을 얻을 수 없고, 그 호오(壺奧)를 모을 수 없을 것이다. 지금 시험 삼아 수십 백 편의 시를 그 성명을 가리고 보여준다면, 배우는 자는 반드시 어떤 것이 초당이고, 어떤 것이 성당이고, 어떤 것이 중당이고, 어떤 것이 만당이고, 또 어떤 것이 왕(王: 왕발)·양(楊: 양형)·노(盧: 노조린)·낙(駱: 낙빈왕)이고, 또 어떤 것이 심(沈: 심전기)·송(宋: 송지문)이고, 또 어떤 것이 진습유(陳拾遺: 진자앙)이고, 또 어떤 것이 이(李: 이백)·두(杜: 두보)이고, 또 어떤 것이

맹(孟: 맹호연)이고, 저(儲: 저광희)이고, 이왕(二王: 왕창령과 왕유)이고, 고(高: 고적)・잠(岑: 잠삼)이고, 상(常: 상건)・유(劉: 유장경)・위(韋: 위 응물)・유(柳: 유종원)이고, 한(韓: 한유)・이(李: 이하)・장(張: 장적)・ 왕(王: 왕건)・원(元: 원진)・백(白: 백거이)・교(郊: 맹교)・도(島: 가도) 의 작품인지를 알아야만 한다. 제가(諸家)를 완전히 변별하고, 호망(毫芒) 까지 분석해야만 비로소 작자라고 할 것이다.

-고병(高棅)의 「당시품휘총서(唐詩品彙總叙)」 중에서-

위 명나라 고병의 글은 당시의 시기를 초당(初唐)・성당(盛唐)・중당 (中唐)・만당(晚唐)으로 나누는 사변설(四變說)을 취하고 있다. 사변설은 초당・성당・만당으로 나누는 삼변설(三變說)보다 훨씬 일반적이었는데, 그러나 같은 사변설이라도 역대에 걸쳐 사람에 따라 그 시기 나눔을 달 리했음을 감안해야 할 것이다. 아무튼 이 글에서 당시 명가들의 몇몇 면 면과 그들 시의 풍격을 대략 살펴볼 수 있다.

이 『당시선』 상하권은 시인 117가(家)의 시 556수를 선발하여 번역한 것이다. 각 작가에 대한 소전(小傳)과 작품에 대한 상세한 주석을 달았 고, 아울러 한국과 중국의 역대 평설(評說) 몇몇을 붙여서 작품 감상 및 이해에 이바지하고자 했다.

시의 배열은 시인별로 했으며, 그 배열은 대략 시대 순을 따랐는데 몇 몇 여류와 도사 및 승려시인들은 시대를 무시하고 맨 뒤에 붙였다. 그래 서 상권은 초당과 성당시인들이고, 하권은 중당과 만당과 여류・도사・ 승려시인들이다.

시의 선발은 역대의 여러 선시집을 참고했는데, 그중 몇몇 시는 작품 성에 관계없이 한국과의 관련성에 의거하여 선발했다. 각 판본에 따라 출입하는 글자는 『전당시』의 것을 기본으로 삼았다. 또한 번역은 직역을 원칙으로 했다.

이『당시선』은 보고사의 기획물 한중역대한시선(韓中歷代漢詩選) 중『한위육조시선(漢魏六朝詩選)』에 이은 두 번째 간행물이다.『송시선(宋詩選)』과『고려시선(高麗詩選)』도 조만간 간행될 예정이다.

부디 일반 독자들의 감상과 한시전공자들의 연구에 작은 도움이나마 되기를 바란다.

2008년 5월 정취재(情趣齋)에서 기태완

차 례

위징 魏徵

위징(580-643), 자는 현성(玄成). 거록(巨鹿: 하북성 거록현) 하곡양(下曲陽) 사람. 소관리(小官吏) 집안 출신으로 일찍이 부친을 여의고 한미했는데, 출가하여 도사(道士)가 되었다. 수(隋)나라 말에 이밀(李密)이 이끈 농민기의군(農民起義軍)에 참가하였고, 나중에 당(唐)나라에 투항하여 태종(太宗)을 보좌하였다. 관직은 좌공록대부(左光祿大夫)에 이르고, 정국공(鄭國公)에 봉해졌다. 당나라 초에 많은 정치적 업적을 남긴 명신(名臣)으로서, 이른바 당태종의 정관지치(貞觀之治)를 보좌한 중요한 인물이었다.

『당시기사(唐詩紀事)』에 "위징의 자는 원성(元成)이고, 위주(魏州)사람인데, 태종을 보필하여 태평을 이루었다. 천하가 이미 통치되자, 황제가 무공(武功)을 좋아할까 근심하여, 일찍이 시를 짓기를 '마침내 숙손통(叔孫通)의 예(禮)에 적(籍)을 둔다면, 비로소 황제의 존귀함을 알리라'라고 했다. 황제가 '위징의 말은 나를 예(禮)로써 단속하지 않음이 없다'고 했다. 위징이 죽자, 황제가 시를 짓기를 '망망(望望)한 정이 얼마나 지극한가? 줄줄 눈물이 공연히 흐르네. 지난날의 사람을 볼 수 없는데, 향기로

운 봄을 누구와 함께 보낼 건가?라고 했다"고 했다. 『전당시(全唐詩)』에
시집 1권이 남아있다.

회포를 진술하다 述懷[1]

中原初逐鹿[2]	중원에서 처음 사슴을 쫓던 날
投筆事戎軒[3]	붓을 던지고 융헌을 받들었네
縱橫計不就[4]	종횡의 계책을 이루지 못하였으나
慷慨志猶存	강개한 뜻은 여전히 남아있네
杖策謁天子[5]	말채찍을 잡고 천자를 알현하고
驅馬出關門[6]	말 달려 관문을 나섰네
請纓繫南粤[7]	갓 끈을 청하여 남월왕을 묶어오고
憑軾下東藩[8]	수레를 타고 동번을 항복시키려네
鬱紆陟高岫[9]	구불구불한 높은 산을 올라
出沒望平原	출몰하는 평원을 바라보았네
古木鳴寒鳥	고목엔 추운 까마귀들이 우짖고
空山啼夜猿	빈산엔 밤 원숭이들이 울부짖네
既傷千里目[10]	이미 천리의 시야에 상심하고
還驚九逝魂[11]	다시 아홉 번 떠나간 혼백에 놀라네
豈不憚艱險	어찌 험난함을 꺼려서랴?
深懷國士恩[12]	국사로 대우하는 은혜를 깊이 품었으니
季布無二諾[13]	계포에겐 두 번의 응낙이 없고
侯嬴重一言[14]	후영에겐 한 마디가 무겁네
人生感意氣	인생은 의기에 감개해야지
功名誰復論	공명을 누가 다시 논하랴!

주석 ～

1) 述懷(술회): 자신의 회포를 진술함. 제목이 〈출관(出關)〉으로 되어 있는 판본
   도 있음.

2) 中原(중원): 황하(黃河)의 남북 일대 지역. 중국(中國)을 가리킴. 逐鹿(축록):
   정권을 다투는 것. 『史記·淮陰侯列傳』: "秦失其鹿, 天下共逐之"

3) 投筆(투필): 붓을 내던짐. 동한(東漢) 반초(班超)는 젊었을 때 문자를 베끼는
   소리(小吏)였는데, 하루는 붓을 내던지며 탄식하기를 "대장부가 다른 지략(志
   略)이 없다면, 오히려 마땅히 부개자(傅介子)나 장건(張騫)이 이역에서 공을
   세워 봉후(封侯)를 취한 것을 본받아야지 어찌 오랫동안 필연(筆硯)이나 섬
   길 수 있겠는가!'라고 하였음. 후에 그는 서역(西域)에서 공을 세워 정원후
   (定遠侯)가 되었음. 事戎軒(사융헌): 정벌전쟁에 종사함. 융헌(戎軒)은 전거
   (戰車).

4) 縱橫計(종횡계): '합종연횡(合縱連橫)'의 계책. 즉 천하의 패권을 잡을 계책을
   말함. 不就(불취): 불성(不成).

5) 杖策(장책): 말채찍을 잡음. 天子(천자): 당(唐)나라 고조(高祖) 이연(李淵)을
   말함.

6) 關(관): 동관(潼關)을 말함.

7) 한무제(漢武帝) 때 종군(從軍)이 황제에게 자청하기를 "긴 갓끈을 주시기를
   청하오니, 반드시 대궐 아래에 남월왕(南越王)을 묶어다가 놓겠습니다"라고
   하였음.

8) 憑軾(빙식): 식(軾)은 수레 앞턱의 가로대. 빙식은 수레를 탄다는 의미임. 下
   (하): 항복시키다. 東藩(동번): 동쪽의 속국(屬國). 한고조(漢高祖)의 모사(謀
   士) 역이기(酈食其)가 제(齊)나라로 사신으로 갈 것을 자청하여 제왕(齊王)
   전횡(田橫)에게 항복할 것을 설득하여 동번(東藩)이 되도록 하였음. 『史記·
   酈生陸賈列傳』: "酈生伏軾, 下齊七十餘城"

9) 鬱紆(울우): 산길이 구불구불 험악함. 高岫(고수): 높은 산봉우리.

10) 千里目(천리목): 『楚辭·招魂』: "目極千里兮傷春心, 魂歸來兮哀江南"

11) 九逝魂(구서혼): 『楚辭·抽思』: "惟郢路之遙遠兮, 魂一夕而九逝"

12) 國士(국사): 한 나라의 걸출한 인재(人才).

13) 季布(계포): 서한(西漢) 초의 인물. 신의를 중시한 인물로 관중(關中)에서 유명함. 『史記·季布列傳』: "得黃金百斤, 不如得季布一諾"

14) 侯嬴(후영): 전국시대 위(魏)나라 사람으로 신릉군(信陵君)의 문객이었음. 진(秦)나라가 조(趙)나라를 침공하자, 위왕(魏王)의 병부(兵符)를 훔쳐서 위군(魏軍)을 출병시켜 신릉군을 구하게 하고, 자신은 병부를 훔친 기밀을 지키기 위해 자결하여 신릉군이 지우(知遇)해준 은혜에 보답하였음.

평설

• 조선 신흠(申欽)의 『청창연담(晴窓軟談)』에 "위현성(魏玄成)은 이밀(李密)에게 종사했는데, 천하를 도모할 뜻이 있었으니 적적(寂寂)한 사람이 아니다. 그의 〈술회〉시에 '中原初逐鹿 …… 功名誰復論'이라고 했는데, 이는 곧 처음 당나라 고조를 알현했을 때 지은 것으로서, 그 뜻이 있는 바를 볼 수 있다"고 했다.

• 명나라 능굉헌(凌宏憲)의 『당시광선(唐詩廣選)』에 "장춘보(莊春甫)가 '기어(起語)의 들쭉날쭉함이 남의 정돈됨보다 낫다'고 했다"고 했다.

• 명나라 육시옹(陸時雍)의 『당시경(唐詩鏡)』에 "정정(挺挺)히 열사(烈士)의 풍(風)이 있다. '古木鳴寒鳥, 空山啼夜猿'은 초당(初唐)의 일등(一等) 격력(格力)이다'라고 했다.

• 명나라 주정(周珽)의 『당시선맥회통평림(唐詩選脈會通評林)』에 "고화수려(高華秀麗)함이 멀리 육조(六朝)를 능가하는데, 참으로 붉은 놀이 하늘을 반쯤 가린 듯하다"고 했다.

• 청나라 심덕잠(沈德潛)의 『당시별재(唐詩別裁)』에 "기골(氣骨)이 고고

23

(高古)하여 종전의 섬려(纖麗)한 습성을 변화시켰다. 성당(盛唐)의 품격
(品格)은 여기에서 발원했다"고 했다.

참고 〰

● 당태종(唐太宗)의 〈望送魏徵葬〉: "閶闔揚金鞍, 上林移玉輦. 野郊愴新別,
  河橋非舊餞. 慘日映峯沉, 愁雲隨盖轉. 哀笳時斷續, 悲旌乍舒卷. 望望情
  何極? 浪浪淚空泫. 無復昔時人, 芳春共誰遺"

우세남 虞世南

우세남(558-638), 자는 백시(伯施), 월주(越州) 여도(餘姚: 절강성 여도)
사람. 문장이 완욕(婉縟)하여 복야(僕射) 서릉(徐陵)에게서 칭찬을 받았
다. 수(隋)나라에서 비서랑(秘書郎)을 지냈다. 당(唐)나라에서 진왕부참
군(秦王府參軍)을 지내고, 태자중서사인(太子中書舍人)이 되었다. 태종
(太宗) 때 홍문관학사(弘文館學士)와 비서감(秘書監)을 지냈다. 태종이
그를 칭찬하여 덕행·충직·박학·문사(文詞)·서한(書翰) 등 오절(五
絶)이 있다고 했다.『전당시』에 시집 1권이 있다.

매미 蟬

垂綏飮淸露[1]	긴 주둥이 드리워 맑은 이슬을 마시고
流響出疎桐	흐르는 소리가 성긴 오동나무에서 나오네
居高聲自遠	높은 곳에 있어서 소리가 절로 멀리 가니
非是藉秋風	가을바람을 빌려서가 아니라네

주석 ○◇

1) 綏(유): 매미의 긴 주둥이.

평설 ○◇

• 명(明)나라 종성(鍾惺)·담원춘(譚元春)의 『당시귀(唐詩歸)』에 "낙승(駱丞: 駱賓王)의 '淸畏人知'의 말과 더불어 각자 매미의 덕을 잘 말했다"라고 했다.

• 『당시별재』에 "명의(命意)가 스스로 높다. 매미를 읊는 자는 항상 그 소리를 읊는데, 이것은 유독 그 품격을 높였다"고 했다.

• 청(淸)나라 시보화(施補華)의 『현용설시(峴傭說詩)』에 "『삼백편(三百篇: 詩經)』은 비흥(比興)을 많이 했는데, 당인(唐人)이 오히려 이런 뜻을 얻었다. 〈영선(詠蟬)〉과 동일하다. 우세남의 '居高聲自遠, 端不藉秋風'은 청화인(淸華人)의 말이고, 낙빈왕(駱賓王)의 '露重飛難進, 風多響易沈'은 환난인(患難人)의 말이고, 이상은(李商隱)의 '本以高難飽, 徒勞恨費聲'은 뇌소인(牢騷人)의 말이다. 비흥이 같지 않음이 이와 같다"고 했다.

왕적 王績

왕적(590-644), 자는 무공(武功), 호는 동고자(東皐子), 강주(絳州) 용문
(龍門: 산서성 河津) 사람. 형 왕통(王通)은 수나라 말의 명유(名儒)로서
호는 문중자(文中子)이다. 왕적은 수나라 대업(大業) 말에 효제염결거
(孝悌廉潔擧)에 합격하여 비서정자(秘書正字)가 되었으나, 조정에 있는
것이 뜻에 맞지 않아서, 나가서 양주육합현승(揚州六合顯丞)이 되었다.
성품이 간오(簡傲)하고 지나치게 술을 좋아함으로 인하여 탄핵을 받고
관직을 떠났다. 고조(高祖) 무덕(武德) 중에 대조문하성(待詔門下省)으
로 불렸다. 정관(貞觀) 중에 족질(足疾)로 인하여 물러나서 은거했다.
명나라 양신(楊愼)의 『승암시화(升庵詩話)』에 "왕무공은 수나라에서 당나
라로 들어갔는데, 은절(隱節)이 본래 높고, 시율(詩律) 또한 성대했다. 대
개 왕발(王勃)·양형(楊炯)·노조린(盧照鄰)·낙빈왕(駱賓王)의 남상(濫
觴)이고, 진자앙(陳子昂)·심전기(沈佺期)·두심언(杜審言)·송지문(宋之
問)의 선편(先鞭)인데, 그것을 아는 사람이 드물다"고 했다.

들에서 바라보다 野望

東皐薄暮望	동쪽 언덕 석양에 바라보니
徙倚欲何依	옮겨 살려는데 어디에 의지해야 하나?
樹樹皆秋色	나무마다 모두 가을색이고
山山唯落暉	산마다 다만 지는 햇살이네
牧人驅犢返	목동은 송아지를 몰고 돌아오고
獵馬帶禽歸	사냥 말은 새를 달고 돌아가네
相顧無相識	서로 보아도 아는 이가 없는데
長歌懷采薇[1]	긴 노래 〈채미가〉를 생각하네

주석

1) 采薇(채미): 〈채미가(采薇歌)〉. 『사기(史記)·백이열전(伯夷列傳)』에 "(주(周)나라 무왕(武王)이 은(殷)나라를 멸망시키자) 백이와 숙제(叔齊)가 그것을 수치스럽게 여기고, 의리로써 주나라 곡식을 먹지 않고, 수양산(首陽山)에 은거하여 고사를 캐서 먹었다. 굶주려 죽게 되자, 노래를 짓기를 '登彼西山兮, 采其薇矣, 以暴易暴兮, 不知其非矣, 神農·虞·夏忽焉沒兮, 我安適歸矣, 于嗟徂兮, 命之衰矣'라고 했다"고 했음.

평설

● 『당시직해』에 "천(淺)하지만 박(薄)하지는 않다"고 했다.

● 명나라 이반룡(李攀龍)·원굉도(袁宏道)의 『당시훈해(唐詩訓解)』에 "기구(起句)는 곧 파제(破題)이다. '秋色'은 제목의 부족함을 보완하고, 또한 결의(結意)를 내었다. '落暉'는 '薄暮'에 응했는데, 또한 '返'과 '歸' 2구를

내었다"고 했다.

- 청나라 황생(黃生)의 『당시구(唐詩矩)』에 "앞에는 야망(野望)의 경(景)을 그려냈고, 결처(結處)는 비로소 자신의 뜻을 드러냈다. 3·4구는 시대가 쇠만(衰晚)에 당했음을 비유했는데, 이는 천지가 닫히고, 현인(賢人)이 은거할 상(象)이다. 그래서 '채미'에 회포를 붙인 것이다. 대개 백이(伯夷)와 숙제(叔齊)의 뜻을 추종하려는 것이다. 그러나 함축이 깊어서 한 가닥 실올도 드러내지 않아서, 결법(結法)이 심후하다. 이 일결(一結)을 얻어서 곧 당인(唐人)의 정과(正果)에 올랐으니, 다시 진(陳)나라 수(隋)나라의 소승선(小乘禪)이 아니다"라고 했다.

상관의 上官儀

상관의(?-664), 자는 유소(游韶), 섬서(陝西) 섬(陝: 하남성 섬현) 사람.
정관(貞觀) 초에 진사에 합격하여 홍문관직학사(弘文館直學士)가 되고,
비서랑(秘書郞)을 지냈다. 고종(高宗) 때 비서소감(秘書少監)이 되었고,
용삭(龍朔) 2년에 은청광록대부(銀靑光祿大夫)·서대시랑(西臺侍郞)·동
동서대삼품(同東西臺三品)에 올랐다. 인덕(麟德) 원년에 양왕충(梁王忠)
의 사건에 연좌되어 옥사했다.

상관의는 오언시에 뛰어났는데, 기려완미(綺麗婉媚)함을 근본으로 삼았
다. 당시 사람들이 본받으면서 '상관체(上官體)'라고 불렀다. 그는 '육대
(六對)' 및 '팔대(八對)'의 설을 창조하여 일정 정도 율시의 정착에 기여
한 바 있다.

입조하며 낙수의 제방에서 달빛을 밟다 入朝洛堤步月

脈脈廣川流[1]	끊임없이 넓은 강물이 흘러가고
驅馬歷長洲[2]	말을 달려 긴 강섬을 지나가네
鵲飛山月曙	까치가 날자 산달이 밝아오고
蟬噪野風秋	매미 울고 들바람 부는 가을이네

주석 ᢗᢨ

1) 脈脈(맥맥): 끊임없이 이어지는 모양.

2) 洲(주): 사람이 거주하는 강물 가운데의 섬.

평설 ᢗᢨ

- 명나라 호진형(胡震亨)의 『당음계첨(唐音癸籤)』에 "상관의의 '鵲飛山月曙, 蟬噪野風秋'는 솔이(率爾)하게 풍치어(風致語)를 냈는데 아름다울 뿐이다. 장설(張說)의 '雁飛江月冷, 猿嘯野風秋'는 그것을 유의하여 배운 듯한데, 어느 것이 아름다움을 얻었는가? 구공(歐公: 歐陽修)이 힘써 온 비경(溫飛卿: 溫庭均)의 경련(警聯)을 본받았으나, 미치지 못한 것은 또한 이것과 같다.

- 청나라 송고악(宋顧樂)의 『당인만수절구선평(唐人萬首絶句選評)』에 "경어(景語)가 신채(神采)인데, 왕유(王維)와 배적(裵迪)의 위에 있다. 사경(寫景)이 침착(沈着)하고, 격조(格調) 또한 옹용(雍容)하고 만족스럽다"고 했다.

노조린 盧照鄰 ❀

노조린(637-689?), 자는 승지(昇之), 유주(幽州) 범양(范陽: 지금의 河北省 涿縣) 사람. 처음 등왕부전첨(鄧王府典籤)을 제수받고, 나중에 신도위(新都尉)로 옮겼으나 풍질(風疾)에 걸려 관직을 떠나 태백산(太白山)에 은거했다. 단약을 복용하고 중독되어 병이 더욱 악화되자, 양적현(陽翟縣) 자산(茨山) 아래로 옮겨 살았다. 평생 뜻을 얻지 못했는데, 〈오비문(五悲文)〉을 지어 심회를 나타냈다. 병이 오래되자 끝내 고통을 참지 못하고 영수(潁水)에 투신자살하였다.

노조린은 왕발(王勃)·양형(楊炯)·낙빈왕(駱賓王) 등과 함께 문장으로서 뛰어났던 초당사걸(初唐四傑) 중의 한 사람으로서 육조(六朝) 이래의 부염(浮艶)한 시풍을 일정정도 변혁시켰다고 평가된다. 『전당시』에 시집 2권이 있다.

장안고의 長安古意[1]

長安大道連狹斜[2]	장안의 큰 도로는 골목들과 연결되어
靑牛白馬七香車[3]	푸른 소 흰 말이 끄는 칠향거와
玉輦縱橫過主第[4]	옥련이 종횡으로 공주의 저택을 방문하고
金鞭絡繹向侯家[5]	금편이 연이어 왕후의 집을 향하네
龍銜寶蓋承朝日[6]	용이 보개를 머금어 아침 해를 받들고
鳳吐流蘇帶晩霞[7]	봉황이 유소를 토하여 저녁놀을 띠고 있네
百丈遊絲爭繞樹[8]	길게 날리는 거미줄은 다투어 나무를 두르고
一群嬌鳥共啼花	한 무리의 예쁜 새들은 함께 꽃 속에서 노래하네
啼花戲蝶千門側	꽃 속의 노래와 노는 나비들은 천문 옆에 있고
碧樹銀臺萬種色	푸른 숲 속 은대는 만 종류의 채색이네
複道交窓作合歡[9]	복도의 격자창은 합환꽃을 만들고
雙闕連甍垂鳳翼[10]	쌍궐에 이어진 용마루는 봉황 날개를 드리웠네
梁家畵閣天中起[11]	양가의 화각은 하늘로 솟아났고
漢帝金莖雲外直[12]	한나라 황제의 금경은 구름 밖에 세워졌네
樓前相望不相知	누대 앞에서 보는 이는 벗일 필요 없고
陌上相逢詎相識	길에서 상봉한 이가 어찌 아는 사람들이랴?
借問吹簫向紫煙[13]	물어보자 소 소리가 붉은 구름을 향했는지?
曾經學舞度芳年	일찍이 춤을 배우노라 꽃다운 나이를 지냈네
得成比目何辭死[14]	비목을 이룬다면 어찌 죽음을 사양하랴?
願作鴛鴦不羡仙[15]	원앙이 되고 싶고 신선을 선망하지 않네
比目鴛鴦眞可羡	비목과 원앙이 참으로 선망할 만하니
雙去雙來君不見	쌍으로 가고 쌍으로 옴을 그대 보지 못했는가?

生憎帳額繡孤鸞　　　장막 처마에 수놓은 외로운 난새를 미워하고

好取門簾帖雙燕　　　문의 발에 붙여놓은 쌍 제비를 좋게 취하네

雙燕雙飛繞畫梁　　　쌍 제비가 쌍으로 날며 화려한 대들보를 돌고

羅幃翠被鬱金香16)　　비단 휘장 비취 의복엔 울금향이 나네

片片行雲著蟬鬢17)　　조각조각 흘러가는 구름은 선빈에 드러나고

纖纖初月上鴉黃18)　　작고 작은 초생달은 아황색에 올랐네

鴉黃粉白車中出　　　아황과 흰 분단장의 미녀들이 수레에서 나와

含嬌含態情非一　　　교태를 머금고 정태가 하나가 아니네

妖童寶馬鐵連錢19)　　아리따운 가동의 보마는 철청색 문양이 있고

娼婦盤龍金屈膝20)　　창부는 반룡 모양 금굴치로 꾸몄네

御史府中烏夜啼21)　　어사부 안에는 까마귀가 밤에 울고

廷尉門前雀欲栖22)　　정위문 앞에는 참새가 깃들려 하네

隱隱朱城臨玉道23)　　은은한 주성은 옥도에 임하고

遙遙翠幰沒金堤24)　　아득한 취헌은 금제로 사라졌네

挾彈飛鷹杜陵北25)　　두릉 북쪽에서 탄환 끼고 매를 날리고

探丸借客渭橋西26)　　위교 서쪽에서 탄환을 찾아 복수를 하고

俱邀俠客芙蓉劍27)　　모두 협객의 부용검을 맞이하여

共宿娼家桃李蹊　　　함께 창가의 복사꽃 오얏꽃의 길에서 머무네

娼家日暮紫羅裙　　　창가에 날 저물면 붉은 비단 치마의 미녀들

清歌一囀口氛氳28)　　맑은 노래 한 곡조에 입에서 향내 넘치고

北堂夜夜人如月29)　　북당엔 밤마다 달님 같은 사람들

南陌朝朝騎似雲　　　남쪽 길엔 아침마다 기마가 운집하네

南陌北堂連北里30)　　남쪽 길과 북당은 북쪽 마을과 이어지고

五劇三條控三市[31]　　　오극 삼로의 대로가 삼시에 이어지네

嫋柳靑槐拂地垂　　　여린 버들과 푸른 홰나무 땅에 닿게 늘어지고

佳氣紅塵暗天起　　　좋은 기운의 붉은 먼지 하늘을 어둡게 일어나고

漢代金吾千騎來[32]　　　한나라 때의 금오 천 기마가 오니

翡翠屠蘇鸚鵡杯[33]　　　비취빛 도소주가 앵무배에 있고

羅襦寶帶爲君解[34]　　　비단 적삼 허리띠를 그대를 위해 풀고

燕歌趙舞爲君開[35]　　　연가와 조무를 그대를 위해 펼치네

別有豪華稱將相　　　특별한 호화로움을 지니고 장상이라 칭하며

轉日回天不相讓[36]　　　해와 하늘을 되돌림을 서로 양보하지 않네

意氣由來排灌夫[37]　　　의기의 유래는 관부를 배척한 것이었고

專權判不容蕭相[38]　　　전권은 결코 소상을 용납하지 않았네

專權意氣本豪雄　　　전권과 의기는 본래 호웅인데

靑虯紫燕坐春風[39]　　　청규와 자연이 봄바람에 앉아있네

自言歌舞長千載　　　가무는 천년 동안 장구하다고 스스로 말하고

自謂驕奢凌五公[40]　　　사치는 오공을 능가한다고 스스로 말하네

節物風光不相待　　　계절 경물의 풍광은 서로 기다려주지 않고

桑田碧海須臾改　　　상전벽해는 순식간에 변하네

昔時金階白玉堂[41]　　　옛날의 금계 백옥당에는

卽今唯見靑松在[42]　　　지금은 다만 푸른 소나무만 있음을 보고

寂寂寥寥揚子居[43]　　　적적하고 쓸쓸한 양자의 거처엔

年年歲歲一牀書　　　해마다 한 상 위의 책뿐이네

獨有南山桂花發[44]　　　다만 남산의 계수꽃이 피어서

飛來飛去襲人裾　　　날려 오고 날려 가며 사람의 옷에 향기 끼치네

주석 ﹀

1) 古意(고의): 옛일에 의탁하여 지금을 읊은 의고(擬古)의 작품.

2) 狹斜(협사): 작은 길.

3) 七香車(칠향거): 7가지 종류의 향목(香木)으로 만든 호화로운 귀부인용 수레.

4) 玉輦(옥련): 황제가 타는 수레. 호화로운 수레의 범칭. 主第(주제): 공주(公主)의 호화로운 저택.

5) 金鞭(금편): 호화롭게 장식한 말채찍. 絡繹(낙역): 끊임없이 이어짐. 侯家(후가): 왕후(王侯)의 집.

6) 龍銜寶蓋(용함보개): 보개(寶蓋)는 옥련(玉輦) 위의 화려한 거개(車蓋). 그 자루를 용 모양으로 만들어 마치 거개를 머금고 있는 듯하여 '용함보개'라고 하였음.

7) 鳳吐流蘇(봉토유소): 오채(五彩)의 새 깃이나 비단 등으로 만든 이삭모양의 장식. 수레휘장에 수놓은 봉황이 마치 늘어뜨린 유소를 토하고 있는 듯하여 '봉토유소'라고 하였음.

8) 遊絲(유사): 거미와 같은 곤충 등이 토해놓은 실. 일종의 거미줄 등을 말함.

9) 複道(복도): 각도(閣道). 누대 사이의 공중통로. 그 아래에 길이 있기 때문에 복도라고 함. 交窗(교창): 격자창. 合歡(합환): 자귀나무. 격자창 위에 새겨진 장식을 말함.

10) 雙闕(쌍궐): 황궁(皇宮) 문 앞의 좌우 문루(門樓). 한(漢)나라 미앙궁(未央宮)에 동궐(東闕)과 북궐(北闕)이 있었음.

11) 梁家(양가): 동한(東漢) 순제(順帝) 때의 외척 양기(梁冀). 畵閣(화각): 화려한 누각. 양기는 사치가 심하여 화려하게 저택을 꾸몄다고 함.

12) 金莖(금경): 한무제(漢武帝)가 건장궁(建章宮)에 세웠던 21장(丈) 높이의 구리기둥. 이것으로 승로반(承露盤)을 받들게 하였음.

13) 吹簫(취소): 소사(蕭史)가 소(簫)를 잘 불어서, 진목공(秦穆公)이 딸 농옥(弄玉)을 처로 삼게 하였는데, 어느 날 두 사람은 봉황을 타고 날아갔다는 고사를 취한 것임. 紫煙(자연): 붉은 상서로운 구름.

14) 比目(비목): 비목어(比目魚), 즉 가자미. 눈이 한쪽으로 몰려 있어 항상 두 마리가 짝을 이루어 움직인다고 함. 반려(伴侶)를 비유함.

15) 鴛鴦(원앙): 암수가 항상 함께 다닌다고 하여 남녀의 애정을 비유함.

16) 翠被(취피): 비취새의 깃털로 짠 피복. 혹은 비취새의 문양을 수놓은 피복. 비취새는 물총새. 鬱金香(울금향): 생광과의 향초(香草)의 일종. 의복 등의 향료로 사용함.

17) 蟬鬢(선빈): 옛 여인의 머리 스타일의 일종. 위문제(魏文帝)의 궁녀 막경수(莫瓊樹)가 매미 날개처럼 하늘거리는 머리모양을 꾸며서 선빈이라 불렀다고 함.

18) 鴉黃(아황): 엷은 황색. 육조 및 당나라 때 부녀자들이 이마에 황색 화장을 했는데 이를 '액황(額黃)'이라 하였음.

19) 妖童(요동): 권문세도가의 요야(妖冶)하게 꾸민 가동(歌童). 寶馬鐵連錢(보마철연전): 보마(寶馬)는 화려하게 꾸민 말. 철연전(鐵連錢)은 철청색(鐵青色)에 둥근 동전 모양의 문양이 있는 것.

20) 娼婦(창부): 무녀(舞女). 盤龍金屈膝(반룡금굴슬): 서려 있는 용 모양의 황금 굴슬. 굴슬은 굴술(屈戌)이라고도 하며, 병풍이나 창문 등에 사용하는 경첩.

21) 御使(어사): 시어사(侍御史). 烏棲啼(오서제):『한서(漢書)·주박전(朱博傳)』에서 장안(長安) 어사부 안의 측백나무 위에 항상 수천 마리의 새떼가 서식한다고 했음.

22) 廷尉(정위): 사법관(司法官).『사기(史記)·급암열전(汲黯列傳)』에서 적공(翟公)이 정위가 되었을 때는 문전에 빈객이 넘쳤는데 파직한 후에는 문 앞에서 그물로 참새를 잡을 만했다고 했음.

23) 朱城(주성): 궁성(宮城). 玉道(옥도): 도로가 평탄하고 깨끗한 것.

24) 翠幰(취헌): 푸른 깃으로 장식한 수레휘장. 金堤(금제): 견고하고 아름다운 석제(石堤).

25) 挾彈飛鷹(협탄비응): 탄궁(彈弓)을 끼고 매를 날려 사냥함. 杜陵(두릉): 한(漢)나라 선제(宣帝)의 능묘. 장안 동남쪽에 있음. 귀족자제들의 유락처(遊樂處)였음.

26) 探丸借客(탐환차객): 유협(遊俠)이 사람을 죽여 원수를 갚아주는 것. 『漢書・酷吏傳・尹賞』: "長安中姦猾浸多, 閭里少年群輩殺吏, 受賕報仇, 相與探丸爲彈, 得赤丸者斫武吏, 得黑丸者斫文吏, 白者主治喪" 渭橋(위교): 장안 서북쪽 위수(渭水) 위의 다리.

27) 芙蓉劍(부용검): 보검의 이름.

28) 氛氳(분온): 열렬한 방향(芳香)의 기운.

29) 北堂(북당): 창가(娼家)의 내실.

30) 北里(북리): 창기(娼妓)들이 모여 사는 평강리(平康里). 장안의 북문 안에 있었음.

31) 五劇三條(오극삼조): 오거리의 교차로와 삼거리 길. 三市(삼시): 하루에 세 번 서는 시장.

32) 金吾(금오): 집금오(執金吾). 경성(京城)의 방위(防衛)를 담당하였음.

33) 屠蘇(도소): 도소주(屠蘇酒). 약주(藥酒)의 이름. 鸚鵡杯(앵무배): 앵무새 모양의 술잔.

34) 襦(유): 단의(短衣).

35) 燕歌趙舞(연가조무): 전국시대 연(燕)나라와 조(趙)나라는 가무가 성행하였음. 미묘한 가무의 범칭.

36) 轉日回天(전일회천): 권세가 막강함을 말함.

37) 灌夫(관부): 한(漢)나라 무제(武帝) 때의 사람. 성품이 강개하여, 술에 취하면 꺼리는 것이 없었는데, 승상(丞相) 전분(田蚡)에게 불경죄를 지어 탄핵을 받고 처형되었음.

38) 蕭相(소상): 한(漢)나라 원제(元帝) 때의 전장군(前將軍) 소망지(蕭望之). 황제에게 환관 석현(石顯)을 신임하지 말라고 간하였다가, 나중에 석현에게 모함을 받아 자살하였음.

39) 靑虬紫燕(청규자연): 청규와 자연은 모두 준마(駿馬)의 이름.

40) 五公(오공): 한(漢)나라 때의 장탕(張湯)・두주(杜周)・소망지(蕭望之)・풍봉세(馮奉世)・사단(史丹) 등 권귀(權貴)들.

41) 金階白玉堂(금계백옥당): 호화로운 저택을 말함.

42) 靑松(청송): 분묘(墳墓)를 말함. 옛 사람들은 묘지에 소나무 등을 심었음.

43) 揚子(양자): 서한(西漢) 말의 양웅(揚雄). 성제(成帝)·애제(哀帝)·평제(平帝) 때 관직에 있으면서 전혀 승진하지 못하였음. 나중에 천록각교서(天祿閣校書)로 있으면서 문을 닫고 저술만 하였음. 작자의 한미한 신세를 양웅에게 비유하였음.

44) 南山(남산): 장안성 남쪽의 종남산(終南山).

평설 ⟿

● 명(明)나라 호응린(胡應麟)의 『시수(詩藪)』에 "노조린의 〈고의(古意)〉와 낙빈왕의 〈제경(帝京)〉은 사조(詞藻)가 풍부하기 때문에 마땅히 쉽게 이른다. 그러나 반드시 그 본색을 찾아야만 아름답게 된다"고 했다.

● 『당시경』에 "단려(端麗)하여 풍화(風華)가 부족하지 않다. 마땅히 낙빈왕의 〈제경편(帝京篇)〉의 위에 있다"고 했다.

● 명(明)나라 당여순(唐汝詢)의 『당시해(唐詩解)』에 "이 편은 대우(對偶)는 비록 공교롭지만 골력(骨力)이 굳세지 못하여 끝내 육조(六朝)의 잔재(殘滓)이고, 초당(初唐)의 건필(健筆)이 아니다"라고 했다.

석질문 3수 釋疾文三首

1

歲將暮兮歡不再　　세월은 저물어 가는데 즐거움은 다시는 없고
時已晚兮憂來多　　때는 이미 늦었는데 근심이 오는 것이 많네

東郊絶此麒麟筆[1]　동교에서 이 기린필을 꺾고

西山秘此鳳凰柯[2]　서산에 이 봉황가를 비장하네

死去死去今如此　죽어가고 죽어감이 지금 이와 같은데

生兮生兮奈汝何　생명이여! 생명이여! 너를 어찌하리?

주석 ⌒

1) 東郊(동교): 서주(西周) 때 그 동도(東都) 왕성(王城) 동쪽 교외를 지칭했던
   말. 주나라가 상(商)을 멸망시킨 후 그 은(殷)지역의 백성들을 이곳으로 옮겼
   다. 麒麟筆(기린필): 인각필(麟角筆). 진(晉)나라 왕가(王嘉)의 『습유기(拾遺
   記)·진시사(晉時事)』에 "인각필(麟角筆)을 하사했는데, 인각(麟角)으로 필관
   (筆管)을 만든 것이다. 이는 요서국(遙西國)에서 헌상한 것이다"라고 했다.

2) 西山(서산): 수양산(首陽山). 지금의 산서성 영제현(永濟縣) 남쪽. 전설에 백
   이(伯夷)와 숙제(叔齊)가 이곳에서 은거했다고 함. 柯(가): 붓의 자루를 말함.

2

歲去憂來兮東流水　세월 가고 근심이 옴이 동으로 흐르는 강물 같고

地久天長兮人共死　천지는 영원하지만 사람은 모두가 죽네

明鏡羞窺兮向十年　밝은 거울을 부끄럽게 살핀 것이 십년이 되는데

駿馬停驅兮幾千里　준마가 내달림을 멈춘 것이 몇 천리던가?

麟兮鳳兮　기린이여! 봉황이여!

自古呑恨無已　예로부터 한을 삼킨 것이 끝이 없구나!

3

茨山有薇兮潁水有漪[1]	자산엔 고사리가 있고 영수엔 물결이 있네
夷爲柏兮秋有實	백이는 측백나무가 되어 가을에 열매 열고
叔爲柳兮春向飛	숙제는 버드나무가 되어 봄에 꽃을 날리네
倐爾而笑	잠깐 웃고는
泛滄浪兮不歸[2]	창랑에 배 띄우고 돌아오지 않네

주석 ॰ゐ

1) 茨山(자산): 양적현(陽翟縣)에 있는 작자의 은거지. 潁水(영수): 하남성 등봉
   현(登封縣) 서쪽 영곡(潁谷)에서 발원하여 회수(淮水)로 흘러들어가는 물 이
   름. 전설 속의 허유(許由)가 은거했던 곳임. 노조린은 질병의 고통을 이기지
   못하고 영수에 투신하여 자살했음.
2) 멱라수(汨羅水)에 투신하여 자살한 굴원(屈原)를 말함.

평설 ॰ゐ

● 『구당서(舊唐書)·문원전(文苑傳)』에 "노조린은 질병이 더욱 위독해지
  자, 양적현(陽翟縣) 구자산(具茨山)으로 옮겨가서 살았는데, 〈석질문〉과
  〈오비(五悲)〉 등을 지어서 암송했다. 자못 소인(騷人)의 풍지(風旨)가 있
  어서, 몹시 문사들에게 중시를 받았다"고 했다.

낙빈왕 駱賓王

낙빈왕(640?-684?), 무주(婺州) 의오(義烏: 지금의 浙江省 義烏縣) 사람. 7세에 글을 지었고, 오언시에 더욱 뛰어났음. 일찍이 지은 〈제경편(帝京篇)〉은 당시에 절창(絶唱)으로 여겨졌다. 처음 도왕(道王) 이원경(李元慶)의 속관(屬官)이었다가 무공(武功) 및 장안주부(長安主簿)를 지냄. 무후(武后) 때 시어사(侍御史)가 되어 여러 번 상소를 올려 일을 논하였다가 임해승(臨海丞)으로 좌천되어 앙앙(怏怏)히 실지(失志)하여 관직을 버리고 떠났다. 서경업(徐敬業)이 군사를 일으켜 무후를 공격할 때 낙빈왕을 부속(府屬)으로 삼았는데, 서경업을 위해 〈격무조(檄武曌)〉을 지어 무후의 죄상을 밝혔다. 무후가 그것을 읽어보고 두리번거리며 탄식하며 "재상(宰相)은 어찌 이런 사람을 잃었던가?"라고 했다. 서경업의 군사가 패한 후, 낙빈왕은 망명(亡命)하여 종적을 감추었다.

감옥에서 매미를 읊다 在獄詠蟬[1] 병서 幷序

내가 갇혀 있는 감옥의 담 서쪽은 법조(法曹)의 청사(廳事)이다. 늙은 홰나무 여러 그루가 있는데, 비록 살려는 의지는 알 수 있으나, 은중문(殷仲文)의 늙은 나무와 같고, 송사를 듣기를 여기서 하니 곧 주(周)나라 소백(召伯)의 감당(甘棠)나무와 같다. 매번 석양빛의 낮은 그늘이 이르면, 가을매미 소리가 끊겼다 이어졌다 하는데, 내는 소리가 깊고 나직하여 듣는데 절절함이 있었다. 아마 사람의 마음이 지난날과 달라서 벌레소리마저 전에 들었던 것보다도 더 슬픈 것인가? 아! 소리는 표정을 움직이게 하고, 덕은 어짊을 상징하는데, 그래서 그 몸을 정결하게 함은 군자와 달인의 높은 행실을 본받았고, 그 껍질을 벗음은 선도(仙都)에서 우화(羽化)한 신령한 자태를 지녔다. 때를 기다려 와서 음양의 수(數)에 따르고, 절기에 응하여 변화하며 은퇴와 쓰임의 기미를 살핀다. 지닌 눈을 뜨고서 도(道)가 혼미하다고 하여 그 보는 것을 어둡게 하지 않고, 지닌 날개는 절로 얇아서 세속이 후하게 한다고 해서 그 참됨을 바꾸지 않는다. 높은 나무의 미풍에서 읊조리니 소리가 자연스럽고, 한가을의 떨어지는 이슬을 마시니 맑음을 남이 알까 두렵다. 나는 길을 잃고 어려움에 처하고, 때를 잘못 만나 죄수의 몸이 되었다. 애상(哀傷)해 하지 않으나 스스로 원망스럽고, 흔들려 떨어지지 않았어도 먼저 쇠약해졌다. 쓰르라미의 흐르는 울음소리를 듣고, 상소(上訴)가 이미 올려졌음을 깨닫고, 사마귀가 그림자를 포착함을 보고, 위기가 편안치 못함을 겁낸다. 감개하여 시를 지어 여러 벗들에게 보낸다. 부디 정(情)이 사물을 따라 응하여, 약한 날개가 나부껴 떨어짐을 슬퍼해 주고, 남들이 알도록 알려서 남은 울음소리의 적막함을 불쌍히 여겨주었으면 한다. 문묵(文墨)으로서가 아니고, 깊은 근심을 대신 취했을 뿐이다.

(余禁所禁垣西, 是法廳事也. 有古槐數株焉, 雖生意可知, 同殷仲文之古樹,
而聽訟斯在, 卽周召伯之甘棠. 每至夕照低陰, 秋蟬疎引, 發聲幽息, 有切嘗
聞; 豈人心異於曩時, 將蟲響悲於前聽? 嗟乎! 聲以動容, 德以象賢, 故潔其
身也, 稟君子達人之高行; 蛻其皮也, 有仙都羽化之靈姿. 候時而來, 順陰陽
之數; 應節爲變, 審藏用之機. 有目斯開, 不以道昏而昧其視; 有翼自薄, 不
以俗厚而易其眞. 吟喬樹之微風, 韻資天縱; 飮高秋之墜露, 淸畏人知. 僕失
路艱虞, 遭時徽纆, 不哀傷而自怨, 未搖落而先衰. 聞蟪蛄之流聲, 悟平反之
已奏; 見螳螂之抱影, 怯危機之未安. 感而綴詩, 貽諸知己. 庶情沿物應, 哀
弱羽之飄零; 道寄人知, 憫餘聲之寂寞. 非謂文墨, 取代幽憂云爾.)

西陸蟬聲唱[2]	가을날 매미가 소리 내어 우니
南冠客思侵[3]	남관 쓴 죄수는 향수에 젖네
那堪玄鬢影[4]	어찌 감당하랴 검은 머리의 그림자가
來對白頭吟	백발머리의 읊조림을 와서 대함을
露重飛難進	이슬 무거워 날아가기 어렵고
風多響易沉	바람이 많아 소리가 쉽게 잠기네
無人信高潔	고결함을 믿어줄 사람도 없는데
誰爲表予心	누가 내 마음을 표명해 줄 건가?

주석

1) 낙빈왕이 시어사(侍御史)로 있을 때 여러 번 상소하여 시사를 논하다가 무후
(武后)에게 죄를 얻어 옥에 갇히었는데, 옥중에서 매미소리를 듣고 매미를 자
신에게 비유하여 지은 시임.

2) 西陸(서륙): 가을을 말함. 『隋書・天文志』: "日循黃道東行……行東陸謂之春,

行南陸謂之夏, 行西陸謂之秋, 行北陸謂之冬"

3) **南冠客**(남관객): 죄수를 말함. 남관은 초(楚)나라 모자. 초(楚)나라 종의(鍾儀)가 진(晉)나라의 옥에 갇히어 있을 때 남관을 쓰고 있었음.

4) **玄鬢**(현빈): 검은 머리. 여기서는 매미를 가리킴. 고대 여인들의 머리모양에 매미날개처럼 꾸민 것이 있는데, 이를 선빈(蟬鬢)이라 하였음.

평설 ⟨~

● 『당시경』에 "대가(大家)의 말이다. 대략 의상(意象)은 깊은데 물태(物態)는 얕다"고 했다.

● 『당시귀』에 "信高潔' 세 글자는 삼정(森挺)하여 스스로 아래가 되려고 하지 않는다"라고 했다.

역수에서 사람을 전송하다 易水送人[1]

此地別燕丹[2]	이 땅은 연태자 단을 이별한 곳!
壯士髮衝冠	장사들 머리털이 솟구쳐 모자를 찔렀었네
昔時人已沒	그 옛날의 사람은 이미 죽었건만
今日水猶寒	오늘도 강물은 여전히 차갑네

주석 ⟨~

1) **易水**(역수): 하북성 서부를 흐르는 강. 역현(易縣) 경내에서 발원하여 남쪽으로 거마하(拒馬河)로 흘러들어감.

2) 燕丹(연단): 전국시대 연(燕)나라 태자 단(丹). 진(秦)나라에 인질로 있다가, 진왕(秦王) 정(政)이 푸대접을 하므로, 원한을 품고 연나라로 도망쳐 와서 복수를 꾀했음. 형가(荊軻)를 극진히 대접하여 진왕을 암살하게 하였음. 『전국책(戰國策)·연삼(燕三)』에 "태자와 그 일을 알고 있는 빈객들은 모두 흰 의관 차림으로 형가를 전송하여 역수가에 이르렀다. 이미 제사를 마친 형가는 고점리(高漸離)가 치는 축(筑)에 맞추어 노래하고 있었는데, 변치(變徵)소리로 불렀다. 인사들 모두가 눈물을 흘리면서 울었다. 또 앞으로 나아가서 노래하기를 '바람 소소히 부는데 역수는 차갑고, 장사가 한 번 떠나가면 다시 돌아오지 못하리라(風蕭蕭兮易水寒, 壯士一去兮不復還)'라 했다. 다시 우성(羽聲)으로 부르니, 그 소리가 강개하여 인사들은 모두 눈을 부릅뜨고 머리털이 곧추서서 모자를 찔렀다. 이에 형가는 수레를 타고 떠나갔는데 끝내 뒤를 돌아보지 않았다"고 했다.

왕발 王勃

왕발(649-676), 자는 자안(子安), 강주(絳州) 용문(龍門: 지금의 山西省 河津縣) 사람. 14세에 유소과(幽素科)에 합격하여 조산랑(朝散郎)이 되었다. 패왕(沛王) 이현(李賢)이 그 명성을 듣고 불러다 수찬(修撰)으로 삼았다. 당시 여러 왕들이 투계(鬪鷄)를 좋아했는데, 왕발은 패왕을 위해 희롱삼아 〈격영왕계문(檄英王鷄文)〉을 지었다가 고종(高宗)의 분노를 사서 관직에서 쫓겨났다. 나중에 다시 괵주참군(虢州參軍)이 되었는데, 얼마 후 관노를 죽인 죄를 범하여 사형에 처해질 뻔했으나 사면을 받고 파직되었다. 이 사건으로 인하여 그의 부친 왕복치(王福峙)는 옹주사호참군(雍州司戶參軍)에서 교지령(交趾令)으로 좌천되었다. 왕발은 교지로 부친을 뵈러가는 도중 남해(南海)를 건너다 물에 빠졌는데, 이 일로 병이 들어 죽었다. 이때의 나이가 겨우 28세였다.

왕발은 초당사걸 중의 한 사람으로서 시와 문에 모두 뛰어났다. 『전당시』에 시집 2권이 있다.

두소부가 촉주로 부임해 가는 것을 전송하다 送杜少府之任
蜀州[1]

城闕輔三秦[2]	성궐은 삼진 지역을 보좌로 삼았는데
風煙望五津[3]	풍연 속에 다섯 나루를 바라보네
與君離別意	그대와 이별하는 마음
同是宦遊人[4]	함께 벼슬살이로 떠도는 사람이네
海內存知己[5]	해내에 지기가 있어서
天涯若比隣	천애가 이웃과 같으니
無爲在岐路[6]	갈림길에 서서
兒女共霑巾	아녀자처럼 함께 눈물로 수건을 적시지 맙시다

주석 ☙

1) 『전당시(全唐詩)』에는 제목에 '송(送)' 자가 없음. 『문원영화(文苑英華)』에 의
거 '송' 자를 넣었음. 杜少府(두소부): 왕발의 벗인데 생평(生平)은 알 수 없
음. 소부(少府)는 현위(縣尉)의 별칭. 촉주(蜀州)는 촉천(蜀川)으로 된 판본도
있음.

2) 城闕(성궐): 경성(京城) 장안(長安)을 가리킴. 三秦(삼진): 지금의 섬서성(陝
西省) 관중(關中) 지역. 옛날 진(秦)나라 지역으로 항우(項羽)가 진나라를 멸
망시킨 후 옹(雍)·새(塞)·적(翟) 등 3개 왕국으로 분할하여 다스리게 하였
음. 그래서 삼진이라 했음.

3) 五津(오진): 장강(長江)에 있는 유명한 다섯 나루인 백화진(白華津)·만리진
(萬里津)·강수진(江首津)·섭두진(涉頭津)·강남진(江南津).

4) 宦遊人(환유인): 고향을 떠나 타향에서 벼슬살이 하는 사람.

5) 海內(해내): 국내(國內).

6) 岐路(기로): 갈림길.

평설 ᘓ

- 조선 이수광(李睟光)의 『지봉유설(芝峰類說)』에 "왕자안의 시에 '海內存知己, 天涯若比隣'이라고 했는데, '비(比)'는 거성(去聲)으로 지었다"고 했다.

- 『당시경』에 "이는 고조(高調)이다. 읽어보아도 그 높음을 깨닫지 못하는 것은 기(氣)가 두텁기 때문이다"라고 했다.

- 『당시귀』에 "이 같은 작품은 그 기(氣)의 완벽함을 취해야 부서지지 않는데, 참으로 율(律)이 완성된 시초이다. 그 공졸은 본래 논할 필요가 없지만, 시문에는 창(創)이 있고 수(修)가 있다. 이 일파(一派)에만 의지할 수는 없지만, 다시 변화를 구할 수 없다"고 했다.

- 『시수』에 "당나라 초의 오언율시에 있어서 오직 왕발의 '送送多窮路'와 '城闕輔三秦' 등의 작품만이 종편(終篇)에 경물(景物)을 붙이지 않았는데, 흥상(興象)이 완연(婉然)하고 기골(氣骨)이 창연(蒼然)하다. 실로 성당과 중당의 묘경(妙境)을 먼저 연 것이다"라고 했다.

- 『당시선맥회통평림』에 "색상연화(色相鉛華)에 떨어지지 않아서, 시가 마침내 기골(奇骨)로써 승(勝)하게 되었다"고 했다.

등왕각 滕王閣[1]

滕王高閣臨江渚	등왕의 높은 누대 강가에 임했는데
珮玉鳴鸞罷歌舞[2]	패옥과 수레방울소리 속에 가무가 파했네
畫棟朝飛南浦雲[3]	화려한 용마루엔 남포의 구름이 아침에 날리고
珠簾暮捲西山雨[4]	주렴엔 서산의 비가 저녁에 걷히네
閒雲潭影日悠悠	한가한 구름과 못 그림자는 매일 유유한데
物換星移幾度秋	사물 바뀌고 별자리 옮겨져 몇 세월이 지났던가?
閣中帝子今何在[5]	등왕각 안의 제자는 지금 어디에 있는가?
檻外長江空自流[6]	난간 밖 긴 강만 공연히 절로 흘러가네

주석

1) 滕王閣(등왕각): 당(唐)나라 고조(高祖) 이연(李淵)의 아들 등왕(滕王) 이원영(李元嬰)이 홍주(洪州: 지금의 江西省 南昌市) 도독(都督)으로 있을 때 건축하였음. 그 옛터는 지금의 강서성 신건현(新建縣) 서쪽 장강(章江) 입구 위에 있는데, 아래로 공강(灨江)에 임하였음.

2) 珮玉(패옥): 옛사람들이 허리띠에 매단 옥 장식. 걸어갈 때 맑은 소리가 남. 鳴鸞(명란): 난새를 새긴 수레의 방울.

3) 畫棟(화동): 채색 그림으로 장식한 화려한 용마루. 南浦(남포): 강서성 남창(南昌市) 서남쪽에 있는 나루 이름.

4) 西山(서산): 일명 남창산(南昌山). 남창시 서북쪽에 있음.

5) 帝子(제자): 황제의 아들, 즉 등왕.

6) 長江(장강): 공강(灨江)을 말함.

평설 ⏎

- 『시수』에 "왕발의 〈등왕각〉과 위만(衛萬)의 〈오궁원(吳宮怨)〉은 스스로 초당의 가행(歌行)인데, 완려화평(婉麗和平)함을 지극히 사법(師法)으로 삼을 만하여 중당과 성당에서 계승하여 지은 것이 자못 많다. 다만 8구를 장(章)으로 삼고, 평측(平仄)이 상반(相半)이고, 궤철(軌轍)의 일정(一定)함에서 추호도 벗어나지 않아서 거의 가행 가운데서 율체(律體)에 가깝다"고 했다.

- 『당시경』에 "3·4구는 고형(高迥)하고, 실경(實境)이 자연스러운데, 어치(語致)를 초월하지 않았다. 문(文)은 비록 4운(韻)이지만 기(氣)는 족히 장편(長篇)이 된다"고 했다.

- 『당시선맥회통평림』에 "주경(周敬)이 말하기를 '차련(次聯)이 수영(秀穎)하고 결어(結語)가 심치(深致)하여, 법력(法力)이 적적(的的)히 쌍절(雙絶)이다'고 했다"라고 했다.

- 『당시평선(唐詩評選)』에 "유리(溜利)와 웅건(雄健)은 둘 다 겸하기 어려운 것인데, 이를 겸했다. '珮玉鳴鸞' 4글자는 무거운 것으로써 가벼움을 얻었다"고 했다.

- 『사우시전록(師友詩傳錄)』에 "소형(蕭亭)이 답하기를 '단편(短篇)일 경우는, 말이 짧으므로 기(氣)가 길어지려고 하고, 소리가 급하므로 뜻이 여유가 있으려고 하는데, 이것을 얻어서 지어야 한다. 단편 가운데 왕자안(王子安)의 〈등왕각〉이 가장 법도가 있다'고 했다.

산중 山中

長江悲已滯	장강에서 오래 체류함을 슬퍼하며
萬里念將歸	만 리에서 돌아가기를 생각하네
況屬高風晚	하물며 높은 바람 부는 저무는 시절에
山山黃葉飛	산마다 누런 잎 날림에랴!

평설 ᴄᴏ

• 『당인만수절구선평』에 "흥(興)을 붙임이 고원(高遠)하고, 정(情)과 경(景)이 모두 충분하다"고 했다.

양형 楊炯

양형(650-693?), 화양(華陽: 지금의 섬서성 華陽縣) 사람. 고종(高宗) 영융(永融) 2년(681)에 숭문관학사(崇文館學士)가 되어 첨사사직(詹事司直)으로 옮겼다. 후에 조신(朝臣)을 기롱하였다가 재주사법참군(梓州司法參軍)으로 좌천되었고, 다시 영천현령(盈川縣令)으로 옮겨서 재직 중에 죽었다.

양형은 초당사걸의 한 사람으로서 산문에 뛰어나고 시는 많지 않다. 그러나 제·량(齊·梁) 이래의 궁체시(宮體詩)에서 벗어나 웅건격양(雄建激揚)한 여러 편의 변새시(邊塞詩)를 남겨 성당(盛唐) 변새시파의 선구가 되었다. 『영천집(盈川集)』이 있다.

호응린의 『시수』에서 "영천(盈川)의 근체(近體)는 비록 신준(神俊)함이 왕발(王勃)에게 뒤지지만, 정연혼융(整然渾融)하게 그 체재(體裁)를 다하여 실로 정시(正始)가 된다. 그러나 장가(長歌)는 끝내 크게 뛰어나지 못했다"고 했다.

53

종군행 從軍行[1]

烽火照西京[2]	봉화가 서경을 비추니
心中自不平	심중이 스스로 편안하지 않네
牙璋辭鳳闕[3]	아장이 봉궐을 떠나고
鐵騎繞龍城[4]	철기가 용성을 포위하네
雪暗凋旗畵	눈발은 어두워 깃발그림이 조락하고
風多雜鼓聲	바람이 세차서 북소리가 섞이네
寧爲百夫長[5]	차라리 백부장이 되는 것이
勝作一書生	일개 서생이 되는 것보다도 나으리라

주석 ⟋~

1) 從軍行(종군행): 악부(樂府) 〈상화가(相和歌) · 평조곡(平調曲)〉의 옛 제목.
 대체로 군대생활의 내용이 많음.

2) 西京(서경): 장안(長安).

3) 牙璋(아장): 군대의 동원에 사용하는 병부(兵符). 鳳闕(봉궐): 한(漢)나라 건
 장궁(建章宮) 동쪽에 봉궐이 있었음. 여기서는 황성(皇城)을 지칭함.

4) 鐵騎(철기): 무장하여 굳센 기병. 龍城(용성): 한(漢)나라 때 흉노(匈奴)가 대
 규모로 모여서 하늘에 제사지내던 곳.

5) 百夫長(백부장): 하급 군관(軍官).

평설 ⟋~

• 『당시경』에 "혼후(渾厚)하여 글자는 거의 수량(銖兩)이 모두 합당하다.
 수미(首尾)가 원만(圓滿)하여 거의 남은 유감이 없다"고 했다.

- 명나라 왕부지(王夫之)의 『당시평선(唐詩評選)』에 "악부(樂府)를 잘라서 율(律)을 만들었는데, 스스로의 뜻을 일으키는 데에 그쳐서, 민합(泯合)하게 입화(入化)했다"고 했다.

이교 李嶠

이교(645-714), 자는 거산(巨山), 월주(越州) 찬황(贊黃: 하북성) 사람.
약관에 진사에 합격하고, 제책갑과(制策甲科)에 합격했다. 성력(聖曆) 초
에 난대소감(鸞臺少監)·지봉각시랑(知鳳閣侍郎)·동평장사(同平章事)를
지냈다. 신룡(神龍) 2년에 중서령(中書令)이 되고, 이듬해 수문관대학사
(修文館大學士)가 되고, 월국공(越國公)에 봉해졌다. 동중서문하삼품(同
中書門下三品)으로 특진했다. 예종(睿宗)이 즉위하자, 지정사(知政事)를
그만두고, 회주자사(懷州刺史)에 임명되었으나 벼슬에서 물러났다. 현종
(玄宗) 때 저주별가(滁州別駕)로 떨어뜨리고, 여주별가(廬州別駕)로 바꾸
었다.
이교는 재사(才思)가 풍부하여, 소미도(蘇味道)와 함께 '소리(蘇李)'로 불
렸다. 또 최융(崔融)·두심언(杜審言)·소미도와 함께 '문장사우(文章四
友)'로 불렸다.

분음행 汾陰行[1]

君不見	그대는 보지 못했는가?
昔日西京全盛時[2]	지난날 서경이 전성했던 때에
汾陰后土親祭祠[3]	분음의 후토에게 친히 제사를 올렸음을
齋宮宿寢設儲供[4]	재궁의 숙침에 제물을 배설하고
撞鐘鳴鼓樹羽旄[5]	종을 치고 북을 치고 우기를 세웠네
漢家五葉才且雄[6]	한나라 오 세대는 재주가 웅장한데
賓延萬靈朝九戎[7]	빈객은 만령을 끌어오고 구융을 복종시켰네
栢梁賦詩高宴罷[8]	백량대에서 시를 읊고 고연을 파하고
詔書法駕幸河東[9]	법가가 하동에 행차한다고 조서를 내리니
河東太守親掃除[10]	하동태수가 친히 청소를 하고
奉迎至尊導鑾輿[11]	지존을 받들어 맞아서 난여를 인도했네
五營夾道列容衛[12]	오영이 길을 끼고 의장과 시위를 늘어놓고
三河縱觀空里閭[13]	삼하에서 구경하느라 마을이 비었네
回旌駐蹕降靈場[14]	깃발을 돌려 강령장에 수레 세우고
焚香奠醑邀百祥[15]	분향하고 술을 올려 백상을 맞이하니
金鼎發色正焜煌	금정이 채색을 발함이 진정 찬란하고
靈祇焯爚擴景光[16]	영기가 환하게 경광을 발하고
埋玉陳牲禮神畢	옥을 파묻고 희생을 진설하고 신께 예를 마친 후
舉麾上馬乘輿出	대장기를 들고 말에 오르고 여를 타고 출발했네
彼汾之曲嘉可遊	저 분수의 굽이가 기쁘게 놀 만하여
木蘭爲楫桂爲舟	목란으로 노를 만들고 계수나무로 배를 만들어
櫂歌微吟綵鷁浮[17]	뱃노래 나직이 읊조리며 채익선을 띄우니

簫鼓哀鳴白雲秋[18]　　소고소리 슬피 울리는 흰 구름의 가을이었네
歡娛宴洽賜羣后[19]　　즐거운 연회를 흡족히 군후들에게 베풀어주고
家家復除户牛酒[20]　　집집마다 벼슬 주고 호에는 소와 술을 내리니
聲明動天樂無有[21]　　성명이 하늘을 감동시키고 무유를 즐거워하니
千秋萬歲南山壽　　천추만세에 남산처럼 장수하리라
自從天子向秦關[22]　　천자가 진관으로 향한 후로는
玉輦金車不復還　　옥련과 금거가 다시 돌아오지 않으니
珠簾羽扇長寂寞　　주렴과 우선은 오랫동안 적막했네
鼎湖龍髯安可攀[23]　　정호의 용 수염을 어떻게 잡고 오르겠는가?
千齡人事一朝空　　천년의 인사가 하루아침에 비워졌네
四海爲家此路窮　　사해를 한 집으로 삼았으나 이 길만 막혔는데
豪雄意氣今何在　　호웅들의 의기는 지금 어디에 있는가?
壇場宮館盡蒿蓬　　제단과 궁관들은 모두 쑥대밭이 되었네
路逢故老長歡息　　길에서 옛 노인을 만나 길게 탄식하니
世事回環不可測　　세상일이 바뀜은 예측할 수 없네
昔時青樓對歌舞　　지난날 청루에서 가무를 대했는데
今日黃埃聚荆棘　　오늘은 누런 먼지가 가시밭에 쌓이네
山川滿目淚沾衣　　산천의 온 시야에 눈물이 옷을 적시니
富貴榮華能幾時　　부귀영화는 얼마 동안이던가?
不見秪今汾水上　　지금의 분수 가에선 볼 수 없는데
唯有年年秋鴈飛　　다만 해마다 가을 기러기가 날아오네

주석 ⌒⌒

1) 汾陰行(분음행): 악부 신악부의 곡명. 분음(汾陰)은 산서성 영하현(榮河縣) 북쪽의 분수(汾水) 연안에 있었던 한(漢)나라 때의 현(縣) 이름. 원정(元鼎) 4년(기원전113) 6월에 보정(寶鼎)이 출토되었음.

2) 西京(서경): 서한(西漢) 때의 수도 장안(長安).

3) 汾陰后土(분음후토): 『한서(漢書)·무제기(武帝紀)』에 "원정 4년(기원전 113) 년 겨울 10월에 하양(夏陽)에서 분음으로 행차했다. 11월 갑자에 분음의 수(脽) 위에 후토사(后土祠)를 세웠다"고 했음. 후토는 지신(地神).

4) 齋宮宿寢(재궁숙침): 신을 모신 제실. 儲供(저공): 제사의 제물.

5) 羽旂(우기): 취우(翠羽)로 장식한 깃발.

6) 漢家五葉(한가오엽): 한나라 고조(高祖)·혜제(惠帝)·문제(文帝)·경제(景帝)·무제(武帝) 등 5세대.

7) 萬靈(만령): 모든 생령. 朝九戎(조구융): 조정의 위엄으로 9개 이민족을 복종시킴.

8) 栢梁(백량): 무제가 도성에 세운 대(臺) 이름. 여기에 군신들이 함께 연회를 하며 시를 읊었음.

9) 法駕(법가): 황제의 수레.

10) 河東(하동): 산서성 남부 황하 동쪽에 있었던 군(郡) 이름. 분음현은 하동군에 속함.

11) 鑾輿(난여): 황제의 수레.

12) 五營(오영): 장수(長水)·보병(步兵)·사성(射聲)·둔기(屯騎)·월기(越騎) 등 무관(武官). 容衛(용위): 의장(儀仗)과 시위(侍衛).

13) 三河(삼하): 하내(河內)·하동(河東)·하남(河南) 지역.

14) 駐蹕(주필): 황제의 행차가 머무르는 것. 降靈場(강령장): 신령이 강림할 장소.

15) 奠醑(전서): 서(醑)는 미주(美酒). 百祥(백상): 온갖 상서로움.

16) 靈祇(영지): 지(祇)는 토지신. 煒燁(위엽): 환하게 빛나는 것.

59

17) 綵鷁(채익): 채색 익조(鷁鳥)를 뱃머리에 그린 배. 익조는 물새의 일종.

18) 무제는 당시에 〈추풍사(秋風辭)〉를 지었음.

19) 羣后(군후): 사방의 제후들과 구주(九州)의 목백(牧伯)들.

20) 무제는 즉위 초에 천하에 사면을 내리고, 호주가 남자인 가(家)에는 관작 일
    급(一級)을 제수하고, 여자가 호주인 호(戶)에는 소와 술을 하사했다.

21) 聲明(성명): 성교문명(聲敎文明). 無有(무유): 노장사상(老莊思想)의 이상세
    계(理想世界).

22) 秦關(진관): 장안 부근의 관중(關中) 지역. 장안을 말함.

23) 鼎湖龍髥(정호룡염): 정호(鼎湖)는 하남성 문향현(閿鄕縣) 남쪽 형산(荊山)
    아래에 있음. 전설에 황제(皇帝)가 구리로 정(鼎)을 주조한 후, 용이 호수(胡
    須)를 드리워서 황제를 맞이했는데, 황제와 군신(群臣)과 후궁들 70여인이
    올라타고 승천했다고 함.

평설 ⌇

● 『본사시』에 "천보(天寶) 말에 현종(玄宗)이 일찍이 달빛을 타고 근정루
  (謹政樓)에 올랐다. 이원제자(梨園弟子)에게 노래 여러 곡을 부르도록
  했는데, 이교의 시 '富貴榮華能幾時, 山川滿目淚沾衣. 不見秖今汾水上,
  唯有年年秋鴈飛'를 부르는 자가 있었다. 그때 황제는 춘추가 이미 높았
  는데, 누구의 시냐고 물으니, 누군가 이교의 시라고 대답했다. 그로 인해
  처연히 눈물을 흘리며 곡이 끝나기도 전에 일어나서 '이교는 참으로 재
  자(才子)이다'라고 했다. 이듬해 촉(蜀)으로 행차하여 백위령(白衛嶺)에
  올랐는데, 돌아보기를 오래하다가, 또 이 가사를 부르고는, '이교는 참으
  로 재자로다'라고 하며 감탄을 이기지 못했다. 그때 고력사(高力士)가 옆
  에 있었는데, 또한 오랫동안 눈물을 훔쳤다"고 했다.

● 『시수』에 "이교의 〈분음행〉을 현종이 지극히 칭찬했다고 하는데, 그러

나 성조(聲調)가 조화롭지 못하여 어긋남이 많아서, 심전기(沈佺期)와 송지문(宋之問)의 아래에서 나왔다"고 했다.

- 『당시선맥회통평림』에 "주정(周挺)이 '이는 한(漢)나라의 일을 빌려다가 당시의 일을 풍자한 것이다'고 했다"고 했다.

눈발 雪

瑞雪驚千里	상서로운 눈이 천리에 날리며
同雲暗九霄[1]	구름과 함께 구소를 어둡게 하네
地疑明月夜	땅은 밝은 달빛의 밤인가 싶고
山似白雲朝	산은 흰 구름에 싸인 아침 같네
逐舞花光動[2]	무화의 빛을 좇아 움직이고
臨歌扇影飄[3]	가선의 그림자에 임하여 날리네
大周天闕路[4]	크게 회전하는 천궐의 길이
今日海神朝	오늘은 해신의 아침이네

주석 ☙

1) 九霄(구소): 고공(高空).
2) 舞花(무화): 춤추는 자가 들고 있는 꽃.
3) 歌扇(가선): 가수가 들고 있는 부채.
4) 大周(대주): 일대회전(一大回轉). 天闕(천궐): 천상의 궁궐.

평설 ⌒

- 『재주원시화』에 "이거산의 영물(詠物) 백여 시를 읽어보니, 참으로 엄아(淹雅: 高雅)한 사대부인데, 단지 정핵(整核)일 뿐, 그다지 정교하게 내지 못했다"고 했다.

- 『석주시화』에 "이거산의 영물 백이 십 수는 비록 그 공절(工絶)함을 지극히 했으나, 성률이 때때로 조화롭지 못하여 오히려 제량(齊梁)의 유습(遺習)을 띠고 있어서, 성급히 당인(唐人)의 시첩(試帖)으로서 예시(例示)할 수 없다"고 했다.

두심언 杜審言

두심언(645?-708?), 자는 필간(必簡), 양양(襄陽: 지금의 湖北省 襄陽縣) 사람. 고종(高宗) 함형(咸亨) 원년(670)에 진사가 되어 현성현위(顯城縣尉) 및 낙양승(洛陽丞)을 지냈다. 무후(武后) 때 저작좌랑(著作佐郎)을 지냈다. 중종(中宗) 때 장이지(張易之) 형제와 교류하였다는 이유로 봉주(峯州)로 쫓겨났다가, 곧 조정으로 들어와서 국자감주부(國子監主簿) 및 수문관직학사(修文館直學士)를 지냈다.

두심언은 두보(杜甫)의 조부인데, 특히 오언시에 뛰어서 스스로 자부함이 심했다. 문장에도 뛰어나서 젊은 시절에 이교(李嶠)·최융(崔融)·소미도(蘇味道) 등과 함께 문장사우(文章四友)였다.

명나라 허학이(許學夷)의 『시원변체(詩源辯體)』에서 "두심언은 오언율체를 이미 이루었고, 이루지 못한 것은 장단(長短) 양편(兩篇)일 뿐이다. 지금 심전기(沈佺期)와 송지문(宋之問)의 시집 안을 살펴보면 또한 오히려 사오 편 가량 완성되지 못한 것이 있다. 그렇다면 오언율체는 실로 두심언·심전기·송지문에게서 완성된 것이다. 그런데 후인들은 다만 심전기와 송지문에게서 완성되었다고만 말하는 것은 무엇 때문인가? 두심언을 심전기와 송지문에게 비교하면 또한 준일(俊逸)하다고 하겠다. 체(體)는 스스로 정률(整栗)하고, 말은 스스로 웅려(雄麗)하고, 그 기상(氣象)과 풍격(風格)은 자재(自在)하여서 또한 율시의 정종(正宗)이다"라고 했다.

진릉 육승의 〈조춘유망〉시에 화답하다 和晉陵陸丞早春遊望[1]

獨有宦遊人	홀로 객지에서 벼슬하는 이가 있어
偏驚物候新[2]	경물과 기후의 새로움에 문득 놀라네
雲霞出海曙	구름과 놀이 바다에서 나온 아침이고
梅柳渡江春	매화와 버들이 강을 건넌 봄이네
淑氣催黃鳥[3]	봄기운은 꾀꼬리를 재촉하고
晴光轉綠蘋	개인 햇빛은 초록 네가래에서 도네
忽聞歌古調[4]	문득 옛 가락의 노래를 들으니
歸思欲霑巾	고향생각에 수건을 적시려 하네

주석 ∽

1) 본시는 진릉승(晉陵丞) 육씨(陸氏)의 〈조춘유망(早春遊望)〉시에 차운한 시임.
  진릉은 본래 춘추시대의 연릉(延陵)인데, 한(漢)나라 때는 비릉(毗陵)이라 했
  고, 진(晉)나라 원제(元帝)의 이름을 피하여 진릉으로 고쳤음. 지금의 강소성
  (江蘇省) 무진현(武晉縣)이다. 승(丞)은 종팔품(從八品) 이하의 벼슬. 육씨는
  누구인지 알 수 없음.

2) 偏驚(편경): 뜻밖에 놀라다. 物候(물후): 경물(景物)과 기후.

3) 淑氣(숙기): 봄날의 따뜻한 기운.

4) 蘋(빈): 수생식물 네가래. 잎이 네 잎인데 수면에 붙어서 떠 있음.

평설 ∽

● 『영규율수(瀛奎律髓)』에 "율시로 처음 변할 때 대략 중간 4구는 경(景)
  을 말하고 미구(尾句)는 곧 정(情)으로써 얽히게 했다. 기구(起句)는 제

목(題目)으로 삼았다. 두심언은 소릉(少陵: 杜甫)에게 조부가 되는데, 여기에 이르러 비로소 천변만화(千變萬化)했다고 했다. 기구(起句)의 외침은 맑은 소리를 얻었다"고 했다.

- 명(明)나라 양신(楊愼)의 『승암시화(升庵詩話)』에 "묘함이 '獨有'와 '忽聞' 네 허자(虛字)에 있다"고 했다.

- 『당시경』에 "3·4구는 정금(精金)을 백 번 단련한 것 같다. '雲霞出海曙, 梅柳渡江春'에서 '曙'와 '春'은 한 글자가 한 구로서, 옛 사람이 탁의(琢意)한 묘(妙)이다. 기결(起結)의 의세(意勢)는 충영(沖盈)하다"고 했다.

여름날 정칠의 산의 서재를 방문하다 夏日過鄭七山齋[1]

共有樽中好	함께 술동이 앞에 있으니 좋은데
言尋谷口來[2]	곡구를 찾아왔다고 말하네
薜蘿山逕入	벽라덩굴 속으로 산길이 들어가고
荷芰水亭開	연과 마름 옆에 물가 정자가 열려 있네
日氣含殘雨	햇살 기운은 남은 빗발을 머금고
雲陰送晚雷	어두운 구름은 저녁 천둥소리를 보내네
洛陽鐘鼓至[3]	낙양의 종고소리가 이르러
車馬繫遲回	수레와 말을 매놓고 배회하네

주석 ♋

1) 작자가 낙양승으로 있을 때 지은 작품임. 정칠(鄭七)은 누구인지 알 수 없음.
2) 谷口(곡구): 한(漢)나라 때의 좌풍익(左馮翊: 지금의 陝西省 醴泉縣 동쪽)에

속해 있던 지명. 일찍이 고사(高士) 정박(鄭璞)이 곡구에서 은거했음. 정칠을 정박으로 비유하였음.

3) 『진서(晉書)』에 "송섬(宋纖)이 주천군(酒泉郡) 남산에 은거했는데, 주천태수 마급(馬岌)이 위의(威儀)를 갖추고 종고를 울리며 송섬을 찾아갔으나, 송섬 은 거절하고 만나보지 않았다"라고 하였음. 정칠을 송섬 같은 은자로 비유한 것임.

평설 ᧑

- 『당시평선』에 "만당(晚唐)은 곧 조탁(彫琢)을 지극히 했으나, 반드시 초 당(初唐)의 체물(體物)에 미칠 수 없다. '日氣含殘雨'와 같은 것은 가도 (賈島)의 추고(推敲)를 다 하더라도 어찌 얻을 수 있다고 하겠는가? 3·4 구는 공묘(工妙)하여 더욱 '日氣含殘雨' 위에 있다"라고 했다.

- 청(淸)나라 심덕잠(沈德潛)의 『당시별재(唐詩別裁)』에 "햇살 속의 비와 비온 후의 천둥을 묘사했는데, 정(情)이 있고, 경(景)이 있다"고 했다.

- 『시식(詩式)』에 "전체 수구(首句)는 먼저 산재(山齋)를 방문함을 그리고, 뒤에 여름날을 그렸다. 일으킴이 처음부터 지나치면 맺음을 돌이킬 수 없다. 일기(一氣)가 상응하였으니, 장법(章法)의 묘를 깨쳤다고 할 수 있 다. 시품은 청완(淸婉)하다"고 했다.

심전기 沈佺期

심전기(650?-714), 자는 운경(雲卿), 상주(相州) 내황(內黃: 지금의 하남성 내황현) 사람. 고종(高宗) 상원(上元) 2년(675)에 진사가 되어, 급사중(給事中) 및 고공랑(考功郎)을 지냈음. 장이지(張易之)의 사건에 연좌되어 환주(驩州)로 쫓겨났다가, 중종(中宗) 신룡(神龍) 초에 기거랑(起居郎)으로 부름을 받아 수문관직학사(修文館直學士)·중서사인(中書舍人)·태자첨사(太子詹事) 등을 지냈음. 개원(開元) 초에 죽었다.

심전기는 송지문(宋之門)과 함께 제명(齊名)했는데, 그의 시는 대부분 응제시(應制詩)이고, 육조(六朝) 시풍의 색체가 자못 짙다. 그러나 취할 만한 내용이 없지 않고, 특히 형식상의 대장(對仗)과 성률(聲律)이 뛰어나서 근체시(近體詩)의 정착에 일정 정도 공헌한 점이 있다.

엄우(嚴羽)의 『창랑시화(滄浪詩話)』에서 "『풍(風)·아(雅)·송(頌): 시경』이 이미 없어진 후 한 차례 변하여 〈이소(離騷)〉가 되었고, 재차 변하여 서한(西漢)의 오언(五言)이 되었고, 세 번째로 변하여 가행잡체(歌行雜體)가 되었고, 네 번째로 변하여 심전기와 송지문(宋之問)의 율시(律詩)가 되었다"고 했다.

호응린(胡應麟)의 『시수(詩藪)』에서 "초당(初唐) 기간의 칠언율시는 심
전기를 으뜸으로 삼아야 한다"고 했다.

잡시 雜詩[1]

聞道黃龍戍[2]	황룡땅 수자리에 대해 듣자니
頻年不解兵[3]	해를 넘기며 병사를 못 풀어준다네
可憐閨裏月	가련하구나 규방에서 보던 달이
長在漢家營[4]	오랫동안 한나라 병영에 있네
少婦今春意	젊은 아낙은 금년 봄의 그리움에 젖는데
良人昨夜情	낭군은 어젯밤의 정에 잠기네
誰能將旗鼓[5]	누가 능히 군대를 이끌고 가서
一爲取龍城	단번에 용성을 빼앗을 것인가?

주석 ☞

1) 원래 4수인데, 그중 1수임. 잡시는 무제시(無題詩)와 같음.

2) 黃龍(황룡): 오호십육국(五胡十六國) 가운데 북연(北燕)의 도성인 용성(龍城). 지금의 열하성(熱河省) 조양현(朝陽縣).

3) 頻年(빈년): 연년(連年).

4) 長在(장재): 일작 편조(偏照).

5) 旗鼓(기고): 군대의 깃발과 북. 군대를 지칭함.

평설 ☞

• 『당시귀』에 "'少婦今春意, 良人昨夜情' 두 말은 교원(嬌怨)이 심하다. 장어(壯語)로서 해조(懈調)이다"라고 했다.

• 『당시평선』에 "5 · 6구는 3 · 4구가 순하게 내려옴을 나누어 계승했다. 강

락(康樂: 謝靈運)에게서 얻었으니, 어찌 개합승전(開闔承傳)이 있겠는가? 결어(結語)는 몹시 평범한데, 그래서 어떤 이는 그것을 느슨하다[懈]고 했다. 그러나 차라리 느슨할지언정 문란하지 않아야 한다. 초당(初唐) 사람의 가법(家法)이 문란하지 않은 것은 곧 수백 년의 궁구함을 지녔기 때문이다"라고 했다.

옛 뜻으로 보궐 교지지에게 주다 古意呈補闕喬知之[1]

盧家少婦鬱金堂[2]	노씨 댁 젊은 아낙의 울금향 나는 규방엔
海燕雙棲玳瑁梁[3]	바다제비가 대모 들보에 쌍으로 깃들었네
九月寒砧催木葉	구월의 찬 다듬질소리는 낙엽을 재촉하고
十年征戍憶遼陽[4]	십년의 군대생활 요양을 생각하네
白狼河北音書斷[5]	백랑하 북쪽에선 편지가 끊기고
丹鳳城南秋夜長[6]	봉황성 남쪽에선 가을밤이 기네
誰謂含愁獨不見	누가 수심 띠고 홀로 보지 못한다고 하는가?
更教明月照流黃[7]	다시 밝은 달에게 유황을 비추게 하네

주석 ⌇

1) 제목이 판본에 따라 〈고의(古意)〉 및 〈독불견(獨不見)〉으로 되어 있는 것도 있음.

2) 堂(당): 향(香)으로 된 판본도 있음. 노가소부(盧家少婦)는 새로 시집온 일반적인 젊은 아낙을 지칭함. 양(梁)나라 무제(武帝)의 악부시 〈하중지수가(河中之水歌)〉에 "河中之水向東流, 洛陽女兒名莫愁. 莫愁十三能織綺, 十四採桑南

陌頭. 十五嫁爲盧郞婦, 十六生兒似阿侯. 盧家蘭室桂爲梁, 中有鬱金蘇合香. 頭上金釵十二行, 足下絲履五文章. 珊瑚挂鏡爛生光, 平頭奴子擎履箱. 人生富貴何所望, 恨不早嫁東家王"이라 했음. 鬱金香(울금향): 생강과의 향초인 울금의 향. 울금으로 벽을 칠하는데, 초방(椒房)과 같은 경우임.

3) 玳瑁梁(대모량): 대모는 바다거북의 껍데기. 화려하게 장식된 들보라는 의미.

4) 遼陽(요양): 지금의 요녕성(遼寧省) 요양현(遼陽縣).

5) 白狼河(백랑하): 심양(審陽) 서북쪽 백랑산(白狼山)에서 발원한 대릉하(大凌河)를 말함.

6) 鳳凰城(봉황성): 장안성(長安城)을 말함.

7) 流黃(유황): 갈황색(褐黃色)의 비단.

평설

• 『지봉유설』에 "명인(明人)이 두심언의 '毗陵震澤九州通'과 심전기의 '盧家少婦鬱金堂'을 칠언율의 으뜸이라고 했다. 나의 억견(臆見)으로는 심전기의 시 〈奉和立春遊苑迎春〉의 '東郊暫轉迎春仗, 上苑初飛行慶杯. 風射蛟氷千片斷, 氣衝魚鑰九閽開. 林中冤草纏生蕙, 殿裏爭花倂是梅. 歌吹衘恩歸路晩, 棲烏半下鳳城來'가 더욱 아름답다고 여긴다. 엄창랑(嚴滄浪: 嚴羽)이 '당인의 칠언율은 마땅히 최호(崔顥)의 〈황학루(黃鶴樓)〉를 제일로 삼아야 한다'고 했는데, 『당시품휘』에서는 '최호의 율시는 아순(雅純)하지 않다'고 했으니, 어찌 어렵지 않겠는가!"라고 했다.

• 『청창연담』에 "칠언율의 정시(正始)는 마땅히 심전기의 〈고의〉를 으뜸으로 삼아야 한다. '盧家少婦鬱金堂……'이라 했는데, 이는 곧 악부 〈독불견(獨不見)〉체이다"라고 했다.

• 『승암시화』에 "송나라 엄창랑(嚴滄浪: 嚴羽)은 최호(崔顥)의 〈황학루(黃鶴樓)〉시를 당인(唐人)의 칠언율의 제일로 취했고, 근일 하중묵(何仲默:

何景明)과 설군채(薛君采: 薛蕙)는 심전기의 ‘盧家少婦鬱金堂’ 1수를 제일로 삼았다. 두 시는 우열을 가리기가 쉽지 않다. 어떤 이가 나에게 질문하기에, 나는 답하기를 ‘최호의 시는 부체(賦體)가 많고, 심전기의 시는 비흥(比興)이 많다’고 했다”라고 했다.

- 명(明)나라 왕세정(王世貞)의 『전당시설(全唐詩說)』에 “하중묵(何仲默)은 심운경(沈雲卿: 심전기)의 〈독불견(獨不見)〉를 취하고, 엄창랑(嚴滄浪)은 최사훈(崔司勳: 최호)의 〈황학루〉를 취하여 칠율의 압권으로 삼았다. 두 시는 참으로 뛰어나서 백 척(尺)을 가지도 없이 정정(亭亭)하게 홀로 올라갔다. 그 체재 중에 있어서는 요컨대 제일로 삼을 수 없다. 심전기 시의 말구는 제량(齊梁)의 악부어(樂府語)이다”라고 했다.

- 『시수』에 “‘노가소부(盧家少婦)’는 체격(體格)이 봉신(丰神)하여 참으로 독보(獨步)라고 하겠다. 애석하게도 함련(頷聯)이 몹시 편고(偏枯)하여 결국 본색(本色)이 아니다”라고 했다.

- 『당시경』에 “고고혼후(高古渾厚)함이 결코 당인(唐人)이 지은 것 같지 않다. 3·4구는 상도(常道)를 멀리 벗어났고, 결구는 더욱 웅후심침(雄厚深沈)하다”고 했다.

송지문 宋之門

송지문(656-712), 일명 소련(少連), 자는 연청(延淸), 괵주(虢州) 홍농
(弘農: 지금의 河南省 靈寶) 사람. 일설에는 분주(汾州: 지금의 山西省
汾陽) 사람이라고도 함. 고종(高宗) 상원(上元) 2년(675)에 진사가 되어,
상방감승(尙方監丞)을 지냄. 무후(武后)의 총신(寵臣) 장이지(張易之)에
게 아부하였다가, 장이지가 피살되자 농주참군(瀧州參軍)으로 좌천되었
다. 얼마 후 낙양(洛陽)으로 도망쳐 와서 무삼사(武三思)에게 의지하여
수문관학사(修文館學士) 등을 지냈음. 뇌물을 받은 죄로 월주장사(越州
長史)로 좌천되었다. 예종(睿宗)이 즉위한 후 흠주(欽州)로 쫓겨났다가
곧 사사(賜死)되었다.

『신당서(新唐書)·문예전(文藝傳)』에 "위(魏)나라 건안(建安) 후, 강우
(江右)에 이르기까지 시율(詩律)이 여러 번 변했다. 심약(沈約)과 유신
(庾信)에 이르러 음운(音韻)을 서로 완곡히 붙이고, 속대(屬對)가 정밀했
다. 송지문과 심전기(沈佺期)에 이르러 또한 미려(靡麗)함을 더하고, 성
병(聲病)을 회기(回忌)하여 약구준편(約句準篇)이 금수(錦繡)가 무늬를
이룬 듯했는데, 학자들이 그들을 종(宗)으로 삼고 '심송(沈宋)'이라 불렀

다"라고 했다. 이처럼 송지문은 성률(聲律)과 대장(對仗)이 정밀하여 근체시의 형성에 일정 정도 공헌한 바가 있다.

대유령을 넘다 度大庾嶺[1]

度嶺方辭國[2]	고개를 넘어 막 경성을 떠나면서
停軺一望家[3]	수레 멈추고 한 차례 집을 바라보네
魂隨南翥鳥	혼은 남으로 날아가는 새를 따라가는데
淚盡北枝花[4]	눈물은 북쪽의 매화가지에 다 뿌렸네
山雨初含霽	산비가 비로소 맑아지려 하고
江雲欲變霞	강 구름은 노을로 변하려 하네
但令歸有日	다만 돌아갈 날이 있게 한다면
不敢恨長沙[5]	감히 장사를 한스러워하지 않으리라

주석 ☙

1) 大庾嶺(대유령): 오령(五嶺) 중의 하나. 강서성 대유현(大庾縣). 고개 위에
   매화가 많아서 일명 매령(梅嶺)이라고 함. 본시는 송지문이 농주참군으로 좌
   천되어 가는 도중에 지은 것임.

2) 國(국): 경성 장안(長安)을 말함.

3) 軺(초): 수레.

4) 北枝花(북지화): 매화의 북쪽 가지의 꽃. 「백씨육첩매부(白氏六帖梅賦)」에서
   "大庾嶺上梅, 南枝落, 北枝開"라고 했음.

5) 長沙(장사): 지금의 호남성(湖南省) 장사시(長沙市). 서한(西漢) 초 가의(賈
   誼)가 장사왕태부(長沙王太傅)로 쫓겨났는데, 상수(湘水)를 건너며 굴원(屈
   原)을 조문한 부(賦)를 지었음.

평설 ☙

● 『당시귀』에 "한(恨)이 '불감(不敢)' 두 글자에 있다"고 했다.

도중에 한식날을 맞아 황매현 임강역에 적고, 최융에게 부치다
途中寒食, 題黃梅臨江驛, 寄崔融[1]

馬上逢寒食	말 위에서 한식날을 맞아
愁中屬暮春	저무는 봄에 근심에 잠기네
可憐江浦望	아름다운 강 포구를 바라보니
不見洛陽人	낙양사람은 보이지 않네
北極懷明主	북쪽 끝의 밝은 임금을 생각하는데
南溟作逐臣	남쪽 바다로 쫓겨난 신하가 되었네
故園腸斷處	고향의 애끊는 곳엔
日夜柳條新	밤낮으로 버들가지 새로우리

주석

1) 黃梅(황매): 당나라 때 회남도(淮南道) 기주(蘄州)에 소속된 현 이름. 지금의 호북성 황매현(黃梅縣). 臨江驛(임강역): 원 이름은 태자역(太子驛)이었는데 당나라 때 임강역으로 바꾸었음. 崔融(최융): 자는 안성(安成), 제주(齊州) 전절(全節) 사람. 국자사업(國子司業)을 지냈음.

평설

• 『지봉유설』에 "송지문의 시 '馬上逢寒食'과 …… 은 본래 율시인데 『당음 (唐音)』에서는 절구로 잘라놓았는데, 무엇 때문인가?"라고 했다.

• 『당시귀』에 "수구(首句) 두 말은 각각 한 뜻인데 혼연(渾然)하여 깨달을 수 없다"라고 했다.

- 『시원변체』에 "체(體)는 혼연(渾然)함으로 나가가고, 말은 활발(活潑)함으로 나아가서, 점차 화경(化境)으로 들어갔다"고 했다.

- 청(淸)나라 기윤(紀昀)의 『영규율수간오(瀛奎律髓刊誤)』에 "차구(次句)의 '途中'과 '馬上', '暮春'과 '寒食'은 합장(合掌)을 면하지 못한다. 화평온후(和平溫厚)하여 원로(怨怒)하는 말과 궐축(蹶躄)한 음률을 짓지 않았다. 시로써 논한다면 참으로 옛사람에게 부끄럽지 않다"고 했다.

신년에 짓다 新年作

鄕心新歲切	고향 생각 새해에 절실하여
天畔獨潸然[1]	하늘 끝에서 홀로 눈물 뿌리네
老至居人下	늙어서도 남의 밑에 있는데
春歸在客先	봄이 돌아옴이 객보다 먼저이네
嶺猨同旦暮	고개의 원숭이와 밤낮을 함께 하고
江柳共風烟	강 버들과 풍연을 함께 나누네
已似長沙傅[2]	이미 장사의 태부 같은데
從今又幾年	지금부터 또 몇 년을 보내야 하나?

주석

1) 潸然(산연): 눈물을 흘리는 모양.

2) 長沙傅(장사부): 장사왕(長沙王)의 태부(太傅)로 쫓겨났던 한(漢)나라 가의(賈誼)를 말함.

평설 �

- 방회(方回)의 『영규율수(瀛奎律髓)』에 "3·4구는 무한히 사색하여 얻은 것이다. 그렇지 않다면 유감이 있어서 스스로 얻은 것일 것이다"라고 했다.

유희이 劉希夷

유희이(651-679?), 여주(汝州) 사람, 자는 정지(庭芝) 혹은 정지(廷之).
숙종(肅宗) 상원(上元) 2년에 진사가 되었으나, 낙백(落魄)하여 상격(常
格)에 구속되지 않았다. 나중에 남에게 피살되었다. 일설에는 송지문(宋
之問)이 그의 장인인데, 그의 〈백두옹(白頭翁)〉시 "年年歲歲花相似, 歲歲
年年人不同" 구절을 자기의 것으로 만들기 위해 남을 시켜서 흙 포대로
그를 압살했다고 한다.

유희이의 시는 종군(從軍)이나 규정(閨情)시가 많고, 사지(詞旨)가 비고
(悲苦)하여 처음에는 남들에게 칭송을 받지 못했으나, 손욱(孫昱)이 『정
성집(正聲集)』을 편찬할 때 그의 시를 최고로 삼아서 일약 유명해졌다
고 한다. 송나라 유극장(劉克莊)의 『후촌시화(後村詩話)』에 "유희이는
측천무(則天武) 때의 사람인데, 율격(律格)은 이미 천보(天寶) 이후의 풍
(風)이 있었다"라고 했다.

청나라 옹방강(翁方綱)의 『석주시화(石州詩話)』에 "유여주(劉汝州) 희이
(希夷)의 시는 격(格)은 비록 높지 않으나 신정(神情)이 청울(清鬱)하여
또한 스스로 기재(奇才)이다"라고 했다.

대비백두옹 代悲白頭翁[1]

洛陽城東桃李花	낙양성 동쪽의 복사꽃 오얏꽃
飛來飛去落誰家	날아오고 날아가며 누구 집에 떨어지나?
洛陽兒女惜顔色	낙양의 아가씨 얼굴빛을 애석해하는데
行逢落花長歎息	길가다 낙화를 만나 길게 탄식하네
今年花落顔色改	금년에 꽃이 지면 얼굴빛이 시들 건데
明年花開誰復在	명년에 꽃이 피면 누가 다시 남아 있을 건가?
已見松柏摧爲薪[2]	이미 솔과 측백이 꺾이어 땔감이 됨을 보았는데
更聞桑田變成海	다시 뽕밭이 변하여 바다가 되었다고 들었네
古人無復洛城東	옛 사람은 다시 낙양성 동쪽에 없는데
今人還對落花風	지금 사람이 도리어 낙화의 바람을 마주했네
年年歲歲花相似	연년세세 꽃은 같건만
歲歲年年人不同	세세연년 사람은 같지 않네
寄言全盛紅顔子	한창의 홍안의 젊은이들이여
應憐半死白頭翁	마땅히 반은 죽은 백발 늙은이를 동정해야 하리
此翁白頭眞可憐	이 늙은이의 백발은 참으로 불쌍하지만
伊昔紅顔美少年	예전엔 홍안의 미소년이었다네
公子王孫芳樹下	공자왕손들을 모신 향기로운 나무 아래
淸歌妙舞落花前	맑은 노래 묘한 춤이 낙화 앞에 있었지
光錄池臺開錦繡[3]	광록대부의 지당엔 비단 수 장막을 펼쳐놓았고
將軍樓閣畵神仙[4]	장군의 누각엔 신선도를 그려놓았네
一朝臥病無人識	하루아침에 병들어 누우니 아는 사람도 없어지고
三春行樂在誰邊	삼춘의 행락은 누구 곁에 있는가?

宛轉娥眉能幾時[5]　아리따운 미모가 얼마나 갈 것인가?

須臾鶴髮亂如絲　잠깐 사이에 흰 머리털이 실처럼 엉긴다네

但看舊來歌舞地　옛날의 노래하고 춤추던 곳을 바라보니

唯有黃昏鳥雀悲　다만 황혼에 새들만 슬피 울고 있을 뿐이네

주석 ⟁

1) 악부 곡명.

2) 松柏(송백): 묘지 주변에 심은 나무를 말함. 묘소가 밭이 되어 주변의 나무가
   다 베어졌다는 것. 〈고시십구수(古詩十九首)〉에 "古墓犁爲田, 松柏摧爲薪"이
   라 했음.

3) 光錄池臺(광록지대): 한(漢)나라 성제(成帝) 때 외척이었던 광록대부(光祿大
   夫) 곡양후(曲陽侯) 왕근(王根)이 살았던 대저택 안의 연못가의 누대들이 화
   려하기가 궁중의 백호전(白虎殿)과 같았다고 함.

4) 將軍樓閣(장군누각): 동한(東漢) 순제(順帝) 때 외척이었던 발호장군(跋扈將
   軍) 양기(梁冀)는 사치가 극에 달하여 호화로운 누대들을 세우고, 일반백성
   수천 명을 강제로 노비로 삼았다고 함. 나중에 환제(桓帝) 때 일가가 모두
   족살(族殺)당했음.

5) 娥眉(아미): 여인의 아름다움 눈썹. 전하여 미녀 혹은 미모를 말함.

평설 ⟁

• 『당시평선』에 "다만 '장탄식(長歎息)' 세 글자가 한 편에서 절로 나온다.
환생(幻生)한 백두옹이 몰래 들어와도 깨닫지 못한다. 국면의 포진을 어
찌 천한 사람이 헤아릴 수 있겠는가? 일직선 중에 본색의 풍광을 드러냈
는데, 곧 이는 칠언의 연계(淵系)이다. 나중에 허실(虛實)을 배찬(排撰)

하고, 정경(情景)을 횡립(橫立)했는데, 마치 나그네가 타향에서 묘지를
이루는 것처럼, 그 근본을 잊은 것과 같다"고 했다.

장약허 張若虛

장약허(660?-720?), 양주(揚州) 사람. 곤주병조(袞州兵曹)를 지냈다. 중종(中宗) 신룡(神龍) 중에 문사(文詞)로 경사(京師)에서 이름을 떨쳤다. 하지장(賀知章)·장욱(張旭)·포융(包融) 등과 함께 오중사사(吳中四士)라고 불렸다. 시는 겨우 2수만이 남아있다.

춘강화월야 春江花月夜[1]

春江潮水連海平	봄 강 조수는 바다와 이어져 차오르고
海上明月共潮生	바다 위 밝은 달 조수와 함께 떠오르네
灩灩隨波千萬里[2]	출렁출렁 물결 따라 천만 리
何處春江無月明	어느 곳인들 봄 강에 밝은 달이 없으랴?
江流宛轉遶芳甸	강은 굽이쳐 흘러 경기지방을 둘렀고
月照花林皆似霰	달빛이 꽃 숲을 비춰 온통 싸락눈 같네
空裏流霜不覺飛	공중의 흐르는 서리 깨닫지 못했는데
汀上白沙看不見	물가의 흰모래를 보려 해도 볼 수가 없네
江天一色無纖塵	강 하늘 한 색으로 티끌조차 없는데
皎皎空中孤月輪	환한 공중엔 외로운 달뿐이네
江畔何人初見月	강가에서 그 누가 처음으로 달을 보았던가?
江月何年初照人	강 달은 어느 해에 처음으로 사람을 비췄던가?
人生代代無窮已	사람의 태어남은 대대로 끝이 없건만
江月年年望相似	강 달은 해마다 비슷하게 보이네
不知江月待何人	강 달이 누굴 기다리는지 모르겠으나
但見長江送流水	다만 긴 강이 흘러가는 물을 보냄을 보네
白雲一片去悠悠	흰 구름 한 조각이 유유히 떠가는데
青楓浦上不勝愁	푸른 단풍 물가에서 시름을 이길 수 없네
誰家今夜扁舟子	오늘밤 편주 탄 그대는 어느 집의 사람인가?
何處相思明月樓	님을 그리는 명월의 누대는 어느 곳인가?
可憐樓上月裵徊	가련하다 누대 위의 달은 배회하며
應照離人粧鏡臺	마땅히 이별한 사람의 장경대를 비추리라

玉戶簾中卷不去　옥호의 주렴 속에서 말아도 가지 않고
擣衣砧上拂還來　다듬질하며 다듬잇돌 위서 털어내도 다시 오네
此時相望不相聞　이 때 서로 달빛을 바라보건만 들을 수 없으니
願逐月華流照君　달빛을 좇아가 그대를 비추고 싶네
鴻雁長飛光不度　기러기는 멀리 날아가는데 빛은 건너가지 않고
魚龍潛躍水成文　어룡이 잠겼다 뛰어오르니 물이 무늬를 이루네
昨夜閒潭夢落花　어젯밤 조용한 물가에서 낙화를 꿈꾸었는데
可憐春半不還家　가련하다 봄이 절반인데 집에 돌아가지 못했네
江水流春去欲盡　강물에 흐르는 봄이 다 지나가려 하고
江潭落月復西斜　강속에 지는 달은 다시 서쪽으로 기울었네
斜月沈沈藏海霧　기운 달은 침침하게 바다 안개 속에 잠겼는데
碣石瀟湘無限路[3]　갈석산 소상강은 끝없는 길이네
不知乘月幾人歸　달빛 타고 몇 사람이나 돌아갔는지 모르겠는데
落月搖情滿江樹　지는 달빛 정을 흔들며 강가 나무에 가득하네

주석 ᢏ

1) 악부 곡명. 『악부시집』의 〈淸商曲・吳聲歌曲〉에 실려 있음.

2) 灔灔(염염): 물이 빛나는 모양. 혹은 물이 출렁이는 모양.

3) 碣石(갈석): 산 이름. 하북성 창려현(昌黎縣) 북쪽.

평설 ᢏ

• 『시수』에 "장약허의 〈춘강화월야〉는 유창완전(流暢婉轉)한데, 유희이의

〈백두옹〉 위로 나왔다. 그런데 세대를 살펴볼 수가 없다. 그 체제를 상세히 보면 초당임을 의심할 수 없다"고 했다.

- 『당시경』에 "은미한 정과 미묘한 생각을 감정에 매달아 기이하게 드러냈다"고 했다.

- 『당시평선』에 "구마다 뒤집힘이 새롭고, 천 줄기를 한 가닥으로 하여 고금의 사람의 심비(心脾)를 움직여서, 영우(靈愚)를 공감하게 한다. 그 자연스럽게 독절(獨絶)한 곳은 손 따라 쌓아나가서 완연히 장(章)을 이룬 데에 있고, 천인(淺人)이 격국(格局)을 말하고, 제창(提唱)을 말하고, 관쇄(關鎖)를 말하는 것은 모두 말로써 구분할 수 없는 데에 있다"고 했다.

- 『당시귀』에 "천천(淺淺)이 말해 가면서, 절절(節節)이 상생(相生)하고, 사람을 상심하게 하여 정이 있음을 면하지 못하여, 스스로 읽을 수도 없고, 읽으면서 싫증낼 수도 없다"라고 했다. 또 "〈춘강화월야〉는 글자마다 정이 있고, 생각이 있고, 까닭이 있다"고 했다.

- 청나라 오교(吳喬)의 『위로시화(圍爐詩話)』에 "〈춘강화월야〉는 바로 뜻이 '不知乘月幾人歸'에 있다"고 했다.

- 『당시별재』에 "전반은 사람에게는 변혁이 있지만 달의 밝음은 항상 있고, 강 달은 사람을 기다릴 필요가 없지만 다만 강 흐름과 달이 함께 다함이 없다는 것을 보였다. 후반은 돌아갈 생각으로 슬프게 바라보는 정을 그렸다. 곡절이 세 번 이른다. 제목의 다섯 글자를 편안하고 자연스럽게 폈다. 오히려 왕발·양현·노조린·낙빈왕의 체이다"라고 했다.

진자앙 陳子昂

진자앙(661-702), 자는 백옥(伯玉), 재주(梓州) 사홍(射洪: 지금의 四川省 射洪縣) 사람. 개요(開耀) 2년(682)에 진사가 되었다. 광택(光宅) 원년(684)에 조정에 글을 올렸는데, 무후(武后)가 그 재능을 기특히 여기고 인대정자령(麟臺正字令)을 배수하였다. 장수(長壽) 2년(693)에 우습유(右拾遺)로 승진했고, 성력(聖歷) 원년(698)에 관직을 버리고 고향으로 돌아왔다. 얼마 후 현령 은간(殷簡)이 그의 재산을 노리고 진자앙을 무고하여 옥에 가두었는데, 옥중에서 죽었다.

『신당서 · 진자앙전』에서 "당나라가 일어나자, 문장은 서릉(徐陵)과 유신(庾信)의 여풍을 계승하여, 천하가 숭상했다. 진자앙이 처음으로 아정(雅正)하게 변화시켰다"라고 했다.

송나라 유극장(劉克莊)의 「당시품휘인(唐詩品彙引)」에서는 "당나라 초에는 왕발 · 양형 · 심전기 · 송지문이 이름을 날렸는데, 그러나 제량체(齊梁體)를 벗어나지 못했다. 다만 진습유(陳拾遺: 진자앙)가 고아충담(高雅沖澹)한 음(音)을 앞장서 노래하여 단번에 육대(六代)의 섬약함을 쓸어버리고, 황초(黃初) · 건안(建安)의 풍에서 일어났다. 이백(李白) · 위응물(韋應物)·유종원(柳宗元)이 계속하여 나왔는데, 모두 진자앙으로부터 발현한 것이다"라고 했다.

청나라 왕사정(王士禎)의 『고시선(古詩選)』에서는 "당나라 오언고시는 여러 번 변했는데, 대략 거론하면 위(魏)·진(晉)의 풍골(風骨)을 빼앗아 와서 양(梁)·진(陳)의 배우(俳優)를 변화시킨 것은 진백옥(陳伯玉)의 힘이 가장 컸다"라고 하였다.

감우 感遇[1]

1

蘭若生春夏[2]	택란과 두약이 봄과 여름에 자라나
芊蔚何青青[3]	울창하게 어찌 그리 우거졌는가?
幽獨空林色	고요하고 고독한 빈 숲의 색
朱蕤冒紫莖[4]	붉은 꽃이 붉은 꽃대를 덮었네
遲遲白日晚	느릿느릿 밝은 해가 저물고
嫋嫋秋風生	살랑살랑 가을바람 일어나네
歲華盡搖落[5]	초목들이 모두 흔들려 떨어지니
芳意竟何成[6]	봄기운을 끝내 어찌 이루겠는가?

주석 ⌒

1) 모두 38수임.

2) 蘭若(난약): 택란(澤蘭)과 두약(杜若). 모두 향초의 일종.

3) 芊蔚(천울): 울창한 모양. 青青(청청): 초목이 우거진 모양. 『詩經·衛風·淇
   奧』에 "瞻彼淇奧, 綠竹青青"이라 했는데, 「毛傳」에 "青青, 茂盛貌"라고 했음.
   청청(菁菁)과 같음.

4) 朱蕤(주유): 붉게 드리운 꽃.

5) 歲華(세화): 초목(草木)을 말함. 일 년에 한 번 피고 지기 때문에 세화라고 함.

6) 芳意(방의): 춘의(春意).

평설 ⌒ |

• 고병(高棅)의 『당시품휘(唐詩品彙)』에 "진습유(陳拾遺) 자앙(子昂)은 당

나라 시의 조(祖)이다. 〈감우시〉 38수가 고체(古體)의 조가 될 뿐만 아니라, 그 율시 또한 근체(近體)의 조이다"라고 했다.

- 『예원치언』에 "진정자(陳正字: 진자앙)는 육조(六朝)의 연화(鉛華)를 도세(陶洗)하여 없애버리고, 대완(大阮: 阮籍)에 기탁하여 약간 단재(斷裁)를 가했는데, 천운(天韻)이 미치지 못했다"고 했다.

2

蒼蒼丁零塞[1]	아득한 정령의 변새
今古緬荒途[2]	고금에 황량한 길이 머네
亭堠何摧兀[3]	정후들은 어찌 부서진 채 솟아있나?
暴骨無全軀	드러난 해골들은 온전한 몸이 없네
黃沙漠南起	황사가 사막 남쪽에서 일어나니
白日隱西隅	밝은 해가 서쪽 모퉁이에 가려졌네
漢甲三十萬	한나라 병사 삼십만 명이
曾以事匈奴	일찍이 흉노와 싸웠었네
但見沙場死[4]	다만 전장의 죽음만 보니
誰憐塞上孤	누가 변새의 외로움을 동정하랴?

주석 ⟋

1) 蒼蒼(창창): 망망하게 끝이 없는 모양. 丁零(정령): 한(漢)나라 때 흉노에 속했던 북방민족. 중국 북서쪽에서 유목생활을 했음.
2) 緬(면): 요원(遙遠)함.

3) 亭堠(정후): 변방의 적정(敵情)을 살피는 흙으로 쌓은 보루(堡壘).

4) 沙場(사장): 전장(戰場).

저녁에 악양현에 묵다 晚次樂鄕縣[1]

故鄕杳無際	고향은 끝없이 아득하고
日暮且孤征	해 저무는데 또 외롭게 가네
川原迷舊國	냇물 근원은 옛 나라에서 헤메는데
道路入邊城	도로는 변방 성으로 들어가네
野戍荒烟斷	들판 수루에는 황량한 연기 끊기고
深山古木平	깊은 산에는 고목이 나란하네
如何此時恨	이때의 한을 어찌하랴?
嗷嗷夜猨鳴[2]	우우 밤 원숭이가 우네

주석 ⌒

1) 樂鄕縣(악향현): 당나라 때 산남도(山南道) 양주(襄州)에 속했음. 본래 춘추
시대 약국(鄀國)의 성(城)이었음.

2) 嗷嗷(교교): 원숭이가 우는 소리.

평설 ⌒

● 『당시품휘』에 "성당(盛唐)의 율(律)은 시체(詩體)가 혼대(渾大)하고, 격
(格)은 높고 말은 장(壯)하다. 만당(晚唐) 아래는 세밀히 공부하여 소결
리(小結裏)를 지었기 때문에 다르게 된 것이다. 배우는 사람은 그것을

상세히 알아야 한다. 기구 2구는 제목을 말했고, 중간 4구는 경(景)을 말하고, 말구 2구는 말의 뜻을 열었다. 성당의 시는 이런 것이 많다. 전편(全篇)이 혼웅정제(渾雄整齊)하여 옛 맛이 있다"고 했다.

- 『당시경』에 "스스로 여정(旅情)을 진술했는데, 이 시는 기골(氣骨)이 창고(蒼古)하다"고 했다.

봄밤에 벗과 이별하다 春夜別友人

銀燭吐靑烟	은촛대는 푸른 연기 토하고
金樽對綺筵	금 술잔은 비단자리 마주했네
離堂思琴瑟[1]	이별한 당에서 우정을 생각하는데
別路繞山川	이별한 길은 산천을 돌아가네
明月隱高樹	밝은 달은 높은 나무에 숨고
長河沒曉天	긴 하수는 새벽하늘로 사라지네
悠悠洛陽去	유유히 낙양으로 떠나가니
此會在何年	이 같은 만남이 어느 해에 있겠는가?

주석 ☞

1) 琴瑟(금슬): 벗과의 우정을 말함.

유주대에 올라 노래하다 登幽州臺歌[1]

前不見古人	이전의 옛사람을 볼 수 없고
後不見來者	이후의 뒷사람을 볼 수 없으니
念天地之悠悠	천지의 유유함을 생각하며
獨愴然而涕下	홀로 슬프게 눈물 흘리네

주석 ⌇

1) 幽州臺(유주대): 계북루(薊北樓)를 말함. 계구(薊丘)라고도 함.

평설 ⌇

• 『승암시화』에 "그 말이 간략하고 질박하여 한위(漢魏)의 풍(風)이 있다"
고 했다.

• 『당시귀』에 "양 '不見'은 호안(好眼)이다. '念天地之悠悠'은 호흉중(好胸
中)이다"라고 했다.

장설 張說

장설(667-730), 자는 도제(道濟), 또 다른 자는 설지(說之), 낙양(洛陽) 사람. 무후(武后) 때 현량방직(賢良方正)으로 추천되어 좌보궐(左補闕) 에 임명되었다. 봉각사인(鳳閣舍人)을 지내다가 흠주(欽州)로 쫓겨났다 가, 중종(中宗) 때 소환되어 수문학박사(修文館學士) 등을 지냈다. 예종 (睿宗) 때 중서시랑(中書侍郎)과 지정사(知政事)를 지냈다. 개원(開元) 초에 중서령(中書令)으로 승진하고 연국공(燕國公)에 봉해졌다. 나중에 집현전학사(集賢院學士) 및 상서좌승상(尙書左丞相)을 지냈다.

장설은 문장에 뛰어나서 조정의 많은 문서가 그의 손으로 꾸며졌는데, 허국공(許國公) 소정(蘇頲)과 함께 '연허대수필(燕許大手筆)'로 불렸다. 악주(岳州)로 귀양 간 이후, 시가 더욱 처완(悽惋)해져서 사람들이 강산 (江山)의 도움을 얻었다고 했다.

유주의 밤 술자리 幽州夜飮[1]

涼風吹夜雨	서늘한 바람이 밤비를 불어와서
蕭瑟動寒林	소슬하게 찬 숲을 흔드네
正有高堂宴	지금 고당의 연회가 있어
能忘遲暮心[2]	늙음에 대한 근심도 잊을 수 있네
軍中宜劒舞	군중엔 검무가 마땅한데
塞上重笳音	변새 위에 갈피리 소리가 거듭 울리네
不作邊城將	변성의 장수가 되지 않는다면
誰知恩遇深	누가 은우의 깊음을 알겠는가?

주석 ⟨≈

1) 幽州(유주): 당나라 때 범양군(范陽郡)으로서 지금의 북경 부근의 탁현(涿縣)
   이다. 당시 동북의 변방이었음. 장설은 재상 요숭(姚崇)과 화합하지 못하여,
   악주(岳州)로 좌천되었다가 요숭이 실각한 후 소정(蘇頲)의 도움으로 소환되
   었는데, 곧 유주도독(幽州都督)으로 나갔다.

2) 遲暮(지모): 만년(晩年).

평설 ⟨≈

• 『당시귀』에 "은우(恩遇)를 거꾸로 말함이 묘하고 묘하다! 먼 변방의 신
  하는 이 말을 알지 않으면 안 된다"고 했다.

• 『당시평선』에 "일기(一氣)가 순정(順淨)하다"고 했다.

• 『당시선맥회통평림』에 "3·4구는 몹시 묘하고, 결구는 웅후(雄厚)하다"

고 했다.

옹호의 산사 澠湖山寺[1]

空山寂歷道心生   빈산이 적막하여 도심이 일어나고
虛谷迢遙野鳥聲   빈 골짜기 아득한데 들새가 우네
禪室從來雲外賞   선실을 오면서 구름 밖에서 감상했는데
香臺豈是世中情[2]   향대에 어찌 세간의 정이 있겠는가?
雲間東嶺千重出   구름 사이로 동쪽 고개가 천 겹으로 드러나고
樹裏南湖一片明   숲 속으로 남쪽 호수가 한 점으로 밝네
若使巢由同此意[3]   소부와 허유에게 이 뜻을 함께 하게 하더라도
不將蘿薜易簪纓[4]   나벽으로 잠영과 바꾸지 않으리라

주석 ⌒

1) 澠湖(옹호): 악주(岳州) 남쪽에 있는 호수. 장설이 악주자사로 좌천되었을 때
   지은 작품임.

2) 香臺(향대): 산사(山寺)를 말함.

3) 巢由(소유): 소부(巢父)와 허유(許由). 전설 속의 고대 은자(隱者)들.

4) 蘿薜(나벽): 여라(女蘿)와 벽려(薜荔). 모두 야생 덩굴식물. 은자의 옷을 말
   함. 『楚辭·九歌·山鬼』에 "若有人兮山之阿, 被薜荔兮帶女蘿"라고 했음. 簪
   纓(잠영): 잠(簪)은 관모(冠帽)를 머리에 고정시키는 비녀. 영(纓)은 관모의
   끈. 벼슬을 말함.

촉도에서 기한을 넘기다 蜀道後期

客心爭日月	나그네 마음이 세월을 다투어
來往預期程	오고가는 기한을 미리 정했네
秋風不相待	가을바람은 기다려주지 않고
先至洛陽城	먼저 낙양성에 이르네

평설 ⌒‿

● 『당시별재』에 "추풍(秋風)이 먼저 도착한 것으로써 자신의 기한이 늦은 것을 형용해냈다. 교심(巧心)이 준발(浚發)하다"고 했다.

● 『당인만수절구선평』에 "'後'자를 대면(對面)에서 탁출(托出)한 것이 묘절 (妙絶)하다. 추풍을 책망함이 미묘한데, 이는 언외의 뜻을 말한 것이다" 라고 했다.

소정 蘇頲

소정, 자는 정석(廷碩), 경조(京兆) 무공(武功) 사람. 부친 괴(瓌)는 상
서우복야(尙書右僕邪)와 동중서문하삼품(同中書門下三品)을 지내고 허
국공(許國公)에 봉해졌음. 소정은 약관에 진사에 합격하여 오정위(烏程
尉)가 되었다. 현량방정(賢良方正)으로 추천되어 감찰어사(監察御史)를
역임했다. 신룡(神龍) 중에 급사중(給事中)과 수문관학사(修文舘學士)
및 중서사인(中書舍人)을 지냈다. 현종(玄宗)이 그의 문장을 좋아하여
자미시랑(紫微侍郎)과 지정사(知政事)로 승진시켰다. 나중에 파직되어
예부상서(禮部尙書)가 되었다가 익주장사(益州長史)로 나갔고, 다시 들
어와서 지이부선사(知吏部選事)가 되었다. 부친의 봉작(封爵)을 이어받
았다.

소정은 문장이 뛰어나 연국공(燕國公) 장설(張說稱)과 함께 '연허(燕許)'
로 불렸다.

<봄날 망춘궁에 행차하다>시를 받들어 화답한 응제
奉和春日幸望春宮應制[1]

東望望春春可憐	동쪽으로 망춘궁을 바라보니 봄이 아름다운데
更逢晴日柳含烟	다시 맑은 날을 만나니 버들이 안개를 머금었네
宮中下見南山盡	궁중은 남산을 다 내려다보고
城上平臨北斗懸	성의 위는 북두성에 나란히 임하여 높네
細草偏承迴輦處	작은 풀들은 황제수레 돌리는 곳을 두루 받들고
飛花故落舞觴前	날리는 꽃은 춤추는 술잔 앞에 일부러 떨어지네
宸遊對此歡無極	황제의 유람이 이곳을 마주하니 즐거움이 끝없고
鳥哢歌聲雜管絃	새소리 노랫가락이 관현소리에 뒤섞였네

주석 ⊙≈

1) 望春宮(망천궁): 장안성(長安城) 동쪽, 산수(滻水)의 서안(西岸)에 있음. 당
   나라 초에 황제가 입춘 때 이곳에 행차하여 봄맞이 행사를 했음. 應制(응제):
   황제나 왕의 시에 화답한 시를 말함.

평설 ⊙≈

* 『승암시화』에 "당나라는 정관(貞觀)에서 경룡(景龍)까지 시인들의 작품
  은 모두 응제(應制)였다. 명제(命題)가 이미 동일하고, 체제도 또한 같았
  다. 그 기회(綺繪)함에는 남음이 있으나, 운도(韻度)는 약간 부족했다.
  다만 소정의 '東望望春春可憐' 1편은 여러 영준들보다 훨씬 뛰어났다"고
  했다.

- 『당시별재』에 "'宮中下見南山盡, 城上平臨北斗懸'은 고준(高峻)한 뜻을 그려냈는데, 말이 특히 혼성(渾成)하다"고 했다.

분수 가의 가을에 놀라다 汾上驚秋[1]

北風吹白雲[2]	북풍이 흰 구름을 불어가서
萬里渡河汾	만 리 멀리 하수와 분수를 넘었네
心緒逢搖落	마음의 근심이 낙엽을 만나니
秋聲不可聞	가을소리를 들을 수가 없네

주석 ⌒

1) 분수(汾水)는 산서성 영무현(寧武縣) 서남 관잠산(管涔山)에서 발원하여, 서남쪽으로 흘러가 영하현(滎河縣) 북쪽 황하로 들어감. 일찍이 한무제(漢武帝)가 배를 타고 가며 〈추풍사(秋風辭)〉를 지은 곳임.

2) 한무제의 〈추풍사〉에 "秋風起兮白雲飛"라고 하고 또 "泛樓船兮渡汾河"라고 했음.

평설 ⌒

- 『당시별재』에 "일기(一氣)로 흘러가다가 중간에 곧 함축을 회복했다. 오언의 가경(佳境)이다"라고 했다.

- 『당인만수절구선평』에 "대가의 기격(氣格)이다. 다섯 글자 중에 이 같은 것은 가장 얻기 어렵다. 왕발(王勃)의 〈산중(山中)〉에서 지은 원의(遠意)와 대략 같다. 그런데 이 작품은 더욱 혼성(渾成)함을 깨닫는다"고 했다.

하지장 賀知章

하지장(659-744), 자는 계진(季眞), 회계(會稽) 영흥(永興: 지금의 浙江
紹興縣) 사람. 측천무후(則天武后) 증성(證聖) 원년(695)에 진사(進士)에
합격했다. 현종(玄宗) 개원(開元) 13년(725)에 예부시랑(禮部侍郎) 겸 집
현원학사(集賢院學士)가 되었다. 이후 태자빈객(太子賓客) 및 비서감(秘
書監)을 지냈다. 하지장은 본성이 광달(曠達)하여 작은 예절에 얽매이지
않았는데, 만년에는 더욱 탄방(誕放)하여 자호를 '사명광객(四明狂客)'이
라 했다. 이백(李白)·장욱(張郁) 등과 친했다. 천보(天寶) 3년(744)에
상소하여 도사(道士)가 되기를 간청하여 귀향했다. 천자가 경호(鏡湖)의
섬천(剡川) 한 굽이를 하사하고, 어제시(御製詩)로써 전송했다.
하지장의 시는 많지 않고, 무미건조한 '봉화성제(奉和聖制)'시가 적지 않
는데, 몇몇 서정시는 청신(淸新)하고 자연스럽다.
『구당서·하지장전』에서 "(하지장은) 취한 후에 글을 지었는데, 곧 권축
(卷軸)을 이루었다. 글은 다시 고치지 않아도 모두 볼 만했다"고 했다.

군대 가는 사람을 전송하다 送人之軍中

常經絕脈塞[1)	일찍이 절맥새를 지나왔는데
復見斷腸流	다시 애끊는 눈물을 보네
送子成今別	그대 보내며 지금의 이별을 이루니
令人起昔愁	지난날의 근심을 일으키게 하네
隴雲晴半雨	농땅 구름은 맑은 날에도 비 내리고
邊草夏先秋	변경의 풀은 여름에도 먼저 가을이 된다네
萬里長城寄	만 리에 장성을 붙여놓아서
無貽漢國憂	한나라에 근심을 없게 했다네

주석 ⌒

1) 絕脈塞(절맥새): 만리장성(萬里長城)을 말함. 『史記·蒙恬傳』: "恬罪, 固當死
矣. 起臨洮屬之遼東, 城塹萬餘里, 此其中不能無絶地脈哉!"라고 했음.

평설 ⌒

● 『당시경』에 "5·6구는 가서 머물 곳을 지적했는데 말의 아치가 고상하
다. 노상(盧象)의 〈죽리관(竹里館)〉 '臘月聞山鳥, 寒崖見蟄熊'은 더욱 조
발(粗笨)함을 깨닫는다"라고 했다.

원씨의 별업에 적다 題袁氏別業

主人不相識	주인을 알지 못하나
偶坐爲林泉	우연히 앉은 것은 임천 때문이라오
莫謾愁沽酒	술 사올 일이 걱정이라고 하지 마오
囊中自有錢	내 행낭에 돈이 있다오

버드나무를 읊다 詠柳

碧玉妝成一樹高	푸른 옥이 높은 나무를 단장하고
萬條垂下綠絲絛	만 가지가 초록 실을 드리웠네
不知細葉誰裁出	작은 잎을 누가 오려냈는지 모르겠는데
二月春風似剪刀	이월의 봄바람이 가위와 같구나

평설 ⌒~

• 『당시귀』에 "기이하게 말을 드러냄이 중당과 만당을 열었다"고 했다.

고향에 돌아와 우연히 적다 回鄕偶書二首

少小離鄕老大回	젊어서 고향을 떠나 늙어서 돌아오니
鄕音無改鬢毛衰	고향 사투리는 변함없는데 머리털만 세었네
兒童相見不相識	자식들은 보고서도 알아보지 못하고

笑問客從何處來　　손님께서는 어디서 오셨냐며 웃으며 묻네

평설 ᑌᕀ

● 『당시귀』에 "태백(太白: 李白)과 같다"고 했다.

● 『당시해』에 "오랜 나그네 생활을 그려낸 것이 몹시 진절(眞絶)하다"고
했다.

장구령 張九齡

장구령(673-740), 자는 자수(子壽), 소주(韶州) 곡강(曲江: 지금의 廣東省 曲江縣) 사람. 경룡(景龍) 초에 진사에 합격하고, 개원(開元) 22년(737)에 중서령(中書令)이 되었다. 이림보(李林甫)에게 배척받았는데, 상서우승상(尙書右丞相)으로 옮겼다가 형주장사(荊州長史)로 좌천되었다. 명확한 논변과 직언으로 당시에 현상(賢相)이라고 불렸다.

조선 이덕무(李德懋)는 『청관관전서(青莊館全書)·시관소전(詩觀小傳)』에서 장구령의 시품을 평하기를 "시품(詩品)이 고상(高爽)하고 침착(沈著)한데, 그 사람됨과 같다"고 하였다.

원나라 호진형(胡震亨)은 『당음규참(唐音癸讖)』에서 "당나라 초에는 양(梁)나라와 수(隋)나라의 시풍을 이어받았는데, 진자앙(陳子昂)이 홀로 고아(古雅)한 근원을 열었고, 장자수(張子壽: 장구령)가 앞장서서 청담파(清澹派)를 창건했다. 성당(盛唐)이 이어서 일어나자, 맹호연(孟浩然)·왕유(王維)·저광희(儲光羲)·상건(常建)·위응물(韋應物)은 곡강(曲江: 장구령)의 청담(清澹)에 근본을 두고 풍신(風神)을 더한 자들이고, 고적(高適)·잠삼(岑參)·왕창령(王昌齡)·이기(李頎)·맹운경(孟雲卿)은 자

앙(子昻)의 고아(古雅)함에 근본을 두고 기골(氣骨)을 가한 자들이다"라
고 했다.

감우 感遇[1]

1

蘭葉春葳蕤[2]	난 잎은 봄에 무성하고
桂華秋皎潔	계수 꽃은 가을에 교결하네
欣欣似生意[3]	흔흔하게 생기가 있어서
自爾爲佳節	너희들로부터 좋은 계절을 이루네
誰知林棲者	누가 숲에 은거하는 사람을 알겠는가?
聞風坐相悅	풍문을 듣고 서로 기뻐하네
草木有本心	초목엔 본심이 있으니
何求美人折	어찌 미인에게 꺾어지기를 바라겠는가?

주석

1) 개원(開元) 24년 11월에 장구령은 이림보(李林甫)와 우선객(牛仙客)의 질시로 인하여 중서령(中書令)에서 상서우승상(尙書右丞相)으로 옮기고, 지정사(知政事)를 그만두고, 형주대도독부장사(荊州大都督府長史)로 좌천되었다. 〈감우〉 12수는 대략 이때의 심회를 읊은 것이다.

2) 葳蕤(위유): 초목이 무성하여 가지와 잎이 드리워진 모양.

3) 欣欣(흔흔): 초목이 무성한 모양.

평설

• 『당시품휘』에서 "장곡강(張曲江)공의 〈감우〉 등의 작품은 아정충담(雅正沖澹)하여, 체(體)가 풍소(風騷)에 합치한다. 성당에서 침침(駸駸: 盛大)하였다"고 했다.

- 『당시귀』에 "평평(平平)한 지극한 이치이다. 투명하게 깨닫지 못하면 그려낼 수 없다"고 했다.
  『당시선맥회통평림』에 "주경(周敬)이 말하기를 '곡강공의 시는 아정(雅正)하고 침울(沈鬱)한데, 말은 도(道)에 이름이 많고, 체(體)는 풍소(風騷)를 머금었다. 오언고시는 곧장 한위(漢魏)의 심후(深厚)한 곳을 추구했다'고 했다"라고 했다.

- 『당시별재』에 "〈감우시〉에 있어서 정자(正子: 진자앙)는 고오(古奧)하고, 곡강(曲江: 장구령)은 자자(藉藉)하다. 근본이 원래 사종(嗣宗: 阮籍)에게서 나왔다. 그러나 정신과 면목은 각자 다른데 천고(千古)이기 때문이다"라고 했다.

2

孤鴻海上來	외로운 기러기가 바다 위에서 날아와
池潢不敢顧	연못을 감히 돌아보지 않네
側見雙翠鳥[1]	한 쌍 비취새를 곁눈질하니
巢在三株樹[2]	둥지가 삼주수에 있네
矯矯珍木巔[3]	진목의 꼭대기로 높이 날아오르지만
得無金丸懼[4]	어찌 금환의 두려움이 없겠는가?
美服患人指[5]	아름다운 복장은 남의 지목을 두려워하고
高明逼神惡[6]	고명함은 귀신의 증오를 불러온다네
今我遊冥冥[7]	지금 나는 명명한 하늘에서 노니니
弋者何所慕	주살을 쏘는 자가 어찌 잡기를 바라겠는가?

주석 ⊝

1) **翠鳥**(취조): 비취(翡翠). 물총새.

2) **三株樹**(삼주수): 전설 속의 진목(珍木). 『산해경(山海經)·해외남경(海外南經)』에 "삼주수가 염화(厭火) 북쪽에 있다. 그 나무는 측백나무 같고 잎은 모두 구슬이다"라고 했다.

3) **矯矯**(교교): 높이 오르는 모양.

4) **金丸**(금환): 황금으로 만든 탄환. 『서경잡기(西京雜記)』에 "한언(韓嫣)이 탄환을 좋아하여 항상 금으로 탄환을 만들었다"고 했음.

5) 『左傳·僖二十四年』에 "의복이 불충(不衷)하면 몸의 재앙이 된다"고 했음.

6) 양자운(揚子雲)의 〈해조(解嘲)〉에 "고명(高明)한 집은 귀신이 그 실(室)을 엿본다"고 했음.

7) **冥冥**(명명): 고원(高遠)한 허공을 말함. 『法言·問明篇』에 "鴻飛冥冥, 弋人何篡焉"이라 했음.

평설 ⊝

● 명나라 고린(顧璘)의 『비점당음(批點唐音)』에 "은미하게 기골(氣骨)을 드러냈다"고 했다.

●『당시경』에 "기격(氣格)이 능릉(稜稜)하여 초당의 절색(絶色)이다"라고 했다.

●『당시평선』에 "矯矯' 아래 6구는 모두 기러기를 대신해 말했다. '美服' 2구는 부(賦)를 뒤집어 비(比)를 지었다. 층절(層折)이 비록 많지만 끝내 쓸데없이 논단어(論斷語)를 쓰지 않았다. 시가 다만 정결하여, 이로써 입화(入化)했다"고 했다.

3

江南有丹橘¹⁾	강남에 붉은 귤이 있는데

江南有丹橘¹⁾　　강남에 붉은 귤이 있는데

經冬猶綠林　　겨울을 지나고도 오히려 초록 숲이네

豈伊地氣暖　　어찌 이곳의 기후가 따뜻하기 때문이겠는가?

自有歲寒心　　스스로 추위를 이기는 마음을 지녀서라네

可以薦嘉客　　좋은 손님에게 올릴 만하건만

奈何阻重深　　어찌하여 길이 막히고 험한가?

運命推所遇　　운명은 만난 바를 받들 수 있지만

循環不可尋　　순환됨은 찾을 수가 없네

徒言樹桃李　　단지 복숭아와 오얏만을 심는다고 말하는데

此木豈無陰　　이 나무가 어찌 녹음이 없겠는가?

주석

1) 굴원(屈原)의 〈귤송(橘頌)〉에 기초를 둔 작품임.

평설

● 『당시귀』에 "종성(鍾惺)이 '감개(感慨)가 온자(蘊藉)하다'고 했다. 담원춘(譚元春)이 '작은 물건으로 나아가서 대진리(大眞理)를 말했다. 옛사람은 종종 이와 같다'고 했다"라고 했다.

달을 보며 먼 곳의 사람을 그리워하다 望月懷遠

海上生明月	바다 위에 밝은 달이 떠오르니
天涯共此時	하늘 끝에서도 이때를 함께 하리라
情人怨遙夜	정인은 긴 밤을 원망하며
竟夕起相思	밤새도록 일어나 그리워하네
滅燭憐光滿	희미해진 촛불에 달빛 가득한 것 사랑스러운데
披衣覺露滋	걸친 옷이 축축이 젖었음을 깨닫네
不堪盈手贈[1]	달빛을 손에 가득히 담아 보낼 수가 없으니
還寢夢佳期	다시 잠자며 좋은 기약을 꿈꾸네

주석

1) 양(梁)나라 도홍경(陶弘景)의 〈詔問山中何所有賦詩以答〉시에 "山中何所有,
嶺上多白雲. 只可自怡悅, 不堪持寄君"이라 했음.

평설

● 『당시경』에 "기결(起結)이 원만하다. 5·6구의 말은 자태(姿態)가 있고,
8구는 서성이며 방황한 것이다"라고 했다.

자군지출의 自君之出矣[1]

自君之出矣	그대 떠나간 후

不復理殘機   다시 남은 베를 짜지 않네

思君如滿月   그대를 생각함이 만월과 같은데

夜夜減淸輝   밤마다 맑은 빛이 줄어만 가네

주석 ⌒

1) 악부 〈잡곡가사(雜曲歌辭)〉의 곡명.『악부시집』에 "한(漢)나라 서간(徐幹)에게
〈실사시(室思詩)〉 5장(章)이 있다. 그 제3장을 〈自君之出矣〉라고 했는데, '明鏡
暗不治, 思君如流水. 何有窮已時'라고 했다. 〈자군지출의〉는 대개 여기에서
나온 것이다. 제(齊)나라 우희(虞羲) 역시 〈思君去時行〉라고 했다"고 했다.

평설 ⌒

• 『당시귀』에 "이 제목의 고금의 작자들 가운데, 필경 이 작품이 제일이다"
라고 했다.

거울에 비친 백발을 보다 照鏡見白髮

宿昔靑雲志[1]   지난날의 청운의 뜻은

蹉跎白髮年[2]   어긋나서 백발의 나이가 되었네

誰知明鏡裏   누가 밝은 거울 속에서

形影自相憐   몸 그림자가 스스로 슬퍼함을 아는가?

주석 ⟨⟩

1) 宿昔(숙석): 지난날.

2) 蹉跎(차타): 넘어지다. 어긋나다.

노선 盧僎

노선(?-773?), 상주(相州) 임장(臨漳) 사람. 현종(玄宗) 개원(開元) 연간에 문희위(聞喜尉)를 지냈다. 나중에 저무량(楮無量)의 추천으로 집현전학사(集賢殿學士)가 되었다. 사부(祠部)·사훈원외랑(司勳員外郎)·양양령(襄陽令)·여주자사(汝州刺史) 등을 지내고 이부원외랑(吏部員外郎)으로 관직을 마쳤다. 시와 문을 잘 지어서, 지은 시문들은 당시에 칭송되었다. 그러나 대부분 일실되었다.

도중에 짓다 途中口號

抱玉三朝楚[1]	품은 옥을 세 조정의 초나라에 올리고
懷書十上秦[2]	품은 글을 진나라에 열 번 올렸네
年年洛陽陌	해마다 낙양 거리에선
花鳥弄歸人	꽃과 새들이 돌아가는 사람을 희롱하네

주석 〜

1) 초(楚)나라 화씨벽(和氏璧)을 말함. 『한비자(韓非子)·화씨편(和氏篇)』에 "초인(楚人) 화씨(和氏)가 초산(楚山) 중에서 옥박(玉璞)을 얻어서 여왕(厲王)에게 바쳤다. 여왕이 옥인(玉人)에게 살펴보도록 했다. 옥인이 돌이라고 했다. 왕이 화씨가 속였다고 하여 그 좌측 발꿈치를 잘라버리게 했다. 여왕이 죽자, 무왕(武王)이 즉위했다. 화씨가 또 그 옥박을 올렸다. 왕이 옥인에게 살펴보게 하니, 옥인이 또 돌이라고 했다. 왕이 회씨가 속였다고 하여 그 우측 발꿈치를 절단하라고 했다. 무왕이 죽자 문왕(文王)이 즉위했다. 화씨는 그 옥박을 품고 초산 아래서 삼일 밤낮 동안 통곡했는데, 눈물이 말라서 피가 흘러나왔다. 왕이 그것을 듣고 사람을 시켜 까닭을 물어보게 했다. '천하에는 발꿈치를 절단당한 사람이 많은데, 그대는 어찌 그토록 슬프게 통곡하는가?'라고 물으니, 화씨가 '나는 발꿈치를 절단당한 것을 슬퍼하는 것이 아니라, 보옥을 돌이라고 감정하고, 바른 사람을 사기꾼이라고 부르는 것을 슬퍼하는 것이다'라고 했다. 왕이 옥인에게 그 옥박을 가공하게 하여 보옥을 얻고서 마침내 화씨벽(和氏璧)이라고 명명했다"고 했다.

2) 『전국책(戰國策)·진책(秦策)』에 "소진(蘇秦)이 진왕(秦王)을 설득하려고, 글을 열 번이나 올렸으나 그 설(說)을 실행하지 않았다"라고 했다.

평설 ⌒

- 『지봉유설』에 "노선의 시 '抱玉三朝楚……'라고 했는데, 이는 과거에 낙
  방하고 귀향할 때 꽃과 새들에게 조롱을 받았다고 말한 것이다. 붙여놓
  은 '弄'자 하나에서 무료하고 곤돈(困頓)한 정상(情狀)을 집어낼 만하니,
  참으로 묘하고 참으로 묘하다! 다만 '三朝楚' 3글자는 온당하지 못한 듯
  하다"고 했다.

- 『당인만수절구선평』에 "말의 뜻이 공절(工絶)하다. '弄' 자가 구안(句眼)
  인데, 위 2구의 온족(穩足)를 단속했다"고 했다.

남망루 南望樓

去國三巴遠[1]	고향 떠나 삼파가 먼데
登樓萬里春	누대에 오르니 만 리의 봄이네
傷心江上客	상심한 강가의 나그네
不是故鄕人	고향사람이 아니리라

주석 ⌒

1) 三巴(삼파): 파군(巴郡)·파동(巴東)·파서(巴西)의 합칭. 사천성 가릉강(嘉
   陵江)과 기강(綦江) 유역의 동쪽 지역.

평설 ⌒

- 명나라 고병(高棅)의 『당시정성(唐詩正聲)』에 "오일일(吳逸一)이 평하여

'순아(純雅)하고 진절(眞絶)하다. 이는 초당의 제일의(第一義)이다'고 했다"라고 했다.

- 『당시선맥회통평림』에 "주경(周敬)이 '말은 간략한데 정의(情意)는 심완(深宛)하다'고 했다. 이몽양(李夢陽)이 '비개(悲慨)함에 맛이 있다'고 했다. 장일매(莊一梅)가 '다만 말구 5자는 허다한 위곡(委曲)이 있다'고 했다"라고 했다.

손적 孫逖

손적(696-761), 하남(河南) 공현(鞏縣) 사람. 개원(開元) 10년(722)에 현량방정(賢良方正)으로 추천되어 집현원수찬(集賢院修撰)을 지내고, 고공원외랑(考功員外郞) 및 전조고(典詔誥)를 지냈다. 오랜 후에 판형부시랑(判刑部侍郞)으로 옮기고 태자첨사(太子詹事)로 벼슬을 마쳤다. 시에 뛰어났으며, 안진경(顏眞卿)·이화(李華)·소영사(蕭穎士) 등이 모두 그의 문하에서 나왔다.

신라법사의 환국을 전송하다 送新羅法師還國

異域今無外	이역도 지금은 밖이 없는데
高僧代所稀	고승은 대대로 드문 바이네
苦心歸寂滅[1]	고심하여 적멸로 귀의하여
宴坐得精微[2]	연좌하여 정미함을 얻었네
持鉢何年至	의발을 지닌 것이 몇 년에 이르렀나?
傳燈是日歸[3]	전등하니 돌아갈 날이네
上卿揮別藻	상경께서 특별히 글을 지어두고
中禁下禪衣	궁중에선 선의를 하사했네
海闊杯還度[4]	바다 넓은데 술잔 타고 다시 건너가니
雲遙錫更飛[5]	구름 멀어서 지팡이를 다시 날리네
此行迷處所	이 행차의 처소를 모르는데
何以慰虔祈	어떻게 경건하게 위로해야 하나?

주석 ☙

1) 寂滅(적멸): 불도(佛道).

2) 宴坐(연좌): 좌선(坐禪).

3) 傳燈(전등): 전법(傳法).

4) 杯還度(배환도): 진(晉)나라 송(宋)나라 사이에 고승 배도(杯渡)가 항상 목배(木杯)를 타고 물을 건너다녔다고 함.

5) 錫更飛(석경비): 승려의 먼 여행을 '지팡이를 허공에 날려서 타고 간다'고 예로부터 표현했음.

운문사 누각에서 묵다 宿雲門寺閣[1]

香閣東山下[2]	향각이 동산 아래 있어
烟花象外幽	연화가 물상 밖에서 깊네
懸燈千嶂夕	등불 매단 천 봉우리의 저녁이며
卷幔五湖秋[3]	장막 걷은 오호의 가을이네
畵壁餘鴻雁	그림 벽엔 기러기 그림이 남아있고
紗窓宿斗牛	비단 창엔 두우성이 머물렀네
更疑天路近	다시 천로가 가까운가 싶은데
夢與白雲遊	꿈에서 흰 구름과 함께 노니네

주석 ⌒

1) 雲門寺(운문사): 절강성 소흥부(紹興府) 운문산(雲門山)에 있음. 진(晉)나라 왕헌지(王獻之)가 여기서 살았는데, 오색의 상서로운 구름이 올라서, 나라에 서 절을 건립하고 운문이라 불렀다고 함.

2) 香閣(향각): 절의 누각을 말함.

3) 五湖(오호): 태호(太湖)의 별칭.

평설 ⌒

● 『당시해』에 "차련(次聯)의 말은 장(壯)하고, 결어(結語)는 초탈했다. '幽 花'는 사물이 아름답다는 것이고, '千嶂'과 '五湖'는 조망이 멀다는 것이 다. '벽에 남아있는 기러기 그림'은 절이 오래되었다는 것이다. '창에 머 문 두우성'은 누각이 높다는 것이다. 누각이 높기 때문에 고향생각의 꿈 이 구름과 함께 노니는 것이다"라고 했다.

• 『당시평선』에 "각련(刻煉)이 몹시 기특하고, 결속(結束)이 완호(完好)한데, 비록 사람들에게 회자되더라도, 맛을 아는 사람은 백 명 중에 한 명일 뿐이다. 3·4구는 높은 누각의 저녁경치를 이루었는데, 곡절하게 삼모(三毛)를 그려냈다. '畵壁餘鴻雁'은 경치를 습득함이 입신(入神)이다. 의혹이 있는 자는 꿈을 꾸지 못하는데 반드시 꿈꿀 필요가 없기 때문에 꿈을 만든 것이다. 말은 비록 현료(玄寥)하지만, 스스로 오고감이 있다. 오고감이 없이 현료한 것은 광(狂)을 이룰 뿐이다"라고 했다.

낙양 이소부와 함께 영락공주가 번국으로 들어감을 보다
同洛陽李少府觀永樂公主入蕃[1]

邊地鶯花少	변방 땅은 꾀꼬리나 꽃이 드물어
年來未覺新	새해가 와도 깨닫지 못하는데
美人天上落	미인이 천상에서 떨어지니
龍塞始應春[2]	용새가 봄인 것을 비로소 아네

주석 ⌒

1) 永樂公主(영락공주): 당나라 현종(玄宗) 때 동평왕(東平王)의 외손녀 양씨(楊氏). 개원(開元) 5년(717)에 현종이 영락공주로 봉하고, 당시 내조했던 거란왕(契丹王) 이실활(李失活)에게 시집보냈음. 蕃(번): 중국 밖의 이민족을 번국(蕃國)이라 불렀음.

2) 龍塞(용새): 용성(龍城). 중국 서북 이민족의 지역을 가리키는 범칭.

왕지환 王之渙

왕지환(688-742), 자는 계릉(季陵), 진양(晉陽: 지금의 山西省 太原市) 사람. 나중에 강군(絳郡: 지금의 山西省 新絳縣)으로 옮겨 살았다. 일설에는 병주(幷州) 혹은 계문(薊門) 사람이라고도 한다. 이른 나이에 형수현주부(衡水縣主簿)를 지냈으나 무고를 당하여 파직되었다. 이후 10여 년 동안 황하(黃河) 남북 지역 및 먼 변방 지역을 떠돌아다녔다. 만년에 문안현위(文安縣尉)가 되었으나 곧 병들어 죽었다.

왕지환은 종군(從軍)과 출새(出塞)와 같은 작품에 뛰어났는데, 성당(盛唐) 때의 저명한 변새시파(邊塞詩派)의 한 사람으로서 왕창령(王昌齡)과 최국보(崔國輔) 등과 수창하며 한 때 명성을 떨쳤다.

『당재자전(唐才子傳)』에 "시는 정치(情致)가 아창(雅暢)하여 제·량(齊·梁)의 기(氣)를 얻었다. 작품이 있을 때마다 악공(樂工)들이 곧 가져다가 성율(聲律)에 올렸다"라고 했다. 그러나 그의 시는 거의 유실되었고, 『전당시(全唐詩)』에 겨우 시 8편이 전한다.

관작루에 오르다 登鸛雀樓[1]

白日依山盡	밝은 해는 산 너머로 저가고
黃河入海流	황하는 바다로 흘러들어가네
欲窮千里目	천리 끝까지 다 보려고
更上一層樓	다시 누대 한 층을 더 올라가네

주석 〜

1) 鸛雀樓(관작루): 심괄(沈括)의 『몽계필담(夢溪筆談)』에 "하중부(河中府)의 관작루(鸛雀樓)는 3층이다. 앞에는 중조산(中條山)을 바라보고, 아래로 대하(大河)를 굽어본다. 당(唐)나라 사람들이 남겨 논 시들이 많은데 다만 이익(李益)·왕지환(王之渙)·창당(暢當)의 3편이 그 정경을 형상할 수 있었다"고 했음. 관작(鸛雀)은 관작(鸛鵲)이라고도 하는데 곧 황새이다. 긴 목과 붉은 부리, 흰 몸과 검은 꼬리 깃을 지녔음. 일명 부부(負釜)·흑고(黑尻)·배조(背竈)·조군(皁裙) 등이라 불림. 관작루는 산서(山西) 포주부(浦州府: 지금의 永濟縣) 서남에 있었는데, 관작이 그 위에 서식하였기 때문에 관작루라 이름 붙였다고 하며, 황하의 범람으로 부서져버리고 그 터만 남아있다고 함.

평설 〜

• 『시수』에 "결구를 대해서는 반드시 뜻을 다 기울려야 한다. 왕지환의 '欲窮千里目, 更上一層樓'와 고달부(高達夫: 高適)의 '故鄉今夜思千里, 霜鬢明朝又一年'은 한 글자를 더 붙이게 되면 곧 옳지 않게 될 것이다"라고 했다.

• 『당시선맥회통평림』에 "주경(周敬)이 '크게 드넓은 안계(眼界)이다'고 했다"라고 했다.

- 『당시별재』에 "네 말이 모두 대(對)인데, 읽어 가면서 그 배열을 싫어하지 않게 되는 것은 골(骨)이 높기 때문이다"고 했다.

송별 送別

楊柳東風樹	버드나무는 봄바람 속의 나무
青青夾御河[1]	푸릇푸릇하게 어하를 끼고 있네
近來攀折苦	근래 올라가 가지를 꺾음이 괴로운데
應爲別離多[2]	마땅히 이별이 많기 때문이리라

주석

1) 御河(어하): 『수서(隋書)·식화지(食貨志)』에 "판저(板渚)로부터 하수(河水)를 끌어와서 회수(淮水)와 바다에 통하게 했는데, 이를 어하(御河)라고 한다. 물가에 어도(御道)를 축조하고 버드나무를 심었다"고 했음.

2) 육조시대부터 이별하여 떠나는 사람에게 버드나무가지를 꺾어주는 풍속이 있었음.

평설

- 『당시해』에 "이별이 많지만, 버드나무도 오히려 꺾어짐을 이겨낼 수 없는데, 어찌 사람의 정이 감당할 수 있겠는가?"라고 했다.

- 『당인만수절구선평』에 "자기의 송별로 인하여 세상 사람들의 이별이 많은 것을 생각했는데, 붓에 붙인 깊은 정이 무한하다"고 했다.

양주사 涼州詞[1]

黃河遠上白雲間　　황하는 멀리 흰 구름 사이로 올라가고
一片孤城萬仞山　　한 조각 외딴 성은 만 길의 산에 있네
羌笛何須怨楊柳[2]　강적은 어찌 그리 <절양류>를 슬프게 부는가?
春風不度玉門關[3]　봄바람은 옥문관을 넘지 못하네

주석 ᐸᐤ

1) 〈涼州詞(양주사)〉: 〈양주곡(涼州歌)〉이라고도 하며, 근대가사(近代歌辭)에
속함. 『악원(樂苑)』에서 "〈양주〉는 궁조곡(宮調曲)인데, 개원(開元) 연간에
서량도독(西涼都督) 곽지운(郭知運)이 올렸다"고 하였음. 양주는 당나라 때
용우도(龍右道)에 속했으며 지금의 감숙성(甘肅省) 무위현(武威縣)임. 시 제
목이 『악부시집(樂府詩集)』에는 〈출새(出塞)〉로 되어 있고, 첫구는 "黃沙直
上白雲間"으로, 말구는 "春光不度玉門關"으로 되어 있음. 모두 2수임.

2) 羌笛(강적): 고대 중국 서방(西方)의 강족(羌族)이 불었던 관악기. 피리의 일
종. 楊柳(양류): 〈절양류(折楊柳)〉곡을 말함. 『당서(唐書)・악지(樂志)』에
"양(梁)나라 악부(樂府)에 〈호취가(胡吹歌)〉가 있는데, '上馬不捉鞭, 反拗楊
柳枝. 下馬吹橫笛, 愁殺行客兒'라고 했다. 이 가사(歌辭)는 원래 북융(北戎)
에서 나왔는데 곧 〈고각횡취곡(鼓角橫吹曲)・절양류(折楊柳)〉가 그것이다"
라고 했음. 〈절양류〉는 버드나무를 꺾어주며 이별하는 노래임.

3) 玉門關(옥문관): 감숙성 돈황현(敦煌縣) 서쪽, 양관(陽關) 서북에 있음. 당나
라 때 양주의 서쪽 경계로서 서역(西域)으로 통하는 중요한 관문이었음. 이
구절의 봄바람은 임금의 은택을 말하고 있음.

- 『승암시화』에 "이 시는 은택이 변새(邊塞)에 미치지 못함을 말한 것이다. 이른바 군문(君門)이 만 리보다 더 멀다는 것이다"라고 하였다.

- 『전당시』에서 당나라 설용약(薛用弱)의 『집이기(集異記)』를 요약 인용하여 "개원(開元) 중에 왕지환은 왕창령(王昌齡)과 고적(高適)과 더불어 제명(齊名)했는데, 함께 기정(旗亭)에 가서 술을 사서 마셨다. 이원영관(梨園伶官) 십여 명이 모여서 연회를 하고 있었다. 세 사람은 자리를 피해 구석에서 화로를 끼고 그것을 구경했다. 잠시 후 묘령의 기생 네 명이 음악을 연주했는데 모두 당시의 명부(名部: 名曲)였다. 창령 등이 서로 약속하기를, '우리들은 각자 시명(詩名)을 떨치는데, 매번 스스로 갑을(甲乙)을 정하지 못했소. 지금 여러 영관들이 노래하는 것을 몰래 살펴서 서로의 시가 가사(歌詞)로 들어간 것이 많은 자를 으뜸으로 삼을 수 있을 것이오'라고 했다. 처음에는 창령의 시를 불렀고, 다음은 고적의 시를 불렀고, 또 그 다음에는 다시 창령의 시를 불렀다. 지환은 스스로 명성을 얻은 지가 이미 오래라고 생각했는데, 여러 기생 중에서 가장 아름다운 자를 가리키며 '이 자가 부르는 것이 내 시가 아니라면, 평생 그대들과 겨루지 않겠소'라고 했다. 다음으로 쌍환(雙鬟: 소녀)이 노래했는데 과연 「황하 운운」하는 시였다. 그로 인해 크게 함께 웃었다. 여러 영관들이 와서 묻자, 그 일을 말하였더니 곧 다투어 절을 하고 그들 자리로 오기를 청했다. 세 사람은 따라가서 종일 마시고 취했다"고 했다.

- 『당시경』에 "이는 원사(怨詞)인데, 생각이 공교롭고 격(格)이 노성(老成)하여 남들을 멀리 뛰어 넘는다"라고 했다.

- 『당시별재』에 "이우린(李于麟: 李攀龍)은 왕창령(王昌齡)의 '진시병월(秦時明月)'을 추대하여 압권으로 삼았고, 왕원미(王元美: 王世貞)는 왕한(王翰)의 '포도미주(葡萄美酒)'를 추대하여 압권으로 삼았다. 왕어양(王

漁洋: 王士禎)이 말하기를 「반드시 압권을 구해야 한다면 왕유(王維)의 '위성(渭城)'과 이백(李白)의 '백제(白帝)'와 왕창령의 '봉소평명(奉掃平明)'과 왕지환의 '황하원상'이 아마 가깝지 않겠는가!」라고 했다. 당나라 시대 전체에서 절구(絶句)는 이 4장(章)의 위를 넘지 못할 것이다"라고 했다.

맹호연 孟浩然

맹호연(689-740), 자는 호연(浩然), 양주(襄州) 양양(襄陽: 지금의 湖北省 襄陽縣) 사람이다. 젊은 시절에 녹문산(鹿門山)에 은거하였고, 40세가 되어 서울로 왔다. 일찍이 태학(太學)에서 시를 읊으니 좌중이 감탄하고 승복하였다. 장구령(張九齡)과 왕유(王維) 등과 친했는데, 왕유가 현종(玄宗)에게 그를 추천하였으나 뜻을 이루지 못했다. 장구령이 형주자사(荊州刺史)가 되어 그를 종사관(從事官)으로 임명했다. 종사관을 그만둔 후 개원(開元) 말에 등창이 나서 죽었다.

은번(殷璠)의 『하악영령집(河嶽英靈集)』에서 "호연의 시는 문채(文彩)가 봉용(丰茸)하고, 경위(經緯)가 면밀(緜密)하고, 반은 아조(雅調)를 준수했고, 평범한 체(體)는 완전히 삭제했다"고 했다. 『전당시』에서는 "호연이 시를 지을 때는 흥(興)이 나기를 기다려서 지었는데, 뜻을 짓는 것을 지극히 골똘히 했고, 편집(篇什)이 이미 완성되면 평범하고 천근한 것은 세삭(洗削)하여 초연(超然)히 독묘(獨妙)했다. 비록 기상(氣象)이 청원(淸遠)하고 채수(采秀)가 안에 비출지라도, 조사(藻思)가 미치지 못한 바가 있다. 명황(明皇) 때에는 장구(章句)의 풍(風)이 몹시 건안체(建安體)

를 얻었는데, 논자들은 이백(李白)과 두보(杜甫)를 으뜸으로 추대했다. 그 사이에서 부끄럽지 않을 사람은 호연이다"고 했다.

맹호연은 왕유와 함께 '왕맹(王孟)'이라 병칭되며, 성당(盛唐) 산수전원 시파의 중요시인 중의 한 사람이다. 그러나 그의 시는 사회에 대한 관심이 결핍하여 내용이 협소하다는 비판을 면하지 못한다.

여러 사람들과 현산에 오르다 與諸子登峴山[1]

人事有代謝[2]	사람 일은 바뀌어 변하므로
往來成古今	지나가고 오는 일이 고금을 이루네
江山留勝迹[3]	강산이 명승고적을 머물러두어
我輩復登臨	우리들 다시 산에 올랐네
水落魚梁淺[4]	물 줄어서 어량이 얕고
天寒夢澤深[5]	날 차가워 운몽택이 깊네
羊公碑尚在[6]	양공의 비석이 아직 남아있어
讀罷淚沾襟	다 읽고 나니 눈물이 옷을 적시네

주석 ༄

1) 峴山(현산): 양양(襄陽) 동남쪽 한강(漢江) 연안에 있는 산. 현수산(峴水山)이
라고도 함.

2) 代謝(대사): 교체되어 바뀜. 『회남자(淮南子)·병략훈(兵略訓)』에 "輪轉而無
窮, 象日月之運行, 若春秋有代謝"라고 했음.

3) 勝迹(승적): 명승고적. 후인이 세워놓은 진(晉)나라 양호(羊祜)의 비(碑)를
말함.

4) 魚梁(어량): 물을 한 군데로 흐르게 하여, 그 곳에 통발을 놓아 물고기를 잡
는 장치. 어살이라고 함.

5) 夢澤(몽택): 운몽택(雲夢澤). 고대 초(楚) 땅 늪지의 숲 이름. 지금의 호북성
남부와 호남성 북부 일대 지방.

6) 羊公(양공): 진(晉)나라 양호(羊祜). 자는 숙자(叔子). 양호가 양양(襄陽)을
맡아 정사의 공적이 많았으므로, 사후에 양양 사람들이 그가 산수를 사랑하
여 노닐던 현산에 비석을 세우고 사당을 지어 해마다 제사를 올렸다. 그 비

석을 보면 눈물을 흘리지 않는 이가 없기 때문에 타루비(墮淚碑)라고 불렀다고 함.

평설 ᢒᢣ

• 『시수』에 "측기(仄起)로서 고고(高古)한 것은 …… '人事有代謝, 往來成古今'과 '梅頭廣林近, 九月在南徐' 등인데, 많지 않음이 서글프다. 대개 초당과 성당에서는 우기(偶起)를 공교롭게 함이 많다. 중당과 만당은 비천하고 미약하여 볼 것이 없다"고 했다.

• 『당시별재』에 "청원(淸遠)한 작품으로 괴롭게 고치고 힘을 붙이는 데 번거롭지 않았다"고 했다.

친구의 별장에 들리다 過故人莊

故人具鷄黍	벗이 닭고기 기장밥을 차려놓고
邀我至田家	나를 불러 시골집에 이르렀네
綠樹村邊合	초록 숲은 마을 가를 둘렀고
靑山郭外斜	푸른 산은 성곽 밖에 기울었네
開筵面場圃[1]	자리 펴서 채마밭을 보며
把酒話桑麻	술잔 들고 뽕과 삼농사를 얘기하네
待到重陽日	중양일 오기를 기다렸다가
還來就菊花	다시 와서 국화 앞에 나아가리라

1) 筵(연):『당시품휘(唐詩品彙)』에는 헌(軒)으로 되어있음. 場圃(장포): 채마밭. 가을에는 타작마당으로 사용함. 장을 타작마당으로, 포를 채마밭으로 구분한 것은 후대의 일이다.

평설 ⌒⌒

- 『영규율수』에 "이 시는 구절구절이 자연스럽다. 새겨서 그린 흔적이 없다"고 했다.

- 『영규율수간오』에 "이 시와 같은 자연충담(自然沖淡)함을 초학자가 성급히 등급을 넘어서 본받으려고 하면, 매끄러운 가락을 그치지 않게 할 수가 없다"고 했다.

- 『당시귀』에 "'취(就)' 자가 묘하다. 한 편의 시가 이 한 글자를 가져와서 생색이 났다"고 했다.

- 『당시별재』에 "전체가 청묘(淸妙)하다. 말구의 '취'자는 작의(作意)적인데, 그러나 자연스럽다"고 했다.

여름날 남정에서 신대를 생각하다 夏日南亭懷辛大[1]

山光忽西落[2]	산 속 햇빛은 갑자기 서쪽으로 지고
池月漸東上	연못의 달이 점차 동쪽에서 떠오르네
散髮乘夕涼	머리 풀고 저녁 서늘함을 타고
開軒臥閒敞[3]	창을 열고 한가롭게 누웠네

荷風送香氣　　　연꽃바람은 향기를 보내오고

竹露滴淸響　　　댓잎의 이슬방울은 맑은 소리를 내네

欲取鳴琴彈[4]　　금을 가져다가 타고 싶지만

恨無知音賞[5]　　들어줄 지음이 없는 것이 한스럽네

感此懷故人　　　이에 감개하여 벗을 생각하니

中宵勞夢想[6]　　밤중에 꿈속의 그리움이 괴롭네

주석 ⏳

1) 辛大(신대): 누구인지 알 수 없음. 맹호연의 시에 〈서산심신악(西山尋辛諤)〉
   시가 있는데, 신악(辛諤)이 신대가 아닌가 싶음. 『전당시』에서 하일(夏日)은
   일작 하석(夏夕)이라 했음.

2) 山光(산광): 산 속의 햇빛. 낙(落)은 『전당시』에서 일작 발(發)이라 했음.

3) 閒敞(한창): 한창(閑敞). 한가롭고 개창(開敞)함.

4) 鳴琴(명금): 금(琴).

5) 知音(지음): 전국시대 초(楚)나라 백아(伯牙)는 금의 명수였는데, 그의 음악
   을 잘 이해해주던 종자기(鍾子期)가 죽자, 자신의 음악을 알아줄 사람이 세상
   에 다시는 없다고 하고는 금의 현을 끊어버리고 평생 타지 않았다고 함.

6) 中宵(중소): 중야(中夜).

평설 ⏳

● 『당시별재』에 "하풍(荷風)과 죽로(竹露)의 구절은 가경(佳景)이며 또한
   가구(佳句)이다. 이밖에 또한 '微雲淡河漢, 疎雨滴梧桐' 구가 있는데, 한
   때에 감탄하며 청절(淸絶)하다고 했다"고 했다.

정사관을 유람하고 돌아왔는데, 왕백운이 뒤에 남아 있었다
遊精思觀回, 王白雲在後[1]

出谷未停午	골짜기를 나올 땐 정오가 못 되었는데
到家日已曛	집에 도착하니 해가 이미 석양이네
回瞻下山路	하산 길을 되돌아보니
但見牛羊羣	다만 소와 양 떼만 보이고
樵子暗相失	나무꾼들은 어둠 속에서 서로를 잃고
草蟲寒不聞	풀벌레소리는 추워서 들리지 않네
衡門猶未掩[2]	형문을 여전히 닫지 못한 채
佇立望夫君[3]	우두커니 서서 그대를 기다리네

주석 ᧕

1) 精思觀(정사관): 당시 양양(襄陽) 부근에 있었던 도관(道觀). 관(觀)은 도교사원(道敎寺院). 王白雲(왕백운): 왕형(王迥). 호는 백운선생(白雲先生). 양양 녹문산(鹿門山)에 은거했음. 『전당시』에 시 1수가 전함.

2) 衡門(형문): 횡목(橫木)으로 만든 문.

3) 夫君(부군): 남조 사조(謝朓)의 〈수덕부(酬德賦)〉에 "聞夫君之來守"라고 했는데, 부군은 사조의 친구 심약(沈約)이다. 여기서는 왕형을 말함.

평설 ᧕

• 『당시귀』에 "종성(鍾惺)이 '樵子'와「草蟲」으로부터「在後」를 낸 것을 보면, 몹시 묘하다.「草蟲」구는 더욱 미묘하다. 1수의 도연명의 시가 도리어 율(律) 안으로 들어왔으니, 묘하고 묘하다!'고 했다. 담원춘(譚元春)

이 '호정(好靜)과 호객(好客)의 두 뜻이 모두 있다. 묘함이 찾을 수 없는 자취에 있다'고 했다"고 했다.

- 청나라 왕사정(王士禎)의 『대경당시화(帶經堂詩話)』에 "엄창랑(嚴滄浪: 嚴羽)이 선(禪)으로써 시를 비유했는데, 나는 몹시 그 설이 마음에 든다. 오언시는 더욱 그것에 가깝다……호연의 '樵子暗相失, 草蟲寒不聞'과 유신허(劉眘虛)의 '時有落花至, 遠水流水香'은 묘체미언(妙諦微言)인데, 세존(世尊)이 꽃을 따자, 가섭(迦葉)이 미소 지었던 것과 동등하게 차별이 없다. 그 이해에 통하는 자는 상승(上乘)이라 말할 수 있다"고 했다.

동정호를 바라보며 장승상에게 주다 望洞庭湖贈張丞相[1]

八月湖水平[2]	팔월의 호수 물이 차올라
涵虛混太淸[3]	물에 비친 허공이 하늘과 섞였네
氣蒸雲夢澤[4]	수증기가 운몽택에서 오르고
波撼岳陽城[5]	파도는 악양성을 흔드네
欲濟無舟楫[6]	물을 건너고자 해도 배가 없어서
端居恥聖明[7]	은거하며 태평성대에 부끄럽네
坐觀垂釣者[8]	앉아서 낚시꾼을 바라보며
空有羨魚情[9]	공연히 물고기를 바라는 정을 품네

주석 ✑

1) 제목은 일작 〈임동정(臨洞庭)〉이라고도 함. 洞庭湖(동정호): 호북성(湖北省)

북쪽, 장강(長江) 남안(南岸)에 있음. 張丞相(장승상): 장구령(張九齡). 현종 (玄宗) 개원(開元) 22년(734)에서 24년(736) 까지 재상을 지냈음.

2) 平(평): 물이 차올라서 물가 연안과 나란해지는 것.

3) 涵虛(함허): 물에 비친 허공. 太淸(태청): 하늘.

4) 雲夢澤(운몽택): 고대 초(楚)나라의 습지 이름. 장강(長江)남쪽의 몽택(夢澤) 과 장강 북쪽의 운택(雲澤). 면적이 8, 9백 리에 이르는데, 고대 제후들의 사 냥터였다. 지금은 육지가 되었고 동정호 북안 일대 지역이다.

5) 岳陽城(악양성): 지금의 호남성 악양현(岳陽縣)에 있음. 撼(감): 일작 동(動).

6) 舟楫(주즙): 배를 말함. 즙(楫)은 짧은 노(櫓). 긴 노는 도(櫂)라고 함. 배가 없다는 것은 자신을 출사의 길로 이끌어줄 사람이 없다는 것을 말함.

7) 端居(단거): 독거(獨居), 은거(隱居). 聖明(성명): 성철(聖哲)하고 영명(英明) 한 임금이 이룩한 태평성대를 말함. 즉 치세(治世), 혹은 명시(明時).

8) 坐觀(좌관): 일작 도련(徒憐). 者(자): 일작 수(叟).

9) 空(공): 일작 도(徒). 羨魚情(선어정):『회남자(淮南子)·설림편(說林篇)』에 "물가에 임해 물고기를 바라는 것은 물러가서 그물을 짜는 것만 못하다(臨河 而羨魚, 不如退而結網)"고 했음. 물고기를 바라는 정은 출사하고자 하는 마음 을 말함. 위 구절의 낚시꾼은 집정자(執政者)를 말함.

평설 ᘓ

• 송나라 증계리(曾季貍)의『정재시화(綎齋詩話)』에 "노두(老杜: 杜甫)에 게 〈악양루(岳陽樓)〉시가 있는데, 맹호연 또한 그러하다. 호연이 비록 노두에게 미치지는 못하지만, '氣蒸雲夢澤, 波撼岳陽城'은 또한 스스로 웅장(雄壯)하다"고 했다.

•『시수』에 "氣蒸雲夢澤, 波撼岳陽城'은 맹호연의 장어(壯語)이다. 두보의

'吳楚東南坼, 乾坤日夜浮'는 기상(氣象)이 그것을 넘어선다"라고 했다.

● 『승암시화』에 "맹호연의 '八月湖水平, 涵虛混太淸'은 비록 율(律)이지만, 고의(古意)를 머금었는데, 모두 기구의 묘로서 법으로 삼을 만하다"고 했다.

● 『당시경』에 "혼혼(渾渾)함이 변제(邊際)로 떨어지지 않았다. 3·4구는 협당(愜當)하고, 혼융함이 천성(天成) 같다"고 했다.

● 『당시귀』에 "사람들은 그 웅대함은 알지만, 그 온후함은 알지 못한다"고 했다.

● 『시원변체』에 "호연의 '八月湖水平' 한 편은, 전 4구가 몹시 웅장한데, 뒤는 약간 적당하지 못하다. 또 '舟楫'과 '聖明'은 부(賦)로써 비(比)에 대우했는데 공교롭지 못하다. 어떤 이가 이 시를 맹시의 압권이라고 하기에 표명하는 바이다"라고 했다.

● 『당시별재』에 "기법(起法)이 높고 깊다. 3·4구는 웅활(雄闊)하여 충분히 제목에 알맞다. 이 시를 읽어보면 양양(襄陽: 맹호연)이 은둔을 달게 여지지 않았음을 알 수 있다"고 했다.

세모에 남산으로 돌아가다 歲暮歸南山[1]

北闕休上書[2]	북궐에 글을 올림을 그만두고
南山歸弊廬	남산의 오두막으로 돌아왔네
不才明主棄	재능이 없어서 밝은 임금이 버리고
多病故人疎	병이 많아서 벗들이 멀리 하네

白髮催年老　　　백발은 늙음을 재촉하는데
青陽逼歲除³⁾　　봄이 세밑에 다가왔네
永懷愁不寐　　　오래 수심을 품고 잠 못 이루는데
松月夜窓虛　　　소나무의 달빛 속 밤 창가가 비어있네

주석 ☞

1) 제목이 〈귀종남산(歸終南山)〉이라고 된 판본도 있음. 장안(長安)의 종남산이
   라 한 것은 잘못임. 맹호연의 고향집이 양양성(襄陽城) 남쪽 현산(峴山) 부근
   에 있기 때문에 남산이라 한 것임.

2) 北闕(북궐): 통칭 황제의 거처. 혹은 황제의 대칭.

3) 青陽(청양): 봄.

평설 ☞

● 오대(五代) 왕정보(王定保)의 『당척언(唐摭言)』에 "양양시인(襄陽詩人)
  맹호연은 개원(開元) 중에 자못 왕우승(王右丞: 王維)의 지우를 받았다.
  그의 시구에 '微雲淡河漢, 疎雨滴梧桐'이 있었는데, 우승이 읊어보고는
  감탄을 그치지 않았다. 왕유는 금란전(金鑾殿) 대조(待詔)였는데, 하루
  는 그를 불러다가 풍아(風雅)를 상의했다. 갑자기 임금이 왕유가 있는
  곳으로 행차하자, 호연은 놀라서 상 밑으로 엎드렸다. 왕유는 감히 감출
  수가 없어서 사실을 아뢰었다. 임금이 기뻐하며 '짐(朕)은 평소 그 사람
  에 대해서 들은 적이 있다'고 했다. 그로 인하여 임금을 알현했는데, 임
  금이 '경(卿)은 지은 시를 가지고 왔는가?'라고 했다. 호연이 아뢰기를
  '신(臣)은 마침 지어놓은 시를 가져오지 못했습니다'라고 하니, 임금이
  곧 읊어보라고 명했다. 호연은 명을 받들어, 배무(拜舞)하고 시를 짓기

를 '北闕休上書, 南山歸臥廬. 不才明主棄, 多病故人疎'라고 했다. 임금이 그것을 듣고 무연(憮然)해 하며 '짐은 사람을 버린 적이 없는데, 스스로 경이 출사를 구하지 않은 것이다. 어찌 도리어 이렇게 지을 수가 있는 가?' 했다. 그로 인하여 추방하여 남산으로 돌아가게 하니, 종신토록 벼슬하지 못했다"고 했다.

● 『영규율수』에 "8구가 모두 진표(塵表)를 초절(超絶)했다"고 했다.

봄날 새벽 春曉

春眠不覺曉	봄잠에 날 새는 줄 몰랐는데
處處聞啼鳥	곳곳에서 새소리 들려오네
夜來風雨聲	밤중에 비바람 소리 났는데
花落知多少[1]	꽃 진 것이 얼마일지 모르겠네

주석

1) 知多少(지다소): 부지다소(不知多少).

평설

● 『당시광선』에 "고(顧)가 '진경(眞景)과 실정(實情)인데, 남들은 이를 수 없는 말이고, 고흥(高興)과 기어(奇語)는 오직 우리 맹공(孟公)뿐이다'라고 했다.

- 『당시귀』에 "종성(鍾惺)이 '이런 시경(猜境)에 통한 것이 묘하고 묘하다!' 고 했다"고 했다.

- 『당시해』에 "옛 사람이 시는 참선(參禪)과 같다고 했는데, 이런 말들은 묘오자(妙悟者)가 아니면 말할 수 없다"고 했다.

- 『당시경』에 "아! 흡족하다! 완벽하게 규중체(閨中體)의 기(氣)를 얻어서 완연히 육조(六朝)의 작품 같다. 다만 골(骨)이 엄하지 못하다"고 했다.

- 『당시전주』에 "시가 자연스러움에 이르러서 흔적을 찾아볼 수 없다. '花 落' 구는 봄을 애석해하는 뜻을 머금었다"고 했다.

- 『시법이간록』에 "또한 일기(一氣)로 유전(流轉)하는 묘를 갖추었다"고 했다.

- 『당인절구정화』에 "이는 고금에서 전송(傳誦)하는 작품인데, 가처(佳處) 는 사람마다 모두 항상 지니고 있는 바인데, 오직 맹호연만이 말하여 내 놓을 수 있었다. 비바람소리를 듣고 꽃을 애석해한 것은 시인의 정치(情 致)를 볼 수 있을 뿐만 아니라, 굴자(屈子: 굴원)의 '哀衆芳之零落'의 감 개를 지니고 있다"고 했다.

건덕강에 머물다 宿建德江[1]

移舟泊烟渚	배 옮겨 안개 낀 물가에 정박하니
日暮客愁新	날 저물어 나그네 수심이 새롭네
野曠天低樹	들이 비어서 하늘이 숲에 나직하고
江淸月近人	강물이 맑으니 달이 사람에 가깝네

1) **建德江**(건덕강): 신안강(新安江)이 절강(浙江) 구현(衢縣)을 경유하여 건덕현(建德縣)에 이르는 일대의 강을 말함.

평설 Ꮕ

- 『지봉유설』에 "맹호연의 시에 '江淸月近人'라고 했고, 두자미(杜子美: 두보)의 시에 '江月去人只數尺'이라 했는데, 나대경(羅大慶)이 호연은 혼함(渾含)하고, 자미는 정공(精工)하다고 했다. 나는 자미의 이 구는 호연에게 미치지 못한다고 생각한다"고 했다.

- 『비점당시정성』에 "말은 적지만 뜻은 심원하다. 맑은 생각이 통렬하게 골수로 들어왔다"고 했다.

- 『당시해』에 "나그네의 수심이 경(景)으로 인하여 생겨났기 때문에, 하련에서 다시 정을 말하지 않았는데, 여행의 수심이 절로 드러났다"고 했다.

- 『당시별재』에 "하반은 사경(寫景)인데, 나그네의 수심이 절로 드러났다"고 했다.

- 『당시전주』에 "'野曠' 1연에서, 사람들은 다만 그 사경의 묘만 보고, 그것이 즉경(卽景)으로써 여정(旅情)을 말함이 언외에 맛이 있음은 모른다"고 했다.

- 『당인절구정화』에 "시가(詩家)에서 정이 경(景) 안에 있다는 설이 있는데, 이 시가 그러하다"고 했다.

두십사를 전송하다 送杜十四[1]

荊吳相接水爲鄕	형땅과 오땅이 서로 접해 물 고을이 되니
君去春江正渺茫	그대가 봄 강으로 떠나가니 진정 아득하네
日暮征帆泊何處	해 저물고 가는 배는 어디에 정박하나?
天涯一望斷人腸	하늘 끝을 한 번 바라보니 애가 끊기네

주석 ⌒

1) 일작 〈送杜晃進士之東吳〉라고도 함.

절강을 건너면서 배 안의 사람에게 묻다 渡浙江問舟中人[1]

潮落江平未有風	조수가 빠져나가 강물 잔잔하고 바람도 없는데
輕舟共濟與君同	가벼운 배로 그대와 함께 건너네
時時引領望天末	때때로 옷깃 당겨 하늘 끝을 바라보게 하니
何處靑山是越中	어느 곳 푸른 산이 월땅에 있는가?

주석 ⌒

1) 浙江(절강): 강소성 항주(杭州) 전당현(錢塘縣) 남쪽에 있음. 일명 전당강(錢
塘江).

기무잠 綦毋潛

기무잠(692?-755?), 자는 효통(孝通), 건주(虔州: 강서성 贛縣) 사람. 개
원(開元) 14년(726)에 진사에 합격하고, 의수위(宜壽尉)가 되었다. 집현
전대제(集賢殿待制)와 교서랑(校書郞)을 지냈다. 천보(天寶) 초에 귀향
했다가, 다시 우습유(右拾遺)를 지냈다. 천보 말에 저작랑(著作郞)을 지
냈다.

기무잠은 장구령(張九齡)·저광희(儲光羲)·노상(盧象)·위응물(韋應物)
등과 절친했고, 이기(李頎)와 왕유(王維)와도 수창함이 많았다.

봄날 약야계에 배를 띄우다 春泛若耶溪[1]

幽意無斷絕[2]	그윽한 뜻이 단절함이 없어서
此去隨所偶	이처럼 가며 우연히 가는 대로 따라가네
晚風吹行舟	저녁바람이 가는 배에 불어오고
花路入溪口	꽃길은 시내 입구로 들어가네
際夜轉西壑	밤이 되어 서쪽 골짜기를 돌아가는데
隔山望南斗	산을 격하여 남두성을 바라보네
潭煙飛溶溶[3]	못의 물안개는 뭉게뭉게 날고
林月低向後	숲의 달빛은 나직이 뒤로 내리네
生事且瀰漫[4]	살아갈 일이 또한 가득한데
願爲持竿叟	낚싯대 든 늙은이가 되고 싶네

주석 ∽

1) 若耶溪(약야계): 절강성 소흥현(紹興縣) 동쪽에 있는 시내 이름.

2) 幽意(유의): 유한(幽閑)한 정취(情趣).

3) 溶溶(용용): 왕성하게 많은 모양.

4) 瀰漫(미만): 충만(充滿).

평설 ∽

● 『당시해』에 "수려하고 예스럽다"고 했다.

● 『당시귀』에 "종성이 '기구는 기력이 있다. 「潭烟」 2구는 조용함 속에서 나옴을 본다'고 했다. 담운춘이 '묘어가 떠서 나왔는데, 심수(心手)를 격

지 않은 듯하다'고 했다"고 했다.

영은사 산꼭대기 선원에 적다 題靈隱寺山頂禪院[1]

招提此山頂[2]	서로 이끌며 이 산의 정상에 오르니
下界不相聞	하계와는 서로 들리지 않네
塔影挂淸漢	탑 그림자는 맑은 은하수에 걸려 있고
鐘聲和白雲	종소리는 흰 구름과 합쳐지네
觀空静室掩[3]	관공하는 정실이 닫혀 있고
行道衆香焚	도를 행하며 많은 향을 사르네
且駐西來駕	장차 서쪽에서 올 수레를 머물게 하면
人天日未曛[4]	인천에 해가 저물지 않으리라

주석 ⟨⟩

1) 靈隱寺(영은사): 항주(杭州) 서호(西湖) 서북쪽 북고봉(北高峰) 아래에 있음.
   진(晉)나라 함화(咸和) 원년에 인도(印度)에서 온 승려 혜리(慧理)가 창건했음.

2) 招提(초제): 서로 이끄는 것.

3) 觀空(관공): 참선(參禪)과 같음. 静室(정실): 참선하는 방.

4) 人天(인천): 불교의 육도윤회(六道輪回) 중의 인도(人道)와 천도(天道). 널리
   여러 세간(世間)과 중생(衆生)을 말함.

평설 ᓚ

● 『당시귀』에 "종성이 「影挂」가 더욱 묘하다. 위 구의 묘는 「影」에 있는데, 이 구의 묘는 「和」에 있다'고 했다. 담원춘이 「衆香」이 좋다'고 했다"고 했다.

● 『당시선맥회통평림』에 "주경(周敬)이 '풍소(風騷)의 구법(句法)이다. 「塔影」 두 마디가 안진경한(雁陣驚寒)을 이루었는데, 먼저 보고 나중에 들었음을 말한 것이다'라고 했다"고 했다.

융상인의 난야를 방문하다 過融上人蘭若[1]

山頭禪室挂僧衣	산꼭대기 선실엔 승의가 걸려 있고
窗外無人溪鳥飛	창밖엔 인적 없이 개울의 새가 나네
黃昏半在下山路	황혼이 하산 길의 절반쯤 깔렸는데
却聽鐘聲戀翠微	다시 종소리 들으며 산기슭을 연모하네

주석 ᓚ

1) 蘭若(난야): 범어(梵語) 아란야(阿蘭若)의 약칭. 사찰(寺刹).

평설 ᓚ

● 『당시귀』에 "종성이 '유운(幽韻)일 뿐만 아니라, 음향 또한 몹시 청오(淸奧)하다'고 했다. 담원춘이 「半在」가 묘하다'고 했다"고 했다.

저광희 儲光羲

저광희(706?-762?), 곤주(袞州: 산동성) 사람. 개원(開元) 14년(726), 기무잠(綦毋潛)과 최국보(崔國輔) 등과 함께 동시에 진사에 합격했다. 안의(安宜)·사수(汜水)·하규위(下邽尉) 등을 지낸 후 귀향했다가, 다시 나와서 태축(太祝)을 지냈다. 천보(天寶) 말에 감찰어사(監察御史)를 지냈다. 안녹산의 반란 때 장안(長安)에서 포로가 되어 적의 관작(官爵)을 받았는데, 반란이 평정된 후 영남(嶺南)으로 쫓겨나서 그곳에서 죽었다. 『하악영대집』에 "저공(儲公)의 시는 격(格)이 높고 조(調)는 일탕하고 취(趣)는 원대하고 정(情)은 깊은데, 평범한 말은 다 깎아내 버리고, 풍아(風雅)의 자취와 호연(浩然)한 기(氣)를 끼고 있다"고 했다.
『시수』에 "저광희는 한완진지(閑婉眞至)한데, 농가시(農家詩)의 경우는 종종 왕유와 맹호연을 넘어섰다"고 했다.

밤에 낙구에 도착하여 황하로 들어가다 夜到洛口入黃河[1]

河洲多青草	황하 물섬엔 푸른 풀이 많고
朝暮增客愁	밤낮으로 나그네 시름만 더하네
客愁惜朝暮	나그네 시름은 밤낮을 아까워하건만
枉渚暫停舟[2]	왕저에서 잠시 배를 멈췄네
中宵大川靜	한밤중 큰 강물은 고요하고
解纜逐歸流	닻줄 풀어 돌아가는 물결을 좇네
浦潊旣淸曠[3]	포구는 이미 맑고 밝은데
沿洄非阻脩[4]	거슬러 올라감이 막히거나 길지도 않네
登艫望落月	뱃머리에 올라가서 지는 달을 바라보고
擊汰悲新秋	물결을 치며 새 가을을 슬퍼하네
倘遇乘槎客[5]	뗏목 탄 객을 만난다면
永言星漢遊	은하수에서의 유람을 오래 말하리라

주석 ☜

1) 洛口(낙구): 하남부(河南府) 공현(鞏縣)의 낙수(洛水)가 북쪽으로 낭야저(琅邪渚)를 대하고 황하로 들어가는 곳을 낙구라고 함.

2) 枉渚(왕저): 지명. 호남성 상덕현(常德縣)에 있음. 여기서는 단순히 차용한 것임.

3) 浦潊(포서): 포구(浦口)와 같음.

4) 阻脩(조수): 길이 막히고 먼 것.

5) 乘槎客(승사객): 전설에 의하면, 은하수가 바다와 통해 있을 때 어떤 사람이 뗏목을 타고 은하수로 올라가서 견우와 직녀를 만나고 왔다고 함. 『박물지(博物志)』 등에 그 기사가 실려 있음.

전가잡흥 田家雜興[1]

1

衆人恥貧賤	많은 사람들은 빈천을 부끄러워하며
相與尚膏腴[2]	서로 함께 부귀만 숭상하네
我情既浩蕩	내 마음은 이미 호탕하니
所樂在畋漁	즐기는 것은 사냥과 낚시이네
山澤時晦冥	산택이 어두울 때는
歸家暫閒居	귀가하여 잠시 한가롭게 지내네
滿園種葵藿	밭에 가득 아욱과 콩을 심고
繞屋樹桑楡	집을 둘러 뽕과 느릅나무를 심었네
禽雀知我閒	새들도 내 한가함을 아는 양
翔集依我廬	날아와 모여서 내 여막에 의지하네
所願在優游	원하는 바가 한가한 노닒에 있으니
州縣莫相呼	주현에서 서로 부르지 않네
日與南山老	매일 남산의 늙은이와 더불어
兀然傾一壺	올연히 술병을 기울이네

주석 ↷

1) 원래 8수임.
2) 膏腴(고유): 부귀(富貴).

2

楚山有高士[1]	초산에 고사가 있고
梁國有遺老[2]	양국에 유로가 있어서
築室旣相鄰	집을 지어 서로 이웃이 되어
同田復同道	밭과 길을 함께 사용하네
糗糒常共飯[3]	건량으로 항상 함께 밥 먹고
兒孫每更抱	아손들을 언제나 번갈아 안아주네
忘此耕耨勞[4]	이 농사일의 노고를 잊으니
愧彼風雨好	저 비바람의 좋음이 부끄럽네
蟪蛄鳴空澤[5]	쓰르라미는 빈 늪에서 울고
鵙鳩傷秋草[6]	두견새는 가을 풀을 상심해 하네
日夕寒風來	밤낮으로 찬바람 불어오니
衣裳苦不早	의상을 일찍 준비 못함이 괴롭네

주석 ∽

1) 楚山(초산): 상산(商山)을 말함. 섬서성 상현(商縣). 상산사호(商山四皓)가 은 거했던 산.

2) 梁國(양국): 전국시대 초(楚)지역으로서 유로(遺老)는 몽(蒙) 출신의 장자(莊 子)를 가리키는 듯함.

3) 糗糒(구비): 건량(乾糧). 미숫가루와 같은 것.

4) 耕耨(경누): 밭 갈고 김매는 것.

5) 蟪蛄(혜고): 매미의 일종. 쓰르라미.

6) 鵙鳩(제결): 두견새. 백로(伯勞)라고 하는 설도 있음.

평설 ∽

- 『당시품휘』에 "도연명과 비교하면 약간 굳센데, 섬연(贍然)함은 각자 스스로 좋다"라고 했다.

- 『비점당음』에 "다만 집안의 일상에 나아가서 지락(至樂)을 그려내니, 작가의 글이 참으로 도(道)에 가까움이 많다"고 했다.

- 『당시별재』에 "'旣念生子孫, 方思廣園圃'와 '糗糒常共飯, 兒孫每更抱'와 같은 종류는 진박(眞朴)한데, 우승(右丞: 王維)의 전가시(田家詩)에서도 말하여 드러내지 못했던 것들이다"라고 했다.

- 『현용설시(峴傭說詩)』에 "저광희의 〈전가(田家)〉 여러 작품의 진박(眞朴)한 곳은 마힐(摩詰: 왕유)보다 낫다"고 했다.

낚시하는 물굽이 釣魚灣

垂釣綠灣春	낚시 드리운 초록 물굽이는 봄인데
春深杏花亂	봄이 깊어 살구꽃이 어지럽게 날리네
潭淸疑水淺	연못이 맑아 물이 얕은가 싶고
荷動知魚散	연꽃이 움직이니 물고기가 흩어짐을 아네
日暮待情人	날 저물어 정인을 기다리며
維舟綠楊岸	초록 버들의 언덕에 배를 맸네

평설 ∽

- 『비점당음』에 "천취(天趣)가 스스로 특별하다"고 했다.

- 『비점당시정성』에 "의상(意象)이 청원(淸遠)하여, 자족(自足)함이 진정 과다(寡多)에 있지 않다"고 했다.

- 『당시해』에 "이는 낚시에 무심함을 보였는데, 빌려오기를 적정(適情)으로써 했다. 그래서 즉경(卽景)의 그윽함이 진락자재(眞樂自在)하다"고 했다.

- 『당시별재』에 "'待情人'은 동지(同志)를 기다리는 것이다. 낚시하는 자의 뜻이 물고기에 있지 않음을 보인 것이다"라고 했다.

강남곡 江南曲[1]

日暮長江裏	해 저무는 장강 안
相邀歸渡頭	서로 부르는 돌아오는 나룻머리
落花如有意	낙화도 뜻이 있는 양
來去逐船流	날려 와서 배를 따라 흘러가네

주석 ᢙᕝ

1) 원래 4수임. 〈강남곡〉은 악부 곡명임.

평설 ᢙᕝ

- 『당시별재』에 "곱지만 외람되지 않다"고 했다.

명비곡 明妃曲[1]

日暮鷺沙亂雪飛	날 저물고 거센 모래와 눈발이 날리는데
傍人相勸易羅衣	옆 사람들이 서로 비단옷을 갈아입어라 하네
强來前帳看歌舞	억지로 앞 천막으로 와서 가무를 보는데
共待單于夜獵歸	모두 선우가 밤 사냥에서 돌아오길 기다린다네

주석 ᕲᕲ

1) 악부 곡명.

평설 ᕲᕲ

• 『비점당음』에 "명비를 읊은 것은 많은데, 다만 이 편만이 명비에게 전신(傳神)을 주었다. 곧장 경어(景語)를 대하지 않고, 처량함을 형용해냈다"고 했다.

• 『당시해』에 "날리는 모래는 비단옷이 막아낼 수가 없다. 서로 바꿔 입어라고 권한 것은 대개 모직 털옷으로 갈아입으라는 것이다. 이처럼 억지로 가무를 구경하며 선우가 돌아오길 기다리는 것은 무료함이 심하다"고 했다.

• 『당인만수절구선평』에 "말마다 초췌함과 신상(神傷)함을 그려냈는데, 전신(傳神)이 지극한 필(筆)이다"라고 했다.

• 『당시절구정화』에 "이 시는 명비가 호중(胡中)에 있는 사정을 설정하여, 대신하여 정을 폈는데, 다른 작품과는 정어(情語)를 말하는 사람이 같지 않다"고 했다.

손산인에게 부치다 寄孫山人

新林二月孤舟還	새 수풀의 이월에 외로운 배가 돌아오니
水滿清江花滿山	물이 맑은 강에 넘치고 꽃은 산에 가득하네
借問故園隱君子	물어보자 고원의 은군자여
時時來往住人間	때때로 가인들 사이를 내왕하는지?

평설 ༄

● 『당시직해』에 "골격이 기특하고 노성하다"고 했다.

● 『당시훈해』에 "이미 은거했는데, 끝의 '住人間'에서 풍자의 뜻이 모두 드러났다"고 했다.

● 『당시귀』에 "종성이 '2구는 화의(畵意)이다'고 했다"고 했다.

● 『당시해』에 "이는 산인(山人)이 깊이 은거하지 않음을 풍자한 것인데, 풍자의 뜻이 함축되었다"고 했다.

● 『당풍회』에 "송민(宋民)이 '풍미(風味)가 충담(沖淡)하여, 왕유와 맹호연의 사이에 있다'고 했다"고 했다.

● 『당현삼매집전주』에 "제2구가 가려(佳麗)하다"고 했다.

최국보 崔國輔

최국보, 오군(吳郡) 산음(山陰)사람. 개원(開元) 14년(726)에 진사에 합격하고 산음위(山陰尉)가 되었다. 저광희(儲光羲)와 기무잠(綦毋潛)과 동시에 현령시(縣令試)에 응하여 허창령(許昌令)이 되었다. 집현전학사(集賢直學士)와 예부원외랑(禮部員外郎)을 지냈다. 나중에 사건에 연루되어 진릉군사마(晉陵郡司馬)로 좌천되었다.

『하악영령집』에 "최국보의 시는 완련청초(婉變淸楚)하고 몹시 풍미(風味)가 있는데, 악부 여러 장(章)은 옛사람도 미칠 수 없다"고 했다.

원사 怨詞[1]

妾有羅衣裳	첩에게 비단 의상이 있는데
秦王在時作	진왕 시절에 지은 것이지요
爲舞春風多	춤출 때 봄바람이 많았는데
秋來不堪著	가을되니 입을 수가 없군요

주석 ᴄ↭

1) 원래 2수임. 『악부시집』에 〈相和歌辭·楚調曲〉으로 이 시를 수록했음.

평설 ᴄ↭

● 『비점당음』에 "원사(怨詞)를 지은 자는 많았다. 이런 작품과 같은 것은 지어진 적이 없었다"고 했다.

● 『당시경』에 "말과 뜻이 예스럽다"고 했다.

● 『당인만수절구선평』에 "이는 옛 궁인(宮人)의 말이다. '春'과 '秋'로써 '今' 과 '昔'을 대체했는데, 자부(自負)하고 자련(自憐)함이 도리어 뜻이 있어 서 지극히 심묘(深妙)하다"고 했다.

위궁사 魏宮詞[1]

朝日照紅粧	아침 햇살이 붉은 화장을 비추니
擬上銅雀臺	동작대에 올라야 하리라

畵眉猶未了   눈썹 그리길 마치지 못했는데

魏帝使人催   위나라 황제가 사람 시켜 재촉하네

주석 ᐰᐰ

1) 魏宮(위궁): 동작대(銅雀臺)를 말함. 위무제(魏武帝) 조조(曹操)가 업중(鄴中)
에 세운 대로서, 자신이 죽은 후 매달 15일에 자신의 처와 기인(伎人)들로
하여금 동작대에 올라 자신의 묘소 서릉(西陵)을 향해 연회를 베풀도록 유언
하였음.

평설 ᐰᐰ

• 『위로시화』에 "당인(唐人)의 시 중에는 용의(用意)가 한두 글자 속에 있
는데, 설파하지 않으면 깨닫지 못하고, 설파하면 분명해진다. 최국보의
〈위궁사〉에서 말한 황제는 조비(曹조)이다. '제(帝)' 자 아래 써놓은 '개
와 돼지도 네가 남긴 것을 먹지 않을 것이다'라는 말로 저절로 드러났다.
부월(斧鉞)이 지엄하다"고 했다.

• 고보영(高步瀛)의 『당송시거요(唐宋詩擧要)』에 "이 시를 유해봉(劉海峰)
이 조비를 풍자한 것이라고 여겼는데, 그러나 조비는 이미 썩은 해골인
데 또 어찌 풍자할 것인가? 아마 거의 뜻이 무재인(武才人)에 감개한 것
인데, 분명히 말할 수 없기에 짐짓 조비에게 가탁한 것이 아니겠는가?"
라고 했다.

장신궁의 풀 長信草[1]

長信宮中草	장신궁 안의 풀들은
年年愁處生	해마다 수심 어린 곳에서 자라나서
故侵珠履跡	일부러 구슬신발 자국에 침범하여
不使玉階行	옥계로 다니지 못하게 하네

주석 ࣟ

1) 長信(장신): 한(漢)나라 성제(成帝) 때의 궁전 이름. 허황후(許皇后)가 기거했던 곳인데, 반첩여(班婕妤)가 조비연(趙飛燕) 자매 때문에 총애를 잃고, 비연 자매의 질투를 피하기 위해 허황후를 모시며 함께 기거했음.

평설 ࣟ

● 조선 신정하(申靖夏)의 『서암시평(恕菴詩評)』에 "항상 최국보의 〈장신초〉 '故侵珠履跡, 不使玉階行' 구를 좋아했는데, 지금 유견오(庾肩吾)의 '全由履迹少, 倂欲上階生'의 말을 보니, 비로소 국보의 시는 완전히 견오에게서 나왔음을 알았다. 단지 뒤에 나온 것이 더욱 공교할 뿐이다"라고 했다.

● 『성호사설』에 "최국보의 〈고의(古意)〉와 〈장신초〉는 모두 이태백의 〈옥계원(玉階怨)〉 중에서 나왔는데, 대개 탈태환골(奪胎換骨)이다. 두 편 모두 4구에 '불(不)'자를 붙였는데, 태백의 시에 비교하여 더욱 처연함을 깨닫는다. 만약 우열을 논한다면, 어찌 미치지 못함이 3십 리뿐이겠는가? 최는 대개 태백을 선모하여 모방한 자던가!"라고 했다.

● 『당시선맥회통평림』에 "임금의 행차가 오지 않으므로 궁에는 자란 풀이

많다. '不使' 두 글자는 원망을 풀에게 돌렸으니 묘하다. '愁生處' 세 글자
는 더욱 묘하다"고 했다.

고의 故意

淨掃黃金階	황금계단을 깨끗이 쓸어내니
飛霜皎如雪	나는 서리가 눈발처럼 희네
下簾彈箜篌	주렴 내리고 공후를 타며
不忍見秋月	차마 가을 달을 보지 못하네

장락소년행 長樂少年行[1]

遺却珊瑚鞭	산호채찍을 잃어버리니
白馬驕不行	백마가 교만하게 가지를 않네
章臺折楊柳[2]	장대의 버들가지를 꺾는 것은
春日路傍情	봄날 길가의 정이리라

주석 ☙

1) 長樂(장락): 한(漢)나라 때의 궁전 이름. 섬서성 장안현(長安縣) 서북의 고성
   (故城) 안에 있음.
2) 章臺(장대): 장안(長安)의 거리 이름. 기원(妓院)들이 집단으로 들어서 있기
   때문에 널리 기원을 가리키기도 함.

평설 ↶

● 『성호사설』에 "최국보는 염곡(艷曲)을 잘 지었다. 대개 정위(鄭衛)의 남은 것에서 얻은 것이다. 당시(唐詩)를 진부하다고 여기는 자도 또한 산시(刪詩)의 남은 뜻을 준수하여서, 남겨서 늘어놓는데, 그러나 그것을 아곡(雅曲)과 비교해보면 소란스럽다. 그 〈소년행〉에 '遺却珊瑚鞭, 春日路傍情'이라 했는데, 이는 『시경』에서 이른바 '匪來貿絲'와 '無折我樹杞'의 뜻이다. 대개 정이 길가에 매어 있기 때문에 버드나무를 꺾는 것으로써 기탁했다. 위 2구는 모두 버드나무를 꺾는 연유를 지어냈었다. 채찍을 반드시 실제로 잃어버린 것이 아니고, 말이 반드시 실제로 가지 않는 것이 아니다"고 했다.

● 『당시귀』에 "차구(次句)는 고의(古意)가 넘친다"고 했다.

● 『당인만수절구선평』에 "말구가 묘한데, 이는 소년의 본색이다"라고 했다.

이기 李頎

이기(?-751?), 동천(東川: 지금의 四川省 三臺縣) 사람. 영양(潁陽: 河南省 許昌 일대)에서 살았다. 개원 23년(735)에 진사에 급제하여, 신향위(新鄉尉)에 임명되었다. 오랫동안 승진하지 못하여 벼슬을 버리고 은거했다. 왕창령(王昌齡)·기무잠(綦毋潛)·잠삼(岑參)·고적(高適)·왕유(王維) 등과 친했다.

은번(殷璠)의 『하악영령집(河岳英靈集)』에서 "이기의 시는 발조(發調)가 본래 신선하고, 수사(修詞) 또한 수려하다. 잡가(雜歌)가 모두 훌륭하고, 현리(玄理)가 가장 뛰어나다"고 하였다.

안만선이 부는 필률 노래를 듣고 聽安萬善吹觱篥歌[1]

南山截竹爲觱篥	남산의 대나무를 베어 필률을 만드니
此樂本自龜玆出[2]	이 음악은 본래 구자국에서 나왔네
流傳漢地曲轉奇	한나라로 흘러들어 곡이 더욱 기묘한데
涼州胡人爲我吹[3]	양주의 호인이 나를 위해 불어주네
傍鄰聞者多歎息	옆에서 듣는 사람들 탄식함이 많고
遠客思鄕皆淚垂	멀리서 온 객들은 고향 생각에 모두 눈물 흘리네
世人解聽不解賞	세상 사람들은 들을 줄만 알고 감상할 줄 모르니
長飆風中自來往[4]	긴 폭풍 속을 스스로 오고 갈 뿐이네
枯桑老柏寒颼飀[5]	마른 뽕나무 늙은 측백나무에 바람소리 차갑고
九雛鳴鳳亂啾啾[6]	아홉 봉황새끼가 어지럽게 울고
龍吟虎嘯一時發	용울음 호랑이 울부짖음이 일시에 나오고
萬籟百泉相與秋	온갖 소리와 많은 샘물이 서로 가을소리를 내네
忽然更作漁陽摻[7]	문득 <어양삼>곡으로 변하니
黃雲蕭條白日暗	누런 구름 쓸쓸하고 밝은 해가 어두워지네
變調如聞楊柳春[8]	곡조를 바꾸니 버들의 봄 소리를 듣는 것 같아서
上林繁花照眼新[9]	상림의 많은 꽃들 눈에 비추어 새롭네
歲夜高堂列明燭[10]	제야에 높은 집에다 밝은 촛불 늘어놓고
美酒一杯聲一曲	좋은 술 한 잔에 노래가 한 곡조씩이네

주석 ☞

1) 安萬善(안만선): 당나라 때 이국의 음악가. 생애는 알려지지 않음. 觱篥(필

163

률): 고대 구자국(龜玆國)에서 전해진 일종의 관악기. 대나무로 관을 만들고, 갈대로 수(首)를 만들고, 구멍이 9개인데, 소리가 비장함.

2) 龜玆(구자): 한(漢)나라 때 서역에 있었던 여러 나라 중의 하나. 농업과 목축, 야주(冶鑄)와 양주(釀酒)가 발달했고, 문자를 지니고 음악에 뛰어났음.

3) 胡人(호인): 중국 주변의 이민족의 통칭.

4) 長飇(장표): 폭풍(暴風).

5) 颾飀(수류): 바람소리.

6) 九雛鳴鳳(구추명봉): 많은 어린 봉황. 한(漢)나라 악부(樂府) 〈농서행(隴西行)〉에 "鳳凰鳴啾啾, 一母將九雛"라고 했음. 啾啾(추추): 새가 우는 소리.

7) 漁陽摻(어양삼): 어양곡(漁陽曲) 혹은 어양삼과(漁陽參撾)라고도 함. 원래 고곡(鼓曲)의 이름. 가락이 비장하다고 함.

8) 楊柳春(양류춘): 절양류(折楊柳) 곡이라고 보는 주석도 있음.

9) 上林(상림): 진(秦)나라 때의 원림인데, 한(漢)나라 무제(武帝) 때 확장하여 주위가 2백여 리이고, 진기한 꽃과 나무, 새와 짐승들을 두고, 많은 궁궐건물을 두었음. 황제가 사냥하고 유락하는 장소였음.

10) 歲夜(세야): 제야(除夜).

평설 ͼ⥤

● 『당시귀』에 "세상 사람들이 배우는 춤은 다만 이 춤인데, 높게 붙여주는 말을 동일하게 한다. 그러나 '長飇風中' 구는 귀먹은 사람들의 광경이 가소로움을 형용했다"고 했다.

고종군행 古從軍行[1]

白日登山望烽火	대낮엔 산에 올라 봉홧불을 바라보고
黃昏飮馬傍交河[2]	황혼엔 교하에서 말에게 물을 먹이네
行人刁斗風沙暗[3]	행인의 조두는 모래바람 속에 어둡고
公主琵琶幽怨多[4]	공주의 비파소리는 깊은 원망이 많네
野雲萬里無城郭	들 구름 만 리에 성곽이 없는데
雨雪紛紛連大漠[5]	내리는 눈발만 어지럽게 큰 사막에 이어졌네
胡鴈哀鳴夜夜飛[6]	호땅의 기러기들 슬피 울며 밤마다 나니
胡兒眼淚雙雙落[7]	호아들의 눈물이 쌍쌍이 떨어지네
聞道玉門猶被遮	듣자니 옥문관이 아직도 막혔다니
應將性命逐輕車	마땅히 목숨 걸고 날랜 수레를 좇으리라
年年戰骨埋荒外	해마다 전사의 해골을 황무지 밖에다 묻으며
空見蒲桃入漢家[8]	공연히 포도가 한나라로 들어옴을 보네

주석 ⌒⌒

1) 從軍行(종군행): 악부 〈상화가사(相和歌辭)・평조곡(平調曲)〉. 내용은 주로
변새의 정황과 전사의 생활을 담고 있음.

2) 交河(교하): 한(漢)나라 거사전왕국(車師前王國)의 성(城). 지금의 신강성(新
疆省) 토노번현(吐魯番縣) 서쪽.

3) 行人(행인): 출전한 병사를 말함. 刁斗(조두): 고대 군인들이 사용했던 취사
도구. 두형(斗形)에 자루가 있고, 구리로 만들었음. 밤에는 두들기며 순찰을
돌았음.

4) 公主(공주): 한(漢)나라에서 오손국(烏孫國) 곤막(昆莫)에게 시집보낸 유세군

(劉細君)을 말함. 오손공주(烏孫公主)라고 불림.

5) 大漠(대막): 중국 서북부의 큰 사막.

6) 胡鴈(호안): 북방 호지(胡地)에서 날아오는 기러기.

7) 胡兒(호아): 호인(胡人). 중국변방의 이민족들을 비하하는 용어.

8) 蒲桃(포도): 포도(葡萄). 장건(張騫)이 서역에서 들여왔다고 함.

평설 ⟨⟩

• 『당시선맥회통평림』에 "이기의 이 작품은 실로 풍자의 뜻이 많다. 오산민(吳山民)은 '골기(骨氣)가 노경(老勁)하다. 중간 4구는 악부(樂府)의 고어(高語)이다. 결련(結聯)은 모두 몇 번의 탄식의 뜻을 갖추었다'고 했다"라고 했다.

• 『당시별재』에 "인명(人命)을 변새 밖의 물건과 바꾸는 것은 실책(失策)이 심한 것이다. 변경을 개척하는 사람에게 훈계하기 위해 이 작품을 지은 것이다"라고 했다.

금가 琴歌

主人有酒歡今夕	주인이 술을 차려 오늘밤을 즐기려고
請奏鳴琴廣陵客[1]	광릉객에게 금 연주를 청하네
月照城頭烏半飛	달이 성 위를 비추니 까마귀들 반이 날아오르고
霜凄萬樹風入衣	서리가 온 나무에 차니 바람이 옷으로 들어오네
銅鑪華燭燭增輝	구리 화로 고운 촛불의 불꽃이 더욱 빛나고

初彈淥水後楚妃²⁾ 처음엔 <녹수>곡을 뒤에는 <초비>곡을 타네

一聲已動物皆靜 한 소리 이미 울려나니 만물이 고요하고

四座無言星欲稀 사방 좌석엔 말이 없고 별들은 드물어지려 하네

清淮奉使千餘里 맑은 회수 가로 사명 받들고 천여 리를 와서

敢告雲山從此始³⁾ 감히 운산을 고하는 것을 이로부터 시작하려네

주석 ◔

1) 廣陵(광릉): 금곡(琴曲) 〈광릉산(廣陵散)〉. 삼국 위(魏)나라 혜강(嵇康)이 이
   곡을 잘 탔는데, 감춰두고 남에게 전수하지 않았다. 나중에 참소를 당하여
   형장에서 죽게 되었을 때 이 곡을 타면서 "〈광릉산〉이 지금 끊어지는구나!"
   라고 했다고 함.

2) 淥水(녹수): 아곡(雅曲)의 이름. 마융(馬融)의 〈장적부(長笛賦)〉에 "中取度於
   〈白雪〉·〈淥水〉"라고 했음. 楚妃(초비): 악곡 〈초비노(楚妃奴)〉. 혜강(嵇康)
   의 〈금부(琴賦)〉에 〈王昭〉·〈楚妃〉·〈千里別鶴〉, "猶有一切, 承閒簉乏, 亦
   有可觀者焉"이라 했음.

3) 雲山(운산): 운산약(雲山約). 돌아가서 은거하겠다는 약속.

진장보를 전송하다 送陳章甫

四月南風大麥黃 사월 남풍에 보리가 누렇고

棗花未落桐陰長 대추꽃은 떨어지지 않았고 오동잎 그늘이 기네

青山朝別暮還見 푸른 산을 아침에 이별하고 저녁에 다시 보며

嘶馬出門思舊鄉 우는 말은 문을 나서며 고향을 생각하네

陳侯立身何坦蕩　　진후는 입신하여 어찌 그리 관대한가?

虯鬚虎眉仍大顙　　규룡의 수염 범의 눈썹에 큰 이마가 이어졌네

腹中貯書一萬卷　　뱃속에 저장한 책은 일만 권이고

不肯低頭在草莽　　기꺼이 머리 조아리고 초야에 있으려 하지 않네

東門酤酒飮我曹　　동문에서 술을 사서 우리에게 마시게 하고

心輕萬事皆鴻毛　　마음은 만사 모두를 홍모처럼 가볍게 여기네

醉臥不知白日暮　　취해 누우면 대낮이 저문 줄도 모르고

有時空望孤雲高　　때때로 공연히 외로운 구름이 높음을 바라보네

長河浪頭連天黑　　긴 하수의 파도 머리가 하늘에 이어져 검어서

津口停舟渡不得　　나루에 정박한 배는 건너갈 수가 없네

鄭國遊人未及家[1]　정국의 나그네는 집에 닿지 못했고

洛陽行子空歎息　　낙양의 나그네도 부질없이 탄식하네

聞道故林相識多　　듣자니 고향에는 친구들이 많다는데

罷官昨日今如何　　관직을 그만두니 어제와 오늘이 어떻던가?

주석 ⊂⋟

1) 鄭國(정국): 춘추전국 시대 신정(新鄭)에 도읍했던 나라. 당나라 때는 하남도
  (河南道) 정주(鄭州)였음. 지금의 하남성 신정현(新鄭縣).

평설 ⊂⋟

● 『비점당음』에 "처음 2구는 화부처(化腐處)인데 반드시 자득(自得)해야
  한다. 여기에 접한 2구는 천천(淺淺: 淡淡)히 말함이 곧 아름답다. '有時

空望孤雲高'는 호어(豪語)가 앞보다 나음이 많다"고 했다.

● 『당시해』에 "이별을 말함이 순서가 있다. 중간 단락의 여러 말들은 얼마나 마음속의 깊은 말인가!"라고 했다.

● 『당시평선』에 "이기 시집 중의 절지(絶枝)이다. 골(骨)과 맥(脈)이 스스로 서로 균적(均適)하다"고 했다.

진천을 바라보다 望秦川[1]

秦川朝望迴	진천을 아침에 돌아보니
日出正東峰	해가 바로 동쪽 봉우리에서 오르네
遠近山河淨	원근의 산하가 깨끗하고
逶迤城闕重[2]	이어지는 성궐들은 겹쳐졌네
秋聲萬戶竹	가을소리는 만 가옥의 대숲에 있고
寒色五陵松	찬 빛은 오릉의 소나무에 있네
客有歸歟歎	나그네에게 고향 가고픈 한탄이 있건만
悽其霜露濃	그 서리 이슬 짙음이 처량하네

주석

1) 秦川(진천): 진(秦)의 평원(平原)을 말함. 관중(關中)과 장안(長安) 일대를 말함.
2) 逶迤(위이): 길게 이어진 모양.

평설 ⌒

- 『당시해』에 "3·4구는 정아(淨雅)하다. 5·6구 또한 장(壯)하다. 결구는 다시 아담(雅淡)하다"고 했다.

- 『당시선맥회통평림』에 "양신(楊愼)이 '통편(通篇)이 연정(煉淨)하다'고 했다. 장일매(莊一梅)가 '5·6구는 가경(佳境)과 가어(嘉語)이다'라고 했다"고 했다.

위만이 경성으로 가는 것을 전송하다 送魏萬之京[1]

朝聞遊子唱離歌	아침에 나그네의 이별가를 듣는데
昨夜微霜初渡河	엊저녁 첫서리가 하수를 건넜네
鴻鴈不堪愁裏聽	기러기 소리는 근심 속에 들을 수 없는데
雲山況是客中過	하물며 장차 운산을 나그네 길에 지나감에랴?
關城樹色催寒近[2]	관성의 수풀 색은 추위를 가까이 재촉하고
御苑砧聲向晚多[3]	어원의 다듬질소리는 저녁에 많네
莫見長安行樂處	장안의 행락처는 보지 마오
空令歲月易蹉跎	공연히 세월을 쉽게 어긋나게 한다오

주석 ⌒

1) **魏萬**(위만): 또 다른 이름은 호(顥). 상원(上元) 초에 과거에 합격했음.

2) **關城**(관성): 동관성(潼關城)을 말함.

3) **御苑**(어원): 궁중의 임원(林苑).

평설 Ꮔ᎒

● 『비점당음』에 "이 편은 기어(起語)가 평평(平平)한데, 접구(接句)는 곧
참신하다. 초련(初聯)은 우유(優游)하고, 차련(次聯)은 기발(奇拔)하고,
온축(蘊蓄)함을 맺음이 흥(興)하고, 함축을 드러내지 않아서 최고의 가
작(佳作)이다"라고 했다.

● 『시수』에 "성당(盛唐)의 회자되는 가작 가운데, 이기의 '朝聞遊子唱離歌'
는 '朝'와 '曙'와 '晚'과 '暮' 네 글자를 중복하여 사용했다. 다만 시가 공교
롭기 때문에 읽어도 깨닫지 못한다. 그러나 한 차례 점감(點勘)해 보면
곧 백벽(白璧)의 하자가 된다. 초학자는 먼저 마땅히 경계해야 하는 바
이다"라고 했다.

● 『당시경』에 "5·6구는 노성(老成)하고 수려하다. 결어는 상황을 기탁함
이 무한하다"고 했다.

● 『당시귀』에 "종성(鍾惺)이 '정량(淨亮)하여 부향(浮響)이 없고, 수량(銖
兩) 또한 알맞다'고 했다. 담원춘(譚元春)이 '기구는 청려(清厲)함을 얻었
다'고 했다"라고 했다.

● 『당시선맥회통평림』에 "하경명(何景明)이 '다소 완전(宛轉)한데, 읽어보
면 유연(悠然)하다'고 했다. 서중행(徐中行)이 '사의(詞意)가 몹시 고아
(高雅)하다'고 했다. 장일규(莊一葵)가 '완전유량(宛轉流亮)한데 완상할
수록 공교롭다'고 했다"고 했다.

왕창령 王昌齡

왕창령(698?-757?), 자는 소백(少伯), 태원(太原) 사람. 일설에는 강녕 (江寧) 사람이라고 한다. 개원 15년(727)에 진사에 급제하여 사수위(汜 水尉)에 임명되었다. 굉사과(宏辭科)에 합격하여 교서랑(校書郞)으로 옮 겼다. 나중에 작은 예절을 지키지 않아서 강녕승(江寧丞)으로 좌천되고, 만년에는 용표위(龍標尉)로 좌천되었다. 안사(安史)의 난(亂)이 일어났 을 때 고향으로 돌아갔는데, 박주자사(亳州刺史) 여구효(閭丘曉)에게 피 살되었다.

『전당시』에서 "그의 시는 실마리가 긴밀하고 사상이 맑은데, 당시 왕강녕 (王江寧)이라 불렸다. 은번(殷璠)이 말하기를 '원가(元嘉) 이후 4백 년 이 내 조식(曹植)·유정(劉楨)·육기(陸機)·사조(謝朓)의 풍골(風骨)이 없 어졌는데, 이윽고 태원(太原)의 왕창령과 노국(魯國)의 저광희(儲光羲)가 그 자취를 이을 수 있었다. 두 사람은 기(氣)는 같았으나 체(體)는 달랐는 데, 왕(王)이 약간 더 명성이 높았다"고 했다.

왕창령은 칠언절구에서 이백과 더불어 가장 뛰어난 시인으로 평가된다.

종군행 從軍行[1]

向夕臨大荒[2]	석양에 황량한 변방에 임하여
朔風軫歸慮	삭풍 속 수레의 돌아감을 염려하네
平沙萬里餘[3]	사막이 만 리가 넘는데
飛鳥宿何處	나는 새는 어디서 자려는가?
虜騎獵長原	오랑캐 기마는 긴 들판에서 사냥하며
翩翩傍河去[4]	날래게 하수 옆을 지나가네
邊聲搖白草[5]	변방의 소리가 백초를 흔들고
海氣生黃霧	바다기운이 누런 안개에서 생겨나네
百戰苦風塵	백전 속에 바람과 먼지에 고생하며
十年履霜露	십년간 서리와 이슬을 밟았네
雖投定遠筆[6]	비록 정원의 붓을 던졌으나
未坐將軍樹[7]	장군의 나무엔 앉지 못했네
早知行路難	일찍이 세상일의 어려움을 알았다면
悔不理章句	장구를 다듬지 못함을 후회했으리라

주석 ⌒

1) 從軍行(종군행): 악부 〈相和歌辭·平調曲〉의 이름. 내용은 주로 변방의 정황
   과 전사의 생활을 담고 있음. 원래 2수임.

2) 大荒(대황): 황량하고 먼 변방.

3) 平沙(평사): 넓은 모래벌판. 사막.

4) 翩翩(편편): 빠른 모양.

5) 白草(백초): 변방지역 초원에 자라는 목초의 일종.

6) 定遠(정원): 정원후(定遠侯). 한(漢)나라 반초(班超)의 봉호(封號). 반초가 가난하여 관청에서 글을 적는 품팔이를 했는데, 일찍이 붓을 내던고 탄식하기를 "대장부가 다른 지략(志略)이 없다면, 오히려 마땅히 부개자(傅介子)나 장건(張騫)이 이역에서 공을 세운 것을 본받아 봉후(封侯)를 취해야지, 어찌 오랫동안 붓과 벼루만을 섬기고 있겠는가?"라고 했다. 나중에 서역에서 공을 세워 정원후에 봉해졌다.

7) 將軍樹(장군수): 『후한서‧풍이전(馮異傳)』에 "매번 군영에 머물 때면 여러 장군들은 함께 앉아서 공을 논했는데, 풍이만 혼자 나무 아래 쉬고 있었다. 군중(軍中)에서 그를 '대수장군(大樹將軍)'이라고 불렀다"고 했다.

새하곡 塞下曲[1]

1

蟬鳴桑樹間	뽕나무 사이에서 매미 우는
八月蕭關道[2]	팔월의 소관 가는 길
出塞入塞雲	변새를 나갔다가 들어오는 구름들
處處黃蘆草	곳곳마다 누런 갈대들이네
從來幽幷客[3]	예로부터 유주와 병주의 젊은이들은
皆向沙場老	모두 전장에서 늙어갔으니
莫學游俠兒[4]	유협아를 배워서
矜誇紫騮好[5]	자류마가 좋다고 자랑하지 마오

주석 ⟿

1) 塞下曲(새하곡): 신악부(新樂府)의 곡명. 모두 4수임.

2) 蕭關(소관): 지금의 감숙성 고원현(固原縣).

3) 幽并客(유병객):『수서(隋書)·지리지(地理志)』에 "예로부터 용협(勇俠)을 말
하는 자는 모두 유주(幽州)와 병주(幷州)를 추대한다"고 했다.

4) 조자건(曹植)의 〈백마편(白馬篇)〉에 "물어보자 누구 집 자식들인가? 유주(幽
州)와 병주(幷州)의 유협아(遊俠兒)들이라네"라고 했음.

5) 紫騮(자류): 털빛이 붉고 갈기가 검은 말의 이름.

평설 ᎙

● 계천상(桂天祥)의 『비점당시정성(批點唐詩正聲)』에 "기(氣)가 산일(散
逸)한데, 곧 득의(得意)한 것이다"고 했다.

2

飲馬渡秋水	말에 물 먹이려 가을 물을 건너니
水寒風似刀	물은 차고 바람은 칼날 같네
平沙日未沒	사막엔 해가 지지 않았는데
黯黯見臨洮¹⁾	흐릿하게 임조현이 보이네
昔日長城戰	지난날 장성의 전투에서
咸言意氣高²⁾	모두가 의기가 드높았는데
黃塵足今古	누런 먼지가 고금을 이루고
白骨亂蓬蒿	백골들만 쑥대밭에서 어지럽네

1) 黯黯(암암): 어두운 모양. 臨洮(임조): 현(縣) 이름. 진(秦)나라 때 설치했는
데, 몽염(蒙恬)이 장성을 쌓을 때 이곳을 기점으로 하여 요동(遼東)까지 이르
렀음. 당나라 이후 토번(吐蕃)으로 몰입(沒入)되었음.

평설 ⟨⟩

● 『당시해』에 "말구는 의기자(意氣者)가 어디 있는가를 물은 것이다"라고
했다.

● 『당시선맥회통평림』에 "주정(周挺)이 '소백(少伯)의 혜심(慧心)은 몹시
영활(靈活)하고, 신력(神力)이 또한 굳세다. 이 편과 〈소년행(少年行)〉
은 신향(新鄉: 李頎)의 이 제목의 시들과 더불어 지극히 간결하고, 지극
히 종일(縱逸)하고, 지극히 예스럽고, 지극히 새로운데, 모두 한위(漢魏)
사이에 있다'고 했다. 오산민(吳山民)이 '격은 예스럽고, 기는 웅장한데,
기구 2구는 실경(實景)이다'고 했다"고 했다.

마음을 재계하다 齋心[1]

女蘿覆石壁[2]	여라가 석벽을 뒤덮고
溪水幽濛朧	개울물은 깊어서 몽롱하네
紫葛蔓黃花	붉은 칡덩굴엔 노란 꽃이 피고
娟娟寒露中[3]	방울방울 흐르는 찬 이슬 속에 있네
朝飲花上露	아침엔 꽃 위의 이슬을 먹고
夜臥松下風	밤엔 소나무 아래 바람 속에 눕네

雲英化爲水⁴⁾　　　운영이 변하여 물이 되니

光采與我同　　　광채가 나와 더불어 같네

日月蕩精魄⁵⁾　　　일월이 정신과 혼백을 흔드니

寥寥天宇空⁶⁾　　　공허하게 천우가 비었네

주석 ○〰

1) 『장자(莊子)·인간세(人間世)』에 "안회(顏回)가 중니(仲尼)를 알현하고 말하기를 '제 집에서는 술을 마시지 않고 매운 채소를 먹지 않은 지가 여러 개월입니다. 이와 같다면 재계[齋]라고 여길 수 있습니까?'라고 했다. '이것은 제사의 재계이지, 마음의 재계가 아니다'라고 대답하니, 안회가 '감히 심재(心齋)에 대해 묻겠습니다'라고 했다. 중니가 '한 뜻을 지니고서, 귀로써 듣지 않으면 마음으로 듣게 되며, 마음으로 듣지 않으면 기(氣)로써 듣게 된다. 귀에서 듣기를 멈추고, 부(符)에서 마음을 멈춰야 한다. 기(氣)라는 것은 허(虛)하여 사물을 기다리는 것이다. 다만 도(道)가 허에 모이게 된다. 허가 심재(心齋)이다'라고 했다"고 했다.

2) 女蘿(여라): 토사(兎絲). 일종의 덩굴식물.

3) 娟娟(연연): 연연(涓涓)과 같음. 작게 흐르는 모양.

4) 雲英(운영): 운모(雲母). 투명한 광석의 일종.

5) 精魄(정백): 정신(精神)과 혼백(魂魄).

6) 寥寥(요요): 공허한 모양. 天宇(천우): 천공(天空).

평설 ○〰

● 『당시기사(唐詩記事)』에서 은번(殷璠)의 말을 인용하여 "내가 일찍이 창령의 〈재심〉시와 〈조지도부(弔軹道賦)〉를 보고, 그 사람은 고결(孤潔)

하고 염담(恬澹)하여 사물과 더불어 상(傷)함이 없다고 여겼다. 만년에 비방의 의론이 비등하고, 언행이 서로 위배되어 윤락(淪落)하여 유배를 갔으나, 끝내 재명(才名)이 감소되지 않았다. 참으로 비방을 잘하는 자도 서시(西施)의 아름다움을 가릴 수 없음을 깨달았다"고 했다.

장사를 전송하다 送張四

楓林已愁暮	단풍 숲은 이미 수심 띤 저녁인데
楚水復堪悲[1]	초수가 다시 슬프게 하네
別後冷山月	이별 후 산 달이 차가운데
淸猿無斷時	맑은 원숭이울음은 끊길 때가 없네

주석 ᏻ

1) 楚水(초수): 초(楚) 지역의 물.

종군행 從軍行[1]

1

烽火城西百尺樓[2]	봉화성 서쪽 백 길의 수루에
黃昏獨坐海風秋[3]	황혼에 홀로 앉으니 해풍이 가을이네
更吹羌笛關山月[4]	다시 강적으로 <관산월>을 부니
無那金閨萬里愁[5]	어찌 아녀자의 만 리 수심이 없겠는가?

1) 모두 7수임.

2) 烽火城(봉화성): 봉화대를 축조한 성. 樓(누): 수루(戌樓).

3) 坐(좌): 상(上)으로 되어 있는 판본도 있음. 海風(해풍): 서북의 큰 호수를
해(海)라고 이름 지었기 때문에 해풍이라고 했음.

4) 羌笛(강적): 횡적(橫笛)으로 된 판본도 있음. 關山月(관산월): 악부의 곡명.
『악부시집』·「횡취곡사(橫吹曲辭)」에 "「악부해제」에서 '〈관산월〉은 이별을
슬퍼한 것이다'고 했다"라고 했음.

5) 金閨(금규): 처자(妻子)를 말함.

평설 ⭕

● 『당시해(唐詩解)』에 "이는 오랫동안 변방을 지키면서 집 생각을 한 것이
다. 수루에 혼자 앉아서 가을바람소리를 듣는다고 말했는데, 시절에 감
개한 생각이 몹시 간절하다. 또한 하물며 피리가 〈관산월〉을 부니, 규중
(閨中)을 생각하지 않을 수가 있겠는가? 이 때문에 마음이 만 리를 치달
려서 근심이 생겨난 것이다. 어떤 이는 금규(金閨)는 조정(朝廷)을 지칭
한 것이라고 하며, 사조(謝朓)의 시어(詩語)를 인용하여 증거로 삼았는
데, 그렇다면 이는 마땅히 임금을 생각하는 작품이다. 그러나 '관산' 등
의 말은 생각이 간절하게 집을 생각한 것이니, 앞의 설(說)이 옳다고 여
긴다"고 했다.

● 『시수(詩藪)』에 "오언절구의 당나라 악부는 제(齊)나라 양(梁)나라를 많
이 본받았는데, 체제(體制)는 스스로 다르다. 칠언 또한 악부체로 지은
것이 있는데, 태백(太白: 이백)의 〈횡강사(橫江詞)〉와 〈소년행(少年行)〉
등은 오히려 고조(古調)이다. 소백(少伯)의 궁사(宮詞)·〈종군〉·〈출
새〉는 비록 악부의 제목이지만 실은 당인(唐人)의 절구로서 육조(六朝)

에 이르지 않았고, 그리고 또한 이전에도 육조가 없었다"고 했다.

• 『당시별재』에 "만 리 밖에서 생각이 금규에 이르니, 원망이 없을 수 있
겠는가?"라고 했다.

2

琵琶起舞換新聲[1]	비파소리에 일어나 춤추는데 새 곡조로 바뀌니
總是關山離別情	모두가 관산의 이별의 정이네
撩亂邊愁聽不盡	변방의 근심을 요란하게 하여 다 들을 수 없는데
高高秋月照長城	높고 높은 가을달이 장성을 비추네

주석 ᏄᏇ

1) 琵琶(비파): 4현 혹은 6현의 악기. 본래 호중(胡中)에서 나왔음.

평설 ᏄᏇ

• 『당시해』에 "음악을 연주하는 것은 마음을 즐겁게 하고자 함이어서 지금
일어나 춤을 추는데, 비파가 다시 새 곡조를 연주하여 서로 즐기고자 했
다. 그런데 모두 이별의 정이 되었다. 변방의 가락을 이미 들을 수가 없
는데 하물며 달빛이 장성을 비추고 있음에랴! 이목(耳目)으로 들어온 것
이 모두 변방의 수심이다. 말구는 경(景) 중에 정(情)을 머금어서 더욱
참담하다"고 했다.

3

青海長雲暗雪山[1]　　청해의 긴 구름에 설산이 어둡고
孤城遙望玉門關[2]　　외딴 성에서 멀리 옥문관을 바라보네
黃沙百戰穿金甲　　황사에서 백전을 치르며 금갑을 입고
不破樓蘭終不還[3]　　누란을 깨뜨리지 못하면 끝내 돌아가지 못하리라

주석 ⌒

1) 青海(청해): 지금의 청해성(青海省) 청해호(青海湖). 雪山(설산): 지금의 감숙
성(甘肅省) 남부 기련산(祁連山).

2) 玉門關(옥문관): 고옥문관(古玉門關)은 지금의 감숙성 돈황(敦煌) 소방반성
(小方盤城). 당나라 때의 옥문관은 지금의 감숙성 안서(安西) 쌍탑보(雙塔堡)
부근.

3) 樓蘭(누란): 한(漢)나라 때 서역의 누란국(樓蘭國). 일명 선선국(鄯善國). 한
나라 때 흉노(匈奴)와 결탁하여 한나라에 저항했음.

평설 ⌒

• 『당시해』에 "가서한(歌舒翰)이 일찍이 청해(青海)에 성을 쌓았는데, 그
지역과 설산(雪山)이 서로 접했다. 지키는 자들이 귀환을 생각하였기 때
문에 성에 올라 옥문관을 바라보며 살아서 들어가기를 구했다. 그래서
모래바람을 무릅쓰고 고전(苦戰)을 오래했으나 누란을 깨뜨리지 못해
끝내 돌아갈 기한이 없었으니 슬픔이 어떠했겠는가?"라고 했다.

• 『당시별재』에 "호어(豪語)를 지은 것으로 볼 수도 있지만, 돌아갈 날이
없는 것을 지은 것으로 본다면 배나 의미가 있다"고 했다.

4

大漠風塵日色昏　대막의 풍진에 해의 색이 어두운데
紅旗半捲出轅門[1]　붉은 깃발 반이 감긴 채 원문을 나서네
前軍夜戰洮河北[2]　전군의 야간 전투가 조하의 북쪽에 있는데
已報生擒吐谷渾[3]　토욕혼을 생포했다고 이미 알려왔네

주석 ⌒

1) 轅門(원문): 군영(軍營)의 영문(營門).
2) 洮河(조하): 지금의 청해성(靑海省) 서경산(西傾山)에서 발원하여 감숙성 민
   현(岷縣)과 임조(臨洮)를 거쳐 황하로 흘러들어감.
3) 吐谷渾(토욕혼): 원래 옛 선비족(鮮卑族)의 한 갈래로서 당나라 때 서북 국경
   을 여러 번 침범하였음. 나중에 토번(吐蕃)에 병합되었음. 곡(谷)은 욕(浴)으
   로 발음함.

평설 ⌒

● 『당시해』에 "강녕(江寧)의 〈종군〉 여러 수는 대부분 수졸(戍卒)의 여정
   (旅情)을 읊었는데, 유독 이 시는 개선(凱旋)을 올리는 뜻이 있다. 또한
   악부에서 적지 않는 것이다"고 했다.

출새　出塞[1]

秦時明月漢時關[2]　진나라 때의 밝은 달 한나라 때의 관문

萬里長征人未還　만 리 멀리 원정 간 사람은 돌아오지 않았네
但使龍城飛將在[3]　다만 용성에 비장군이 있게 한다면
不敎胡馬度陰山[4]　호마가 음산을 넘지 못하게 하리라

주석

1) 出塞(출새): 악부(樂府)의 구제(舊題). 『악부시집·횡취곡사(橫吹曲辭)』에 "『진
   서(晉書)·악지(樂志)』에 '〈출새〉와 〈입새(入塞)〉는 이연년(李延年)이 지었다'
   고 했다. …… 『서경잡기(西京雜記)』를 살펴보니 '척부인(戚夫人)이 〈출새〉·
   〈입새〉·〈망귀(望歸)〉 등의 곡을 잘 불렀다'고 했다. 곧 고제(高帝) 때 이미
   그것들이 있었으니, 이연년에게서 시작된 것이 아니다. 당나라에도 〈새상(塞
   上)〉과 〈새하(塞下)〉곡이 있는데, 대개 여기에서 나온 것이다"고 했다. 〈출새〉
   2수 중 1수임.

2) 『당시별재집』에서 "호(胡)를 대비하여 성을 건축한 것은 진·한(秦·漢) 때에
   시작되었으니, 명월을 진나라에 속하게 하고, 관문을 한나라에 속하게 한 것
   은 바뀐 문장이다"고 했음.

3) 龍城(용성): 『한서·흉노전』에 "정월에는 여러 장소(長少)들이 선우(單于)의
   정사(庭祠)에 모였고, 오월에는 용성에 크게 모여서 그 선조와 천지의 귀신에
   게 제사했다"고 했음. 飛將(비장): 이광(李廣)을 말함. 『사기·이장군열전』에
   "이광이 우북평(右北平)에 머물고 있었는데, 흉노(匈奴)가 그 소식을 듣고,
   한나라의 비장군(飛將軍)이라 부르며 여러 해 동안 그를 피하며 감히 우북평
   으로 들어오지 않았다"고 했음. 우북평은 한나라 때의 군(郡) 이름. 당나라
   때는 북평군을 두고 노룡성(盧龍城)을 다스렸음.

4) 陰山(음산): 지금의 내몽고(內蒙古) 남쪽 경계의 음산산맥. 중국 고대의 북방
   경계였음.

평설 ⌒

- 『지봉유설』에 "왕창령의 시에 '秦時明月漢時關'이라고 했는데, 후인들이 이 시를 유의(有意)와 무의(無意) 사이에 있다고 하며, 절창이라 했다. '明月'을 살펴보니, 대개 관(關)의 이름이다. 양형(楊炯)의 시에 '心馳明月關'이라고 한 것이 그것이다. 명월루(明月樓)·명월협(明月峽)·명월계(明月溪) 등의 종류와 같다"고 했다.

- 『승암시화』에 "이 시는 신품(神品)에 들어갈 수 있다. '진시명월(秦時明月)' 4글자는 횡공반경어(橫空盤硬語: 초절하고 신기한 말)이어서 사람들이 이해하기 어려운 바가 있다. 이중계(李仲溪) 시어(侍御)가 나에게 질문했는데, 내가 대답하기를, '양자운(揚子雲)이 읊기를 「참창(欃槍: 혜성(彗星)을 성곽의 문으로 삼고, 명월을 봉화대로 삼는다」고 했다. 이 시는 그 문자를 차용했는데 용의(用意)가 깊다. 대개 진나라 때는 비록 원정(遠征)하여 관문을 설치하지 않고 단지 명월의 땅만 있었지만 오히려 행역이 기한을 넘기지 않았다는 뜻이 있는 것이다. 한나라의 경우는 관문을 설치하고 머물러 지키게 했지만, 정인(征人)이 돌아갈 기한이 없었기 때문에 비장(飛將)에게 변방의 방어를 의뢰한 것일 뿐이다. 비록 그러하지만 또한 방어가 사이(四夷)에게 있었던 시대와는 다르다"고 했다.

- 명나라 고린(顧璘)의 『비점당음(批點唐音)』에 "참담함을 슬퍼할 만하다. 음률은 비록 유약하지만 끝내 성당(盛唐)의 골격(骨骼)이다"고 했다.

- 오영(敖英)의 『당시절구류선(唐詩絶句類選)』에 "'진시명월' 1수를 용수(用修: 양신)와 우린(于麟: 李攀龍)이 당나라 절구의 제일이라고 했다. 나는 왕지환(王之渙)의 〈양주사〉가 신골성조(神骨聲調)로써 마땅히 백중하고, 청련(清蓮: 李白)의 '동정서망(洞庭西望)'이 기개(氣槪)로써 서로 대적한다고 여긴다. 다만 이백의 시는 윤락(淪落)에서 지어져서 그 기(氣)가 침울하고, 소백(少伯: 왕지환)은 변방의 귀환을 대신 스스로 지고

있는 말로써 그 신기(神奇)가 표상(飄爽)할 뿐이다"고 했다.

- 왕세무(王世懋)의 『예포힐여(藝圃擷餘)』에 "우린(이반룡)이 선발한 당나라 칠언절구는 왕용표(王龍標: 왕창령)의 '진시명월한시관'을 제일로 삼아서 남들에게 말했는데, 승복하지 않음이 많았다. 우린의 뜻은 다만 '진시명월' 4글자에 탄복했을 뿐이다. 반드시 압권(壓卷)을 구하고자 한다면, 도리어 왕한(王翰)의 '포도미주(葡萄美酒)'와 왕지환의 '황하원상(黃河遠上)' 두 시에서 구해야 할 것이다"고 했다.

- 『시수』에 "양용수(양신)가 편찬한 당나라 절구에서 왕창령의 '진시명월'을 제일로 삼았다. 초당의 절구에서는 '포도미주'가 으뜸이고, 성당의 절구에서는 '위성조우(渭城朝雨)'가 으뜸이고, 중당의 절구에서는 '회안봉전(回雁峰前)'이 으뜸이고, 만당의 절구에서는 '청강일곡(淸江一曲)'이 으뜸이다. '진시명월'은 소백(왕창령)이 스스로 상조(常調)로 여겼는데, 용수는 제가(諸家)로써 선발하지 않았기 때문에 『당절증기(唐絶增奇)』에 그것을 으뜸으로 기록했다. 이른 바 전인(前人)이 버린 구술을 여기에 주어놓은 것이다. 우린(이반룡)이 살피지 못하고 호응한 것은 정론(定論)이 아니다"고 했다.

- 왕부지(王夫之)의 『강재시화(薑齋詩話)』에 "칠언절구는 오직 왕강녕(王江寧: 왕창령)만이 하자가 없게 할 수 있었다. 저광희(儲光羲)와 최국보(崔國輔)가 그 다음이다. '진시명월한시관'은 단련하지 않은 구가 없고, 높지 않은 격(格)이 없는데, 다만 율시의 기구(起句)로 지을 수 있는 것을 소시(小詩)에다 베푼다면, 머리가 무거운 병을 면하지 못할 것이다"고 했다.

- 왕사정(王士楨)의 『만수당인절구선(萬首唐人絶句選)·서(序)』에 "옛날 이창명(李滄溟: 이반룡)이 '진시명월한시관' 1수를 압권으로 추대했는데, 나는 타당하지 못하다고 여긴다. 반드시 압권을 구한다면 왕유의 '위성

(渭城)'과 이백의 '백제(白帝)'와 왕창령 '봉추평명(奉帚平明)'과 왕지환의 '황하원상(黃河遠上)'이 아마도 가까울 것이다! 전체 당나라 시대에서도 절구로서 이 4장(章)을 넘어서는 것이 없을 것이다"고 했다.

- 심덕잠(沈德潛)의 『설시수어(說詩晬語)』에 "'진시명월' 1장을 전인들이 추장(推奬)했으나 그 묘함은 말하지 않았다. 대개 군대가 노력하여 힘을 다해도 공을 이루지 못하는 것은 장군이 적합한 인재가 아닌 데서 비롯된 것이므로, 비장군(飛將軍)을 얻어서 변방을 지키게 한다면 변경의 봉수(烽燧)가 절로 꺼지게 됨을 말한 것이다. 곧 고상시(高常侍: 高適)의 〈연가행(燕歌行)〉의 '지금도 사람들은 이장군을 말하네(至今人說李將軍)'을 추중한 것이다"고 했다.

- 시보화(施輔華)의 『현용설시(峴傭說詩)』에 "'진시명월' 1수, '황하원상' 1수, '천산설후(天山雪後)' 1수, '회락봉전(回樂峯前)' 1수는 모두 변새(邊塞)의 명작들이다. 의태(意態)가 몹시 건장(健壯)하고, 음절(音節)이 고량(高亮)하고, 정사(情思)가 비측(悱惻)한데 백 번 읽어도 싫증나지 않는다"고 했다.

춘궁곡 春宮曲[1]

昨夜風開露井桃[2]	어젯밤 바람이 우물가 복사꽃을 피우고
未央前殿月輪高[3]	미앙궁 전전엔 달이 높았네
平陽歌舞新承寵[4]	평양주의 가무자가 새로 은총을 받드니
簾外春寒賜錦袍	주렴 밖 봄날이 차가워 비단용포를 내려주네

주석 ⌒

1) 『만수절구(萬首絶句)』에는 〈전전곡(殿前曲)〉이라 했음.

2) 露井(노정): 지붕을 설치하지 않은 우물.

3) 未央前殿(미앙전전): 『삼보황도(三輔黃圖)』에 "미앙궁(未央宮)은 주변 둘레
   가 28리이고, 전전(前殿)은 동서 50장(丈)이고, 깊이 15장이고, 높이 25장이
   다. 미앙궁을 경영할 때 용수산(龍首山) 때문에 전전을 세웠다"고 했다.

4) 平陽歌舞(평양가무): 『한서(漢書)·외척전(外戚傳)』에 "효무(孝武)의 위황후
   (衛皇后)는 자가 자부(子夫)인데 태생이 미천하여 평양주(平陽主)의 노래하
   는 자가 되었다. 무제(武帝)가 자식이 없었는데, 평양주가 양가의 여자 십여
   명을 구해다가 잘 꾸며서 집에 두었다. 황제가 패상(霸上)에서 제사를 지내
   고, 돌아갈 때 평양주를 방문했다. 평양주가 갖춰두었던 미인들을 알현하게
   했으나 황제는 기뻐하지 않았다. 술자리를 마련하고 노래하는 자가 나왔는
   데, 황제가 유독 자부를 좋아했다. 황제가 일어나 옷을 갈아입을 때 자부가
   상의헌(尙衣軒)을 모시던 중 은총을 얻었다. 평양주가 자무를 진상하여 궁으
   로 들어가게 했다. 원삭(元朔) 원년에 아들 거(據)를 낳자 마침내 황후로 세
   웠다"고 했다. 또 이르기를 "효무의 진황후(陳皇后)는 아들이 없었는데, 위자
   부(衛子夫)가 은총을 얻었다는 소식을 듣고 거의 죽으려고 한 것이 여러 번
   이었다"고 했다.

평설 ⌒

● 『당시귀』에 "종성(鍾惺)이 '사건과 정(情)과 경(景)으로 나아가서 합쳐
   가져온 것이 흔적이 없다'라고 했다. 담원춘이 '총려어(寵麗語)가 뜻을
   함축함이 비량(悲凉)하다. 이것은 참으로 비량한 작품이다'라고 했다"고
   했다.

● 『설시수어』에 "왕용표의 절구는 깊은 정과 깊은 원망이 있는데, 뜻은 미
   망(微茫)하다. '昨夜風開露井桃' 1장은 다만 타인의 승총(承寵)을 말했는

데, 그러나 자기의 실총(失寵)을 유연하게 생각할 수 있다. 이것은 현을 집는 손가락 밖에서 울림을 구한 것이다"라고 했다.

- 『당인만수절구선평』에 "다만 곧장 그려갔는데, 탄식과 선망과 원망과 질투가 일제히 모두 여기에서 드러났다"고 했다.

규원 閨怨

閨中少婦不知愁	규중의 젊은 아낙은 근심을 모르고
春日凝妝上翠樓[1]	봄날 단장하고 푸른 누대에 오르네
忽見陌頭楊柳色	문득 밭두둑 버들의 색을 보고
悔敎夫壻覓封侯	남편에게 봉후를 구하라고 한 것을 후회하네

주석 ↩

1) 凝妝(응장): 성장(盛裝).

평설 ↩

- 조선 서거정(徐居正)의 『동인시화(東人詩話)』에 "당시(唐詩)에 '幽閨少婦不知愁, 春日凝妝上小樓……'라고 했는데, 고금에서 절창으로 여긴다. 일찍이 고평장(高平章) 수기(垂基)의 〈기원(寄遠)〉 시를 보니 '錦字裁成寄玉關, 勸君珍重好加餐. 封侯自是男兒事, 不斬樓蘭未擬還'이라 했다. 당시가 비록 좋지만, 남편을 생각함이 깊고, 남편을 사랑함이 돈독하고, 정의(情意)가 압닐(狎昵)하는 사사로움을 형용했을 뿐이다. 고평창의 시

는 구법이 당시에 훨씬 미치지 못한다. 그러나 사념이 깊음을 우선으로 한 것은 서신에 근실함이고, 정수(征守)를 신중히 할 것으로 이은 것은 음식에 대한 근심이고, 끝에는 공명사업의 성대함으로써 권면하여, 한 글자도 연닐(燕昵)의 사사로움에 미치지 않아서, 은연(隱然)히 국풍(國風)의 유의(遺意)가 있다. 시를 공졸(工拙)로써 논할 수가 있겠는가?"라고 하였다.

• 『당시해』에 "이별에 상심한 것에는 종군(從軍)보다 심한 것이 없다. 그래서 당인(唐人)의 규원(閨怨)은 대저 모두 정부(征婦)의 사(詞)이다. 수심을 안다면 다시 화장을 할 수 없다. 화장을 하고 누대에 오른 것은 수심을 모름을 밝힌 것이다. 그러나 한 번 버들 색을 보고 후회의 마음이 생겨나서, 공명을 바라는 마음은 멀어지고, 이별의 쓸쓸한 정이 지극해 진 것이다. 벌레의 울음소리에 만날 것을 생각함[蟲鳴思覲]은 남국(南國)의 정음(正音)이고, 훤초(萱草)에 마음 아파한 것은 동천(東遷)의 변조(變調)이다. 규중(閨中)의 작품은 근체(近體) 가운데 이남(二南: 周南과 召南)이던가?"라고 했다.

• 『위로시화』에 "〈풍(風)〉과 〈소(騷)〉는 전당(全唐)이 유래된 바로서 다 거론할 수가 없다. '忽見陌頭楊柳色, 悔敎夫壻覓封侯'는 흥(興)이다"라고 했다.

• 『당시선맥회통평림』에 "주경(周敬)이 '버들 색을 보고 남편을 생각한 것은 〈권이(卷耳)〉와 〈초충(草蟲)〉의 유의(遺意)인데, 그 참된 것을 얻었다! 종래에는 얻어서 말한 자가 없었다'고 했다. 주정(周挺)이 '정을 말한 말인데, 한 구가 한 번 꺾어져서 파란(波瀾)이 횡생(橫生)했다'고 했다"고 했다.

서궁춘원 西宮春怨[1]

西宮夜靜百花香	서궁엔 밤이 고요하고 온갖 꽃 피어나서
欲捲珠簾春恨長	주렴을 걷으려니 봄 수심이 기네
斜抱雲和深見月[2]	운화의 금슬을 비스듬히 끼고 달을 응시하니
朦朧樹色隱昭陽[3]	몽롱한 나무 색이 소양전을 가리었네

주석 ✺

1) 西宮(서궁): 장신궁(長信宮)을 말함. 한(漢)나라 성제(成帝) 때 조비연(趙飛 燕) 자매로 인하여 반첩여(班倢伃)가 총애를 잃고 장신궁에서 태후를 공양하 며 거주했음.

2) 雲和(운화): 운화산(雲和山)에서 나온 금슬(琴瑟)을 말함. 금슬의 대칭으로 쓰였음. 『周禮·春官·大司樂』에 "雲和之琴瑟"이라 했음.

3) 昭陽(소양): 소양전(昭陽殿). 조비연이 거주했던 궁전.

평설 ✺

* 『지봉유설』에 "왕창령의 〈서궁춘원〉 시에 '斜抱雲和深見月, 朦朧樹色隱 昭陽'이라 했는데, 『당시해』에서 '반첩여가 장신궁에 있었는데, 그 궁이 서쪽에 있었기 때문에 서궁이라 했다'고 했다. 내가 『한서(漢書)』를 살펴 보니, 장추(長秋)는 황후궁의 이름으로서, 서쪽에 있어서 가을의 상(象) 인 것이다. 조비연은 황후를 실총(失寵)하게 하고, 그 아우가 소양궁(昭 陽宮)에 거처했다. 여기서 서궁이라고 한 것은 비연을 지적한 것이지, 반첩여가 아니다. 『주례(周禮)』에 '雲和之琴瑟'이라 했는데 그 주에 '운 화는 지명이다. 이곳에서 양재(良材)가 생산된다'고 했다. 비연은 슬(瑟)

을 잘 탔기 때문에 말한 것이다. '深見月'은 궁전이 깊다는 뜻을 말한 것인데, 또한 원망의 말이다"라고 했다.

● 『당시경』에 "'奉帚平明' 편은 참으로 가작이나, 끝내 이러한 비유가 〈서궁(西宮)〉 작품에 미치지 못한다.

● 『시수』에 "태백(太白: 이백)의 〈장문원(長門怨)〉은 '天回北斗挂西樓, 金屋無人螢火流. 月光欲到長門殿, 別作深宮一段愁'이라 했고, 강녕(江寧: 왕창령)의 〈서궁곡(西宮曲)〉은 '西宮夜靜百花香……'이라 했다. 이백은 뜻이 말 가운데서 다 드러났고, 왕창령은 뜻이 언외에 있다. 그러나 두 시는 각자 지극한 곳이 있어서 일단(一端)만을 지적할 수 없다. 대개 이백은 사경(寫景)이 입신(入神)이고, 왕창령은 언정(言情)이 극에 이르렀다. 왕창령의 궁사악부(宮詞樂府)는 이백이 지을 수 없고, 이백의 남승기행(覽勝紀行)은 왕창령이 지을 수 없다"고 했다.

장신추사 長信秋詞[1]

1

金井梧桐秋葉黃[2]	금정의 오동나무 가을 잎이 노란데
珠簾不捲夜來霜	주렴도 걷지 않고 밤 되어 서리 내리네
熏籠玉枕無顏色	훈롱과 옥침엔 안색이 없는데
臥聽南宮淸漏長[3]	남궁의 맑은 물시계소리 긴 것을 누워서 듣네

주석 🖎

1) 제목이 판본에 따라 다양한데, 〈장신궁(長信宮)〉, 〈장신수(長信愁)〉, 〈장신원

(長信怨)〉 등이다. 시는 모두 5수임.

2) 金井梧桐(금정오동): 금정은 우물의 미칭(美稱). 육조 때부터 우물가에 오동 나무를 심는 풍속이 있었음.

3) 南宮(남궁): 미앙궁(未央宮)을 말함.

평설 ᑐ

● 『시수』에 "강녕의 〈長信詞〉·〈西宮曲〉·〈靑樓曲〉·〈閨怨〉·〈從軍行〉 은 모두 우유완려(優游婉麗)하고, 의미가 무궁하고, 풍골(風骨)이 안에 함축되고, 정망(情芒)이 밖에 은근하여 청묘(淸廟)의 주현(朱絃) 같아서 일창삼탄(一唱三嘆)이다"라고 했다.

2

眞成薄命久尋思	참으로 박명을 이루어 오래 그리워하다가
夢見君王覺後疑	꿈에서 군왕 뵙고 깬 후에 의심하네
火照西宮知夜飮	불 비추는 서궁의 밤 술자리를 아는데
分明複道奉恩時	분명히 복도에서 은총 받든 때였네

3

奉帚平明金殿開[1]	청소하는 아침에 금전이 열리고
暫將團扇共徘徊[2]	잠시 둥근 부채와 함께 배회하네

玉顔不及寒鴉色　　옥안이 추운 까마귀의 안색에도 미치지 못하니
猶帶昭陽日影來[3)]　　오히려 소양궁의 햇볕을 띠고 온다네

주석

1) 奉帚(봉추): 봉추(奉箒). 빗자루를 들고 청소하는 것. 주로 비빈(妃嬪)들이 총애를 잃고 영락함을 비유함.

2) 團扇(단선): 반첩여의 〈원가행(怨歌行)〉에 "新裂齊紈素, 鮮潔如霜雪. 裁爲合歡扇, 團團似明月. 出入君懷袖, 動搖微風發. 常恐秋節至, 凉風奪炎熱. 棄捐篋笥中, 恩情中道絶"이라 했음.

3) 昭陽(소양): 한나라 궁전 이름. 조비연 자매가 거처하던 곳임. 日影(일영): 양광(陽光). 황제의 은택을 비유함.

평설

- 『당시품휘』에 "사첩산(謝疊山)이 '이 시편은 원망하면서도 분노하지 않았으니, 풍인(風人)의 뜻이 있다'고 했다"고 했다.

- 『당시별재』에 "소양궁(昭陽宮)은 조소의(趙昭儀)가 거처했던 곳이다. 궁이 동방에 있는데, 추운 까마귀가 동방의 햇살을 띠고 오니 자신이 까마귀보다도 못함을 본 것이다. 우유완려(優游婉麗)하고, 함축이 무궁하여 사람에게 일창삼탄하게 한다"고 했다.

부용루에서 신점을 전송하다 芙蓉樓送辛漸[1]

1

寒雨連江夜入吳[2]　　찬비가 강에 이어져 밤에 오땅으로 들어가고

平明送客楚山孤[3]　　아침에 객을 전송하는 초산이 외롭네

洛陽親友如相問　　　낙양의 벗들이 안부를 물거든

一片冰心在玉壺[4]　　한 조각 빙심이 옥호에 있다고 전해주오

주석 ∽

1) 芙蓉樓(부용루): 강남 윤주성(潤州城) 서북루(西北樓). 그 서남루(西南樓)는 만세루(萬歲樓)라고 함. 모두 2수임.

2) 吳(오): 춘추시대 오국(吳國) 지역. 지금의 강소성 남부와 장강(長江) 이남 지역. 여기서는 윤주(潤州)를 지칭하고 있음.

3) 楚山(초산): 윤주(潤州)는 전국시대에 초국(楚國)에 속했음. 장강 북안에 있는 산들을 말함.

4) 옥호(玉壺)의 빙심(氷心)은 맑고 순결한 마음을 말함. 포조(鮑照)의 〈백두음(白頭吟)〉에 "淸如玉壺氷"이라 했음.

평설 ∽

● 『당시경』에 "격(格)을 단련함이 최고이다. '孤' 자는 스스로 일어(一語)가 된다. 후 2구는 특별이 깊은 정이 있다"고 했다.

● 『당시선맥회통평림』에 "주정(周挺)이 '신골(神骨)의 형연(瑩然)함이 옥(玉)과 같다'고 했다. 설응기(薛應旂)가 '자기의 뜻을 많이 그려냈다. 송객에 이런 일법(一法)이 있다'고 했다"고 했다.

• 『당시만수절구선평』에 "당인(唐人)에게는 송별의 묘작(妙作)이 많다. 소백(少伯)의 여러 송별시는 모두 정이 지극히 깊고, 맛이 지극히 오래가고, 조(調)가 지극히 높고, 유연함이 다함이 없어서 사람을 무한하게 머물게 한다"고 했다.

2

丹陽城南秋海陰[1]	단양성 남쪽 가을 바다는 어둡고
丹陽城北楚雲深	단양성 북쪽 초땅 구름은 깊네
高樓送客不能醉	높은 누대에서 객을 보내니 취할 수가 없어
寂寂寒江明月心	적적한 찬 강물 속 밝은 달의 마음 같네

주석 ℘

1) 丹陽城(단양성): 지금의 강소성 단도현(丹徒縣) 동남.

유신허 劉昚虛

유신허, 자는 전을(全乙), 숭산(崇山) 사람. 『전당시』에는 강동(江東) 사람이라 했다. 개원(開元) 11년에 진사가 되어, 낙양위(洛陽尉)에 임명되었다. 천보(天寶) 때 하현령(夏縣令)을 지냈다. 맹호연(孟浩然)과 왕창령(王昌齡)과 친했다.

『하악영령집』에 "유신허의 시는 정이 깊고 흥이 원대하고, 생각은 괴롭고 말은 기이하다"고 했다.

궐제 闕題

道由白雲盡	길은 흰 구름으로 끊기고
春與靑溪長	봄이 푸른 개울과 함께 기네
時有落花至	때때로 낙화가 떠 내려와
遠隨流水香	멀리 물 따라가며 향기롭네
閒門向山路	한가한 문은 산길로 향했고
深柳讀書堂	우거진 버들 속에 독서당이 있네
幽映每白日	희미하게 비추는 석양을 대하면
淸輝照衣裳	맑은 햇살이 의복에 비추네

평설 ⌢

* 『당시귀』에 "골(骨)은 왕유와 맹호연 같은데, 기운은 융후(隆厚)하여 간혹 그들을 넘어선다"고 했다.

강도에게 부쳐서 맹육의 유문을 구하다 寄江滔求孟六遺文[1]

南望襄陽路	남쪽으로 양양로를 바라보며
思君情轉親	그대 생각하니 정이 더욱 친밀하네
偏知漢水廣[2]	한수의 넓음을 두루 아니
應與孟家鄰[3]	마땅히 맹씨 집과 이웃하였네
在日貪爲善	매일 열심히 선행을 했건만

昨來聞更貧   근래 더욱 가난해졌다고 들었네

相如有遺草[4]   상여에게 남긴 글이 있는지

一爲問家人   한번 집사람에게 물어보네

주석 ⟫

1) 江滔(강도): 미상. 孟六(맹육): 미상.

2) 漢水廣(한수광):『시경』〈한광(漢廣)〉에 "漢之廣矣"라고 했음.

3) 맹모삼천(孟母三遷)의 고사를 빌렸음.

4) 相如(상여): 한(漢)나라 사마상여(司馬相如).『사기』에 의하면, 사마상여가
   죽은 후 그 부인에게 남긴 글이 없느냐고 물어보니, 봉선사(封禪事)에 관한
   글 한 편을 남겨놓았다고 함.

평설 ⟫

• 『당시경』에 "청수(淸瘦)함이 중당의 기격(氣格) 같다. 제5구가 아름답다"
  고 했다.

조영 祖詠

조영(699-746?), 낙양(洛陽) 사람. 개원(開元) 12년(724) 진사에 급제했고, 만년에는 여수(汝水) 가에 은거했다. 왕유(王維)와 절친했다. 『하악영령집』에 "조영의 시는 전각(剪刻)을 살핌이 맑은데 용사(用思)에 더욱 고심했다. 기(氣)는 비록 높지 못하나 조(調)는 자못 세속을 능가한다"고 했다.

계문을 바라보다 望薊門[1]

燕臺一去客心驚[2]	연대를 한 번 떠나니 객의 마음 놀라는데
笳鼓喧喧漢將營[3]	갈피리 북소리 한나라 장군 군영에 요란하네
萬里寒光生積雪	만 리의 찬 빛은 쌓인 눈에서 생겨나고
三邊曙色動危旌[4]	삼면 변경의 새벽 색이 높은 깃발에서 움직이네
沙場烽火侵胡月[5]	전장의 봉화는 호땅의 달빛에 침범하고
海畔雲山擁薊城	바닷가 운산은 계성을 감쌌네
少小雖非投筆吏[6]	젊을 때 비록 붓을 내던진 관리는 아니지만
論功還欲請長纓[7]	논공에는 도리어 긴 갓끈을 청하려네

주석 ᚗ

1) 薊門(계문): 계성(薊城). 당나라 때 유주(幽州)의 치소(治所)였음.

2) 燕臺(연대): 계북루(薊北樓).

3) 笳(가): 호가(胡笳). 중국 북방 이민족의 악기. 漢將營(한장영): 당나라의 군
   영을 말함.

4) 三邊(삼변): 당시 동북, 북방, 서북의 변방지역을 말함. 危旌(위정): 고정(高旌).

5) 沙場(사장): 전장(戰場).

6) 投筆吏(투필리): 후한(後漢) 반초(班超)의 고사. 반초는 낮은 관직의 문필업
   에 종사하며 가난했는데, 어느 날 붓을 내던지며 탄식하기를 대장부는 마땅
   히 부개자(傅介子)나 장건(張騫)처럼 이역에서 공을 세워 봉후(封侯)를 취해
   야 한다고 했다. 이후 서역에서 공을 세워 정원후(定遠侯)가 되었다.

7) 請長纓(청장영): 한(漢)나라 종군(終軍)의 고사. 종군이 황제에게 자청하기를,
   긴 갓끈을 내려준다면 반드시 남월왕(南越王)을 묶어다가 바치겠다고 했음.

● 『비점당시정성』에 "장건(壯健)한 기운이 곧장 위청(衛淸)과 곽거병(霍去病)과 함께 변방으로 나가려고 한다"고 했다.

소씨 별업 蘇氏別業[1]

別業居幽處	별장이 깊은 곳에 있어
到來生隱心	와보니 은거할 마음이 생기네
南山當戶牖	남산이 창문에 마주하고
灃水映園林[2]	풍수가 원림에 비추네
屋覆經冬雪	지붕엔 지난 겨울눈이 덮여 있고
庭昏未夕陰	마당은 석양 전에 어두워지네
寥寥人境外	조용한 인간세상 밖에서
閒坐聽春禽	한가히 앉아 봄 새소리를 듣네

주석 ‿

1) 蘇氏(소씨): 미상. 別業(별업): 별장.
2) 灃水(풍수): 섬서성 종남산(終南山)에서 발원하여 함양현(咸陽縣) 위수(渭水)로 들어감.

평설 ‿

● 『당시경』에 "경취(景趣)가 유절(幽絕)하다"고 했다.

강남여정 江南旅情

楚山不可極[1]	초산을 다 볼 수가 없어
歸路但蕭條	돌아오는 길이 다만 쓸쓸하네
海色晴看雨	바다색에선 맑은데도 비를 보고
江聲夜聽潮	강 소리에선 밤에도 조수소리를 듣네
劒留南斗近	검은 남두성 근처에 놓아두고
書寄北風遙	편지는 북풍 멀리 부치네
爲報空潭橘[2]	공담의 귤로 보답하려는데
無媒寄洛橋[3]	낙수 다리에 부칠 방법이 없네

주석 ⌇

1) 楚山(초산): 초(楚) 지역의 산들.

2) 空潭橘(공담귤): 상수(湘水)의 귤주(橘洲)에서 생산되는 귤을 말함. 공담(空潭)은 상수가 깊은 못을 이루는 곳을 말함.

3) 洛橋(낙교): 경성의 낙수(洛水)에 있는 다리.

평설 ⌇

- 『당시선맥회통평림』에 "양신(楊愼)이 '차련(次聯)은 반드시 몸소 이런 경치를 겪어보아야만 바야흐로 가취(佳趣)를 알 수 있다'고 했다. 종신(宗臣)이 '기련(起聯)은 상쾌하면서 명랑하고, 함련(頷聯)은 그윽하면서 고아하고, 경련(頸聯)은 기이하면서 수려하다'고 했다"고 했다.

종남산에서 남은 눈을 보다 終南望餘雪

終南陰嶺秀	종남산 북쪽 고개가 수려한데
積雪浮雲端	쌓인 눈에 뜬 구름이 상서롭네
林表明霽色	숲 표면은 밝게 개인 색이고
城中增暮寒	성안엔 저녁 추위가 증가하네

평설 ∽

• 『당시기사』에 "유사(有司)가 〈終南山望餘雪〉시를 시험 보였는데, 조영이 4구를 적고는 곧 유사에게 냈다. 어떤 이가 그것을 꾸짖으니, 조영이 '뜻을 다 썼다'고 했다"고 했다.

• 『당시귀』에 "설(說)이 표묘(縹緲)하고 삼수(森秀)함을 얻었다"라고 했다.

• 『어양시화』에 "고금의 설시(雪詩) 가운데, 다만 양부(羊孚)가 한 번 칭찬하기를, 도연명의 '傾耳無希聲, 在目已皓潔'과 조영의 '終南陰嶺秀' 1편과 우승(右丞: 왕유)의 '灑空深巷靜, 積素廣庭寬'과 위좌사(韋左司: 위응물)의 '門對寒流雪滿山' 구를 가장 좋다고 했다"고 했다.

상건 常建

상건, 장안(長安) 사람. 개원(開元) 15년에 진사에 합격했다. 대력(大曆) 중에 우태위(盱眙尉: 안휘성)를 지냈다. 곧 벼슬을 버리고 방랑하다가 악저(鄂渚: 武昌)에 우거(寓居)하여 왕창령(王昌齡)과 장분(張僨)을 불러 함께 은거했다.

『하악영령집』에 "건(建)의 시는 처음에는 강장(康壯)함을 표현하는 듯했으나, 다시 야경(野徑)을 찾아서, 백리(百里) 밖에서 바야흐로 대도(大道)로 돌아갔다"고 했다.

상건은 풍경 묘사에 특히 뛰어났는데 대체로 사조(謝朓)의 시와 비슷하다.

왕장군 묘에 조문하다 弔王將軍墓[1]

嫖姚北伐時[2]	표요장군이 북벌할 때
深入疆千里	천리 너머로 깊이 들어갔네
戰餘落日黃	전투가 남았는데 지는 해가 누렇고
軍敗鼓聲死	군대가 패하여 북소리 속에 죽어갔네
嘗聞漢飛將[3]	일찍이 들으니 한나라 비장군은
可奪單于壘	선우의 보루를 탈취할 수 있다 했는데
今與山鬼鄰	지금은 산 귀신과 함께 이웃이 되고
殘兵哭遼水[4]	남은 병사들은 요수에서 통곡하네

주석

1) 王將軍(왕장군): 미상.

2) 嫖姚(표요): 표요(票姚). 표요교위(票姚校尉)를 지낸 한(漢)나라 곽거병(郭去病).

3) 漢飛將(한비장): 한(漢)나라 장군 이광(李廣). 흉노가 그를 비장군(飛將軍)이라 불렀음.

4) 遼水(요수): 요동(遼東)에 있는 요하(遼河). 지금은 거류하(巨流河)라고 함.

서산 西山[1]

一身爲輕舟	한 몸이 가벼운 배가 되어
落日西山際	석양에 서산 옆에 있네
常隨去帆影	돛 그림자를 항상 따라가고

遠接長天勢　　　긴 하늘의 형세와 멀리 접했네

物象歸餘淸　　　물상은 남은 맑음으로 돌아가고

林巒分夕麗　　　숲과 봉우리는 석양빛을 나누네

亭亭碧流暗[2]　　멀리 푸른 물이 어둡고

日入孤霞繼　　　해 지고 외로운 놀이 이어지네

渚日遠陰映　　　물가의 햇살 멀리 어둡게 비추고

湖雲尙明霽　　　호수 구름은 여전히 밝게 개었네

林昏楚色來　　　숲 어두워 초땅의 저녁색이 다가오고

岸遠荊門閉　　　언덕 멀어 형문산이 닫혔네

至夜轉淸迥　　　밤 되어 더욱 맑고 멀어지는데

蕭蕭北風厲　　　소소히 북풍이 매섭네

沙邊雁鷗泊　　　모래밭 가엔 기러기 오리들 머물고

宿處蒹葭蔽　　　자는 곳은 갈대가 가리었네

圓月逗前浦　　　둥근 달이 앞 물가에 머무니

孤琴又搖曳　　　외로운 금소리가 또 달빛을 흔들어 이끄네

泠然夜遂深　　　맑은 소리 밤이 이제 깊었는데

白露霑人袂　　　흰 이슬이 소매를 적시네

주석 ∽

  1) 西山(서산): 호북(湖北) 무창(武昌) 번산(樊山)을 말함. 원산(袁山)·내산(來
     山)·서산(西山)·수창산(壽昌山)·번강(樊岡) 등으로 불림.

  2) 亭亭(정정): 먼 모양.

평설 ᏚᎲ

- 『당시경』에 "맑게 갠 색과 맑은 음률이다"고 했다.

- 『당시선맥회통평림』에 "황가정(黃家鼎)이 '청절(淸絶)하여 연화기(煙火 氣)가 없다'고 했다"라고 했다.

- 『당시별재』에 "사공(謝公: 謝朓)을 본받았다. 이 밤에 서산에 정박하여 지은 것이다. '一身爲輕舟'는 홀로의 몸으로 배를 띄워서 몸이 배와 같다 는 것을 말했다"고 했다.

파산사 뒤 선원에 적다 題破山寺後禪院[1]

清晨入古寺	맑은 아침에 옛 절로 들어가니
初日照高林	아침 해가 높은 숲을 비추네
曲徑通幽處[2]	굽은 길은 깊은 곳으로 통하고
禪房花木深	선방엔 꽃나무 우거졌네
山光悅鳥性	산 빛은 새의 본성을 즐겁게 하고
潭影空人心	못 그림자는 사람의 마음을 비우게 하네
萬籟此俱寂	온갖 소리 이곳에선 모두 고요한데
惟聞鐘磬音	다만 종소리 풍경소리 들리네

주석 ᏚᎲ

1) 破山寺(파산사): 강소성 상숙현(常熟縣) 우산(虞山) 홍복사(興福寺)의 별칭.
2) 曲徑(곡경): 죽경(竹徑)으로 된 판본도 있음.

평설 ᧵

- 『하악영대집』에 "'山光悅鳥性, 潭影空人心' 등 여기 늘어놓은 십여 구는 모두 경책(警策)이라 하겠다'고 했다.

- 우무(尤袤)의 『전당시화(全唐詩話)』에 "구양수(歐陽修)가 일찍이 말하기를 '나는 상건의 「竹徑通幽處, 禪房花木深」을 좋아하여 그 말을 본받아 일련을 지어보려고 했으나 끝내 얻을 수 없었다. 비로소 뜻을 지음에 공교롭기가 어렵다는 것을 깨달았다'고 했다'고 했다.

- 『영규율수』에 "3·4구는 반드시 대우할 필요가 없으니 스스로 한 체(體)가 된다. 대개 또한 고시와 율시의 중간이다. 전편이 자연스럽다'고 했다.

- 『시수』에 "맹호연의 시는 담백[淡]하지만 그윽하지[幽] 못한데, 상건의 '淸晨入古寺'와 '松際露微月'은 그윽하다'고 했다.

- 『당시경』에 "3·4구의 청운(淸韻)이 자연스럽다'고 했다.

- 『당시귀』에 "종성(鍾惺)이 '상(象)이 없는데도 그림자가 있고, 그림자가 없는데도 빛이 있으니, 여기에 무슨 사물이 참여할 수 있겠는가?'라고 했다. 담원춘이 '묘함이 지극하다. 주각(注脚)과 전어(轉語)를 일체 붙이기 어렵다. 이른 바 시인의 몸이 설법(說法)이 되었음을 본다. 또한 청경(淸境)과 환사(幻思)가 천고가 되어도 마멸되지 않을 것이다'고 했다'고 했다.

- 『당시선맥회통평림』에 "육전(陸鈿)이 '이 시를 읽으면, 하필 선가(禪家)의 대장(大藏)을 펼치겠는가? 당연히 심편(心片)의 게(偈)를 이루는데, 다시 묘(妙)가 경화수월(鏡花水月)에 있다'고 했다'고 했다.

- 『영규율수간오』에 "통체(通體)가 율에 맞는다. 어찌 고시와 율시 중간에서 얻었다고 말하는가? 흥상(興象)이 심미(深微)하고, 필필(筆筆)이 초묘(超妙)한데, 이는 신(神)이 오기를 기다린 것이다. 자연(自然) 두 글자로

는 다 말할 수가 없다"고 했다.

- 반덕여(潘德興)의 『당현삼매집평(唐賢三昧集評)』에 "이런 시는 원래 모습(模襲)할 수가 없다. 곧 상건을 다시 살아나게 하여 1수를 짓게 하더라도 이것과 같을 수가 있겠는가?"라고 했다.

- 『당시별재』에 "조성(鳥性)이 즐거워함은 산광(山光) 때문에 즐거운 것이고, 인심이 비워짐은 담수(潭水)로 인하여 비워지는 것이다. 이는 도장법(倒裝法)이다"라고 했다.

우문육을 전송하다 送宇文六

花映垂楊漢水淸	꽃 밝고 버들 늘어진 한수가 맑은데
微風林裏一枝輕	미풍 부는 숲속에 버들 한 가지가 가볍네
卽今江北還如此	지금 강북도 도리어 이와 같으니
愁殺江南離別情	강남에서 이별한 정이 슬프네

평설

- 『당시선맥회통평림』에 "주경(周敬)이 '청상(淸爽)하면서 비완(悲惋)하다'고 했다. 장일규(莊一葵)가 '송별에 버드나무를 많이 이용하는데, 좋은 작품이 드물다. 그러나 이 작품은 또한 쇄연(洒然)하다'고 했다"고 했다.

- 『당인만수절구선평』에 "이 시는 다만 뒤의 2구가 질직(質直)하고 혼성(渾成)하여 기격(氣格)을 해치지 않았다. 종담과 담원춘이 모두 차구(次句)를 칭찬하여 수려함이 지극하다고 했는데, 이처럼 시를 논하면 곧 귀

도(鬼道)로 추락하게 된다"고 했다.

삼일에 이구의 집을 찾아가다 三日, 尋李九莊

雨歇楊林東渡頭	비 그친 버들 숲 동쪽 나루 가에
永和三日蕩輕舟[1]	영화 삼일에 가벼운 배 출렁이고
故人家在桃花岸	벗의 집이 복사꽃 언덕에 있어
直到門前溪水流	곧장 문전에 이르니 개울물이 흘러나오네

주석 ☞

1) 왕희지(王羲之)의 「난정시서(蘭亭詩序)」에 "永和九年歲在癸丑, 暮春之初, 會
   於會稽山陰之蘭亭, 修禊事也"라고 했음.

평설 ☞

• 명나라 섭희앙(葉羲昻)의 『당시직해(唐詩直解)』에 "번안(飜案)인데 단지
  청건(淸健)함을 깨닫게 하니, 모두 필력을 보였다"고 했다.

• 『당시경』에 "뒤의 두 말이 청취(淸趣)하고 자연스럽다"고 했다.

• 『당이만수절구선평』에 "평평(平平)하게 직서(直敍)한 것이 스스로 정치
  (情致)가 있다. 또한 법이 있어서 아름답게 된 것이다"라고 했다.

왕만 王灣

왕만, 낙양(洛陽) 사람. 당나라 현종 선천(先天: 712-713) 연간에 진사에 급제하였음. 개원(開元) 초에 형양주부(滎陽主簿)가 되었다. 마회소 (馬懷素)가 여러 서적들을 교정하기를 청했을 때, 왕만도 선발되었다. 벼슬은 낙양위(洛陽尉)로 마쳤다. 왕만은 개원 연간의 저명한 시인이었으나 남아있는 작품이 거의 없고, 『전당시』에 겨우 10수가 전한다.

북고산 아래에 머물다 次北固山下[1]

客路青山外	나그네 길은 푸른 산 너머에 있고
行舟綠水前	지나는 배는 초록 물 앞에 있네
潮平兩岸潤	조수가 차올라 양안이 드넓고
風正一帆懸	바람이 순풍이어서 한 돛이 매달렸네
海日生殘夜	바다 해가 남은 밤에서 떠오르고
江春入舊年	강의 봄은 구년으로 들어가네
鄕書何處達	고향편지를 어디에다 부칠까?
歸雁洛陽邊	돌아가는 기러기가 낙양 가에 있네

주석 ⌒

1) 次(차): 머물러 숙박함. 여기서는 배를 정박함을 말함. 北固山(북고산): 지금
   의 강소성 진강시(鎭江市) 북쪽에 있음. 삼면이 강에 임하여 형세가 험고(險
   固)하기 때문에 북고산이라 이름 붙였음.

평설 ⌒

• 『당시선맥회통평림』에 "서충(徐充)이 '이 시편은 경(景)을 그려서 심회를
  붙였는데, 풍운(風韻)이 쇄락(洒落)하여 가작(佳作)이다. 「生」자와 「入」
  자는 담박하면서 변화가 있어서, 천천(淺淺)히 도달할 수 없는 것이다'라
  고 했다"고 했다.

• 『당시경』에 "潮平' 두 자는 속된 기운이 심하다. '海日生殘夜'는 경색(景
  色)이 있다. '江春入舊年'은 혼탁한 말일 뿐이다"라고 했다.

• 『당시별재』에 "강에서 해가 일찍 뜨고, 겨울 여행에서 입춘이 되었다는 것은 본래 평범한 말인데, 한 차례 추련(錘煉)을 겪고 곧 기절(奇絶)을 이루었다. 소릉(少陵: 두보)의 '無風雲出塞, 不夜月臨關'과 더불어 한 종류의 필묵이다"라고 했다.

구위 丘爲 ~

구위(702?-797?), 가흥(嘉興: 절강성) 사람. 여러 번 과거에 응시했으나 떨어지고, 천보(天寶) 2년(743)에 비로소 진사에 합격했다. 태자우서자 (太子右庶子)를 지내고, 산기상시(散騎常侍)로 벼슬을 마쳤다.

구위는 오언시에 뛰어났는데, 왕유(王維)와 유장경(劉長卿)과 친했다.

좌액의 배꽃 左掖梨花[1]

冷艷全欺雪	냉염한 꽃을 완전히 눈발로 속았는데
餘香乍入衣	남은 향기가 곧 옷자락으로 끼쳐오네
春風且莫定	봄바람이 또 멈추지 않고
吹向玉階飛	옥계로 불어 날리네

주석 ⌒

1) 원주에 왕유(王維)와 황보염(皇甫冉)과 함께 읊었다고 했음.

평설 ⌒

• 『당시직해』에 "다만 정이 있음을 말했는데, 붙인 뜻이 몹시 은미하다"고 했다.

• 『당현삼매집전주』에 "이미 후인의 영물시의 법문을 열었다"고 했다.

최호 崔顥

최호(704?-754), 변주(汴州: 지금의 하남성 開封市) 사람. 개원 11년
(723)에 진사에 급제하고, 천보(天寶) 연간에 상서사훈원외랑(尙書司勳
員外郞)에 임명되었다. 젊은 시절엔 술과 도박으로 방탕한 생활을 하며
지은 시도 경박하고 부염(浮艶)했으나, 이후 강남 일대를 유랑하고 종군
생활을 한 이후에는 풍골(風骨)이 늠연(凜然)한 시풍을 이루었다.
그의 〈황학루(黃鶴樓)〉시는 칠율의 절창으로 평가되는데, 일찍이 이백
(李白)이 황학루에 올라 시를 지으려다가 벽에 적힌 최호의 〈황학루〉시
를 보고 시 짓기를 포기했다는 일화가 전한다.

황학루 黃鶴樓[1]

昔人已乘黃鶴去[2]	옛 사람은 이미 황학을 타고 가버렸는데
此地空餘黃鶴樓	이 땅에 공연히 황학루만 남아있네
黃鶴一去不復返	황학은 한 번 떠나 다시 돌아오지 않는데
白雲千載空悠悠	흰 구름만 천 년을 공연히 흘러가네
晴川歷歷漢陽樹[3]	맑은 물엔 한양의 나무가 역력하고
芳草萋萋鸚鵡洲[4]	향기로운 풀 앵무주에 우거졌네
日暮鄉關何處是[5]	날 저무는데 고향은 어디쯤인가?
煙波江上使人愁	안개 낀 강가에서 슬픔만 이네

주석 ∽

1) 黃鶴樓(황학루): 호북성 무창(武昌) 서쪽, 양자강(揚子江) 언덕에 있음. 『청통지(淸統志)』에 "호북(湖北) 무창부(武昌府): 황학산(黃鶴山)은 강하현(江夏縣: 지금의 무창현) 치소 서쪽 모퉁이에 있다. 일명 황곡산(黃鵠山)이다. 『부지(府志)』에 '황학산은 고관산(高冠山) 서쪽에서 강에 이르는데 그 머리가 높이 솟아있다. 황학루가 그것을 베고 있다'고 했다"라고 했다. 이로 보면 황학루는 본래 황학산으로 인해 이름 지어졌음을 알 수 있다.

2) 昔人(석인): 전설 속의 신선을 말함. 일설에는 삼국시대 촉(蜀) 땅의 사람 비문위(費文偉)가 학을 타고 등선(登仙)할 때 황학루에서 쉬어갔다고 하고, 또 일설에는 선인(仙人) 자안(子安)이 학을 타고 황학루를 지나갔다고 함. 白雲(백운): 황학(黃鶴)으로 되어 있는 판본도 있음.

3) 晴川(청천): 한강(漢江)을 말함. 漢陽(한양): 황학루가 있는 무창과 양자강을 사이에 두고 마주하고 있음.

4) 鸚鵡洲(앵무주): 무창의 서남쪽 양자강 가운데 있는 강섬인데 나중에 물속에 잠겼음. 동한(東漢) 말에 황조(黃祖)가 예형(禰衡)을 살해하여 이곳에 묻었는

데, 예형이 일찍이 〈앵무부(鸚鵡賦)〉를 지은 적이 있어서 그로 인하여 이름 지었다고 함.

5) 鄕關(향관): 향리(鄕里). 최호의 고향은 북방의 변주(汴州)임.

평설 ⟨⟨⟨

- 『창랑시화』에 "당인의 칠언율시는 마땅히 최호의 〈황학루〉를 제일로 삼아야 한다"고 했다.

- 『영규율수』에 "이 시의 앞 네 구는 대우에 구속되지 않아서 기세가 웅대하다"고 했다.

- 『시수』에 "최호의 〈황학〉은 가행단장(歌行短章)일 뿐이다. 태백은 평생 배우를 좋아하지 않았다. 최호의 시는 우연히 더불어 계합(契合)하였다. 엄씨(嚴氏)가 이를 언급하여, 세상이 마침내 부화뇌동하였다. 또한 근래에 심전기의 작품을 추구하여 얻었다고 하는 것만 못하다"고 했다.

- 『당재자전』에 "최호가 나중에 무창(武昌)을 유람하다가 황학루에 올라 감개하여 시를 지었다. 그 후 이백이 와서 '눈 앞에 경치가 있는데도 말을 할 수 없는데, 최호의 제시(題詩)가 위에 있구나' 하고는, 시를 짓지 못하고 가버렸다. 철장(哲匠)을 위하여 손을 거둔 것이라 하겠다"라고 했다.

- 『당시평선』에 "봉새가 상행(象行)을 날아 원대함으로써 사람을 놀라게 한다. 끝내 회고로부터 일어났으니, 이는 제루시(題樓詩)이며 등루(登樓)가 아니다. 한 번의 맺음이 스스로 〈봉황대(鳳凰臺)〉보다 못함은 뜻으로써 기(氣)를 막음이 많기 때문이다"라고 했다.

- 『시원변체』에 "최호의 〈황학〉과 〈안문(雁門)〉을 읽어보면, 금석(金石)의

궁상(宮商)의 소리가 있다. 대략 만년의 작품이다"라고 했다.

• 『당시별재』에 "뜻을 상(象)보다 먼저 얻었고, 신(神)이 언외에서 움직여, 붓을 따라 그려나간 것이 마침내 천고의 빼어남을 천단했다"고 했다.

• 『영규율수간오』에 "우연히 얻어서 절로 절조(絶調)를 이루었다. 그러나 하나밖에 없을 수는 없지만 둘이 있을 수는 없다. 거듭 하나를 임모(臨摹)하면 곧 과구(窠臼)가 되고 만다"라고 했다.

화음을 지나가다 行經華陰[1]

岧嶢太華俯咸京[2]	높은 태화산이 함경을 굽어보고
天外三峯削不成[3]	하늘 밖 세 봉우리는 깎아지지 않았네
武帝祠前雲欲散[4]	무제의 사당 앞엔 구름 흩어지려 하고
仙人掌上雨初晴[5]	선인장 위엔 비가 처음 개었네
河山北枕秦關險[6]	하산은 북으로 진관에 접하여 험난하고
驛路西連漢畤平[7]	역로는 서쪽으로 한치에 이어져 평탄하네
借問路傍名利客	물어보자 길가의 명리객들이여
無如此處學長生	이곳에서 장생술을 배우는 것이 나으리라

주석 ☙

1) 華陰(화음): 섬서성 화음(華陰縣).

2) 岧嶢(초요): 산이 높은 모양. 太華(태화): 화산(華山). 咸京(함경): 함양(咸陽).

3) 三峯(삼봉): 화산의 연화(蓮花)·선인(仙人)·낙안(落雁) 세 봉우리. 다른 설

도 있음.

4) 武帝祠(무제사): 한무제가 건립한 거령(巨靈)의 사당. 거령은 하수(河水)의
   신(神). 무제와 관련된 운우지정(雲雨之情)의 고사를 빌렸음.

5) 仙人掌(선인장): 무제가 하늘의 이슬을 받아먹기 위해 세웠던 구리기둥. 여
   기서는 화산의 동쪽 봉우리인 선인봉(仙人峰)을 말함.

6) 秦關(진관): 진나라 때 설치한 관(關). 동관(潼關)을 말함.

7) 漢時(한치): 한나라 때 천지의 신령에게 제사하던 제단. 기주(岐州)의 옹현
   (雍縣) 남쪽에 오치(五畤)를 두었음.

평설 ◯◡

● 『영규율수』에 "5·6구가 통쾌하고 감격이 있다"고 했다.

● 『비점당음』에 "이 편은 6구가 모두 아혼(雅渾)한데, 다만 결어는 중당(中
   唐)과 같다"고 했다.

● 『당시별재』에 "태화산 세 봉우리는 깎여진 듯한데, 반대로 '峭不成'이라
   고 말한 것이 묘하다"고 했다.

장간곡 長干曲[1]

1

君家住何處	당신 집은 어딘지요?
妾住在橫塘	첩의 집은 횡당에 있답니다
停舟暫借問	배 멈추고 잠시 물어봅시다
或恐是同鄉	혹시 동향이 아닌지요?

1) 원래 4수임. 長干曲(장간곡): 악부 〈잡곡가사〉의 곡명. 그 고사(古辭)는 "逆
浪故相邀, 菱舟不怕搖. 妾家楊子住, 便弄廣陵潮"라고 했음. 장간은 지명.

평설 ⤚

- 『비점당음』에 "온자(蘊藉)한 풍류(風流)이다"라고 했다.

- 『위로시화』에 "전혀 깊은 뜻이 없는데 신채(神采)가 울연(鬱然)하다. 후
인이 이를 배운다면 곧 아동어(兒童語)가 될 것이다"라고 했다.

2

家臨九江水	집이 구강 물에 임해서
去來九江側	구강 가를 오간답니다
同是長干人	함께 장간 사람인데
生小不相識	아직 어려서 서로 알지 못했군요

평설 ⤚

- 『당시품휘』에 "다만 서로 묻는 말만 그렸을 뿐인데 그 정이 절로 드러났
다"고 했다.

- 『비점당음』에 "최호는 평소 정시(情時)를 잘 지었는데, 이 편 역시 악부
체이다"라고 했다.

- 『당시경』에 "완연히 정어(情語)이다"라고 했다.

3

下渚多風浪	아래 물가는 풍랑이 많아서
蓮舟漸覺稀	연밥 따는 배가 점차 드물어지네요
那能不相待	어찌 기다리지 않고
獨自逆潮歸	홀로 물 거슬러 돌아가나요?

평설 ᓂᓾ

- 『당시품휘』에 "그 시는 모두 사치(思致)를 사용하지 않고, 유려(流麗)하
게 정을 폈다. 참으로 마땅히 태백(太白: 이백)이 사랑하고 공경했던 까
닭이다"라고 했다.

왕한 王翰

왕한, 자는 자우(子羽) 병주(幷州) 진양(晉陽) 사람. 경운(景雲) 원년 (710)에 진사에 합격하고, 다시 직언극간(直言極諫)에 올라서 창악위(昌 樂尉)가 되었다. 또 초발군류(超拔羣類)에 올라서 비서정자(祕書正字)가 되었다. 통사사인(通事舍人)과 가부원외랑(駕部員外郎)을 지내고, 나가 서 여주장사(汝州長史)와 선주별가(仙州別駕)를 지냈다. 매일 재사(才 士)와 호협(豪俠)들과 함께 음주와 음악, 유람과 사냥을 즐기다가 도주 사마(道州司馬)로 좌천되었다.

양주사 涼州詞[1]

蒲萄美酒夜光杯	좋은 포도주가 야광 술잔에 있어서
欲飮琵琶馬上催	마시려하니 비파소리가 말 위에서 재촉하네
醉臥沙場君莫笑[2]	전장에 취해 누운 것을 그대는 비웃지 마오
古來征戰幾人回	예로부터 전쟁에서 몇이나 살아 돌아왔던가?

주석 ꕔ

1) 원래 2수임. 악부 〈근대가곡(近代歌曲)〉의 곡명. 개원(開元) 중에 서량도독
(西凉都督) 곽지운(郭知運)이 진상하였음. 양주는 지금의 감숙성 무위현(武
威縣).

2) 沙場(사장): 전장(戰場).

평설 ꕔ

● 『현용설시(峴傭說詩)』에 "비상어(悲傷語)를 지어서 읽으면 곧 눈물이 나
오고, 해학어(諧謔語)를 지어서 읽으면 곧 묘한 것은, 배우는 사람의 깨
달음 속에 달려있다"고 했다.

● 『예원치언』에 "'可憐無定河邊骨, 猶是深閨夢裏人'은 용의(用意)의 공묘
(工妙)함이 여기에 이르러서, 절창이라고 하겠다. 그러나 애석하게도 앞
두 구가 허물이 되는바, 근골(筋骨)이 모두 드러나서 사람들을 싫증나게
한다. '蒲萄美酒' 한 절구는 곧 하자가 없는 벽옥(璧玉)이다. 성당에서 지
위가 평범하지 않다"고 했다.

● 『당시별재』에 "일부로 호음광달(豪飮曠達)의 말을 지어서 비감(悲感)이
몹시 극진하다. 양중홍(楊仲弘)이 절구를 논하여 제3구를 주로 삼고, 제

4구에서 편다고 했는데, 성당에는 이것과 합치됨이 많다"고 했다.

- 『당인만수절구선평』에 "기격(氣格)이 모두 뛰어나서 성당의 절작(絶作)
이다"라고 했다.

봄날 귀향을 생각하다 春日思歸

楊柳靑靑杏發花	버들은 푸릇푸릇 살구꽃 피고
年光誤客轉思家	세월이 객을 그르치니 더욱 집이 그립네
不知湖上菱歌女	호수의 마름노래 부르는 여인들을 모르겠는데
幾箇春舟在若耶[1]	몇 척의 봄 배가 약야계에 있는가?

주석 ❧

1) 若耶(약야): 약야계(若耶溪). 절강성 소흥시(紹興市) 남쪽 약야산(若耶山)에
서 북쪽으로 흘러서 운하(運河)로 들어가는 물 이름. 전설에 서시(西施)가 비
단을 빨던 곳이라고 함. 일명 완사계(浣紗溪).

평설 ❧

- 『당시귀』에 "'誤客'은 묘하고 묘하다!"라고 했다.

왕유 王維

왕유(701-761), 자는 마힐(摩詰), 원적은 태원(太原) 기(祁: 지금의 산서성 祁縣) 사람. 나중에 하동(河東)으로 적을 옮겼다. 개원(開元) 9년(721)에 진사에 급제하여 태악승(太樂丞)에 임명되었다. 오래지 않아서 사건에 연루되어 제주사창참군(濟州司倉參軍)으로 좌천되었다. 재상 장구령(張九齡)의 추천으로 우습유(右拾遺)가 되고, 천보(天寶) 말에 급사중(給事中)에 이르렀다. 안녹산(安綠山)의 난 때 왕유는 적의 포로가 되었는데, 안녹산에 의해 강제로 급사중에 임명되었다. 난이 평정된 후 왕유는 부역죄(附逆罪)로 논죄되었으나, 특별히 사면을 받고 태자중윤(太子中允)으로 강등되었다. 나중에 상서우승(尙書右丞)에 이르렀다. 만년에는 불교에 심취하였고, 향년이 61세였다.

『하악영령집』에서 "왕유의 시는 사(詞)가 수려하고 조(調)는 우아하고, 의(意)는 참신하고 이치는 적합하다. 샘물에서는 구슬을 이루고 벽에서는 그림을 이루는데, 한 글자 한 구절이 모두 상경(常境)에서 벗어났다"고 했다. 송나라 진사도(陳師道)의 『후산시화(後山詩話)』에서는 "우승(右丞: 왕유)과 소주(蘇州: 韋應物)는 모두 도연명에게서 배웠는데, 왕유는 그 자재(自在)를 얻었다"고 했다. 송나라 소식(蘇軾)은 『동파지림(東坡志林)』에서 "마힐(摩詰: 왕유)의 시를 음미해보면 시 속에 그림이 있고, 마힐의 그림을 살펴보면 그림 속에 시가 있다"고 했다.

왕유는 맹호연과 함께 성당(盛唐)의 산수전원시파를 대표하는 시인인데, 후세에 많은 영향을 끼쳤다. 특히 청나라 왕사정(王士禎)은 그가 주창한 신운시(神韻詩)의 모범으로 왕유와 맹호연의 시를 추대한 바 있다.

남전산 석문정사 藍田山石門精舍[1]

落日山水好	해 지는 산수가 좋은데
漾舟信歸風	출렁이는 배를 돌아가는 바람에 맡기네
探奇不覺遠[2]	좋은 경치 찾느라고 멀리 옴을 모르고
因以緣源窮[3]	수원이 다한 곳까지 찾게 되었네
遙愛雲木秀	멀리 구름 낀 나무의 수려함을 사랑하다가
初疑路不同	비로소 길이 같지 않음을 의심했네
安知清流轉	어찌 맑은 물길이 돌아서
偶與前山通	우연히 앞산과 통했음을 알았으랴?
捨舟理輕策	배를 내려 가벼운 지팡이를 짚으니
果然愜所適	과연 간 곳이 흡족하네
老僧四五人	늙은 승려들 사오 명이
逍搖蔭松栢	솔과 측백나무 그늘에서 소요하네
朝梵林未曙[4]	아침 독경할 땐 숲이 아직 밝지 않았고
夜禪山更寂	저녁 참선할 땐 산이 더욱 적막하네
道心及牧童	도심이 목동에게 미쳐서
世事問樵客[5]	세상일을 나무꾼에게 물어보네
暝宿長林下	긴 숲 아래서 밤에 묵으며
焚香臥瑤席	향을 사르고 요석에 눕네
澗芳襲人衣	개울가 꽃향기가 옷자락에 끼쳐오고
山月映石壁	산달은 석벽을 비추네
再尋畏迷誤	다시 길 찾으며 헤맬까 걱정하여
明發更登歷	날 밝아 다시 올라가며 유람하네

笑謝桃源人[6]   웃으며 도원 사람들에게 고하니

花紅復來覦   꽃 붉으면 다시 와서 보리라

주석 ♋

1) 藍田山(남전산): 섬서성 남전현(藍田縣) 동남에 있음. 일명 옥산(玉山). 精舍
 (정사): 원래 정미(精美)한 집이란 의미인데, 처음에는 학사(學舍)의 의미로
 쓰이다가 나중엔 불교의 절간을 의미하게 되었음.

2) 探奇(탐기): 좋은 경치를 찾는 것.

3) 緣(연): 심(尋). 찾다.

4) 梵(범): 불경을 소리 내어 외우는 것.

5) 『장자(莊子)·서무귀(徐無鬼)』에 "황제(黃帝)가 마침 말을 치는 동자를 만나
 서 길을 묻기를 '네가 구자산(具茨山)을 아느냐?' 하니, '그렇소'라고 했다. '네
 가 대외(大隗)가 있는 곳을 아느냐?' 하니, '그렇소'라고 했다. 황제가 '기이하
 다! 어린 동자여! 바라건대 천하를 다스리는 것을 묻고자 한다'고 했다. 동자
 가 말하기를 '대저 천하를 다스리는 것이 또한 어찌 말을 치는 것과 다르겠습
 니까? 역시 말을 헤치는 것을 제거하는 것뿐입니다'라고 했다. 황제가 재배하
 여 고개 숙이고, 천사(天師)를 불러서 물러갔다"고 했다.

6) 桃源人(도원인): 무릉도원(武陵桃源)의 사람들.

평설 ♋

● 『당시경』에 "말마다 아취를 이끈다"고 했다.

● 『당시귀』에 "종성(鍾惺)이 '산수의 진경(眞景)인데, 묘함이 설득의 변화
 에 있다. 추구함이 있는 듯한데 실마리가 없고, 기술하는 법 또한 그러
 하다'고 했다"고 했다.

위천 가의 시골집 渭川田家[1]

斜光照墟落[2]	기우는 햇살이 마을을 비추니
窮巷牛羊歸[3]	궁벽한 골목엔 소와 양떼가 돌아오네
野老念牧童[4]	시골 늙은이는 목동을 염려하며
倚仗候荊扉	지팡이 짚고 사립문에서 기다리네
稚雊麥苗秀[5]	꿩 우는 곳엔 보리 싹이 무성하고
蠶眠桑葉稀[6]	누에 자는 곳엔 뽕잎이 드무네
田夫荷鋤立	농부들은 호미를 매고 서서
相見語依依[7]	서로 보고 얘기하며 차마 떠나가지 못하네
卽此羨閒逸	이에 이르러 그 한가함을 부러워하며
悵然歌式微[8]	슬프게 <식미시>를 노래하네

주석 ✑

1) 渭川(위천): 일작 위수(渭水). 위천은 농서(隴西) 수양현(首陽縣) 조찬동혈산 (鳥鼠同穴山)에서 발원하여 동북으로 화음(華陰)에 이르러 하수(河水)로 흘 러들어감.

2) 墟落(허락): 촌락(村落).

3) 窮巷(궁항): 심항(深巷)으로 된 판본도 있음. 누항(陋巷)과 같음.

4) 牧童(목동): 동복(童僕)으로 된 판본도 있음.

5) 雊(구): 장끼의 울음소리.

6) 蠶眠(잠면): 누에가 허물을 벗으려고 먹지 않고 잠든 듯이 있는 것. 이때는 뽕잎을 주지 않기 때문에 뽕잎이 드물다고 했음.

7) 依依(의의): 연연하여 떠나가지 못하는 모양. 『한시외전』: "其民依依, 其行遲遲"

式微(식미):『시경·패풍(邶風)』의 편명. 여(黎)나라 임금이 나라를 잃고 위(衛)나라에 우거하므로 그 신하들이 돌아갈 것을 권하는 시.

평설 ᑐᗐ

● 『당시평선』에 "통편을 '즉차(卽此)' 두 글자로 묶어 거두었다. 앞 여덟 구는 모두 정어(情語)이고 경어(景語)가 아니다. 말을 붙이고 시편을 이룸이 건안(建安) 이상의 시와 합치한다"고 했다.

● 『비점당음』에 "만색(晚色)이 묘하다"라고 했다.

● 『당시경』에 "경색(景色)이 의연(依然)하다"고 했다.

송별 送別

下馬飲君酒	말에서 내려 그대에게 술을 권하며
問君何所之	그대에게 묻노니 어디로 가려는가?
君言不得意	그대가 말하길 뜻을 얻지 못하여
歸臥南山陲[1)	남산 부근으로 돌아가 살 거라네
但去莫復問	다만 떠나가고 다시 묻지 마오
白雲無盡時	흰 구름은 다할 때가 없으리라

주석 ᑐᗐ

1) 歸臥(귀와): 관직을 버리고 귀향함을 말함. 陲(수): 원변(遠邊).

● 『당시별재』에 "흰 구름이 다함이 없으므로 충분히 스스로 즐길 수 있으
니 뜻을 얻지 못했다고 말하지 말라는 것이다"라고 했다.

이읍댁에 들리다 過李揖宅[1]

閒門秋草色	한가한 문 가을 풀빛 속에 있고
終日無車馬	종일 찾아오는 수레와 말이 없네
客來深巷中	깊은 골목에 손님이 오니
犬吠寒林下	찬 수풀 아래서 개가 짖네
散髮時未簪	머리 풀고 때때로 비녀도 꽂지 않고
道書行尚把	도서를 길을 가면서도 들고 있네
與我同心人	나와 마음을 함께 할 사람은
樂道安貧者	안빈낙도하는 사람이네
一罷宜城酌[2]	의성술을 한 차례 마시고
還歸洛陽社[3]	낙양사로 돌아가네

주석 ☙

1) 李揖(이읍): 미상.

2) 宜城(의성): 양주(襄州) 의성현에서 생산되는 미주(美酒). 의성춘(宜城春) 혹
은 죽엽주(竹葉酒)라고도 부름. 『方輿勝覽』: "金沙泉在宜城縣東一里, 造酒極
美. 世謂之宜城春, 又名竹葉酒"

3) 洛陽社(낙양사): 낙양성 동쪽에 있는 백사(白社). 진대(晉代)에 동경(董京)이 은거했던 장소. 『晉書』: "董京, 字威輦. 初與隴西計吏俱至洛陽. 被髮而行, 逍遙吟詠, 常宿白社中"

평설 ©2

● 『당시경』에 "자재처(自在處)는 도연명의 집 아래 붙여둘 만하다"라고 했다.

● 『당시해(唐詩解)』에 "고박(古朴)하다. 서사(敍事)가 그림 같다"고 했다.

● 『당시선맥회통평림』에 "사경(寫景)이 스스로 참되고, 서정(敍情)이 스스로 넓다"고 했다.

기무잠이 과거에 낙방하고 고향으로 돌아감을 전송하다
送綦毋潛落第還鄉[1]

聖代無隱者	태평성대엔 은자가 없으니
英靈盡來歸[2]	인재들이 다 조정으로 모였네
遂令東山客[3]	마침내 동산객마저도
不得顧采薇[4]	고사리 캐는 것을 돌아보지 못하게 하였네
旣至君門遠[5]	이미 와서 군문은 더욱 멀어졌으나
孰云吾道非	누가 우리의 도를 그르다고 하겠는가?
江淮度寒食[6]	강회에서 한식을 보냈는데
京洛縫春衣[7]	낙양에서 봄옷을 꿰매네
置酒臨長道	술자리 차려놓고 먼 길에 임하니

同心與我違	한 마음의 벗이 나와 헤어지게 되었네
行當浮桂櫂[8]	이제 곧 계수 노를 띄우면
未幾拂荊扉	오래지 않아 사립문을 열리라
遠樹帶行客	먼 숲은 행객을 띠고 있는데
孤村當落暉	외딴 마을은 석양을 당했네
吾謀適不用[9]	내 계책이 마침 쓰이질 못했다고
勿謂知音稀[10]	지음이 드물다고 말하지 말구려

주석 ∽

1) 綦毋潛(기무잠): 당나라 개원 연간의 재자(才子). 자는 효통(孝通), 형남(荊南: 지금의 江蘇省 宜興) 사람. 집현전대조(集賢殿待詔), 우습유(右拾遺), 저작랑(著作郎) 등을 지냄.

2) 英靈(영령): 영준(英俊)하고 영수(靈秀)한 사람. 즉 재능이 출중한 사람.

3) 東山客(동산객): 동진(東晉)의 사안(謝安). 동산(東山)에서 은거하며 조정에서 불러도 나가지 않았음. 『세설신어(世說新語)』에 동산은 회계(會稽)에 있다고 했음.

4) 采薇(채미): 백이(伯夷)와 숙제(叔齊)가 수양산(首陽山)에 은거하며 고사리를 캐어 먹고 살았음.

5) 旣至(기지): 회시(會試)에 참가했음을 말함. 君門遠(군문원): 군문은 조정. 과거에 낙방함을 말함. 군문(君門)은 금문(金門)이라 된 판본도 있음. 금문은 금마문(金馬門)으로 한(漢)나라 때의 궁궐의 문임.

6) 江淮(강회): 장강(長江)과 회수(淮水). 기무잠의 고향을 말함.

7) 京洛(경락): 낙양(洛陽)의 별칭.

8) 行當(행당): 즉장(卽將). 이제 곧.

9) 『좌전』에 "子無謂秦無人, 吾謀適不用也"라고 했음.

10) 고시(古詩) "不惜歌者苦, 但傷知音稀"를 차용한 것임.

이문 노래 夷門歌[1]

七雄雄雌猶未分[2]	칠웅의 자웅이 여전히 결정되지 않아서
攻城殺將何紛紛	성을 공격해 장수를 죽임이 얼마나 분분했던가?
秦兵益圍邯鄲急[3]	진병이 더욱 포위하여 한단이 위급했는데
魏王不救平原君[4]	위왕은 평원군을 구원하지 않았네
公子爲嬴停駟馬[5]	공자가 후영을 위해 수레를 멈추고
執轡愈恭意愈下	고삐 잡고 더욱 공손하며 뜻을 숙였네
亥爲屠肆鼓刀人	주해는 도축시장에서 칼을 두드리던 사람이고
嬴乃夷門抱關者	후영은 이문의 문지기였네
非但慷慨獻良謀	강개하여 좋은 계책을 올렸을 뿐만 아니라
意氣兼將身命酬	의기가 몸과 목숨으로 보답하고자 했네
向風刎頸送公子	바람 향해 자기 목을 찔러 공자를 전송하니
七十老翁何所求	칠십 노옹이 무엇을 구하고자 했던가?

주석 ～

1) 夷門(이문): 전국시대 위(魏)나라 수도 대량성(大梁城) 동문(東門). 지금의 하남성 개봉현(開封縣) 서북. 『사기열전·위공자전(魏公子傳)』을 대략 요약하면, "위(魏)나라에 은사(隱士)가 있었는데, 후영(侯嬴)이라 했다. 나이가 칠십인데 집이 가난하여 대량(大梁) 이문(夷門)의 문지기를 했다. 공자(公子: 信陵君 無忌)가 그 소문을 듣고 가서 청하며, 후하게 예물을 주려고 했으나 받

으려 하지 않았다. 공자는 이에 술자리를 마련하고 빈객들을 크게 모았다. 공자는 거기(車騎)를 뒤따르게 하고, 좌측 좌석을 비어두고 스스로 이문의 후생을 맞으러 갔다. 후생은 다 떨어진 의관을 정제하고 즉시 수레에 올라 공자의 상석에 앉음을 사양하지 않고 공자를 살펴보고자 했다. 공자는 고삐를 잡고 더욱 공손해했다. 후생이 공자에게 말하기를 '신에게 친구가 있는데 시장의 도축장에 있습니다. 바라건대 수레를 몰아 방문해주셨으면 합니다'라고 했다. 공자가 수레를 끌고 시장으로 들어가니, 후생이 수레에서 내려서 그의 친구 주해(朱亥)를 만났는데, 사방을 곁눈질하며 일부러 오랫동안 서서 친구와 이야기하며 몰래 공자를 살펴보았다. 공자의 안색은 더욱 온화하였다. 후생이 공자의 안색이 끝내 변하지 않음을 살펴보고 곧 친구와 헤어져 수레에 올라 공자의 집으로 갔다. 공자는 후생을 상좌에 앉히고 빈객들에게 칭찬하며 상객으로 삼았다. 위나라 안리왕(安釐王) 20년(기원전 257년)에 진(秦)나라 군대가 조(趙)나라 한단(邯鄲)을 포위했다. 공자의 누이는 조왕의 아우 평원군(平原君)의 부인이었는데, 여러 번 위왕과 공자에게 구원병을 요청했다. 조왕은 장군 진비(晉鄙)에게 10만 병사를 이끌고 가서 조나라를 구원하게 했다. 진비는 업성(鄴城)에 주둔한 채 관망만 하고 있었다. 위왕 또한 진나라를 두려워하고 있어서 공자의 간청을 끝내 들어주지 않았다. 공자가 직접 출병하여 조나라를 구하려고 했다. 후생이 공자에게 계책을 올리기를 '진비의 병부(兵符)가 왕의 침실에 있는데, 공자에게 은혜를 입은 여희(如姬)가 왕의 총애를 얻어 침실에 자주 출입한다고 하니, 그녀를 시켜 병부를 훔쳐오게 하십시오. 그것으로 진비의 군대를 인수하여 출병하십시오. 그러나 진비가 말을 들으려 하지 않을 것입니다. 내 친구 주해는 역사(力士)이니 데리고 가서 진비를 격살시키도록 하십시오'라고 했다. 공자가 작별을 고하니, 후생이 '마땅히 따라가야 하지만 늙어서 갈 수 없으니, 공자께서 진비의 군에 도착하는 날에 북쪽을 향해 스스로 목을 찔러 죽어서 그것으로 공자를 송별하겠습니다'라고 했다"고 했음.

2) 七雄(칠웅): 전국시대 한(韓)·위(魏)·조(趙)·연(燕)·진(秦)·초(楚)·제(齊) 나라. 雄雌(웅자): 승패와 같음.

3) 邯鄲(한단): 조(趙)나라 수도. 지금의 하북성 한단.

4) **魏王**(위왕): 안리왕(安釐王: 기원전 276-기원전 243) . **平原君**(평원군): 조나
   라 공자 조승(趙勝). 당시 승상(丞相)이었음.

5) **公子**(공자): 위나라 공자 신릉군(信陵君) 무기(無忌). **駟馬**(사마): 네 필의 말
   이 끄는 수레.

평설 ⟳

• 『비점당시정성』에 "일기(逸氣)의 호협(豪俠)인데, 스스로 한 격(格)이다"
  라고 했다.

• 『당시선맥회통평림』에 "주정(周挺)이 「亥爲屠肆」 2구는 태사공(太史公)
  의 운어(韻語)이다. 결구는 성어(成語)를 사용하여 혼융(渾融)했다'고 했
  다"고 했다.

• 청나라 방동수(方東樹)의 『소매첨언(昭昧詹言)』에 "왕마힐의 〈이문가〉
  의 '亥爲屠肆' 2구는 고문(古文)의 부성절향(浮聲切響)과 한 법이다. '非
  但慷慨'이하는 파란(波瀾)한 논의(論議)을 전출(轉出)했다"라고 했다.

농두음 隴頭吟[1)

長安少年遊俠客[2)]	장안 소년 유협객이
夜上戍樓看太白[3)]	밤에 수루에 올라 태백성을 바라보네
隴頭明月迥臨關[4)]	농두의 밝은 달은 멀리 농관에 임하고
隴上行人夜吹笛	농상의 행인이 밤에 적을 부네
關西老將不勝愁[5)]	관서의 늙은 장군은 근심을 이기지 못하고

駐馬聽之雙淚流　말 세우고 들으며 두 줄기 눈물 흘리네
身經大小百餘戰　몸소 크고 작은 백여 전투를 치렀는데
麾下偏裨萬戶侯⁶⁾　휘하의 편장과 비장만 만호후가 됐네
蘇武纔爲典屬國⁷⁾　소무는 겨우 전속국이 되었는데
節旄落盡海西頭⁸⁾　절모는 북해 서쪽 가에 다 떨어뜨렸네

주석 ⌒

1) 隴頭吟(농두음): 악부 〈횡취곡(橫吹曲)〉의 이름. 隴頭(농두): 농산(隴山). 섬
   서성 농현(隴縣)에서 서북으로 감숙성 청수현(淸水縣) 부근까지 걸쳐있음.
   당나라 때 서북의 요새였음.

2) 長安(장안): 섬서성 장안. 遊俠客(유협객): 성격이 호방하고, 의리를 중시하
   고, 약속을 지키고, 생사를 경시하는 사람.

3) 太白(태백): 별 이름. 금성(金星). 일명 장경성(長庚星).

4) 關(관): 농산(隴山)의 농관(隴關). 즉 대진관(大震關).

5) 關西(관서): 함곡관(函谷關) 서쪽 지역.

6) 偏裨(편비): 편장(偏將)과 비장(裨將). 萬戶侯(만호후): 식록(食祿)이 만호(萬
   戶)인 후작(侯爵).

7) 蘇武(소무): 한나라 무제 때 소무는 흉노에 사신을 갔다가 19년 동안 억류되
   었음. 흉노는 그를 북해(北海: 지금의 貝加爾湖 가장 서쪽 지방)로 보내 양을
   치게 했음. 19년 만에 돌아와 전속국(典屬國)에 임명되었음. 전속국은 속국
   (屬國)의 사무를 담당하는 관리.

8) 節旄(절모): 외국에 사신을 갈 때 들고 가는 절장(節杖)과 그것에 장식하는
   모우(牦牛)의 털.

평설 ꕔ

● 『비점당시정성』에 "〈농두음〉은 음절(音節)과 기세(氣勢)가 고금의 절창
이다"라고 했다.

노장행 老將行[1]

少年十五二十時	청년시절 열다섯 스무 살 때
步行奪得胡馬騎[2]	걸어가서 오랑캐의 기마를 탈취했고
射殺山中白額虎[3]	산중의 흰 이마의 범을 쏘아 죽이니
肯數鄴下黃鬚兒[4]	업하의 황수아를 어찌 셈하랴!
一身轉戰三千里	한 몸으로 전쟁터를 돌며 삼천리를 가고
一劍曾當百萬師	한 검으로 일찍이 백만 군사를 당해냈네
漢兵奮迅如霹靂[5]	한나라 병사가 벼락처럼 공격하니
虜騎崩騰畏蒺藜[6]	오랑캐 기마가 날뛰며 마름쇠를 겁내네
衛青不敗由天幸[7]	위청이 패하지 않은 것은 천행이었고
李廣無功緣數奇[8]	이광이 공훈이 없음은 운수가 나빠서였네
自從棄置便衰朽	버려진 이후로 곧 노쇠해지니
世事蹉跎成白首	세상일 어긋나고 백발이 되었네
昔時飛箭無全目[9]	옛날엔 화살 날려 온전한 눈알을 없게 했건만
今日垂楊生左肘[10]	금일엔 수양버들이 좌측 팔꿈치에 돋아났네
路傍時賣故侯瓜[11]	길가에서 때로는 옛 동릉후의 오이를 팔고
門前學種先生柳[12]	문전엔 오류선생의 버들을 배워 심었네

蒼茫古木連窮巷[13]　　아득히 고목들만 궁벽한 거리에 이어지고

寥落寒山對虛牖[14]　　적막한 추운 산이 빈 창문을 대했네

誓令疏勒出飛泉[15]　　소륵성에 샘물이 솟아나도록 기도하고

不似穎川空使酒[16]　　영천처럼 공연이 술을 뿌리진 않네

賀蘭山下陳如雲[17]　　하란산 아래 진영이 구름처럼 모이고

羽檄交馳日夕聞[18]　　우격이 서로 내달려 밤낮으로 알려오네

節使三河募年少[19]　　절사는 삼하에서 청년들을 모집하고

詔書五道出將軍　　조서는 오도에서 장군들을 출병시키네

試拂鐵衣如雪色　　철의를 털어보니 눈발 색과 같고

聊持寶劍動星文[20]　　보검을 잡아보니 별 문양이 움직이네

願得燕弓射大將[21]　　연궁으로 적의 대장을 쏘기를 바라고

恥令越甲鳴吳軍[22]　　월갑의 소리가 오군에서 울림을 수치로 여기네

莫嫌舊日雲中守[23]　　예전의 운중 태수를 꺼리지 않고

猶堪一戰取功勳　　오히려 일전으로 공훈을 취하리라

주석 ☞

1) 老將行(노장행): 당나라 때의 신악부(新樂府)의 곡명.

2) 한(漢)나라 이광(李廣)이 안문관(雁門關)에서 흉노와 싸우다가 패전하여 흉노에게 붙잡혔는데, 흉노의 기마를 탈취하여 자신의 진영으로 돌아왔음.

3) 한나라 이광이 우북평태수(右北平太守)로 있을 때 여러 번 맹호(猛虎)를 쏘아 죽여서 사호장군(射虎將軍)으로 불렸음.

4) 鄴下黃鬚兒(업하황수아): 업하(鄴下)는 한나라 말 조조(曹操)가 위왕(魏王)으로 있을 때의 도성 업성(鄴城). 하북성 임장(臨漳) 서북. 황수아(黃鬚兒)는 조조의 아들 조창(曹彰). 수염이 황색이고, 용맹하여서 황수아라 불렸음.

5) 奮迅(분신): 용맹하고 신속함. 霹靂(벽력): 갑작스런 천둥소리. 혹은 벼락이 치는 것.

6) 崩騰(붕등): 놀라서 날뛰는 모양. 蒺藜(질려): 철질려(鐵蒺藜). 마름쇠. 적을 막기 위한 마름 모양으로 만든 가시 쇳덩이.

7) 衛靑(위청): 한나라 무제(武帝) 때 대장군. 7번이나 흉노를 정벌하여 공을 세웠음. 天幸(천행): 한나라 표기장군(驃騎將軍) 곽거병(郭去病)이 여러 번 흉노를 공격하며 선봉에 섰으나, 천행이 있어서 곤절(困絶)한 적이 없었다고 함.

8) 李廣(이광): 한나라 무제 때 흉노를 쳐서 많은 공을 세웠으나 봉후(封侯)가 되지 못하였음. 數奇(수기): 운수가 기박한 것.

9) 飛箭無全目(비전무전목): 전설 속의 후예(后羿)는 활을 잘 쏘았는데, 오하 (吳賀)와 함께 놀러나갔을 때 오하가 새의 좌측 눈동자를 맞추라고 했다. 그러나 우측 눈동자를 잘못 맞추어 항상 부끄러워했다고 함. 포조(鮑照)의 〈의고(擬古)〉시에 "石梁有餘勁, 驚雀無全目"이라 했음.

10) 垂楊生左肘(수양생좌주): 『장자(莊子)·지락편(至樂篇)』에 "지리숙(支離叔)이 활개(滑介)와 함께 명백(冥伯)의 언덕과 곤륜(崑崙)의 언덕을 구경하는데, 곧 그의 좌측 팔꿈치에 버드나무가 자라났다. 그 뜻이 궐궐연(蹶蹶然)하여 그것을 싫어했다"고 했음.

11) 故侯瓜(고후과): 진(秦)나라 때 동릉후(東陵侯)였던 소평(邵平)이 진나라가 망한 후 몰락하여 장안성(長安城) 동쪽에서 오이를 심어 생계로 삼았는데, 그 맛이 달아서 사람들이 고후과라고 불렀다고 함.

12) 先生柳(선생류): 진(晉)나라 도연명(陶淵明)이 자기 집 주위에 다섯 그루의 버드나무를 심어놓고 오류선생(五柳先生)이라고 자칭하였음.

13) 蒼茫(창망): 광활하여 끝이 없는 모양.

14) 寥落(요락): 냉락(冷落). 적막(寂寞).

15) 동한(東漢)의 경공(耿恭)이 소륵성(疏勒城)을 지키고 있을 때 성 밖의 냇물을 식수로 삼고 있었다. 흉노가 그 수원을 절단해버리자, 성 안에 우물을 파게 했는데 15장(丈)을 파도 물이 나오지 않았다. 이에 하늘에 기도하니 샘물이

솟아나왔다고 함. 소륵성은 지금의 신강성 소륵현.

16) 한무제 때 영천(穎川) 사람 관부(灌夫)는 회양태수(淮陽太守)를 지냈는데, 말을 타고 적진에 돌진하여 수십 명을 죽여서 명성이 있었다. 그런데 사람됨이 강직하여 아부하는 자의 얼굴에 술을 뿌리며 욕하기를 좋아했다고 함.

17) 賀蘭山(하란산): 지금의 감숙성 영하(寧夏) 회족자치구(回族自治區) 중부.

18) 羽檄(우격): 격(檄)은 목간(木簡)에 글을 적은 것인데, 길이는 1척(尺) 2촌(寸)이고 징소(徵召)에 사용함. 일이 급할 때는 새의 깃을 꽂아 긴급함을 나타냈음. 여기서는 군대문서를 말함.

19) 節使(절사): 변방에 위급함이 있을 때 황제가 파견하는 관리. 三河(삼하): 하남(河南)과 하동(河東)과 하내(河內). 황하가 흐르는 장안(長安) 일대를 말함.

20) 星文(성문): 칼에 새겨진 칠성문(七星紋).

21) 燕弓(연궁): 연(燕) 지역에서 생산된 활. 『文選・魏都賦』에 "燕弧盈庫而委勁"이라 했음.

22) 『설원(說苑)・입절편(立節篇)』에 "조(趙)나라 갑병(甲兵)이 제(齊)나라에 이르자, 옹문자적(雍門子狄)이 죽여주기를 청하면서 ' ……지금 조나라 갑병들이 이르러서 그 갑옷소리를 임금에게 들리게 하였으니……' 하고는, 마침내 자신의 목을 찔러 죽었다"고 했다.

23) 雲中守(운중수): 한(漢)나라 문제(文帝) 때 운중태수(雲中太守)였던 위상(魏尙)은 흉노를 격파하여 많은 공을 세웠는데, 조정에 보고한 적의 수급 숫자가 차이가 난다고 하여, 허위보고로 간주되어 그 관직을 삭탈당했다. 나중에 풍당(馮唐)의 건의로 다시 운중태수로 기용되었음.

평설 ⌒

• 『당시경』에 "가볍게 설(說)을 시작함에 법이 있고, 접어(接語)는 천연스럽다. '自從棄置' 구 이하는 늙어서 퇴임했음을 그려냈고, '賀蘭山下' 뒤는 또 한 구절을 갑자기 일으켜서 노익장을 말하고, '雲中守'를 인용한

결구는 바야흐로 힘이 있다"고 했다.

- 『당시해』에 "대우(對偶)가 엄정하고, 전환(轉換)에 법이 있어 장편(長篇)의 성자(聖者)이다. 사서(史書)에서 우승은 만년에 장재봉불(長齋奉佛)하며 벼슬에 나갈 뜻이 없었다고 했는데, 그러나 이 시를 보면 환흥(宦興)이 또한 스스로 낮지 않다"고 했다.

- 형방(邢昉)의 『당풍정(唐風定)』에 "조조(彫組)를 완전히 제거하고, 다만 풍골(風骨)을 행했다. 초당의 기운이 이에 이르러 한 번 변하게 되었으니, 가행(歌行)의 정종(正宗)이며 천추의 표준(標準)이다. 이것을 벗어난 것은 일체가 사도(邪道)이다'라고 했다.

- 『당시별재』에 "이런 종류의 시는 순전히 대장(對仗)으로써 뛰어나다. 시를 배우는 자가 이백과 두보로 들어갈 수 없다면, 우승과 상시(尚侍: 高適)에게 스스로 찾을 만한 문경(門徑)이 있다"고 했다.

도원행 桃源行[1]

漁舟逐水愛山春	고깃배가 물을 따라 산의 봄을 사랑하는데
兩岸桃花夾去津	양쪽 언덕의 복사꽃이 옛 나루를 끼고 있네
坐看紅樹不知遠	앉아서 붉은 나무을 보다 멀리 온 것도 몰랐는데
行盡青溪不見人	푸른 개울을 다 지나도 사람을 볼 수 없네
山口潛行始隈隩[2]	산 입구로 몰래 들어가니 처음엔 비탈지다가
山開曠望旋平陸	산이 열려 널리 바라보니 곧 평지이네
遙看一處攢雲樹	멀리 한 곳을 보니 구름 낀 나무가 솟아있고

近入千家散花竹　천 집 마을로 가까이 가니 꽃과 대숲이 널려있네
樵客初傳漢姓名　나무꾼이 처음 한나라 때의 성명을 말해주고
居人未改秦衣服　주민들은 진나라 때의 의복을 바꾸지 않았네
居人共住武陵源　주민들은 함께 무릉도원에 살면서
還從物外起田園　다시 세상 밖에서 전원을 일으켰네
月明松下房櫳静　달 밝은 소나무 아래 거실들이 조용하고
日出雲中鷄犬喧　해 뜨는 구름 속엔 닭과 개 짖는 소리 소란하네
驚聞俗客爭來集　속객이 왔다는 소식 듣고 놀라며 다투어 모이고
競引還家問都邑　서로 집으로 데려가서 도읍을 물어보네
平明閭巷掃花開　해 뜨는 거리엔 꽃잎을 쓸려고 문을 열고
薄暮漁樵乘水入　해질 때엔 어부와 나무꾼이 물을 타고 들어오네
初因避地去人間　처음엔 난리를 피해 인간세상을 떠나왔는데
及至成仙遂不還　지금은 신선이 되어 끝내 돌아갈 수가 없네
峽裏誰知有人事　협곡 속에 누가 인간세상이 있다고 알겠는가?
世中遙望空雲山　세상에서 멀리 바라보면 빈 구름 낀 산일뿐이네
不疑靈境難聞見　영경은 견문하기 어렵다는 걸 의심하지 않지만
塵心未盡思鄕縣　속된 마음이 다 사라지지 않아서 고향 생각나네
出洞無論隔山水　마을을 나서며 막힌 산수를 헤아리지 않고
辭家終擬長游衍　집을 떠나와서 끝내 오래 머물 것을 생각하네
自謂經過舊不迷　통하는 길이 옛날엔 헤매지 않았다고 여겼지만
安知峰壑今來變　어찌 봉우리와 골짝이가 지금 변할 줄 알았으랴!
當時只記入山深　당시에 다만 산 깊이 들어갔음을 기억하는데
青溪幾曲到雲林　푸른 개울이 몇 굽이로 구름 낀 숲에 이르렀네

春來遍是桃花水　　봄이 오면 모두 복사꽃의 물결이 되어서
不辨仙源何處尋　　선원을 어디서 찾을 건지 알 수가 없으리라

주석 ◌ン

 1) 桃源行(도원행): 신악부의 곡명. 왕유가 19세 때 지은 작품임. 진(晉)나라 도
    연명(陶淵明)의 「도화원기(桃花源記)」에 근거하여 지은 작품임.
 2) 隈隩(외오): 굴곡지고 깊은 산언덕과 물 언덕.

평설 ◌ン

● 『당시귀』에 "종성(鍾惺)이 '유사(幽事)의 적막한 경계를 가지고 장편대폭
  (長篇大幅)을 도도(滔滔)하게 그려냈다. 당인(唐人)이 지은 〈제경(帝
  京)〉과 〈장안(長安)〉은 부귀기상(富貴氣象)인데, 저는 어찌 이런 흐름에
  곧 매이지 않았던가?'라고 했다"고 했다.

● 『당풍정』에 "질소(質素)하고 천연스럽고, 풍류가 아름답고 수려하여 천
  고의 무궁한 묘경(妙境)을 열었다"고 했다.

● 『당시별재』에 "글 따라 서사(敍事)하고, 스스로의 의견을 내지 않고, 이
  유용여(夷猶容輿: 從容自得)하여 사람들에게 음미함을 다하지 않도록
  한다"고 했다.

참고 ◌ン

도연명(陶淵明)의 〈도화원기, 병시(桃花源記, 幷詩)〉
진(晉)나라 태원(太元) 연간에 무릉(武陵) 사람 가운데 고기잡이를 생업

으로 하는 사람이 있었다. 개울을 따라서 가다가 길을 잃고 말았다. 문
득 복사꽃의 숲을 만났는데 좁은 골짜기로 수백 보쯤 들어가니, 중간에
는 다른 나무들은 없고 향기로운 화초들만 선명하고 아름다웠는데 떨어
진 꽃들이 분분하였다. 어부는 몹시 이상하게 여기고 다시 앞으로 나아
가 그 숲의 끝까지 가보려고 하였다. 숲이 끝나자 물이 흘러나오는 곳에
이르렀는데 산 하나가 앞에 있었다. 산에는 작은 입구가 있었고 빛이 새
어나오고 있는 듯하였다. 곧 배를 버려 두고 입구를 따라 들어갔다. 처
음엔 너무 좁아서 겨우 사람이 통과할 수 있었는데 수십 보를 더 가자
환하게 넓게 열리었다. 토지는 평평하고 드넓었고 집들이 가지런하였
다. 좋은 밭과 아름다운 못과 뽕나무 대나무들이 있었다. 밭두렁 길이
서로 통하고 있었고 닭과 개 짖는 소리가 들렸다. 그 가운데서 오가며
씨를 뿌리고 있는 남녀들의 의복은 모두 이방인 같았다. 노인과 어린이
들은 모두 편안히 즐거워하였다. 어부를 발견하고 깜짝 놀라며 어디서
왔는지를 물어서 상세하게 대답해주었다. 곧 집으로 함께 가자고 요청
하고, 술을 내놓고 닭을 잡고 밥을 지어주었다. 마을에서 이 사람에 대
한 소문을 듣고 모두가 와서 질문을 하였다. 그들이 말하기를 선세에 진
(秦)나라 때의 난리를 피하여 처자와 마을 사람들을 거느리고 이 외딴
곳에 와서는 다시 나가지 않아서 마침내 외부 사람들과 단절되게 되었
다고 하였다. 지금이 어떤 시대인지를 물었는데, 한(漢)나라가 있었던
것도 모르고 위(魏)나라 (晉)나라에 대해서도 물론이었다. 이 사람이 하
나하나 상세하게 들었던 것을 말해주니, 모두들 탄식하였다. 다른 사람
들도 각자 자기 집으로 데려가서 모두 술과 음식을 내놓았다. 며칠을 머
물고 떠나왔는데 그곳 사람들이 "바깥사람들에게 말하지 마시오"라고
당부하였다. 이미 그곳을 나온 후 배를 찾아서 왔던 길을 거슬러오면서
곳곳을 기록하였다. 군에 닿자 태수를 찾아가서 그 일을 말하였다. 태수

는 즉시 사람들을 파견하여 그를 따라가게 하였다. 곧 기록해둔 곳으로
향하였는데 끝내 헤매고서 다시 길을 찾을 수가 없었다. 남양(南陽)의
유자기(劉子驥)는 고상한 인사인데 그 소문을 듣고 기뻐하며 찾아갈 것
을 계획하였으나 성공하지 못하고 얼마 후 병이 들어 세상을 떠났다. 그
후 마침내 그곳의 길을 묻는 사람이 없어졌다.

(晉太元中.[1] 武陵人捕魚爲業.[2] 緣溪行, 忘路之遠近. 忽逢桃花林, 夾岸數
百步, 中無雜樹, 芳草鮮美, 落英繽紛. 漁人甚異之. 復前行, 欲窮其林. 林
盡水源, 便得一山, 山有小口, 髣髴若有光, 便捨船, 從口入. 初極狹, 纔通
人. 復行數十步, 豁然開朗. 土地平曠, 屋舍儼然, 有良田・美池・桑竹之
屬. 阡陌交通, 鷄犬相聞. 其中往來種作, 男女衣著, 悉如外人. 黃髮垂髫,
幷怡然自樂. 見漁人, 乃大驚, 問所從來, 具答之. 便要還家, 設酒殺鷄作食.
村中聞有此人, 咸來問訊. 自云: 先世避秦時亂, 率妻子邑人來此絶境, 不復
出焉. 遂與外人間隔, 問今是何世, 乃不知有漢, 無論魏晉. 此人一一爲具言
所聞, 皆歎惋. 餘人各復延至其家, 皆出酒食. 停數日, 辭去. 此中人語云:
"不足爲外人道也" 旣出, 得其船, 便扶向路, 處處誌之. 及郡下, 詣太守說如
此. 太守卽遣人隨其往, 尋向所誌, 遂迷, 不復得路. 南陽劉子驥,[3] 高尙士
也, 聞之, 欣然規往. 未果, 尋病終. 後遂無問津者.)

嬴氏亂天紀[4]	진시황이 천기를 어지럽혀
賢者避其世	현자들이 그 세상을 피했는데
黃綺之商山[5]	하황공과 녹리게는 상산으로 가고
伊人亦云逝[6]	저 사람들도 또한 멀리 떠나갔었네
往迹浸復湮	지난 자취는 점차 없어지고

來逕遂蕪廢	오는 길이 마침내 황폐하게 막히었네
相命肆農耕	서로 독려하며 힘써 농사짓고
日入從所憩	해 지면 쉴 거처로 돌아오네
桑竹垂餘蔭	뽕나무 대나무 짙은 그늘을 드리우고
菽稷隨時藝	콩과 기장을 때맞추어 심네
春蠶收長絲	봄 누에치기에선 긴 실을 거두고
秋熟靡王稅	가을 수확엔 나라의 세금이 없네
荒路曖交通	황폐한 길은 교통이 끊어지고
鷄犬互鳴吠	닭과 개들만 서로 울고 짖네
俎豆猶古法⁷⁾	제사 의식은 여전히 옛 법식이고
衣裳無新製	의상도 새로운 양식이 없네
童孺縱行歌	어린애들은 길가며 노래하고
斑白歡游詣	노인들은 즐겁게 놀러 다니네
草榮識節和	풀이 무성하면 계절이 온화함을 알고
木衰知風厲	나무가 시들면 바람이 모짊을 아네
雖無紀曆誌	비록 시서의 기록서가 없더라도
四時自成歲	사시가 절로 해를 이루네
怡然有餘樂	기쁘게 넘치는 즐거움이 있으니
于何勞智慧	어디에다 지혜를 쓸 것인가
奇蹤隱五百	기이한 종적 오백 년이나 숨겼는데
一朝敞神界	하루아침에 신계가 드러났네
淳薄旣異源	순박함과 천박함은 근원이 다르니
旋復還幽蔽	곧 다시 깊이 은폐되었네

借問游方士[8]	물어보자 속세인이여
焉測塵囂外[9]	어찌 속세의 밖을 헤아릴 수 있는가
願言躡輕風	원컨대 가벼운 바람을 타고
高擧尋吾契	높이 날아 내 뜻에 맞는 사람을 찾고 싶네

주석

1) 太元(태원): 동진 효무제(孝武帝) 사마요(司馬曜)의 연호(376-396).

2) 武陵(무릉): 한(漢)나라 때의 군명(郡名). 지금의 호남성 상덕시(常德市).

3) 南陽(남양): 지금의 하남성 남양시. 劉子驥(유자기): 동진의 은사(隱士) 이름은 인지(麟之).

4) 嬴氏(영씨): 진시황(秦始皇) 영정(嬴政). 天紀(천기): 천도기강(天道紀綱).

5) 黃綺(황기): 하황공(夏黃公)과 기리계(綺里季). 동원공(東園公)과 녹리선생(甪里先生)과 함께 상산사호(商山四皓)라고 불림.

6) 伊人(이인): 도화원(桃花源)의 사람들을 말함.

7) 俎豆(조두): 제사(祭祀) 때 사용하는 제기.

8) 遊方士(유방사): 방내(方內)를 노니는 사람. 속세인.

9) 塵囂(진효): 속세.

낙양여아행 洛陽女兒行[1]

洛陽女兒對門居[2]	낙양의 아낙이 성문을 마주하고 사는데
纔可容顔十五餘	겨우 얼굴이 열다섯 살 남짓이네
良人玉勒乘驄馬[3]	낭인은 옥 굴레 청총마를 타고

侍女金盤膾鯉魚⁴⁾　시녀는 금 쟁반에 잉어를 회쳐오네

畫閣朱樓盡相望　화려한 누각과 붉은 누대를 모두를 바라보고

紅桃綠柳垂簷向　붉은 복사꽃 초록 버들이 드리운 처마를 향했네

羅幃送上七香車⁵⁾　비단 휘장이 칠향거에 오름을 전송하고

寶扇迎歸九華帳⁶⁾　보선이 구화장으로 들어옴을 맞이하네

狂夫富貴在靑春⁷⁾　광부의 부귀는 청춘에 있는데

意氣驕奢劇季倫⁸⁾　의기와 교만한 사치는 계륜보다 심하네

自憐碧玉親敎舞⁹⁾　스스로 벽옥을 사랑하여 친히 춤을 가르치고

不惜珊瑚持與人　산호를 아끼지 않고 가져가서 남에게 주네

春窗曙滅九微火¹⁰⁾　봄 창에 날이 새면 구미등불 꺼지고

九微片片飛花璅　구미등의 편편히 나는 불꽃이 작네

戲罷曾無理曲時　가무가 끝나면 새 곡을 익히는 때가 없고

妝成祇是薰香坐　화장한 후엔 다만 훈향 속에 앉아 있네

城中相識盡繁華　성안의 벗들은 모두가 번화한데

日夜經過趙李家¹¹⁾　밤낮으로 조씨와 이씨의 집을 지나가네

誰憐越女顏如玉¹²⁾　누가 월녀의 안색이 옥과 같지만

貧賤江頭自浣紗　빈천하여 강가에서 비단을 빠는 것을 동정하랴?

주석 ∽

1) 洛陽女兒行(낙양여아행): 신악부의 곡명. 양무제(梁武帝)의 〈河中之水歌〉에
   "洛陽女兒名莫愁"라고 했음. 왕유가 16살 때 지은 작품임.

2) 『옥대신영(玉臺新詠)』의 〈東飛伯勞歌〉에 "誰家女兒對門居? 開顔發艶照里閭"
   라고 하고, "女兒年幾十五六, 窈窕無雙顔如玉"이라 했음.

3) 良人(낭인): 낭군(郞君). 玉勒(옥륵): 옥으로 장식한 말의 굴레. 驄馬(총마): 청총마(靑驄馬).

4) 신연년(辛延年)의 〈羽林將〉시에 "就我求珍餚, 金盤鯉魚膾"라고 했음.

5) 七香車(칠향거): 7종류의 향목(香木)으로 만든 화려한 수레. 비단 휘장을 둘렀음.

6) 寶扇(보선): 먼지를 막고 햇볕을 가리는 일종의 의장(儀仗). 九華帳(구화장): 화려한 꽃문양의 장막. 포조(鮑照)의 〈行路難〉에 "七綵芙蓉之羽帳, 九華葡萄之錦衾"이라 했음.

7) 狂夫(광부): 용맹한 장부. 낭군을 말함.

8) 季倫(계륜): 서진(西晉) 석숭(石崇)의 자. 당대 최고의 부호로서 화려한 저택과 처첩과 시녀들이 수천 명이었고, 사치가 극에 달했음.

9) 碧玉(벽옥): 유송(劉宋) 여남왕(汝南王)의 애첩. 그가 지은 〈벽옥가(碧玉歌)〉가 『악부시집』에 전함.

10) 九微火(구미화): 구미등(九微燈). 전설에 한무제(漢武帝)가 칠석날 서왕모(西王母)가 자운거(紫雲車)를 타고 올 때 켰다는 등불 이름.

11) 趙李(조리): 한나라 성제(成帝)는 허황후(許皇后)를 폐하고, 반첩여(班婕妤)을 내쫓고, 조비연(趙飛燕)을 황후로 삼고, 시녀 이평(李平)을 첩여로 삼았음. 그 외척들도 모두 호화로운 생활을 누렸음.

12) 越女(월녀): 서시(西施). 어려서 빈천하여 저라산(苧羅山) 아래 석적수(石迹水)에서 비단을 빨아서 생계로 삼았음.

평설 ⌒

● 『당풍정』에 "화려하지 않은 것이 없고, 박대(博大)하지 않은 것이 없는데, 채색(采色)의 자연스러움이 조회(彫繪)에서 나오지 않았다"고 했다.

봄날 전가에서 짓다 春日田家作[1]

屋上春鳩鳴	옥상에서 봄 비둘기가 울고
村邊杏花白	마을 가에 살구꽃이 하얗네
持斧伐遠揚[2]	도끼 쥐고 뽕나무 높은 가지 쳐내고
荷鋤覘泉脈	호미 쥐고 샘물의 맥을 살피네
歸燕識故巢[3]	돌아온 제비는 옛 둥지 알아보고
舊人看新曆	옛사람은 새 달력을 바라보네
臨觴忽不御	술잔 들고 문득 들이키지 못하고
惆愴遠行客	먼 길 떠난 손님을 슬퍼하네

주석 ⌒

1) 春日(춘일): 춘중(春中)으로 된 판본도 있음.

2) 遠揚(원양): 높아서 손이 미치지 않는 뽕나무 가지. 『시경·豳風·七月』: "蠶
月條桑, 取彼斧斨, 以伐遠揚" 毛萇傳: "遠, 枝遠也. 揚, 條揚也"

3) 故巢(고소): 『당시품휘』에는 신소(新巢)로 되어 있음.

평설 ⌒

● 『당시경』에 "야취(野趣)이다"라고 했다.

사냥을 구경하다 觀獵[1]

風勁角弓鳴[2]	바람 세차고 각궁이 우는데
將軍獵渭城[3]	장군이 위성에서 사냥을 하네
草枯鷹眼疾	풀이 말라 매 눈동자가 재빠르고
雪盡馬啼輕	눈이 녹아 말발굽이 경쾌하네
忽過新豊市[4]	문득 신풍시를 지나갔다가
還歸細柳營[5]	다시 세류영으로 돌아오네
回看射鵰處	독수리를 쏘던 곳을 되돌아보니
千里暮雲平	천 리에 저녁 구름 깔리었네

주석 ∽

1) 『악부시집』에서 이 시의 전 4구를 근대가곡(近代歌曲)에 편입하고 제목을 〈융혼(戎渾)〉이라 했음. 『당시기사』에서는 제목을 〈엽기(獵騎)〉라고 했음.

2) 角弓鳴(각궁명): 각궁은 동물의 뿔로 장식한 활. 활줄을 당기는 소리가 울린다는 것.

3) 渭城(위성): 진(秦)나라 수도 함양(咸陽)의 옛 성. 장안(長安) 서북쪽 위수(渭水) 가에 있음.

4) 新豊(신풍): 지금의 섬서성 임동현(臨潼縣) 동쪽에 있음.

5) 細柳營(세류영): 장안(長安) 서북쪽에 있음. 한(漢)나라 때 명장 주아부(周亞夫)가 하남태수(河南太守)가 되어 병력을 주둔시켰던 진영.

평설 ∽

• 『소매첨언』에 "기수(起手)는 돌올(突兀)함을 귀하게 여기는데, 왕우승(王

253

右丞)의 '風勁角弓鳴', 두공부(杜工部)의 '莽莽萬重山, 帶甲滿天地', 잠가주(岑嘉州)의 '送客飛鳥外' 등 편은 곧장 높은 산에서 바위가 떨어지는 것 같이 그 오는 것을 알 수 알 수 없어서 사람들을 놀라게 한다"고 했다.

- 『비점당음』에 "격이 높고, 말은 굳건하여 노성한 솜씨이다"라고 했다.

- 『당시경』에 "회경(會境)이 입신(入神)했다. …… 3·4구는 체물(體物)이 미묘(微渺)하고, 결어는 입화(入畵)했다"고 했다.

- 『당시평선』에 "뒤의 4어는 기필(奇筆)이 생동하게 그려서 필단(筆端)에 풍우성(風雨聲)이 있다. 우승의 묘는 사방을 널리 끌어당기는 데에 있는데, 두룬 곳 안에서 스스로 드러난다. 〈종남(終南)〉의 활대(闊大)함은 '欲投人處宿, 隔水問樵夫'에서 드러나게 했고, 엽기(獵騎)의 경속(輕速)함은 '忽過'·'還歸'·'回看'·'暮雲'에서 드러나게 했다. 이른바 이균삼촌(離鈞三寸)이고 발발금린(鮁鮁金鱗)이다"라고 했다.

- 『당시별재』에 "장법(章法)·구법(句法)·자법(字法)이 모두 절정(絶頂)에 모였다. 성당의 시 중에서도 또한 많이 볼 수 없는 것이다. 기구 2구를 만약에 바꾼다면 곧 평범한 필일 것이다. 남보다 뛰어난 것은 돌올(突兀)함에 있다. 결구 또한 몸을 돌려 매를 쏘는 수단이 있다"라고 했다.

망천의 한가한 거처에서 수재 배적에게 주다
輞川閒居贈裴秀才迪[1)]

寒山轉蒼翠	추운 산은 짙은 초록으로 변하고
秋水日潺湲[2)]	가을 물은 날로 느리게 흘러가네

倚杖柴門外	지팡이 짚고 사립문 밖에서
臨風聽暮蟬	바람 쐬며 저녁 매미소리를 듣네
渡頭餘落日	나룻가엔 지는 햇살이 남았고
墟里上孤煙	마을엔 외로운 연기가 오르네
復値接輿醉[3]	다시 접여의 취함을 만나서
狂歌五柳前[4]	오류 앞에서 광가를 부르네

주석 ℘

1) 輞川閒居(망천한거): 지금의 섬서성(陝西省) 남전(藍田) 망천곡구(輞川谷口)
   에 왕유의 별장이 있었음. 裴迪(배적): 왕유의 친구. 벼슬하지 않았기 때문에
   수재(秀才)라고 했음.

2) 潺湲(잔원): 물이 완만하게 흘러가는 것.

3) 接輿(접여): 춘추시대 초(楚)나라 사람. 성명은 육통(陸通). 초나라 소왕(昭
   王) 때 정치가 어지러워서 그는 거짓으로 미친 척하고 출사하지 않았는데,
   사람들이 초광(楚狂)이라고 불렀음. 여기서는 배적을 지칭함.

4) 狂歌(광가): 큰 소리로 노래함. 五柳(오류): 진(晉)나라 도연명(陶淵明)이 자
   신의 집 앞에 다섯 그루의 버드나무를 심어놓고, 「오류선생전(五柳先生傳)」
   을 지어서 오류선생(五柳先生)이라 자칭하였음. 여기서는 시인 자신을 말함.

평설 ℘

• 『당시품휘』에 "무정한 경치로써 무정한 뜻을 서술한 듯하니 다시 작자의
  소유가 아니다"라고 했다.

• 『당시경』에 "3·4구는 의태(意態)가 오히려 평탄하다. 5·6구의 좋은 것

은 경치를 포진한 데에 있고 말을 지은 것에 있지 않다. 저 '時倚檐前樹, 遠看原上村'의 말은 이것보다 못한 듯하다"고 했다.

- 『당시선맥회통평림』에 "주정(周挺)이 '담탕(淡蕩)하고 한적(閑適)함이 완전히 도연명과 같다'고 했다"라고 했다.

- 『당시평선』에 "통수(通首)가 모두 언구(言句)와 문신(文身)의 밖에 '증(增)'의 뜻을 지니고 있어서, 단지 결구에서 두 고인(古人)을 사용하여 '증'의 뜻을 이룬 것이 아니다. 초광(楚狂)과 도령(陶令: 도연명)이 모두 손에 이른 것은 우연인데, 의외(意外)를 드러내지 않고, 고결함으로써 청유(淸幽)함을 그려냈기 때문에 뛰어나다"고 했다.

산속 거처의 가을 저녁 山居秋暝

空山新雨後	빈산에 새 비가 내린 후
天氣晚來秋	날씨가 저녁에 가을기운이네
明月松間照	밝은 달은 솔숲 사이를 비추고
淸泉石上流	맑은 샘물은 바위 위로 흐르네
竹喧歸浣女	대숲의 소란 속에 빨래터 아낙들 돌아가고
蓮動下漁舟	연꽃의 움직임 속에 고깃배 내려가네
隨意春芳歇	마음껏 자란 봄꽃들 시들어가지만
王孫自可留[1]	왕손이 스스로 머물 만하네

1) 『초사(楚辭)·초은사(招隱士)』에 "王孫兮歸來, 山中兮不可以久留"라 한 것을
   반대로 사용했음.

평설 ᘓ᷂

- 『당시귀』에 "담원춘이 '게송(偈頌)을 말했다'고 했다. 종성이 「竹喧」과
  「蓮動」은 세밀함이 극치이다! 고요함이 극치이다!'라고 했다"고 했다.

- 『당시해』에 "아담(雅淡)함 중에 치취(致趣)가 있다. 결구는 『초사(楚辭)』
  를 사용하여 변화시킨 것이다"라고 했다.

- 『당시선맥회통평림』에 "주정(周挺)이 '달이 소나무 숲 사이로 비춰오고,
  샘물은 바위 위에서 흘러나온다는 것은, 지극히 맑고 지극히 담박하다.
  이른바 「洞口胡麻」로서 다시 속된 손가락이 참여할 수 있는 것이 아니
  다. 「浣女」와 「漁舟」는 늦가을의 정경이고, 「歸」 자와 「下」 자는 구안
  (句眼)으로서 몹시 묘하다. 「喧」과 「動」을 「竹」과 「蓮」에 이은 것은 더
  욱 기이하게 입신(入神)했다'고 했다.

- 『당시구』에 "미련(尾聯)에 의격(意格)을 보였다. 우승은 본래 공려(工麗)
  함으로 들어가서, 만년에 평담(平淡)함을 가하여 마침내 천성(天成)에
  이르렀다. '明月松間照, 淸泉石上流'는 다시 연화(煙火)를 먹는 사람이
  말할 수 있는 것이 아니다. 지금 사람들은 그가 점차 노숙(老熟)해져서
  평담(平淡)함에 이른 까닭을 살피지 않고, 한 번 붓을 휘두르면 곧 이런
  말을 지으려고 생각하면서, '나는 왕유와 맹호연을 종(宗)으로 삼았다'고
  하니, 그 유폐(流弊)를 말로 할 수 있겠는가!'라고 했다.

종남산 별업 終南別業

中歲頗好道	중년에 자못 도를 좋아하여
晩家南山陲	만년에 남산 부근에 집을 두었네
興來每獨往	흥이 나면 매번 홀로 가서
勝事空自知	좋은 경치를 공연히 스스로 아네
行到水窮處	가다가 물이 다한 곳에 이르면
坐看雲起時	앉아서 구름이 오르는 때를 바라보네
偶然値林叟	우연히 숲 속 노인을 만나면
談笑無還期	담소하며 돌아갈 기약이 없네

평설 ◯◯

● 위경지(魏慶之)의 『시인옥설(詩人玉屑)』에 "이 시에서 뜻을 지은 묘(妙)
는 조물주와 더불어 서로 표리(表裏)가 됨에 이르렀으니, 어찌 다만 시
가운데 그림만 있을 뿐이겠는가! 그 시를 살펴보면 그가 진애(塵埃)를
선탈(蟬脫)한 가운데서, 만물 밖으로 부유(浮游)하는 자임을 깨닫는다.
산곡노인(山谷老人: 黃庭堅)이 '나는 지난해 산에 오르고 물에 임하면 왕
마힐의 시를 읽지 않은 적이 없었다. 이 노인의 흉차(胸次)를 깨닫기를
소원하며, 진정 천석고황(泉石膏肓)의 병이 있었다'고 했다"라고 했다.

● 『당시경』에 "5·6구는 신경(神境)이다"라고 했다.

● 『당시해』에 "이는 '結廬在人境'과 서로 다툴 만하다"라고 했다.

● 『당시별재』에 "가는 곳이 일이 없으니, 일편(一片)의 화기(化機)이다. 말어
(末語) '無還期'는 돌아갈 기한을 정하지 않음을 말한 것이다"라고 했다.

숭산으로 돌아가며 짓다 歸嵩山作[1]

清川帶長薄[2]	맑은 시내는 긴 수풀을 띠고
車馬去閑閑[3]	수레와 말들 오가며 한가롭네
流水如有意	흐르는 물은 뜻이 있는 듯하고
暮禽相與還	저녁 새들은 서로 함께 돌아오네
荒城臨古渡	황량한 성은 옛 나루에 임했고
落日滿秋山	지는 햇살은 가을 산에 가득하네
迢遞嵩高下[4]	아득히 먼 숭산 아래로
歸來且閉關	돌아와서 문을 닫네

주석 ⌒

1) 嵩山(숭산): 일명 숭고산(崇高山), 또한 외방산(外方山)이라 함. 하남성 등봉현(登封縣)에 있음.

2) 薄(박): 초목이 총생(叢生)한 것.

3) 閑閑(한한): 조용하고 한적함.

4) 迢遞(초체): 먼 모양.

평설 ⌒

• 『영규율수』에 "한적(閑適)한 아취와 담박(澹泊)한 맛이다. 공교로움을 구하지 않았는데 공교롭지 않은 적이 없다고 하는 말이 있는데, 바로 이 시가 그러하다"고 했다.

• 『비점당음』에 "기구는 『문선(文選)』의 말이다"라고 했다.

- 『당시귀』에 "종성이 「如有意」는 무의(無意)가 깊다'고 했다"라고 했다.

- 『당시구』에 "전편이 직서격(直敍格)이다. 두 말은 비록 사경(寫景)했지만 도리어 자기의 귀가하는 기쁨을 이어서 함께 그려냈다. 그 필묵이 홍염(烘染)한 묘를 살펴보면 어찌 다시 후인들이 미칠 수 있겠는가?"라고 했다.

- 『당시별재』에 "인정(人情)과 물성(物性)을 그려냄이 유정(有情)함과 무정(無情)함 사이에 있다"고 했다.

망천으로 돌아가며 짓다 歸輞川作

谷口疎鐘動	골짜기 입구에 성긴 종소리 울려나니
漁樵稍欲稀	어부와 나무꾼들 점차 드물어지네
悠然遠山暮[1]	느릿느릿 먼 산이 저무는데
獨向白雲歸	혼자 흰 구름을 향하여 돌아가네
菱蔓弱難定[2]	마름 덩굴은 유약하여 안정되기 어렵고
楊花輕易飛	버들꽃은 가벼워서 쉽게 날리네
東皐春草色	동쪽 언덕은 봄풀의 색인데
惆悵掩柴扉[3]	슬프게 사립문을 닫네

주석

1) 悠然(유연): 느린 모양.
2) 菱蔓(능만): 마름 덩굴. 마름은 수생식물인데, 그 물속에서 막 돋아난 덩굴이

유약하여 안정되지 못하고 물결에 출렁인다는 것임.

  3) 惆悵(추창): 실의(失意)한 모양.

평설 ᦉ

● 『당시귀』에 "종성이 '한가하면서도 오올(傲兀)하다!'고 했다"고 했다.

종남산 終南山[1]

太乙近天都[2]	태을산은 천도에 가까운데
連山接海隅	연이은 산들은 바닷가에 접했네
白雲廻望合	흰 구름은 돌아보는 중에 합쳐지고
青靄入看無[3]	푸른 이내는 들어가서 보면 흔적이 없네
分野中峰變[4]	분야는 중봉에서 변하고
陰晴衆壑殊	흐림과 맑음이 여러 골짜기마다 다르네
欲投人處宿	인가에 투숙하려고
隔水問樵夫	물 건너 편 나무꾼에게 물어보네

주석 ᦉ

  1) 終南山(종남산): 섬서성 미현(郿縣) 남부의 진령산맥(秦嶺山脈)의 주봉. 동쪽
     은 하남성 섬현(陝縣)에 이르고, 서쪽으로는 감숙성 천수현(天水縣)에 이른다.

  2) 太乙(태을): 태일산(太一山). 종남산의 주봉. 天都(천도): 천상의 도부(都府).
     즉 하늘을 말함.

3) **靑靄**(청애): 산중의 구름 기운.

4) **分野**(분야): 천문분야(天文分野). 28수(宿)가 맡고 있는 중국의 여러 구역.

평설 ᠺᢒᡓ

● 『당시직해』에 "왕마힐의 '欲投人處宿, 隔水問樵夫'와 맹호연의 '再來迷外處, 花下問漁舟'는 모두 그림을 그릴 만하다. 말어(末語)는 유려(流麗)하다"고 했다.

● 『당시경』에 "陰晴衆壑殊'는 창연(蒼然)히 고아함으로 들어갔다"고 했다.

● 『당시선맥회통평림』에 "장일매(莊一梅)가 '3 · 4구는 참으로 그림이 묘경(妙境)에서 나왔다'고 했다. 주경(周敬)이 '5 · 6구는 다만 교궁(鮫宮)과 신시(蜃市) 사이에 있다'고 했다. 주계기(周啓琦)가 '마힐의 〈종남〉 두 시는 기(機)가 무르익고 맥(脈)이 맑아서 솜씨와 안목이 모두 묘하다'고 했다"라고 했다.

● 『당시평선』에 "공교롭게 고심하여 안배(按排)가 다 갖추어졌다. 인력(人力)이 조물주[天]에게 참여하여 조물주와 함께 하나가 되었다. '連山接海隅'는 다만 대어(大語)를 궁리했을 뿐이 아니니, 「우공(禹貢)」을 읽어보면 스스로 깨닫게 될 것이다. 결어는 또한 그 활대(闊大)함을 형용했는데, 묘함이 탈각(脫却)에 있어서 시 속에 그림을 그렸을 뿐만 아니라, 이는 진정 그림 속에 시가 있는 것이다"라고 했다.

● 청나라 서증(徐增)의 『이암설당시(而庵說唐詩)』에 "이 시는 개벽(開闢)의 태초에 있는 듯하여, 붓에 홍몽(鴻濛)의 기운이 있어서 기관(奇觀)이고 대관(大觀)이다"고 했다.

● 『당시별재』에 "'近天都'는 그 높음을 말한 것이고, '到海隅'는 그 먼 것을

말한 것이고, '分野' 2구는 그 큰 것을 말했는데, 40글자 중에 포용하지 않음이 없으니, 솜씨가 두릉(杜陵: 두보)의 아래에 있지 않다. 어떤 이가 끝 2구는 통체(通體)와 어울리지 않는 듯하다고 했다. 지금 그 말의 뜻을 깊이 생각해보면, 산이 멀면 사람이 적다는 것을 보인 것인데, 보통의 사경(寫景)에다 비할 수는 없다"고 했다.

망천의 한가한 거처 輞川閒居

一從歸白社[1]	백사로 돌아온 이후로는
不復到青門[2]	다시 청문에 가지 않았네
時倚檐前樹	때때로 처마 앞 나무에 기대어
遠看原上村	멀리 들판 위 마을을 바라보네
青菰臨水拔[3]	푸른 줄은 물가에 임해 자라났고
白鳥向山翻	흰 새는 산을 향해 날아가네
寂寞於陵子[4]	적막한 어릉중자는
桔槹方灌園[5]	길고로 지금 채소밭에 물을 주네

주석 ⌒⌒

1) 一從(일종): 자종(自從). 개사(介詞)로서 시간의 기점을 표시함. -로부터. 白社(백사): 지명. 하남성 낙양시(洛陽市) 동쪽. 진(晉)나라 동경(董京: 자는 威輦)이 은거했던 곳으로 널리 은거지를 지칭함. 여기서는 왕유 자신의 망천 별업을 말함.

2) 青門(청문): 장안(長安)의 동문(東門).

3) 菰(고): 줄. 물가에 자라는 갈대 같은 식물.

4) 於陵子(어릉자): 어릉중자(於陵仲子), 곧 진중자(陳仲子). 어릉(於陵)은 옛
   지명으로 지금의 산동성 치박시(淄博市) 서남. 진중자는 전국시대 제(齊)나
   라 사람으로 그의 형 대(戴)가 제나라 경(卿)이 되어 식록(食祿)이 만종(萬鍾)
   이었는데, 그것을 의롭지 못하다고 여기고, 처를 데리고 초(楚)나라로 도망쳐
   서 어릉에서 살면서 어릉중자라고 자칭했음. 초나라 왕이 그가 어질다는 소
   문을 듣고 중금(重金)으로 초빙하여 재상으로 삼으려고 했으나, 그것을 거절
   하고 남의 채소밭에 물을 주는 고용인으로 살았음.

5) 桔槹(길고): 우물에서 물을 퍼 올리는 일종의 두레박. 장대 끝에 두레박을
   매달아 지렛대로 물을 푸는 도구.

평설 ᢏᢏ

● 『영규율수』에 "'山下孤烟遠村, 天邊綠樹高原'과 이 '時倚檐前樹, 遠看原
  上村'에 대해 나는 심취(心醉)함을 그치지 못한다"라고 했다.

● 『당시선맥회통평림』에 "주정(周挺)이 '소란할 때는 조용히 마힐의 〈輞川
  山居〉 등의 시를 읽으면 참으로 천대(天臺)의 석량(石梁)에서 노닐고,
  폭포의 비천(飛泉)을 보고 있는 것 같은데, 이때는 문득 세상을 떠난다"
  고 했다.

● 『이암설당시』에 "이 시는 마땅히 우승의 오언율의 제일수(第一首)이다.
  그 말은 몹시 맑고, 그 뜻은 몹시 미묘하다. 사람들은 성질이 급하여 다
  른 두서(頭緖)를 찾다가 나오지 않으면 한 쪽 구석에다 던져놓는데, 이
  시 또한 적막함을 면하지 못하니 한탄스럽고 한탄스럽다!'라고 했다.

● 『영규율수간오』에 "'靑'과 '白' 두 글자는 살펴보면 중복인데, 훈계할 수
  없다. 시가 고요한 기운으로 사람을 맞이하는 자연스러움이 초묘(超妙)
  한데, 작은 하자로써 폐지할 수는 없다"고 했다.

향적사를 방문하다 過香積寺¹⁾

不知香積寺	향적사가 어딘지 알지 못한 채
數里入雲峰	몇 리나 구름 낀 봉우리로 들어가네
古木無人逕	고목 숲엔 길이 없는데
深山何處鐘	깊은 산속 어디서 종소리가 나는가?
泉聲咽危石	샘물소리는 높은 바위에서 오열하고
日色冷青松	햇살의 색은 푸른 소나무에서 차갑네
薄暮空潭曲	황혼의 빈 못 굽이에서
安禪制毒龍²⁾	고요히 참선하며 독룡을 제압하네

주석 ⌇

1) 香積寺(향적사): 섬서성 서안(西安) 남쪽 백리의 자오곡(子午谷) 안에 있음.
   송나라 때 개리사(開利寺)로 개명했음.

2) 安禪(안선): 조용히 앉아 선정(禪定)에 드는 것. 속칭 타좌(打坐)라고 함. 독
   룡(毒龍): 인간의 욕망과 망념을 비유함.

평설 ⌇

● 『당시직해』에 "'古木' 2구는 유심(幽深)하면서 혼융한데, 중당과 만당 사
  람에게 이런 법이 있으면 비리함으로 빠짐이 많다"고 했다.

● 『당시경』에 "운기(韻氣)가 몹시 차갑다. 3·4구는 투율(偸律)인데, 엄격
  하지 않음에 병이 있다"고 했다.

● 『당시해』에 "기련(起聯)은 '獨有宦遊人'과 같은 법(法)이다"라고 했다.

- 『당시선맥회통평림』에 "산사(山寺)의 심벽(深僻)함과 유정(幽靜)함을 지극히 형상했다. 편법(篇法)·구법(句法)·자법(字法)이 입미(入微)하고 입묘(入妙)했다. '독룡'은 불가에서 욕심을 비유하는데, 그것으로써 국면을 거두어서 석씨(釋氏)의 면목을 잃지 않았다. 이것과 〈등변각사(登辨覺寺)〉시는 어찌 사자가 동물을 잡으려고 할 때 코끼리와 토끼가 모두 전력을 사용한 것이 아니겠는가? 왕도곤(王道昆)이 '5·6구는 즉경(卽景)에다 황량한 뜻을 붙였는데, 「咽」자와 「冷」자가 공교롭다'고 했다"라고 했다.

- 『당시평선』에 "3·4구는 유수(流水)와 같은데, 하나로 쌍립(雙立)했고, 안구(安句)가 자연스럽고, 결어 또한 허물이 아니다"라고 했다.

- 『당시별재』에 "'咽'자와 '冷'자가 글자를 사용하는 묘를 보였다"라고 했다.

맹성요 孟城坳[1]

新家孟城口	새 집이 맹성 입구에 있는데
古木餘衰柳	고목과 쇠한 버들이 남아있네
來者復爲誰	앞으로 올 사람은 다시 누구일까?
空悲昔人有	공연히 옛사람이 있었음을 슬퍼하네

주석 ↫

1) 〈망천집(輞川集)〉 20수 중의 1수이다. 왕유의 〈망천집〉 서문에 "나의 별업(別業)이 망천산곡(輞川山谷)에 있다. 그 노닐며 쉬는 곳에 맹성요(孟城坳)·화자강(華子岡)·문행관(文杏館)·근죽령(斤竹嶺)·녹채(鹿柴)·목란채(木蘭

柴)·수유편(茱萸沜)·궁괴맥(宮槐陌)·임호정(臨湖亭)·남타(南垞)·의호
(欹湖)·유랑(柳浪)·난가뢰(欒家瀬)·금설천(金屑泉)·백석탄(白石灘)·북
타(北垞)·죽리관(竹里館)·신이오(辛夷塢)·칠원(漆園)·숙원(椒園) 등이 있
는데, 배적(裴廸)과 함께 한가히 각각 절구를 지었다"고 했다. 망천 별업은
원래 송지문(宋之問)의 소유였는데, 나중에 왕유가 구입한 것이다.

평설 ⌒

● 『시수』에 "우승의 〈망천〉 여러 작품은 도리어 스스로의 기축(機軸)에서
  나왔는데, 이름과 말을 둘 다 잊고, 색(色)과 상(相)이 모두 없어졌다"고
  했다.

● 『당시경』에 "도절(倒折)함이 간략하면서 깊다"라고 했다.

● 『당음계첨』에 "옛사람 때문에 슬퍼한 것이 아니고, 뒤에 올 누가 이곳에
  살게 될 것인가를 슬퍼한 것이다. 모두 달자(達者)의 말이다"라고 했다.

● 『당인만수절구선평』에 "담탕인(淡蕩人)이 담탕어(淡蕩語)를 지었기 때
  문에 입묘(入妙)했다. 격조(格調)가 준정(俊整)한데, 아래 2구를 한 번
  전절(轉折)하면 곧 말을 이루지 못할 것이다. 시는 조도(調度)를 귀하게
  여김으로써 법을 얻기 때문이다"라고 했다.

화자강 華子岡[1]

飛鳥去不窮	새 날아가는 것 끊이질 않고
連山復秋色	연이은 산들은 다시 가을 색이네
上下華子岡	위아래의 화자강

惆悵情何極　　　슬픈 정을 어찌 다하랴?

주석 ❧

1) 〈망천집(輞川集)〉 20수 중의 1수이다.

녹채 鹿柴[1]

空山不見人　　　빈 산엔 사람은 보이지 않고
但聞人語響　　　다만 사람의 말소리만 들리네
返景入深林　　　석양빛이 깊은 숲에 들어와
復照青苔上　　　다시 푸른 이끼 위를 비추네

주석 ❧

1) 鹿柴(녹채): 시(柴)는 채(砦)로 읽음. 채(砦)는 나무줄기와 가지 등을 얽어서
두른 울타리. 〈망천집〉 중의 1수이다.

평설 ❧

• 『비점당음정성』에 "말하지 않은 곳이 도리어 뛰어남이 있다. 말을 하면
다시 아름답지 못할 것이다"라고 했다.

• 『당시직해』에 "말이 없으면서 화의(畵意)가 있다. '復照'는 몹시 묘하다"
라고 했다.

- 『당시별재』에 "가처(佳處)가 언어에 있지 않음은 도공(陶公: 도연명)의 '采菊東籬下, 悠然見南山'과 동일하다"고 했다.

- 『당인만수절구선평』에 "유심(幽深)함을 그려냈다"고 했다.

- 『현용설시』에 "망천의 여러 오언절구는 청유절속(淸幽絶俗)한데, 그 속의 '空山不見人', '獨坐幽篁裏', '木末芙蓉花', '人閒桂花落' 4수는 더욱 묘하여, 배우는 사람들이 자세히 참고할 만하다"고 했다.

난가뢰 欒家瀨[1]

颯颯秋雨中	후득후득 가을비 속에
淺淺石溜瀉	좔좔 바위 여울이 흐르네
跳波自相濺	튀기는 물결이 절로 서로 뿌려지니
白鷺驚復下	백로가 놀라 날아올랐다가 다시 내려오네

주석 ◯◞

1) 〈망천집〉 중의 1수이다. 瀨(뢰): 급류.

평설 ◯◞

- 『당시경』에 "고취(古趣)이다"라고 했다

죽리관 竹里館[1]

獨坐幽篁裏	홀로 깊은 대숲에 앉아
彈琴復長嘯	금을 타다가 다시 길게 노래하네
深林人不知	깊은 숲속이라 남들은 모르는데
明月來相照	밝은 달이 와서 비춰주네

주석 ல்

1) 〈망천집〉 중의 1수이다.

평설 ல்

● 『당인만수절구선평』에 "아마 오의(傲意)를 지닌 것이 아니겠는가?"라고
했다.

신이오 辛夷塢[1]

木末芙蓉花[2]	나무 끝의 부용화
山中發紅萼	산중에서 붉은 꽃이 피었네
澗戶寂無人	개울가 집엔 적막히 사람도 없는데
紛紛開且落	어지럽게 피었다가 지네

1) 〈망천집〉 중의 1수이다. 辛夷(신이): 목련(木蓮)의 별칭.

2) 芙蓉花(부용화): 연꽃의 별칭. 목련은 연꽃과 비슷하기 때문에 목부용(木芙蓉)이라고도 함.

평설 ᴄᴏ

● 『시수』에 "태백(太白: 이백)의 오언절구는 스스로 천선(天仙)의 구어(口語)이다. 우승(右丞: 왕유)은 도리어 선종(禪宗)으로 들어갔다. '人閒桂花落'과 '木末芙蓉花' 같은 것을 읽어보면 신세(身世)를 둘 다 잊고, 만념(萬念)이 모두 적막해져서, 성률(聲律) 안에 이 같은 묘전(妙詮)이 있다고 말할 수 없게 된다"고 했다.

● 『당풍정』에 "이 시는 항상 선가(禪家)에서 인용하는데, 도리어 좋은 점을 감소시킨다. 다만 본색으로 나아가서 보면 스스로 절정(絶頂)이다"라고 했다.

● 『당시별재』에 "유심(幽深)함이 지극하다. 초사(楚詞)를 차용하여서 안색이 서로 같다"고 했다.

● 『당인만수절구선평』에 "각의(刻意)하여 심원한 맛을 취했다"고 했다.

새 우는 개울 鳥鳴磵[1]

| 人閒桂花落[2] | 사람은 한가한데 월계화 떨어지고 |
| 夜靜春山空 | 밤이 고요한데 봄 산은 비어있네 |

月出驚山鳥　　　달이 뜨자 산새들이 놀라
時鳴春澗中　　　때때로 봄 개울에서 우네

주석 ᴗᴗ

1) 〈皇甫嶽雲溪雜題五首〉 중 1수이다.
2) 桂花(계화): 월계화(月桂花). 목서(木樨)의 일종.

평설 ᴗᴗ

● 『비점당시정성』에 "문을 닫고 있을 때 이런 가취(佳趣)가 있으니, 또한 적적하지 않다"고 했다.

● 『이암설당시』에 "'夜靜春山空'의 경우, 우승은 선리(禪理)에 정통한데, 그 시는 모두 성교(聖教)에 합치한다. 이 다섯 개 글자가 있으니, 12부(部)의 경(經)을 다시 읽을 필요가 없다. '時鳴春澗中'의 경우, 대저 새와 개울은 함께 봄 산 안에 있는데, 달이 새를 놀라게 하니, 새 또한 개울을 놀라게 하여서, 새가 우는 것은 나무에 있지만 소리는 도리어 개울 속에 있는 것이다. 순수한 화공(化工)으로서 사람이 미칠 수가 없다"라고 했다.

송별 送別

山中相送罷　　　산중에서 서로 송별을 마치고
日暮掩柴扉　　　해 저물어 사립문을 닫았네
春草明年綠　　　봄풀이 내년에 푸르러지면

王孫歸不歸[1]　　　왕손은 돌아오나? 오지 않나?

주석 ⌇

1) 『楚辭·招隱士』에 "王孫遊兮不歸, 春草生兮萋萋"라고 했다.

평설 ⌇

● 『당인만수절구선평』에 "소어(騷語)를 번롱(翻弄)하여서 각의(刻意)하여
제목을 두드렸다"고 했다.

그리움 相思

紅豆生南國[1]　　　홍두가 남국에서 자라서
秋來發幾枝　　　가을 되어 몇 가지나 열렸는가?
願君多采擷　　　바라건대 그대여 많이 따주세요
此物最相思　　　이 물건은 상사에 가장 좋답니다

주석 ⌇

1) 紅豆(홍두): 일명 상사자(相思子). 나무의 높이는 1장(杖) 정도이고, 백색이
　며, 잎은 홰나무와 비슷하고, 열매는 완두콩과 비슷하며 선홍색인데 검은 점
　이 있음. 꽃은 3-6월에 피고, 열매는 9-10월에 열림. 옛사람들이 애정을 상
　징하는 장식물로 사용했음. 南國(남국): 장강(長江) 이남지방.

평설 ⌒

● 『전당시화(全唐詩話)』에 "안녹산의 난 때 이구년(李龜年)은 강담(江潭)
으로 도망했는데, 일찍이 상중(湘中)에서 채방사(採訪使)의 연회에서 노
래하기를 '紅豆生南國, 秋來發幾枝? 贈君多採擷, 此物最相思'라고 하고,
또 '淸風明月苦相思, 蕩子從戎十載餘. 征人去日慇懃囑, 歸鴈來時數附書'
라고 했다. 이는 모두 왕유가 지은 것인데 이원(梨園)에서 노래했던 것
들이다"고 했다.

잡시 雜詩[1]

君自故鄕來	그대는 고향에서 왔으니
應知故鄕事	마땅히 고향 일을 알리라
來日綺窗前	오던 날 비단 창 앞에
寒梅着花未[2]	한매가 꽃을 피웠던가?

주석 ⌒

1) 3수 중 1수임.

2) 寒梅(한매): 매화의 한 종류.

소년행 少年行[1]

1

新豊美酒斗十千[2]　신풍의 좋은 술은 한 말에 만전이고
咸陽遊俠多少年[3]　함양의 유협엔 젊은이들이 많네
相逢意氣為君飲　서로 만나 의기투합하면 그대 위해 술을 사러
繫馬高樓垂柳邊　높은 누대 수양버들 가에 말을 매네

주석 ⌒

1) 모두 4수임. 『악부시집』에서 〈잡곡가사(雜曲歌辭)·결객소년장행(結客少年場行)〉 뒤에 왕유의 〈소년행〉을 수록해 놓았는데, "『악부해제(樂府解題)』에 〈결객소년장행〉은 생명을 가볍게 여기고 의리를 중시하여 강개하게 공명을 세우려는 것을 말한다'고 했다. 『광제(廣題)』에서는 '한(漢)나라 장안(長安)의 소년(少年)들이 관리를 살해하여 재물을 받고 복수해주었는데, 서로 함께 탄환을 꺼내보아서 붉은 탄환이면 무리(武吏)를 죽이고, 검은 탄환이면 문리(文吏)를 죽였다. 윤상(尹賞)이 장안령(長安令)이 되어 그들을 모두 체포했다. 장안에서 그들을 위해 노래하기를 「어디에서 그대 시신을 구할거나? 백동소년장(柏東少年場)이네. 생시(生時)에 근실하지 못했는데, 마른 해골을 어디에 묻을 거나?」고 했다'라고 했다. 살펴보니, 〈결객소년장〉은 소년 시절에 임협(任俠)을 맺은 객(客)이 유락(遊樂)의 장(場)을 만들려고 했으나 끝내 이루지 못했기 때문에 이 곡을 지은 것이다"라고 했다.

2) 新豊(신풍): 지금의 섬서성 임동현(臨潼縣) 동쪽. 조식(曹植)의 〈명도편(名都篇)〉에 "歸來宴平樂, 美酒斗十千"이라 했음.

3) 咸陽遊俠(함양유협): 함양(咸陽)은 진(秦)나라 때의 수도. 여기서는 낙양(洛陽)을 말함. 유협(遊俠)은 위난(危難)에 처한 사람을 구하고, 보답을 바라지 않고, 신의를 중시하는 협객(俠客)을 말함.

275

2

一身能擘兩雕弧[1]	한 몸으로 능히 두 활을 당길 수 있어
虜騎千重只似無	오랑캐의 기마 천 겹 무리를 무시하네
偏坐金鞍調白羽[2]	금 안장 한쪽으로 치우쳐 앉아 화살을 겨누어
紛紛射殺五單于[3]	어지럽게 다섯 선우를 쏘아 죽이네

주석

1) 雕弧(조호): 꽃문양을 새긴 활.

2) 白羽(백우): 끝에 흰 깃털을 단 화살.

3) 五單于(오선우): 선우(單于)는 흉노(匈奴)의 군주. 한나라 선제(宣帝) 때 흉노의 허려권선우(虛閭權單于)가 병사하자, 내부분열로 5부(府)로 갈라져 각각 선우를 세웠음.

평설

- 『당시선맥회통평림』에 "주정(周挺)이 '마힐의 〈소년행〉 여러 편은 모두 격렬하고 강개(慷慨)하다'고 했다"라고 했다.

구월 구일에 산동의 형제들을 생각하다 九月九日憶山東兄弟[1]

獨在異鄉為異客	혼자 타향에서 나그네 되어
每逢佳節倍思親	가절을 만날 때마다 배나 가족들이 그립네
遙知兄弟登高處[2]	멀리서 알겠으니 형제들 등고하는 곳

遍插茱萸少一人³⁾　산수유 꽂은 사람 중에 한 사람이 적으리라

주석 ᡄ

1) 왕유가 17세 때에 지은 작품임. 山東(산동): 화산(華山) 동쪽 지역으로 왕유
   의 고향이 있는 곳.

2) 登高(등고): 9월 9일 중구일(重九日)에 높은 곳에 오르는 것.

3) 揷茱萸(삽수유):『속제해기(續齊諧記)』에 "여남(汝南) 환경(桓景)이 비장방
   (費長房)을 좇아 유학한 지 여러 해였다. 장방이 말하기를 '9월 9일에 네 집
   이 재액(災厄)을 당할 것이니 급히 가서 집안사람들에게 각자 붉은 주머니에
   다 수유(茱萸)를 가득 넣어서 팔에 매달고 높은 곳에 올라가서 국화주를 마
   시게 하면, 이 화(禍)가 없어질 것이다'라고 했다. 환경이 그 말대로 집안사람
   들을 거느리고 산에 올랐다가 저녁에 집으로 돌아와서 보니, 닭과 개와 소와
   양들이 일시에 갑자기 죽어있었다. 장방이 그 말을 듣고서 '그것들이 대신
   죽은 것이다'라고 했다. 지금 세상 사람들이 9월 9일이 되면 산에 올라 국화
   주를 마시고, 부인들이 수유주머니를 차는 것은 이것 때문이다"라고 했다.

평설 ᡄ

● 『당시해』에 "마힐이 이 작품을 지을 때는 나이가 17세였는데, 말뜻의 아
  름다움은 비록 〈척호(陟岵)〉일지라도 더 가할 수 없다. 사서(史書)에 효
  우(孝友)로써 왕유를 칭찬했는데, 헛말이 아니다!"라고 했다.

● 『당시별재』에 "곧 〈척호(陟岵)〉의 시의(詩意)이다. 누가 당인(唐人)은 『삼
  백편』에 가깝지 않다고 말했는가?"라고 했다.

● 『시식』에 "3·4구는 백거이(白居易)의 '共看明月應垂淚, 一夜鄉心五處
  同'과 의경(意境)이 서로 같다"고 했다.

원이가 안서로 사신 가는 것을 전송하다 送元二使安西[1]

渭城朝雨浥輕塵[2]	위성의 아침 비가 가벼운 먼지를 적시고
客舍青青楊柳春	객사는 푸릇푸릇한 버들의 봄이네
勸君更盡一杯酒	그대에게 권하니 다시 한잔 술을 드시구려
西出陽關無故人[3]	서쪽으로 양관을 나서면 벗도 없으리라

주석 ⟳

1) 『악부시집』에는 〈위성곡(渭城曲)〉이라 하고, 근대곡사(近代曲辭)에 수록했는데, "〈위성(渭城)〉은 일명 〈양관(陽關)〉인데 왕유가 지은 것이다. 본래 안서(安西)로 사신 가는 사람을 전송한 시인데, 나중에 마침내 노래로 불려졌다. 유우석(劉禹錫)이 가자(歌者)에게 준 시에 '舊人唯有何戡在? 更與慇懃唱渭城'이라 했고, 백거이(白居易)의 〈대주시(對酒詩)〉에 '相逢且莫推辭醉, 聽唱陽關第四聲'이라 했다. 양관제사성(陽關第四聲)은 곧 '勸君更盡一杯酒, 西出陽關無故人'이다. 〈위성〉과 〈양관〉의 이름은 대개 가사로 인한 것이다"고 했다. 安西(안서): 당나라 때 안서도호부(安西都護府)의 치소(治所). 그 치소는 처음에는 교하성(交河城: 지금의 신강성 吐魯番縣)이었다가 나중에 구자국(龜茲國: 지금의 신강성 庫車縣)으로 옮겼다.

2) 渭城(위성): 장안(長安) 부근 위수(渭水)의 남안에 있음.

3) 陽關(양관): 지금의 감숙성 돈황현(敦煌縣) 서남. 옥문관(玉門關) 남쪽에 있기 때문에 양관이라 했음.

평설 ⟳

● 『비점당시정음』에 "〈양관삼첩(陽關三疊)〉은 당인(唐人)들이 송행(送行)의 곡(曲)으로 삼았는데, 비록 가조(歌調)는 없어졌지만 음절(音節)은 스

스로 비창(悲暢)하다"고 했다.

- 『시수』에 "'數聲風笛離亭晚, 君向瀟湘我向秦'과 '日暮酒醒人已遠, 滿天風雨下西樓'가 어찌 일창삼탄(一唱三嘆)이 아니겠는가만, 그러나 기운이 쇠삽(衰颯)함이 몹시 심하다. '渭城朝雨'는 본래 구어(口語)인데, 천 년이 되어도 새롭다. 이것으로써 성당과 만당의 삼매(三昧)를 논한다"고 했다.

- 『당시경』에 "말은 노련하고 정은 깊어서 마침내 천고의 절조(絶調)가 되었다"고 했다.

- 『당시해』에 "당인들의 전별시는 억 편이지만, 다만 〈양관〉이 명성을 독점한 것은 그 진절(眞絶)함에 정이 있기 때문이 아니겠는가? 혼돈(混沌)에 천착하는 자는 모두 하풍(下風)이다"라고 했다.

- 『당시선맥회통평림』에 "사방득(謝防得)이 '의미가 유장(悠長)하다'고 했다. 당여순(唐汝詢)이 '손 따라 집어냈는데 곧 송별의 절창이 되었다. 의도적으로 짓는다면 진정 아름답지 못할 것이다'고 했다. 장일매(莊一梅)가 '편언(片言)의 슬픔이 사람을 애끊게 한다'고 했다"라고 했다.

- 『당풍정』에 "풍운(風韻)이 초범(超凡)하고, 성정(聲情)이 뼈 속을 찔러서, 스스로 백대(百代)에서 참신한데 다시 이을 자가 없다"고 했다.

배적 裴迪

배적, 관중(關中) 사람. 처음에는 왕유(王維)와 최홍종(崔興宗)과 종남산(終南山)에서 거주하며 함께 창화(倡和)했다. 천보(天寶) 후에는 촉주자사(蜀州刺史)가 되어, 두보(杜甫)와 이기(李頎)와 절친했다. 상서성랑(尙書省郎)을 지냈다.

화자강 華子岡[1]

落日松風起	해 지고 솔바람 일어나서
還家草露晞	집에 돌아오니 풀 이슬이 말랐네
雲光侵履跡	구름 빛은 발자국에 침범하고
山翠拂人衣	산의 푸름은 옷자락을 떨치네

주석 ᐸᓬ

1) 〈輞川集二十首〉 중의 1수임. 왕유(王維)와 수창한 시들임.

궁괴맥 宮槐陌[1]

門前宮槐陌[2]	문전의 궁괴나무 길
是向欹湖道	이곳은 의호 길로 향했네
秋來山雨多	가을 되어 산비가 많은데
落葉無人掃	낙엽을 쓸 사람이 없네

주석 ᐸᓬ

1) 〈輞川集二十首〉 중의 1수임.

2) 宮槐(궁괴): 회화나무. 주(周)나라 때 궁정에 세 그루 회화나무를 심어놓고 삼공(三公)을 위치하게 했기 때문에 후세에 궁괴라고 부르게 되었음.

평설 ∽

- 『비점당음』에 "이 편은 경흥(景興)과 조어(造語)가 모두 맑다"고 했다.

이백 李白

이백(701-762), 자는 태백(太白), 호는 청련거사(靑蓮居士), 조적(祖籍)
은 농서(隴西) 성기(成紀: 지금의 甘肅省 天水 부근). 나중에 면주(綿州)
창명(彰明: 지금의 四川省 江油縣) 청련향(靑蓮鄕)으로 옮겼다. 이백이
태어날 때 그 어머니가 장경성(長庚星)을 꿈꾸었기 때문에 그로써 이름
을 지었다고 한다. 젊어서는 종횡술(縱橫術)과 격검(擊劍)을 좋아하며
임협(任俠)이 되고자 했다. 촉(蜀)지역을 비롯하여 장강(長江)과 황하의
여러 지역을 유람하며 견문을 쌓고 여러 인사들과 교유했다. 천보(天寶)
초에 친구 오균(吳筠)을 따라 장안(長安)으로 왔다. 하지장(賀知章)이 그
의 시를 읽고 감격하여 적선(謫仙)이라 부르며 현종(玄宗)에게 추천하여
한림공봉(翰林供奉)에 임명되었다. 그러나 정치적 뜻을 이루지 못하고
물러나와 여산(廬山)에서 은거했다. 안녹산(安綠山)이 모반한 이듬해 영
왕(永王) 이린(李璘)이 군사를 일으켜 이백을 막부요좌(幕府僚佐)로 삼
았다. 뒤에 이린이 그의 형 숙종(肅宗) 이형(李亨)과 황위를 다투다가 패
하여 피살되자, 이백 또한 부역죄로 하옥되었다. 야랑(夜郎)으로 유배
가다가 도중에 사면을 받고 돌아왔다. 만년에는 족숙(族叔)인 당도령(當

塗令) 이양빙(李陽氷)에게 의지했는데, 오래지 않아 병사했다. 향년 62세였다.

피일휴(皮日休)의 「유조강비문(劉棗强碑文)」에 "말이 천지 밖에서 나오고, 생각이 귀신의 의표를 벗어나서, 읽어보면 정신이 팔극(八極)으로 치달리고, 헤아려보면 마음이 사명(四溟)을 품게 되고, 뇌뢰낙락(磊磊落落)하여 참으로 세간의 말이 아닌 것에는 이태백(李太白)이 있다"고 했다.

주희(朱熹)의 『주자어류(朱子語類)』에는 "이태백의 시는 법도가 없는 것이 없으니, 법도 안에서 종용(從容)했다. 대개 시에 있어서 성자(聖者)이다"고 했다.

송렴(宋濂)의 「답장수재논시서(答章秀才論詩書)」에는 "이태백은 풍소(風騷)와 건안칠자(建安七子)를 종(宗)으로 삼아서, 그 격(格)이 지극히 높고, 그 변화는 신룡(神龍)을 매어놓을 수 없는 것과 같다"고 했다.

왕세정(王世貞)의 『예원치언(藝苑巵言)』에는 "오언선체(五言選體)와 칠언가행(七言歌行)의 경우, 태백(太白: 이백)은 기(氣)를 주(主)로 삼고, 자연(自然)을 종(宗)으로 삼고, 준일고창(俊逸高暢)함을 귀하게 여겼다. 자미(子美: 杜甫)는 의(意)를 주로 삼고, 독조(獨造)를 종으로 삼고, 기발침웅(奇拔沈雄)을 귀하게 여겼다. 그 가행의 묘(妙)에 있어서 읊어보면 사람을 표표(飄飄)하게 신선이 되고 싶게 하는 것은 태백이고, 사람을 감개(感慨)가 격렬(激烈)하게 하고, 희허(欷歔)하며 죽고 싶게 하는 것은 자미이다"고 했다.

고풍 古風[1]

1

大雅久不作[2]	<대아>가 오랫동안 지어지지 않는데
吾衰竟誰陳[3]	내 노쇠한데 끝내 누가 진헌할 건가?
王風委蔓草[4]	<왕풍>이 풀 더미에 버려져서
戰國多荊榛[5]	전국시대엔 가시덤불만 많았네
龍虎相啖食[6]	용과 범이 서로 먹이를 다투고
兵戈逮狂秦[7]	전쟁이 광포한 진나라에서 그쳤네
正聲何微茫[8]	정성은 어찌 미망한가?
哀怨起騷人[9]	애원이 소인에서 일어났네
揚馬激頹波[10]	양웅과 사마상여가 쇠퇴한 물결을 쳐내고
開流蕩無垠	새 흐름을 열어서 표랑함이 끝이 없었네
廢興雖萬變	폐함과 흥함이 비록 만 번 변했으나
憲章亦已淪[11]	헌장은 또한 이미 없어졌네
自從建安來[12]	건안시대 이후로
綺麗不足珍	기려함을 진기하게 여기지 않아서
聖代復元古[13]	성대가 먼 옛날을 회복하고
垂衣貴淸眞[14]	옷자락을 드리우고 청진을 귀히 여겼네
羣才屬休明[15]	여러 재사들이 휴명에 속하여
乘運共躍鱗[16]	운을 타고 함께 약린하니
文質相炳煥	문채와 질박함이 서로 빛나서
衆星羅秋旻	여러 별들이 가을하늘에 늘어졌네
我志在刪述[17]	나의 뜻은 산술에 있으니

垂輝暎千春　　　빛을 드리워 천년을 비춰서

希聖如有立¹⁸⁾　희성이 세운 것처럼

絶筆於獲麟¹⁹⁾　획린에서 절필하리라

주석 ❧

1) 모두 59수임.

2) 大雅(대아):『시경』의 편명. 「시서(詩序)」에 "아(雅)는 정(正)이다. 왕정(王政)
   이 흥하고 폐해지는 까닭을 말하는 것이다. 왕정에는 큰 것과 작은 것이 있
   기 때문에 〈대아〉가 있고, 〈소아(小雅)〉가 있다"고 했음.

3) 陳(진): 진헌(陳獻).『예기(禮記)·왕제(王制)』에 "태사(太史)에게 시(詩)를 진
   헌(陳獻)하게 하여 민풍(民風)을 살폈다"라고 했음.

4) 王風(왕풍):『시경·국풍(國風)』의 편명. 「시서(詩序)」에 "〈관저(關雎)〉와
   〈인지(麟趾)〉의 교화는 왕자(王者)의 풍(風)이다"라고 했음.

5) 荊榛(형진): 형진(荊蓁)과 같음. 초목이 총생(叢生)한 것. 주로 황무(荒蕪)한
   정경을 형용함.

6) 龍虎(용호): 전국시대 칠국(七國)을 말함. 진(秦)·초(楚)·제(齊)·연(燕)·
   한(韓)·조(趙)·위(魏)나라. 반고(班固)의 〈답빈희(答賓戱)〉에 "於是七雄虓
   闞, 分裂諸夏, 龍戰虎爭"이라 했음.

7) 狂秦(광진): 포진(暴秦)과 같음.

8) 正聲(정성):『시경』을 말함. 微茫(미망): 모호(模糊)함. 암매(暗昧)함. 쇠미
   (衰微)함을 말함.

9) 哀怨(애원): 굴원(屈原)의 〈이소(離騷)〉를 말함.『사기(史記)·굴원전(屈原
   傳)』에 "굴원은 바른 도를 정직하게 행하고, 충성을 다하고 지혜를 다하여 그
   임금을 섬기었는데, 참인(讒人)이 이간질하였으니, 궁벽했다고 하겠다. 성실
   함이 의심을 받고 충성이 비방을 받으니, 원망함이 없겠는가? 굴평(屈平)이
   〈이소〉를 지은 것은 대개 자신의 원망에서 나온 것이다"라고 했음. 騷人(소

인): 〈이소〉를 지은 굴원. 널리 〈초사(楚辭)〉의 작가들을 말함.

10) 揚馬(양마): 양웅(揚雄)과 사마상여(司馬相如). 모두 한(漢)나라의 저명한 사부가(詞賦家). 頹波(퇴파): 쇠퇴한 문풍(文風)을 말함.

11) 憲章(헌장): 법도. 『시경』의 전통을 말함. 『문심조룡(文心雕龍)·정기편(程器篇)』에 "저 양웅과 사마상여의 무리는 다투어 치려(侈麗)하고 굉연(宏衍)한 말을 지어서 그 풍유(風諭)의 뜻을 없애버렸다"라고 했음.

12) 建安(건안): 동한(東漢) 말 헌제(憲帝)의 연호(196-220). 이 시기에 조조(曹操) 삼부자와 건안칠자(建安七子)들이 "강개(慷慨)함에 기(氣)를 붙이고, 뇌락(磊落)함에 재능을 쏟고, 회포를 지어 사건을 지적하고, 섬밀(纖密)한 기교를 구하지 않았다(『문심조룡·明道篇』)"는 시풍을 추구했다.

13) 聖代(성대): 당(唐)나라를 말함. 元古(원고): 원고(遠古).

14) 垂衣(수의): 『주역·계사(繫辭)』에 "黃帝·堯·舜, 垂衣裳而天下治"라고 했음. 淸眞(청진): 자연스러우면서 수식을 가하지 않는 것. 기려(綺麗)의 반대.

15) 休明(휴명): 태평성대를 말함.

16) 躍鱗(약린): 물고기가 도약하듯이 분발하여 힘쓰는 것.

17) 刪述(산술): 저술(著述)을 말함. 공자(孔子)가 '刪『詩』'하고, 자칭 '述而不作'이라고 했음.

18) 希聖(희성): 공자(孔子)를 말함.

19) 獲麟(획린): 공자가 『춘추(春秋)』를 편찬할 때, 애공(哀公) 14년(기원전481) 봄에 애공이 서쪽에서 기린을 포획했다는 소식을 듣고 절필했다고 함.

평설 ◯﹥

• 주희(朱熹)의 『주자어류(朱子語類)』에 "이백의 시는 호방(豪放)만은 아니고, 또한 종용화완(從容和緩)한 곳이 있다. 맨 앞의 시 '大雅久不作'은 다소 화완(和緩)하다"고 했다.

- 『후촌시화(後村詩話)』에 "이는 고금에서 시인의 단안(斷案)이다"라고 했다.

- 『위로시화』에 "'大雅久不作' 등 여러 시는 태백이 아니면 결코 지을 수 없는 것이다. 자미(子美: 두보)에게도 또한 이런 체가 없다"라고 했다.

- 『당시별재』에 "창려(昌黎: 韓愈)는 '제·량(齊梁)과 진·수(陳隋)는 모든 작품이 매미소리처럼 시끄럽다'고 했고, 태백은 '自從建安來, 綺麗不足珍'이라고 했는데, 이것이 호걸어(豪傑語)를 지은 유래이다"라고 했다.

2

莊周夢胡蝶[1]	장주가 호랑나비를 꿈꾸니
胡蝶爲莊周	호랑나비가 장주가 되었네
一體更變易	일체가 다시 변역하니
萬事良悠悠	만사가 참으로 유유하네
乃知蓬萊水[2]	이에 알겠으니 봉래의 물이
復作淸淺流	다시 맑고 얕은 물결이 되네
靑門種瓜人	청문에서 오이 심는 사람은
舊日東陵侯[3]	옛날 동릉후였다네
富貴故如此	부귀가 이와 같은데
營營何所求[4]	부지런히 무엇을 구하겠는가?

주석 ☞

1) 『장자(莊子)·제물론(齊物論)』에 "지난날 장주(莊周)가 꿈에서 호랑나비가 되

었는데, 허허연(栩栩然)하게 호랑나비였다. 스스로 뜻에 알맞다고 여기고 장주를 알지 못했다. 이윽고 깨어나니, 거거연(蘧蘧然)하게 장주였다. 장주가 꿈을 꾸고 호랑나비가 된 것인지, 호랑나비가 꿈을 꾸고 장주가 된 것인지? 알 수가 없었다. 장주와 호랑나비는 반드시 분리됨이 있는데, 이것을 물화(物化)라고 한다"고 했다.

2) 갈홍(葛洪)의 『신선전(神仙傳)』에 "마고(麻姑)가 말하기를 '접하여 모시고 있는 이래 동해(東海)가 세 번이나 상전(桑田)이 됨을 보았고, 봉래수(蓬萊水)에 가보니, 또한 지난번보다 얕아졌는데, 만났을 때보다 약 반입니다. 어찌 다시 육지가 되지 않겠습니까?'라고 했다.

3) 東陵侯(동릉후): 진(秦)나라 때 동릉후(東陵侯)였던 소평(邵平)이 진나라가 망한 후 몰락하여 장안성(長安城) 동쪽 청문(青門: 원명은 覇城門)에서 오이를 심어 생계로 삼았음.

4) 營營(영영): 휴식 없이 힘쓰는 모양.

3

天津三月時[1]	천진교의 삼월에
千門桃與李	집집마다 복사꽃과 오얏꽃이네
朝爲斷腸花	아침엔 애끊는 꽃이었다가
暮逐東流水	저녁엔 동으로 흐르는 물을 따라가네
前水復後水	앞 물을 뒷물이 밀치면서
古今相續流	고금에서 서로 이어서 흐르네
新人非舊人	새 사람은 옛 사람이 아닌데
年年橋上遊	해마다 다리 위서 노니네
鷄鳴海色動[2]	닭 울면 새벽 색이 일어나고

謁帝羅公侯	황제를 알현하는 공후들이 늘어서네
月落西上陽³⁾	서쪽 상양궁에 달 떨어지고
餘輝半城樓	남은 달빛이 성루 반쯤에 있네
衣冠照雲日	의관들에 구름 속 햇살이 비추고
朝下散皇州	조회 마치고 황주로 흩어지네
鞍馬如飛龍	기마들은 비룡 같고
黃金絡馬頭	황금장식이 말머리에 매어 있네
行人皆辟易	행인들은 놀라 물러나고
志氣橫嵩丘⁴⁾	의기가 숭구산을 가로지르네
入門上高堂	문으로 들어가 고당에 오르면
列鼎錯珍羞	늘어놓은 솥에 진수성찬이 가득하네
香風引趙舞⁵⁾	향기로운 바람이 조무를 인도하고
淸管隨齊謳⁶⁾	맑은 피리소리가 제구를 뒤따르네
七十紫鴛鴦	칠십 마리 붉은 앵무새가
雙雙戲庭幽	쌍쌍이 깊은 정원에서 노니네
行樂爭晝夜	행락이 밤낮을 다투면서
自言度千秋	스스로 천추를 이을 거라고 하네
功成身不退	공을 이루고 물러나지 않으면
自古多愆尤	예로부터 허물이 많았네
黃犬空歎息⁷⁾	황견을 공연히 탄식했고
綠珠成釁讐⁸⁾	녹주는 원수를 맺게 했네
何如鴟夷子⁹⁾	어찌하여 치이자는
散髮櫂扁舟	산발하고 편주로 떠났던가?

1) 天津(천진): 천진교(天津橋). 하남성 낙양시(洛陽市) 북쪽 4리에 있음. 원래 수양제(隋煬帝)가 대업(大業) 원년(605)에 낙수(洛水)의 부교(浮橋)로 만든 것인데, 당나라 정관(貞觀) 14년(640)에 석교(石橋)로 고쳐 만들었음.

2) 海色(해색): 동이 터오는 하늘색.

3) 上陽(상양): 궁전 이름. 궁성(宮城) 서남쪽에 있는데, 남쪽으로 낙수(洛水)에 임하고, 서쪽은 곡수(穀水)를 막고 있음.

4) 嵩丘(숭구): 산 이름. 숭산(崇山)과 70리 떨어져 있음.

5) 趙舞(조무): 조(趙)지역 출신의 무희. 혹은 그 춤.

6) 齊謳(제구): 제(齊)지역의 노래.

7) 진(秦)나라 승상 이사(李斯)가 조고(趙高)에게 참해(讒害)를 당해 시장에서 허리를 절단당하는 형을 받으러가면서 그 중간 아들을 보며 다시는 황견(黃犬)을 끌고 사냥하지 못할 것을 탄식했다고 함.

8) 진(晉)나라 석숭(石崇)의 애첩 녹주(綠珠)는 미모가 뛰어나고 적(笛)을 잘 불었는데, 손수(孫秀)가 녹주를 달라고 했다가 거절당하자, 월왕(越王) 윤(倫)에게 참소하여 석숭과 녹주를 죽게 하였음.

9) 鴟夷子(치이자): 월(越)나라 범려(范蠡)의 가명. 월왕 구천(句踐)을 도와 오나라를 멸망시킨 후 편주를 타고 오호(五湖)로 떠나가서 나중에 치이자로 변성명했다고 함.

• 『당시품휘』에 "이 편은 시대를 탄식한 것이다. 귀총자(貴寵者)가 물러날 줄 모르니, 이사나 석숭의 화(禍)를 당하지 않겠는가?"라고 했다.

• 『시원변체』에 "태백의 오언고시 장편 '門有車馬賓'·'天津三月時'·'憶昔作少年' 등의 작품은 흥취가 이르는 바가 순식간에 천리인데, 패연(沛然)

히 남음이 있다. 자미(子美: 두보)와 더불어 각자가 뛰어난데, 우열을 논할 수가 없다. 어떤 이는 이러한 경도(傾倒)됨을 꺼리고서, 그 함축온자(含蓄蘊藉)한 것을 취하는데, 그것은 태백을 논하는 바가 아니다"라고 했다.

달빛 아래서 혼자 술을 마시다 月下獨酌[1]

1

花間一壺酒	꽃밭에서 술 한 병을 들고
獨酌無相親	혼자 따르며 친구도 없네
擧杯邀明月	술잔을 들어 밝은 달을 불러오고
對影成三人	그림자를 대하니 세 사람이 되었네
月旣不解飮	달은 본래 술 마실 줄 모르고
影徒隨我身	그림자는 다만 내 몸을 따라다닐 뿐이네
暫伴月將影	잠시 달과 그림자를 동반하여
行樂須及春	행락이 봄밤에 이르렀네
我歌月裵回	내 노래하니 달이 배회하고
我舞影零亂	내 춤을 추니 그림자가 어지럽게 휘날리네
醒時同交歡	깨어있을 때는 함께 즐거움을 나누고
醉後各分散	취한 후에는 각자 나뉘어 흩어지네
永結無情遊	영원히 무정한 교유를 맺어
相期邀雲漢	서로 머나먼 은하수에서 만나기를 기약하세

1) 모두 4수임.

평설 ⌒

● 『당시별재』에 "입을 열어 낸 것으로서 순전히 천뢰(天籟)이다. 이런 종
류의 시는 남들이 쉽게 배울 수 없다"고 했다.

2

天若不愛酒	하늘이 술을 좋아하지 않았다면
酒星不在天 [1]	주성이 하늘에 없었을 것이고
地若不愛酒	땅이 술을 좋아하지 않았다면
地應無酒泉 [2]	땅에는 마땅히 주천이 없었으리라
天地旣愛酒	하늘과 땅이 이미 술을 좋아했으니
愛酒不愧天	술을 좋아함이 하늘과 땅에 부끄럽지 않네
已聞淸比聖	청주를 성인에 비유했음을 이미 들었는데
復道濁如賢	다시 탁주는 현인과 같다고 말하네
賢聖旣已飮	현인과 성인을 이미 마셨는데
何必求神仙	하필 신선을 구할 것인가?
三杯通大道	세 잔 술은 대도에 통하고
一斗合自然	한 말 술은 자연과 합해지네
但得酒中趣	다만 술에 취한 아취를 구할 뿐

勿爲醒者傳   취하지 않는 사람으로 전해지지 않으리라

주석 ⟿

1) 酒星(주성): 일명 주기성(酒旗星).
2) 酒泉(주천): 한(漢)나라 때 설치했던 군(郡) 이름. 지금의 감숙성 주천현(酒泉
   縣). 그 곳에 있는 샘물이 술과 같다고 하여 주천이라 이름 지었다고 함.

관산월 關山月[1]

明月出天山[2]   밝은 달이 천산에서 떠올라
蒼茫雲海間   아득히 구름바다 사이에 있네
長風幾萬里   긴 바람은 몇 만 리인가?
吹度玉門關[3]   옥문관을 불어 넘어가네
漢下白登道[4]   한나라 군사는 백등도로 내려오고
胡窺青海灣[5]   오랑캐 군사는 청해만을 엿보네
由來征戰地   이곳은 예로부터 전쟁터였는데
不見有人還   돌아온 사람은 볼 수 없었네
戍客望邊色   수루의 병사들은 변방 풍경을 바라보며
思歸多苦顔   귀향생각에 괴로운 얼굴이 많네
高樓當此夜   높은 누대에서 이 밤을 맞으니
歎息未應閒   탄식하며 마땅히 한가할 수가 없네

1) 關山月(관산월): 악부 〈고각횡취곡(鼓角橫吹曲)〉의 곡명.

2) 天山(천산): 일명 기련산(祁連山). 당나라 때 이주(伊州)와 서주(西州) 이북
   일대의 산맥을 지칭함.

3) 玉門關(옥문관): 감숙성 돈황현(敦煌縣) 서쪽, 양관(陽關) 서북에 있음.

4) 白登(백등도): 산서성 대동시(大同市) 동북쪽 백등산(白登山). 한나라 고조
   유방(劉邦)이 기원전 200년에 흉노의 정예군 30만여 기(騎)에 의해 백등산에
   서 7일 동안 포위되어 식량이 떨어져서 큰 곤경에 처했었음.

5) 靑海(청해): 청해성 청해. 당나라 개원(開元) 중에 토번(吐蕃)과의 격전지였음.

평설 ❦

● 『시수』에 "청련의 '明月出天山, 蒼茫雲海間. 長風幾萬里, 吹度玉門關'은
  혼웅(渾雄)함 중에 얼마나 한아(閑雅)한가!'라고 했다.

공무도하 公無渡河[1]

黃河西來決崑崙[2]	황하가 서쪽으로부터 흘러 곤륜산을 뚫고
咆哮萬里觸龍門[3]	만 리에 포효하며 용문에 부딪히네
波滔天	파도가 하늘까지 넘실대니
堯咨嗟[4]	요임금이 탄식하였네
大禹理百川	대우가 온 강물을 다스리며
兒啼不窺家[5]	아이가 울었지만 집을 돌아보지 않았네
殺湍湮洪水	소용돌이치던 홍수가 그치자

九州始桑麻[6]	구주에서 비로소 뽕과 삼을 심게 되었네
其害乃去	그 수해가 지나가고
茫然風沙	아득히 모래바람 날릴 때
被髮之叟狂而癡	머리 풀어헤친 늙은이 미쳐서 어리석은데
淸晨徑流欲奚爲	맑은 새벽에 물결 앞에서 무엇을 하려는가?
旁人不惜妻止之	남들은 애석해하지 않는데 그 처가 제지하며
公無渡河苦渡之	공은 강을 건너지 말라했건만 괴롭게 건넜네
虎可縛	호랑이는 결박할 수 있지만
河難憑	강물은 붙잡을 수가 없다네
公果溺死流海湄	공은 결국 익사하여 바닷가로 흘러갔는데
有長鯨白齒若雪山[7]	큰 고래가 있어 흰 이빨이 설산만하네
公乎公乎掛骨於其間	공이여 공이여 그 사이에 해골로 걸려있구려
箜篌所悲竟不還[8]	공후를 타며 슬퍼하나 끝내 돌아오지 못하네

주석 ⟪

1) 公無渡河(공무도하): 일명 〈공후인(箜篌引)〉. 악부 〈상화가사(相和歌辭)·
슬조곡(瑟調曲)〉에 속함. 원래 고조선(古朝鮮)의 노래였음. 최표(崔豹)의 『고
금주(古今注)』에서 "〈공후인(箜篌引)〉은 조선(朝鮮)의 진졸(津卒) 곽리자고
(霍里子高)의 처 여옥(麗玉)이 작곡한 것이다. 자고가 새벽에 일어나 자선(刺
船)을 저어가고 있는데, 한 백발의 미친 노인[白首狂夫]이 머리를 풀어헤치고
술병을 든 채 거친 물결을 건너가려고 했다. 그 처가 뒤따라가며 불러대며
제지하려 했으나 미치지 못했다. 결국 강물[河水]에 빠져 죽고 말았다. 이에
공후를 끌어안고 타면서 노래하기를 '공이시여 강을 건너가지 마시오, 공은
끝내 강을 건너가시네. 강물에 빠져 죽으니, 공을 어찌하리오?(公無渡河, 公

竟渡河. 公墮而死, 當奈公何?)'라고 하였다. 그 음악소리가 몹시 처창(悽愴)했는데, 곡을 마치자 스스로 강에 투신하여 죽었다. 곽리자고는 돌아와서 그 음악소리를 그의 처 여옥(麗玉)에게 말해주었는데, 여옥이 그것을 슬프게 여겼다. 곧 공후를 끌어안고 그 음악소리를 연주하니, 듣는 사람들이 눈물을 떨치며 울먹이지 않는 이가 없었다. 여옥은 그 음악소리를 이웃집 여자 여용(麗容)에게 전해주었는데, 〈공후인(箜篌引)〉이라고 이름 불렀다"고 했다.

2) 崑崙(곤륜): 지금의 신강성 서장(西藏) 사이에 있는 산.

3) 龍門(용문): 우문구(禹門口). 산서성 하진현(河津縣)과 섬서성 한성시(韓城市) 동북에 있음. 황하가 여기에 이르면 양안의 높은 절벽이 서로 대치하게 되어 문과 같은 형세를 보임. 『서경·우공(禹貢)』에 "하수의 적석(積石)을 이끌어 용문에 이르렀다"고 했음.

4) 『사기(史記)』에 "요(堯)가 말하기를 '아! 사악(四嶽)이여, 넘실대는 홍수가 하늘에 닿고, 넘치는 물이 산을 감싸고 높은 언덕을 삼키니, 하민(下民)들이 근심하는데 누가 능히 물을 다스릴 것인가?'라고 했다"고 했다.

5) 『열녀전(列女傳)』에 "도산씨(塗山氏)의 장녀에게 하우(夏禹)가 장가들어 비(妃)로 삼았다. 이미 계(啓)를 낳았는데, 신임계갑(辛壬癸甲)에 계가 으앙으앙 울었다. 우는 떠나가서 치수(治水)를 하였는데 세 번이나 그 집을 지나가면서도 그 문으로 들어가지 않았다"고 했다.

6) 九州(구주): 중국을 말함.

7) 雪山(설산): 여러 산들을 지칭하는 용어인데, 그 가운데 『낙양가람기(洛陽伽藍記)』에는 "발화국(鉢和國) 남쪽경계에 대설산(大雪山)이 있는데 아침에는 풀렸다가 저녁에 결빙하여 바라보면 옥봉(玉峰)과 같다"고 했다.

8) 箜篌(공후): 『통전(通典)』에 "한무제(漢武帝)가 악인(樂人) 후조(侯調)에게 만들게 하여 태일(太一)에게 제사지냈다. 혹은 후휘(侯暉)가 만들었다고 한다. 그 소리가 감감(坎坎)하게 박자에 응하여 감후(坎侯)라고 했는데, 발음이 와전되어 공후가 되었다. 후(篌)라고 한 것은 악공(樂工)의 성씨로 인했을 뿐이다. 옛날에는 교묘아악(郊廟雅樂)에 시행했는데, 근대에는 초성(楚聲)에만 전용한다"고 했다.

평설 ⌒

● 조선 차천로(車天輅)의 『오산설림(五山說林)』에 "최표(崔豹)의 『고금주
(古今注)』에 '〈공후인〉은 조선 진졸 곽리자고의 처 여옥이 지은 것이다.
……'이라고 했다. 조선진(朝鮮津)을 살펴보니, 곧 지금의 대동강(大同
江)이다. 그런데 이백의 〈공무도하〉에서 '黃河西來決崑崙, 咆哮萬里觸龍
門'이라고 했다. 비록 시인의 말이지만, 사사(使事)가 사실을 잃어 버렸
기 때문에 법으로 삼을 수 없다"고 했다.

원별리 遠別離[1]

遠別離	영원한 이별이여
古有皇英之二女[2]	옛날 아황과 여영 두 여인이 있었는데
乃在洞庭之南[3]	동정호 남쪽에 있었네
瀟湘之浦[4]	소상의 물가에서
海水直下萬里深	바닷물의 수직 아래처럼 만 리로 깊은
誰人不言此離苦	이런 이별의 고통을 누가 말하지 않겠는가?
日慘慘兮雲冥冥[5]	해는 빛이 없고 구름은 어두운데
猩猩啼煙兮鬼嘯雨[6]	성성이는 안개 속에 울고 귀신은 빗속에 우네
我縱言之將何補	내가 그것을 언급한들 장차 무엇을 돕겠는가?
皇穹竊恐不照余之忠誠[7]	
	하늘이 나의 충성을 비춰주지 못할까 두려운데
雷憑憑兮欲吼怒[8]	천둥이 우르릉 크게 노하려 하네
堯舜當之亦禪禹	요와 순도 그것을 당하고 또한 우에게 선양하여

君失臣兮龍爲魚[9]　　임금이 신하를 잃으니 용이 물고기가 되고

權歸臣兮鼠變虎[10]　　권력이 신하에게 돌아가니 쥐가 호랑이가 되었네

或云堯幽囚舜野死[11]　요는 옥에 갇혔고 순은 들에서 죽었다 하는데

九疑聯綿皆相似[12]　　구의산은 연이어져 모두 서로 비슷하니

重瞳孤墳竟何是[13]　　중동의 외로운 묘지는 끝내 어디던가?

帝子泣兮綠雲間[14]　　제자는 초록 대나무 사이에서 울고

隨風波兮去無還　　풍파를 따라가서 돌아오지 않네

慟哭兮遠望　　　　통곡하며 멀리 바라보며

見蒼梧之深山　　　창오 깊은 산을 보네

蒼梧山崩湘水絶　　창오산이 무너지고 상수가 끊어져야만

竹上之淚乃可滅　　대나무 위의 눈물이 마를 수 있으리라

주석

1) 遠別離(원별리): 악부 〈잡곡가사(雜曲歌辭)〉의 곡명.

2) 皇英(황영): 전설 속의 요(堯) 임금의 두 딸인 아황(娥皇)과 여영(女英). 함께
   순(舜) 임금에게 시집을 갔는데, 순이 죽자 두 여자 또한 상수(湘水)에 투신
   하여 죽었음.

3) 洞庭(동정): 동정호(洞庭湖). 호남성(湖南省) 북부에 있는 호수 이름.

4) 瀟湘(소상): 소수(瀟水)와 상강(湘江). 소수는 호남성 남산현(藍山縣) 구의산
   (九嶷山)에서 발원하고, 상강은 광서성 영천현(靈川縣) 동쪽 해양산(海洋山)
   에서 발원하는데, 소수가 호남성 영릉현(永陵縣) 경내 회(淮)에서 상강으로
   들어가기 때문에 소상이라고 부름. 浦(포): 물가.

5) 慘慘(참참): 빛이 없는 모양. 冥冥(명명): 어두운 모양.

6) 猩猩(성성): 원숭이의 일종.

7) 皇穹(황궁): 하늘. 제왕(帝王)을 말함.

8) 憑憑(빙빙): 은은(殷殷)과 같음. 천둥소리.

9) 『설원(說苑)·정간편(正諫篇)』에 "오왕(吳王)이 백성을 좇아서 술을 마시려고
   하자, 자서(子胥)가 간하기를 '옛날 백룡(白龍)이 청령(淸泠)의 못에 내려가서
   물고기로 변했는데, 어부 예차(豫且)가 그 눈을 쏘아 맞췄습니다'라고 했다"
   라고 했음.

10) 동방만천(東方曼倩)의 「답객난(答客難)」에 "그것을 사용하면 호랑이가 될 것
    이오, 사용하지 않으면 쥐가 될 것이다"라고 했음.

11) 『사기(史記)·오제본기정의(五帝本紀正義)』에서 『괄지지(括地志)』를 인용하
    여 "옛날 요성(堯城)이 복양(濮陽) 인성현(陣城縣) 동북 15리에 있다. 『죽서
    (竹書)』에 '옛날 요(堯)가 덕이 쇠하자, 순(舜)에게 의하여 갇히게 되었다'고
    했다. 또 언주성(偃朱城)이 서북 15리에 있다. 『죽서』에 '순이 요를 가두고,
    또 단주(丹周)를 가두어서 부친과 만나지 못하게 했다'고 했다"고 했다. 『노
    어(魯語)』에 "전금(展禽)이 '순이 백성들의 일에 근면하여 들에서 죽었다'고
    했는데, 위소(韋昭)의 주에 '들에서 죽은 것은 유묘(有苗)를 정벌하다가, 창오
    (蒼梧)의 들에서 죽은 것을 말한 것이다'라고 했다"고 했음.

12) 九疑(구의): 구의산(九嶷山)과 같음. 『해내경(海內經)』에 "남방에 창오(蒼梧)
    의 언덕이 있고, 창오의 못이 있다. 그 가운데 구의산이 있는데 순(舜)을 장
    례한 곳이다"라고 했다. 지금의 호남성 영원현(寧遠縣) 남쪽. 9개의 봉우리가
    서로 비슷하기 때문에 구의라고 이름 붙였다고 함. 또 일설에는 7개의 골짜
    기가 서로 비슷하기 때문에 그렇게 이름 붙였다고 함.

13) 帝子(제자): 아황과 여영을 말함. 『초사(楚辭)·구가(九歌)·상부인(湘夫人)』
    에 "帝子降兮北渚"라고 했는데, 왕일(王逸)의 주에 "제자(帝子)는 요(堯)의 딸
    을 말한다"라고 했음.

14) 綠雲(녹운): 대나무를 말함. 유효선(劉孝先)의 〈죽(竹)〉시에 "竹生荒野外, 梢
    雲聳百尋"이라 하고, "恥雜湘妃淚"라고 했음. 아황과 여영이 상수가의 대나무
    에 피눈물을 뿌리고, 상수에 투신하여 상수의 신 상비(湘妃)가 되었다고 하는
    데, 그 피눈물에 얼룩진 대나무를 상비죽(湘妃竹), 혹은 반죽(斑竹)이라고 함.

평설 ⟋⟍

- 『정재시화』에 "고금의 시인 중에서 〈이소(離騷)〉체(體)를 지닌 자는 오직 이백 한 사람인데, 비록 노두(老杜)일지라도 또한 〈이소〉와 같은 것은 없다. 이백의 〈원별리〉 '日慘慘兮雲冥冥, 猩猩啼煙兮鬼嘯雨' …… 이와 같은 말들은 〈이소〉와 다름이 없다"고 했다.

- 『창랑시화』에 "태백의 〈몽유천모음(夢遊天姥吟)〉과 〈원별리〉 등은 자미(子美: 두보)도 말할 수 없는 것이다"라고 했다.

- 명나라 이동양(李東陽)의 『녹당시화(麓堂詩話)』에 "고시와 율시에는 각각 음절이 있는데, 그러나 모두 자수(字數)가 한정되어 있어서 구하기가 어렵지 않다. 악부 장단구는 처음부터 정해진 숫자가 없어서 가장 조첩(調疊)이 어려운데, 그러나 또한 자연스런 소리가 있다 …… 이태백의 〈원별리〉와 두자미의 〈도죽장(桃竹杖)〉은 모두 그 조종(操縱)을 지극히 했는데, 아마 일찍이 고인(古人)의 성조(聲調)를 살펴서, 화순위곡(和順委曲)함이 이와 같아졌던가?"라고 했다.

- 『당시원』에 "난처(亂處)·단처(斷處)·탄처(誕處)가 모두 〈이소〉에서 왔는데, 묘함이 〈이소〉와 같지 않음에 있다"고 했다.

- 『시원변체』에 "태백의 〈촉도난〉과 〈천모음〉은 비록 그 만연종횡(漫衍縱橫)함을 지극히 하였으나, 그러나 끝내 〈원별리〉의 함축심영(含蓄深永)함만 못하다, 또한 그 말이 끊어졌다 이어지고, 어지러웠다가 정돈됨이 더욱 소체(騷體)에 합당하다"고 했다.

- 『당시별재』에 "현종(玄宗)이 숙종(肅宗)에게 선위(禪位)를 하자, 환관 이보국(李補國)이 상왕(上王)을 홍경궁(興慶宮)에 거처하게 하여, 외부인들과의 서로 통함을 폐하(陛下)보다 불리하게 하고자 했다. 이에 상왕을 서내(西內)로 옮기니, 불만을 품은 채 얼마 안 되어 붕어했다. 태백은 지

301

위를 잃은 사람인데, 비록 말을 한다 한들 어찌 도움이 되겠는가! 그래서 조고(弔古)에 의탁하여 풍자한 것이다"라고 했다.

촉도난 蜀道難[1]

噫吁戲[2]	아아!
危乎高哉	위험하고 높구나!
蜀道之難難於上靑天	촉도 가는 어려움은 푸른 하늘로 오르는 것보다 어렵네
蠶叢及魚鳧[3]	잠총과 어부가
開國何茫然	나라 연 것이 얼마나 아득한가!
爾來四萬八千歲	그 후 사만 팔천 년이 흘러서도
不與秦塞通人煙[4]	진나라 변경과 인연이 통하지 않았네
西當太白有鳥道[5]	서쪽으로 태백산에 닿아 조도가 있어서
可以橫絶峨眉巓[6]	아미산 꼭대기를 가로 지르네
地崩山摧壯士死[7]	땅이 무너지고 산이 꺾여 장사가 죽고 난 후
然後天梯石棧相鉤連[8]	구름다리와 돌다리가 서로 연결됐네
上有六龍回日之高標[9]	위에는 육룡이 해를 돌려야 하는 높은 봉우리가 있고
下有衝波逆折之回川	아래엔 부딪히는 파도가 맴도는 굽은 냇물이 있네
黃鶴之飛尙不得過	황학이 날아도 오히려 지날 수 없고

猿猱欲度愁攀援[10]　　　원숭이가 넘으려다 잡고 오를 것을 근심하네

青泥何盤盤[11]　　　청니령은 얼마나 구불구불 도는가?

百步九折縈巖巒　　　백 걸음에 아홉 번 꺾이어 바위봉우리를 도네

捫參歷井仰脅息[12]　　삼성을 만지고 정성을 지나 우러러 숨죽이고

以手撫膺坐長歎　　　손으로 가슴을 쓸며 앉아서 길게 탄식하네

問君西遊何時還　　　그대여 서쪽 여행에서 언제나 돌아오나?

畏途巉巖不可攀[13]　　두려운 길과 높은 바위를 오를 수 없네

但見悲鳥號古木　　　다만 슬픈 새가 고목에서 우는 것을 보는데

雄飛雌從繞林間　　　수놈이 날고 암놈이 따르며 숲 사이를 도네

又聞子規啼夜月[14]　　또 두견이가 밤 달빛에서 우는 것을 들으며

愁空山　　　빈 산을 근심하네

蜀道之難難於上青天　　촉도 가는 어려움은 푸른 하늘로 오르는 것
　　　　　　　　　　　보다 어렵네

使人聽此凋朱顏　　　사람들에게 이 말을 듣게 한다면 고운 얼굴
　　　　　　　　　　　시들리라

連峯去天不盈尺　　　연이은 봉우리는 하늘과 거리가 지척이고

枯松倒挂倚絕壁　　　마른 소나무 거꾸로 매달려 절벽에 의지했네

飛湍瀑流爭喧豗[15]　　날리는 여울과 폭포가 요란한 소리를 다투고

砯厓轉石萬壑雷[16]　　벼랑의 물소리와 구르는 바위소리로 골짜기
　　　　　　　　　　　마다 천둥 치네

其險也如此　　　그 험난함이 이와 같은데

嗟爾遠道之人胡爲乎來哉?

　　　　　　　　　　　아! 먼 길 간 사람이여 어찌 오시려나?

劍閣峥嶸而崔嵬[17]	검각산은 높고도 험악하여
一夫當關	한 사람이 지키면
萬夫莫開	만 사람도 열지 못하지만
所守或匪親	지키는 자가 친하여 믿을 사람이 아니라면
化為狼與豺[18]	이리나 승냥이로 변하리라
朝避猛虎	아침에는 사나운 범을 피하고
夕避長蛇	저녁에는 긴 뱀을 피해야 하니
磨牙吮血	이빨을 갈고 피를 빨아
殺人如麻	살인을 삼베를 베 듯한다네
錦城雖云樂[19]	금성이 즐겁다고는 하나
不如早還家	빨리 돌아가는 것이 나으리라
蜀道之難難於上青天	촉도로 가는 어려움은 푸른 하늘로 오르는 것보다 어렵네
側身西望長咨嗟	몸을 틀어 서쪽을 바라보며 길게 탄식하네

주석 ⟨⟩

1) 蜀道難(촉도난): 고악부(古樂府)의 곡명(曲名). 〈상화가사(相和歌辭)·슬조곡(瑟調曲)〉에 속함. 촉도는 섬서(陝西)에서 사천(四川)으로 들어가는 도로.

2) 噫吁戲(희우희): 감탄사. 촉인(蜀人)의 방언.

3) 蠶叢及魚鳧(잠총급어부): 잠총과 어부는 전설 속의 고대 촉(蜀)의 국왕들. 유규(劉逵)의 「촉도부주(蜀都賦注)」에 "양웅(揚雄)의 「촉왕본기(蜀王本紀)」에 '촉왕의 선대는 이름이 잠총(蠶叢)·백관(柏灌)·어부(魚鳧)·포택(蒲澤)·개명(開明) 등이다. 이때의 인민들은 추계(椎髻: 상투)하고 방언(嚃言)을 사용하고, 문자를 깨지지 못하고 예악이 없었다. 개명으로부터 위로 잠총까지 3만

4천 년이다'라고 했다"고 했다.

4) 秦塞(진새): 진(秦)나라 땅을 말함. 옛날에 진나라를 '사새지국(四塞之國)'이라 칭하였기 때문에 진새라고 했음. 人煙(인연): 거주자의 밥 짓는 연기. 인가(人家)를 말함.

5) 太白(태백): 태백산. 섬서성 미현(郿縣) 동남쪽에 있음. 관중(關中)에서 가장 높은 산임. 鳥道(조도): 험준한 산길을 말함.

6) 峨眉(아미): 아미산(峨嵋山). 사천성 아미현(峨眉縣) 서남쪽에 있음.

7) 『화양국지(華陽國志)』에 "진(秦)나라 혜왕(惠王)이 촉왕(蜀王)이 미색을 좋아함을 알고 촉나라에 다섯 여자를 시집가도록 허락했다. 촉나라에서 다섯 장정을 파견하여 그들을 맞이하게 했는데, 돌아오는 길에 재동(梓潼)에 이르렀을 때 한 마리 큰 뱀이 굴로 들어가는 것을 보았다. 한 사람이 그 꼬리를 잡고 끌어내려 했으나 제압할 수가 없어서, 다섯 사람이 서로 도와서 크게 소리치며 뱀을 끌어내니 산이 붕괴되어 다섯 사람을 압사시켰다"고 했다.

8) 天梯石棧(천제석잔): 높은 산길에 사다리를 걸치고 돌길을 파서 내놓은 길을 말함.

9) 六龍(육룡): 전설 속의 일신(日神)이 수레에 매는 여섯 마리 용. 수레를 모는 일신은 희화(羲和)라고 함.

10) 猨猱(원노): 원숭이.

11) 靑泥(청니): 고개의 이름. 청니령(靑泥嶺) 혹은 청니판(靑泥坂)이라 함. 섬서성 약양현(略陽縣) 서북에 있음. 盤盤(반반): 길이 굽어서 도는 모양.

12) 捫參歷井(문삼력정): 삼(參)과 정(井)은 별이름. 삼은 촉(蜀)의 분야(分野)이고 정은 진(秦)의 분야임. 脅息(협식): 병식(屛息). 숨을 죽임.

13) 畏途巉巖(외도참암): 외도는 험난하여 두려운 길. 참암은 험준한 바위.

14) 子規(자규): 두견새의 별칭.

15) 喧豗(훤회): 시끄러운 소리.

16) 砯厓轉石(빙애전석): 연안에 부딪히는 물소리와 구르는 바위소리.

17) 劍閣(검각): 검각산(劍閣山). 사천성 검각현(劍閣縣) 북쪽에 있음. **崢嶸而崔**

嶸(쟁영이최외): 쟁영과 최외는 모두 산세가 높고 험한 모양.

18) 이리나 승냥이로 변한다는 것은 모반(謀叛)함을 말함.

19) 錦城(금성): 금관성(金官城). 성도(成都)의 별칭. 지금의 사천성 성도시(成都市) 남쪽에 옛 터가 있음.

평설 ◎◎

- 고려 이제현(李齊賢)의 『역옹패설(櫟翁稗說)』에 "연우(延祐) 병진년에 나는 사명을 받들고 아미산(峨眉山)에서 제사를 올렸는데, 조(趙)·위(魏)·주(周)·진(秦)의 땅을 지나고, 기산(岐山) 남쪽에 이르러, 대산관(大散關)을 넘고, 포성역(褒城驛)을 지나고, 잔도(棧道)에 올라서 검문(劍門)으로 들어가서 성도(成都)에 도착했다. 또 배로 7일을 가니 비로소 이른바 아미산이란 곳에 도착했다. 그로 인하여 이적선(李謫仙)의 〈촉도난〉 '西當太白有鳥道, 可以橫絶峨眉巓' 구를 떠올렸다. 태백산(太白山)은 하남(河南) 서남에 있고, 아미산은 성도 동북에 있어서 현격(懸隔)하다고 하겠다. 그러나 함양에서 수천 리로 성도에 이르는데, 동쪽으로 갈 수도 있고, 서쪽으로 갈 수도 있어서, 그 가는 것이 한 길이 아니다. 또 성도에서 동쪽으로 가서, 북쪽으로 6백여 리를 돈 연후에 아미산에 이른다. 비록 산천과 도로가 구불구불할지라도, 그 형세를 헤아려보면, 인적이 본래 서로 미칠 수 없으니, 조도(鳥道)만이 횡절할 수 있을 뿐이다"라고 했다.

- 『지봉유설』에 "이백의 〈촉도난〉을 『당시해』에서 현종(玄宗)이 촉(蜀)으로 간 것을 읊은 것이라고 했다. 태백이 지은 이 시는 먼저 촉도가 험난하여 천자가 마땅히 갈 곳이 아니라는 것을 말했고, 끝에서 촉중(蜀中)은 험악하여 왕자(王者)가 마땅히 거주할 곳이 아니라고 했다. 대개 승여(乘輿)를 속히 돌이키고자 한 것이다. 나는 이 말이 설득력이 있다고

여긴다. 이백의 〈검각부(劍閣賦)〉를 살펴보니, '送佳人兮此去, 復何時兮歸來, 望夫君兮安極, 我沉吟兮歎息.'이라고 한 것 또한 이런 뜻이다. 본주(本注)에서 이른바 두보를 위해 촉에 있을 때 지은 것이라고 했는데, 잘못이 아닌가 싶다"고 했다.

● 맹계(孟棨)의 『본사시(本事詩)』에 "이태백이 처음 촉(蜀)에서 경사로 왔을 때 여관에서 머물고 있었는데, 하지장(賀知章)이 그 명성을 듣고 먼저 그를 방문하였다. 그 자태를 기이하게 여기고 지은 글을 보고자 청하였다. 〈촉도난〉을 꺼내어 보여주니, 다 읽기도 전에 칭찬하여 감탄한 것이 4번이었고, 적선(謫仙)이라고 불렀다"고 했다.

● 『하악영령집』에 "이백이 지은 문장은 대략 모두 종일(縱逸)한데, 〈촉도난〉과 같은 시편들은 기이하고 또 기이하다고 할 만하다. 그러나 소인(騷人) 이후에는 이 같은 체(體)와 조(調)가 드물다"고 했다.

● 『당시품휘』에 "유수계(劉須溪)가 '묘함이 기복(起伏)에 있고, 그 재사(才思)를 마구 펼쳐서, 어차(語次)의 굴기(崛起)함이 말에 있지 않다'고 했다"고 했다.

● 명나라 사진(謝榛)의 『사명시화(四溟詩話)』에 "구언체(九言體)로 어떤이가 '昨夜西風搖落千林梢, 渡頭小舟卷入寒塘坳'라고 했는데, 성조(聲調)가 산완(散緩)하고 기백(氣魄)이 없다. 다만 태백이 돌출해 낸 2구에 특히 미칠 수가 없다. '上有六龍回日之高標, 下有衝波逆折之回川'이 그것이다'라고 했다.

● 『당음계첨』에 "〈촉도난〉은 본래 고조(古調)이다. 양(梁)나라 진(陳)나라 작가들은 다만 그 험난함만 말했고, 다른 것은 언급하지 못했다. 이백은 장재(張載)의 〈검각행(劍閣行)〉 '一人荷戟, 萬夫趦趄, 形勝之地, 匪親不居' 등의 말을 채용하여 험난함을 믿고 할거(割據)하고, 머물러 역도를

보좌하는 자를 경계했다. 오직 사리(事理)를 넓게 말했기 때문에 큰 것을 포괄하여, 악부의 풍세립교(諷世立敎)의 본지(本旨)에 합치됨이 있다. 다만 한 사람의 사실로 지었다면 세밀함으로 빠져서 도리어 맛이 부족할 것이다"라고 했다.

● 『당시경』에 "〈촉도난〉은 부체(賦體)에 가까운데, 괴오기휼(魁梧奇譎)하여 위대함을 깨닫는다"라고 했다.

● 『당풍정』에 "변환신기(變幻神奇)함이 선(仙)이며 귀(鬼)가 아닌데, 장길(長吉: 李賀)의 마어(魔語)와 비교해보면 어떠한가? 백대(百代)가 되어도 상(象)을 모방할 수 없다. 겨우 뜻만 취한다면 곧 장길의 마중(魔中)으로 들어가게 된다. 통편(通篇)이 기험(奇險)하고, 방의(旁意)를 쓰지 않고 평조(平調)를 쓰지 않았는데, 〈천모(天姥)〉와 〈명고(鳴皐)〉보다 뛰어난 것은 이 때문이다"라고 했다.

양보음 梁甫吟[1]

長嘯梁甫吟	〈양보음〉을 길게 낭송하는데
何時見陽春[2]	언제나 따뜻한 봄을 볼 수 있을까?
君不見	그대 보지 못했는가?
朝歌屠叟辭棘津[3]	조가에서 소 잡던 노인이 극진을 떠나
八十西來釣渭濱	팔십에 위수 가에서 낚시함을!
寧羞白髮照淥水	백발이 맑은 물에 비춤을 수치스럽게 여기고
逢時吐氣思經綸	좋은 시운에 기를 토하며 경륜할 것을 생각하며
廣張三千六百釣	삼천육백 날을 낚시하였는데

風期暗與文王親[4]	풍기가 남몰래 문왕과 친하였네
大賢虎變愚不測[5]	대현의 호변을 어리석은 사람은 예측하지 못하니
當年頗似尋常人	당년엔 자못 보통사람과 같았다네
君不見	그대 보지 못했는가?
高陽酒徒起草中[6]	고양의 주도가 초야에서 일어나서
長揖山東隆準公[7]	산동의 융준공에게 길게 읍만 했음을!
入門不拜騁雄辨	문에 들어서서 절하지 않고 웅변을 토하니
兩女輟洗來趨風[8]	두 여자에게 씻는 걸 멈추게 하고 질풍처럼 왔네
東下齊城七十二	동쪽으로는 제나라 성 일흔 둘을 항복시키고
指麾楚漢如旋蓬[9]	초와 한나라를 지휘하길 날리는 쑥대처럼 했네
狂生落拓尚如此	광생의 낙척함이 오히려 이와 같았는데
何況壯士當羣雄	하물며 장사가 여러 영웅을 당함에 있어서랴
我欲攀龍見明主[10]	나는 반룡하여 명주를 알현코자 하는데
雷公砰訇震天鼓[11]	뇌공이 우르릉 천고를 진동하네
帝旁投壺多玉女[12]	상제 옆에는 투호하는 옥녀들이 많은데
三時大笑開電光[13]	삼시에 크게 웃으며 전광을 여니
倏爍晦冥起風雨[14]	어둠 속에 번개 치고 풍우가 일어나네
閶闔九門不可通[15]	궁궐의 성문을 통할 수가 없어
以額叩關閽者怒	이마로 문을 두들기니 문지기가 화를 내네
白日不照吾精誠	밝은 해가 내 정성을 비추지 않으니
杞國無事憂天傾[16]	기나라 일도 없는데 하늘이 무너질까 걱정하네
猰貐磨牙競人肉[17]	알유는 이를 갈아 인육을 다투고
騶虞不折生草莖[18]	추우는 자라난 풀줄기를 꺾지 않네

手接飛猱搏彫虎[19]　손으로 나는 원숭이를 잡고 무늬 있는 범을 치며

側足焦原未言苦[20]　발을 오므리고 초원에서 고통을 말하지 않네

智者可卷愚者豪[21]　지혜로운 자는 숨는데 어리석은 자가 날뛰고

世人見我輕鴻毛　세상 사람들은 나를 기러기 깃털처럼 가볍게 보네

力排南山三壯士　힘으로 남산을 밀칠 수 있는 세 장사를

齊相殺之費二桃[22]　제상이 죽이는데 복숭아 두 알만 소비했다네

吳楚弄兵無劇孟　오초에서 반란했을 때 극맹이 없었음을

亞夫咍爾爲徒勞[23]　아부가 비웃으며 헛수고라고 했네

梁父吟, 聲正悲　〈양보음〉은 가락이 진정 슬픈데

張公兩龍劒[24]　장공의 두 자루 용검

神物合有時　신물의 합쳐짐은 때가 있다네

風雲感會起屠釣　풍운에 감회할 때 백정과 낚시꾼을 일으키며

大人𡾃屼當安之[25]　대인의 불안도 마땅히 편안하게 하리라

주석 ᧒

1) 梁甫吟(양보음): 옛 〈상화가사(相和歌辭)·초조곡(楚調曲)〉에 〈양보행음(梁父行吟)〉이 있음. 양보(梁甫)는 양보(梁父)와 같은데 산 이름임. 태산(泰山) 부근에 있음. 장형(張衡)의 〈사수시(四愁詩)〉에 "我所思兮在泰山, 欲往從之梁甫艱"이라 했는데, 이선(李善)의 주(注)에 태산은 군자를 비유하고, 양보산은 소인을 비유한다고 했음. 제갈량(諸葛亮)이 지었다고 전해지는 〈양보음〉 또한 여기에서 뜻을 취한 것임.

2) 『초사(楚辭)·구변(九辨)』에 "恐溘死而不得見乎陽春"이라 했음. 생전에 태평 시절을 보지 못할 것을 근심한 것임.

3) 태공망(太公望) 여상(呂尙)은 50살에 극진(棘津)에서 장(漿)을 팔았고, 70살

에 조가(朝歌)에서 소 잡는 백정이었으며, 80세에 위수(渭水)에서 낚시를 했
는데, 낚시한 지 10년 만에 문왕(文王)을 만나서 상(相)에 임명되고 제(齊)에
봉해졌음. 조가(朝歌)는 상(商)나라의 별도(別都)로서 지금의 하남성 기현(淇
縣). 극진(棘津)은 지금의 하남성 연진현(延津縣).

4) 風期(풍기): 풍도(風度)와 지취(志趣).

5) 大賢虎變(대현호변): 『역(易)·혁괘(革卦)』에 "大人虎變"이라 했음. 호변은
   호랑이의 가죽무늬가 옛 털을 벗고 새 털로 빛난다는 것.

6) 高陽酒徒(고양주도): 역이기(酈食其)의 자칭(自稱). 고양(高陽)은 하남성 기
   현(杞縣). 역이기는 진류(陳留) 고양(高陽) 사람으로 독서를 좋아하고 집이
   가난하여 낙백(落魄)했으나 의식업(衣食業)에 종사하지 않아서 사람들이 광
   생(狂生)이라 불렀음. 나중에 유방(劉邦)에게 발탁되었음.

7) 隆準公(융준공): 유방(劉邦)을 말함. 융준은 높은 코를 말함. 『사기(史記)·
   고조본기(高祖本紀)』에 "高祖爲人, 隆準而龍顔"이라 했음.

8) 『사기』에 의하면, 유방(劉邦)이 고양(高陽)을 지나갈 때 역이기가 알현을 했
   는데, 마침 유방은 상 위에 앉아 두 여인에게 발을 씻게 하고 있었다. 역이기
   는 읍만 하고 절을 하지 않은 채 장자(長者)를 예우하지 않는다고 꾸짖었다.
   유방은 즉시 두 여인에게 발 씻게 하는 것을 멈추게 하고 의관을 갖추고 그
   를 상좌에 앉히고 겸양했다. 그리고 역이기를 광야군(廣野君)으로 봉했는데,
   역이기는 제(齊)나라를 설득하여 70여 성(城)을 취했다고 했음. 趨風(추풍):
   바람처럼 빠르게 달려오는 것. 겸양함을 말함.

9) 旋蓬(선봉): 바람 따라 날아 구르는 쑥대. 가볍고 쉬움을 말함.

10) 攀龍(반룡): 반룡부봉(攀龍附鳳). 제왕에게 의부(依附)하여 공업을 성취하는
    것. 혹은 명망가에게 의부하여 명성을 세우는 것.

11) 雷公(뇌공): 뇌신(雷神). 砰訇(팽굉): 천둥의 큰 소리. 天鼓(천고): 천둥을 말함.

12) 『신이경(神異經)·동황경(東荒經)』에 "동왕공(東王公)이 옥녀(玉女)와 투호
    (投壺)를 할 때 매번 천이백 교(矯)를 던졌다. 가령 들어가서 나오지 않을 때
    는 하늘이 좋아라고 소리치고, 교(矯)가 들어가지 않고 벗어나면 하늘이 그것
    을 비웃었다"고 했다. 장화(張華)의 주에 "비웃는다는 것은 천구(天口)에서

불이 흘러나와 빛나는 것이다. 지금 하늘에서 비를 내리지 않고 전광(電光)이 있는데, 이것이 천소(天笑)이다"라고 했다.

13) 三時(삼시): 봄, 여름, 가을 세 계절.

14) 倏爍(숙삭): 섬광(閃光)을 말함.

15) 閶闔九門(창합구문): 궁궐의 성문.

16) 『열자(列子)·천서편(天瑞篇)』에 "기(杞)나라의 어떤 사람이 천지가 무너지면 있을 곳이 없음을 걱정하며 침식을 폐했다"고 했다.

17) 猰貐(알유): 전설 속의 맹수.

18) 騶虞(추우): 전설 속의 흑색 문양의 흰 호랑이. 꼬리가 몸길이보다 더 길며, 살아있는 동물을 먹지 않고 자라난 풀 위로는 달려가지 않는다고 함.

19) 장형(張衡)의 〈사현부(思玄賦)〉 "執彫虎而試象兮, 阽焦原而跟趾"라고 했음. 『시자(尸子)』에 "中黃伯曰: '余左執太行之貜, 右搏雕虎, 唯象未與, 吾心試焉. 有力者則又願爲牛, 欲與象鬪以自試'"라고 했음. 비유(飛猱)는 날아가듯 날랜 원숭이이며, 조호(彫虎)는 무늬 있는 호랑이.

20) 『시자』에 또한 "莒國有石焦原者, 廣五十步, 臨百仞之谿. 莒國莫敢近也"라고 했음. 초원(焦原)은 춘추시대 거국(莒國)에 있는 큰 바위 이름. 너비가 50보이고, 백 길의 계곡에 매달려 있어서 위험하다고 함.

21) 『논어·위령공(衛靈公)』에 "君子哉蘧伯玉, 邦有道則仕, 邦無道則可卷而懷之"라고 했음.

22) 제(齊)나라 경공(景公) 때 공손접(公孫接), 전개강(田開疆), 고야자(古冶子) 등세 장사가 있었는데 모두 호랑이를 잡을 정도로 용력이 있었다. 안영(晏嬰)이 그들의 불손함에 원한을 품고, 경공을 사주하여 그들에게 복숭아 두 개를 내려주도록 하고, 공이 높은 두 사람이 먹도록 하였음. 세 사람이 자신의 공적을 내세우며 복숭아를 다투다가 우열을 가리지 못하고 각각 자살하였음. 제나라 재상은 곧 안영이다.

23) 亞夫(아부): 주발(周勃)의 자(字). 한(漢)나라 패(沛) 사람으로 한나라 건국에 공을 세워 조후(條侯)에 봉해졌음. 경제(景帝) 때 오초(吳楚)의 7국이 반란했

을 때 토벌하러 갔다가 하남(河南)에서 극맹(劇孟)을 얻고서, 반란군들이 극맹을 기용하지 않았음을 비웃었다.

24) 張公(장공): 장화(張華)를 말함. 진(晉)나라 사공(司空) 장화가 밤에 자기(紫氣)가 두우성(斗牛星) 사이를 쏘아지고 있는 것을 보고, 뇌환(雷煥)을 파견하여 보검을 찾게 했다. 뇌환은 간장(干將)과 막야(莫邪) 두 보검을 찾았는데, 간장 한 자루만 장화에게 보내고 나머지 한 자루는 자신이 간직했다. 두 사람이 죽은 후 두 용검(龍劍)이 합쳐졌다고 함.

25) 峍屼(얼올): 불안한 모양.

평설 ᏨᏕ

• 『당시경』에 "기백이 내달림이 풍우가 땅에 몰아치는 듯하여 사방 좌석을 놀라게 하여 일으킨다"라고 했다.

• 『당시평선』에 "장편이 고의(古意)를 잃지 않는 것은 지극히 어렵다. 제갈량의 옛 시어 '二桃三士'를 좁은 점에다 끼워 넣어 국면을 기절(奇絶)하게 폈다. 소자첨(蘇子瞻: 蘇軾)이 이 법을 취해다가 '燕子樓空' 3구를 지었는데, 곧 독득(獨得)한 것을 스스로 붙인 것이다"라고 했다.

• 『구북시화』에 "〈양보음〉은 오로지 여상(呂尙)과 역생(酈生)을 읊어서 사대부가 때를 만나지 못하여 남들에게 경시를 당한 이후에 공을 이룬다는 것을 보였다"고 했다.

오야제 烏夜啼[1]

黃雲城邊烏欲棲   누런 구름 낀 성 주변에 까마귀가 깃들려고

歸飛啞啞枝上啼　　　날아 돌아와 까악까악 나뭇가지 위에서 우네
機中織錦秦川女[2]　　베틀에서 비단 짜는 진천 여자
碧紗如煙隔窗語　　　푸른 비단 안개 같은데 창을 격해 중얼대네
停梭悵然憶遠人　　　북을 멈추고 슬프게 먼 곳의 사람을 생각하며
獨宿孤房淚如雨　　　외로운 방에서 홀로 자며 눈물이 빗물 같네

주석

1) 烏夜啼(오야제): 악부 〈청상곡(淸商曲)·서곡가(西曲歌)〉에 속함.

2) 『진서(晉書)』에 "두도(竇滔)의 처 소씨(蘇氏)는 시평(始平) 사람인데, 이름은 혜(蕙)이고 자는 약란(若蘭)이며 글을 잘 지었다. 부견(符堅) 때 두도가 진주 자사(秦州刺史)로 있다가 유사(流沙)로 쫓겨났다. 소씨가 그를 그리워하며 비단을 짜서 〈회문선도시(廻文旋圖詩)〉를 지어서 두도에게 주었다. 완전순 환(宛轉循環)하며 읽을 수 있었는데, 말이 몹시 슬펐다. 모두 8백 4십 글자였 다"라고 했다. 북조(北朝) 유신(庾信)의 〈오야제〉에 "彈琴蜀郡卓家女, 織錦秦 川竇氏妻"라고 했다. 진천(秦川)은 함곡관(函谷關)에서 서안(西安)에 이르는 부근.

평설

• 『성호사설』에 "이백의 〈오야제〉는 자세히 보면 더욱 맛이 있는데, 이에 그 해설을 지어보겠다. 천기(天氣)가 창창(蒼蒼)한 것을 청운(靑雲)이라 고 하고, 지기(地氣)가 혼황(昏黃)한 것을 황운(黃雲)이라 한다. 이백의 시 중에는 이를 사용함이 많은데, 구(句)가 모두 이런 의미이다. '오서(烏 棲)'는 봄의 저녁이다. '귀비(歸飛)'는 날이 저무는 것이다. 바로 정부(征 婦)가 사람을 그리워하는 때이다. '직금(織錦)'은 소혜(蘇蕙)의 선기도(璇

機圖)의 일을 사용했다. 단지 '격창어(隔窓語)'라고 말했으나, 말을 알 수 있으니, 반드시 까마귀소리를 듣고 혼자 중얼거린 것이다. 미물도 돌아올 줄 아는데, 사람만 그렇지 못하니, 무엇 때문인가? 원매(怨罵)의 정과 완약(婉約)한 자태를 완연히 눈으로 보는 듯하다. 그 '억원인(憶遠人)' 3 글자는 곧 파제어(破題語)이다. 이는 천고의 규사(閨思) 중의 관절(冠絶)인데, 우의(寓意)도 또한 깊다. 이런 것을 귀신을 울린다고 하는데, 그렇지 않은가?"라고 했다.

● 『당시품휘』에 "유수계(劉須溪)가 '말은 이것보다 깊은 것이 있지만, 그러나 정이 이른 바는 모두 이것보다 못하니, 또한 반드시 깊을 필요가 없다. 대개 악부를 말하는 사람은 이를 알지 못한다'고 했다"고 했다.

● 『당시선』에 "언외에서 정을 보이지 않음이 없다"라고 했다.

● 『당시별재』에 "온함(蘊含)이 심원하니, 언어의 번거로움이 필요없다"고 했다.

오서곡 烏棲曲[1]

姑蘇臺上烏棲時[2]	고소대 위에 까마귀 깃들 때
吳王宮裏醉西施	오왕의 궁중엔 서시가 취했네
吳歌楚舞歡未畢	오나라 노래 초나라 춤 즐거움이 끝나지 않았는데
青山猶銜半邊日	청산은 지는 해를 머금고자 하고
銀箭金壺漏水多[3]	은화살 청동 항아리 물시계의 물이 많이 줄었네
起看秋月墜江波	일어나 가을달이 강 물결로 떨어짐을 보는데

東方漸高奈樂何   동방이 점차 밝아지니 이 즐거움을 어이하랴!

주석 ⟨⟩

1) 烏棲曲(오서곡): 악부 〈청상곡(淸商曲)·서곡가(西曲歌)〉에 속함.

2) 姑蘇臺(고소대): 춘추시대 오왕(吳王) 합려(闔閭)가 창건하고, 부차(夫差)가 증축한 대(臺). 지금의 강소성 소주시(蘇州市) 서남쪽 고소산(姑蘇山) 위에 있음. 대 위에 춘소궁(春宵宮)을 세우고, 천지(天池)를 파고, 청룡주(青龍舟)를 띄우고 부차와 서시(西施)가 밤낮으로 음주와 가무를 즐겼다고 함. 서시는 월(越)나라 미녀. 선시(先施)라고 하고, 별명은 이광(夷光)임. 월나라 저라산(苧羅山) 사람. 범려(范蠡)가 미인계로써 부차에게 헌납하였음. 오나라가 망한 후 서시는 범려와 함께 오호(五湖)로 떠났다고 전함.

3) 銀箭金壺(은전금호): 물시계를 말함.

평설 ⟨⟩

● 『본사시』에 "하지장(賀知章)이 또 그 〈오서곡〉을 보고서 감탄하며 골똘히 읊조려보고서 '이 시는 귀신을 울게 할 수 있을 것이다'라고 했다. 그래서 두자미가 준 시에서 이것을 언급했다"라고 했다.

● 『당시품휘』에 "소사빈(蕭士贇)이 '이 악부는 〈국풍〉의 자시(刺詩)의 체를 깊이 얻었다'고 했다"고 했다.

● 『비점당시정성』에 "풍격과 음조가 만세(萬世)의 조(祖)이다. '吳歌' 이하는 곧 오나라가 패망하는 화를 가졌음을 깨닫게 한다. '起看秋月' 2구에 이르면 의사(意思)가 위완(委婉)한데 반복하여 풍송(諷誦)해보면 눈물을 나오게 한다"고 했다.

- 『당시선맥회통평림』에 "이는 오궁(吳宮)의 일을 빌려서 명황과 양귀비가 긴 밤 동안 음락(飮樂)함을 풍자한 것이다. 용삭(熔爍)하여 형성하고, 변화가 절로 이루어졌는데, 곧 도끼를 내던져서 깎아놓은 것이다"라고 했다.

- 『당풍정』에 "정사(情思)는 또한 제가(諸家)들도 지닌 바인데, 말을 토함이 표묘(縹渺)하고, 말이 운하(雲霞)를 띠고 있음은 모두 미칠 수 없다"고 했다.

- 『당시귀』에 "종성(鍾惺)이 '애락(哀樂)과 함정(含情)의 묘가 모두를 설파하지 않음에 있다'고 했다"고 했다.

- 『당시별재』에 "말구는 즐거움은 오래가기 어렵다는 것이다. 한 단구(單句)로 묶었는데, 격(格)이 묘하다"고 했다.

장진주 將進酒[1]

君不見	그대 보지 못했는가?
黃河之水天上來	황하의 물이 하늘에서 내려와
奔流到海不復回	괄괄 흘러 바다에 이르면 다시 돌아오지 못함을!
君不見	그대 보지 못했는가?
高堂明鏡悲白髮	고당의 밝은 거울 앞에서 백발을 슬퍼하는데
朝如青絲暮成雪[2]	아침의 검은 머리가 저녁에는 하얗게 됨을!
人生得意須盡歡	인생에서 기회를 얻으면 반드시 즐겨야 하니
莫使金樽空對月	금 술잔 쓸쓸하게 달빛을 대하게 하지 마오

天生我材必有用	하늘이 내 재간을 냄은 필히 쓸모 있어서이리라
千金散盡還復來	천금은 다 써버려도 다시 돌아올 수 있다네
烹羊宰牛且爲樂	양을 삶고 소를 잡아 다시 즐겨보세
會須一飮三百杯[3]	한 차례 마실 때는 반드시 삼백 잔을 들어야 하리
岑夫子, 丹丘生[4]	잠부자여 단구생이여
將進酒, 杯莫停	술을 권하니 잔을 멈추지 마오
與君歌一曲	그대들에게 노래 한 곡 불러주려 하니
請君爲我傾耳聽	그대들은 나를 위해 귀 기울여 주오
鐘鼓饌玉不足貴[5]	음악과 좋은 음식은 귀할 것이 없지만
但願長醉不復醒	다만 영원히 취하여 깨어나지 않기를 바라네
古來聖賢皆寂寞	옛날 성현들은 모두 잊혀졌지만
唯有飮者留其名	오직 술꾼들만 그 이름을 남겼다네
陳王昔時宴平樂[6]	진왕이 그 옛날 평락관에서 잔치할 때
斗酒十千恣歡謔	한 말 술이 일만 전인데 마음껏 놀았다네
主人何爲言少錢	주인은 어찌 돈이 없다고 말하시오?
徑須沽取對君酌	곧 술을 사와 그대와 대작할 것이니
五花馬, 千金裘[7]	오화마와 천금의 갖옷을
呼兒將出換美酒	아이 불러 가지고 가서 좋은 술과 바꿔오게 하여
與爾同銷萬古愁	그대들과 함께 만고의 시름을 풀리라

주석

1) 將進酒(장진주): 한(漢)나라 〈고취요가십팔곡(鼓吹鐃歌十八曲)〉 중의 하나.

2) 靑絲(청사): 흑발(黑髮).

3) 『세설신어(世說新語)·문학편(文學篇)』주(注)에 "원소(袁紹)가 정현(鄭玄)을 임용했는데, 떠나갈 때 성동(城東)에서 전별하면서 정현을 반드시 취하게 하고자 했다. 모인 사람이 3백여 사람이었는데 모두가 자리에서 일어나 술잔을 올렸다. 아침부터 저녁까지 정현에게 3백여 잔을 마시게 했지만 온화한 얼굴로 끝까지 태만함이 없었다"고 했다.

4) 岑夫子(잠부자): 잠징군(岑徵君). 丹丘生(단구생): 원단구(元丹丘). 모두 이백의 벗들로서 이백의 시집에 그들에게 준 시가 있음.

5) 鐘鼓饌玉(종고찬옥): 음악과 좋은 음식.

6) 陳王(진왕): 조식(曹植). 위(魏)나라 명제(明帝) 태화(太和) 6년(232)에 진왕(陳王)으로 봉해졌음. 조식의 〈명도편(名都篇)〉에 "歸來宴平樂, 美酒斗十千"이라 했음. 평락(平樂)은 관명(觀名). 지금의 하남성 낙양시(洛陽市) 부근에 옛 터가 있음.

7) 五花馬(오화마): 털이 오화문(五花文)을 이루는 말. 千金裘(천금구): 『사기·맹상군전(孟嘗君傳)』에 "맹상군이 호백구(狐白裘) 한 벌을 가졌는데, 값이 천금이고 천하에 둘이 없었다"고 했다.

평설 ⌒

• 『당시선맥회통평림』에 "수정(周挺)이 '넌서 「황하」로써 흥을 일으키시 사람들의 나이와 모습이 금방 변함은 황하가 돌아올 수 없는 것과 같음을 보이었다. 한 편의 주의(注意)는 모두 「人生得意須盡歡, 莫使金樽空對月」 두 구에 있다"고 했다.

• 『이암설당시』에 "태백의 이 노래는 가장 호방하여 재기(才氣)가 천고에서 무쌍이다"고 했다.

양양가 襄陽歌[1]

落日欲沒峴山西[2]	지는 해는 현산 서쪽으로 사라지는데
倒著接䍦花下迷[3]	접리를 거꾸로 쓰고 꽃 아래서 헤매네
襄陽小兒齊拍手	양양의 꼬마들이 일제히 박수치며
攔街爭唱白銅鞮	길을 막고 다투어 <백동제>를 합창하네
傍人借問笑何事	옆 사람이 무슨 일로 웃느냐고 물어보니
笑殺山公醉似泥[4]	산공의 만취함을 비웃는다네
鸕鷀杓, 鸚鵡杯[5]	노자표! 앵무배!
百年三萬六千日	백년의 삼만 육천일 동안
一日須傾三百杯	하루에 반드시 삼백 잔을 기울어야 하리라
遙看漢水鴨頭綠[6]	멀리 한수의 녹색을 보니
恰似蒲萄初醱醅[7]	포도주가 처음 발효된 것과 흡사하네
此江若變作春酒	이 강이 봄 술로 변한다면
壘麴便築糟邱臺[8]	누룩을 포개어 곧 조구대를 쌓으리라
千金駿馬換少妾[9]	천금의 준마를 소첩과 바꾸어서
醉坐雕鞍歌落梅[10]	안장에 취해 앉아 <낙매가>를 부르리라
車傍側挂一壺酒	수레 옆에 술 한 병 매달아놓고
鳳笙龍管行相催[11]	봉황 생과 용 피리로 서로 마시기를 재촉하네
咸陽市上歎黃犬[12]	함양 시장에서 황견을 탄식했으니
何如月下傾金罍	달빛 아래 금 술통을 기울임이 어떠한가?
君不見	그대는 보지 못했는가?
晉朝羊公一片石[13]	진나라 양공의 한 조각 비석의
龜龍剝落生莓苔	거북과 용 문양이 깎여지고 이끼가 낀 것을!

淚亦不能爲之墮	눈물도 또한 그것을 위해 흘려줄 수 없고
心亦不能爲之哀	마음 또한 그것을 슬퍼해 줄 수가 없다네
誰能憂彼身後事	누가 저 죽은 후의 일을 근심해 주겠는가?
金鳧銀鴨葬死灰[14]	금오리 은오리도 사장되어 재가 된다네
清風朗月不用一錢買	청풍과 명월은 사는 데 일전도 들지 않고
玉山自倒非人推[15]	옥산은 절로 무너지니 남이 밀친 것이 아니네
舒州杓, 力士鐺[16]	사주표! 역사당!
李白與爾同死生	이백은 너희와 생사를 함께 하리라
襄王雲雨今安在[17]	양왕의 운우지정은 지금 어디에 있는가?
江水東流猿夜聲	강물은 동으로 흐르고 원숭이만 밤에 우네

주석 ꙮ

1) **襄陽歌(양양가)**: 양양악(襄陽樂). 악부곡명. 『수서(隋書)·악지(樂志)』에 "양 무제(梁武帝)가 옹진(雍鎭)에 있을 때, 동요(童謠)에 '양양(襄陽)의 백동제(白 銅蹄)가 도리어 양주아(揚州兒)들을 결박했네'라고 했는데, 어떤 식자(識者) 가 말하기를 '동제(銅蹄)는 말[馬]이고, 백(白)은 금색(金色)이다'라고 했다. 의 사(義師)를 일으킬 때, 실로 철기(鐵騎)로써 양주의 병사들을 모두 투항하게 했는데 과연 동요와 같았다. 그래서 즉위 후에 곧 신성(新聲)을 짓고 황제도 스스로 그 가사 3곡을 짓고, 또한 심약(沈約)에게 3곡을 짓도록 하여서 관현 (管絃)으로 연주하게 했다"고 했다. 『고금악록(古今樂錄)』에 "〈양양답동제(襄 陽蹋銅蹄)〉는 '양무제가 서하(西下)에서 지은 것이다. 심약이 또한 그 화답을 짓기를 「〈양양백동제〉는 성덕(盛德)이 하늘에 감응하여 온 것이다」라고 했 다. 천감(天監) 초에는 무인(舞人)이 16인이었는데, 나중에 8인이었다'라고 했다"라고 했다.

2) **峴山(현산)**: 일명 현수산(峴首山). 호북(湖北) 양양현(襄陽縣) 동남 9리에 있음.

3) 接籬(접리): 백모(白帽). 흰 모자.

4) 山公(산공): 진(晉)나라 산간(山簡). 자는 계륜(季倫). 『세설신어(世說新語)・임탄편(任誕篇)』에 "산계륜(山季倫)이 형주태수(荊州太守)였을 때, 때때로 나가서 감창(酣暢)했는데 사람들이 그것을 노래하여 '산공(山公)이 때때로 한 번 취하면, 곧 고양지(高陽池)로 간다네. 날 저물어서 거꾸로 실려 오며, 만취한지도 모른다네. 다시 준마를 타고서, 백접리(白接籬)를 거꾸로 쓰네. 손을 들고 갈강(葛疆)을 물어보며, 병주아(幷州兒)는 어떠하냐고 하네'라고 했다"고 했다.

5) 鸕鷀杓(노자표): 가마우지 모양의 술구기. 鸚鵡杯(앵무배): 앵무새 모양의 술잔. 『낭현기(瑯嬛記)』에 "금모(金母)가 여러 신선들을 불러서 적수(赤水)에서 연회할 때 좌석에 벽옥앵무배(碧玉鸚鵡杯)와 백옥노자표(白玉鸕鷀杓)가 있었는데, 술잔이 비워지면 구기가 스스로 술을 떠서 담았고, 마시려고 하면 술잔이 저절로 들려졌다"고 했다.

6) 鴨頭綠(압두록): 녹색. 왕기(王琦)의 『이태백문집』 주에 "안사고(顔師古)의 〈급취편주(急就篇註)〉에 '봄풀과 닭의 꽁지와 물오리의 목털은 모두 직물에 물들이면 색이 그것과 같다로 한다. 지금 염색업자들이 압두록 혹은 취모벽(翠毛碧)이라 한다'고 했다"고 했음.

7) 정대창(程大昌)의 『연번로속집(演繁露續集)』에 "전희백(錢希白)의 『남부신서(南部新書)』에 '태종(太宗)이 고창(高昌)을 격파하고, 마유포도(馬乳葡萄)를 가져와 원중(苑中)에 심고, 아울러 주법(酒法)을 얻었다. 곧 스스로 그것을 헤아려서 주조(酒造)하니 녹색이었는데, 장안(長安)에서 처음으로 그 맛을 알았다. 태백이 포도주의 색을 녹색이라고 한 것은 대개 여기에 근본한 것이다'라고 했다"라고 했다. 醱醅(발배): 양조(醸造)하여 아직 걸러내지 않은 술.

8) 糟邱臺(조구대): 술지게미로 만든 누대. 『한시외전(韓詩外傳)』에 "걸(桀)이 주지(酒池)를 만들었는데, 배를 운행할 수 있었고, 조구(糟丘)를 10리에서 바라볼 수 있었고, 한 번 북을 치면 소처럼 엎드려 마시는 사람이 3천 명이었다"고 했다.

9) 『독이지(獨異志)』에 "후위(後魏) 조창(曹彰)은 성격이 척당(倜儻)했는데, 우연

히 준마(駿馬)를 만나서 좋아하게 되었는데, 그 주인이 아끼는 것이었다. 창이 '나에게 미첩(美妾)들이 있는데 말과 바꿀 수 있으니, 다만 그대가 선택하도록 하라'고 했다. 말 주인이 한 기녀를 가리키자, 창은 마침내 그녀를 말과 바꾸었다. 말의 이름은 백골(白鶻)이었는데, 나중에 사냥할 때 문제(文帝)에게 헌상했다"고 했다.

10) 落梅(낙매): 곡명. 한(漢)나라 횡취곡(橫吹曲)에 〈매화락(梅花落)〉이 있음. 원래 적(笛)으로 부는 곡인데, 당나라 대각곡(大角曲)에도 〈대매화(大梅花)〉와 〈소매화(小梅花)〉곡이 있음.

11) 鳳笙(봉생): 『설문(說文)』에 "생(笙)은 13황(簧)인데, 봉황의 몸을 형상했고, 정월(正月)의 음(音)이다"고 했음. 龍管(용관): 용의 소리가 나는 피리.

12) 진(秦)나라 승상 이사(李斯)가 조고(趙高)의 모함을 받고 사형에 처해질 때, 함양(咸陽) 시장의 형장(刑場)으로 끌려가면서 그 아들에게 다시는 황견(黃犬)을 끌고 사냥을 하지 못할 것을 탄식했다고 함.

13) 晉朝羊公(진조양공): 『진서(晉書)·양호전(羊祜傳)』에 "양호는 산수를 좋아하여 항상 풍경이 좋으면 반드시 현산(峴山)으로 가서 술을 갖추어놓고, 담소하고 읊조리며 종일 피곤해 하지 않았다. 양호가 죽자, 양양(襄陽)의 백성들이 현산의 양호가 평생 노닐고 쉬던 곳에다 비석을 세우고 사당을 건립하고, 세시마다 제사를 올렸다. 그 비석을 보는 자는 눈물을 흘리지 않은 자가 없었는데, 두예(杜預)가 그로 인하여 '타루비(墮淚碑)'라고 이름 지었다"고 했다.

14) 金鳧銀鴨(금부은압): 금과 은으로 만든 오리. 모두 황제묘지의 부장품(副葬品)임.

15) 玉山自倒(옥산자도): 『세설신어·용지편(容止篇)』에 "산공(山公)이 '혜숙야(嵇叔夜)의 인물 됨됨이는 암암(巖巖)하기가 고송(孤松)이 홀로 서있는 듯하고, 그 취했을 때는 괴아(傀俄)함이 옥산(玉山)이 장차 무너지려 하는 것과 같다'고 했다"고 했다.

16) 舒州杓(서주표): 서주(舒州)에서 생산된 구기[杓]. 토공(土貢)으로 주기(酒器)를 헌상했음. 서주는 지금의 안휘성 잠산현(潛山縣). 力士鐺(역사당): 노구솥의 이름. 『신당서·위견전(韋堅傳)』에 "예장(豫章)의 역사자음기(力士瓷飮

323

器)와 명당(茗鐺)과 솥[釜]가 있었다"고 했음.

17) 襄王雲雨(양왕운우): 초(楚)나라 양왕이 무산(巫山)의 신녀(神女)를 만났다는 운우지정(雲雨之情)의 고사.

평설 ～

* 『당시별재』에 "묘함이 형용(形容)함에 있다. 양숙자(羊叔子)의 현산비(峴山碑)도 오히려 마멸되어 눈물을 흘려줄 사람도 없는데, 하물며 보통의 부귀는 말할 것이 있겠는가? 재능을 숨기고 음주를 즐거움으로 삼는 것만 못하다. '淸風明月' 두 말은 구양공(歐陽公: 歐陽修)이 천고를 놀라게 할 수 있다고 했는데, 참으로 그러하다"고 했다.

꿈에 천모산을 유람하며 이별을 읊다 夢遊天姥, 吟留別[1]

海客談瀛洲[2]	바다 길의 객이 영주를 말하며
煙濤微茫信難求	안개와 파도로 희미하여 참으로 찾기 어렵다네
越人語天姥	월땅의 사람이 천모산을 말하며
雲霓明滅或可覩	구름과 무지개가 명멸하지만 간혹 볼 수도 있다네
天姥連天向天橫	천모산은 하늘에 닿아 하늘을 가로지르고
勢拔五嶽掩赤城[3]	형세가 오악보다 높아서 적성산을 가린다네
天台四萬八千丈[4]	천태산은 사만 팔천 길인데
對此欲倒東南傾	이 산을 마주하고 동남쪽으로 기울려고 한다네
我欲因之夢吳越	나는 천태산으로 인하여 오와 월땅을 꿈꾸었네
一夜飛度鏡湖月[5]	하룻밤에 경호의 달빛을 날아 넘어가니

湖月照我影	호수의 달은 내 그림자를 비추고
送我至剡溪[6]	나를 전송하여 섬계에 이르렀네
謝公宿處今尚在[7]	사공이 머물었던 곳은 지금 어디에 있는가?
淥水蕩漾淸猨啼	푸른 물결 출렁이며 원숭이 울음이 맑네
脚著謝公屐[8]	발엔 사공의 나막신을 신고
身登靑雲梯	몸은 푸른 구름 속 사다리를 오르네
半壁見海日	중간 절벽에서 바다 해를 보니
空中聞天鷄[9]	공중에서 천계의 우는 소리가 들리네
千巖萬轉路不定	천 개 바위가 만 번 돌아 길이 일정치 않고
迷花倚石忽已暝	꽃에 홀리고 바위에 기대니 문득 이미 어둡네
熊咆龍吟殷巖泉	곰 포효하고 용 신음하며 바위 폭포가 뇌성치니
慄深林兮驚層巓	깊은 숲에 전율하고 높은 봉우리에 놀라네
雲靑靑兮欲雨	구름은 푸른데 비가 오려 하고
水澹澹兮生煙[10]	물결 출렁이며 안개가 피어나네
列缺霹靂[11]	번개 치고 천둥이 울리고
丘巒崩摧	산봉우리들이 무너져 내리네
洞天石扇[12]	동천의 바위 문이
訇然中開	우르릉 중간이 열리니
靑冥浩蕩不見底	푸른 하늘 드넓어 밑을 볼 수 없고
日月照耀金銀臺[13]	해와 달이 금은대를 밝게 비추네
霓爲衣兮風爲馬	무지개를 옷으로 삼고 바람을 말로 삼아서
雲之君兮紛紛而來下[14]	
	운지군이 분분하게 내려오네

虎鼓瑟兮鸞迴車[15]　　　호랑이가 슬을 타고 난새가 수레를 돌리고

仙之人兮列如麻[16]　　　선인들이 삼대처럼 늘어섰네

忽魂悸以魄動　　　　　문득 혼백이 놀라 깨어나니

怳驚起而長嗟　　　　　황홀히 놀라 일어나서 길게 탄식하네

惟覺時之枕席　　　　　다만 때가 잠자리임을 깨닫는데

失向來之煙霞　　　　　조금 전의 안개와 놀은 잊고 말았네

世間行樂亦如此　　　　세간의 행락 또한 이와 같으니

古來萬事東流水　　　　예로부터 만사가 동쪽으로 흘러가는 물과 같네

別君去時何時還　　　　그대와 이별하여 떠나면 언제 돌아올 것인가?

且放白鹿青崖間[17]　　　장차 백록을 푸른 벼랑 사이에 풀어놓으리니

須行即騎訪名山　　　　반드시 갈 때 타고서 명산들을 방문하구려

安能摧眉折腰事權貴　어찌 고개 숙여 허리 꺾고 권귀를 섬기리오?

使我不得開心顔　　　　나에게 심안을 열게 할 수는 없으리라

주석 ◑◞

1) 제목이 〈別東魯諸公〉이라고도 함. 天姥(천모): 산 이름. 절강성 천태현(天台
縣) 서북과 신창현(新昌縣) 동쪽에 걸쳐 있는데, 조아강(曹娥江) 상류의 섬계
(剡溪)에 임하였음. 전설에 의하면 산에 오른 사람은 천모선인(天姥仙人)의
노래를 들을 수 있다고 함.

2) 瀛洲(영주): 전설 속의 바다 속에 있다는 삼신산(三神山) 중의 하나.

3) 五嶽(오악): 중국의 5대 명산. 동악(東岳) 태산(泰山), 남악 형산(衡山), 서악
화산(華山), 북악 항산(恒山), 중악 숭산(崇山). 이것 외에 또 다른 설도 있음.
赤城(적성): 산 이름. 절강성 천태현(天台縣) 북쪽에 있음. 천태산(天台山)의
남쪽 지류.

4) 天台(천태): 산 이름. 절강성 천태현(天台縣) 북쪽에 있음.

5) 鏡湖(경호): 일명 감호(鑑湖). 절강성 소흥현(紹興縣) 서남쪽에 있음.

6) 剡溪(섬계): 조아강(曹娥江) 상류. 절강성 승현(嵊縣) 남쪽에 있음.

7) 謝公(사공): 남조 송(宋)나라 사령운(謝靈運). 양하(陽夏) 사람. 사현(謝玄)의 손자로서 강락공(康樂公)을 습봉했음. 산수시에 능했다. 나중에 반란을 모의하여 처형되었음. 사령운의 〈登臨海嶠〉시에 "暝投剡中宿, 明登天姥岑"이라 했음.

8) 謝公屐(사공극): 사령운이 산에 오를 때는 나막신의 앞 굽[前齒]을 제거하고, 산을 내려올 때는 뒤 굽[後齒]을 제거했다고 함.

9) 天鷄(천계): 전설 속의 도도산(桃都山) 도도(桃都)나무에 산다는 닭. 해가 뜰 때 천계가 울면 천하의 닭이 모두 따라서 운다고 함.

10) 澹澹(담담): 물결이 출렁이는 모양.

11) 列缺(열결): 번개가 섬광을 내는 것. 霹靂(벽력): 벼락이 내리치는 것.

12) 石扉(석선): 일명 석비(石屝). 석문(石門).

13) 金銀臺(금은대): 신선들이 거주하는 곳. 곽박(郭璞)의 〈유선시(遊仙詩)〉에 "神仙排雲出, 但見金銀臺"라고 했음.

14) 雲之君(운지군): 〈초사(楚辭)·구가(九歌)〉에 나오는 운중군(雲中君)과 같음. 전설 속의 신(神)의 이름. 운신(雲神)이라고도 하고, 운몽택(雲夢澤)의 수신(水神)이라고도 함.

15) 虎鼓瑟(호고슬): 장형(張衡)의 〈서경부(西京賦)〉에 "白虎鼓瑟, 蒼龍吹箎"라고 했음. 鸞迴車(난회거): 『태평어람(太平御覽)·도부(道部)』에서 『태상경(太上經)』을 인용하여 "有白鸞之車"라고 했음.

16) 『운급칠첨(雲笈七籤)』의 〈상원부인보허곡(上元夫人步虛曲)〉에 "忽過紫微垣, 眞人列如麻"라고 했음.

17) 白鹿(백록): 『초사·애시명(哀時命)』에 "浮雲霧而入冥兮, 騎白鹿而容與"라고 했음.

327

평설 ᧒

- 『청창연담』에 "태백은 선인(仙人)으로서 시집에 실려 있는 것은 흠잡을 것이 하나도 없다. 비록 훗날 하자를 잘 집어낼 자가 있게 될지라도 그 3척(尺)의 부리를 용납하기가 어려울 것이다. 〈상운락(上雲樂)〉·〈보살만(菩薩蠻)〉·〈독록편(獨鹿篇)〉·〈천모음(天姥吟)〉 등의 작품은 모두 균천제율(鈞天帝律)인데, 어찌 세간의 잠꼬대하는 자들이 방불(彷彿)할 바이겠는가?"라고 했다.

- 『비점당시정성』에 "〈몽유천모음〉은 흉차(胸次)가 모두 연하운석(煙霞雲石)으로서 추호도 먼지의 혼탁함이 없다. 특히 이 일부의 언어는 도달하기가 어렵다"고 했다.

- 『당시선맥회통평림』에 "주정(周挺)이 '천사철망(千絲鐵網)의 생각에서 내어서, 백색유소(百色流蘇)의 국면을 운행하여, 문득 높은 정상을 날아서 걸어가니, 갑자기 연운(煙雲)이 스스로 퍼졌다. 그 붓을 잡았을 때를 상상해보면, 신혼(神魂)과 모발(毛髮)이 붓과 종이로 모두 떨어져도 스스로 깨닫지 못했을 것이니, 아마 신(神)이 그렇게 했던가!'라고 했다. 오산민(吳山民)이 「天台四萬八千丈」은 형용어인데 「白髮三千丈」과 같은 뜻으로 천모산이 높다는 뜻을 형용했다. 「千巖萬轉」구는 말에 개괄함이 있다. 아래 3구는 꿈속의 위경(危景)이다. 또 8구는 꿈속의 기경(奇景)이다. 또 4구는 꿈속에서 만난 것들이다. 「惟覺時之枕席」두 말은 편중(篇中)의 신구(神句)로서 위를 맺고 아래를 열었다. 「世間行樂」2구는 꿈으로 인하여 뜻을 내었다. 결말이 초극하다'고 했다"라고 했다.

술잔 들고 달에게 물어보다 把酒問月[1]

青天有月來幾時	푸른 하늘에 달이 있은 지가 얼마이던가?
我今停盃一問之	내 지금 술잔 멈추고 한 번 달에게 물어보노라
人攀明月不可得	사람은 밝은 달에 올라갈 수 없건만
月行却與人相隨	달은 도리어 사람들을 따라 다니네
皎如飛鏡臨丹闕[2]	나는 거울처럼 환하게 붉은 궁궐에 임하여
綠烟滅盡淸輝發[3]	짙은 안개 사라지자 맑은 빛을 발하네
但見宵從海上來	다만 밤에 바다 위에서 오는 것만 보았으니
寧知曉向雲間沒	어찌 새벽에 구름 사이로 지는 것을 알리오?
白兔搗藥秋復春[4]	흰 토끼가 단약을 찧으며 가을과 봄을 보내고
姮娥孤棲與誰鄰[5]	항아가 외롭게 살며 누구와 이웃하는가?
今人不見古時月	지금 사람은 옛 시절의 달을 보지 못하는데
今月曾經照古人	지금의 달은 일찍이 옛사람을 비췄었네
古人今人若流水	옛사람과 지금 사람은 흘러가는 물과 같은데
共看明月皆如此	함께 밝은 달을 본 것이 모두 이와 같았네
唯願當歌對酒時[6]	다만 노래하며 술을 마실 때
月光長照金罇裏	달빛이 오래 금 술동이 속을 비추기 바라네

주석

1) 원주에 "친구 고순(賈淳)이 나에게 물어보라고 했다"고 했다.

2) 丹闕(단궐): 붉은 궁궐. 흔히 황제가 거처하는 궁전을 말함.

3) 綠烟(녹연): 짙은 안개. 녹운(綠雲)이나 녹발(綠髮)의 경우처럼 농흑(濃黑)하
   다는 의미.

4) 白兔搗藥(백토도약): 전설에 달 속에서 흰 토끼가 단약(丹藥)을 찧고 있다고
   함. 부현(傅玄)의 〈의천문(擬天問)〉에 "月中何有? 白兔搗藥"이라 했음.

5) 姮娥(항아): 전설에 후예(后羿)의 처 항아가 후예의 선약(仙藥)을 훔쳐서 월
   궁(月宮)으로 도망쳤다고 함.

6) 조조(曹操)의 〈단가행(短歌行)〉에 "對酒短歌, 人生幾何?"라고 했음.

자야오가 子夜吳歌[1]

長安一片月	장안의 한 조각 달
萬戶擣衣聲	온 집마다 다듬이질 소리
秋風吹不盡	가을바람은 불기를 그치질 않는데
總是玉關情	모두가 옥관에 대한 그리움이네
何日平胡虜	언제나 오랑캐를 평정하여
良人罷遠征	낭군이 원정을 끝낼 수 있을까?

주석 ⟆

1) 子夜吳歌(자야오가): 『구당서(舊唐書)・음악지(音樂志)』에 "〈자야(子夜)〉는
   진(晉)나라 곡이다. 진나라에 자야라는 여자가 있었는데 이 가락을 지었다.
   가락이 지나치게 슬프고 괴롭다"라고 했다. 육조악부(六朝樂府) 〈청상곡(淸
   商曲)・오성가곡(吳聲歌曲)〉에 〈자야가(子夜歌)〉와 〈자야사시가(子夜四時
   歌)〉가 있음. 이백의 시 4수는 사시가(四時歌)로서 오성곡(吳聲曲)에 속함.

평설 ᶜᴖᵔᵔ

* 『당시귀』에 "종성(鍾惺)이 '화경(華景)이 당나라 절구 가운데서 묘경(妙境)이다. 조금도 진(晉)나라와 송(宋)나라를 본받지 않았다. 그러나 상(像)을 구했다면 이백이 아니었을 것이다'라고 했다"고 했다.

* 『당시경』에 "맛 밖의 맛[味外味]이 있다. 매번 맺은 두 말에는 넘치는 정과 넘치는 운(韻)이 무궁하다. '秋風吹不盡, 總是玉關情'은 감탄어의 뜻으로 들어갔고, '萬戶擣衣聲'을 위해 읊은 것이 아니다"라고 했다.

* 『당시평선』에 "앞 4구는 천지간에 생성된 호구(好句)인데, 태백에게 습득되었다"라고 했다.

* 『설시수어』에 "시는 뜻을 붙임을 귀하게 여기는데, 말은 이곳에 있으면서 뜻은 저곳에 있는 것이 있다. 이태백의 〈자야오가〉는 본래 규정(閨情)의 말인데, 갑자기 원정을 끝낼 것을 바랬다"고 했다.

* 『당시별재』에 "조가(朝家)의 독무(黷武)를 말하지 않고, 호로(胡虜)가 평정되지 않음을 말했는데, 말함이 온후(溫厚)하다"고 했다.

새하곡 塞下曲[1]

1

五月天山雪[2]	오월 천산의 눈발
無花祇有寒	꽃은 없고 추위만 있네
笛中聞折柳	피리가락 〈절양류〉를 듣는데
春色未曾看	봄빛은 아직 볼 수 없네

曉戰隨金鼓[3]   새벽 전투는 금고소리를 따르고

宵眠抱玉鞍   저녁잠은 옥안장을 껴안네

願將腰下劒   바라건대 허리에 찬 검으로

直爲斬樓蘭[4]   곧장 누란을 베시구려

주석 ⌒∽

1) 塞下曲(새하곡): 당(唐)나라 악부(樂府). 이백의 시는 모두 6수임.

2) 天山(천산): 당나라 때 이주(伊州)와 서주(西州) 이북 일대의 산맥을 지칭함.
   백산(白山) 또는 절라만산(折羅漫山)이라고도 함. 이주는 지금의 신강성 합
   밀현(哈密縣). 서주는 지금의 토노번분지(吐魯番盆地) 일대.

3) 金鼓(금고): 정(鉦). 징과 같은 악기.

4) 樓蘭(누란): 한나라 때의 서역의 한 나라. 흉노와 동맹하여 중국을 침범하였음.

평설 ⌒∽

● 『당시별재』에 "태백의 '五月天山雪, 無花祇有寒. 笛中聞折柳, 春色未曾
  看'는 일기(一氣)로 곧장 내려가고, 기박(羈縛)으로 나아가지 않았다"고
  했다.

2

駿馬似風飇   준마는 바람처럼 빠른 듯한데

鳴鞭出渭橋[1]   채찍소리 울리며 위교를 나서네

彎弓辭漢月　　　활을 당겨 한나라 달을 떠나가서
插羽²⁾破天驕³⁾　　깃을 꽂고 천교를 격파하네
陣解星芒盡⁴⁾　　군진이 해산하니 별빛이 다하고
營空海霧消　　　군영이 비니 바다안개가 사라졌네
功成畵麟閣⁵⁾　　공을 이루어 기린각에 그려진 것은
獨有霍嫖姚⁶⁾　　다만 곽표요뿐이라네

주석 ∽

1) 渭橋(위교): 지금의 섬서성 한양(咸陽) 고릉(高陵) 부근의 위하(渭河) 위에 있
던 다리. 동위교(東渭橋), 서위교(西渭橋), 중위교(中渭橋)가 있었음. 단순히
위교라고 하면 보통 중위교를 지칭하였음.

2) 插羽(삽우): 군대를 징집할 때의 격서(檄書)에 새 깃을 꽂고 우격(羽檄)이라
했음. 깃을 꽂는 것은 긴급하다는 의미였음. 삽우를 위 구절 만궁(彎弓)과 대
응하여 화살인 백우전(白羽箭)으로 해석해도 무방할 것임.

3) 天驕(천교): 천지교자(天之驕子). 한(漢)나라 때 흉노(匈奴)가 사용했던 자칭
(自稱). 나중에 중국 변방의 이민족이나 그 수령을 지칭하게 되었음.

4) 星芒(성망): 『후한서(後漢書)·천문지(天文志)』에 "客星芒氣白爲兵"이라 했
음. 성망은 혜성이 출현하여 병기(兵氣)가 있음을 말함.

5) 麟閣(인각): 기린각(麒麟閣). 한나라 때 소하(蕭何)가 만들었는데, 곽광(郭光)
등 공신 11명의 초상을 그려서 모셨음.

6) 霍嫖姚(곽표요): 한나라 표요교위(嫖姚校尉) 곽거병(郭去病). 이 구절의 의미
는 대략 "一將功成萬骨枯"와 같음. 즉 수만 병사의 희생으로 장군 한 명의
공을 이룬다는 것.

평설

- 『당시해』에 "한나라나 당나라에서 장군을 임명함은 대저 모두 친척이나 행신(幸臣)들인데 종종 공을 방해하고 능력을 해쳐서, 용감한 병사들의 기(氣)를 상하게 한다. 이 때문에 공을 이룸이 없게 한다. 태백은 대개 까닭이 있어서 낸 것이다"라고 했다.

- 『당시직해』에 "신운(神韻)이 초원(超遠)하고 기(氣)가 또한 굉일(宏逸)하여 성당의 절작(絶作)이다"라고 했다.

- 『당시평선』에 "모두 끝 2구를 위해 앞 6구를 지었는데, 곧 혁혁(赫奕)이다. 진정 격앙(激昂)으로써 뜻을 보였다. 속필(俗筆)은 잎을 열면 곧 원망을 한다. '麟'은 요(拗)이다"라고 했다.

- 『당시별재』에 "다만 귀척(貴戚)들만 공을 기념할 수 있다면, 용사들의 사기가 상할 것이다"라고 했다.

3

塞虜乘秋下	변방 오랑캐가 가을을 틈타 내려오니
天兵出漢家[1]	천병이 한나라를 나서네
將軍分虎竹[2]	장군은 호죽을 나누고
戰士臥龍沙[3]	전사들은 용사에 누웠네
邊月隨弓影	변방의 달은 활 그림자를 따르고
胡霜拂劍花	호땅의 서리는 검의 꽃으로 떨어지네
玉關殊未入	옥관문으로는 들어오지 못했으니
少婦莫長嗟	어린 아낙은 길게 탄식하지 마오

주석 ᠗ᦟ

1) 天兵(천병): 중국 군대에 대한 미칭.

2) 虎竹(호죽): 동호부(銅虎符)와 죽사부(竹使符). 한나라 때 군대를 징발할 때 사용했던 부신(符信).

3) 龍沙(용사): 백룡퇴(白龍堆)의 별칭. 지금의 신강성 사마라칸트사막.

평설 ᠗ᦟ

● 『당시훈해』에 "웅장한 작품이다"라고 했다.

● 『당풍정』에 "태백의 재간으로 관새(關塞)를 읊었는데, 유유(悠悠)하고 한담(閑澹)함이 이와 같다. 시는 도삭(淘爍)을 귀하게 여기는 까닭이다" 라고 했다.

● 『당시별재』에 "다만 '활은 달과 같고', '검광은 서릿발 같다'고 했을 뿐인 데, 필단(筆端)의 점염(點染)이 끝내 기채(奇彩)를 이루었다. 맺은 뜻은 또한 심완(深婉)하다"고 했다.

궁중행락사 宮中行樂詞[1]

1

小小生金屋[2]	어려서 화려한 집에서 자라서
盈盈在紫微[3]	아리따운 자태가 자미원에 있네
山花揷寶髻[4]	산꽃을 장식 머리에 꽂고
石竹繡羅衣[5]	패랭이꽃을 비단 옷에 수놓았네

每出深宮裏⁶⁾   매번 심궁을 나갔다가

常隨步輦歸⁷⁾   항상 보련을 따라 돌아오네

只愁歌舞散   다만 가무가 흩어져서

化作綵雲飛   채색구름으로 날릴까 근심하네

주석 ⟨ҩ

1) 맹계(孟棨)의 『본사시(本事詩)』의 해설에 의하면, 황제의 명으로 지은 시인
   데, 이백이 이미 취한 상태에서 불려가서 오언율시 10수를 지었다고 한다.
   지금은 8수만 전한다.

2) 金屋(금옥): 화려한 집.

3) 盈盈(영영): 아리따운 자태. 紫微(자미): 자미원(紫微垣). 황제가 거주하는
   궁궐.

4) 寶髻(보계): 보화로 장식한 상투처럼 솟은 머리 형태.

5) 石竹(석죽): 패랭이꽃. 일명 낙양화(洛陽花). 육조(六朝) 때부터 궁녀들의 옷
   에 수로 놓아졌음.

6) 深宮(심궁): 황제가 거주하는 궁전.

7) 步輦(보련): 말이 끌지 않고 사람이 떠메고 가는 황제의 가마.

평설 ⟨ҩ

● 『당시선맥회통평림』에 "『시지(詩旨)』에 '시가 화려하면서도 부화(浮華)하
   지 않는 것은 「山花」와 「石竹」 1연 때문이다'라고 했다"라고 했다.

● 『영규율수휘평(瀛奎律髓彙評)』에 "기윤(紀昀)이 '화려한 말은 초묘(超
   妙)하기가 어려운데, 태백은 그래서 선재(仙才)이다. 결구는 「巫山」을

사용했는데, 흔적이 없다'고 했다"고 했다.

⁕ 『현용설시』에 "태백의 '宮中誰第一, 飛燕在昭陽'와 '只愁歌舞散, 化作綵
雲飛'는 모두 명황(明皇)과 양귀비의 일을 비난한 것인데, 얼마나 완곡
(婉曲)한가?'라고 했다.

2

柳色黃金嫩	버들 색은 황금빛이 어여쁘고
梨花白雪香	배꽃에선 백설의 향기가 나네
玉樓巢翡翠	옥루엔 비취새가 둥지 틀고
金殿鎖鴛鴦	금전엔 원앙이 깃들었네
選妓隨雕輦	선발된 기녀들은 화려한 수레를 따르고
徵歌出洞房	나직한 노랫가락 동방에서 나오네
宮中誰第一	궁중에서 누가 제일인자인가?
飛燕在昭陽[1]	비연이 소양전에 있다네

주석 ↺

1) 飛燕(비연): 조비연(趙飛燕). 한나라 성제(成帝)의 총애를 받고 황후가 되어
   소양전(昭陽殿)에서 거주했음.

3

盧橘爲秦樹[1]	노귤이 진나라 나무가 되고
蒲桃出漢宮[2]	포도가 한나라 궁에서 나오네
烟花宜落日	안개 속 꽃들 석양에 어울리고
絲管醉春風	음악소리 봄바람에 취했네
笛奏龍吟水[3]	적을 부니 용이 물속에서 신음하고
簫鳴鳳下空[4]	소를 부니 봉황이 허공에서 내려오네
君王多樂事	군왕에겐 즐거운 일이 많은데
還與萬方同	도리어 만방과 함께 나누네

주석 ⋐⋑

1) 盧橘(노귤): 금귤(金橘).

2) 蒲桃(포도): 포도(葡萄)와 같음. 한나라 때 장건(張騫)이 서역에서 가져왔다
고 전함.

3) 마융(馬融)의 〈장적부(長笛賦)〉에 "근세 쌍적(雙笛)은 강(羌)을 본받아 만들
었다. 강인(羌人)이 대나무를 베는 것을 다 마치지 않았는데, 용이 물속에서
울면서 모습을 드러내지 않았다. 대나무를 베어 부니 소리가 서로 같았다"고
했다. 강은 서융(西戎)의 하나.

4) 『열선전(列仙傳)』에 "소사(蕭史)라는 자는 진목공(秦穆公) 때의 사람이다. 목
공에게 딸이 있었는데 자가 농옥(弄玉)이다. 소사를 좋아하자, 공이 마침내
처로 삼게 하였다. 매일 농옥에게 봉황의 소리를 가르쳤는데, 수년이 흘러
부는 것이 봉황 소리와 같아서 봉황이 내려와 그 지붕 위에 앉았다. 공은 그
들을 위해 봉대(鳳臺)를 지어 주었는데, 부부는 그 위에 머물면서 수년 동안
내려오지 않았다. 어느 날 모두 봉황을 따라 날아가 버렸다"고 했다.

맹호연에게 주다 贈孟浩然

吾愛孟夫子	나는 맹선생을 사랑하니
風流天下聞	풍류가 천하에 알려졌네
紅顔棄軒冕[1]	젊어서 벼슬을 버리고
白首臥松雲	늙어서 소나무 구름에 누웠네
醉月頻中聖[2]	달빛에 취해 빈번히 술을 들이키고
迷花不事君	꽃에 홀려서 임금을 섬기지 않네
高山安可仰[3]	높은 산을 어떻게 우러를 수 있을까?
徒此揖淸芬	다만 여기서 맑은 향에 읍하네

주석

1) **軒冕**(헌면): 원래는 대부(大夫) 이상의 관리의 수레와 면복(冕服). 나중에 관위(官位)와 작록(爵祿)을 지칭하게 되었음.

2) **中聖**(중성): 술에 취함. 성(聖)은 성인(聖人)으로 청주(淸酒)를 가리키는 은어. 탁주는 현인(賢人)이라 했음.

3) 『시경·소아(小雅)·거할(車轄)』에 "高山仰止, 景行行止"라고 했음.

배로 형문산을 나와 송별하다 渡荊門送別[1]

渡遠荊門外	배를 타고 멀리 형문산 밖으로 나와
來從楚國遊	초국으로 와서 유람하네
山隨平野盡	산은 평야를 따라 사라지고

江入大荒流[2]	강은 대황으로 들어가 흘러가네
月下飛天鏡[3]	달빛 내리는 곳엔 하늘의 거울이 날고
雲生結海樓	구름 피는 곳엔 바다 신기루가 맺히네
仍憐故鄕水	그대도 고향의 물을 사랑하는데
萬里送行舟	만 리 멀리 가는 배를 전송하네

주석 ⊙

1) 荊門(형문): 산 이름. 지금의 호북성 의도현(宜都縣) 서북쪽 장강(長江) 남안에 있음. 형문산은 호아산(虎牙山)과 함께 춘추시대 초국(楚國)의 서쪽 변새였음.

2) 大荒(대황): 끝없는 대지(大地).

3) 天鏡(천경): 물에 비추는 달그림자를 말함.

평설 ⊙

● 『시수』에 "山隨平野闊, 江入大荒流'는 태백(太白)의 장어(壯語)이다. 두보의 '星垂平野闊, 月湧大江流'는 그것을 뛰어넘는다"고 했다.

벗을 전송하다 送友人

靑山橫北郭	푸른 산은 북쪽 성곽을 가로지르고
白水遶東城	흰 물은 동쪽 성을 둘렀네
此地一爲別	이곳에서 한 번 이별하면

孤蓬萬里征	외로운 쑥대처럼 만 리로 떠나리라
浮雲遊子意	뜬 구름은 나그네의 마음이고
落日故人情[1]	지는 해는 벗의 정이네
揮手自玆去	손 흔들며 이로부터 떠나가니
蕭蕭班馬鳴[2]	히히힝 떠나가는 말이 우네

주석 ᢙ

1) 청나라 왕기(王琦)의 『이태백전집』 주에 "부운(浮雲)은 한 번 떠나가면 일정한 자취가 없기 때문에 나그네의 정에 비유한 것이고, 낙일(落日)은 산을 머금고 떠나갈 수가 없기 때문에 고인(故人)의 정에 비유한 것이다"라고 했다.

2) 蕭蕭(소소): 말이 우는 소리. 班馬(반마): 떠나가는 말. 『좌전(左傳)』의 두예(杜豫)의 주에 "반(班)은 별(別)이다"라고 했음.

평설 ᢙ

● 『당시별재집』에서 "소무(蘇武)와 이릉(李陵)의 증답시(贈答詩)는 흐느끼는 말은 많지만 넘어지고 찡그리는 말은 없다. 옛사람의 뜻은 말을 다하지 않음에 있음을 알 수 있다. 태백은 오히려 이 뜻을 잃지 않았다"고 했다.

촉땅의 스님 준이 금을 타는 것을 듣다 聽蜀僧濬彈琴

蜀僧抱綠綺[1]	촉 땅의 스님이 녹기금을 안고

西下峨眉峰[2]　　　서쪽으로 아미봉을 내려왔네

爲我一揮手　　　나를 위해 한차례 손을 휘두르니

如聽萬壑松　　　만 골짝의 솔바람소리를 듣는 듯하네

客心洗流水[3]　　　나그네 마음 <유수곡>가락으로 씻으니

餘響入霜鐘[4]　　　남은 음향이 종소리로 들어가네

不覺碧山暮　　　푸른 산이 저문 줄 몰랐는데

秋雲暗幾重　　　가을구름은 어둡게 몇 겹이나 되는가?

주석 ⟳

1) 綠綺(녹기): 한(漢)나라 사마상여(司馬相如)의 금(琴) 이름.

2) 峨眉峰(아미봉): 아미산(峨眉山)을 말함. 사천성 아미현(峨眉縣) 서남쪽에 있음. 아미산(峨嵋山)이라고도 함.

3) 流水(유수): 『열자(列子) · 탕문(湯問)』에 "백아(伯牙)는 금을 잘 탔고, 종자기(鍾子期)는 잘 감상했다. 백아가 금을 타면서 뜻이 고산(高山)에 오르는 것에 있으면, 종자기가 '좋구나, 높은 것이 태산(泰山)과 같구나!'라고 했다. 뜻이 유수(流水)에 있으면, 종자기가 '좋구나, 넘실대는 것이 강하(江河)와 같구나!'라고 했다"고 했다.

4) 霜鐘(상종): 상종(霜鐘). 종 혹은 종소리. 『山海經 · 中山經』에 "(豊山)有九鍾焉, 是知霜鳴"이라 했는데, 곽박(郭璞)의 주에 "霜絳則鍾鳴, 故言知也"라고 했음.

금릉 봉황대에 오르다 登金陵鳳凰臺[1]

鳳凰臺上鳳凰遊　　　봉황대 위에 봉황이 노닐다가

鳳去臺空江自流	봉황은 떠나고 대는 비었는데 강물만 절로 흐르네
吳宮花草埋幽徑²⁾	오궁의 화초는 깊은 길을 파묻고
晉代衣冠成古丘³⁾	진나라 의관은 옛 무덤을 이루었네
三山半落靑天外⁴⁾	삼산은 푸른 하늘 너머로 반쯤 떨어지고
二水中分白鷺洲⁵⁾	두 물길이 백로주에서 중간이 나뉘었네
總爲浮雲能蔽日	모두가 뜬 구름이 되어 해를 가리니
長安不見使人愁	장안을 볼 수 없어 사람을 근심 짓게 하네

주석 ⤸

1) 金陵鳳凰臺(금릉봉황대): 금릉은 지금의 강소성 남경시(南京市). 봉황대는 남경시 남쪽 봉황산(鳳凰山)에 있음. 남조 송(宋)나라 원가(元嘉) 16년(439)에 봉황이 날아와 머물렀기 때문에 봉황산이라 이름 짓고 그 위에 대를 세워 봉황대라고 했다고 함.

2) 吳宮(오궁): 삼국 오나라는 황룡(黃龍) 원년(229)에 무창(武昌)에서 건업(建業)으로 천도했음. 곧 지금의 강소성 남경시임.

3) 晉代衣冠(진대의관): 동진(東晉)의 왕씨(王氏)나 사씨(謝氏) 등 권귀(權貴)들을 말함.

4) 三山(삼산): 남경시 남쪽 장강(長江) 가에 있는데, 세 봉우리가 남북으로 나란히 솟아있기 때문에 삼산이라고 부름.

5) 白鷺洲(백로주): 남경시 서남쪽 장강 안에 있는 섬.

평설 ⤸

• 『지봉유설』에 "이백의 〈봉황대〉 시는 기결(起結) 두 구는 완전히 최호(崔顥)의 법을 답습했다. 제2연은 평범한 회고의 말인데, 또한 오언시 '古殿

吳花草, 深宮晉綺羅'와 같은 뜻이다. 제3연은 '晴川歷歷漢陽樹'와 비교해 보면, 몹시 같지 않다. 또 이미 '江自流'라고 말해놓고, 또한 '二水中分'이라 한 것은 중첩 같다. 나는 망령되게 이백의 이 시는 아마 짓지 않은 것이 옳았을 것이라고 여긴다"고 했다.

* 『영규율수』에 "태백의 이 시는 최호의 〈황학루(黃鶴樓)〉와 서로 비슷한데, 격률(格律)과 기세(氣勢)는 쉽게 우열을 가릴 수 없다. 이 시는 봉황대를 제목으로 삼았는데, 봉황대를 읊은 것은 불과 기구 두 말에 불과한 채 이미 끝내 버렸다. 아래 6구는 대에 올라 관망한 경치이다. 3·4구는 옛사람이 보이지 않음을 회고했다. 5·6·7·8구는 금일의 경치를 읊으면서 제도(帝都)를 볼 수 없음을 강개한 것이다. 대에 올라 바라보며 감개한 바가 깊다. 금릉에 수도를 세운 것은 오(吳)나라에서 시작되었는데, '三山'과 '二水'와 '白鷺州'는 모두 금릉의 산수의 이름들이다. 금릉에서 북쪽으로 중원(中原)의 당나라 수도 장안(長安)을 바라볼 수 있기 때문에, 태백은 뜬 구름이 가려서 장안을 볼 수 없음을 근심으로 여겼다"고 했다.

* 『당시품휘』에 "범덕기(范德機)가 '등림시(登臨詩)의 수미(首尾)가 좋다. 결구는 더욱 비장하여 7언율 가운데 법으로 삼을 만한 것이다'라고 했다. 유수계(劉須溪)가 '그 웅위(雄偉)함을 말하고, 조식(彫飾)을 탈락시킨 것은 모두 논하지 않겠지만, 만약 끝 두 구가 없었다면 또한 지을 필요가 없었을 것이다. 최호에게서 나왔지만 다만 그보다 나은 것은 이것 때문이다'라고 했다"고 했다.

* 명나라 구우(瞿佑)의 『귀전시화(歸田詩話)』에 "최호가 황학루에 시를 적었는데, 태백이 그곳을 방문했으나 다시 짓지 못했다. 당시 사람들이 '눈앞에 경치가 있어도 말할 수 없었던 것은 최호의 제시(題詩)가 윗머리에 있었기 때문이다'라고 했다. 봉황대에 이르러 지은 시는 조비(曹조)보다 열 배나 좋다고 하겠다. 대개 최호의 결구는 '日暮鄕關何處是, 烟波江上

使人愁'라고 했는데, 태백의 결구는 '總爲浮雲能蔽日, 長安不見使人愁'라
고 했다. 애군우국(愛君憂國)의 뜻은 향관에 대한 생각을 멀리 뛰어넘으
니, 잘 찾아서 걸어갔구나!'라고 했다.

- 『당시광선』에 "왕원미(王元美)가 '〈봉황대〉는 최호를 효빈(效顰)하여 싫
  증난다. 차련은 또한 작가의 솜씨가 아니다. 율시에는 전성(全盛)한 것
  이 없는데, 다만 이 편과 「借問欲棲珠樹鶴, 何年却向帝城飛」의 두 결구
  를 얻었을 뿐이다'라고 했다"고 했다.

옥계원 玉階怨[1]

玉階生白露	옥계에 흰 이슬 맺히어
夜久侵羅襪	밤 깊어 비단 버선에 적셔오네
却下水精簾	다시 수정발을 내리고
玲瓏望秋月	영롱한 가을 달을 바라보네

주석 ☞

1) 玉階怨(옥계원): 악부 〈상화가사(相和歌辭) · 초조곡(楚調曲)〉에 속함.

평설 ☞

- 『비점당시정성』에 "원망하면서도 원망하지 않았으니, 풍아(風雅)에 들어
  갈 수 있다. 나중에 지은 것이 다소 있지만, 이러한 혼아(渾雅)함은 없
  다'라고 했다.

- 『당시귀』에 "종성(鍾惺)이 '한 글자도 원망하지 않았으니, 심오하고 심오하다!'라고 했다"고 했다.

정야사 靜夜思[1]

牀前明月光	침상 앞의 밝은 달빛
疑是地上霜	땅에 내린 서리인가 싶었네
擧頭望山月	머리 들어 산달을 바라보고
低頭思故鄕	머리 숙여 고향을 생각하네

주석 ᇯ

1) 『악부시집』에 악부신사(樂府新辭)로 수록되었음.

평설 ᇯ

- 『당시정성』에 "백천(百千)의 여정(旅情)인데, 묘하게 남들에게 말할 수 없게 한다. 천성(天成)의 우어(偶語)를 어찌 정삭(精爍)으로부터 얻겠는가?"라고 했다.

- 『비점당시정성』에 "악부체이다. 노련(老煉)하게 뜻을 붙여지면, 도리어 이에 미치지 못할 것이다"라고 했다.

- 『시수』에 "태백의 오언, 〈정야사〉나 〈옥계원〉 등은 고금에서 묘절(妙絶)하지만, 그러나 또한 제량체(齊梁體)이다. 다른 작품 가운데 칠언절구와

비교하면, 신운(神韻)이 약간 덜함을 깨닫는데, 구가 짧기 때문에 일기(逸氣)가 퍼지지 않았을 뿐이다"라고 했다.

- 『당시해』에 "고요한 밤의 정경을 그려냈는데, 글자마다 진솔(眞率)하다. 진정 제남(濟南)이 말한 바, 용의(用意)하지 않고 얻은 것이다"라고 했다.

- 『당시별재』에 "여행 중의 정사(情思)인데, 비록 말은 했지만 다 말하지는 않았다"라고 했다.

왕소군 王昭君[1]

昭君拂玉鞍	소군은 옥안장을 털고
上馬啼紅頰	말에 올라 붉은 뺨에 눈물 흘리네
今日漢宮人	오늘은 한나라 궁녀인데
明朝胡地妾	내일 아침엔 호땅의 첩이라네

주석

1) 王昭君(왕소군): 왕장(王嬙). 자는 소군(昭君). 진(晉)나라 문제(文帝) 사마소(司馬昭)의 이름을 피하여 소군을 명군(明君)으로 바꾸었다. 또 명비(明妃)라고도 한다. 『서경잡기(西京雜記)』에 "원제(元帝: 기원전48-기원전33)의 후궁은 매우 많아서 다 만나볼 수가 없었다. 그래서 화공들에게 그들 초상화를 그리게 하여 그림을 살펴보고 불러서 총애하였다. 궁인들은 모두 화공에게 뇌물을 주었는데 많게는 10만금이고, 적은 것도 5만금 이상이었다. 소군(昭君)은 스스로 용모를 믿고 홀로 뇌물을 주려고 하지 않았다. 화공은 이에 추하게 초상화를 그려서 끝내 총애를 받을 수 없었다. 나중에 흉노가 입조(入

朝)하였을 때 미인을 구하여 알씨(閼氏)로 삼고자 하였다. 황제는 그림을 살펴보고 소군을 가도록 하였다. 떠나갈 때 불러서 보니 용모가 후궁 가운데 제일이었고, 응대(應對)를 잘 하였고 거동도 아름다웠다. 황제는 후회하였으나 명적(名籍)이 이미 정해졌고, 외국에 신의를 중시해야 하였기 때문에 다른 사람으로 바꾸지 못하고, 곧 그렇게 된 사정을 알아보았다. 화공 가운데 두릉(杜陵) 모연수(毛延壽)가 있었는데 초상화를 그리면 아름다움과 추악함, 늙음과 젊음을 반드시 사실대로 그려내었다. 안릉(安陵) 진창(陳敞)과 신풍(新豊) 유백(劉白)·공관(龔寬)은 모두 소, 말, 나는 새를 잘 그렸다. 그러나 여러 화공들은 초상화의 아름다움과 추악함을 그려내는 데 있어서는 모연수에게 미치지 못하였다. 하두(下杜) 양망(陽望)·번청(樊靑)은 색칠을 더욱 잘하였다. 이들 모두는 같은 날 기시(棄市)되었다. 그들 재산을 몰수하였는데 모두 거만(巨萬)금이었다. 경사의 화공이 이로부터 약간 희소해졌다"고 했다. 원래 2수임.

평설 ⌒∽

• 『당송시순』에 "이것을 지은 작품이 많은데, 이는 다만 10자로써 다 표현하였다. '今朝猶漢地, 明旦入胡關'과 비교하면 배나 격렬하다"고 했다.

참고 ⌒∽

• 이백 〈왕소군〉: "漢家秦地月, 流影照明妃. 一上玉關道, 天涯去不歸. 漢月還從東海出, 明妃西嫁無來日. 燕支長寒雪作花, 蛾眉憔悴沒胡沙. 生乏黃金枉圖畵, 死留靑塚使人嗟"

경정산에 홀로 앉아서 獨坐敬亭山[1]

衆鳥高飛盡	많은 새들은 높이 날아 사라지고
孤雲去獨閒	외로운 구름 흘러가며 홀로 한가롭네
相看兩不厭	서로 보며 양쪽 다 싫증나지 않는 것은
只有敬亭山	다만 경정산이 있을 뿐이네

주석 ᘐᗷ

1) 敬亭山(경정산): 지금의 안휘성(安徽省) 선성현(宣城縣) 북쪽에 있음. 옛 이름은 소정산(昭亭山)이었음.

평설 ᘐᗷ

• 『성호사설』에 "이태백의 오언절구 가운데 가장 아름다운 것을 한두 수 거론해 본다. 그 〈경정산〉시는 '衆鳥高飛盡, 孤雲去獨閒'이라고 했는데, 이 시는 도연명(陶淵明)의 〈빈사(貧士)〉시 '萬族各有託, 孤雲獨無依…… 朝霞開宿霧, 衆鳥相與飛'에서 나왔다. '중조(衆鳥)'는 많은 사람들이 각 자 경영하는 바가 있음을 비유했다. '고운(孤雲)'은 도연명 자신을 말한 것이다. 많은 사람들은 어리석게 단지 영리만 일삼는데, 도를 지닌 사람을 보면 곧 끌어가려고 하지만, 더불어 노닐 수가 없는 것이다. 『장자(莊 子)』에서 이른바 '새가 그것을 보면 높이 난다'고 한 것이다. 이런 까닭에 유독 나만 고운(孤雲)처럼, 오고가며 스스로 한일(閒逸)하는 것이다" 라고 했다.

• 『시수』에 "절구는 함축을 가장 귀하게 여기는데, 태백의 '相看兩不厭, 只 有敬亭山'은 또한 몹시 분명히 깨우쳤다"고 했다.

- 『당시귀』에 "종성(鍾惺)이 '흉중에는 일이 없고, 안중에는 사람이 없다'라고 했다. 담원춘(譚元春)이 「只有」 두 글자의 경우, 남들은 모두 소조영락(蕭條零落)으로 사용하여 짓는데, 연습(沿襲)함이 염증난다. 다만 「相看兩不厭」 아래에 「只有敬亭山」을 이었는데, 이 두 글자가 마침내 의상(意象)을 맺게 되었다. 어찌 속인들에게 함부로 알게 하겠는가?'라고 했다"라고 했다.

- 『당시별재』에 "'獨坐'의 신(神)을 전했다"라고 했다.

- 『당인만수절구선평』에 "명의(命意)의 높음은 말을 기다리지 않았고, 기격(氣格) 또한 내외가 모두 충족하여 오절 가운데 꼽을 수 있는 작품이다"라고 했다.

노로정 勞勞亭[1]

天下傷心處	천하에서 상심하는 곳은
勞勞送客亭	괴롭게 객을 전송하는 정자이네
春風知別苦	봄바람도 이별의 고통을 알아서
不遣柳條青	푸른 버들가지를 보내지 않네

주석 ⌒⌒

1) 勞勞亭(노로정): 지금의 강소성 남경시 서남쪽에 있었음. 옛날부터 이별의 장소였음.

● 『당시귀』에 "담원춘(譚元春)이 '천하에서 상심하는 곳에서 예전의 상심했
던 사람이니, 어찌 심상한 애락인가!'라고 했다. 종성(鍾惺)이 '「知」 자와
「不遣」 자에는 착력(着力)의 흔적이 보이지 않는다'라고 했다"고 했다.

선성에서 술을 잘 빚었던 기노인을 곡하다 哭宣城善釀紀叟[1]

紀叟黃泉裏	기노인은 황천에 있는데
還應釀老春[2]	다시 노춘주를 빚고 있으리라
夜臺無李白[3]	야대엔 이백도 없는데
沽酒與何人	누구에게 술을 팔 건가?

주석 ↷

1) 宣城(선성): 안휘성 선성현(宣城縣).

2) 老春(노춘): 술 이름.

3) 夜臺(야대): 황천(黃泉).

아내에게 주다 贈內

三百六十日	삼백육십 일
日日醉如泥	날마다 술에 만취하니
雖爲李白婦	비록 이백의 부인이지만

何異太常妻¹⁾　　태상의 처와 무엇이 다르리?

주석 ∽

1) 太常妻(태상처): 후한(後漢)의 주택(周澤)이 태상(太常: 궁중의 祭官)이 되었
는데, 제궁(齋宮)에서 앓아누웠다. 그 처가 주택의 노병을 슬프게 여기고 병
을 살피려고 방문했다. 주택이 크게 노하여 재금(齋禁)을 범했다고 하여 옥
에다 가두게 했다. 당시 사람들이 말하기를 "세상에 살면서 함께 지내지 못하
는 것은 태상처(太常妻)가 되는 것이네. 일 년이 삼백육십 일인데, 하루만 재
계하지 않고 술에 만취한다네"라고 했다고 함.

고구려 高句麗¹⁾

金花折風帽	금화로 장식한 절풍모자
白馬小遲回	백마 위에서 잠깐 머무네
翩翩舞廣袖	휠휠 넓은 소매로 춤추니
似鳥海東來	새가 해동에서 날아오는 듯하네

주석 ∽

1) 악곡의 이름. 원(元)나라 소사빈(蕭士贇)의 『이태백집분류보주(李太白集分類
補註)』에 "『신당서・예악지(禮樂志)』를 살펴보니, 당나라 동이악(東夷樂)에
고려(高麗)와 백제(百濟)가 있었다. …… 중종(中宗) 때 백제악공인(百濟樂工
人)들이 도망하여 흩어졌는데, 기왕(岐王)이 태상경(太常卿)이 되어 다시 상주
하여 두도록 했다. 그러나 음기(音伎)는 많이 없어졌고, 무자(舞者)는 두 사람
이었다. 자대유군유(紫大褏裙襦)・장보관(章甫冠)・의리(衣履)를 갖추고, 악

에는 쟁(箏)·적(笛)·도피(桃皮)·필률(觱篥)·공후가(箜篌歌)뿐이었다. 금화모(金花帽)와 백마(白馬)와 광수(廣袖)는 당시의 악무의 장식으로서 곧 본 바를 읊은 것이다. 동해(東海)의 준골(俊鶻)은 이름이 해동청(海東靑)인데, 이는 그 춤의 재빠름[快捷]이 해동청의 쾌건(快健)함과 같음을 비유한 것이다"라고 했다.

추포가 秋浦歌[1]

白髮三千丈	백발 삼천 장!
緣愁似个長	수심으로 저렇게 길어졌는가?
不知明鏡裏	밝은 거울 속
何處得秋霜	어디서 가을서리를 얻었는지 모르겠네

주석 ◈

1) 모두 17수임.

평설 ◈

• 『당시직해』에 "흥이 이르자 말이 끊겼다. 신운(神韻)이 있다"고 했다.

• 『당시해』에 "흥을 의탁한 것이 몹시 미묘한데, 마땅히 의상(意象) 밖에서 구해야 한다"고 했다.

• 『당송시순』에 "돌연히 일으켜서, 4구가 3번이나 꺾어졌다. 격력이 지극히 강건한데, 요컨대 도장법(倒裝法)이다"고 했다.

- 『당시전주』에 "거울을 비춰보다가 백발을 보고, 갑자기 감개가 일어난 것을 도장법으로 말해갔는데, 곧 이와 같이 돌올(突兀)하다. 이른바 거꾸로 단사를 만든 것이다. 당인의 오언절구에는 이런 법을 이용한 것이 많은데, 태백의 낙필(落筆)은 더욱 초발하다"고 했다.

횡강사 橫江詞[1]

橫江館前津吏迎	횡강관 앞에서 나루터 관리가 맞이하며
向余東指海雲生	나에게 동쪽에 바다구름이 일어남을 가리켜주네
郞今欲渡緣何事	"그대는 무슨 일로 건너가려 하시오?
如此風波不可行	이 같은 풍파엔 갈 수가 없답니다"

주석 ⟋⟋

1) 橫江(횡강): 안휘성 화주(和州) 동남쪽에 횡강포(橫江浦)가 있음.

평설 ⟋⟋

- 『승암시화』에 "고악부(古樂府) 〈오서곡(烏棲曲)〉에 '采菱渡頭擬黃河, 郞今欲渡愁風波'라고 했는데, 태백이 한 구를 부연하여 두 구로 만든 것이 절묘하다"고 했다.

- 『비점당시정음』에 "풍골(風骨)이 표연(飄然)하다. 이는 어떤 의흥(意興)이며, 어떤 음절인가! 반복하여 읽어보면 사람을 비감하게 한다"고 했다.

- 『당시만수절구선평』에 "나루터 관리가 가지 못하게 권하는 것에 의탁했는데, 뜻이 더욱 아름답다"고 했다.

아미산의 달을 노래하다 峨眉山月歌

峨眉山月半輪秋	아미산의 달이 반쪽인 가을인데
影入平羌江水流¹⁾	달빛이 평강강 물속으로 들어가 흐르네
夜發清溪向三峽²⁾	밤에 청계를 출발하여 삼협을 향하는데
思君不見下渝州³⁾	그대를 생각해도 볼 수가 없어 투주로 내려가네

주석 ◌◌

1) 平羌江(평강강): 일명 청의강(青衣江). 사천성 보흥현(寶興縣) 북쪽에서 발원하여 동남으로 흘러서 아안현(雅安縣)·홍아현(洪雅縣)·협강현(峽江縣) 등을 거치고, 아미산 동북에서 낙산(樂山) 초혜도(草鞋渡)에 이르러 대도하(大渡河)로 들어감.

2) 清溪(청계): 옛 역(驛)의 이름. 지금의 사천성 납계현(納溪縣) 5리에 있음. 三峽(삼협): 사천성과 호북성 경내의 장강(長江) 상류에 있는 구당협(瞿塘峽)·무협(巫峽)·서릉협(西陵峽)의 합칭.

3) 思君(사군): 군(君)은 달을 말함. 渝州(투주): 지금의 사천성 파현(巴縣).

평설 ◌◌

- 『당시품휘』에 "유수계(劉須溪)가 '품은 정이 처완(悽婉)하여 〈죽지(竹枝)〉의 표묘(縹渺)한 음(音)이 있다'고 했다"고 했다.

- 『당시광선』에 "이와 같은 신운(神韻)을 어찌 남들이 효빈(效顰)할 수가 있겠는가?"라고 했다.

- 『예원치언』에 "이는 태백(太白)의 가경(佳境)이다. 그러나 28자 중에 아미산·평강강·삼협·투주 등이 있는데, 후인들에게 이처럼 짓게 한다면 흔적을 이겨낼 수가 없을 것이다. 더욱 이 노인의 노추(鑪錘)의 묘(妙)를 본다"고 했다.

- 『당시해』에 "'君'은 달을 지적하여 말했다. 청계와 삼협이 보이면, 하늘의 협소함이 실과 같아서 곧 반달도 또한 다시 볼 수 없게 된다"고 했다.

- 『당풍정』에 "이런 종류의 신화처(神化處)는 이른바 태백조차 그 소이연(所以然)은 알 수 없다"고 했다.

왕륜에게 주다 贈汪倫[1]

李白乘舟將欲行	이백이 배를 타고 떠나가려 하는데
忽聞岸上踏歌聲[2]	문득 강 언덕 위에서 답가소리가 들려오네
桃花潭水深千尺	도화담의 물 깊이가 천 길이지만
不及汪倫送我情	왕륜이 나를 전송하는 정의 깊이에는 못 미치네

주석 ⌇

1) 汪倫(왕륜): 이백이 경현(涇縣) 도화담(桃花潭)을 유람할 때 마을 사람 왕륜(汪倫)이 항상 좋은 술을 빚어 이백에게 대접했다고 함.

2) 踏歌(답가): 손을 이어 잡고 땅을 밟아 박자를 맞추며 부르는 노래.

왕창령이 용표로 좌천되었다는 소식을 듣고 멀리서 부친다
聞王昌齡左遷龍標遙有此寄[1]

楊花落盡子規啼[2]	버들꽃 다 떨어지고 두견새가 우는데
聞道龍標過五溪[3]	용표로 가며 오계를 지나간다고 들었네
我寄愁心與明月	나는 수심을 밝은 달에 부치고
隨風直到夜郎西[4]	바람 따라 곧장 야랑 서쪽에 도착했네

주석 ◡◠

1) 왕창령은 천보(天寶) 7년(748)에 용표위(龍標尉)로 좌천되었음. 용표는 지금
   의 호남성 검양현(黔陽縣) 서남쪽 검성진(黔城鎭).

2) 子規(자규): 두견새의 별칭.

3) 五溪(오계): 무릉(武陵)의 웅계(雄溪)·포계(蒲溪)·유계(酉溪)·원계(沅溪)·
   진계(辰溪).

4) 夜郎(야랑): 당나라 때 강남도(江南道) 진주(溱州) 야랑현(夜郎縣). 지금의 귀
   주(貴州) 동재현(桐梓縣) 동쪽. 이때 이백은 야랑으로 유방(流放)되었음.

평설 ◡◠

• 『비점당시정성』에 "태백의 절구는 편편(篇篇)이 다만 남에게 주는 이별
  시이다. 〈寄王昌齡〉과 〈送孟浩然〉 등의 작품은 체격(體格)이 일분(一
  分)도 서로 같지 않다. 음절과 풍격이 만세(萬世)의 일인(一人)이다"라고
  했다.

• 『당시직해』에 "음절이 맑고 슬프다"라고 했다.

- 『시수』에 "태백의 칠언절구, '楊花落盡子規啼'·'朝辭白帝彩雲間'·'誰家 玉笛暗飛聲'·'天門中斷楚江開' 등의 작품은 읽어보면, 참으로 팔극(八極) 을 휘둘러 내치고, 구소(九霄)를 뛰어넘으려는 뜻이 있다. 하감(賀監: 賀 知章)이 '적선(謫仙)'이라고 말했는데, 참으로 헛말이 아니다"라고 했다.

- 『현용설시』에 "깊이 한 '완(婉)' 자를 얻어서 이별했다"고 했다.

황학루에서 맹호연이 광릉 가는 것을 전송하다
黃鶴樓送孟浩然之廣陵

故人西辭黃鶴樓	벗이 서쪽으로 황학루를 떠나
烟花三月下揚州	안개 끼고 꽃 핀 삼월에 양주로 내려가네
孤帆遠影碧空盡[1]	외로운 돛의 먼 그림자는 푸른 허공으로 사라지고
唯見長江天際流	다만 장강이 하늘 끝으로 흘러감만 보네

주석 ↺

1) 碧空(벽공): 벽산(碧山)으로 된 판본도 있음.

산중문답 山中問答

| 問余何事棲碧山 | 나에게 어째서 푸른 산에 사냐고 묻는데 |
| 笑而不答心自閒 | 웃으며 대답하지 않으니 마음이 절로 한가롭네 |

桃花流水杳然去　복사꽃이 흐르는 물에 아득히 떠내려가니
別有天地非人間　다른 천지가 있어 인간세상이 아니네

평설 ⌒⌒

● 『성재시화(誠齋詩話)』에 "'問余何事棲碧山……'라 하고, 또 '相隨遙遙訪
赤城, 三十六曲水回縈. 一溪初入千花明, 萬壑度盡松風聲'이라고 했는데,
이것이 이태백의 시체(詩體)이다"라고 했다.

● 『당시선맥회통평림』에 "주정(周挺)이 '마음 따라 입을 열었고, 사유(思
惟)를 하지 않았다. 창사(蒼詞)와 고의(古意)가 절로 천뢰(天籟)를 이루
었다. 적선인(謫仙人)이 아니면 어떻게 이런 연화(煙火)를 먹지 않는 말
을 얻을 수 있겠는가!'라고 했다"고 했다.

● 『이암설당시』에 "이 시는 순전히 화기(化機)이다. 이백이 이 시를 지은
것은 세존(世尊)이 염화(拈花)한 것과 같으니, 사람들이 이 시를 읽는 것
은 마땅히 가섭(迦葉)이 미소 짓는 것과 같다. 설명할 수 없는데, 설명할
필요도 없다"고 했다.

나그네 길에서 客中行

蘭陵美酒鬱金香[1]　난릉의 좋은 술에 울금의 향기 나고
玉碗盛來琥珀光　옥 사발에 가득 채워오니 호박빛이네
但使主人能醉客　다만 주인에게 객을 취하게 하여
不知何處是他鄉　어느 곳이 타향인지 모르게 하오

1) 鬱金(울금): 생강(生薑) 비슷한 향신료. 창주(鬯酒)에 많이 넣었음.

아침에 백제성을 떠나다 早發白帝城[1]

朝辭白帝彩雲間	아침에 백제성 채색 구름 사이를 떠나
千里江陵一日還[2]	천 리 강릉으로 하루 만에 돌아왔네
兩岸猿聲啼不住	양 언덕의 원숭이울음이 그치지 않았는데
輕舟已過萬重山	날랜 배는 이미 만 겹의 산을 지나왔네

주석 ᏻ

1) 白帝城(백제성): 사천성 봉절현(奉節縣) 동쪽 백제산(白帝山) 위에 있는데 무산(巫山)과 가깝다. 동한(東漢) 초에 공손술(公孫述)이 세웠는데 스스로 백제라고 칭했기 때문에 백제성이라 이름 지었음. 『태평어람(太平御覽)』에 "성 굉지(盛宏之)의 『형주기(荊州記)』에 '다만 삼협(三峽) 7백 리 중에 양안(兩岸) 의 연이은 산은 약간도 빈 곳이 없고, 중첩한 바위와 봉우리가 하늘의 해를 가려서 스스로 정오와 밤이 구분되지 않아 해와 달을 볼 수 없다. 여름 물이 언덕에 차오를 때면 거슬러 오를 수가 없다. 왕명(王命)을 급히 전해야 할 경우는 때때로 아침에 백제성을 출발하여 저녁에 강릉(江陵)에 도착할 수 있 는데 그 사이가 1천2백 리이며, 비록 말을 타고 내달리고 바람을 탄다고 하여 도 빠르다고 하지 못할 것이다. …… 매번 맑은 아침이나 서리가 내리는 아침 에 숲이 차갑고 골짝이 추우면 항상 높은 곳의 원숭이의 긴 울음소리가 연속으로 끊기질 않아 처량하고, 빈 골짜기에 전해지는 메아리가 슬프게 더 욱 오래 울리기 때문에 어부가 노래하기를 「파동(巴東) 삼협(三峽)의 무협(巫 峽)이 긴데, 원숭이 울음 세 차례에 눈물이 옷을 적신다」고 한다"라고 했다.

제목이 〈白帝下江陵〉으로 된 판본도 있음.

평설 ◡

● 『비점당시정성』에 "또한 작자가 있지만 이런 성조(聲調)는 없다. 이는
  표일(飄逸)하다"라고 했다.

● 『승암시화』에 "성홍지(盛弘之)의 「형주기(荊州記)」에 '무협(武峽)의 강
  물은 빠르다'고 운운하며, '아침에 백제성을 출발하여 저녁에 강릉(江陵)
  에 도착할 수 있는데 그 사이가 1천2백 리이며, 비록 말을 타고 내달리
  고 바람을 탄다고 하여도 빠르다고 하지 못할 것이다'라고 했다. 두자미
  (杜子美)의 시는 '早發白帝暮江陵, 頃來目擊信有征'이라 했고, 이태백은
  '朝辭白帝彩雲間……'라고 했다. 비록 함께 성홍지의 말을 사용했지만
  우열이 스스로 구별된다. 지금 사람들은 이백과 두보는 우열을 논할 수
  없다고 하는데, 이 말은 또한 몹시 어리석다. 백제에서 강릉에 갈 때,
  봄물이 차올랐을 때는 배를 타고 아침에 출발하여 저녁에 도착하는데,
  구름이 날고 새가 쫓아가도 그것보다 빠르지 못하다. 태백은 그것을 진
  술하여 운어(韻語)로 지었는데, 풍우를 놀라게 하고 귀신을 울게 한다"
  라고 했다.

● 『당시귀』에 "종성이 '홀연히 베껴냈다'고 했다"고 했다.

● 『당시별재』에 "순식간의 천리를 베껴냈는데, 신조(神助)가 있는 듯하다.
  '猿聲' 1구로 들어가서도 문세(文勢)의 곧음이 손상되지 않았다. 화가의
  포경(布景)과 설색(設色)은 매번 이곳에다 뜻을 둔다"고 했다.

● 『당인만수절구선평』에 "독자는 그 놀람이 극대하지만, 작자는 다만 주의
  (注意)하지 않았고, 낸 것이 한 점의 기력도 붙이지 않는 듯하다. 완정(阮
  亭: 王士稹)이 삼당(三唐)의 압권으로 추대한 것은 믿을 만하다"고 했다.

- 『현용설시』에 "태백의 칠언절구는 천재가 초일(超逸)하고, 신운(神韻)이 그것을 따른다. '朝辭白帝彩雲間, 千里江陵一日還'의 경우, 이처럼 신첩(迅捷)하다면 경주(輕舟)가 만 겹의 산을 넘는 것은 설명할 필요가 없다. 중간에는 도리어 '兩岸猿聲啼不住' 1구을 사용하여 그것을 빠뜨렸는데, 이 구가 없었다면 다만 맛이 없었을 것이다. 이 구가 있어서 달리는 곳을 머물게 하고, 급한 말을 느슨하게 했으니, 용필(用筆)의 묘를 깨달았다"고 했다.

여산폭포를 바라보다 望廬山瀑布[1]

日照香爐生紫煙[2]	햇살이 향로봉을 비추니 자색 연기가 피고
遙看瀑布挂前川	폭포가 앞 내에 걸려있는 것을 멀리서 보네
飛流直下三千尺	나는 물줄기가 곧장 삼천 척으로 흘러내리니
疑是銀河落九天[3]	은하수가 구천에서 떨어지는 듯하네

주석 ⌒

1) 廬山(여산): 연산은 지금의 강서성 구강시(九江市) 서쪽에 있음. 같은 제목의 고시 1편이 더 있음.

2) 香爐(향로): 여산의 서북쪽에 있음. 봉우리의 정상이 뾰쪽하고 둥글어서 박산향로(博山香爐)와 같음.

3) 九天(구천): 구중천(九重天).

- 『지봉유설』에 "이백의 〈여산폭포〉에서 '初驚銀河落'이라 했고, 또 '疑是
  銀河落九天'이라고 했는데, 대개 잘 형용한 것이다. 진단(陳搏)의 시는
  '銀河瀉落翠光冷'이라 했고, 석만경(石曼卿)은 '玉虹垂地色, 銀漢落天聲'
  이라 했는데, 모두 이백의 시를 답습한 것이다"라고 했다.

- 송나라 갈립방(葛立方)의 『운어양추(韻語陽秋)』에 "서응(徐凝)의 〈폭포〉
  시에 '千古猶疑白練飛, 一條界破靑山色'이라 했는데, 어떤 이가 낙천(樂
  天: 白居易)이 이어도 얻지 못할 말이 있다고 했다. 다만 이백의 시를
  보지 못했을 뿐이다. 이백의 〈望廬山瀑布〉시에 '飛流直下三千尺, 疑是銀
  河落九天'이라고 했다. 그래서 동파(東坡: 蘇軾)가 '帝遣銀河一派水, 古
  來惟有謫仙詞'이라고 했다. 내가 보건대 '銀河一派'는 오히려 비류(比類)
  이다. 이백이 전편(前篇)에서 말한 '海風吹不斷, 江月照還空'만 못한데,
  허공을 뚫어서 말을 냈으니 기뻐할 만하다"고 했다.

산중에서 유인과 대작하다 山中與幽人對酌[1]

兩人對酌山花開	두 사람이 대작하는데 산꽃이 피고
一杯一杯復一杯	한 잔 두 잔 다시 한 잔
我醉欲眠卿且去[2]	내 취하여 자려 하니 그대는 돌아가오
明朝有意抱琴來	내일 아침에 생각이 있거든 금을 안고 오시오

주석 ◯

1) 幽人(유인): 은자(隱者).

2) 『송서(宋書)·도잠전(陶潛傳)』에 "성품이 술을 좋아했는데, 귀하거나 천한 사람 중에 오는 사람이 있으면 곧 술자리를 차려놓았다. 도잠이 먼저 취할 경우에는 곧 객에게 말하기를 '내 취하여 자려하니 그대는 돌아가오'라고 했다. 그 진솔함이 이와 같았다"라고 했다.

청평조사 清平調詞[1]

1

雲想衣裳花想容[2]	구름 같은 의상과 꽃 같은 얼굴
春風拂檻露華濃	봄바람이 난간에 부니 이슬이 질네
若非羣玉山頭見[3]	군옥산 꼭대기에서 보지 못한다면
會向瑤臺月下逢[4]	필히 요대의 달빛 아래서 만나리라

주석 ⌒

1) 모두 3수임. 왕기(王琦)의 『이태백전집』 주에 "『태진외전(太眞外傳)』에 '개원(開元) 중에 금중(禁中)에서 목작약(木芍藥)을 중시했는데, 곧 지금의 모란(牡丹)이다. 여러 본(本)의 홍색·자색·천홍(淺紅)·통백(通白)색을 얻은 자가 있어서, 상(上)이 흥경지(興慶池) 동쪽 침향정(沈香亭) 앞에 옮겨 심어놓았다. 꽃이 바야흐로 번다하게 피어날 때 상은 조야백(照夜白)을 타고, 비(妃)는 보련(步輦)으로 따랐다. 이원제자(梨園弟子) 가운데 뛰어난 자를 선발하여 악(樂) 16색(色)을 얻게 했다. 이구년(李龜年)이 노래로써 한 시대의 명성을 천단했는데, 손에 단판(檀板)을 받들고 여러 악공들을 감독하면서 노래를 부르려고 했다. 상이 '명화(名花)를 감상하면서 비자(妃子)를 마주했는데, 어찌 구악(舊樂)을 사용하겠는가?' 하고는, 급히 구년에게 금화전(金花箋)을 가지고 가서 한림학사(翰林學士) 이백에게 내려주고, 즉시 청평악사(清平樂詞) 3장

(章)을 지어 올리라고 했다. 뜻을 받들 때 여전히 숙취로 괴로워하고 있었는데, 그로 인하여 붓을 들고 그것을 지었다. 구년이 가사를 받들고 가서 상에게 올리니, 이원제자에게 명하여 사조(詞調)를 간략히 하여 사죽(絲竹)으로 연주하게 했다. 마침내 구년에게 노래로 부르라고 재촉했다. 태진비(太眞妃)는 파리칠보배(頗梨七寶杯)를 들고 서량주(西凉州)의 포도주(蒲桃酒)를 따르고, 미소 지으며 가사의 뜻이 몹시 깊음을 깨달았다. 상이 옥적(玉笛)을 불어 곡에 맞추었다. 매 곡을 마치고 바꾸려 하면 그 소리가 머물러 있어서 아름답게 여겼다. 비(妃)가 잔을 비우고 수건(繡巾)을 여미고 상에게 재배(再拜)했다. 상은 '이로부터 이한림(李翰林)이 여러 학사들 가운데 더욱 뛰어남을 알게 되었다'라고 했다"고 했다.

『통전(通典)』에 "평조(平調)·청조(淸調)·슬조(瑟調)는 모두 주(周)나라 방중(房中)의 유성(遺聲)이다. 한나라 시대에서는 삼조(三調)라고 했다'고 했다. 기(琦)가 『당서(唐書)·예악지(禮樂志)』를 살펴보니, 속악(俗樂) 28조(調) 중에 정평조(正平調)·고평조(高平調)가 있다. 이른바 청평조(淸平調)라는 것은 또한 이런 종류임을 알 수 있다. 대개 천보(天寶) 중에 제작하여 공봉(供奉)한 신곡(新曲)에 〈여지향(荔枝香)〉·〈이주곡(伊州曲)〉·양주곡(凉州曲)〉·〈감주곡(甘州曲)〉·〈예상우의곡(霓裳羽衣曲)〉곡의 무리이던가?"라고 했다.

2) 想(상): 여(如) 혹은 상(像)과 같음. ……같은.

3) 羣玉山(군옥산): 서왕모(西王母)가 산다는 옥산(玉山)의 별칭.

4) 瑤臺(요대): 서왕모의 주거지.

2

一枝紅艷露凝香	한 가지 붉고 요염한 꽃의 이슬에 향기 엉기니
雲雨巫山枉斷腸[1]	구름 뜨고 비 오는 무산에서 헛되이 애를 끊네
借問漢宮誰得似	물어보자 한나라 궁전의 누구와 같은가?
可憐飛燕倚新粧[2]	아리따운 비연이 새 단장에 의지하네

1) 雲雨巫山(운우무산): 『수경주(水經注)』에 "단산(丹山) 서쪽은 곧 무산인데, 천제(天帝)의 딸이 그곳에서 산다. 송옥(宋玉)이 말한 바에 '천제의 막내딸은 이름이 요희(瑤姬)이다. 시집가지 못하고 죽어서 무산의 대(臺)에 봉(封)하였다. 정혼(精魂)은 풀이 되었는데, 실로 영지(靈芝)이다. 이른바 무산녀(巫山女)는 고당(高唐)의 희(姬)이다. 아침에는 구름이 되고 저녁에는 비가 되는데, 아침마다 저녁마다 끊임이 없다'고 했다. 양봉(陽峰) 아래에서 아침 일찍 그것을 살펴보면 과연 그 말과 같았기 때문에 사당을 세우고 조운(朝雲)이라고 이름 붙였다"고 했다.

2) 飛燕(비연): 조비연(趙飛燕).

평설 ⌒

• 『역옹패설』에 "설사성(薛司成) 문우(文遇)가 '이태백의 〈청평사(淸平詞)〉에서 「一枝紅豔露凝……可憐飛燕倚新粧」이라고 했는데, 「倚」라는 것은 「뇌(賴)」이다. 조후(趙后)가 한궁(漢宮)의 총애를 독점한 것은 다만 지분(脂粉)에 의지했을 뿐이다. 「可憐」이라고 한 것은 그것을 조롱한 말이다'라고 했다"고 했다.

• 『지봉유설』에 "이백의 〈청평사〉는 '一枝紅豔露凝香……'라고 했는데, 당 여순(唐汝詢)이 '귀비의 용색이 꽃과 같으니, 양왕(襄王)의 운우지몽(雲雨之夢)은 부질없음을 깨닫는다. 어떤 이는 「왕단장(枉斷腸)」은 수왕(壽王)을 말한 것이라고 하는데, 이태백이 본의가 아니라고 여겨진다'고 했다. 또 『역옹패설』에서 「의(倚)」란 「뇌(賴)」이다. 조후(趙后)가 한궁(漢宮)의 총애를 독점한 것은 다만 지분(脂粉)에 의지했을 뿐임을 말한 것이다'라고 했다. 나는 '의(倚)'는 '시(恃)'와 같다고 여기는데, 고시 '依倚將軍勢'의 '倚'처럼, 대개 그 장분(妝粉)을 의지해 믿고서, 자득(自得)한 뜻

을 자랑함을 말한 것이다. 이백시의 또한 '自倚顏如和'라고 한 것이 그것이다"라고 했다.

3
名花傾國兩相歡[1]   명화와 경국이 둘 다 서로 즐거우니
長得君王帶笑看   오랫동안 군왕에게 미소 띠고 보게 하네
解釋春風無限恨   봄바람의 무한한 한을 풀어놓고
沈香亭北倚闌干   침향정 북쪽 난간에 기대었네

주석 ↺

1) 名花傾國(명화경국): 모란과 양귀비를 말함.

평설 ↺

● 조선 고상안(高尙顔)의 『효빈잡기(效顰雜記)』에 "이적선(李謫仙)의 〈궁중행락사(宮中行樂詞)〉와 〈청평사〉는 모두 기풍(譏諷)의 뜻을 머금고, 규간(規諫)의 정성을 붙여놓았다. 그러나 깊은 간절함이 밝게 드러난 것은 다만 〈청평사〉의 '解釋春風無限恨' 1구뿐이다. 당시 천하가 약간 편안하고, 금구(金甌)가 결함이 없어서, 삼촌(三春)의 행락과 팔음(八音)이 번갈아 연주되고, 또한 귀비를 대하고 명화를 감상하는데, 무슨 한이 있어서 풀어놓을 수가 있겠는가? 나는 이 당시 명황(明皇)이 간회(姦回)를 숭신(崇信)하여, 안으로는 그 자식은 보호하지 못했고, 호추(胡雛)를 총애하여, 밖으로는 태아검(太阿劍)을 거꾸로 쥐고 있었다고 여긴다. 우우

(憂虞)의 상(象)과 견빙(堅氷)의 조짐을 다 말할 수 없음이 있는데, 이 때문에 무한한 한이라고 말한 바인데, 명황은 편안하게 괴이함을 알지 못했다. 이른바 '해석(解釋)'이라는 것은 오히려 '망각(忘却)'을 말한 것이다. '망각' 글자는 너무 드러나기 때문에 '해석'을 빌려서 말했을 뿐이다. 이처럼 한 가지를 얻었는데, 박아(博雅)한 사람이 어떻게 생각할지 모르겠다"고 했다.

• 『당시직해』에 "네 번 미태(媚態)를 내었는데, 각의(刻意)의 공교함으로써 하지 않았고, 또한 각의로써 공교로울 바도 아니다"라고 했다.

• 『시수』에 "'明月自來還自去, 更無人倚玉闌干'과 '解釋春風無限恨, 沈香亭北倚闌干'은 최노(崔魯)와 이백이 함께 옥환(玉環)의 일을 노래한 것인데, 최는 뜻이 지극히 정공(精工)하고, 이는 말이 붓에 맡겨서 나왔다. 그래서 함께 논할 수가 없는데, 다만 기상(氣象)은 같지 않다"고 했다.

• 『당시해』에 "태백은 지극히 즐거운 때에다 '한(恨)' 자를 하나 가하였으니, 뜻이 몹시 낮지 않다"고 했다.

• 『당시별재』에 "본래 천자의 근심을 풀어놓았음 말했는데, '춘풍'에다 기탁했다. 말을 지음이 은미하고 완곡하다"고 했다.

두보 杜甫

두보(712-770), 자는 자미(子美), 원적(原籍)은 양양(襄陽: 지금이 호북성 襄陽縣)이고, 증조부 때 하남(河南) 공현(鞏縣)으로 옮겼다. 진(晉)나라 두예(杜預)의 13대손이며 두심언(杜審言)의 손자이다. 두보는 유가(儒家)의 가정에서 성장하여, 천보(天寶) 초에 장안으로 와서 과거에 응시했으나 낙방했다. 이에 8, 9년 동안 남쪽으로는 오월(吳越) 지역과 북쪽으로는 제조(齊趙) 지역을 여행하며 이백(李白)과 고적(高適) 등과 사귀었다. 천보 11년(755), 그의 나이 40세에 〈삼대례부(三大禮賦)〉를 현종(玄宗)에게 바치고 하서위(河西尉)에 임명되었으나 부임하지 않았다. 나중에 우위솔부주조참군(右衛率府冑曹參軍)에 임명되었다. 얼마 후 안녹산의 난이 일어나서 장안이 함락되자, 두보는 가족을 거느리고 부주(鄜州) 강촌(羌村)으로 피난을 갔다가 반란군의 포로가 되었다. 현종이 촉(蜀)으로 피난가고, 숙종(肅宗)이 영무(靈武)에서 즉위하자, 두보는 탈출하여 영무로 가서 배알하고 좌습유(左拾遺)에 임명되었다. 곧 방관(房琯)을 위해 상소를 했다가 화주사공참군(華州司空參軍)으로 좌천되었다. 건원(乾元) 2년(759)에 벼슬을 버리고 서쪽으로 가서, 진주(秦州)와 동곡

(同谷)을 거쳐 촉(蜀)으로 들어가서 성도(成都)의 초당(草堂)에 안주했다. 엄무(嚴武)가 촉(蜀)의 진무사(鎭撫使)가 되자, 두보를 검교공부원외랑(檢校工部員外郞)으로 삼았다. 엄무가 죽은 후 가족을 거느리고 기주(夔州)로 옮겼다. 대력(大曆) 3년(768)에 기주를 떠나 여러 곳을 떠돌다가 침주(郴州)로 가는 도중 뇌양(耒陽)에서 빈곤과 병으로 배 안에서 객사했다. 향년 59세였다.

『신당서(新唐書)·두보전(杜甫傳)』에 "당나라가 일어났을 때 시인들은 진(陳)나라와 수(隋)나라의 풍류(風流)를 받들어 부미(浮靡)함을 서로 자랑했다. 송지문(宋之問)과 심전기(沈佺期) 등에 이르러 성음(聲音)을 연최(硏揣)하여 부절(浮切: 平仄)을 어긋나지 않게 하고, 율시(律詩)라고 부르며 다투어 서로 계승하였다. 개원(開元) 연간에 이르러 차츰 아정(雅正)하게 지었으나, 화려함을 믿는 자는 질(質)함에 반(反)하고, 화려함을 좋아하는 자는 장(壯)함을 어기었다. 사람들은 일개(一槩)를 얻으면 모두 스스로 잘하는 바를 명예롭게 여겼다. 두보는 혼함왕망(渾涵汪茫)하고 천휘만상(千彙萬狀)하여 고금을 겸하여 지녔다. 다른 사람들은 부족했으나, 두보는 넉넉하여 잔고잉복(殘膏賸馥: 餘澤)이 후인들에게 점개(沾丐)한 것이 많았다. 그러므로 원진(元稹)이 '시인(詩人) 이래 일찍이 자미(子美)와 같은 사람은 없었다'고 하고, 또 '시사(時事)를 잘 진술하고, 율절(律切)이 정심(精深)하고, 천언(千言)에 이르러도 조금도 쇠함이 없었는데, 세상에서 시사(詩史)라고 불렀다'라고 했다. 창려(昌黎) 한유(韓愈)는 문장(文章)에 대하여 신중하게 허가(許可)했는데, 가시(歌詩)에 있어서 오직 추대하기를 '이백과 두보의 문장이 있어서, 광염(光燄)이 만 장(丈)으로 기네'라고 했으니, 참으로 믿을 만하다"고 했다. 원진(元稹)의 「당고공부원외랑두군묘계명(唐故工部員外郞杜君墓係銘)」에서 "두자미(杜子美)는 위로는 풍소(風騷)에 핍근하고, 아래로는 심전기와 송지문을 갖추고, 말은 소무(蘇武)와 이릉(李陵)을 빼앗고, 기(氣)는 조식(曹植)과 유정(劉楨)을 삼키고, 안연지(顔延之)와 사령운(謝靈運)의 고고(孤高)함을 덮어버리고, 서릉(徐陵)과 유신(庾信)의 유려(流麗)함을 섞고, 고금의 체세(體勢)를 모두 얻고, 사람들의 독전(獨專)한 바를 겸하였다. 시인(詩人) 이래 일찍이 자미(子美)와 같은 사람은 없었다"고 했다.

고려 이인로(李仁老)의 『파한집(破閑集)』에 "아(雅)가 없어지고 풍(風)이 망한 후에, 시인들은 모두 두자미를 추대하여 독보(獨步)라고 했다. 아마 다만 말을 지음이 정경(精硬)하여, 천지의 청화(菁華)를 다 깎아냈기 때문이 아니겠는가? 비록 한 번의 식사 때일지라도 임금을 잊은 적이 없고, 의연(毅然)히 충의의 절개가 마음에 뿌리를 두고 밖으로 나오니, 구절마다 후직(后稷)과 설(契)이 입에서 흘러나오지 않음이 없어서, 읽어보면 나약한 사람에게 뜻을 세우게 한다. 영롱한 그 소리는 그 질이 옥이기 때문에 대개 그러하다"고 했다.

구한말(舊韓末)의 황현(黃玹)은 「제소천시권후(題小川詩卷後)」에서 "두시(杜詩)에 대하여 말하자면 고체(古體)가 으뜸이고 오언율시가 다음이며, 또 칠언·오언절구는 그 다음이다. 칠언율시에 있어서는 왕왕 멋대로 방자하여 험굴하고 조잡하므로, 참으로 정상적인 법으로 삼을 수 없는 것이 있다"고 했다.

태산을 바라보다 望嶽

岱宗夫如何[1]	대종산이 어떻던가?
齊魯靑未了[2]	제와 노 지역에 푸름이 끝이 없고
造化鍾神秀[3]	조화가 신기함과 수려함을 모았고
陰陽割昏曉[4]	남쪽과 북쪽으로 어둠과 밝음이 나뉘네
盪胸生曾雲[5]	가슴 속을 맑게 씻으며 높은 구름이 피어나고
決眥入歸鳥	눈을 부릅뜨면 돌아오는 새들이 보이네
會當凌絶頂	언젠가 반드시 정상에 올라가서
一覽衆山小	여러 산들의 작음을 굽어보리라

주석 ↩

1) 岱宗(대종): 태산(泰山)의 별칭. 오악(五嶽)의 장(長)이기 때문에 대종이라
   함. 『풍속통(風俗通)·산택(山澤)』에 "泰山, 山之尊者, 一曰岱宗. 岱, 始也;
   宗, 長也. 萬物之始, 陰陽交代, 故爲五嶽之長"이라 함.

2) 齊魯(제로): 춘추시대 제나라와 노나라 지역. 지금의 산동성 중부지역. 『사기
   (史記)·화식열전(貨殖列傳)』에 "故泰山之陽則魯, 其陰則齊"라고 했음.

3) 造化(조화): 천지만물의 주재자. 조물주. 鍾(종): 모으다.

4) 陰陽(음양): 산의 남쪽을 양(陽)이라 하고, 산의 북쪽을 음(陰)이라고 함.

5) 盪(탕): 탕척(盪滌). 맑게 씻다. 曾雲(층운): 층운(層雲).

평설 ↩

● 송나라 범온(范溫)의 『잠계시안(潛溪詩眼)』: "〈망악〉시에 '齊魯靑未了'라
   고 하고, 〈동정(洞庭)〉시에 '吳楚東南坼, 乾坤日夜浮'라고 했다. 말이 본

래 고묘(高妙)하며 힘이 있는데, 동악(東嶽)과 동정호의 큼을 말하면서 여기에서 벗어나지 않았다. 후래의 문사들은 힘을 다하여 그것을 말했으나, 끝내 역량의 한계가 있어서 더욱 미칠 수 없음을 깨닫는다. 〈망악〉 제2구가 이와 같기 때문에 먼저 '岱宗夫如何'라고 말한 것이다. …… 제2구가 없다면, '岱宗夫如何'라고 말한 것은 혼란하게 말한 것이라고 해도 옳을 것이다"라고 했다.

● 『당시품휘』에 "기구(起句)가 초연(超然)한 것이다"라고 했다.

● 『당선맥회통평림』에 "유진옹(劉辰翁)이 「齊魯青未了」 5글자는 웅장하게 일세(一世)를 덮었다. 「青未了」는 말이 좋고, 「夫如何」는 질탕(跌蕩)하여 주구(湊句)가 아니다. 「盪胸」은 해석할 필요가 없는데, 등고(登高)의 뜻이 넓어서 스스로 그 아취를 보이면서 하구(下句)의 괴로움을 대했다'고 했다. 곽준(郭濬)이 '다른 사람들의 태산을 유람한 기록은 천 마디로도 마치지 못하는데, 노두(老杜: 두보)의 몇 마디에 의해 다 말해졌다'라고 했다. 주정(周挺)이 '단지 몇 마디 말로써 태악(泰嶽)의 색기(色氣)의 늠연(凜然)함을 다 말해서 만고(萬古) 개천(開天)의 명작을 지었다. 구와 글자는 모두 귀린(鬼磷)을 울게 하고, 귀담(鬼膽)을 찢어놓을 수 있다'고 했다"고 했다.

● 『당시별재』에 "'齊魯青未了' 5글자가 태산을 이미 다 말했다"고 했다.

경성에서 봉선현으로 가며 오백 자로 회포를 읊다
自京赴奉先縣, 詠懷五百字[1)]

杜陵有布衣[2)]   두릉에 포의가 있는데

老大意轉拙	늙어서도 뜻이 더욱 졸렬하여
許身一何愚	자신에게 소망함이 얼마나 어리석은가?
竊比稷與契3)	스스로 후직과 설에게 비하였네
居然成濩落4)	결국 뜻을 이루지 못하고
白首甘契闊5)	백발로 고생을 달게 여기네
蓋棺事則已6)	관 뚜껑을 덮고서야 일을 그치니
此志常覬豁7)	이 뜻이 항상 달성되기를 바랐네
窮年憂黎元8)	일 년 내내 백성들을 근심하며
歎息腸內熱	탄식하니 내장에서 열이 나네
取笑同學翁	동학 노인들의 비웃음을 받으며
浩歌彌激烈9)	큰 소리의 노래가 더욱 격렬하네
非無江海志10)	강해로 은거할 뜻이 없진 않지만
蕭灑送日月11)	자유롭게 세월을 보내네
生逢堯舜君	태어나서 요와 순임금의 시대를 만났으니
不忍便永訣	차마 곧장 영원히 떠날 수가 없네
當今廊廟具12)	지금 낭묘의 재목들이 갖추어져
構厦豈云缺	큰 집을 짓는데 어찌 부족함이 있겠는가?
葵藿傾太陽13)	아욱과 콩잎은 태양을 향하는데
物性固難奪	물성은 본래 빼앗기가 어렵다네
顧惟螻蟻輩14)	땅강아지 개미 무리를 돌아보면
但自求其穴	다만 스스로 그 굴만 구할 뿐이니
胡爲慕大鯨	어찌 큰 고래를 연모하여
輒擬偃溟渤15)	곧 큰 바다에 안주하겠는가?

以玆悟生理	이로써 인생의 도리를 깨달으며
獨恥事干謁[16]	홀로 간알을 일삼음을 부끄러워하네
兀兀遂至今[17]	근면하게 지금에 이르렀으나
忍為塵埃沒	먼지 속에 매몰됨을 참으며
終愧巢與由[18]	끝내 소부와 허유에게 부끄러워하며
未能易其節	그 절개를 바꾸지 못하네
沈飮聊自適	술에 빠져 잠시 유유자적하며
放歌破愁絶	고성방가로 근심을 푸네
歲暮百草零	세모에 모든 풀이 시들고
疾風高岡裂	질풍에 높은 언덕이 균열되네
天衢陰崢嶸[19]	천구엔 음기가 높은데
客子中夜發	나그네는 한 밤중에 출발하네
霜嚴衣帶斷	서리가 모질어 허리띠가 끊기고
指直不得結	손가락은 곱아 움츠릴 수가 없는데
凌晨過驪山[20]	새벽에 여산을 넘으니
御榻在嵽嵲[21]	어탑이 높은 곳에 있네
蚩尤塞寒空[22]	치우의 짙은 안개가 찬 허공을 막고
蹴蹋崖谷滑[23]	달려가니 언덕과 골짜기가 미끄럽네
瑤池氣鬱律[24]	요지엔 수증기가 자욱하고
羽林相摩戛[25]	우림군들은 서로 부딪치며 소리내고
君臣留歡娛	군신들은 머물러 즐기고 있는데
樂動殷樛嶱[26]	음악소리는 넓게 진동하네
賜浴皆長纓[27]	목욕을 하사 받은 이는 모두 대신들이고

與宴非短褐[28]	연회를 함께 하는 이들은 백성들이 아니네
彤庭所分帛[29]	조정에서 나눠준 비단은
本自寒女出	본래 가난한 아낙에게서 나왔는데
鞭撻其夫家	그 남편을 채찍질하여
聚斂貢城闕	거두어다 성궐에 바친 것이네
聖人筐篚恩[30]	성인이 대바구니의 물품을 내려주는 은혜는
實欲邦國活	실로 나라를 살리고자 함인데
臣如忽至理	신하가 만일 지극한 도리를 홀시한다면
君豈棄此物	임금이 어찌 이런 물건들을 버리겠는가?
多士盈朝廷	많은 선비가 조정에 가득하니
仁者宜戰慄	인자는 마땅히 전율하리라
況聞內金盤	하물며 궁내의 금반이
盡在衛霍室[31]	모두 위청과 곽거병의 집에 있다고 들었음에랴!
中堂舞神仙[32]	중당에서 신선들이 춤추니
煙霧散玉質[33]	연무가 하얀 피부에서 흩어지네
煖客貂鼠裘[34]	객들을 따뜻하게 하려고 담비털옷을 내오고
悲管逐淸瑟	슬픈 피리소리가 맑은 슬소리를 따르네
勸客駝蹄羹	객들에게 낙타발굽의 국을 권하고
霜橙壓香橘[35]	등자가 향기로운 귤을 누르고 있네
朱門酒肉臭	권세가에선 술과 고기가 썩어가는데
路有凍死骨	길바닥엔 얼어 죽은 해골들이 있네
榮枯咫尺異	영고성쇠가 지척에서 다르니
惆悵難再述	슬퍼서 다시 진술하기 어렵네

北轅就涇渭[36]	북으로 가는 수레는 경수와 위수로 나아가고
官渡又改轍	관청 나루에서 다시 길을 바꾸네
羣氷從西下	많은 얼음덩이가 서쪽에서 흘러와서
極目高崒兀	사야 멀리까지 높게 솟아있네
疑是崆峒來[37]	공동산에서 흘러오는가 싶은데
恐觸天柱折[38]	천주를 쳐서 무너뜨릴까 두렵네
河梁幸未坼	하수의 다리는 다행히 무너지지 않았지만
枝撐聲窸窣[39]	지탱하는 교각이 삐걱삐걱 소리를 내네
行旅相攀援	행인들은 서로 부여잡고서
川廣不可越	하천이 넓어서 건너갈 수가 없네
老妻寄異縣	늙은 처를 다른 현에 남겨두고
十口隔風雪	열 식구와 풍설 속에 떨어져 있는데
誰能久不顧	누가 오랫동안 찾지 않을 수가 있겠는가?
庶往共飢渴	찾아가서 굶주림과 목마름을 함께 하고 싶네
入門聞號咷	문에 들어서니 통곡소리가 들리는데
幼子飢已卒	어린 자식이 굶주려 이미 죽었다네
吾寧捨一哀	내 어찌 한 차례 통곡함을 그만두겠는가?
里巷亦嗚咽	이웃에서도 또한 흐느껴 우네
所愧爲人父	애비가 된 것이 부끄러우니
無食致夭折	요절한 자식에게 줄 식량이 없었네
豈知秋未登[40]	어찌 가을곡식을 수확하지 못하여
貧窶有倉卒	빈곤이 뜻밖에 있을 줄 알았겠는가?
生常免租稅	평생 항상 세금을 면제받았고

名不隸征伐	이름이 정벌에 소속되지 않았건만
撫迹猶酸辛	지내온 일을 생각하면 오히려 쓰라린데
平人固騷屑⁴¹⁾	평민들은 본래부터 소란하고 불안하네
黙思失業徒	묵묵히 생업을 잃은 무리들을 생각하고
因念遠戍卒	먼 변방의 수졸들을 생각하니
憂端齊終南	근심이 종남산과 나란히 높고
澒洞不可掇⁴²⁾	드넓은 물처럼 거둘 수가 없네

주석

1) 천보(天寶) 14년(755) 11월 두보는 우위부주조참군(右衛府冑曹參軍)에 임명되어 장안(長安)에서 봉선현(奉先縣: 지금의 陝西省 蒲城)으로 돌아가 가족을 만났다.

2) 杜陵(두릉): 장안(長安) 동남쪽 교외에 있음. 진(秦)나라 때 두현(杜縣)이었는데, 한(漢)나라 선제(宣帝)의 능이 있어서 두릉이라 했음. 두릉에서 동남쪽으로 십 리에 선제의 허후(許后) 묘가 있는데 소릉(少陵)이라 부름. 두릉은 두보의 조적(祖籍)이고, 또 중조가 소릉에서 살았기 때문에, 스스로 두릉포의(杜陵布衣), 두릉야로(杜陵野老), 소릉야로(少陵野老)라고 칭했음. 포의(布衣)는 벼슬하지 않은 일반 백성.

3) 稷與契(직여계): 후직(后稷)과 설(契). 전설 속의 순(舜)임금 때 농관(農官)과 사도(司徒)를 지냈던 신하들.

4) 居然(거연): 과연(果然). 濩落(호락): 곽락(廓落). 윤락실의(淪落失意)함.

5) 甘(감): 일작 고(苦). 契闊(결활): 노고(勞苦), 근고(勤苦).

6) 蓋棺(개관): 관 뚜껑을 덮음. 사망(死亡)을 말함.

7) 覬豁(기활): 도달하기를 희망함.

8) 窮年(궁년): 종년(終年). 黎元(여원): 여민(黎民).

9) 浩歌(호가): 큰 소리로 부르는 노래. 고성방가.

10) 江海志(강해지): 먼 강이나 바닷가로 은거할 뜻.

11) 蕭灑(소쇄): 구속되지 않고 자유로움.

12) 廊廟具(낭묘구): 조정(朝廷)의 동량(棟梁)의 재목들.

13) 葵藿(규곽): 아욱과 콩잎. 그 잎이 햇빛을 향한다고 함. 조식(曹植)의 「求通親親表」에 "若葵藿之傾葉, 太陽雖不爲之廻光, 然終向之者, 誠也"라고 했음.

14) 螻螘輩(누의배): 땅강아지와 개미 무리. 자신의 안일만을 생각하는 소인배들을 말함.

15) 偃(언): 언앙(偃仰). 안거(安居). 溟渤(명발): 명해(溟海)와 발해(渤海). 큰 바다를 말함.

16) 干謁(간알): 알현을 구하는 것. 권문세가에 가서 벼슬에 추천해 주기를 바라는 것.

17) 兀兀(올올): 골골(矻矻). 근면한 모양.

18) 巢與由(소여유): 소부(巢父)와 허유(許由). 전설 속 당요(唐堯) 시대의 은자들.

19) 天衢(천구): 천공(天空). 崝嶸(쟁영): 고준(高峻). 원래는 산이 높은 모양인데, 여기서는 음기가 왕성함을 말함.

20) 驪山(여산): 지금의 섬서성 임동현(臨潼縣) 동남쪽에 있음. 장안(長安)과의 거리가 60리인데, 당나라 현종(玄宗)이 이곳에 온천궁(溫泉宮)을 두었다. 나중에 화청궁(華泉宮)이라고 개명했는데, 현종은 양귀비와 조정의 백관들을 거느리고 와서 피한(避寒)을 하며 노닐었다.

21) 御榻(어탑): 황제의 침상. 嶭嶭(체얼): 산세가 높은 모양.

22) 蚩尤(치우): 고대 신화 속의 인물, 황제(黃帝)와 전투를 할 때 큰 안개를 일으켜서 길을 잃게 하였다고 함. 여기서는 짙은 안개의 대칭으로 쓰였음.

23) 蹴踏(축답): 축답(蹴踏). 달려감.

24) 瑤池(요지): 원래는 서왕모(西王母)의 연회장소. 여기서는 여산의 화청지(華泉池) 온천을 말함. 鬱律(울률): 자욱하다.

25) 羽林(우림): 우림군(羽林軍). 황제의 호위병. 摩戛(마알): 마찰(摩擦). 서로 부딪히며 소리가 나는 것.

26) 樛嶱(규갈): 광대(廣大)한 모양. 일작 교갈(膠葛).

27) 長纓(장영): 긴 모자 끈. 권귀대신(權貴大臣)을 말함.

28) 短褐(단갈): 거친 베의 짧은 옷. 평민백성을 말함.

29) 彤庭(동정): 조정(朝廷). 동(彤)은 주홍색. 궁전의 문과 기둥을 주홍색으로 칠 했기 때문에 동정이라고 함.

30) 聖人(성인): 임금을 말함. 筐篚恩(광비은): 광(筐)은 네모난 대광주리. 비(篚) 는 둥근 대광주리. 즉 금백(金帛)을 대나무 상자에 담아서 신하들에게 내려 주는 은혜.

31) 衛霍(위곽): 한(漢)나라 무제(武帝) 때의 외척인 위청(衛青)과 곽거병(霍去 病). 양국충(楊國忠)의 형제자매들을 가리킴.

32) 神仙(신선): 양귀비(楊貴妃) 자매를 말함.

33) 煙霧(연무): 연기와 안개 같은 가볍고 투명한 무복(舞服)을 말함. 散(산): 일 작 몽(蒙).

34) 貂鼠(초서): 초(貂)와 같음. 담비.

35) 霜橙(상등): 서리 맞은 등자(橙子). 등자는 남방에서 생산되는 귤의 일종.

36) 北轅(북원): 북쪽으로 가는 수레. 涇渭(경위): 경수(涇水)와 위수(渭水). 두 물은 소응현(昭應縣: 지금의 臨潼)에서 합류됨.

37) 崆峒(공동): 산 이름. 감숙성 민현(岷縣)에 있음.

38) 天柱(천주): 전설 속의 하늘을 바치고 있다는 기둥. 『화남자(淮南子)·천문훈 (天文訓)』에 "昔者, 共工與顓頊爭爲帝, 怒而觸不周之山, 天柱折, 地維絶"이라 했음.

39) 窸窣(실솔): 삐걱대는 소리.

40) 未登(미등): 곡식이 여물지 않음. 혹은 풍부히 수확하지 못함.

41) 騷屑(소설): 소란하고 불안함.

42) 澒洞(홍동): 물이 광대(廣大)한 모양.

평설 ◎

● 송나라 황철(黃徹)의 『벽계시화(碧溪詩話)』에 "『맹자(孟子)』 7편은 임금
과 백성을 논한 것이 반이고, 그 나머지는 임금을 설득하려는 것인데,
대개 백성을 안정시키고자 한 것이다. 소릉(少陵: 두보)의 '窮年憂黎元,
歎息腸內熱'을 보면…… 뜻이 천하의 한사(寒士)들을 크게 보호하려는
데에 있다. 그 마음의 광대함은 저 구멍이나 구하는 개미나 땅강아지 무
리와는 달라서, 참으로 맹자가 남긴 바를 얻었다. 동파(東坡: 蘇軾)가 묻
기를 '노두(老杜)는 어떤 사람인가?' 하니, 어떤 이가 사마천(司馬遷)과
같다고 말했는데, 단지 그 시만 지명했을 뿐이다. 나는 노두는 맹자와
같다고 생각하는데, 대개 그 마음을 근원으로 했기 때문이다. 〈赴奉先
縣, 詠懷五百言〉을 보면, 성률(聲律) 안에서 노두의 심적(心迹)이 논한
일편(一篇)을 보게 된다"고 했다.

● 『세한당시화(歲寒堂詩話)』에 "소릉이 포의로 있을 때 개연히 임금에게
요순의 뜻을 바친 적이 있는데 세상에서 아는 사람이 없다. 비록 동학한
노인들도 또한 몹시 그것을 비웃는다. 그래서 '浩歌彌激烈'·'沈飮聊自
適'이라 한 것이다. 이는 제갈공명이 무릎을 껴안고 길게 노래한 것과
다르지 않다. 그 시를 읽어보면 그 흉억(胸臆)을 상상해볼 수 있다. ……
바야흐로 자식이 굶어죽었을 때, 오히려 '常免租稅'·'不隷征伐'을 다행
으로 여기고, '思失業徒'·'念遠戍卒'하고, '憂端齊終南'에 이르렀으니, 이
것이 어찌 풍월이나 읊조리는 자이겠는가?"라고 했다.

● 명나라 왕사석(王嗣奭)의 『두억(杜臆)』에 "'凌晨過驪山'에서 '路有凍死骨'
까지는 당시 군신(君臣)들이 편안히 혼자 즐기며 백성들의 처지를 돌보

지 않음을 서술했는데, 완전간지(婉轉懇至)하고, 억양탄토(抑揚呑吐)하고, 반복돈좌(反復頓挫)하여 그 묘를 곡진(曲盡)히 했다. 뒷날의 시인들이 두시를 보고 우국우민(憂國憂民)이라고 여기고 종종 본받았으나 필설에만 힘씀을 취했을 뿐이다. ……그래서 '彤庭分帛'·'衛霍金盤'·'朱門酒肉' 등의 말은 모두 그 사실을 말했기 때문에 '시사(詩史)'라고 부르는 것이다"라고 했다.

● 『당시별재』에 "'憂黎元'에서 '放歌愁絶'까지는 반반복복(反反復復)하고, 임리전도(淋漓顚倒)하여 진정 옛사람도 미치지 못할 곳이다"라고 했다.

● 청나라 옹방강(翁方綱)의 『석주시화(石洲詩話)』에 "〈奉先詠懷〉 1편과 〈羌村〉 3편은 모두 〈北征〉과 더불어 서로 표리(表裏)이다. 이들은 주(周)나라 〈아(雅)〉 이후 없던 것들이다. 『시(詩)』가 망하여서 『춘추(春秋)』가 지어지게 되었다. 만약 시가 망하지 않았다면 성인(聖人) 어찌 홀로 진술했겠는가? 이당(李唐) 시대에 곧 이러한 대제작(大制作)이 있게 된 것은 『육경(六經)』에 직접 접한 것이다. 어양(漁洋: 王士禎)이 5평(平)과 5측(仄)으로서 유희(遊戱)에 가깝다고 했다. 이 시가 심력으로 지음이 있음을 말한 것이다. '凌晨過驪山, 御榻在嶕嶢'과 '憂端齊終南, 澒洞不可掇'은 5평과 5측 안에서 첩운(疊韻)으로서 낸 것인데, 모두 천성(天成)에 속하니, 유희와 관계가 없다"고 했다.

회포를 말하다 述懷[1]

| 去年潼關破[2] | 지난 해 동관이 격파당한 후 |
| 妻子隔絶久 | 처자와 이별한 지 오래이네 |

今夏草木長　금년 여름 초목이 자랐을 때
脫身得西走　탈출하여 서쪽으로 달아나서
麻鞋見天子　짚신 신고 천자를 알현하니
衣袖露兩肘　옷소매에선 양 팔이 드러났네
朝廷愍生還[3]　조정에선 생환을 동정하고
親故傷老醜　벗들은 늙고 추함을 상심해 하네
涕淚授拾遺[4]　눈물 흘리며 습유를 받으니
流離主恩厚[5]　전란으로 유랑하여 임금 은혜가 두텁네
柴門雖得去　사립문으로 떠나갈 수 있더라도
未忍卽開口　차마 곧장 입을 열어 요청하지 못했네
寄書問三川[6]　편지를 보내 삼천 소식을 물었는데
不知家在否　집안이 온전한지 알지 못하네
比聞同罹禍　근래 함께 화를 당했다는 소식을 들었는데
殺戮到鷄狗　살육이 닭과 개에까지 미쳤다네
山中漏茅屋　산중의 초가지붕이 부서졌는데
誰復依戶牖　누가 도리어 창문에 기대고 있는가?
摧頹蒼松根　파헤쳐진 푸른 소나무 뿌리
地冷骨未朽　땅이 차서 해골이 썩지 않았네
幾人全性命　몇 사람이나 생명을 보존하여
盡室豈相偶　온 가족이 어찌 서로 만날 수 있겠는가?
嶔岑猛虎場　높은 산은 사나운 범이 출현하는 곳인데
鬱結回我首　근심 속에 내 머리 돌려 살펴보네
自寄一封書　한 통 편지를 보낸 후

今已十月後　　　　지금 이미 열 달이 지났네
反畏消息來　　　　도리어 소식 올까 두려우니
寸心亦何有　　　　마음속에 또한 무엇이 있겠는가?
漢運初中興[7]　　　한나라 국운이 중흥을 시작하니
生平老耽酒　　　　평생 늙도록 술을 즐기리라
沈思歡會處　　　　즐겁게 만날 곳을 골똘히 생각하며
恐作窮獨叟　　　　궁벽하고 외로운 노인이 될까 두렵네

주석 ↷

1) 천보(天寶) 16년(757) 4월에 두보는 장안(長安)의 반군에게 포로로 있다가 탈
   출하여 봉상(鳳翔)의 행재소(行在所)로 가서 좌습유(左拾遺)에 임명되었다.
   직책상 부주(鄜州)의 가족들을 즉시 찾아가지 못하고, 그들을 생각하며 지은
   시이다.

2) 현종(玄宗) 천보(天寶) 15년(756) 6월에 안녹산이 동관(潼關)을 격파하자, 현
   종은 촉(蜀)으로 피난가고, 7월에 이형(李亨: 肅宗)이 영무(靈武)에서 즉위했
   다. 두보는 부주에서 소식을 듣고 영무로 가다가 반군들에게 잡혀서 장안에
   억류되었다.

3) 愍(민): 민(憫). 동정하다.

4) 拾遺(습유): 종팔품(從八品)의 간관(諫官).

5) 流離(유리): 유락(流落).

6) 三川(삼천): 부주(鄜州) 삼천현(三川縣). 두보의 집이 있는 마을.

7) 漢運(한운): 당나라의 국운을 비유했음.

- 『초계어은총화(苕溪漁隱叢話)』에 "왕군옥(王君玉)이 '자미의 시는 사(詞)가 질박함에 가까운 것이 있는데, 「麻鞋見天子」와 「垢膩脚不襪」 구는 이른바 천 길 높은 산에서 바위를 굴려 내리는 기세이다'라고 했다.

- 『두억』에 "다른 사람은 괴로운 정을 그릴 때 한두 마디로 곧 그친다. 이 노인은 '寄書問三川'에서부터 끝까지, 완전(宛轉)하게 발휘하여 이어짐이 끊어지지 않고, 글자마다 모두 눈물을 흘리게 한다"라고 했다.

- 『두시상주(杜詩詳注)』에 "신함광(申涵光)이 '「麻鞋見天子, 衣袖露兩肘」에는 한때 군신(君臣)들의 초초(草草)함이 낭자하게 눈앞에 있다. 「反畏消息來, 寸心亦何有」의 경우, 몸소 상란(喪亂)을 겪어보지 않으면 이 말의 참됨을 알지 못한다. 이 같은 시는 한 마디의 공한(空閑)함도 없이 다만 평평(平平)히 말해 갔는데 울부짖음이 있고 눈물이 있어서 참으로 『삼백편』의 적파(嫡派)이다. 사람들은 두보 고시의 포서(鋪敍)가 태실(太實)함을 의심하고, 그 임리(淋漓)한 강개(慷慨)를 모를 뿐이다'라고 했다"고 했다.
  『당시별재』에 "묘함이 반접(反接)에 있다. 만약 '不見消息來'라고 했다면, 뜻이 천박했을 것이다"라고 했다.

- 『현용설시』에 "'自寄一封書……寸心亦何有'는 난리의 광경이 그림 같아서 진실이 지극하고, 침통함이 지극하다"고 했다.

신안의 관리 新安吏[1]

客行新安道   객이 신안도에 이르니

喧呼聞點兵[2]   떠들썩한 점병 소리가 들리네

借問新安吏[3]   물어보자 신안 관리여

縣小更無丁[4]   고을이 작고 다시 청년들이 없건만

府帖昨夜下[5]   부첩이 어젯밤 내려와서

次選中男行[6]   차선으로 소년들을 뽑아간다네

中男絶短小   소년들은 정말 왜소한데

何以守王城[7]   어떻게 왕성을 지킬 것인가?

肥男有母送   살찐 소년에겐 어머니의 전송이 있지만

瘦男獨伶俜[8]   깡마른 소년은 홀로 쓸쓸하네

白水暮東流[9]   흰 물은 저녁에 동쪽으로 흘러가는데

青山猶哭聲[10]   푸른 산은 여전히 통곡소리를 내네

莫自使眼枯   스스로 눈물을 마르게 하지 말고

收汝淚縱橫   너희 종횡으로 흐르는 눈물을 거두거라

眼枯即見骨   눈물이 말라 곧 뼈가 드러나는데

天地終無情   천지는 끝내 무정하네

我軍取相州[11]   우리 군대가 상주를 취하여

日夕望其平   조만간 그 평정을 바랐는데

豈意賊難料   적정을 헤아리기 어려움을 어찌 예상했으랴?

歸軍星散營   패잔병들이 흩어진 진영에 별처럼 많네

就糧近故壘   군량을 구하는 곳은 옛 보루에 가깝고

練卒依舊京   병졸을 훈련시키는 곳은 옛 도성에 의지했네

掘壕不到水   해자를 파는 것은 물길까지 이르지 않고

牧馬役亦輕   군마를 치는 일 또한 가볍다네

況乃王師順　　하물며 관군은 하늘의 뜻에 순응하였으니
撫養甚分明　　병사를 위로하고 양육함이 몹시 분명하다네
送行勿泣血　　전송하면서 피눈물을 흘리지 마오
僕射如父兄[12]　　복야는 부형과 같다오

주석 ∽

1) 당나라 숙종(肅宗) 건원(乾元) 2년(759) 3월에 업성(鄴城)을 포위 공격하던 구절
   도사(九節度使)의 관군이 궤멸되어 패배하자, 곽자의(郭子儀)는 퇴각하여 낙양
   (洛陽)을 지켰다. 두보가 낙양에서 화주(華州)로 가던 도중 신안현(新安縣: 지
   금의 河南省)을 지나가며 장정들을 징집하는 것을 목도하고 지은 시이다. 이
   시기에 지어진 〈신안리〉·〈동관리(潼關吏)〉·〈석호리(石壕吏)〉와 〈신혼별
   (新婚別)〉·〈수로별(垂老別)〉·〈무가별(無家別)〉 등을 '삼리삼별(三吏三別)'
   시라고 하는데, 새로운 형식의 신악부(新樂府)시들이다.

2) 點兵(점병): 병정(兵丁)을 징집하는 것.

3) 借問(차문): 청문(請問).

4) 丁(정): 21세 또는 23세의 청년. 『구당서(舊唐書)·식화지(食貨志)』에 "男女
   始生者爲黃, 四歲爲小, 十六爲中, 二十一爲丁, 六十爲老"라고 했음. 또 이를
   개정하여 천보(天寶) 3년에 "十八以上爲中男, 二十三以上成丁"이라 했음.

5) 府帖(부첩): 부(府)의 군첩(軍帖). 즉 징병문서.

6) 中男(중남): 16세 혹은 18세의 소년.

7) 王城(왕성): 동도(東都)인 낙양(洛陽)을 말함.

8) 伶俜(영빙): 외로운 모양.

9) 白水(백수): 신병(新兵)들의 대오(隊伍)가 동쪽으로 떠나는 것을 비유했음.

10) 靑山(청산): 신병들을 전송하는 가족들을 비유했음.

11) 相州(상주): 업성(鄴城)을 말함. 치소(治所)가 지금의 하남성 안양(安陽)에 있

었음.

12) 僕射(복야): 상서성(尙書省) 장관. 당시 곽자의(郭子儀)가 좌복야(左僕邪)였음.

평설 ⌒

● 조선 이식(李植)의 『학시준적(學詩準的)』에 “두시(杜詩)의 변체(變體)는
성정(性情)과 사의(詞意)가 고금에서 최고이다. 기행(紀行)과 삼리삼별
(三吏三別)의 등의 작품은 분명히 사랑할 만한 것이니, 숙독하고 모습
(模襲)하여 준적(準的)으로 삼아야 한다”고 했다.

● 『당시품휘』에 “범(范)이 ‘천지가 무정한데, 「僕射如父兄」이라고 했으니,
당시의 인심을 알 수 있고, 조정의 대체(大體)를 슬퍼할 만하다’고 했다”
고 했다.

● 『두억』에 “이 시의 노추(爐錘)의 묘는 5수 가운데 최고이다. …… ‘短小’
는 청년[丁]이 되지 못한 자인데, 대개 장대(長大)한 자들은 일찍이 점행
(點行)하여 이미 군진에서 죽은 것이다. 또 ‘단소’ 안에 ‘肥’·‘瘦’·‘有
母’·‘無母’·‘有送’·‘無送’ 등을 나누어 내었다. 이것들은 반드시 진경
(眞景)인데, 묘사함이 이에 이르렀으니 얼마나 세심한가?……다만 한
‘哭’ 자를 ‘青山’에 붙이어 허다한 곡성(哭聲)을 포괄했다. 얼마나 필력이
있으며, 얼마나 온자(蘊藉)한가! ‘血泣’과 ‘哭’은 다른데, 이별에 임할 때
는 통곡하고, 이미 가버린 후에는 슬퍼하는 것이다. 용자(用字)를 짐작
(斟酌)함이 이와 같다”라고 했다.

● 『시원변체』에 “〈石壕〉·〈新安〉·〈新婚〉·〈垂老〉·〈無家〉 등은 정을 편
것이 호소하는 듯한데, 모두 고심한 정사(情思)로서 작자가 할 수 있는
바를 다 하였다. 갑자기 붓 따라 지을 수 있는 것이 아니다”라고 했다.

● 『당시별재』에 “여러 읊은 것들은 몸소 보고들은 것들인데, 고악부(古樂

府)의 신리(神理)로써 운행하여 마음을 놀라게 하고 혼을 움직이게 하고, 귀신을 의심케 하니, 천고 아래에서 누가 다시 손댈 수 있겠는가?"라고 했다.

동관의 관리 潼關吏[1]

士卒何草草[2]	사졸들은 어찌 그리 고달픈가?
築城潼關道	동관도에서 성을 쌓고 있다네
大城鐵不如	큰 성의 견고함은 쇠도 못 당하고
小城萬丈餘	작은 성도 만 길이 넘네
借問潼關吏	물어보자 동관 관리여
修關還備胡	관문을 수리하여 다시 오랑캐를 대비한다네
要我下馬行	나에게 말에서 내려라 하고
爲我指山隅	나를 위해 산모퉁이를 가리키네
連雲列戰格[3]	"연이은 구름 속엔 전격들이 늘어져 있어서
飛鳥不能踰	나는 새도 넘을 수가 없고
胡來但自守[4]	오랑캐가 몰려와도 스스로 지키기만 하면
豈復憂西都[5]	어찌 다시 서도를 근심할 것입니까?
丈人視要處	어른께서 요충지를 살펴보시오
窄狹容單車	협착하여 단 한 대의 수레조차 들일 수 없고
艱難奮長戟	험난하여 긴 창을 휘두르기가 어려워
萬古用一夫	만고에 한 병사만 사용했다오"

哀哉桃林戰[6]	슬프구나 도림의 전투
百萬化爲魚[7]	백만 군이 물고기가 되었네!
請囑防關將	관장에게 방비를 당부하니
愼勿學哥舒	신중히 가서한은 배우지 마오

주석 ☙

1) 숙종(肅宗) 건원(乾元) 2년(759) 3월에 관군은 상주(相州)에서 패배하고, 낙양 (洛陽)에서 장안(長安)으로 통하는 요충지인 동관(潼關: 지금의 陝西省 潼關 縣)을 수축(修築)하여 적을 대비하였다.

2) 草草(초초): 피로한 모양.

3) 戰格(전격): 전책(戰柵). 방어벽을 말함.

4) 胡(호): 안사(安史)의 반란군을 말함.

5) 西都(서도): 장안(長安).

6) 桃林戰(도림전): 도림(桃林)은 도림새(桃林塞). 영보(靈寶) 서쪽에서 동관(潼 關)에 이르는 지역. 천보(天寶) 15년(756) 6월에 안녹산이 동관으로 쳐들어왔 을 때 가서한(哥舒翰)이 20만 병력으로 동관을 지키고 있었다. 그런데 양국 충(楊國忠)이 현종(玄宗)을 종용하여 환관을 보내 가서한에게 동관에서 나가 적을 맞이하라고 독촉했다. 그 결과 관군은 대패하고 반군들은 곧장 장안으 로 쳐들어왔다.

7) 가서한의 20만 군이 황하에 빠져 죽었다는 것을 비유했음.『후한서(後漢書)』 에 "故趙繆王子林說光武曰: '赤眉今在河東, 但決水灌之, 百萬之衆可使爲魚'" 라 했음.

평설 ☙

• 『당시품휘』에 "왕심부(王深父)가 '이 시는 대개 그 적합하지 못한 자가

동관을 포기한 것을 풍자하고, 그 적합한 사람을 얻었다면 비록 옛날의 요새일지라도 충분히 의지할 수 있었을 것을 말했다. 맹자(孟子)가 이른 바 「지리(地理)는 인화(人和)만 못하다」는 것이다"라고 했다"고 했다.

석호의 관리 石壕吏[1]

暮投石壕村	저녁에 석호촌에 투숙했는데
有吏夜捉人	관리가 밤에 사람을 잡으러 왔네
老翁踰牆走	노옹은 담을 넘어 달아나고
老婦出門看	노파가 문으로 나가 보네
吏呼一何怒	관리의 호통은 어찌 그리 노여운가?
婦啼一何苦	노파의 울음소리는 어찌 그리 괴로운가?
聽婦前致詞	노파가 하는 말을 엿들으니
三男鄴城戍	"세 아들이 업성의 병졸로 갔는데
一男附書至	한 아들이 편지를 보내
二男新戰死	두 아들은 새 전투에서 죽었다고 합디다
存者且偷生	살아남은 자는 또 생명을 구해볼 수 있지만
死者長已矣	죽은 자는 영원히 끝장났지요
室中更無人	집에는 다시 사람도 없고
惟有乳下孫	오직 젖먹이 손자만 있다오
有孫母未去	손자가 있어서 며느리는 부역에 가지 못했지요
出入無完裙	출입을 하려 해도 온전한 치마조차 없다오

老嫗力雖衰	이 할미가 힘은 비록 쇠했지만
請從吏夜歸	나리를 따라 밤에 가렵니다
急應河陽役[2]	서두르면 하양의 부역을 맡을 수 있고
猶得備晨炊	오히려 새벽밥도 준비할 수 있으리라"
夜久語聲絶	밤이 깊어 말소리도 끊겼는데
如聞泣幽咽	어디선가 숨죽여 울먹이는 소리가 들리는 듯하네
天明登前途	날이 밝아 앞길로 나섰을 때
獨與老翁別	다만 노옹과 작별하였네

주석 ᷓ

1) 숙종 건원 2년(759) 3월에 두보가 신안(新安)에서 화주(華州) 임소(任所)로 가던 도중 석호촌(石壕村: 지금의 河南 陜縣 동쪽 70리)에 투숙하며 목격한 사건을 진술한 시임.

2) 河陽(하양): 황하의 북안(北岸)에 있음. 낙양과 마주한 맹진(孟津)을 말함. 당시 곽자의의 관군은 상주(相州)에서 패배한 후 이곳에서 반군과 대치하고 있었음.

평설 ᷓ

● 『비점당시정성』에 "말이 박리(朴俚)한 듯한데, 실로 혼연(渾然)하여 미칠 수 없다. 풍인(風人)의 체(體)가 여기에 홀로 이르러서, 이 시를 읽어 보면 귀신도 울릴 수 있다"고 했다.

● 『당시경』에 "그 사건은 어찌 그리 길며, 그 말은 어찌 그리 간략한가? '吏呼' 두 마디는 곧 수십 마디를 감당한다. 문장가가 이른 바의 요령(要

領)인데, 형(形)을 제거하여 정(情)을 얻고, 정을 제거하여 신(神)을 얻었기 때문이다"고 했다.

- 『시원변체』에 "자미의 〈石壕吏〉는 〈新安〉·〈新婚〉·〈垂老〉·〈無家〉 등의 작품과 같지 않다. 〈석호리〉는 고악부(古樂府)를 본받아 고운(古韻)을 사용하고, 또 상성(上聲)과 거성(去聲)을 섞어 사용하여 별도의 한 격을 이루었다. 단지 성조(聲調)가 끝내 고악부와 같지 않아서 스스로 자미의 시이다"고 했다.

- 『당풍정』에 "정과 사건을 진술함이 쇄설(瑣屑)하고 이속(俚俗)함에 가까운데, 도리어 지극히 고고(高古)하다. 이런 종류는 모두 〈孔雀東南飛〉를 본받았는데, 완전히 그 묘오(妙奧)를 얻었다"고 했다.

- 『이암설당시』에 "한 편이 노파의 뜻을 진술했는데, 다만 노옹을 감춰두었다. 용의가 정밀하고, 필적이 또한 질박하다. 또한 묘함이 조금도 자미의 신분을 드러내지 않는 데에 있다"고 했다.

신혼의 이별 新婚別

兔絲附蓬麻[1]	토사가 쑥대와 삼대에 붙어서
引蔓故不長	덩굴 뻗어 자라지를 못하네
嫁女與征夫[2]	딸을 출전하는 병사에게 시집보냄은
不如棄路旁	길가에다 버리는 것만 못하리라
結髮爲妻子	머리 묶어 처자가 되었어도
席不煖君牀	자리에서 그대의 침상을 덥히지 못하네
暮婚晨告別	저녁에 혼인하고 새벽에 이별을 고하니

無乃太忽忙	아마 너무도 급한 것이 아닙니까?
君行雖不遠	그대 가는 곳이 비록 멀지 않다지만
守邊赴河陽	변방을 지키려 하양으로 가는데
妾身未分明3)	첩의 신분은 분명치 않아서
何以拜姑嫜	어떻게 시부모님께 절을 올리리까?
父母養我時	부모님이 나를 키울 때는
日夜令我藏	밤낮으로 감춰두었지요
生女有所歸	딸을 낳으면 시집보낼 곳이 있고
鷄狗亦得將4)	닭과 개도 또한 따라갈 상대가 있답니다
君今往死地	그대가 지금 사지로 떠나가니
沈痛迫中腸	침통함이 내장을 핍박하는군요
誓欲隨君去	맹세코 그대를 따라가고 싶지만
形勢反蒼黃	형세가 도리어 급박하군요
勿為新婚念	신혼에 대한 염려는 마시고
努力事戎行	노력하여 군대 일에 종사하시오
婦人在軍中	부인이 군대 안에 있으면
兵氣恐不揚	병사들의 사기가 떨쳐나지 못할까 두렵군요
自嗟貧家女	스스로 가난한 집안의 딸임을 한탄하며
久致羅襦裳	오랫동안 비단 저고리와 치마를 준비했건만
羅襦不復施	비단 저고리와 치마를 다시는 입지 않으리라
對君洗紅妝	그대 마주하고 고운 화장도 씻어 내리라
仰視百鳥飛	고개 들어 뭇 새들이 나는 것을 보니
大小必雙翔	크고 작건 반드시 짝지어 나는군요

人事多錯迕   사람 일엔 어긋남이 많지만

與君永相望   그대와 함께 하기를 영원히 바란답니다!

주석 ⌒

1) 兎絲(토사): 토사자(兎絲子). 새삼. 일년생 덩굴 기생식물. 기생식물 새삼이 쑥대와 삼대와 같은 작은 식물에 기생하였기 때문에 크게 자랄 수 없다는 것.

2) 征夫(정부): 종군출정(從軍出征)하는 병사.

3) 옛 혼례에서는 여자가 시집가서 3일이 되면 조상의 사당 위 분묘에 고하는 것을 성혼(成婚)이라 했음. 이후에야 시부모에게 인사를 올릴 수 있었음.

4) 속담에 "婚鷄隨鷄, 婚犬隨犬"이라 했음.

평설 ⌒

● 송나라 나대경(羅大經)의 『학림옥로(鶴林玉露)』에 "〈국풍(國風)〉에 '豈無膏沐, 誰適爲容'이라 했고, 두시에는 '羅襦不復施, 對君洗紅妝'이라 했는데 더욱 슬픔을 이루었다. 〈국풍〉 이후 다만 두보가 미칠 수 없는 자가 된 것은 이런 종류 때문이다"라고 했다.

● 『두억』에 "기구의 4구는 참된 악부이다. 이는 『삼백편』의 흥기법(興起法)이다. '暮婚晨告別'은 시병(詩柄)이다. …… '洗紅妝'에다 '對君' 두 글자를 더한 것은 정묘하다"고 했다.

● 『두시상주』에 "진림(陳琳)의 〈飮馬長城窟行〉은 진술이 문답을 이루었는데, 이 '삼리(三吏)'와 '삼별(三別)' 여러 편이 유래한 바이다. 그런데 〈신혼〉 1장은 실가(室家)의 별리의 정을 서술하여, 부부간의 처음부터 끝까지의 이별을 언급했는데, 완전히 악부의 유의(遺意)를 조(祖)로 삼았다.

그러나 침통함은 그것을 뛰어넘는다. 이 시에는 '君'자를 모두 7번 보였다. '君妻'와 '君床'은 만남이 잠시라는 것이고, '君行'과 '君往'은 이별이 빠르다는 것이고, '隨君'은 정이 절실한 것이고, '對君'은 뜻이 상심한 것이고, '與君永相望'은 지절이 곧고 견고한 것이다. 빈번히 '군'을 불러서, 거의 한 번 부름에 한 번 눈물이 나게 한다"고 했다.

- 『당시별재』에 "〈동산(東山)〉의 '영우(零雨)'시와 함께 읽어보면 시대의 성쇠를 알 수 있다. '君今往死地' 이하는 층층이 전환하여 정에다 폈는데, 예의(禮義)에서 그쳐서, 〈국풍〉의 뜻을 얻었다"고 했다.

- 『설시수어』에 "소릉의 〈신혼별〉의 '嫁女與征夫, 不如棄路旁'은 원망에 가깝다"고 했다.

- 청나라 양륜(楊倫)의 『두시경전(杜詩鏡詮)』에 "이안계(李安溪)가 '작은 창가에서 중얼거림이 귀신을 울게 할 만하다. 이는 〈소융(小戎)〉「판옥(板屋)」의 유조(遺調)이다'고 했다"고 했다.

노인의 이별 垂老別

四郊未寧靜[1]	사방 교외가 안정되지 않아
垂老不得安	늙어서도 편안함을 얻지 못하네
子孫陣亡盡	자손들은 진영에서 모두 죽었는데
焉用身獨完	나 홀로 살아서 어디에 쓸 것인가?
投杖出門去	지팡이 짚고 문을 나서 떠나니
同行爲辛酸	동행들이 상심해 하네

幸有牙齒存	다행히 이빨은 남아 있지만
所悲骨髓乾	골수의 메마름이 슬픈 바이네
男兒既介冑	남아가 이미 투구와 갑옷을 갖추고
長揖別上官	길게 읍하며 상관과 이별하네
老妻臥路啼	늙은 처는 길가에 누워 우는데
歲暮衣裳單	세모에 의상이 홑옷이네
孰知是死別²⁾	이것이 사별임을 깊이 깨달으며
且復傷其寒	또한 그 추위에 상심하네
此去必不歸	이렇게 떠나가면 반드시 돌아오지 못할 텐데
還聞勸加餐	도리어 밥 잘 드시라는 인사말을 듣네
土門壁甚堅³⁾	토문의 절벽은 몹시 견고하고
杏園度亦難⁴⁾	행원은 건너기가 또한 어렵네
勢異鄴城下	형세가 업성 아래와 다르니
縱死時猶寬	설령 죽더라도 시간이 오히려 넉넉하네
人生有離合	인생에 이별과 만남이 있지만
豈擇衰老端	어찌 노년의 때를 택했는가?
憶昔少壯日	옛날의 젊은 날을 생각하니
遲迴竟長歎	배회하며 끝내 길게 탄식하네
萬國盡征戍⁵⁾	만국이 모두 전쟁터이고
烽火被岡巒	봉화가 언덕과 봉우리를 뒤덮었네
積屍草木腥	쌓인 시체로 초목마다 썩은 내가 나고
流血川原丹	흐르는 피로 냇물의 근원이 붉네
何鄕爲樂土	어느 고을이 낙토일 것이라고

安敢尚盤桓　　　어찌 감히 오히려 서성이고만 있는가?

棄絶蓬室居　　　초가집의 거처를 버리고 떠나려니

塌然摧肺肝[6]　　무너지듯 애간장이 끊어지네

주석 ⌒⇀

1) 四郊(사교): 왕성(王城) 밖 사방 주위 오십 리를 근교(近郊)라고 하고, 백 리를 원교(遠郊)라고 함.

2) 孰知(숙지): 숙지(熟知).

3) 土門(토문): 토문관(土門關). 하양(河陽) 부근에 있음.

4) 杏園(행원): 행원도(杏園渡). 나루의 이름.

5) 萬國(만국): 모든 지역.

6) 塌然(탑연): 붕괴되는 모양.

평설 ⌒⇀

* 『당시품휘』에 "왕심부(王深父)가 '전쟁이 일어났을 때 노인까지도 갑옷을 걸치게 된 것은 여좌(閭左)의 수루에서보다도 심함이 있다'고 했다"고 했다.

* 『두억』에 "'男兒旣介胄, 長揖別上官'은 지극한 고통 속에서 또한 장어(壯語)로 들어가서 곧 생색(生色)이 있다. '老妻臥路啼'의 경우, 슬픈 사람이 등장하여 먼 길을 떠날 때에는 반드시 처자가 옷자락을 당기며 통곡하며 이별해야만 곧 정치(情致)가 있게 된다.

가족 없는 이별 無家別

寂寞天寶後[1]	적막한 천보 연간 이후
園廬但蒿藜[2]	밭과 집들에는 다만 잡초만 무성하네
我里百餘家	우리 마을 백여 집은
世亂各東西	세상의 난리로 각자 흩어지고 말았네
存者無消息	살아남은 자는 소식이 없고
死者爲塵泥	죽은 자는 흙먼지가 되었네
賤子因陣敗	천한 자가 군진의 패배로 인하여
歸來尋舊蹊	돌아와서 옛 길을 찾았네
久行見空巷	오래 걸어도 빈 골목만 보는데
日瘦氣慘悽	햇살도 수척하여 기운이 참담하네
但對狐與狸	다만 여우와 살쾡이만 마주치는데
豎毛怒我啼	털을 세우고 나를 노려보며 울부짖네
四鄰何所有	사방 이웃에 남은 사람은 누구인가?
一二老寡妻	늙은 과부 한두 사람뿐이네
宿鳥戀本枝	깃든 새도 옛날 둥지의 가지를 그리워하는데
安辭且窮棲	어찌 잠시라도 궁벽한 마을을 떠날 수 있겠는가?
方春獨荷鋤	바야흐로 봄을 맞아 홀로 호미를 메고
日暮還灌畦	날 저물어 다시 밭에 물을 대네
縣吏知我至	현리가 내가 왔음을 알고
召令習鼓鞞[3]	불러서 전장의 북을 연습시키네
雖從本州役	비록 본주의 병역을 따르지만
內顧無所攜	집안을 돌아보니 이별할 사람도 없네

近行止一身   가까운 길에 다만 한 몸뿐인데

遠去終轉迷   멀리 가니 끝내 방향을 알 수 없네

家鄉旣盪盡   고향 마을은 이미 탕진되었는데

遠近理亦齊   원근도 상황이 또한 같네

永痛長病母   오랜 병으로 죽은 어머니가 영원히 애통하니

五年委溝谿   오년이 지났어도 도랑 골짜기에 버려두었네

生我不得力   나를 낳고도 힘을 얻지 못하고

終身兩酸嘶   평생 둘 다 슬프게 울었네

人生無家別   인생에서 가족 없는 이별을 하니

何以爲烝黎   어떻게 백성을 삼을 것인가?

주석

1) 천보 14년(755) 겨울에 안사(安史)의 난이 일어났음.

2) 園廬(원려): 전원(田園)과 집. 蒿藜(호려): 쑥대와 명아주. 잡초를 말함.

3) 鼓鞞(고비): 전고(戰鼓). 큰 북을 고(鼓)라 하고, 작은 북을 비(鞞)라 함.

평설

• 『후촌시화』에 "〈新安吏〉·〈潼關吏〉·〈石壕吏〉·〈新婚別〉·〈垂老別〉·
  〈無家別〉 여러 편은 남녀의 원광(怨曠)과 실가(室家)의 이별과 부자와
  부부가 서로 보호해 주지 못하는 뜻을 진술했는데, 〈東山〉·〈采薇〉·〈出
  去〉·〈杕杜〉 등 여러 시와 서로 표리가 된다. 당나라는 중엽부터 요역(徭
  役)의 조발(調發)이 일상이 되어 망국에 이르렀다. 숙종(肅宗)과 대종(代
  宗) 이후로는 다시 정관(貞觀)과 개원(開元) 연간의 당나라가 아니었다.

신구(新舊)의 당사(唐史)가 실어놓지 않은 것을 대략 두시에서 본다"고
했다.

● 『당시경』에 "'日瘦氣慘悽' 한 마디는 경치의 갖춤을 간략히 다 했다. 그
러므로 말은 많을 필요가 없는데 다만 그것이 지극해야 한다. '家鄕旣盪
盡, 遠近理亦齊'의 경우, 노두의 시는 반드시 공교함을 다하기 위해 지극
히 고심하는데, 남은 경계가 없도록 한 후에 그친다. 이청련(李靑蓮: 이
백)은 다만 대의(大意)만 지점(指點)한다"고 했다.

● 『당시선맥회통평림』에 "진계유(陳繼儒)가 '노두의 〈삼리〉와 〈삼별〉 등
의 작품은 시사에 촉발되어 생각을 일으킨 것이다. 충의와 개탄의 뜻을
내었는데 참으로 성정(性情)의 시로서 천년 뒤의 사람들을 비통하게 한
다. 혼후창초(渾厚蒼峭)함이 세상의 절조를 이루었음을 설명할 필요가
없다"고 했다.

● 『두억』에 "'空巷'을 '久行見'한다고 했는데, 보는 곳마다 쓸쓸하다. 햇살
에 어찌 비만함과 수척함이 있던가? '日瘦'라고 창조하여 말한 것은 처절
함이 완연히 눈앞에 있다. 여우가 우는 것에다 '豎毛怒我'를 더해놓은 형
상이 핍진하여 호두(虎頭: 顧愷之)가 그린 그림과 같다. 〈신안리〉와 〈석
호리〉와 〈삼별〉 5수는 몸소 보지 않으면 지을 수 없는 것인데, 남들은
비록 몸소 보았더라도 또한 지을 수 없다. 공(公)은 일 때문에 동도(東
都)로 가면서 목격한 것을 시로 지은 것이다. 어떤 신(神)이 그렇게 하도
록 시킨 듯한데, 마침내 천추의 눈물을 흐르게 했다"고 했다.

● 『두시경전』에 "육조(六朝) 이래 악부의 작품은 대략 모의(模擬)하고 표
절함이 많은데, 진진(陳陳)하게 서로 인습하여 가장 염증이 난다. 자미
가 나와서 홀로 당시의 감촉한 바로 나아갔는데, 위로는 국난(國難)을
근심하고, 아래로는 백성들의 곤궁함을 애통하게 여겨서 뜻에 따라서 제
목을 지어서, 앞 사람들의 과구(窠臼)를 모두 탈거(脫去)해버렸다. 〈초

화(茗華)〉와 〈초황(草黃)〉의 애통함도 그것을 넘을 수 없다. 낙천(樂天)의 〈신악부(新樂府)〉와 〈진중음(秦中吟)〉 등의 시편은 또한 이로부터 나왔는데 말이 약간 평이하여, 두시의 침경(沈驚)의 독절(獨絶)함에는 미치지 못한다"고 했다.

옥화궁 玉華宮[1]

溪迴松風長	개울이 굽어 돌고 솔바람 긴데
蒼鼠竄古瓦	푸른 다람쥐 낡은 기왓장에 숨네
不知何王殿	어느 왕의 궁전인지 모르지만
遺構絶壁下[2]	남은 건물이 절벽 아래에 있네
陰房鬼火青[3]	묘지에는 귀신불 퍼렇고
壞道哀湍瀉	패인 길엔 슬픈 소리로 여울이 쏟아지네
萬籟眞笙竽[4]	온갖 소리는 진정 생황소리 같고
秋色正蕭灑	가을빛은 정말 해맑네
美人爲黃土	미인도 황토가 되었는데
況乃粉黛假	하물며 화장으로 꾸민 얼굴이랴?
當時侍金輿	당시엔 금수레를 모셨지만
故物獨石馬	옛 물건 홀로 석마만 남았네
憂來藉草坐	시름겨워 우거진 풀에 앉아서
浩歌淚盈把	크게 노래하며 눈물 가득히 훔쳐내네
冉冉征途間	덧없이 오가는 길에서

誰是年長者　　　　누가 오래오래 살아남을 사람인가?

주석 ᢒᢣ

1) 玉華宮(옥화궁): 당나라 태종(太宗)이 정관(貞觀) 21년(647) 7월에 세운 행궁 (行宮). 섬서성 방주(坊州) 의군현(宜君縣) 북쪽 7리의 봉황곡(鳳凰谷)에 있 었음. 고종 영휘(永徽) 2년(651)에 폐하여 옥화사(玉華寺)로 삼았다.

2) 遺構(유구): 남아 있는 건조물(建造物).

3) 陰房(음방): 음택(陰宅). 분묘(墳墓)를 말함.

4) 笙芋(생우): 생(笙)과 우(芋). 둘 다 관악기로 궁중음악에 사용함.

평설 ᢒᢣ

• 송나라 홍매(洪邁)의 『용재수필(容齋隨筆)』에 "장문잠(張文潛)이 모년 (暮年)에 완구(宛丘)에 있을 때, 하대규(何大圭)가 바야흐로 약관(弱冠) 이었는데 가서 알현하였다. 모두 3일 동안 이 시를 읊조림을 입에서 떼 지 않음을 보고, 대규가 그 까닭을 물었다. 대답하기를 '이 장(章)은 곧 〈풍(風)〉과 〈아(雅)〉의 고취(鼓吹)인데, 그대를 위해 쉽게 말해줄 수가 없다'고 했다"고 했다.

• 명나라 이동양(李東陽)의 『녹당시하(麓堂詩話)』에 "오언과 7언고시 가운 데 측운(仄韻)으로 한 것은 상구(上句)의 끝 자는 대략 평성(平聲)을 사 용한다. 다만 두자미는 측성을 많이 사용했다. 〈옥화궁〉와 〈애강두(哀 江頭)〉 등 여러 작품에서 대개 또한 볼 수 있다. 그 음조의 기복돈좌(起 伏頓挫)는 특히 초건(陗健)함을 이루는데 별도의 일격(一格)을 낸 듯하 다. 순전히 평자(平字)를 사용한 것을 둘러보면 곧 위약(萎弱)하여 생기 가 없다. 이후로 한퇴지(韓退之)와 소자첨(蘇子瞻)이 그것을 지녔는데,

그래서 또한 여러 작품보다 굳건하다"고 했다.

- 『당시별재』에 "당나라 초에 건축한 것을 '不知何王殿'이라고 했으니, 묘함이 언어에 있다"고 했다.

- 『두시해』에 "이는 완전히 〈古詩十九首〉의 '青青河畔草'의 법을 사용했다. 선생이 스스로 『문선(文選)』을 숙정(熟精)하여 지었다고 한 것은 나를 속인 것이다"라고 했다.

가인 佳人

絶代有佳人[1]	절세가인이 있으니
幽居在空谷	깊은 거처 빈 골짜기에 있네
自云良家子	스스로 말하길 본래 양가의 자식인데
零落依草木	영락하여 초목에 의지하고 있다네
關中昔喪亂[2]	관중에 지난 번 난리가 나서
兄弟遭殺戮	형제가 살육을 당했는데도
官高何足論[3]	고관인들 어찌 논할 수 있으리오?
不得收骨肉	골육조차 거둘 수 없었다네
世情惡衰歇	세상 인정은 쇠락함을 싫어하니
萬事隨轉燭[4]	만사가 바람 앞의 촛불을 따르네
夫壻輕薄兒	남편은 경박한 사람인데
新人美如玉	새 사람은 옥같이 아름답네
合昏尙知時[5]	자귀나무 잎도 오히려 시간을 알고

鴛鴦不獨宿	원앙은 홀로 잠자지 않는다네
但見新人笑	다만 새 사람의 미소만 볼 뿐이니
那聞舊人哭	어찌 옛 사람의 통곡소리를 듣겠는가?
在山泉水淸	산에 있는 샘물은 맑지만
出山泉水濁	산을 나선 샘물은 흐려지네
侍婢賣珠迴	시비가 구슬 팔아 돌아와서
牽蘿補茅屋	담쟁이덩굴을 끌어다가 띠 지붕 고치네
摘花不揷髮	꽃 꺾어 머리에 꽂지 않고
采柏動盈掬	측백나무 잎 뜯으며 곧 가득 채우네
天寒翠袖薄	날 차고 푸른 소매 얇은데
日暮倚脩竹⁶⁾	날 저물자 긴 대나무에 기대네

주석 ❧

1) 絶代(절대): 절세(絶世).

2) 關中(관중): 함곡관(函谷關) 서쪽 일대를 관중이라 함.

3) 官高(관고): 벼슬이 높은 자. 『抱朴子』: "官高者其責重"

4) 轉燭(전촉): 도는 바람 앞의 촛불.

5) 合昏(합혼): 자귀나무. 그 잎이 낮에는 퍼지고, 밤에는 접어져서 '합혼'이라 부름.

6) 脩竹(수죽): 긴 대나무.

평설 ❧

• 『두시상주』에 "천보(天寶)년간의 난리 후 진실로 이러한 사람이 있어서,

그 정을 곡진하게 형용하였다. 예로부터 이르기를, 버림받은 부인에다 의탁하여 쫓겨난 신하를 비유하고, 신진(新進)들의 창광(猖狂)과 노성(老成)들의 시듦을 마음 아파하여 지었다고 했다. 먼 공중에다 뜻을 적었다면, 이와 같이 원기 있고 화락하게 이를 수 없지 않나 싶다"고 했다.

● 『당시별재』에 "결처(結處)는 다만 사경(寫景)만 사용하고, 의론을 붙이지 않았는데, 청결하고 정정(貞正)한 뜻이 절로 은연히 언외에 있다. 시격이 가장 초발(超拔)하다"고 했다.

북정 北征[1]

皇帝二載秋	숙종황제 이년 가을
潤八月初吉[2]	윤 팔월 초하룻날에
杜子將北征	내 북쪽으로 떠나려 함은
蒼茫問家室[3]	서둘러 집안의 안부를 살피려는 것이네
維時遭艱虞[4]	때마침 어려운 시절을 만나
朝野少暇日	조정과 민간이 모두 한가한 날이 없네
顧慚恩私被	사사로운 은혜 입음을 돌아보며 부끄러운데
詔許歸蓬蓽[5]	임금께서 귀가를 허락하셨네
拜謝詣闕下[6]	하직 인사를 올리려 대궐 아래로 갔다가
怵惕久未出	두려워서 오랫동안 나오지 못했네
雖乏諫諍資	비록 임금께 간쟁할 자질은 없지만
恐君有遺失	임금께 잘못된 일이 있을까 두렵네

君誠中興主	임금께서는 진실로 중흥의 군주시니
經緯固密勿[7]	나라 다스림에 진정 힘쓰시네
東胡反未已[8]	동쪽 오랑캐의 반란이 그치지 않았으니
臣甫憤所切	신하인 나는 분통이 터지네
揮涕戀行在	눈물 뿌리며 임금 계신 곳을 생각하니
道途有恍惚[9]	길가며 정신이 멍해지네
乾坤含瘡痍[10]	천지엔 전쟁의 부상자들 가득하니
憂虞何時畢[11]	이 근심 걱정 언제나 그치려나
靡靡踰阡陌[12]	느릿느릿 밭두덕 넘어가니
人煙眇蕭瑟[13]	인가는 적어 쓸쓸하네
所遇多被傷	만나는 사람마다 부상자가 많아
呻吟更流血[14]	신음하며 다시 피를 흘리네
回首鳳翔縣[15]	고개 돌려 봉상현을 바라보니
旌旗晚明滅	깃발들 석양에 펄럭이네
前登寒山重	겹겹한 추운 산을 앞으로 올라
屢得飮馬窟	말에 물 먹이던 굴을 자주 보네
邠郊入地底[16]	빈주의 땅 낮은 데로 들어가니
涇水中蕩潏[17]	경수가 가운데로 출렁대며 흘러가네
猛虎立我前	사나운 호랑이가 나의 앞에 서서
蒼崖吼時裂	푸른 언덕에서 울부짖음이 때때로 터져나오네
菊垂今秋花	국화는 올 가을의 꽃을 늘어뜨리고
石帶古車轍[18]	바위는 옛 수레자국을 띠고 있네
靑雲動高興	푸른 구름은 높은 흥을 자극하고

幽事亦可悅	그윽한 일들이 또한 즐길만 하네
山果多瑣細	산열매는 작은 것들 많은데
羅生雜橡栗	늘어진 풀들 속에 도토리 밤이 섞여 있네
或紅如丹沙	어떤 붉은 열매는 단사빛이고
或黑如點漆	어떤 검은 열매는 칠을 칠한 것 같네
雨露之所濡	비 이슬에 촉촉이 젖어
甘苦齊結實¹⁹⁾	달고 쓴 것 모두가 열매를 맺었네
緬思桃源內²⁰⁾	아스라이 무릉도원을 생각하며
益歎身世拙	더욱 내 신세의 졸렬함을 한탄하네
坡陀望鄜畤²¹⁾	언덕비탈에서 부치를 바라보니
巖谷互出沒²²⁾	바위 골짜기가 서로 출몰하네
我行已水濱	나의 행차 이미 물가에 닿았는데
我僕猶木末	나의 하인은 아직 숲 끝에 있네
鴟鳥鳴黃桑²³⁾	올빼미가 누렇게 시든 뽕나무에서 울고
野鼠拱亂穴	들쥐는 어지러운 굴에서 두 손을 맞잡고 있네
夜深經戰場	밤 깊은데 전쟁터를 지나가니
寒月照白骨	싸늘한 달빛이 흰 해골을 비추고 있네
潼關百萬師²⁴⁾	동관의 백 만의 군사들
往者散何卒	지난 날 어찌 그리 졸지에 패해 흩어져
遂令半秦民²⁵⁾	반이나 되는 장안의 백성들을
殘害爲異物	참혹하게 귀신이 되게 했단 말인가?
況我墜胡塵²⁶⁾	하물며 나도 오랑캐의 먼지 속에 떨어졌다가
及歸盡華髮	탈출해 돌아올 때 온통 머리가 세었음에랴?

經年至茅屋	한 해가 지나서야 나의 띠집에 와보니
妻子衣百結	처자는 누더기를 걸치고 있네
痛哭松聲迵[27]	통곡하니 솔바람소리 아스라하고
悲泉共幽咽[28]	슬픈 샘물소리가 함께 흐느끼네
平生所嬌兒[29]	평소에 아양 떨던 아이는
顔色白勝雪	얼굴색이 눈빛보다 창백하고
見耶背面啼[30]	애비 보고도 등 돌리고 울어대는데
垢膩脚不襪	때가 시꺼먼 발은 버선도 못 신었네
牀前兩小女	침대 앞의 두 어린 딸은
補綴才過膝[31]	깁고 꿰맨 치마 겨우 무릎을 가렸는데
海圖坼波濤[32]	수놓은 바다그림엔 파도가 터져버렸고
舊繡衣曲折	옛 수저고리는 구겨지고 뭉개져서
天吳及紫鳳[33]	바다의 천오와 붉은 봉황의 수가
顚倒在裋褐[34]	헤진 베옷에 거꾸로 꿰매져 있네
老夫情懷惡	늙은이의 마음 언짢아서
嘔泄臥數日[35]	구토하며 며칠을 누워있었네
那無囊中帛[36]	어찌 내 바랑 속에 비단으로
求汝寒凜慄	너희들 추위에 떠는 것을 구함이 없겠는가?
粉黛亦解苞[37]	분과 연지도 포장을 풀고
衾裯稍羅列	이불 홑이불을 대강 늘어놓으니
瘦妻面復光	찌든 아내의 얼굴 다시 빛이 나고
癡女頭自櫛	어린 딸도 스스로 머리를 빗네
學母無不爲	어미를 배우지 않은 것이 없어

曉妝隨手抹	아침 단장 손 따라 바르는데
移時施朱鉛[38]	한참 동안 연지와 분을 칠하여
狼藉畫眉闊	낭자하게 눈썹을 넓게 그려놓았네
生還對童稚	살아서 돌아와 애들을 대하니
似欲忘饑渴	주림과 갈증마저 잊을 것 같네
問事競挽鬚	그간의 일을 물으며 다투어 수염을 잡아당기는데
誰能卽瞋喝	누군들 곧장 꾸짖을 수 있겠는가?
翻思在賊愁	적에게 잡혀있었을 때를 돌이켜 생각하며
甘受雜亂聒	아이들 어지럽게 떠드는 것을 달게 받아들이네
新歸且慰意	다시 돌아와 마음을 가라앉히니
生理焉得說[39]	살림살이 어찌 말을 꺼내겠는가?
至尊尙蒙塵[40]	임금께서 아직 피난길에 계시니
幾日休練卒	어느 날이나 병사들 훈련을 그치려나?
仰觀天色改[41]	하늘빛 바뀜을 우러러 보고
坐覺妖氛豁	요사스런 기운이 없어져 감을 앉아서 깨닫네
陰風西北來	음흉한 바람 서북쪽에서 들이치니
慘憺隨回紇[42]	참담하게 회흘을 따라갔네
其王願助順	그 왕이 우리 임금을 돕고자 하는데
其俗善馳突[43]	그들 풍속은 말달리기를 잘하네
送兵五千人	병졸 오천 명을 보내고
驅馬一萬匹	말 일 만 필을 몰고 왔네
此輩少爲貴	이 무리 적지만 귀해서
四方服勇決	사방이 그 용맹스런 결단에 굴복하네

所用皆鷹騰	이들 가는 곳은 모두 매처럼 날아
破敵過箭疾⁴⁴⁾	적을 쳐부숨이 화살보다 빠르다네
聖心頗虛佇	임금께서는 자못 허심탄회 기다리지만
時議氣欲奪	여론은 그 기세로 주권을 뺏아갈까 걱정이네
伊洛指掌收⁴⁵⁾	낙양을 손바닥 가리키듯 쉽게 수복하니
西京不足拔⁴⁶⁾	서경은 칠 필요도 없으리라
官軍請深入	관군은 부디 깊이 진격하여
蓄銳伺俱發⁴⁷⁾	날랜 병사를 모아 회흘을 엿보며 함께 전진하오
此擧開靑徐⁴⁸⁾	이번 거사로 청주와 서주까지 진격하면
旋瞻略恒碣⁴⁹⁾	곧 항산과 갈석산을 빼앗음을 보리
昊天積霜露	하늘에는 서리 이슬이 쌓여
正氣有肅殺⁵⁰⁾	정의의 기운 불의를 살육할 것이네
禍轉亡胡歲	앙화는 오랑캐를 망하게 하는 해로 들고
勢成擒胡月	형세는 오랑캐를 붙잡는 달이 되었네
胡命其能久	오랑캐의 운명 그 어찌 오래가겠는가?
皇綱未宜絶	우리 임금의 기강이 마땅히 끊어지지 않았네
憶昨狼狽初⁵¹⁾	엊그제 낭패 당했던 처음을 생각하면
事與古先別	그 처사가 옛 임금들과는 달랐네
姦臣竟葅醢⁵²⁾	간신들을 끝내 죽여 없애고
同惡隨蕩析⁵³⁾	동조한 악의 무리들도 쓸어 버리셨네
不聞夏殷衰	하나라 은나라 쇠망을 듣지 못했지만
中自誅妹妲⁵⁴⁾	중간에 스스로 말희와 달기 같은 요녀를 죽이고
周漢獲再興	주나라 한나라처럼 중흥을 얻으시니

宣光果明哲[55]	우리 임금은 선왕과 광무제처럼 명철하셨네
桓桓陳將軍[56]	용맹한 진현례 장군이
杖鉞奪忠烈	도끼 집고 충렬을 일으키니
微爾人盡非	그대 아니었다면 백성들 모두 잘못 되었으리
於今國猶活	지금 나라는 오히려 활기차네
凄凉大同殿[57]	처량하구나 대동전이여
寂寞白獸闥[58]	적막하구나 백수문이여
都人望翠華[59]	서울 사람들 임금의 수레를 고대하니
佳氣向金闕	좋은 기운 대궐을 향하고
園陵固有神	원릉에는 진실로 신의 도움이 있어서
掃灑數不缺	깨끗이 청소함을 자주 결하지 않았네
煌煌太宗業	빛나고 빛나는 태종의 업적이여
樹立甚宏達	공을 수립하심이 몹시 굉달하셨네

주석 ⟋

1) 『두시상주(杜詩詳注)』에 "공은 안녹산의 난을 만나 행재(行在)로부터 부주(鄜州)로 갔다. 부주는 봉상(鳳翔) 동북에 있기 때문에 '북정'이라고 제목을 붙인 것이다"라고 했음. 숙종 지덕(至德) 2년(757) 윤8월의 작품이다.

2) 初吉(초길): 삭일(朔日).

3) 蒼茫(창망): 급히 서두르는 모양.

4) 艱虞(간우): 간위(艱危)로 된 판본도 있음.

5) 蓬蓽(봉필): 봉필려(蓬蓽廬). 봉호(蓬戶)와 필문(蓽門). 즉 초가집. 빈천한 사람의 집이나 자기 집의 겸칭.

6) 拜(배): 봉(奉)으로 된 판본도 있음. 闕下(궐하): 합문(閤門)으로 된 판본도

있음. 궁궐 아래. 조정을 말함.

7) 密勿(밀물): 남이 모르게 힘쓰는 것. 밀(密)은 비(秘), 물(勿)은 민면(黽勉).

8) 東胡(동호): 안녹산의 반군을 말함.

9) 道途(도도): 도로(道路)로 되어 있는 판본도 있음. 恍惚(황홀): 정신이 불안함.

10) 含(함): 합(合)으로 되어 있는 판본도 있음. 瘡痍(창이): 칼과 창에 부상한
    상처. 『正字通』: "瘡, 刀傷者成瘡"『通俗文』: "痍, 體創曰痍"

11) 憂虞(우우): 근심. 『주역』: "悔吝者, 憂虞之相也"

12) 靡靡踰阡陌(미미유천맥): 미미(靡靡)는 느리게 걷는 모양. 천맥(阡陌)은 밭두
    둑 길. 천(阡)은 남북으로 뻗은 밭두둑 길. 맥(陌)은 동서로 뻗은 밭두둑 길.

13) 眇(묘): 적다.

14) 呻吟更流血(심음경유혈): 이 당시 방관(房琯)과 곽자의(郭子義)가 패전하여
    많은 부상자가 있었음. 『國策』: "流血成川, 元年十月, 房琯有陳陶·青坂之敗.
    二年, 郭子義復有清渠之敗"

15) 鳳翔縣(봉상현): 협서성 병양현(洴陽縣) 동남, 기산(岐山)의 서쪽에 있는 현.
    당시 황제의 행재소가 있었음.

16) 邠郊(빈교): 빈주(邠州). 지금의 협서성 邠縣(빈현). 당나라 천보(天寶)초에
    신평군(新平郡)이라 하였다가 건원(乾元)초에 다시 빈주(邠州)로 이름을 고
    쳤음.

17) 涇水(경수): 경주(涇州)에서 발원하여, 동남쪽으로 빈주(邠州)의 경계를 지나
    고릉(高陵)에서 위수(渭水)로 흘러듦. 蕩潏(탕휼): 물이 흐르는 모양.

18) 帶(대): 대(戴)로 되어 있는 판본도 있음.

19) 甘苦(감고): 감산(甘酸)으로 되어 있는 판본도 있음.

20) 緬(면): 표(縹)로 되어 있는 판본도 있음.

21) 鄜畤(부치): 부주(鄜州). 당시 두보의 집이 있는 곳.

22) 巖谷(암곡): 암암(巖巖)으로 되어 있는 판본도 있음.

23) 鴟鳥(치조): 치효(鴟梟)로 되어 있는 판본도 있음.

24) 潼關(동관): 관(關)의 이름. 협서성 동관현(潼關縣)의 동남쪽에 있음. 옛날의 도림새(桃林塞). 예로부터 군사 요충지였음.

25) 秦民(진민): 장안(長安)의 백성. 장안이 옛날 진(秦)의 땅이었기 때문에 진의 백성이라고 했음.

26) 墜(추): 수(隨)로 된 판본도 있음. 두보는 1년 전 영무(靈武)로 가던 도중 반군에게 포로가 되어 장안에 머물러 있다가 지덕(至德) 2년(757) 장안을 탈출하여 봉상현(鳳翔縣) 행재소로 갔었음.

27) 迥(형): 회(迴)로 된 판본도 있음.

28) 幽咽(유열): 명열(鳴咽)으로 된 판본도 있음.

29) 嬌(교): 교(驕)로 된 판본도 있음.

30) 耶(야): 속인이 부친을 부르는 말. 『韻府』에 "俗人謂父曰耶"라고 했음.

31) 補綴(보철): 보탄(補綻)으로 된 판본도 있음. 才(재): 재(纔)로 되어 있는 판본도 있음.

32) 坼(탁): 탁(拆)으로 된 판본도 있음.

33) 天吳(천오): 전설상의 수신(水神)의 이름. 『산해경』에 "조양(朝陽)의 골짜기에 어떤 신이 있는데, 천오(天吳)라고 한다. 이는 수백(水伯)이다. 호랑이의 몸과 사람의 얼굴을 지니고, 여덟 개의 머리·발·꼬리가 있고, 등은 청황색이다"라고 했음.

34) 短褐(수갈): 단갈(短碣)로 되어 있는 판본도 있음.

35) 嘔泄臥數日(구설와수일): 구설(嘔泄)이 구열(嘔咽), 혹은 수일와구설(數日臥嘔泄)로 되어 있는 판본도 있음.

36) 無(무): 능(能)으로 되어 있는 판본도 있음.

37) 苞(포): 포(包)로 되어 있는 판본도 있음.

38) 朱鉛(주연): 단분(丹粉). 붉은 색의 분.

39) 說(설): 탈(脫)로 되어 있는 판본도 있음.

40) 蒙塵(몽진): 천자가 궁궐 밖에 있는 것.

41) 觀(관): 간(看)으로 되어 있는 판본도 있음.

42) 回紇(회흘): 회골(回鶻)로 되어 있는 판본도 있음. 『당서·회골전(回鶻傳)』에 "회흘은 그 선조가 흉노이다. 원위(元魏) 때 고거부(高車部)라고 불렀다. 혹은 칙륵(勅勒)이라고 불렀는데, 와전되어 철륵(鐵勒)이라 했다. 수나라에서는 회흘이라 하고, 또 위흘(韋紇)이라고도 했다. 지덕(至德) 원년 9월 회흘에서 그들 태자 엽호(葉護)를 보내어 병사 4천을 이끌고 나라에서 도적을 토벌하는 것을 도왔다. 숙종(肅宗)은 연회를 베풀어 몹시 환대했다. 또 광평왕(廣平王)에게 엽호를 만나보고 형제를 맺도록 하였다. 엽호가 몹시 기뻐하며 왕을 형이라고 불렀다"고 했다.

43) 善(선): 희(喜)로 되어 있는 판본도 있음.

44) 過(과): 여(如)로 되어 있는 판본도 있음.

45) 伊洛(이락): 이수(伊水)와 낙수(洛水)가 흐르는 낙양(洛陽)을 말함.

46) 西京(서경): 당나라 천보(天寶)초에 장안(長安)을 서경이라 했고, 지덕(至德) 중에는 중경(中京)이라고 했다가 상원(上元)중에 다시 서경이라 했음.

47) 蓄銳(축예): 정예의 병사를 기름. 축(蓄)은 양(養), 예(銳)는 봉리(鋒利).

48) 靑徐(청서): 청주(靑州)와 서주(徐州).

49) 恒碣(항갈): 항산(恒山)과 갈석산(碣石山).

50) 肅殺(숙살): 가을 기운이 초목을 말라 죽게 하는 것.

51) 憶昨狼狽初(억작낭패초): 안녹산이 처음 반란을 일으켰을 때를 말함. 작(昨)이 석(昔)으로 된 판본도 있음.

52) 姦臣(간신): 양국충(楊國忠)을 말함. 菹醢(저해): 절이고 삭히는 것, 곧 김치와 육장(肉醬). 전하여 살육의 뜻으로 쓰임.

53) 同惡(동악): 양귀비의 자매 괵국부인(虢國夫人) 등의 무리를 말함. 蕩析(탕석): 분산(分散)하다. 혹은 찢어서 흩어버림.

54) 妹妲(말달): 말희(妹喜)와 달기(妲己). 걸왕(桀王)과 주왕(紂王)이 사랑했던 여인들. 포달(襃妲)로 되어 있는 판본도 있음.

55) 宣光(선광): 주(周)나라 선제(宣帝)와 한(漢)나라 광무제(廣武帝).

56) 陳將軍(진장군): 당시 좌용무대장군(左龍武大將軍)이었던 진현례(陳玄禮).
마외역(馬嵬驛)에서 현종(玄宗)을 압박하여 양국충(楊國忠)과 양귀비(楊貴
妃)를 처형시키도록 했음.

57) 大同殿(대동전): 장안(長安)의 홍경궁(興慶宮) 근정루(勤政樓) 북쪽에 대동문
(大同門)이 있고, 그 안에 대동전(大同殿)이 있음.

58) 白獸闥(백수달): 백수문(白獸門). 미앙궁(未央宮)에 있던 백호전(白虎殿)의
문(門)이름. 당나라 사람들은 태조(太祖)의 휘(諱)를 피하여 호(虎)를 수(獸)
로 고치었음.

59) 翠華(취화): 푸른 깃털을 깃발 위에 꽂은 장식. 임금의 수레를 의미함.

평설 ⌒

- 『지봉유설』에 "두보의 〈북정〉시와 이백의 〈천상백옥경(天上白玉京)〉시
와 한유의 〈나만(南山)〉시는 고금의 장편 중에 최고의 걸작들이다. 그러
나 반복하여 자세히 음미해보면, 이백의 시는 기력에서 〈북정〉에 미치
지 못하고, 웅혼함에서는 〈남산〉에 미치지 못하니, 1척(尺)의 짧은 바가
있음을 알 수 있다"고 했다. 또 "陰風西北來, 慘慘隨回紇……送兵五千
人, 驅馬一萬匹'이라고 했는데, 1호(胡)마다 말 2필인 것이다. 마영경(馬
永卿)이 '용병(用兵)하는 법은 활과 말을 반드시 보좌해야 한다'고 했다.
또 시에 '交鞲二弓'이라 했는데, 또한 훼절(毁折)을 두려워한 것이다. 지
금도 서로인(西虜人)들은 모두 말 2필씩을 지닌다고 하는데, 예로부터
그러하였다"고 했다.

- 조선 양경우(梁慶遇)의 『제호시화(霽湖詩話)』에 "두시의 〈북정〉시에 '或
紅如丹砂, 或黑于黔漆. 雨露之所濡, 甘苦齊結實'이라 했는데, 두 '혹(或)'
자가 사람에게 읊어 감상하게 하는 일창삼탄(一唱三嘆)의 음(音)이 있
다. 그런데 한공(韓公: 韓愈)의 〈남산〉시에서 이를 부연하여 51개의 '혹'

자를 썼는데, 또한 지리(支離)한 듯하다. 시는 정묘(精妙)하고자 하고, 풍부함을 다툴 필요가 없다"고 했다.

● 『시수』에 "두보의 〈북정(北征)〉과 〈술회(述懷)〉는 모두 장편서사이다. 그러나 높은 것은 오히려 한인(漢人)의 유의(遺意)가 있고, 평이한 것은 원진(元稹)과 백거이(白居易)의 남상(濫觴)이 되었다"라고 했다.

● 『석림시화(石林詩話)』에 "장편이 가장 어렵다. 진위(晉魏) 이전에는 시에 10운(韻)이 넘는 것은 없었다. 대개 보통 사람들은 뜻을 거역한다고 생각하고, 처음에는 서사(敍事)를 다 기울이는 것을 공교하게 여기지 않았다. 노두의 〈술회〉와 〈북정〉 여러 편에 이르러서 필력을 극도로 기울인 것이 태사공(太史公)의 기전(紀傳)과 같았는데, 이는 참으로 고금의 절창이다"고 했다.

● 『벽계시화(碧溪詩話)』에 "자미를 세상에서 시사(詩史)라고 부르는데, 그의 〈북정〉시의 '皇帝二載秋, 閏八月初吉'을 읽어보면 사필(史筆)이 삼엄하여 쉽게 미칠 수가 없다"고 했다.

● 『운어양추』에 "두보의 '天吳及紫鳳, 顚倒在短褐'은 모두 가난을 말하는 데에 공교한 것이다"라고 했다.

● 『두억』에 "창려(昌黎: 韓愈)의 〈남산(南山)〉은 운부(韻賦)로 시를 지었고, 소릉의 〈북정〉은 운기(韻記)로 시를 지어서, 체(體)가 서로 영향 받지 않았다. …… 〈남산〉은 탁루진체(琢鏤溱砌)하고, 힐굴괴기(頡屈怪奇)하여 스스로 창조한 체(體)로서 고금에서 걸출하다. 그러나 하나밖에 없을 수는 없지만 둘이 있을 수 없고, 참으로 쉽게 배울 수 없는데 또한 배울 필요가 없다. 모두 문인의 습기(習氣)를 벗어나지 않았다. 〈북정〉은 본래 아조(雅調)인데, 예로부터 사인(詞人)들에게 그와 같은 것이 많았다. 곧 한유의 〈부강릉(赴江陵)〉과 〈기삼학사(寄三學士)〉 등의 작품

은 거의 그것과 안항(雁行)일 것이다"라고 했다.

- 『현용설시』에 "〈봉선영회〉와 〈북정〉은 두 편 모두 운(韻)이 있는 고문(古文)인데, 문희(文嬉)의 〈비분(悲憤)〉을 좇아서 확대하여 지은 것이다. 후인은 이러한 재기(才氣)가 없고, 이러한 학문이 없고, 이러한 경우(境遇)가 없고, 이러한 금포(襟抱)가 없어서 단단(斷斷)이 지을 수가 없다. 그러므로 그 안의 양(陽)이 열리고 음(陰)이 합함과 파란돈좌(波瀾頓挫)를 세밀하게 연구하고, 충분히 필력을 키우고, 백 번 읽고 따르면 소득이 있게 될 것이다"라고 했다.

이백을 꿈에 보다 夢李白[1]

1

死別已吞聲	사별이라면 이미 곡성을 삼켰겠지만
生別常惻惻[2]	생이별이라 항상 슬프기만 하네
江南瘴癘地[3]	강남은 열병이 도는 지방인데
逐客無消息	쫓겨난 나그네는 소식이 없네
故人入我夢	벗이 내 꿈속에 나타난 것은
明我長相憶	내 긴 그리움을 나타냄이네
君今在網羅	그대 지금 그물에 갇혔는데
何以有羽翼	어떻게 날개를 지녔던가?
恐非平生魂	평생의 혼이 아닐까 두려운데
路遠不可測	길 멀어 짐작할 수 없네
魂來楓林青	혼이 올 때는 단풍 숲 푸르렀는데

魂返關塞黑　　　혼이 돌아갈 때는 관새가 어둡네

落月滿屋梁　　　떨어지는 달빛이 지붕의 들보에 가득한데

猶疑見顏色　　　오히려 안색을 의심스럽게 살펴보네

水深波浪闊　　　물 깊어 파도가 넓으니

無使蛟龍得[4)]　　교룡에게 먹히지 마소서

주석 ☞

1) 이 시는 숙종(肅宗) 건원(乾元) 2년(759) 가을에 진주(秦州: 甘肅省 天水縣)에
서 지은 것임. 숙종 지덕(至德) 2년(757)에 이백은 영왕(永王) 이린(李璘)의
막부(幕府)에 참여했다가, 부역죄로 심양(潯陽: 강서성 九江)의 옥에 갇혔다.
건원 2년 봄에 야랑(夜郎: 貴州 正安 西北)으로 유배되었는데, 백제성(白帝
城: 四川省 奉節)에 이르렀을 때 사면을 받았다. 두보는 미처 이백의 사면
소식은 듣지 못하고, 야랑으로 유배 가는 이백을 생각하며 지은 것이다.

2) 惻惻(측측): 몹시 슬퍼하는 모양.

3) 瘴癘(장려): 산천의 독기(毒氣)중의 열병. 장열증(瘴熱症)은 곧 말라리아임.
『廣韻』에 "瘴, 熱病"이라 했음. 『集韻』에 "瘴, 癘也"라 했음.

4) 蛟龍(교룡): 뿔이 없고 비늘이 있는 용. 모든 물고기의 신(神)임. 『說文』에
"蛟, 龍屬, 無角曰蛟, 從虫交聲, 池魚三千六百, 蛟來爲之長"이라 했음.

평설 ☞

● 『초계어은총화』에 "『서청시화(西淸詩話)』에 '……이백은 풍신(風神)이
초매(超邁)하여 영상(英爽)을 알 수 있다. 후세에 사인(詞人)들이 형상한
것이 많다. 또한 단청(丹靑)에서 그것을 볼 수 있는데, 모두 소릉의 「落
月滿屋梁, 猶疑見顏色」만 못하다. 그것을 깊이 음미해보면, 백세(百世)

아래에서 풍채(風采)를 상상해 볼 수 있다. 이는 이태백에게 준 전신시 (傳神詩)이다'라고 했다"고 했다.

- 『시수』에 "'明月照高樓, 想見餘光輝'는 이릉(李陵)의 일시(逸詩)이다. 자 건(子建: 曹植)의 '明月照高樓, 流光正徘徊'는 그 말을 전용하였으나 그 뜻은 쓰지 않았는데, 마침내 건안(建安)의 절창이 되었다. 소릉(少陵)의 '落月滿屋梁, 猶疑照顔色'은 바로 그 뜻을 쓰고, 그 구를 약간 변화시켰 는데, 또한 당인의 뛰어난 구가 되었다. 지금의 학자들은 조식과 두보 의 두 구절의 묘함은 알지만은 그것이 한(漢)에서 나왔음은 모른다"라 고 했다.

- 『당시해』에 "소릉의 이 작품은 본래 '凜凜歲月暮' 1편을 모방했는데, …… 곧 〈古詩〉 '旣來不須臾, 又不處重闈. 諒無鷴風翼, 焉得凌風飛'의 뜻 이다. 이를 보면 작시의 변화법(變化法)을 알 수 있다"고 했다.

- 『당시선맥회통평림』에 "유진옹(劉辰翁)이 '기구의 의미는, 만일 그가 죽었 다면 마땅히 다시 곡하지 않겠지만, 사람에게 잊지 못하게 하는 것은 생이 별이기 때문이라는 것이다. 「落月」 두 마디는 우연히 실경(實境)인데 다 시 만날 수 없다'고 했다. 양신(楊愼)이 '낙월' 두 마디는 꿈속에서 보았는 데 오히려 실재함을 깨닫는다. 즉 이른 바 '夢中魂魄猶言是, 覺後精神尙未 回'라는 것이다. 시가 본래 낮은데, 송인(宋人)이 매우 깊다고 본 것은 도리어 회삽하다. 전신(傳神)의 설은 옳지 않다고 했다"라고 했다.

- 『두억』에 "장지(瘴地)에서 소식이 없기 때문에 그리움이 더욱 깊은 바이 다. 단지 나의 그리움을 말하지 않고, 벗이 꿈속으로 들어왔다는 것으로써 나의 그리움을 밝혔다. …… 그래서 아래에 '魂來'와 '魂返'이란 말이 있는 것이다. 또 '恐非平生魂'이라 한 것은 환영이면서 실질이고, 믿으면서도 의심하며, 황홀히 침음하는데, 이것이 '長惻惻'의 실경이다'라고 했다.

● 『현용설시』에 "魂來楓林靑' 8구는 〈이소(離騷)〉에 근본했는데, 곧 후기
　(厚氣)를 지녔다. 장길(長吉: 李賀)의 귀시(鬼詩)처럼 유기(幽奇) 중에
　참담한 색이 있는 것과는 다르다"고 했다.

2

浮雲終日行	뜬 구름은 종일 흘러가고
遊子久不至	나그네는 오래토록 오지 않네
三夜頻夢君	삼일 밤이나 빈번히 그대를 꿈꾸는데
情親見君意	정이 친한 그대의 마음을 보네
告歸常局促	돌아감을 고할 때는 항상 허둥대고
苦道來不易	오기가 쉽지 않다고 괴롭게 말하네
江湖多風波	강호엔 풍파가 많은데
舟楫恐失墜[1]	배가 뒤집힐까 두렵다고 하네
出門搔白首	문을 나설 땐 백발머리를 긁적이며
若負平生志	평생의 뜻을 저버릴 듯하네
冠蓋滿京華[2]	관개가 경성에 가득한데
斯人獨顦顇	이 사람만이 홀로 초췌하네
孰云網恢恢[3]	누가 하늘의 그물은 넓다고 했는가?
將老身反累	늙은 몸이 도리어 허물에 걸리었네
千秋萬歲名	천추만세의 명성은
寂莫身後事	적막하게 죽은 뒤의 일이라네

주석 ↷

1) 舟楫(주즙): 배의 상앗대. 통상적으로 배를 말함.

2) 冠盖(관개): 벼슬아치의 관복(冠服)과 거개(車盖). 京華(경화): 경성(京城).

3) 『노자(老子)』에 "天網恢恢, 疏而不漏"라고 했음. 천도(天道)는 공평무사(公平無私)하다는 것.

평설 ↷

• 『당시선맥회통평림』에 "유진옹(劉辰翁)이 '기구의 말은 천 마디이며 만 가지 한이다. 다음 2구는 인정(人情)이면서 귀신의 말로서 두루 지극히 괴로운 맛이다. 「苦歸」6구는 꿈속의 빈주(賓主)의 말이 다 갖추어있다. 「冠盖」 2구는 말이 정의 고통스러움이 자별(自別)함에서 나왔다'고 했다"고 했다.

• 『두억』에 "전편에서는 단지 '入我夢'이라 하고, 또 '恐非平生魂'이라 했는데, 여기서는 '情親見君意'라 했으니, 혼이 진짜로 온 것으로서, 다시 진일보했다. …… '江湖多風波'는 전장의 '無使蛟龍得'에 대한 대답이다. 교정(交情)이 간절하여, 진짜로 신혼(神魂)이 왕래함이 있다. 다만 귀신을 울게 한다고 말하는 것은 오히려 낮다"고 했다.

• 『두시경전』에 "유수계(劉須溪)가 '맺음이 지극히 참담하다. 정이 지극하여 말이 막힌 것이다'라고 했다"고 했다.

강촌 羌村[1]

1

崢嶸赤雲西	드높은 붉은 구름 서쪽에
日脚下平地	햇살이 평지로 내려오네
柴門鳥雀噪	사립문에 새들이 조잘대는데
歸客千里至	귀객이 천리에서 이르렀네
妻孥怪我在	처와 애들은 내가 살아있음을 괴이 여기고
驚定還拭淚	놀람을 진정하고 다시 눈물을 훔치네
世亂遭飄蕩	세상 난리 속에 표탕함을 당했는데
生還偶然遂	생환을 우연히 이루었네
鄰人滿牆頭	이웃사람들은 담장 머리에 가득하고
感歎亦歔欷	감탄하고 또한 탄식을 하네
夜闌更秉燭	밤 깊어 다시 촛불을 들고
相對如夢寐	서로 마주하니 꿈결만 같네

주석 ∽

1) 지덕(至德) 2년(757) 5월에 방관(房琯)이 재상에서 파직되자, 두보는 상소를 올려 그를 변호하다가 숙종(肅宗)을 거슬렀다. 이 해 윤8월에 숙종은 두보에게 부주(鄜州)로 돌아가서 가족을 찾으라고 했다. 사실상 파직이었다. 이때 집으로 돌아가 지은 작품임. 강촌은 당시 두보의 가족들이 살던 곳인데, 지금의 섬서성 부현(富縣) 남쪽.

평설 ◠◡

- ●『비점당시정성』에 "전수(全首)가 주기(珠璣)이다. 말구는 꿈인지 생시인
  지 의심했는데, 더욱 아름답다"고 했다.

- ●『당시훈해』에 "진어(眞語)가 유로(流露)하여, 조식(彫飾)을 빌리지 않고,
  정(情)과 문(文)이 함께 이르렀다"고 했다.

- ●『당시별재』에 "다 한 글자도 첨가할 수 없으니, 고절(高絶)이다"고 했다.

2

晩歲迫偸生	만년에 목숨 구하기가 급박하니
還家少歡趣	집에 돌아와도 즐거운 아취가 적네
嬌兒不離膝	예쁜 딸애는 무릎에서 떨어지지 않고
畏我復却去	내가 다시 떠나버릴까 두려워하네
憶昔好追涼	지난날 즐겨 피서하던 때를 추억하며
故繞池邊樹	일부러 연못 주변의 나무를 돌아보네
蕭蕭北風勁	소소히 부는 북풍이 센데
撫事煎百慮	여러 일들을 생각하며 온갖 근심을 하네
賴知禾黍收	다행히 벼와 기장을 수확함을 아는데
已覺糟牀注[1]	이미 술지게미의 상에 술이 흐름을 깨닫네
如今足斟酌	지금은 충분히 술을 따를 수 있으니
且用慰遲暮[2]	장차 만년을 위로할 수 있으리라

주석 Ꮗ

1) 糟牀(조상): 술지게미를 거르는 평상.

2) 遲暮(지모): 만년(晚年).

평설 Ꮗ

● 『당시귀』에 "담원춘이 '교아(嬌兒)를 묘사한 전면(纏綿)의 광경이 투철하다'고 했다. 종성이 '자신의 아녀의 성정을 묘사함을 남김없이 했는데, 또한 남의 집을 대신하여 아녀의 성정을 묘사했다"고 했다.

● 『두시상주』에 "'不離膝'은 얼핏 보면 기쁜데, '復却去'는 오래보면 두렵다. 이는 어린애의 정상을 가장 닮게 그려냈다"고 했다.

3

羣鷄正亂叫	여러 닭들이 갑자기 어지럽게 울고
客至鷄鬪爭	객이 오니 닭들이 서로 다투네
驅鷄上樹木	닭들을 쫓아 나무 위로 올라가게 하니
始聞叩柴荆	비로소 사립문을 두들기는 소리를 듣네
父老四五人	부로들 사오 명이
問我久遠行	나의 원행을 위문하러 왔네
手中各有攜	손에는 각자 휴대한 것이 있어서
傾榼濁復淸	술통을 기울이니 탁주와 청주들이네
莫辭酒味薄	술맛이 박함을 사양하지 말라 하며

黍地無人耕   기장밭을 갈 사람이 없다고 하네

兵革旣未息   전쟁이 아직 그치지 않아서

兒童盡東征   아동들도 모두 동쪽으로 출전했다네

請爲父老歌   부로들을 위하여 노래하길 청하니

艱難愧深情   간난 속의 깊은 정이 부끄럽네

歌罷仰天歎   노래 끝내고 하늘을 보며 탄식하니

四座淚縱橫   사방 좌석에서 눈물을 종횡으로 흘리네

평설 ᘐ

• 『당시귀』에 "종성이 '촌락의 소가(小家)의 광경을 묘사한 것이 보는 듯하다'고 했다. 담원춘이 '곧 부로의 말을 시로 들여왔는데, 묘하고 묘하다! 「艱難」 2글자는 곧 술을 보내온 것을 지적한 것인데, 묘하고 묘하다!'고 했다"고 했다.

• 『당시별재』에 "황란(荒亂)한 광경을 부로의 입으로부터 전해내었다. '酒味薄' 4구는 부로의 말을 시에 넣은 것이고, '艱難' 구는 소릉의 노래이다"라고 했다.

• 『현용설시』에 "〈강촌〉 3수는 마음을 놀라게 하고 혼을 움직이게 하는데, 진지(眞至)함이 지극하다. 도공(陶公: 도연명)의 진지함은 평담(平澹)함에 붙였는데, 소릉의 진지함은 침통함을 묶었다. 이러한 경우(境遇)의 분별은 곧 성정(性情)의 분별이다"고 했다.

고도호의 청총마를 노래함 高都護驄馬行[1]

安西都護胡青驄[2]	안서도호의 서역의 청총마
聲價欻然來向東[3]	명성이 문득 동쪽으로 전해졌네
此馬臨陣久無敵	이 말은 진영에서 오래토록 무적이어서
與人一心成大功	사람과 한 마음으로 큰 공을 이루었네
功成惠養隨所致	공을 이루고 은혜롭게 키울 곳으로 따라와
飄飄遠自流沙至[4]	표표히 멀리 사막에서 왔네
雄姿未受伏櫪恩	웅장한 자태는 구유에 엎드리는 은혜를 받지 않고
猛氣猶思戰場利	사나운 기세는 오히려 전장의 승리를 생각하네
腕促蹄高如踏鐵[5]	날래고 높은 발굽이 쇠를 밟는 듯한데
交河幾蹴曾冰裂[6]	몇 번이나 교하의 두꺼운 얼음을 차서 깼던가?
五花散作雲滿身[7]	오화의 털은 흩어져 구름이 되어 몸을 덮었고
萬里方看汗流血[8]	만 리를 달려와 지금 피땀을 흘리는 것을 보는데
長安壯兒不敢騎	장안의 건아들도 감히 타보지 못하고
走過掣電傾城知[9]	번갯불처럼 내 달림을 온 장안에서 아네
青絲絡頭爲君老	푸른 끈으로 머리 묶은 것은 네 늙음을 위함인데
何由却出橫門道	무슨 이유로 도리어 횡문 길로 나왔는가?

주석 ⌒ᴗ

1) 高都護(고도호): 고선지(高仙芝: ?-755). 고구려 출신으로 안서부도호(安西
   副都護) 및 사진도지병마사(四鎭都知兵馬使)와 안서절도사(安西節度使)를
   지내고, 안사(安史)의 난 때 부원수(副元帥)로 출전하였는데 감군환관(監軍宦
   官)의 무고로 피살되었음. 천보(天寶) 6년(747)에 고선지는 소발률(小勃律)을

평정하고, 천보 8년(749)에 장안(長安)으로 들어와 천자를 알현했다. 이 시는
당시 장안에 있었던 두보가 고선지가 데려온 말을 보고 지은 것이다. 驄馬
(총마): 청총마(靑驄馬). 청백색의 말. 지금의 명칭은 국화총마(菊花驄馬)라
고 함.

2) 安西都護(안서도호): 정관(貞觀) 17년(643)에 서주(西州)에 안서도호부를 설
치했는데, 현경(顯慶) 3년(658)에 구자국성(龜玆國城)으로 치소를 옮겼다. 胡
(호): 서역(西域)을 말함.

3) 聲價(성가): 명성. 欻然(홀연): 홀연(忽然).

4) 流沙(유사): 서부 사막지역.

5) 腕促蹄高(완촉제고): 『상마경(相馬經)』에 "馬腕欲促, 促則健; 蹄欲高, 高耐險
峻"이라 했음. 踣(북): 답(踏).

6) 交河(교하): 신강성 토노번현(吐魯蕃縣) 서쪽지역. 曾(층): 층(層)과 같음.

7) 五花(오화): 청총마의 털색이 알록달록한 것. 마치 온 몸이 운금(雲錦)으로
싸여있는 듯함을 말함.

8) 汗流血(한류혈): 한혈마(汗血馬)를 말함. 한(漢)나라 때 서역 대완국(大宛國)
에서 생산되는 천마(天馬). 앞쪽 어깻죽지의 땀구멍에서 땀이 나오면 온몸
색이 핏빛이 된다고 함.

9) 掣電(체전): 섬전(閃電). 번갯불. 傾城(경성): 장안(長安)의 전성(全城).

10) 橫門(횡문): 장안성(長安城) 북쪽에서 서쪽으로 나가는 제일문(第一門). 서역
으로 통하는 길을 말함.

평설 ⟋⟍

• 『당시경』에 "此馬臨陣久無敵, 與人一心成大功'은 쾌의처(快意處)인데
조경(粗梗)을 피하지 않았다"고 했다.

• 『당풍정』에 "가주(嘉州: 岑參)의 〈적표가(赤驃歌)〉는 가장 교건(矯健)한

데, 이는 오히려 그것을 뛰어넘는다. 구절이 짧으면서 기(氣)가 두텁기 때문이다. 이것의 맺음은 풍류가 유완(柔婉)한데, 잠삼과 이백과 더불어 서로 같다"고 했다.

• 『위로시화』에 "〈총마행〉은 잠삼의 〈적표마가〉와 뜻은 다르나 격은 동일 하다"고 했다.

• 『두시경전』에 "왕완정(王阮亭: 王士禎)이 '이는 자미가 소장(小壯) 시절 에 지은 것이다. 한 구도 정한(精悍)하지 않은 것이 없다'라고 했다"고 했다.

병거행 兵車行[1]

車轔轔, 馬蕭蕭[2]	수레는 덜컹덜컹 말은 히힝히잉
行人弓箭各在腰[3]	병사들은 활과 화살을 각자 허리에 찼네
耶孃妻子走相送[4]	부모와 처자들이 달려가며 전송하느라
塵埃不見咸陽橋[5]	먼지 자욱하여 함양교를 볼 수 없네
牽衣頓足闌道哭	옷자락 당기고 발 구르며 길을 막고 통곡하니
哭聲直上干雲霄	곡성소리 곧장 하늘까지 퍼져가네
道傍過者問行人	길 가던 사람이 병사에게 물으니
行人但云點行頻[6]	병사는 다만 점행이 빈번하다고만 하네
或從十五北防河	어떤 이는 열다섯에 북쪽 황하를 지켰는데
便至四十西營田[7]	곧 사십이 되어 서쪽 둔전을 일구고 있다네
去時里正與裹頭[8]	떠날 때 이정이 머리를 묶어주었는데

歸來頭白還戍邊	백발로 돌아와 다시 변경을 수비하네
邊庭流血成海水[9]	변경엔 유혈이 바닷물을 이루었는데
武皇開邊意未已[10]	무황은 국경 개척의 뜻을 그만 두지 않네
君不聞	그대는 듣지 못했는가?
漢家山東二百州[11]	한나라 산동 이백 주의
千村萬落生荊杞	천만 촌락이 가시나무로 뒤덮였음을
縱有健婦把鋤犁	설령 건장한 부녀자가 있어 농사를 지었어도
禾生隴畝無東西	논에 자란 벼는 동서 없이 어지럽기만 한데
況復秦兵耐苦戰[12]	하물며 다시 진땅의 병사들은 고전하며
被驅不異犬與鷄	내몰림 당한 것이 개와 닭과 다르지 않음에랴!
長者雖有問	장자가 비록 물어보지만
役夫敢申恨	역부가 감히 원한을 말할 수 있겠는가?
且如今年冬	게다가 금년 겨울엔
未休關西卒[13]	관서의 징병이 그치지 않았는데
縣官急索租	현관은 다급하게 조세를 거두니
租稅從何出	조세가 어디에서 나올 수 있겠는가?
信知生男惡	참으로 알겠다! 아들 낳는 것은 나쁘고
反是生女好	도리어 딸을 낳는 것이 좋은 것임을
生女猶是嫁比鄰	딸을 낳으면 이웃에다 시집보낼 수 있지만
生男埋沒隨百草	아들을 낳으면 잡초 속에 매몰시킨다네
君不見青海頭[14]	그대는 청해 가를 보지 않았는가?
古來白骨無人收	옛날부터 백골을 거둘 사람이 없어서
新鬼煩冤舊鬼哭	새 귀신들 원망하고 옛 귀신들 통곡하니

天陰雨濕聲啾啾　　날 흐리고 비 축축하면 아우성소리 울려나네

주석 ♋

1) 신악부(新樂府)에 속함. 이 시의 배경에 대해서는 역대의 의견이 분분하여 일치하지 않는데, 일설에는 남조(南詔)를 칠 때라고 하고, 또 일설에는 토번(吐藩)과의 전쟁 때라고 한다. 아무튼 이는 모두 안사(安史)의 난이 일어나기 전의 전쟁들이다.

2) 轔轔(인린): 많은 수레가 굴러가는 소리. 蕭蕭(소소): 말이 우는 소리.

3) 行人(행인): 강제로 징집되어 가는 병사를 말함.

4) 耶孃(야양): 아버지와 어머니.

5) 咸陽橋(함양교): 위하(渭河)에 있었던 동위교(東渭橋), 중위교(中渭橋), 서위교(西渭橋)의 총칭. 여기서는 장안에서 서북이나 서남으로 통하는 서위교를 말함.

6) 點行(점행): 호적을 살펴 징집하여 대오(隊伍)로 편성하는 것.

7) 營田(영전): 둔전(屯田). 변경에 주둔하는 병사들은 평소에는 농사를 짓다가 전쟁이 나면 동원되었음.

8) 里正(이정): 이장(里長).

9) 邊庭(변정): 일작 변정(邊亭). 변경을 말함.

10) 武皇(무황): 한무제(漢武帝). 당나라 현종(玄宗)을 비유했음.

11) 山東(산동): 화산(華山) 동쪽 지역.

12) 秦兵(진병): 관중(關中)의 병사들.

13) 關西卒(관서졸): 함곡관(函谷關) 서쪽지역의 병사들.

14) 靑海(청해): 지금의 청해성(靑海省) 서녕(西寧) 서쪽에 있는 호수를 청해라고 함. 원래 토욕혼(吐谷渾) 지역에 속했으나, 고종(高宗) 용삭(龍朔) 3년(663)에 토번(吐藩)에게 점령당했음. 이후 수십 년 간 당나라와 토번군이 이곳에서

전투를 하였음.

평설 ⌒⌒

- 『채관부시화(蔡寬夫詩話)』에 "제·량(齊·梁) 이후 문사들은 즐겨 악부사(樂府辭)를 지었는데, 그러나 연습(沿襲)이 오래되어 종종 그 명제(命題)의 본의(本意)를 잃었다. …… 비록 이백일지라도 또한 이것을 면하지 못했다. 다만 노두의 〈병거행〉·〈비청판(悲靑板)〉·〈무가별(無家別)〉 등 여러 편은 모두 사건으로 인하여 스스로 자기의 뜻을 내고, 제목을 지어서 대략 다시 이전 사람들의 진적(陳迹)을 밟지 않았다. 참으로 호걸이다"라고 했다.

- 『벽계시화』에 "두집(杜集)에는 경서어(經書語)를 많이 사용했는데, '車轔轔, 馬蕭蕭'는 한 글자도 밖에서 들여오지 않았다. …… 모두 혼연(渾然)히 엄중(嚴重)하고, 천계적지(天階赤墀)와 식벽명옥(植璧鳴玉)처럼 법도가 삼장(森鏘)하다"고 했다.

- 『시수』에 "두보의 〈병거〉·〈여인(麗人)〉·〈왕손(王孫)〉 등의 편은 바로 한위(漢魏)를 조(祖)로 삼았는데 당조(唐調)로써 행했을 뿐이다"라고 했다.

- 『두억』에 "이 시는 이미 경험한 것을 물색(物色)했는데, 그 더욱 묘함은 전운처(轉韻處)가 뇌락돈좌(磊落頓挫)하고 곡절조창(曲折條暢)함이다"라고 했다.

- 『당시별재』에 "시는 명황(明皇)이 토번(吐藩)에 용병(用兵)한 것으로 지었고, 설은 문답으로 하고, 성음(聲音)과 절주(節奏)는 순전히 고악부(古樂府)에서 얻어왔다. 처음에는 사람을 곡하게 하고, 끝에는 귀신을 곡하게 했는데, 조응이 유의무의(有意無意)에 있다"고 했다.

강가를 슬퍼하다 哀江頭[1]

少陵野老吞聲哭[2]	소릉의 시골노인이 소리 죽여 통곡하며
春日潛行曲江曲[3]	봄날 곡강의 굽이로 몰래 나갔네
江頭宮殿鎖千門	강가 궁전엔 모든 문이 닫혔는데
細柳新蒲爲誰綠	작은 버들 새 부들은 누구를 위해 푸르렀나?
憶昔霓旌下南苑[4]	지난날 오색 깃발 남원에 온 것을 추억하니
苑中萬物生顏色	남원 안의 만물은 안색이 생기가 있었네
昭陽殿裏第一人[5]	소양전 안의 제일의 미인이
同輦隨君侍君側[6]	함께 수레 타고 임금을 따라와 옆에서 모셨네
輦前才人帶弓箭[7]	수레 앞 재인들은 활과 화살을 차고
白馬嚼齧黃金勒	백마들은 황금 재갈을 물었네
翻身向天仰射雲	몸을 재껴 하늘 향해 구름을 쏘면
一箭正墜雙飛翼	한 화살로 바로 쌍으로 날던 새를 떨어뜨렸네
明眸皓齒今何在[8]	어여쁜 미인은 지금 어디에 있는가?
血汚遊魂歸不得[9]	피에 젖은 떠도는 혼은 돌아올 수가 없네
淸渭東流劍閣深[10]	맑은 위수는 동으로 흐르고 검각은 깊은데
去住彼此無消息	떠나고 머문 사람 피차가 소식이 없네
人生有情淚霑臆	인생에는 정이 있어 눈물이 가슴을 적시는데
江水江花豈終極	강물과 강 꽃은 어찌 끝이 없는가?
黃昏胡騎塵滿城[11]	황혼의 오랑캐 기마들로 먼지가 성에 가득하여
欲往城南忘南北	성남으로 가려다가 방향을 잃었네

주석 ᘖᕉ

1) 숙종 지덕(至德) 2년(757) 봄, 두보가 장안에서 안녹산의 반군에게 억류되어
   있을 때 지은 시임.

2) 少陵野老(소릉야로): 두보의 자칭. 소릉은 한(漢)나라 선제(宣帝)의 황후인
   허후(許后)의 능(陵). 두보는 이곳에서 거주한 적이 있음.

3) 曲江(곡강): 굴곡진 강을 말함. 이곳에 진(秦)나라의 의춘원(宜春苑)과 한(漢)
   나라의 낙유원(樂遊園)이 있었는데, 당나라 때 또한 승경지로서 남쪽에는 자
   운루(紫雲樓)와 부용원(芙蓉苑)이 있었고, 서쪽에는 행원(杏園)과 자은사(慈
   恩寺)가 있었음.

4) 霓旌(예정): 오색의 새 깃털로 장식한 깃발. 황제의 의장(儀仗). 南苑(남원):
   부용원(芙蓉苑)을 말함.

5) 昭陽殿(소양전): 한(漢)나라 성제(成帝) 때 조비연(趙飛燕)이 기거했던 궁전.
   第一人(제일인): 조비연. 여기서는 양귀비(楊貴妃)를 말함.

6) 同輦隨君(동련수군): 『후한서·외척전(外戚傳)』에 "成帝, 遊於後庭, 嘗欲與
   倢伃同輦載, 倢伃辭曰: '觀古圖畫, 聖賢之君, 皆有名臣在側. 三代末主, 乃有
   嬖女. 今欲同輦, 得無近似之乎?'"라고 했음. 황제가 자신의 수레에 현량한 신
   하대신 사랑하는 여인을 태우는 것은 성군(聖君)의 행위가 아니라고 완곡하
   게 현종(玄宗)을 비난했음.

7) 才人(재인): 궁중의 여관(女官).

8) 明眸皓齒(명모호치): 밝은 눈동자와 하얀 이. 미인을 말함. 여기서는 양귀비
   를 지칭함.

9) 血汚遊魂(혈오유혼): 마외역(馬嵬驛: 섬서성 興平)에서 자진을 강요받고 스
   스로 목매어 죽은 양귀비를 말함.

10) 淸渭(청위): 맑은 위수(渭水). 위수 가에 양귀비를 장례한 마외역이 있음. 劍
    閣(검각): 지금의 사천성 검각현(劍閣縣) 북쪽. 촉(蜀)으로 들어갈 때 반드시
    거쳐 가야 하는 지역. 성도(成都)로 피난 갔던 현종이 거쳐 간 곳임.

11) 胡騎(호기): 안녹산의 반군을 말함.

평설 ②

● 『세한당시화』에 "양태진(楊太眞)의 일은 당인들이 음영(吟詠)한 것이 매
우 많다. 그러나 대략 모두 무례하다. 태진은 지존(至尊)의 배필인데, 어
찌 아녀자라고 모독할 수 있겠는가? 오직 두자미만 그러하지 않았다.
〈애강두〉에서 말한 '昭陽殿裏第一人, 同輦隨君侍君側'은 '嬌侍夜'와 '醉
和春'를 기다리지 않아도, 태진이 총애를 독점한 것을 알 수 있다. '玉容'
과 '梨花'를 기다리지 않아도, 태진의 절색을 상상할 수 있다. 한때의 행
락했던 일을 말하면서 태진을 지적하지 않고 단지 수레 앞의 재인들만
언급했다. 이러한 뜻은 더욱 미칠 수 없다. '翻身向天仰射雲, 一笑(一作
箭)正墜雙飛翼'은 '緩歌慢舞凝絲竹, 盡日君王看不足'을 기다리지 않아도,
한때의 행락의 즐거움을 붓끝으로 그려낸 것이 완연하게 눈앞에 있다.
'江水江花豈終極'은 '比翼鳥'와 '連理枝'와 '此恨綿綿無盡期'를 기다리지
않아도, 무궁한 한과 서리(黍離)와 맥수(麥秀)의 슬픔을 언외에다 붙였
다. …… 그 말은 은근하며 고아하고, 그 뜻은 은미하면서 예의가 있다.
참으로 풍인(風人)의 뜻을 얻었다고 하겠다. 원진(元稹)과 백거이(白居
易)의 〈연창궁사(連昌宮詞)〉와 〈장한가(長恨歌)〉는 수십 백 언으로 힘
을 다하여 모사(摹寫)했지만, 자미의 한 구만 못하다. 사람의 재능의 높
고 낮음이 곧 이와 같다"고 했다.

● 『두억』에 "'一箭'을 산곡(山谷: 黃庭堅)이 '一笑'로 확정했는데, 몹시 묘하
다. '中翼'이라 하였으니, 전(箭)임은 말할 필요가 없다. 그러나 새가 구
름에서 떨어질 때 함께 있던 자들이 백천(百千) 명일지라도 아연(啞然)
히 미소 짓지 않음이 없을 것이니, 이는 연회의 즐거운 일이기 때문이
다"라고 했다.

술 취한 여덟 신선에 대한 노래 飮中八仙歌[1]

知章騎馬似乘船[2]	하지장은 취하여 말을 타면 배를 탄 듯 흔들흔들
眼花落井水底眠[3]	충혈된 눈동자로 우물에 빠져 물속에서 잠을 자네
汝陽三斗始朝天[4]	여양왕 이진은 세 말 술을 마시고 천자를 뵙는데
道逢麴車口流涎	길에서 누룩수레와 마주치면 입에서 침을 흘리며
恨不移封向酒泉[5]	주천군으로 옮겨주지 않음을 한스러워하네
左相日興費萬錢[6]	좌상 이적지는 하루 술값이 만전인데
飮如長鯨吸百川	큰 고래가 모든 강물을 빨아들이듯 마시고
銜杯樂聖稱避賢[7]	술은 성인을 즐기고 현인은 피한다네
宗之瀟灑美少年[8]	최종지는 소쇄한 아름다운 청년인데
擧觴白眼望靑天	술잔을 들고 흰 눈동자로 푸른 하늘을 바라보면
皎如玉樹臨風前	교결함이 옥수가 바람 앞에 서 있는 듯하네
蘇晉長齋繡佛前[9]	소진은 수불 앞에서 오래 제계하다가도
醉中往往愛逃禪	술 취하면 종종 선정을 벗어나기를 좋아하네
李白一斗詩百篇	이백은 한 말을 마시면 시 백편을 짓고
長安市上酒家眠	장안 시장의 술집에서 잠을 자네
天子呼來不上船	천자가 불러와도 배에 오르지 못하고
自稱臣是酒中仙[10]	스스로 술 취한 신선이라고 말하네
張旭三杯草聖傳[11]	장욱은 세 잔을 마시면 초성으로 전하는데
脫帽露頂王公前	왕공들 앞에서 모자 벗고 정수리를 드러낸 채
揮毫落紙如雲煙	붓을 휘둘러 종이에 떨구면 운연이 피어나네
焦遂五斗方卓然[12]	초수는 닷 말을 마시면 비로소 탁연하여
高談雄辯驚四筵	고담웅변으로 사방 좌석을 놀라게 하네

주석 ✑

1) 이 시는 대략 천보(天寶) 5년(746)에 두보가 장안(長安)으로 온 후 오래지 않
아서 지은 시임. 시 속에 묘사한 8명의 인물들은 하지장(賀知章)·이진(李
璡)·이적지(李適之)·최종지(崔宗之)·소진(蘇晉)·이백(李白)·장욱(張
旭)·초수(焦遂)인데, 이들은 동시에 교류했던 사람들이 아니다. 모두 광음
(狂飮) 호방(豪放)으로 유명하였음.

2) 知章(지장): 하지장(賀知章). 회계(會稽) 사람, 자호는 사명광객(四明狂客).
비서감(秘書監)을 지내고 만년에는 도사(道士)가 되기를 청하여 고향으로 가
서 은거했음.

3) 眼花(안화): 술에 취해 눈동자가 충혈되는 것.

4) 汝陽(여양): 여양군왕(汝陽君王) 이진(李璡). 현종(玄宗)의 형 이헌(李憲)의
아들. 두보가 장안에 처음 왔을 때 영양왕부(汝陽王府)에서 빈객으로 있은
적이 있음.

5) 酒泉(주천): 군(郡) 이름. 지금의 감숙성에 속함. 샘물이 술맛이라 하여 주천
군으로 이름 지었다고 함.

6) 左相(좌상): 좌승상(左丞相) 이적지(李適之). 천보 원년(742)에 죄승상에 올
랐는데, 간신 이림보(李林甫)의 무고를 받아 천보 5년에 의춘태수(宜春太守)
로 좌천되었음. 부임 후 음독 자살했음.

7) 당시 술의 은어로 청주(淸酒)를 성인(聖人)이라 하고, 탁주(濁酒)를 현인(賢
人)이라 했음.

8) 宗之(종지): 최종지(崔宗之). 개원(開元) 초(713) 이부상서(吏部尙書) 최일용
(崔日用)의 아들. 시어사(侍御史)를 지내고 금릉(金陵)으로 좌천되어, 이백
(李白)과 교유하였음.

9) 蘇晉(소진): 선천(先天) 연간(712)에 중서사인(中書舍人)을 지내고, 태자서자
(太子庶子)로 관직을 마쳤음. 繡佛(수불): 모직에 수로 놓은 부처.

10) 『책부원구(冊府元龜)』에 "이백은 천보(天寶) 초에 대조한림(待詔翰林)을 지냈
다. 이백이 술 마시는 무리들과 함께 술집에서 취했을 때, 현종(玄宗)이 악곡

을 살피다가, 악부(樂府)의 새 가사를 짓고 싶어서 이백을 빨리 불러오라 했다. 이백은 이미 술집에서 취하여 누어있었는데, 불려 들어가서 물로 세면을 하고, 곧 붓을 잡고서 금방 10여 장(章)을 지어냈다. 황제가 그것을 가상하게 여겼다"고 했음.

11) 張旭(장욱): 오(吳) 사람. 당대의 유명한 서예가. 초서를 잘 써서 초성(草聖)이라 불림.

12) 焦遂(초수): 행적 미상. 관직을 지내지 않았다고 전함.

평설 ୦ଛ

* 조선 박제가(朴齊家)의 「음중팔선도서(飮中八仙圖序)」에 "그들은 죽계(竹溪)에서 노닐며 돌아오는 것조차 잊고, 장안의 시장에서 오만하게 남에게 굽히지 않고, 담론은 사방 좌석을 놀라게 하고, 붓은 오악(五嶽)을 뒤흔들고, 세속의 격식을 부숴 버리고, 악착같은 욕심을 없애고, 천지를 작게 여기고, 육체를 껍데기로 여기고, 오직 술에 탐닉하여 도도하고 유유하게 늙음이 다가오는 것도 모른 채 지냈다. 그들은 스스로 세간에서 말하는 부귀와 영록으로도 끝내 자신들의 즐거움을 바꿀 수 없다고 여겼으니, 그들을 신선이라 부르는 것은 당연하다"라고 했다.

* 『당시품휘』에 "채조(蔡絛)의 『서청시화(西淸詩話)』에 '이 노래는 중첩하여 운을 사용했는데, 옛날에는 그러한 체가 없었다. 일찍이 숙부 원도(元度)에게 질문하니, 「이 노래는 8편으로 나누어서 사람마다 각각 다르게 했으니, 비록 압운을 중복하더라도 해로울 것이 없다. 또한 『삼백편』의 분장(分章)의 뜻이다」라고 했다'고 했다"고 했다.

* 『사명시화』에 "소릉의 〈애강두(哀江頭)〉와 〈애왕손(哀王孫)〉은 작법이 가장 예스럽다. 그러나 탁삭미롱(琢削靡聾)을 힘써 여기에 다했다. 〈음중팔선〉은 격력(格力)이 초발(超拔)하여 거의 그것들을 당해낼 수 있다"

고 했다.

- 『당시해』에 "기타 최종지의 용모·소진의 선(禪)·이백의 시·장욱의 초성(草聖)·초수의 고담(高談) 등은 모두 그 성격의 곧음에 맡기고, 그 재준(才俊)을 다 얻어내기 위하여 술에 기탁하여 스스로 드러나게 했다. 만일 8인을 성세(聖世)에 있게 했다면 원개(元愷)의 무리가 되지 않을 수 없었을 것이다. 지금은 모두 유락하여 불우했다. 하지장은 태자를 보필하는 것으로 물러났고, 이적지는 권상(權相)을 거슬러서 배척을 당했고, 청련(靑蓮: 이백)은 고력사(高力士)를 저촉하여 추방을 당했다. 그 나머지도 또한 세상의 혼탁함을 싫중내고 술에 기탁했다. 그래서 자미가 그것을 읊었는데, 또한 중권(中權)을 폐기했다는 뜻도 있다"고 했다.

- 『시원변체』에 "자미의 〈음중팔선가〉 중에는 한 운을 두 번 사용함이 많고, 세 번에 이르는 것도 있는데, 읽어보면 스스로 깨닫지 못한다. 젊은 시절 익히 기억했지만, 역시 그 착종의 묘를 보지 못했다. 어떤 이가 '이 노래는 수(首)도 없고 미(尾)도 없으니, 마땅히 8장으로 지은 것이다'라고 했다. 그러나 체가 비록 8장이지만, 문기(文氣)가 단지 1편과 같다. 이는 또한 가행의 변체이다. 단지 말이 원화(元和)함에 들어가지 못했을 뿐이다. '초수' 2구는 〈동곡(同谷)〉 제7가(歌)와 같이 성기(聲氣)를 모두 갖추었다"고 했다.

- 『두억』에 "이는 격을 창조한 것인데, 앞에서도 인습할 바가 없고, 후인들도 배울 수가 없다. 8공을 묘사함이 모두 선기(仙氣)를 띠고 있다. 어떤 것은 2구·3구·4구로 했는데, 구름이 맑은 하늘에 있는 것처럼 말리고 퍼짐이 자여(自如)하여 또한 시 중의 신선이다"라고 했다.

<단청인>을 조장군 패에게 드림 丹青引贈曹將軍霸[1]

將軍魏武之子孫[2]	장군은 위나라 무제의 자손인데
於今爲庶爲淸門[3]	지금은 서민이 되어 가난한 집안이 됐네
英雄割據雖已矣[4]	영웅들 할거하던 시대는 비록 끝났지만
文彩風流猶尙存[5]	그 문채와 풍류는 여전히 남아있네
學書初學衛夫人[6]	글씨 배움은 처음에 위부인을 배웠는데
但恨無過王右軍[7]	다만 왕우군을 뛰어넘지 못함을 한스러워했네
丹青不知老將至	그림 그리며 늙음이 이르는 것도 몰랐으니
富貴於我如浮雲	부귀가 그에게는 뜬 구름과 같았네
開元之中常引見	개원 연간에 항상 황제가 불러서 보았는데
承恩數上南薰殿[8]	은혜 받들고 여러 번 남훈전에 올랐네
凌煙功臣少顏色[9]	능연각 공신들 초상화의 안색이 퇴색했는데
將軍下筆開生面	장군이 붓을 대어 생동하는 안면을 열었네
良相頭上進賢冠[10]	어진 재상의 머리 위엔 진현관이 있고
猛將腰間大羽箭[11]	용맹한 장군의 허리춤엔 대우전이 있네
褒公鄂公毛髮動[12]	포공과 악공의 머리털이 생동하여
英姿颯爽來酣戰	영자하고 삽상한 모습으로 전쟁을 달게 여기네
先帝天馬玉花驄[13]	선제의 천마 옥화총 그림은
畫工如山貌不同	화공들이 산처럼 많으나 모습이 닮지 않았는데
是日牽來赤墀下[14]	이날 붉은 섬돌 아래로 끌어와서
迥立閶闔生長風	궁궐 문 앞에 멀리 세우니 긴 바람이 일어나네
詔謂將軍拂絹素	장군에게 흰 비단을 내리라고 황제가 명하니
意匠慘澹經營中	골똘히 그림 구상을 참담하게 경영하는 중에

斯須九重眞龍出[15]　　이윽고 구중궁궐에 진룡을 그려내어서

一洗萬古凡馬空　　만고의 평범한 말 그림을 한차례 쓸어 없애버리네

玉花却在御榻上　　옥화총이 다시 어탑 위에 걸리니

榻上庭前屹相向　　어탑 위와 마당 앞에서 서로 마주 대했네

至尊含笑催賜金　　지존께서 미소 띠고 하사금을 재촉하고

圉人太僕皆惆悵[16]　　어인과 태복들은 모두 탄식하네

弟子韓幹早入室[17]　　제자 한간은 일찍이 입실하여

亦能畵馬窮殊相　　또한 말을 그려 다른 형상들을 다 그려냈는데

幹惟畵肉不畵骨　　한간은 다만 살만 그리고 뼈는 그리지 못하여

忍使驊騮氣凋喪[18]　　화류마의 기상을 시들고 상하게 했네

將軍畵善蓋有神[19]　　장군의 좋은 그림은 대개 정신을 지니고 있어

必逢佳士亦寫眞　　반드시 명사를 만나서만 또한 초상화를 그리었네

即今飄泊干戈際　　지금은 전쟁 중에 떠돌면서

屢貌尋常行路人　　평범한 길가는 사람들을 자주 그리네

途窮反遭俗眼白　　곤궁하여 도리어 속인들에게 백안시되니

世上未有如公貧　　세상에 일찍이 조공과 같은 빈곤은 없었네

但看古來盛名下　　다만 보나니 예로부터 성대한 명성 아래엔

終日坎壈纏其身[20]　　평생 불우함이 그 몸을 감싼다네

주석

1) 이 시는 대략 대종(代宗) 광덕(廣德) 2년(764) 두보가 성도(成都)를 떠돌던 유
명화가 조패(曹霸)와 교유할 때 지은 작품임. 단청(丹靑)은 회화(繪畵)이고,
인(引)은 고시(古詩)의 일종의 체재(體裁). 가행(歌行)과 비슷함. 조패는 위

441

(魏)나라 유명화가 조모(曹髦)의 후손으로, 개원(開元) 중에 그림으로 명성을 얻었음. 천보(天寶) 말에 매번 어마(御馬)와 공신(功臣)들을 그렸고, 관직은 좌무위장군(左武衛將軍)에 이르렀음.

2) 魏武(위무): 위(魏)나라 무제(武帝) 조조(曹操). 조모(曹髦)는 조조의 증손임.

3) 조패는 현종 말년에 죄를 지어, 서민으로 강등되었음. 淸門(청문): 한미한 집.

4) 조조가 할거했던 삼국시대를 말함.

5) 文彩風流(문채풍류): 문장의 재능과 유풍(遺風).

6) 衛夫人(위부인): 동진(東晉)의 여류 서예가. 성명은 위삭(衛鑠), 자는 무의(茂漪). 종요(鍾繇)를 스승으로 삼았는데, 왕희지(王羲之)가 젊었을 때 그녀에게서 글씨를 배웠다.

7) 王右軍(왕우군): 동진(東晉)의 서예가 왕희지(王羲之). 자는 일소(逸少), 우군장군(右軍將軍)을 지냈음.

8) 南薰殿(남훈전): 당나라 때 장안(長安) 남쪽 흥경궁(興慶宮)의 내전(內殿).

9) 凌煙功臣(능연공신): 능연각(凌烟閣)의 공신들의 초상화를 말함. 당나라 태종(太宗) 정관(貞觀) 17년(643)에 공신 24명의 초상화를 능연각에 안치했음.

10) 進賢冠(진현관): 문관의 관모(官帽).

11) 大羽箭(대우전): 네 개 깃털을 꽂은 긴 화살.

12) 褒公(포공): 포국공(褒國公) 단지현(段志玄). 鄂公(악공): 악국공(鄂國公) 위지공(尉遲恭). 모두 당나라 초의 장군들로서 능연각공신들임.

13) 先帝(선제): 현종(玄宗)을 말함. 天馬玉花驄(천마옥화총): 서역에서 생산되는 청백색의 준마(駿馬).

14) 赤墀(적지): 붉은 칠을 한 궁중의 섬돌.

15) 眞龍(진룡): 명마(名馬)를 말함.

16) 圉人太僕(어인태복): 어인은 말을 기르는 사람. 태복은 황제의 수레를 관장하는 관리.

17) 韓幹(한간): 당나라 유명 화가. 조패에게서 그림을 배웠음. 특히 말 그림에

뛰어났음. 入室(입실): 스승의 전함을 얻은 제자를 입실제자라고 함.

18) 驊駵(화류): 전설 속의 주(周)나라 목공(穆公)의 팔준마(八駿馬) 중의 하나.

19) 畵善(화선): 일작 진묘(盡妙).

20) 坎壈(감람): 곤돈(困頓). 불우함.

평설 ೦ഛ

• 송나라 허의(許顗)의 『언주시화(彦周詩話)』에 "노두가 지은 〈조장군단청
  인〉에 '一洗萬古凡馬空'이라 했고, 동파(東坡: 蘇軾)의 〈관오도자화벽시
  (觀吳道子畫壁詩)〉에 '筆所未到氣已吞'이라 했는데 나는 그 그림들을 보
  지 못했다. 이 2구의 두 사람의 시가 각각 그 그림을 당하게 한다. 동파
  가 지은 〈妙善師寫御容詩〉는 아름답다고 한다면 아름다운 것이다. 그러
  나 〈단청인〉에서 '將軍下筆開生面'이라 하고, 또 '褒公鄂公毛髮動, 英姿
  颯爽來酣戰'이라 한 것만 못하다. 뒤에는 옥화총마를 그린 것을 말하여
  '至尊含笑催賜金, 圉人太僕皆惆悵'이라 했다. 이 시는 은미하게 드러내
  었는데, 『춘추』의 필법이다"라고 했다.

• 『성재시화』에 "칠언 장운(長韻)의 고시 중 두소릉의 〈단청인조장군화
  마〉과 〈奉先縣劉少府山水障歌〉 등의 편은 모두 웅위굉방(雄偉宏放)하
  여 포착(捕捉)할 수 없다. 시를 배우는 자는 이백·두보·소식·황정견
  의 시 중에서 이와 같은 종류를 구하여 송독하고 침감(沈酣)하여, 그 의
  미를 깊이 얻은 후, 붓을 대면 스스로 뛰어나게 될 것이다"라고 했다.

• 『당풍정』에 "침웅돈좌(沈雄頓挫)함이 묘경을 별도로 열었다. 기골은 왕
  유와 이백을 뛰어넘으나, 풍운(風韻)은 그보다 부족하다. 시가의 변체라
  고 하는데 스스로 헛말이 아니다"라고 했다.

• 『두시해』에 "파란(波瀾)이 첩출(疊出)하고, 분외(分外)에서 기이함을 다

투는데, 도리어 일기(一氣)가 혼성(混成)하니, 참으로 장심(匠心)이 홀로
운용한 필(筆)이다"고 했다.

공손대랑의 제자가 〈검기〉를 춤추는 것을 보고 〈검기행〉을 짓고 아울러 서를 쓰다 觀公孫大娘弟子舞劍器行幷序[1]

대력(大歷) 2년(767) 10월 19일, 기부(夔府)[2]의 별가(別駕)[3] 원지(元持)[4]
댁에서 임영(臨潁)의 이십이랑(李十二娘)[5]이 〈검기(劍器)〉를 춤추는 것
을 보았다. 그 울기(蔚跂)[6]함을 장(壯)하게 여기고, 그가 배운 사람을 물
으니, 대답하기를 "저는 공손대랑(公孫大娘)의 제자입니다"라고 했다.
개원(開元) 3년, 내가 아직 어린애였을 때[7] 언성(郾城)[8]에서 공손씨(公
孫氏)가 〈검기(劍器)〉와 〈혼탈(渾脫)〉[9]을 춤춘 것을 기억하는데 유리돈
좌(瀏灕頓挫)[10]함이 홀로 빼어나서 당시에 으뜸이었다. 궁전의 의춘(宜
春)과 이원(梨園)[11] 두 기방(伎坊)의 나인(內人)들과 외부의 공봉(供
奉)[12]에 이르기까지 이 춤을 터득한 사람은 성문신무황제(聖文神武皇帝:
玄宗) 초에는 공손 한 사람뿐이었다. 옥 같은 용모로 비단 옷을 걸치고
있었는데, 하물며 내가 백발이 되었음에랴! 지금의 제자 또한 한창 때의
얼굴이 아니다. 이미 그 유래를 분별하고, 그 춤의 원류가 둘이 아님을
알았다. 옛 일을 추억하며 애오라지 〈검기행〉을 짓는다. 지난 날 오(吳)
사람 장욱(張旭)[13]이 초서첩(草書帖)을 잘 썼는데, 여러 번 업현(鄴縣)[14]
에서 공손대랑이 〈서하검기(西河劍器)〉를 추는 것을 본 후로 초서가 크
게 진전되어 호탕하게 감격하였다고 하니, 공손을 알 만하다.(大歷二年
十月十九日, 夔府別駕元持宅, 見臨潁李十二娘舞劍器, 壯其蔚跂; 問其所

師, 曰: "余, 公孫大娘弟子也." 開元三載, 余尚童稚, 記於郾城觀公孫氏舞
〈劍器〉·〈渾脫〉, 瀏灕頓挫, 獨出冠時. 自高頭宜春·梨園二伎坊內人, 泊
外供奉, 曉是舞者, 聖文神武皇帝初, 公孫一人而已. 玉貌錦衣, 況余白首.
今玆弟子, 亦匪盛顔. 旣辨其由來, 知波瀾莫二. 撫事慷慨, 聊爲〈劍器行〉.
昔者, 吳人張旭, 善草書帖, 數常於鄴縣, 見公孫大娘舞西河劍器, 自此草書
長進, 豪蕩感激, 卽公孫可知矣.)

주석 ∽

1) **公孫大娘(공손대랑)**: 현종(玄宗) 개원(開元) 연간의 유명한 무용가. 『명황잡
   록(明皇雜錄)』에 "공손대랑은 인리곡(隣里曲)과 배장군(裵將軍)의 〈만당세
   (滿堂勢)〉와 서하(西河)의 〈검기(劍器)〉와 〈혼탈무(渾脫舞)〉을 잘 춰서 아름
   답고 묘함이 모두 당시에 으뜸이었다"라고 했음. 劍器(검기): 옛날 무곡(舞
   曲) 이름. 건무(健舞)에 속함. 『두시상주』에 "段安節『樂府雜錄』: '健舞曲有
   〈稜大〉·〈阿連〉·〈柘枝〉·〈劍器〉·〈胡旋〉·〈胡騰〉等, 軟舞曲有〈涼州〉·
   〈綠腰〉·〈蘇合香〉·〈屈柘〉·〈團圓旋〉·〈甘州〉'等. 張爾公『正字通』云: '〈劍
   器〉, 古武舞之曲名. 其舞, 用女妓雄粧, 空手而舞, (見『文獻通考·舞部』). 此
   詩, 正指武舞言, 或以劍器爲刀劍, 誤也'"라고 했음.

2) **夔府(기부)**: 기주(夔州). 지금의 사천성 봉절현(奉節縣).

3) **別駕(별가)**: 종4품의 관직명. 자사(刺史)의 좌리(佐吏).

4) **元持(원지)**: 행적 미상.

5) **臨潁(임영)의 李十二娘(이십이랑)**: 임영은 지금의 하남성 임영현. 이십이랑
   은 공손여랑의 제자.

6) **蔚跂(울기)**: 웅혼(雄渾)하고 자태(姿態)가 다양함.

7) 당시 두보의 나이는 6살이었음.

8) **郾城(언성)**: 지금의 하남성 언성현.

9) **渾脫(혼탈)**: 서역에서 온 춤의 일종. 『朝野僉載』에 "長孫無忌, 以烏羊毛爲渾

脫氈帽, 人多效之, 謂之趙公渾脫"이라 했음.

10) 瀏灘頓挫(유리돈좌): 춤사위가 활달하게 날렵하고 기복(起伏)과 회전(回轉)
   이 심한 것.

11) 宜春(의춘)과 梨園(이원): 모두 궁내에 있던 교방(敎坊).

12) 외부의 공봉(供奉): 교방 이외에서 궁중연회를 받드는 가무인원(歌舞人員).

13) 張旭(장욱): 당나라 서예가. 초서로 유명하였음.

14) 鄴縣(업현): 지금의 하남성 안양현(安陽縣).

昔有佳人公孫氏	옛날에 가인 공손씨가 있었는데
一舞劒器動四方	<검기>을 한 번 춰서 사방을 진동시켰네
觀者如山色沮喪	인산인해의 관람객들 안색을 잃고
天地爲之久低昂	천지도 이 때문에 오래 위아래로 요동했네
燿如羿射九日落[1]	빛남은 예가 아홉 해를 쏘아 떨어뜨린 듯하고
矯如羣帝驂龍翔[2]	솟구침은 여러 신선들이 용 수레로 나는 듯하고
來如雷霆收震怒	오는 것은 우레가 진노를 거둔 듯하고
罷如江海凝淸光	멈춘 것은 강해가 맑은 빛을 모은 듯하네
絳脣珠袖兩寂莫[3]	붉은 입술 구슬 소매 둘 다 적막하더니
晚有弟子傳芬芳	만년에 제자가 향기를 전하네
臨潁美人在白帝[4]	임영 미인은 백제에 있는데
妙舞此曲神揚揚	묘한 춤 이 곡조 정신이 휘날리네
與余問答旣有以	나와 함께 얘기함이 이미 이유가 있었으니
感時撫事增惋傷	시절에 감개하고 옛일을 추억하니 더욱 슬프네
先帝侍女八千人[5]	선제의 시녀 팔천 명 중

公孫劍器初第一	공손의 <검기>가 제일이었는데
五十年間似反掌	오십 년간이 손바닥 뒤집듯 빨라서
風塵傾動昏王室[6]	풍진이 몰아쳐 왕실이 어두워지니
梨園子弟散如煙	이원자제들은 연기처럼 흩어지고
女樂餘姿映寒日	여악 중 남은 자태엔 찬 햇살만 비추네
金粟堆南木巳拱[7]	금속산 남쪽 나무는 이미 아름이 되고
瞿唐石城草蕭瑟[8]	구당 석성의 풀은 쓸쓸하네
玳筵急管曲復終[9]	화려한 연회의 급한 피리소리 곡이 다시 끝나니
樂極哀來月東出	즐거움 다하고 슬픔이 오니 달이 동쪽에서 뜨네
老夫不知其所往	노부는 그 갈 곳을 모르겠는데
足繭荒山轉愁疾	거친 산에서 발에 굳은살 박혀 수심이 쌓이네

주석 ☞

1) 羿(예): 10개의 해가 동시에 떠올라 바위와 산이 불타자 9개의 해를 활로 쏘아 떨어뜨렸다는 전설 속의 영웅. 『회남자(淮南子)』에 "堯之時, 十日並出, 石爛山焦, 堯不勝其毒, 使羿彀弓矢而射之, 落其九而所存者一, 今之日, 是也"라고 했음.

2) 羣帝(군제): 군선(群仙).

3) 絳脣珠袖(강순주수): 붉은 입술과 구슬로 장식한 소매. 공손의 가무(歌舞)를 말함.

4) 臨潁美人(임영미인): 공손의 제자 이십이랑(李十二娘). 白帝(백제): 백제성(白帝城), 기주(夔州)를 말함.

5) 先帝(선제): 현종(玄宗).

6) 안사(安史)의 난을 말함.

7) 金粟堆(금속퇴): 금속산(金粟山). 지금의 섬서성 포성(蒲城) 동북. 현종(玄宗)의 태릉(泰陵)이 있는 곳.

8) 瞿唐石城(구당석성): 구당협(瞿唐峽) 석성(石城). 기주(夔州)를 말함.

9) 玳筵(대연): 대모(玳瑁)장식의 화려한 자리. 화려한 연회를 말함.

늙은 측백나무 노래 古柏行[1]

孔明廟前有老柏[2]	공명의 사당 앞 늙은 측백나무
柯如靑銅根如石	줄기는 청동 같고 뿌리는 바위 같네
霜皮溜雨四十圍[3]	흰 껍질 윤택하고 사십 아름인데
黛色參天二千尺[4]	검푸른 색 하늘로 솟아 이천 척이네
君臣已與時際會[5]	군신이 이미 함께 그때 만났으니
樹木猶爲人愛惜	나무가 오히려 사람들에게 사랑을 받네
雲來氣接巫峽長[6]	구름이 오는 기운은 무협에 접하여 길고
月出寒通雪山白[7]	달이 뜨는 찬 빛은 설산에 통하여 희네
憶昨路繞錦亭東[8]	옛날을 생각하니 길이 금정 동쪽으로 돌았는데
先主武侯同閟宮[9]	선주와 무후가 비궁에 함께 있었네
崔嵬枝幹郊原古	높은 나무줄기는 교외들에서 늙고
窈窕丹靑戶牖空	깊은 곳에 단청한 문안은 비어있었네
落落盤踞雖得地	낙락하게 서려 앉아 비록 땅을 얻었으나
冥冥孤高多烈風	하늘로 외롭게 높아 모진 바람이 많네
扶持自是神明力	부지됨은 신명의 힘 때문이고
正直原因造化功	바르고 곧음은 조화의 공 때문이네

大廈如傾要梁棟　　큰 집이 기울 땐 동량이 필요한데

萬牛回首丘山重　　만 마리 소가 끌며 고개 돌리니 구산처럼 무겁고

不露文章世已驚　　문장을 드러내지 않고도 세상에서 이미 놀라네

未辭翦伐誰能送　　베어짐은 사양하지 않으나 누가 운송하리오?

苦心豈免容螻蟻¹⁰⁾　　쓴 중심부가 어찌 개미의 침입을 면하겠는가만

香葉終經宿鸞鳳　　향기로운 잎은 끝내 봉황이 머묾을 겪었네

志士幽人莫怨嗟　　지사와 유인들은 한탄하지 마오

古來材大難爲用　　예로부터 재목이 크면 쓰이기가 어렵다오

주석 ᏻ᎒

1) 이 시는 대종(代宗) 원년(元年)(766) 여름에 기주(夔州)에 머물고 있을 때 지은 것임. 백(柏)은 측백나무. 잣나무와는 전혀 다른 나무임.

2) 孔明(공명): 제갈량(諸葛亮)의 자(字). 기주(夔州)에 그의 무후사당(武侯祠堂)이 있음.

3) 霜皮(상피): 흰 껍질.

4) 黛色(대색): 청흑색(靑黑色).

5) 君臣(군신): 유비(劉備)와 제갈량. 이들은 모두 이미 죽어서 같은 사당에서 만났다는 것.

6) 巫峽(무협): 장강(長江) 삼협(三峽) 중의 하나. 기주 동쪽에 있음.

7) 雪山(설산): 서산(西山) 혹은 설령(雪嶺)이라고도 하는데, 사천성 서북부 송반(松潘) 경내에서 민산(岷山)의 주봉(主峰)이 됨.

8) 錦亭(금정): 금강정(錦江亭). 금강정 동쪽에 선주(先主: 유비)와 무후(武侯: 제갈량)를 모신 사당이 있음.

9) 閟宮(비궁): 사당.

10) 苦心(고심): 송진으로 맛이 쓴 나무 중심부. 螻蟻(누의): 땅강아지와 개미.

평설 ↷

● 『지봉유설』에 "두시에 '霜皮溜雨四十圍'라고 했는데, 심존중(沈存中)이 '40위(圍)는 7척(尺)의 경(徑)인데 아마 너무 세장(細長)하지 않는가?'라 고 했다. 『설부(說郛)』를 보니, '사람의 양 손의 대지(大指)와 두지(頭 指)를 상합(相合)하는 것을 1위(圍)이다'고 했다. 1위는 1소척(小尺)이 다. 「태산기(泰山記)」에서, 태산묘(泰山廟) 안의 측백나무가 모두 20여 위라고 한 것이 그것이다"고 했다.

● 『잠계시안(潛溪詩眼)』에 "형사(形似)하는 말은 대개 시인(詩人: 『시경』 의 작가를 말함)의 부(賦)에서 나왔고, …… 격앙(激昻)하는 말은 대개 시인의 흥(興)에서 나왔다. …… 나는 무후묘(武侯廟)를 유람했었다. 그 런 후에 〈고박행〉에서 '柯如青銅根如石'이라고 말한 것이 참으로 그러하 여서 결코 바꿀 수 없음을 알았다. 이는 곧 형사한 말이다. '霜皮溜雨四 十圍……月出寒通雪山白'은 격앙한 말이다. 이와 같이 하지 않으면 측백 나무의 큼을 보일 수 없다. 문장은 참으로 다단(多端)한데, 경책(警策)은 종종 이 두 체(體)에 있을 뿐이다"라고 했다.

● 『당시경』에 "약간 이취(俚趣)를 띠고 있지만, 역량이 큼을 볼 수 있다"고 했다.

● 『당시별재』에 "중간에 때때로 정구(整句)가 있는데, 〈세병마(洗兵馬)〉편 과 격이 동일하다. 큰 나무에다 대들보의 뜻을 붙이는 것은 사람마다 지 니고 있다. 군신(君臣)의 만남으로부터 붓을 댄 것은 바야흐로 정채(精 采)롭다"고 했다.

두견이 노래 杜鵑行[1]

君不見昔日蜀天子	그대 보지 못했는가 옛날 촉나라 천자가
化作杜鵑似老烏	두견이로 변하여 늙은 까마귀 같았음을
寄巢生子不自啄	남의 둥지에 자식 낳고 스스로 먹이지 못하니
羣鳥至今與哺雛	여러 새들이 지금 함께 새끼를 먹이네
雖同君臣有舊禮	비록 군신 사이에 옛 예절이 있는 것은 같지만
骨肉滿眼身羈孤	골육들 시야에 가득한데 자신은 외롭게 떠도네
業工竄伏深樹裏	업공은 깊은 숲속에 숨어서
四月五月偏號呼	사월 오월에 온통 울부짖네
其聲哀痛口流血	그 소리 애통하고 입에선 피 흘리니
所訴何事常區區	호소하는 것이 어찌 항상 구구한가?
爾豈摧殘始發憤	너는 어찌 쇠잔해져서야 비로소 발분하는가?
羞帶羽翮傷形愚	부끄럽게 날개 달고 어리석은 모습을 상심하네
蒼天變化誰料得	창천의 변화를 누가 헤아릴 수 있겠는가?
萬事反覆何所無	만사가 반복됨이 어찌 까닭이 없겠는가?
萬事反覆何所無	만사가 반복됨이 어찌 까닭이 없겠는가?
豈憶當殿羣臣趨	어찌 전각에서 군신들 따르던 일 기억하겠는가?

주석 ☞

1) 杜鵑(두견): 뻐꾸기 과의 새. 봄철에 남의 둥지에 탁란하여 번식을 함. 『촉왕
   본기(蜀王本紀)』에 의하면, 고대 촉(蜀)나라에 두우(杜宇)라는 자가 스스로
   망제(望帝)라고 칭하고 촉나라를 다스리다가 형(荊)에서 온 별령(鼈靈)에게
   왕위를 물려주고 서산(西山)에 은거했는데, 나중에 두견이로 변했다고 함. 봄

에 두견이가 피를 토하며 울면 그 핏자국에서 두견화(杜鵑花: 진달래)가 피어
난다고 함. 두견이의 별칭으로는 촉혼(蜀魂)·망제혼(望帝魂)·불여귀(不如
歸)·귀촉도(歸蜀道)·두우(杜宇)·원조(怨鳥) 등이 있음. 이 시는 망제의 전
설을 빌어서 숙종(肅宗)에게 왕위를 넘기고 상왕(上王)이 된 현종(玄宗)의 괴
로운 심회를 읊은 것임.

평설

- 『오산설림』에 "두보의 〈두견행〉에 '業工竄伏深樹裏, 四月五月偏號呼'라
  했는데, '업공(業工)'을 주(註)에서 해석하지 않았다. 나는 지난날 젊었을
  때 한 책을 보았는데, '두견이 새끼를 업공이라 한다'고 했다. 지금은 어
  떤 책에서 나왔는지 기억하지 못한다"고 했다.

- 『지봉유설』에 "두시 〈두견행〉에 '業工竄伏深樹裏'라고 했는데, 차천로
  (車天輅)가 일찍 말하기를 '두견이의 새끼를 업공이라 하는데, 잡서(雜
  書)에 나온다'고 했다. 나는 '업공'은 '능공(能工)'을 말한다고 여긴다. 두
  견이가 깊은 숲 사이에 잘 달아나서 숨는 것을 말한 것이다"라고 했다.

- 『제호시화』에 "두시의 〈두견행〉에 '業工竄伏深樹裏'라고 했는데, '업공
  (業工)' 2글자는 세상에서 모두 알지 못한다. 차천로가 '젊은 때 책을 열
  람하다가 파(巴)의 풍속에 두견이 새끼를 업공이라고 한다는 말을 보았
  는데, 지금은 그것이 어떤 책인지 잊었다'고 했다. 나 또한 본 적이 없다.
  박람한 사람들에게 물어보았으나 모두 알지 못했다. 아마 차군(車君)은
  열람한 것이 자못 많기 때문에 혹시 잘못 본 것이 아니던가? 이동악(李
  東岳) 안눌(安訥)이 '당본(唐本)의 서책 중에는 문자 사이에 한 글자를
  아래에 중첩해 놓은 것이 있는데, 「막막(漠漠)」과 「소소(蕭蕭)」와 같은
  종류 등은 거듭 쓰기가 싫어서, 간혹 작은 「우(又)」 자로 이어놓았다. 우
  리나라 사람들이 양점(兩點)으로 이어놓은 것과 같다. 기궐씨(剞劂氏)가

「우(又)」자를 「공(工)」자로 잘못 새겨놓은 것이 많이 있다. 「업공」은 반드시 「업업(業業)」이 잘못 전해진 것일 것이다. 두견이는 촉제(蜀帝)의 혼(魂)으로서 나라를 잃고, 업업(業業)히 산 수풀 속에 몸을 감추고, 4월과 5월 사이에 울부짖는 것이다. 이치가 통하지 않겠는가?라고 했다. 이 말이 몹시 창쾌(暢快)하다"고 했다.

초가지붕이 가을바람에 부서진 노래 茅屋爲秋風所破歌[1]

八月秋高風怒號	팔월 가을에 바람이 울부짖으며
卷我屋上三重茅	내 지붕의 세 겹 짚단을 말아내니
茅飛度江灑江郊	짚단은 강 건너 여강 변두리로 날아가서
高者挂罥長林梢	높은 것은 긴 숲의 꼭대기에 내걸리고
下者飄轉沈塘坳	낮은 것은 깊은 웅덩이로 날려갔네
南村羣童欺我老無力	남촌 아이들이 내가 늙어 힘없음을 비웃으며
忍能對面爲盜賊	뻔히 바라보면서 도적이 되어
公然抱茅入竹去	공공연히 짚단을 안고 대숲으로 달아나니
脣焦口燥呼不得	입술 타고 입이 말라서 소리쳐 부를 수도 없네
歸來倚杖自歎息	돌아와 지팡이 짚고 스스로 탄식하는데
俄頃風定雲墨色	금방 바람 멈추고 구름은 검은 색이네
秋天漠漠向昏黑	가을하늘 막막하게 황혼의 어둠이 깔리는데
布衾多年冷似鐵	무명이불이라 다년간 쇠붙이처럼 추웠는데
驕兒惡臥踏裏裂	큰 애가 잠버릇 고약하여 홑청을 찢어났네
牀牀屋漏無乾處	침상마다 지붕이 새어 마른 곳이 없는데

453

雨脚如麻未斷絶　　삼대 같은 빗발이 그치질 않네

自經喪亂少睡眠　　난리를 겪은 후로 잠이 적은데

長夜霑濕何由徹　　긴 밤에 젖는 것을 어떻게 그만둘 수가 있을까?

安得廣廈千萬間　　어떻게 큰집 천만 칸을 얻어서

大庇天下寒士俱歡顏　천하 한사들을 크게 덮어주어 모두 기뻐하며

風雨不動安如山　　풍우에도 동요 않고 산처럼 편안할까?

嗚呼何時眼前突兀見此屋

　　　　　　　아! 언젠가 눈앞에 이런 집이 갑자기 솟아남을

　　　　　　　본다면

吾廬獨破受凍死亦足　내 오두막이 홀로 파괴되어서 얼어 죽어도 만

　　　　　　　족하리라!

주석 ⟋⟍

1) 두보가 상원(上元) 2년(761) 8월에 성도(成都)의 초당(草堂)에 있을 때 지은
　작품임. 두보는 상원 원년(760)에 성도에 와서 친구들의 도움으로 완화계(浣
　花溪) 가에 초당을 지었음.

평설 ⟋⟍

● 『지봉유설』에 "두시(杜詩)에 '南村羣童欺我老無力, 忍能對面爲盜賊'라고
　했는데, 그 말이 근속(近俗)하다"고 했다.

● 『당시경』에 "자미의 칠언고시는 기(氣)가 크고 힘이 두텁기 때문에 볼만
　한 국면이 많다. 힘이 두터우면 그것을 맑게 만들어 맑게 하고, 기가 크
　면 그것을 묶어서 준엄하게 한다. 여기에 최선을 다했다"고 했다.

- 『시원변체』에 "〈모옥위추풍소파〉는 또한 송인(宋人)의 남상이 되었는데, 모두 변체이다"라고 했다.

- 『두억』에 "'廣厦萬間'과 '大庇寒士'는 창견(創見)을 일부로 기이하게 했는데, 그것을 인습하면 곧 싫증남을 깨닫게 될 것이다. …… '嗚呼'는 일전(一轉)으로서, 참으로 곡(曲)이 끝났어도 남은 뜻이 있게 하는데, 또한 통편(通篇)의 큰 결말이다"라고 했다.

- 『현용설시』에 "후단(後段)은 흉금이 지극히 넓은데, 그러나 전반은 몹시 촌박(村朴)함을 깨닫는다. '南村羣童欺我老無力, 忍能對面爲盜賊' 4어[語]와 '驕兒惡臥蹋裏裂' 말은 특히 배울 수 없다"고 했다.

방병조의 호마 房兵曹胡馬[1]

胡馬大宛名[2]	호마는 대완이 저명한데
鋒稜瘦骨成[3]	창날의 깡마른 뼈대를 이루었네
竹批雙耳峻[4]	대나무로 깎아놓은 두 귀가 높고
風入四蹄輕	바람이 불어드는 네 발굽이 경쾌하네
所向無空闊[5]	향하는 곳엔 공활함을 가리지 않으니
眞堪託死生	참으로 생사를 맡길 만하네
驍騰有如此	날래게 도약함이 이와 같으니
萬里可橫行	만 리를 횡행할 수 있네

주석 ⟳

1) 兵曹(병조): 병조참군(兵曹參軍). 胡馬(호마): 중국 서북방 이민족들의 말을
   말함.

2) 大宛(대완): 한(漢)나라 때 서역에 있었던 나라. 대월지(大月氏) 동북에 있었
   음. 대완에서 생산된 말은 한혈마(汗血馬)라고 하는데, 명마로 저명했다.

3) 鋒稜(봉릉): 봉릉(鋒棱). 창날.

4) 竹批(죽비): 비(批)는 초(削).

5) 無空闊(무공활): 『두시상주』의 구조오(仇兆鰲)의 주에 "'無空闊', 能越澗注坡"
   라고 했음.

평설 ⟳

● 『영규율수』에 "한(漢)나라 〈천마가(天馬歌)〉 이래 이백과 두보의 시집에
  이르러 비로소 모두 초절(超絶)해졌다. 소식(蘇軾)과 황정견(黃庭堅)과
  장문잠(張文潛)의 화마시(畫馬詩) 또한 그러한데, 다른 사람들에게는 없
  는 것들이다. 배우는 자들은 스스로 점검하여 살펴야 한다"고 했다.

● 『두억』에 "'風入四蹄輕'은 말이 준발하고, '眞堪託死生'은 말의 덕을 읊은
  것이 지극하다. …… '萬里可橫行'은 아울러 병조(兵曹)를 언급했다"고
  했다.

● 『용성당시화』에 "소릉의 말을 읊은 것과 말 그림에 제(題)한 여러 작품
  들은 사생(寫生)이 신묘하여, 곧장 천고를 비워버리고, 후인들에게 다시
  손대지 못하게 한다"고 했다.

매 그림 畫鷹

素練風霜起	흰 비단에 바람과 서리를 일으켜서
蒼鷹畫作殊	푸른 매를 빼어나게 그려냈네
攫身思狡兔	몸을 곧추세우고 교활한 토끼를 생각하며
側目似愁胡	옆 시선은 오랑캐를 근심하는 듯하네
條鏃光堪摘[1]	끈과 고리의 빛은 집어낼 만하고
軒楹勢可呼	대청 기둥의 형세는 불러낼 수 있네
何當擊凡鳥	어느 사이에 평범한 새를 후려쳤던가?
毛血灑平蕪	깃털과 피가 평원에 뿌려졌네

주석 ↷

1) **條鏃**(조선): 매의 발목에 묶어놓은 끈과 고리.

평설 ↷

● 『영규율수』에 "이는 매를 그림을 읊은 것인데 그 비동함을 극진히 했다. '攫身'과 '側目' 1연은 이미 그 묘함을 곡진히 했고, '堪摘'과 '可呼' 1연은 또한 그림이며, 실물이 아님을 족히 보였다. 왕개보(王介甫: 王安石)의 〈호도행(虎圖行)〉은 또한 여기에서 나왔을 뿐이다. '目光夾鏡當坐隅'는 곧 이 시의 제5구이고, '此物安肯來庭除'는 곧 제6구이다. '何當擊凡鳥, 毛血灑平蕪'는 자미(子美)의 흉중에 있는 세상에 분노하고 사악함을 미워하는 마음이 또한 깊은 뜻을 붙여서 보였다. 아마 열사(烈士)에게 참된 매와 같음이 있으면, 용렬하고 잘못된 무리를 쳐서 쓸어버린다는 것을 말함이 아니겠는가?"라고 했다.

• 『두억』에 "畵作殊'는 말이 졸렬하다. 그러나 '條鏃' 구는 또한 그 그림의 작품이 빼어남을 보인 것이다"라고 했다.

• 『영규율수휘평』에 "기윤(紀昀)이 '허곡(虛谷: 方回)이 「대개 또한 모습만 비슷할 뿐 능히 할 수 없음을 기롱한 것이다」고 했는데, 그런 뜻은 없다. 기필(起筆)에는 신(神)이 있다. 이른바 정수리 위의 원광(圓光)이라 하겠다. 5·6구는 이 그림을 불러냈는데, 「何當」 2자는 곧 근거가 있다'고 했다. 풍반(馮班)이 '이와 같은 영물(詠物)을 후인들이 어디서 효빈(效顰)하겠는가? 산곡(山谷: 黃庭堅)이 자잘하게 새 말을 지었지만, 이것과의 거리가 천리이다. 당인(唐人)은 단지 뜻만 읊기 때문에 생동하는 바인데, 송인(宋人)은 점체(粘滯)하기 때문에 미칠 수가 없는 것이다'고 했다. 육이전(陸貽典)이 '영물이 단지 대의(大意)만 읊었는데, 자연스럽게 생동한다. 만당(晚唐)은 섬교(纖巧)에서 더욱 손상되었다'고 했다. 사신행(謝愼行)이 '전편(全篇)이 허자(虛字)를 사용하여 화의(畵意)를 낸 것이 많다'고 했다. 하의문(何義門)이 '낙구(落句)는 도리어 화자(畵字)를 깨닫게 하는데, 포위(包圍)에서 초탈(超脫)했다'고 했다. 무명씨가 '동탕(動蕩)한 아치를 지극히 하여 아래로 이른 것이 「화(畵)」 자에서 떨어지지 않았다'고 했다. 허인방(許印芳)이 '대개 화경(畵景)을 그려낼 때는 진경(眞景)으로써 설(說)을 동반하면 곧 아름답게 된다. 이 시는 수련에서 그림을 말했고, 차련에서는 진경을 말하고, 3연은 수련을 계승했고, 미련은 차련을 계승했는데, 그 귀숙(歸宿)은 진경의 위에 있다. 제화(題畵)의 법을 깨달았다고 하겠다. 다만 제 7구의 「凡鳥」는 마땅히 「妖鳥」라고 해야 한다. 노두의 글자 사용에는 오히려 온당하지 못한 곳이 있다. 시는 대개 중년에 지은 것이다. 만약 노년이라면, 이른바 「晚節漸于詩律細」가 되었을 것이니, 이런 하자가 없었을 것이다'고 했다"고 했다.

• 『당시성법』에 "기구는 '堂上不合生楓樹'의 의미인데, 이것이 비교적 정경

(精警)하다"고 했다.

- 『당시별재』에 "회포는 말련(末聯)에서 다 보였다"고 했다.

- 『당시경전』에 "왕완정(王阮亭: 王士禎)이 '기구 5자가 이미 화응(畵鷹)의 신(神)을 붙잡았다'고 했다"고 했다.

달밤 月夜[1]

今夜鄜州月[2]	오늘밤 부주의 달
閨中只獨看	규방에서 다만 홀로 보고 있으리라
遙憐小兒女	멀리서 어린 딸을 가여워하는데
未解憶長安	어미가 장안을 그리워함을 알지 못하리라
香霧雲鬢濕	향기로운 안개에 구름머리가 젖고
清輝玉臂寒	맑은 달빛에 옥빛 팔이 차가우리라
何時倚虛幌[3]	언제나 투명한 휘장에 기댄
雙照淚痕乾	두 사람을 비추어 눈물흔적 마를까?

주석 ❧

1) 숙종(肅宗) 지덕(至德) 원년(756) 8월에 지은 작품임. 두보가 장안(長安)에서 안녹산의 반군에게 잡혀있으면서 부주(鄜州)에 있는 가족을 그리워한 것이다.

2) 鄜州(부주): 지금의 섬서성 부현(鄜縣).

3) 虛幌(허황): 얇아서 투명한 휘장.

평설 ◔◡

• 『영규율수』에 "8구가 모두 집을 그리워한 말인데, 3·4구는 어린 딸을
언급하고, 6구는 모두 아내를 그리워한 것이다. 『시경』을 본받은 것과
골격과 성음이 서로 같다"고 했다.

• 『두억』에 "'雲鬟'과 '玉臂'는 말은 화려하지만 정은 더욱 슬프다"고 했다.

• 『당시별재』에 "'只獨看'은 바로 장안을 그리워한 것인데, 어린 딸은 무지
하여 장안을 그리워하는 고충을 이해하지 못한다. 반복곡절(反復曲折)
하여, 맛을 찾음을 다할 수 없다. 5·6구의 말은 화려하지만 정이 슬퍼
서 심상한 농염(濃艶)이 아니다"라고 했다.

봄날에 바라보다 春望[1]

國破山河在[2]	국도는 파괴되었어도 산하는 남아있어서
城春草木深	도성의 봄날에 초목이 우거졌네
感時花濺淚	시국에 감개하니 꽃을 보아도 눈물 흘리고
恨別鳥驚心	이별을 한스러워하니 새소리에도 마음 놀라네
烽火連三月[3]	봉화가 삼월까지 이어지니
家書抵萬金	집의 편지는 만금에 해당하네
白頭搔更短	흰머리는 긁적일수록 더욱 짧아져서
渾欲不勝簪[4]	온통 비녀조차 감당하지 못하려 하네

1) 지덕(至德) 2년(757) 3월, 두보가 장안에서 안녹산의 반군에게 잡혀있으면서 지은 작품임.

2) 國破(국파): 국(國)은 국도(國都). 안녹산의 반군에게 점령당한 장안(長安)을 말함.

3) 이 해 정월부터 3월까지 3개월 동안 장안 일대에서 관군과 반군은 격전을 치루었음.

4) 簪(잠): 머리를 관(冠)에 고정시키는 일종의 비녀.

평설 ❧

● 송나라 사마광(司馬光)의 『온공속시화(溫公續詩話)』에 "옛사람의 시는 뜻이 언외에 있어서 사람에게 사색하게 하여 얻도록 함을 귀하게 여기는데, 그래서 말하는 자는 죄가 없고, 그것을 듣는 자는 족히 경계가 된다는 것이다. 근세 시인 가운데, 오직 자미(子美)만이 시인(詩人)의 체(體)를 최고로 얻었다. '國破山河在……恨別鳥驚心'에서 '山河在'는 남은 사물들이 없음을 밝힌 것이고, '草木深'은 사람이 없음을 밝힌 것이다. 꽃과 새는 평시에는 즐거운 사물인데, 보고서 눈물을 흘리고, 듣고서 슬퍼하니, 시절을 알 만하다. 나머지는 모두 비유인데, 다 거론할 수 없다"고 했다.

● 『영규율수』에 "이는 제 일등으로 좋은 시이다. 천보(天寶)·지덕(至德)에서 대력(大曆)까지의 난리를 생각하면 차마 읽을 수가 없다"라고 했다.

● 『위로시화』에 "'烽火連三月, 家書抵萬金'은 지극히 평상어(平常語)인데, 경계가 고통스럽고 정이 참되어, 마침내 『육경(六經)』 중의 말을 요동(搖動)할 수 없는 것과 동일하게 되었다"고 했다.

봄에 좌성에서 자면서 春宿左省[1]

花隱掖垣暮	꽃은 문하성 담장의 황혼에 숨고
啾啾棲鳥過	짹짹 깃들려는 새들이 지나가네
星臨萬戶動[2]	별빛은 온 궁궐에 임하여 반짝이고
月傍九霄多[3]	달빛은 구소 옆에 많네
不寢聽金鑰	잠 못 이루며 자물쇠소리를 듣고
因風想玉珂[4]	풍경소리로 옥가소리를 상상하네
明朝有封事[5]	내일 아침에 올릴 상소문이 있어서
數問夜如何	밤이 얼마나 지났는지를 자주 물어보네

주석 ∽

1) 숙종(肅宗) 건원(乾元) 원년(758) 봄에 장안(長安)에서, 두보가 좌습유(左拾遺) 시절에 지은 작품임. 좌성(左省)은 문하성(門下省)을 말함. 선정전(宣政殿) 앞에 양무(兩廡)가 있는데, 문하성은 좌측 무(廡)에 있으므로 좌성 또는 좌액(左掖)이라고 함.

2) 萬戶(만호): 천문만호(千門萬戶). 궁궐전체를 말함.

3) 九霄(구소): 황제의 거처를 비유함.

4) 玉珂(옥가): 말머리 끈에 장식하는 옥.

5) 封事(봉사): 밀봉한 주소(奏疏).

평설 ∽

• 『운어양추』에 "明朝有封事, 數問夜如何'는 대개 임금을 근심하여 정치를 간할 마음이 절실하여 밤새 잠을 이루지 못한 것인데, 그 용안을 범

하고 귀를 거슬릴 것을 상상하면 반드시 자신을 위한 계책은 되지 못할 것이다"라고 했다.

- 『시수』에 "九衢寒霧斂, 萬井曙鍾多'는 우승(右丞: 王維)의 장어(壯語)이다. 두보의 '星臨萬戶動, 月傍九霄多'는 정채(精彩)가 그것을 뛰어넘는다"고 했다.

- 『두시설』에 "5·6구는 마음속에 일이 있어서 침상에서 의심한 것인데, 핍진하게 그려냈다"고 했다.

- 『당시평선』에 "앞 4구는 모두 잠을 이루지 못하는 광경인데, 한 글자도 망령되지 않다. 두릉은 젊은 시절 참으로 전형(典型)이 있었다"고 했다.

- 『당시상주』에 "조방(趙汸)이 '당인의 오언은 공교함이 한 글자에 있는데 이를 구안(句眼)이라고 한다. 이 시의 경우는 3·4구의 「動」자와 「多」인데, 곧 「眼」이 구 아래에 있다. 산곡(山谷: 黃庭堅)이 「습유(拾遺)의 구(句) 중에는 안(眼)이 있다」고 했는데, 편마다 그것이 있다'고 했다"고 했다.

달밤에 아우들을 생각하다 月夜憶舍弟[1]

戍鼓斷人行	수루의 북소리는 사람 통행을 금하고
秋邊一雁聲	가을 변방엔 한 기러기가 우네
露從今夜白	이슬은 오늘밤부터 희어졌는데
月是故鄉明	달은 고향에서도 밝으리라
有弟皆分散	아우들 모두 흩어지고
無家問死生	생사를 물을 집조차 없네

寄書長不達　　편지 부쳐도 오랫동안 닿지 못하는데
況乃未休兵　　하물며 전쟁이 아직 끝나지 않았음에랴!

주석 ৩৴

1) 숙종 건원 2년(759) 가을에 진주(秦州)에서 두보가 아우들을 생각하며 지은
   작품임. 사제(舍弟)는 자신의 아우에 대한 겸칭.

평설 ৩৴

• 『시인옥설』에 "두자미는 고사(故事)와 일상어를 잘 사용하는데, 그 구를
  이석(離析)하거나 전도(顚倒)하여 사용함이 많다. 대개 이와 같이 하면
  말이 준엄하고 체(體)가 강건해지고, 뜻 또한 심온(深穩)해진다. '露從今
  夜白, 月是故鄕明'와 같은 종류가 그것이다"고 했다.

• 『두억』에 "다만 '一雁聲'은 곧 아우를 그리워한 것이다. 밝은 달을 대하
  고 아우를 그리워하다가 이슬이 그 흰빛을 증가한 것을 깨달았는데, 다
  만 달빛이 고향에서의 밝음만 못한 것은 그리움이 고향의 형제들에게
  있기 때문이다. 대개 정이 다름은 경(景)이 그것을 변하게 했기 때문이
  다"고 했다.

• 『두시경전』에 "처초(凄楚)하여 많이 읽은 수가 없다. 기구는 돌올(突兀)
  하다"고 했다.

봄밤의 기쁜 비 春夜喜雨[1]

好雨知時節	좋은 비가 시절을 알아서
當春乃發生	봄날에 곧 만물을 발생시키네
隨風潛入夜	바람 따라 몰래 밤에 들어와서
潤物細無聲	만물을 적시며 가늘어 소리도 없네
野徑雲俱黑	들길의 구름은 모두 검은데
江船火獨明	강배의 불빛만이 홀로 밝네
曉看紅濕處	아침에 붉게 젖은 곳을 바라보니
花重錦官城[2]	꽃이 무거운 금관성이네

주석

1) 숙종 상원(上元) 2년(761) 봄에 성도(成都)의 초당(草堂)에서 지은 작품임.

2) 花重(화중): 꽃이 빗물을 머금고 무겁다는 것. 錦官城(금관성): 성도(成都)를 말함. 삼국 촉한(蜀漢) 때 성도는 중요한 비단생산지였으므로 금관성이라 했음.

방태위의 묘를 이별하며 別房太尉墓[1]

他鄉復行役	타향에서 또 떠돌아다니며
駐馬別孤墳	말을 세우고 외로운 무덤과 이별하네
近淚無乾土	부근의 눈물로 마른 흙이 없고
低空有斷雲	낮은 허공엔 끊긴 구름이 있네

對碁陪謝傅[2]	바둑을 대하고 사안을 모셨는데
把劒覓徐君[3]	칼을 들고 서군을 찾아왔네
惟見林花落	다만 숲 꽃이 떨어진 것만 보는데
鶯啼送客聞	꾀꼬리가 울며 객을 전송하는 소리를 듣네

주석 ☙

1) 광덕(廣德) 2년(764) 2월에 두보가 낭주(閬州)에서 성도로 가려할 때, 방태위
(房太尉)의 묘를 찾아가 고별하며 지은 작품임. 방태위는 방관(房琯). 천응
(天應) 2년(763) 4월에 형부상서(刑部尙書)로 특진했는데, 8월에 길에서 병이
들어 낭주의 절에서 죽었음. 태위에 추증되었음.

2) 謝傅(사부): 진(晉)나라 사안(謝安). 조카 사현(謝玄) 등이 부견(苻堅)을 격파
했다는 격서(檄書)가 왔는데도, 사안은 손님과 두던 바둑을 계속 두면서 전혀
기쁜 기색을 보이지 않았다고 함.

3) 徐君(서군): 서나라의 군주. 오(吳)나라 계찰(季札)이 진(晉)나라에 사신가면
서, 서(徐)나라에 들렀는데 서나라 군주가 계찰이 차고 있던 보검을 갖고 싶
어 했다. 계찰은 사신의 신분이라 보검을 주지 못하고 떠났는데, 임무를 마치
고 서나라에 다시 들리니 서나라 군주는 이미 죽은 후였다. 계찰은 서군의
묘소로 찾아가 묘 옆의 나무에 보검을 걸어두고 떠났다고 함.

평설 ☙

• 『영규율수』에 "제1구는 스스로 십분 좋다. 타향에서 이미 객이 되었는
데, 객중에 다시 행역(行役)을 하니, 객이 될수록 더욱 멀어지는데, 이는
구중(句中)의 절선법(折旋法)이다. '近淚無乾土'는 더욱 아름답다. '淚'는
일작 '哭'이라 했는데, 애통함이 지극하여 곡이 많은 것이다. '對棋'와 '把
劍' 1연에서 하나는 생전에 방공(房公)이 소릉을 어떻게 대우했나를 지

적한 것이고, 또 하나는 소릉이 방공에게 어떻게 감개했는가를 지적했는데, 시가 이처럼 구차하지 않다"고 했다.

여관에서 밤에 회포를 적다 旅夜書懷[1]

細草微風岸	작은 풀들은 산들바람 부는 언덕에 있고
危檣獨夜舟	높은 돛대는 외로운 밤배에 있네
星垂平野闊	별들 드리운 평야가 드넓고
月湧大江流	달이 솟아난 큰 강이 흘러가네
名豈文章著	명성을 어찌 문장으로 드러내랴?
官因老病休	관직은 늙고 병들어 사직했네
飄飄何所似	표표히 날려감이 무엇과 같은가?
天地一沙鷗	천지에 갈매기 한 마리가 있네

주석 ⌒⌒

1) 대종(代宗) 영태(永泰) 원년(765) 정월에 두보는 성도막부(成都幕府)의 직무를 사직하고, 5월에 가족을 데리고 성도 초당을 떠나서, 뱃길로 9월에 운안(雲安)에 도착했는데 폐병이 심하여 머물러 요양했다. 이 시는 대략 투주(渝州)와 충주(忠州) 일대를 지나면서 지은 작품이다.

악양루에 오르다 登岳陽樓¹⁾

昔聞洞庭水	지난날 동정수에 대해 들었는데
今上岳陽樓	지금 악양루에 오르네
吳楚東南坼	오땅과 초땅은 동남으로 나뉘고
乾坤日夜浮	하늘과 땅이 밤낮으로 떠있네
親朋無一字	친구들의 소식은 한 글자도 없는데
老病有孤舟	늙고 병든 몸이 외로운 배안에 있네
戎馬關山北²⁾	융마가 관산 북쪽에 있으니
憑軒涕泗流	창에 기대어 눈물 흘리네

주석 ༄

1) 岳陽樓(악양루): 지금의 호남성 악양현(岳陽縣) 서쪽에 동정호(洞庭湖)를 굽
   어보며 서 있음.

2) 戎馬(융마): 전마(戰馬). 전쟁을 말함.

평설 ༄

● 『지봉유설』에 "두자미의 〈악양루〉시는 고금의 절창인데, '親朋無一字,
  老病有孤舟'는 위 구와 이어지지 않는다. 또한 악양루와 서로 어울리지
  못한다"고 했다.

● 송나라 당경(唐庚)의 『당자서문록(唐子西文錄)』에 "악양루를 방문하여
  두자미의 시를 보니, 불과 40자뿐인데, 기상(氣象)이 굉방(宏放)하고, 함
  축(涵蓄)이 심원(深遠)하여 거의 동정호와 웅장함을 다툴 만하여 이른바

풍부한 말이라 하겠다. 태백과 퇴지(退之: 韓愈)의 무리도 대략 대편(大篇)을 지었지만 끝내 미칠 수 없다. 두시는 비록 작지만 크고, 다른 이의 시들은 크지만 작다"고 했다.

- 『초계어은총화』에 "『서청시화(西淸詩話)』에 '동정호은 천하의 장관으로서 예로부터 소인(騷人)과 묵객들이 글을 지은 자가 많다. …… 모두 세상에서 칭찬을 받았다. 그러나 맹호연의 「氣蒸雲夢澤, 波動岳陽樓」만 못하니, 곧 동정호의 공광(空曠)이 끝이 없고, 기상이 웅대하게 펼쳐짐이 눈앞에 있는 듯하다. 두자미의 시를 읽어보니, 또한 그러하지 못하다. 「吳楚東南圻, 乾坤日夜浮」라고 했는데, 소릉은 흉중에 몇 개의 운몽택을 삼키고 있는지 알 수 없다"고 했다.

- 『후촌시화』에 "악양성(岳陽城)에 대한 부영(賦詠)은 많지만, 반드시 이 편을 독보(獨步)라고 추대해야 하니, 맹호연의 무리가 미칠 바가 아니다"라고 했다.

- 『영규율수』에 "악양루는 천하의 장관인데, 맹호연과 두보의 두 시가 다 그려냈다. 중간 2연은 앞에는 경(景)을 말했고, 뒤에는 정(情)을 말했는데, 곧 시질(詩質)이 일체(一體)이다"라고 했다.

- 『시수』에 "'氣蒸雲夢澤, 波撼岳陽樓'는 맹호연의 장어(壯語)인데, 두보의 '吳楚東南圻, 乾坤日夜浮'는 기상이 그것을 뛰어 넘는다"라고 했다.

- 『두시설』에 "전반은 경을 그렸는데, 이와 같이 활대(闊大)하다. 5·6구는 자서(自敍)인데, 이와 같이 적막하다. 시경(詩境)의 활협(闊狹)이 갑자기 달라졌다. 결어(結語)의 진박(溱泊: 形成)은 지극히 어려운데, '戎馬關山北' 5자를 옮겨다가 내었다. 흉금과 기상이 일등으로 서로 적합하여 마땅히 후인들에게 붓을 내던지게 한다"고 했다.

곡강 두 수 曲江二首[1]

1

一片花飛減却春	한 조각 꽃잎이 날려도 봄을 줄이는데
風飄萬點正愁人	바람이 만 꽃잎을 날리니 진정 수심 짓게 하네
且看欲盡花經眼	잠시 다 져가는 꽃잎이 눈앞을 지나감을 보며
莫厭傷多酒入脣[2]	많은 술이 입술로 들어옴을 꺼려하지 않네
江上小堂巢翡翠[3]	강가의 작은 당엔 물총새가 둥지를 틀었고
苑邊高冢臥麒麟[4]	부용원 옆 높은 무덤엔 기린이 누워있네
細推物理須行樂	물리를 자세히 헤아려서 때맞춰 행락을 해야지
何用浮名絆此身	헛된 명성이 이 몸에 얽힘을 어디에 쓰겠는가?

주석 ᠙

1) 숙종 건원(乾元) 원년(758) 늦봄에 두보가 좌습유(左拾遺)를 지낼 때 지은 작품임. 曲江(곡강): 일명 곡강지(曲江池). 옛 터는 지금의 서안성(西安城) 북쪽 오공리(五公里)에 있음. 원래 한무제(漢武帝) 때 조성된 것인데, 당나라 현종 개원(開元) 연간에 크게 보수하였음. 남쪽에는 자운루(紫雲樓), 서남쪽에는 부용원(芙蓉苑), 서쪽에는 행원(杏園)과 자은사(慈恩寺)가 있어서 당시 유명한 유람승지였음.

2) 傷多(상다): 태다(太多). 지나치게 많음.

3) 翡翠(비취): 물총새.

4) 苑(원): 부용원(芙蓉苑)을 말함.

평설 ⟨⟩

- 『잠계시안』에 "어떤 이가 나에게 묻기를, '동파(東坡)가 말하기를 「시가 두자미에 이르러 천하의 능사(能事)가 끝났다」고 했습니다. 노두는 이전 사람인데, 사람들이 참으로 노두를 알지 못함이 있으며, 어찌 후세에도 노두를 뛰어넘지 못함을 알겠습니까?'라고 했다. 내가 말하기를 「'一片花飛減却春'은 낙화를 읊었는데 말과 뜻을 모두 다하여 옛사람들이 미치지 못한 바였다. 그래서 후인들에게도 다시 더 좋은 말이 없을 것임을 알 수 있는 것이다」라고 했다. …… 기타 인정(人情)을 읊고, 경물(景物)을 모사함이 모두 이와 같다"고 했다.

- 『성재시화』에 "처음 시를 배우는 자는 반드시 옛사람의 좋은 말을 배워야 한다. 혹은 두 글자, 혹은 세 글자 …… 춘풍(春風)과 춘우(春雨), 강남과 강북은 시가(詩家)에서 상용한다. 두보는 '且看欲盡花經眼'이라고 했는데, 이는 4자에다 3자를 합한 것으로 입에 들어와서 곧 시구가 되었다. 그런데 생경(生硬)함에 이르지 않았다"고 했다.

- 『영규율수』에 "제1구와 제2구가 묘절(妙絶)하다. '一片花飛'도 불가한데, 하물며 '萬點'임에랴? '小堂巢翡翠'는 이미 난리를 겪었음을 충분히 보였다. '高冢臥麒麟'은 죽은 자를 슬퍼한 것이다. 다만 시에서 세 번이나 '花'자를 사용했는데, 노두에게는 가능하지만, 다른 사람에게는 불가하다"고 했다.

- 『두억』에 "'且看欲盡花'와 '莫厭傷多酒'는 5자로 구를 이루고, 아래에 '經眼'과 '入脣'으로 묶었는데, 이런 구법은 기이하다. '永夜角聲' 1연 또한 그러한데, 곧 노두가 창조한 격(格)이다"고 했다.

2

朝回日日典春衣	조회에서 돌아오면 날마다 봄옷을 전당 잡히고
每日江頭盡醉歸	매일 강가에서 만취하여 돌아오네
酒債尋常行處有	외상 술값은 항상 가는 곳마다 있는데
人生七十古來稀	인생에서 일흔 살은 예로부터 드물었네
穿花蛺蝶深深見[1]	꽃밭을 뚫고 가는 호랑나비는 깊은 데서 보이고
點水蜻蜓欵欵飛[2]	수면에 점찍는 잠자리는 팔랑팔랑 날고 있네
傳語風光共流轉[3]	풍광에게 부탁하노니 함께 흘러 돌며
暫時相賞莫相違	잠시의 봄날구경이 어긋나지 않기를 바라네

주석 Ꮟᒪ

1) 蛺蝶(협접): 호접(蝴蝶). 호랑나비.
2) 點水(점수): 잠자리가 꼬리의 산란관을 수면에 점찍으며 알을 낳고 있는 모습. 蜻蜓(청정): 잠자리. 欵欵(관관): 천천히 날고 있는 모양.
3) 風光(풍광): 춘광(春光). 共流轉(공유전): 운행변화(運行變化)를 함께 함.

평설 Ꮟᒪ

● 송나라 섭몽득(葉夢得)의 『석림시화(石林詩話)』에 "시어(詩語)는 본래 기교를 사용함이 너무 지나침을 피해야 한다. 그래서 정으로 말미암고 사물을 체득하면 절로 천연스런 공교함이 있게 된다. 비록 공교하더라고 각삭(刻削)한 흔적을 볼 수 없다. …… '穿花蛺蝶深深見, 點水蜻蜓款款飛'에서 '深深' 자에 '穿' 자가 없고, '款款' 자에 '點' 자가 없다면, 모두 이와 같은 정미(精微)함을 보일 수 없을 것이다. 그러나 읽어보면 혼연

(渾然)하여 전혀 힘을 들인 적이 없는 듯하다. 이것이 그 기격(氣格)의 초승(超勝)함을 막지 않는 이유이다. 만당(晚唐)의 여러 사람들에게 지어보게 하면, 곧 당연히 '魚躍練川抛玉尺, 鶯穿絲柳織金梭'체와 같을 것이다"라고 했다.

- 『영규율수』에 "'七十者稀'는 옛날부터 전해온 말이다. 건원(乾元) 원년 봄, 습유(拾遺) 때의 시인데, 소릉의 나이 47세였다. 6월에 외부로 보임되었는데, 아마 간한 일을 들어주지 않아서 매일 취함을 일로 삼았던 것인가?"라고 했다.

- 『영규율수휘평』에 "담박한 말이면서 자연스럽고 노건(老健)하다"고 했다.

- 『두억』에 "차장(次章)은 모두 행락의 일인데, 위의 '細推物理'를 계승한 것이다. '蛺蝶'과 '蜻蜓'은 더욱 물리를 보였다. 긴요한 것은 '暫時' 2글자에 있는데, 전장의 '欲盡花'와 상조(相照)하니, '행락'이라고 말한 바는 또한 어찌 할 수 없다는 말로서 사실의 말이 아니다"라고 했다.

- 『이암설당시』에 "시는 유련(流連)한 광경(光景)의 말을 지었는데, 그 뜻은 통곡보다 더 심하다"고 했다.

촉나라 승상 蜀相[1]

丞相祠堂何處尋　　승상의 사당을 어디에서 찾을 건가?
錦官城外柏森森　　금관성 밖 측백나무 우거졌네
映堦碧草自春色　　섬돌에 비추는 푸른 풀들은 절로 봄 색이 나고
隔葉黃鸝空好音　　이파리로 가려진 꾀꼬리 공연히 곱게 우네

三顧頻煩天下計[2]　　삼고초려로 천하의 계책을 자주 의논했는데
兩朝開濟老臣心[3]　　두 조정의 업적은 늙은 신하의 마음이었네
出師未捷身先死[4]　　출사하여 승리하지 못하고 몸이 먼저 죽으니
長使英雄淚滿襟　　영원히 영웅들 가슴에 눈물 젖게 하였네

주석 ☙

1) 상원(上元) 원년(760)에 성도(成都)의 무후사(武侯祠)를 방문하고 지은 작품
   임. 蜀相(촉상): 삼국 촉한(蜀漢)의 승상 제갈량(諸葛亮: 181-234) . 유비(劉
   備)를 도와 촉한 정권을 수립하고, 건흥(建興) 원년(233)에 무향후(武鄕侯)에
   봉해졌는데 흔히 무후(武侯)라고 불림.

2) 三顧(삼고): 제갈량은 동한(東漢) 말에 등현(鄧縣) 융중(融中)에 은거하고 있
   었는데, 건안(建安) 12년(207)에 유비가 세 번이나 연이어 그의 초려(草廬)에
   찾아가서 천하사(天下事)를 논의했음.

3) 兩朝(양조): 유비와 그 아들 유선(劉禪). 開濟(개제): 대업(大業)을 개창(開
   創)하고, 위험한 시기를 널리 구제함.

4) 제갈량은 건흥(建興) 12년(234) 봄에 출병하여 오장원(五丈原: 섬서성 郿縣)
   에서 위군(魏軍)과 백여 일간이나 대치하고 있던 중, 8월에 병이 들어 군중
   (軍中)에서 죽었음.

평설 ☙

● 『초계어은총화』에 "반산노인(半山老人: 王安石)의 〈題雙廟詩〉의 '北風吹
   樹急, 西日照膽涼'을 자세히 음미해보면, 그 뜻을 붙임이 심원(深遠)하여
   단지 묘중(廟中)의 경물(景物)만을 읊은 것이 아닐 뿐이다. …… 이는 노
   두의 구법을 깊이 얻은 것이다. 노두가 촉상묘(蜀相廟)에 적은 시의 '映

堦碧草自春色, 隔葉黃鸝空好音'에 또한 스스로 특별히 붙인 뜻이 그 안에 있다"고 했다.

- 『영규율수』에 "자미는 검남(劍南)에서 유락했는데, 무후(武侯)를 권권이 잊지 못했다. 그 〈詠懷古迹〉에서 무후에 대해 '伯仲之間見伊呂, 指揮若定失蕭曹'라고 했는데, 이 시와 함께 모두 공명(孔明)을 잘 이끌어낸 것이다"고 했다.

- 『두억』에 "이는 '諸葛大名' 1수와 함께 뜻이 진정 서로 함께 나왔다. …… 대개 제갈량만을 위해 슬퍼하는데 그치지 않고, 천고의 영웅들 가운데 재능이 있으면서 천운이 없었던 자들을 모두 여기에 포괄한 것인데, 말은 다함이 있지만 뜻은 무궁하다"고 했다.

- 『당시별재』에 "무후의 생평을 은괄(檃括)한 것이 격앙통쾌(激昂痛快)하다"고 했다.

- 『소매첨언』에 "이 또한 고적을 영회(詠懷)한 것이다. 기구의 서술은 제목을 지적하였고, 3·4구는 경을 그렸고, 후반은 논의로 정을 맺었다. 남들도 모두 지닌 것들인데, 다만 그 웅걸명탁(雄傑明卓)은 없이 침통진지(沈痛眞至)에 이를 뿐이다"고 했다.

손님이 오다 客至[1]

舍南舍北皆春水	집의 남쪽과 북쪽이 모두 봄물인데
但見羣鷗日日來	다만 떼지은 갈매기들이 매일 오는 것을 본다오
花徑不曾緣客掃	꽃길을 손님 때문에 쓸어낸 적이 없는데

蓬門今始爲君開　사립문을 지금 비로소 그대 위해 연다오
盤餐市遠無兼味　소반의 음식은 시장이 멀어 맛난 것이 없고
樽酒家貧只舊醅　동이 술은 집이 가난해 전에 걸러놓은 것뿐이오
肯與鄰翁相對飮　기꺼이 이웃 노인과 상대하여 마시고 싶다면
隔籬呼取盡餘杯　울타리 너머로 불러와서 남은 잔을 마십시다

주석 ᐁ

1) 숙종 상원 2년(761) 성도 초당에서 지은 작품임. 원주(原注)에 "최명부가 내방
   함을 기뻐하다(喜崔明府相過)"라고 했음. 명부(明府)는 현령(縣令)에 대한 존
   칭. 최명부는 두보의 외삼촌이라고 함.

평설 ᐁ

● 『후촌시화』에 "이 편은 원백체(元白體)를 장난삼아 본뜬 것 같다"고 했다.

● 『당시경』에 "촌박취(村朴趣)이고, 촌박어(村朴語)이다"라고 했다.

● 『당시귀』에 "종성(鍾惺)이 '3·4구는 준엄하고, 문전에는 잡스런 손님이
  없고, 뜻은 언외에 있다'고 했다. 담원춘(譚元春)이 "肯與" 두 마디는 귀객
  (貴客)과 호빈(豪賓)을 형용한 것으로 입묘(入妙)했다'고 했다"고 했다.

높은 곳에 오르다 登高[1)]

風急天高猿嘯哀　바람 세고 하늘 높은데 원숭이 슬피 울고

渚淸沙白鳥飛迴　　　　물가 맑고 모래 흰데 새가 날아 돌아오네

無邊落木蕭蕭下²⁾　아득히 낙엽은 쏴아쏴아 떨어지고

不盡長江滾滾來　　　끊임없이 장강은 괄괄 흘러오네

萬里悲秋常作客　　　만 리의 슬픈 가을에 항상 나그네 되어

百年多病獨登臺　　　백년 인생 병만 많은데 홀로 누대에 오르네

艱難苦恨繁霜鬢　　　간난 속에 백발만 많음을 몹시 한스러워하며

潦倒新停濁酒杯³⁾　곤돈 속에 탁주잔마저 다시 끊었네

주석 ⌒

1) 대력(大曆) 2년(767)에 기주(夔州)에서 중양절(重陽節)에 지은 작품임.

2) 落木(낙목): 낙엽. 蕭蕭(소소): 낙엽 지는 소리.

3) 潦倒(요도): 생활이 곤돈(困頓)함.

평설 ⌒

● 조선 임문호(林文鎬)의 『호산시문평(壺山詩文評)』에 "객(客) 가운데 두
시를 논하는 자가 '風急天高' 작품은 수구에 힘을 쓴 것이 너무 사납기
때문에, 그 말구에 와서는 기(氣)가 다하여 없어지고 말았다'고 했다. 선
생이 '두보는 곧 시의 성자(聖者)인데, 어찌 성자가 그 일을 완벽하게 할
수 없었겠는가? 대저 이 시는 매 구의 음향과 색택(色澤)으로써 살펴보
면, 혹은 그대의 말과 같음이 있다. 만약 그 전편(全篇)의 결구(結構)와
기격(氣格)으로써 살펴본다면, 수(首)와 말(末)을 모두 대어(對語)로 지
어서 상하를 유지하게 했는데, 물을 가득 채웠는데도 새지 않게 했다.
「성첨경측(城尖徑仄)」과 같은 작품의 경우는 그 말구에 이르러서, 형세

가 계승하기가 어렵게 되었는데, 단지 「자(者)」 한 글자로 「지(之)」 자를 위로 응(應)하게 하여 서로 유지하게 한 후에 편(篇)이 완벽함을 얻게 되었다. 성자가 지은 바는 중인(衆人)들은 참으로 알아보기 어렵다. 그 래서 시로써 두보를 의심하는 것과 문으로써 한유(韓愈)를 의심하는 것 과 학문으로써 주자(朱子)를 의심하는 것은 모두 역량을 몰라서일 뿐이 다"라고 했다.

- 『학림옥로』에 "두릉의 시 '萬里悲秋常作客, 百年多病獨登臺'에서, '萬里' 는 땅이 멀다는 것이고, '悲秋'는 시절이 처량하다는 것이고, '作客'은 떠 돈다는 것이고, '常作客'은 오래 여행한다는 것이다. '百年'은 나이가 많 다는 것이고, '多病'은 노쇠한 병이라는 것이고, '臺'는 높고 먼 곳이란 것 이고, '獨登臺'는 친붕(親朋)이 없다는 것이다. 14자 사이에 8가지의 의 미를 머금었는데, 대우가 또한 지극히 정확하다"고 했다.

- 『후촌시화』에 "이 두 연(전반 4구)은 고사를 사용하지 않았는데 자연스 럽게 고묘(高妙)함이 두목(杜牧)의 〈제산구일(齊山九日)〉 7언의 위에 있 다"고 했다.

- 『녹당시화』에 "'無邊落木……獨登臺'에서 경(景)은 얼마나 대단한 경이 며, 일은 얼마나 대단한 일인가! 송인(宋人)은 〈九日藍田崔氏庄〉을 율시 의 절창이라고 했는데, 무엇 때문인가?"라고 했다.

- 『시수』에 "이 시 56자는 바다 밑의 산호처럼 깡마르고 단단하여[瘦硬] 옮 기기가 어렵고, 잠겨있는 깊이를 헤아릴 수 없고, 정광(精光)은 만 장 (丈)이고 역량은 만 균(鈞)이다. 통장(通章)의 장법(章法)·구법(句法)· 자법(字法)은 옛사람에게 없던 것이고 나중에도 배울 사람이 없다. 설명 하는 사람이 없는데, 이는 두시(杜詩)이고, 당시(唐詩)가 아닐 뿐이다. 그러므로 이 시는 스스로 마땅히 고금의 칠언율시 가운데 제일이 되니, 당인의 칠언율시 가운데 제일일 필요가 없다. 원인(元人)이 '한 편 중에

구(句)마다 모두 율(律)이고, 한 구 중에 글자마다 모두 율(律)이다'라고
했는데, 또한 유식한 자이다'라고 했다.

- 『예원치언』에 "하중묵(何仲黙: 何景明)은 심운경(沈雲卿: 沈佺期)의 '獨
  不見'을 취하고, 엄창랑(嚴滄浪: 嚴羽)은 〈黃鶴樓〉를 취하여 칠언율의
  압권이라 했다. 두 시는 참으로 뛰어나서, 백척(百尺)으로 잔가지도 없
  이 정정(亭亭)하게 홀로 올라갔으나, 그 체 가운데서 제일은 될 수 없다.
  …… 노두집(老杜集) 중에서, 나는 '風急天高' 1장을 몹시 좋아하는데, 결
  구는 또한 미약하다"고 했다.

- 『당음계첨』에 "결어(結語)가 추중(腿重)함은 물론이고, 기처(起處)의 '鳥
  飛回' 3글자는 속대(屬對)에 힘을 썼고, 의미는 없다"라고 했다.

- 『당시경』에 "3·4구는 수서어(愁緖語)이다"라고 했다.

- 『당시평선』에 "예로부터 지금까지 반드시 폐할 수 없다. 결구는 생강(生
  僵)하지만 나쁘지 않으니, 요컨대 또한 파체(破體)의 특단(特斷)으로서
  사판어(死板語)를 짓지 않았다"고 했다.

- 『당시별재』에 "8구가 모두 대(對)인데, 기구 2구는 대를 일으키는 중에
  이어서 다시 운(韻)을 사용했으니, 격(格)이 기이하게 변했다. 옛 사람이
  두 연은 모두 2글자를 제거해야 한다고 했는데, 시험 삼아 '落木蕭蕭下'
  와 '長江滾滾來'를 생각해보면, 무슨 말을 이루겠는가? 좋음은 '無邊·不
  盡·萬里·百年'에 있다'라고 했다.

- 『두시경전』에 "고혼(高渾)한 일기(一氣)가 고금에 독보(獨步)하여 마땅
  히 두집(杜集) 칠언율시의 제일이 된다"고 했다.

- 『현응설시』에 "〈등고〉 1수에서 기구 2구는 '風急天高……鳥飛回'라 했
  고, 수구(收句) 2구는 '艱難苦恨……濁酒杯'라 했다. 통수(通首)가 대(對)

를 지었는데, 그 조잡함을 거리끼지 않았다. 3·4구 '無邊木落' 2구는 유탕(流蕩)한 기(氣)가 있다. 5·6구 '萬里悲愁' 2구는 돈좌(頓挫)의 신(神)이 있을 뿐이다. 또한 수구(首句)의 묘는 압운(押韻)에 있는데, 압운을 하면 소리가 길어지고, 압운하지 않으면 국판(局板)하게 된다"고 했다.

가을 감흥 秋興¹⁾

1

玉露凋傷楓樹林²⁾	흰 이슬이 단풍나무 숲을 시들게 하니
巫山巫峽氣蕭森³⁾	무산과 무협의 기운이 쓸쓸하네
江間波浪兼天湧	강의 파도는 하늘까지 이어져 솟구치고
塞上風雲接地陰	변새 위 바람과 구름은 땅에 닿아 어둡네
叢菊兩開他日淚	지난날 눈물 속에 우거진 국화가 두 번 피었고
孤舟一繫故園心	고향생각 속에 외로운 배를 한 번 맸네
寒衣處處催刀尺	곳곳마다 겨울옷 짓는 것을 재촉하고
白帝城高急暮砧	백제성은 높은데 저녁 다듬질소리가 급하네

주석

1) 대력(大曆) 원년(766) 가을, 두보가 기주(夔州: 四川省 奉節)에서 지은 작품임. 모두 8수임.

2) 玉露(옥로): 백로(白露).

3) 巫山(무산): 사천성과 호남성의 변경을 이루고, 북쪽으로는 대파산(大巴山)과 이어졌음. 장강(長江)이 그 사이를 흘러감. 巫峽(무협): 장강 삼협(三峽)

중의 하나.

● 『성호사설』에 "두보의 〈추흥〉시는 해석에 견강부회가 많다. 나는 '타일 (他日)'은 '타일에 학문을 한 적이 없다'의 '타일'이라고 생각한다. 곧 전 일(前日)을 말한 것이다. '총국양개(叢菊兩開)'는 두 번이나 가을을 지냈 다는 것이다. 국화를 보고 눈물을 떨구는 것이 한결같이 전일과 같으니, 돌아가지 못했음을 알 수 있다. '매의남두(每依南斗)'라고 했는데, 남두 성은 가을이 이른 후에, 초저녁에는 중천에 있고, 한밤중 이후에 비로소 서쪽으로 떨어진다. 두보는 해가 기운 후 동쪽을 바라보았는데, 매번 한 밤중에 이른 후에야 그쳤다. 그래서 '每依南斗望京華'라고 한 것이다. 그 '요지(瑤池)'와 '자기(紫氣)'의 경우, 전겸익(錢謙益)이 두보의 시 '落日望 王母'로써, 천보(天寶) 연간에 현원(玄元)이 내려와 형태를 보였을 때의 명황(明皇)이 선술(仙術)을 좋아했다는 증빙으로 삼았는데, 고찰함이 있 는 듯하다"고 했다.

● 『이암설당시』에 "이는 〈추흥〉의 제1수인데, 그 붓 아래가 얼마나 제정 (齊整)한지를 반드시 살펴야 한다"고 했다.

● 『위로시화』에 "〈추흥〉 수편(首篇)의 앞 4구는 시절과 경치의 삭막함을 서술했다. 눈물은 '총국(叢菊)'에 떨어지고, 마음은 '귀주(歸舟)'에 매어있 어서, 기주(夔州)에 편안히 처해있을 수가 없는데, 반드시 현량한 지주 (地主)가 없기 때문이다. 결구는 추경(秋景)을 말하는데 불과한데, 슬픔 이 넘치고 심혼이 경동(驚動)함을 느낀다. 통편(通篇)에서 정을 그려냄 이 묘하다"고 했다.

● 『두시경전』에 "'江間'과 '塞上'은 그 비장함을 형상했다. '叢菊'과 '歸舟'는

그 처량함이 절실함을 그려냈다. 끝 2구는 위를 맺고 아래를 열었다. 그
래서 '夔州孤城'으로 이은 것이다. 언외에 나그네의 옷이 없는 감개를 붙
였다"고 했다.

- 『소매첨언』에 "기구 아래 글자는 밀중(密重)하나, 단측조박(單側佻薄)하
  지 않아서 법으로 삼을 만하다. 이는 송인(宋人)의 대치(對治)의 약(藥)
  이다. 3·4구는 침웅장활(沈雄壯闊)하고, 5·6구는 애통하다. 수구(收
  句)는 따로 일층(一層)을 내었는데, 처긴소슬(凄緊蕭瑟)하다"고 했다.

2

夔府孤城落日斜[1]	기부의 외로운 성에 지는 해가 기울면
每依北斗望京華	매번 북두성에 의지하여 서울 쪽을 바라보네
聽猨實下三聲淚[2]	원숭이울음 세 번 들으니 실로 눈물 나오고
奉使虛隨八月槎[3]	사명 받든 팔월의 뗏목을 공연히 따라갔네
畵省香爐違伏枕[4]	화성의 향로는 와병으로 어긋났고
山樓粉堞隱悲笳[5]	산루의 분첩에서 슬픈 호가소리 은은하네
請看石上藤蘿月	바라건대 바위 위 등나무의 달을 보구려
已暎洲前蘆荻花	이미 물 섬 앞 갈대꽃을 비추는군요

주석

1) 夔府(기부): 기주(夔州). 태종(太宗) 정관(貞觀) 14년(640)에 기주에 도호부
   (都護府)를 설치하고 기부라고 불렀음.

2) 파동(巴東)의 어부(漁夫)의 노래에 "巴東三峽武峽長, 猿鳴三聲淚沾裳"이라 했음. 본 구는 "聽猿三聲實下淚"라 해야 하는데 성률에 구애되어 "聽猿實下三聲淚"라고 했음.

3) 奉使(봉사): 봉명출사(奉命出使). 虛隨八月槎(허수팔월사): 『박물지(博物志)』에 "옛 설(說)에 은하수[天河]와 바다가 통했다고 했다. 근세 어떤 사람이 해변에 살았는데, 해마다 팔월이면 뜬 뗏목[浮槎]이 오고가며 날짜를 어기지 않았다. 그 사람은 기특한 뜻을 지니고 뗏목을 타고 떠났다. …… 10여 개월 만에 어느 한 곳에 도착했는데 성곽 형상이 있었다. 궁중에 베 짜는 부인이 있었는데, 한 장부가 소를 끌고 물가에서 물을 먹이고 있었다. 그곳이 어디인지 물었더니, 대답하기를 '엄군평(嚴君平)을 찾아가면 알 수 있으리라'고 했다. 돌아올 때 촉(蜀)에 이르러 군평에게 물었더니, '모년(某年) 모월(某月)에 객성(客星)이 견우성(牽牛星)을 범했다'라고 했다. 그 연월을 계산해보니 바로 그 사람이 은하수에 도착했던 때였다"라고 했다. 『형초세시기(荊楚歲時記)』에는, 한무제(漢武帝)가 장건(張騫)을 대하(大夏)에 사신을 보내 하수(河水)의 근원을 찾게 했는데 뗏목을 타고 은하수를 방문했다고 함. 『두시상주』에 "엄무(嚴武)가 절도사(節度使)가 되었을 때 공(두보)이 막부의 참모로 들어갔기 때문에, '봉사허수(奉使虛隨)' 구가 있게 된 것이다"라고 했음.

4) 畵省(화성): 상서성(尙書省). 伏枕(복침): 와병(臥病).

5) 山樓(산루): 백제산루(白帝山樓). 粉堞(분첩): 하얗게 칠한 성가퀴.

평설 ᠒᠎

• 『당시평선』에 "알선(斡旋)이 선묘(善妙)하다. 미련(尾聯)은 일부러 활구(活句)를 사용하여 머물러 두고 다하지 않았다"고 했다.

• 『두시해』에 "3구는 마땅히 '聽猿三聲實下淚'라고 해야 하는데, 지금 그렇게 말한 것은 구법을 도장(倒裝)한 것이다. 제7수의 3·4구와 더불어 한 모양으로 기묘하다. …… '請看' 2글자의 묘는 뜻이 달에 있지 않는 것이

다. '巳' 자의 묘는 달이 산꼭대기에 올라와서 이미 등라(藤蘿)를 뚫고 지나가서 이 물섬 앞을 비춘 것이 오래인데, 내가 때마침 그것을 보게 되었다는 것이다. 선생은 다만 서울을 바라보며 한낮을 보냈는데, 이 달 빛을 보았으니, 바야흐로 하루를 다 보낸 것을 알 수 있다"고 했다. 『당시별재』에 "'望京華'는 8수의 의향인데 특별히 이 장에서 지적해내었다"고 했다.

3

千家山郭静朝暉[1]	산성의 온 집들엔 아침햇살 조용하고
日日江樓坐翠微	매일 강가 누대엔 푸른 산 빛이 앉아있네
信宿漁人還汎汎[2]	두 밤을 지낸 어부들의 배가 두둥실 돌아오고
清秋燕子故飛飛	맑은 가을에 제비들은 의연히 날고 있네
匡衡抗疏功名薄[3]	광형의 항소는 공명이 박했고
劉向傳經心事違[4]	유향이 전수한 경학은 심사가 어긋났네
同學少年多不賤	동학 소년들은 빈천하지 않음이 많아서
五陵衣馬自輕肥[5]	오릉의 의복과 말은 스스로 가볍고 살쪘네

주석 ᦒᦒ

1) 山郭(산곽): 산성(山城). 백제성(白帝城)을 말함.

2) 汎汎(범범): 범범(泛泛). 배가 떠있는 모양.

3) 匡衡(광형): 서한(西漢)의 학자. 자는 치규(稚圭), 동해(東海) 승(承) 사람. 원
제(元帝) 때 여러 번 상소하여 시사(時事)를 논했음. 광록대부(光祿大夫)와
태자소부(太子少傅)를 지냄. 抗疏(항소): 상소(上疏)하여 극간(極諫)함.

4) 劉向(유향): 서한의 학자. 본명은 갱생(更生), 자는 자정(子政), 패(沛) 사람.
   선제(宣帝) 때석거각(石渠閣)에서 오경(五經)을 진론(進論)했고, 성제(成帝)
   때 내부(內府)의 오경비서(五經秘書)를 교열했음.

5) 五陵(오릉): 장안(長安)과 함양(咸陽) 사이의 5좌(座)의 제왕의 능묘. 장릉(長
   陵)·안릉(安陵)·양릉(陽陵)·무릉(茂陵)·평릉(平陵) 등. 오릉은 부호가(富
   豪家)의 거주지를 말함. 輕肥(경비): 경구비마(輕裘肥馬). 가벼운 갖옷과 살
   찐 말. 부유함을 말함. 『논어』에 "乘肥馬, 衣輕裘"라고 했음.

평설 ᗡᗡ

● 『당음계첨』에 "시가(詩家)는 비록 자기(刺譏) 안에서 일지라도, 일분(一
   分)의 함축을 띠어야만 충후(忠厚)한 뜻을 잃지 않게 될 것이다. 두보의
   〈추흥〉의 '同學少年多不賤, 五陵衣馬自輕肥'에는 '自' 자 한 글자를 붙였
   는데, 그것으로써 원망했다고 해도 될 것이고, 선망했다고 해도 될 것이
   니, 얼마나 노출시키지 않았는가!"라고 했다.

● 『당시평선』에 "이것과 아래 작품은 모두 탈로(脫露)함으로써 본색을 드
   러내어, 풍신(風神)이 스스로 세간의 사물이 아니다"라고 했다.

● 『두시해』에 "'千家山郭' 아래에 '靜' 자 하나를 붙이고, '朝暉' 자를 붙여서
   그려낸 것이 얼마나 아취가 있으며, 얼마나 사랑스러운가? '江樓坐翠微'
   또한 절묘한 호치(好致)이다. 다만 가볍게 '日日' 2글자를 사용했는데, 곧
   '江樓'와 '翠微'를 싫증나지 않게 할 뿐만이 아니라 '山郭'과 조휘(朝暉)를
   모두 눈앞에 보이게 하여 사람을 놀라게 한다"라고 했다.

4

聞道長安似奕棊	듣자니 장안은 바둑판 같다하니
百年世事不勝悲[1]	백년의 세상일에 슬픔을 감당할 수 없네
王侯第宅皆新主	왕후들 저택들은 모두가 새 주인들이고
文武衣冠異昔時[2]	문무의 의관들은 옛날과 다르네
直北關山金鼓振[3]	북쪽 관산엔 금고소리 진동하는데
征西車馬羽書遲[4]	서쪽으로 원정한 거마들은 우서가 더디네
魚龍寂寞秋江冷	어룡들 적막한 가을 강이 차가운데
故國平居有所思[5]	고국의 거처를 그리워하네

주석 ⌒

1) 百年(백년): 당나라가 건국한 후 백년.

2) 숙종(肅宗)이 환관(宦官) 이국보(李國輔)에게 조정을 맡기고, 대종(代宗)이 환
   관 어조은(魚朝恩)에게 병권(兵權)을 맡긴 일 등을 말함.

3) 直北(직북): 정북(正北). 북쪽 회흘(回訖)의 침범을 말함. 金鼓(금고): 정(鉦:
   징)과 북. 전투 때 징을 치면 퇴각하고, 북을 치면 전격함.

4) 征西(정서): 서쪽 토번(吐蕃)의 침략을 말함. 羽書(우서): 군대의 문서. 깃을
   꽂아 긴급함을 나타냈음.

5) 故國平居(고국평거): 두보가 장안(長安)에서 평소 거처했던 곳을 말함.

평설 ⌒

● 『후촌시화』에 "공의 시는 난리를 서술할 때, 백운(百韻)이 많고, 혹은 오
  십 운이나 삼십 운인데, 다만 이 편은 가장 간략하면서도 절실하다"고

했다.

- 『두억』에 "국가의 변란을 언급했는데, 장안이 안녹산에게 한 번 파괴되었고, 다시 주차(朱泚)의 난리가 일어나서 3번이나 토번(吐蕃)에게 함락되었다. 마치 바둑판에서 차례로 승부를 내는 듯하여 백년의 세상일에서 슬픔을 감당할 수가 없다"고 했다.

- 『당시선평』에 "말구는 아래 4수를 연결하기 위해 그물을 들어 올렸는데, 장법(章法)이 기절(奇絶)하다"고 했다.

5

蓬萊宮闕對南山[1]	봉래궁궐은 남산을 마주하고
承露金莖霄漢間[2]	이슬 받는 구리 기둥은 은하수 사이에 있네
西望瑤池降王母[3]	서쪽을 바라보니 요지에서 서왕모가 내려오고
東來紫氣滿函關[4]	동쪽에서 오는 자색 기운이 함곡관에 가득하네
雲移雉尾開宮扇[5]	구름처럼 이동하는 치미 궁선이 열리고
日繞龍鱗識聖顏[6]	햇살이 용린을 감싸니 성안을 식별하네
一臥滄江驚歲晚	푸른 강에 누워서 해가 저묾에 놀라니
幾回青瑣點朝班[7]	몇 번이나 청쇄문 조반에서 호명되었던가?

주석

1) 蓬萊(봉래): 궁전의 이름. 고종(高宗) 용삭(龍朔) 3년에 대명궁(大明宮)을 봉래궁으로 개명했음. 南山(남산): 종남산(從南山).

2) 承露(승로): 선인승로반(仙人承露盤). 金莖(금경): 승로반을 지탱하는 구리
   기둥. 한무제(漢武帝)가 신선술을 좋아하여 하늘의 이슬을 받아서 마시기 위
   해 세운 것인데, 여기서는 당나라 현종(玄宗)이 신선술을 좋아한 것을 말함.
   霄漢(소한): 은하수.

3) 瑤池(요지): 전설 속의 곤륜산(崑崙山)에 있다는 서왕모(西王母)의 거처. 전
   설에 의하면 서왕모가 한무제를 만나러 왔다고 함. 『武帝內傳』에 "七月七日,
   上于承華殿齋, 忽有一靑鳥從西方來集殿前上. 問東方朔, 朔曰: '此西王母欲來
   也' 有頃王母至"라고 했음.

4) 紫氣滿函關(자기만함관): 노자(老子)가 서쪽으로 가기 위해 함곡관을 나섰
   을 때, 관령(關令) 윤희(尹喜)가 붉은 기운이 동쪽에서 오는 것을 보고, 장차
   성인(聖人)이 관을 지나갈 것을 알았다고 함.

5) 『신당서·의위지(儀衛志)』에 "인군(人君)의 거동은 반드시 선(扇)으로써 한
   다"고 했음. 雉尾(치미): 꿩 깃털로 만든 궁선(宮扇). 황제가 거동할 때 치미
   선으로 그 행보를 가렸다가 좌석에 앉으면 거두어 모습을 드러냄.

6) 龍鱗(용린): 황제의 곤룡포에 수로 놓은 용의 비늘.

7) 靑瑣(청쇄): 한(漢)나라 미앙궁(未央宮)의 궁문(宮門) 이름. 궁궐 문을 말함.
   點(점): 명단을 불러 전하는 것. 朝班(조반): 조정의 반열(班列).

평설 ◌

• 『당시평선』에 "기(起)도 없고, 전(轉)도 없고, 서(敍)도 없고, 수(收)도 없
  는데, 평점(平點)이 생색이 나고, 팔풍(八風) 스스로 따라오고, 율(律)을
  범하지 않았으니, 참으로 고시로써 율을 지은 것이다. 후인들은 이 제작
  을 살피지 못하면, 반은 교연(皎然) 노곤(老髡)이 오해한 바를 이루게 될
  것이다"라고 했다.

• 『두억』에 "현종(玄宗) 당시의 풍형예대(豊亨豫大)의 시절에 안부존영(安
  富尊榮)을 누렸던 성대함을 지극히 말하고, 난리를 불러온 것은 말하지

않았는데, 그러나 난리의 싹이 여기에 있다. 말은 찬송 같지만 풍자가 언외에 있다 …… 집에 풍고공(豊考功)의 〈추흥첩(秋興帖)〉이 있는데, '봉래궁궐'시를 베껴놓고, 끝의 자주에 「'仙闕'을 '宮闕'로 잘못 썼는데 …… 대개 아래에 '宮扇'이 있어서 글자가 중복되므로 마땅히 '仙'으로 써야 한다」고 했다"고 했다.

● 『위로시화』에 "이 시의 앞 6구는 모두 흥(興)이고, 결(結)은 부(賦)로써 바른 뜻을 내었는데, 〈취적(吹笛)〉 편과 같은 체로서, 기승전합(起承轉合)의 법으로써 구할 수 없다"고 했다.

6

瞿唐峽口曲江頭[1]	구당협의 입구와 곡강의 머리가
萬里風煙接素秋[2]	만 리의 풍연으로 가을이 접했네
花萼夾城通御氣[3]	화악루 협성엔 어기가 통하고
芙蓉小苑入邊愁[4]	부용루 소원엔 변방 수심이 들어왔네
珠簾繡柱圍黃鶴	주렴과 수 기둥은 황학이 에워싸고
錦纜牙檣起白鷗	비단 닻줄 상아 샛대에선 갈매기 날아오르네
回首可憐歌舞地[5]	머리 돌려 노래하고 춤추던 곳을 동정하니
秦中自古帝王州[6]	진중은 예로부터 제왕의 도읍이었네

주석 ∽

1) **瞿唐峽**(구당협): 장강(長江) 삼협(三峽)의 하나. 그 입구는 기주(夔州)을 말함. **曲江**(곡강): 장안(長安)의 곡강지(曲江池).

2) 素秋(소추): 가을은 백색에 해당되므로 소추라고 함.

3) 花萼(화악): 장안 홍경궁(興慶宮)에 있는 누대의 이름. 夾城(협성): 협도(夾道).

4) 芙蓉(부용): 곡강(曲江)에 있는 소원(小苑)의 이름. 邊愁(변수): 안녹산의 반
   란을 말함.

5) 歌舞地(가무지): 황제가 유락하던 곡강(曲江)을 말함.

6) 秦中(진중): 관중(關中)을 말함.

평설 ᥫᯅ

• 『두억』에 "이 장은 곧장 수장(首章) 이래를 계승하여 곧 위를 맺고 아래
  를 내었다. 이어서 고국에 대한 그리움으로 귀숙(歸宿)했다"고 했다.

• 『당시해』에 "어기(御氣)에다 '通' 자 하나를 사용하니, 얼마나 융화(融和)
  한가! 변수(邊愁)에다 '入' 자 하나를 사용하니, 출입이 의외(意外)이다.
  선생은 섬교(纖巧)를 숭상하지 않았는데, 사람의 심목을 이처럼 환하게
  한다"고 했다.

• 『당시경전』에 "머금고 토한 뜻이 언외에 있다"고 했다.

• 『당시별재』에 "이는 장안이 실함(失陷)된 까닭을 추서(追敍)한 것이다.
  '城通御氣'는 윤리를 두텁게 하고 정치에 근실했던 때를 지적하고, '苑入
  邊愁'는 곧 이른바 '漁陽鼙鼓動地來'를 말한다. 위에는 치(治)를 말하고,
  아래는 난(亂)을 말했다. 아래는 유행(遊幸)의 시절을 말하여, 성쇠가 무
  상함을 보였는데, 언외에 무궁한 맹성(猛省)이 있다"고 했다.

7

昆明池水漢時功¹⁾ 곤명지의 물은 한나라 때의 공인데

武帝旌旗在眼中 무제의 깃발이 시야에 있네

織女機絲虛月夜²⁾ 직녀는 베틀에서 달밤을 허송하고

石鯨鱗甲動秋風³⁾ 바위고래의 비늘에 가을바람 일어나네

波漂菰米沈雲黑⁴⁾ 물에 출렁이는 줄밥은 깊은 구름 속에 검고

露冷蓮房墜粉紅⁵⁾ 이슬 차가운 연밥에선 분홍꽃잎 떨어지네

關塞極天唯鳥道⁶⁾ 관새의 먼 하늘엔 오직 조도만 있고

江湖滿地一漁翁 강호의 넓은 곳엔 한 어옹이 있네

주석

1) 昆明池(곤명지): 장안(長安) 서쪽 2십 리에 있는 못. 한무제(漢武帝)가 수전
   (水戰)을 훈련하기 위해 판 못.

2) 織女(직녀): 곤명지에 직녀와 견우상을 바위로 조각하여 물을 사이에 두고
   마주 보게 하였음.

3) 石鯨(석경): 바위로 조각해놓은 고래.

4) 菰米(고미): 줄의 열매. 줄밥.

5) 蓮房(연방): 연밥.

6) 鳥道(조도): 새만이 겨우 날아갈 만한 험난한 길.

평설

• 『승암시화』에 "수(隋)나라 임희고(任希古)의 〈昆明池應制〉시에 '回眺牽
  牛渚, 激賞鏤金川'이라고 했는데, 곧 태평시절 연락(宴樂)의 기상(氣像)

을 볼 수 있다. 지금은 한 번 변하여서, '織女機絲虛月夜, 石鯨鱗甲動秋風'이라고 하였는데, 읽어보면 황량한 연기 속의 잡초를 대하는 슬픔을 언외에서 본다"고 했다.

● 『예언치언』에 "농려(穠麗)함이 절실한데, 애석하게도 평조(平調)가 많아서 금석(金石)의 소리가 약간 어긋났다"고 했다.

● 『당음계첨』에 "昆明池水'의 앞 네 마디는 스스로 빼어난데, 경련(頸聯)은 비중(肥重)하고, '墜粉紅'은 속되다"라고 했다.

● 『당시평선』에 "'旌旗' 자를 들여와서 분외(分外)의 광선(光鮮)을 얻었다. 미련(尾聯)은 창끝을 감춤이 지극히 면밀한데, 중간에 신력(神力)이 있어서 남들이 헤아릴 수 없다"고 했다.

8

昆吾御宿自逶迤[1]	곤오와 어숙은 스스로 구불구불 이어지고
紫閣峰陰入渼陂[2]	자각봉 북쪽은 미피로 들어가네
香稻啄餘鸚鵡粒[3]	앵무새는 남은 향기로운 나락을 쪼고
碧梧棲老鳳皇枝[4]	봉황은 벽오동가지에 오래 머무네
佳人拾翠春相問[5]	가인이 푸른 깃털을 주어 봄에 서로에게 주고
仙侶同舟晚更移[6]	신선 무리는 함께 배를 타고 저녁에 다시 이동하네
綵筆昔遊干氣象[7]	채필 들고 옛날에는 노닐며 기상을 범했는데
白頭吟望苦低垂[8]	백발로 신음하며 바라만 보며 괴롭게 고개 숙이네

1) 昆吾御宿(곤오어숙): 곤오와 어숙은 모두 지명. 종남산 서쪽 한무제의 상림원(上林苑) 안에 있었음. 逶迤(이이): 구불구불 이어지는 것.

2) 紫閣峰(자각봉): 종남산 봉우리의 하나. 陰(음): 산의 북쪽. 渼陂(미피): 못 이름. 지금의 섬서성 호현(戶縣) 서쪽.

3) '鸚鵡啄餘香稻粒'의 도치.

4) '鳳凰棲老碧梧枝'의 도치.

5) 拾翠(습취): 푸른 새의 깃털을 줍는 것. 相問(상문): 서로 기증하는 것.

6) 仙侶(선려): 봄놀이를 하는 무리를 말함.

7) 綵筆(채필): 문재(文才)가 빼어남을 말함. 『남사(南史 · 강엄전(江淹傳)』에 "嘗宿於冶亭, 夢一丈夫, 自稱郭璞, 謂淹曰: '吾有筆在卿處多年, 可以見還' 淹乃探懷中, 得五色筆一以授之. 爾後爲詩絶無美句. 時人謂之才盡"이라 했음.

평설 ᑌ

• 『시수』에 "칠언에 있어서 …… '香稻啄餘鸚鵡粒, 碧梧棲老鳳皇枝'와 '聽猿實下三聲淚, 奉使虛隨八月槎'는 글자 중의 화경(化境)이다"라고 했다.

• 『당시별재』에 "이 장은 교유(交遊)를 추서(追敍)하고, 일결(一結)로 8장을 함께 수합했다. 이른바 '古園心'과 '望京華'를 한결같이 고음(苦吟)의 창망(悵望)에 붙였을 뿐이다"라고 했다.

• 『두억』에 "〈추흥〉 8수는 제1수로 흥을 일으켜, 나머지 7수에 마음의 회포를 표현했는데, 혹은 위를 계승하고, 혹은 아래를 일으키고, 혹은 상호(相互)로 나타내고, 혹은 멀리 상응하였으니, 모두가 한 편의 문자이다. 1장만을 갈라낼 수 없고, 단순히 1장만을 선발할 수도 없다"고 했다.

• 『당시평선』에 "8수가 정변(正變)하는 7음(音)과 같아서, 번갈아 서로 궁

(宮)이 되니, 스스로 1장을 이루었다. 혹시라도 할렬(割裂)을 한다면 신체(神體)를 모두 상실할 것인데, 시를 선발하는 자 가운데 해치는 자가 적지 않다.

● 『두시설』에 "두공의 칠율은 마땅히 〈추흥〉을 구령(裘領)으로 삼아야 한다. 곧 공의 일생의 심신(心神)이 모아져서 지어진 것이기 때문이다"라고 했다.

중구일에 남전의 최씨 별장에서 九日藍田崔氏莊[1]

老去悲秋强自寬	늙어가니 슬픈 가을에도 억지로 스스로 관대하여
興來今日盡君歡	흥이 나서 오늘 그대와 즐거움을 다 하리라
羞將短髮還吹帽[2]	짧은 머리가 다시 모자 날릴까 부끄러워
笑倩傍人爲正冠	웃으며 옆 사람에게 관모를 바로 고쳐 달라하네
藍水遠從千澗落[3]	남수는 멀리 여러 개울 따라 줄어들고
玉山高並兩峰寒[4]	옥산은 높게 양 봉우리와 함께 차갑네
明年此會知誰健	내년의 이 모임에 누가 건재할지 알겠는가?
醉把茱萸仔細看[5]	취하여 산수유 들고 자세히 드러다보네

주석

1) 藍田(남전): 협서성 장안현(長安縣)의 동남에 있는 현 이름. 진령(秦嶺)의 북쪽, 남수(藍水)의 동쪽에 있음.

2) 吹帽(취모): 바람에 모자가 날려서 벗어짐. 진(晉)의 맹가(孟嘉)의 고사. 『진

서』에 "진(晉)의 맹가(孟嘉)가 환온(桓溫)의 참군으로 있을 때, 구중절에 용산(龍山)으로 유람을 갔는데 모든 막료들이 다 모였다. 때마침 바람이 불어 맹가의 모자가 벗겨져 버렸는데 알지 못했다. 그러자 환온이 손성(孫盛)에게 명하여 글을 지어 맹가를 조롱하도록 하였다"고 했다.

3) 藍水(남수): 일명 목호관수(牧護關水) 혹은 남계(藍溪). 협서성 남전현(藍田縣) 남전곡(藍田谷)에서 흘러나와 패수(灞水)로 흘러듦.

4) 玉山(옥산): 남전산(藍田山)을 말함. 남전현의 동남쪽에 있음. 미옥(美玉)이 생산되므로 옥산이라 함.

5) 茱萸(수유): 식물 이름. 산수유(山茱萸)·오수유(吳茱萸)·식수유(食茱萸) 등이 있음. 중구절에 벽사(辟邪)와 장수(長壽)를 위해 수유낭(茱萸囊)을 패용하는 풍습이 있음.

평설

● 『성재시화』에 "당율 칠언팔구, 한 편 중에 구절구절이 모두 뛰어남은 고금의 작가들이 어렵게 생각했다. 나는 일찍이 임겸지(林謙之)와 함께 이 일을 토론했다. 겸지가 개연히 말했다. '다만 우리들 시집 중에는 어쩔 수 없이 몇 편만을 지을 뿐입니다' 그러나 노두(老杜)의 〈구일〉시 '老去悲秋强自寬, 興來今日盡君歡'은 입구(入句)가 곧 글자마다 대속(對屬)일 뿐만 아니라, 제1구는 경각변화로서 '비추(悲秋)'를 말하고, 갑자기 '자관(自寬)'이라고 했다. '자(自)'로써 '군(君)'을 대속한 것이 몹시 적절하다. 군(君)은 그대이며, '자(自)'는 나이다. '羞將短髮還吹帽, 笑倩傍人爲正冠'은 한 가지 일을 번안하여 1연으로 지었다. 또한 맹가(孟嘉)는 모자를 떨어뜨림을 풍류로 여겼는데, 소릉(少陵)은 모자를 떨어뜨리지 않음을 풍류로 삼아, 옛사람의 공안(公案)을 바꾸어서 몹시 묘법을 이루었다. '藍水遠從千澗落, 玉山高幷雙峰寒', 시인들은 여기에 이르면 필력이 쇠하고 만다. 그러나 금방 응결하고 빼어나게 한 편의 정신을 환기했다.

495

스스로 필력이 산을 뽑지 못하면 여기에 이를 수 없다. '明年此會知誰健, 醉把茱萸仔細看'은 의미가 심장하고, 유연함이 무궁하다"고 했다.

- 『영규율수』에 "양성재(楊誠齋)가 이 시를 몹시 좋아했다. 내가 보니, 시에 반드시 돈좌기복(頓挫起伏)이 있다. 또 기구는 '자(自)'로 '군(君)'을 짝하였다고 했는데, 이것 역시 대구이다. 다만 '강자(强自)'·'진군(盡君)', 바로 이 두 글자에다 힘을 실어서 시의 뼈와 눈을 삼았음을 몰랐다. 다만 낮은 소리로 눌러서 읽고, 나머지 다섯 글자는 도리어 높은 소리로 치키어 읽으면, 두 글자는 의미가 드러난다. 3·4구는 맹가의 모자가 벗겨진 일을 융화하였는데 몹시 신선하다. 말구 '仔細看茱萸'는 천고의 초절(超絶)한 구이다"라고 했다.

- 『예원치언』에 "수미(首尾)가 균칭(勻稱)하다. 그러나 근량(斤兩)이 부족하다"고 했다.

- 『시수』에 "지극히 심후(深厚)·혼웅(渾雄)하고, 풍격 역시 성당과 약간 다르다"고 했다.

- 『당시평선』에 "용의(用意)에 관대하여, 척폭(尺幅)이 만 리이다. 누가 이 시를 읽고 슬퍼하지 않을 수 있겠는가? 그래서 '시는 원망할 수 있다'고 한 것이다"라고 했다.

- 『당시별재』에 "수유는 술이름이다. 술을 들고서 남수·옥산을 바라보며 차마 떠나지 못함을 말함 것이다. 만약 산수유를 본다고 말했다면, 무슨 의미가 있겠는가?"라고 했다.

- 『영규율수간오』에 "일설에는 '간(看)'이 남수·옥산을 보는 것이고, 산수유를 보는 것이 아니다고 말한다. 또한 스스로 이치가 있어서 천착과는 다르다"고 했다.

고적을 회고하여 읊다 詠懷古跡[1]

群山萬壑赴荊門[2]   뭇 산과 골짜기를 지나 형문에 이르니

生長明妃尚有村[3]   명비가 자랐던 마을이 아직 남아있네

一去紫臺連朔漠   한 번 궁궐을 떠나가니 북쪽 사막이 이어지고

獨留靑塚向黃昏   홀로 남은 푸른 무덤만이 황혼을 향했네

畫圖省識春風面   그림에서 봄바람의 얼굴을 알 수 있건만

環珮空歸夜月魂   패옥소리 밤 달의 혼으로 쓸쓸히 돌아갔네

千載琵琶作胡語   천 년의 비파소리 흉노말로 노래하나

分明怨恨曲中論   분명히 원한을 곡 중에서 말하네

주석 ☙

1) 이 시는 두보의 〈영회고적〉 5수 중 제3수임.

2) 荊門(형문): 호북성 당양현(當陽縣)의 동북에 있는 현 이름.

3) 明妃村(명비촌): 명비(明妃)는 왕장(王嬙), 혹은 왕장(王檣). 한(漢)나라 남도
(南都) 시연(枾縣) 사람. 자는 소군(昭君). 통칭 왕소군(王昭君)이라 부름. 진
(晉)나라 사람들은 사마소(司馬昭)의 이름을 피하여 명군(明君)으로 불렀다.
후인들은 명비(明妃)라고 불렀음. 원제(元帝) 때 선발되어 궁정에 들어옴. 호
한야선우(呼韓耶單于)가 입조하여 미인을 구하여 알씨(閼氏)로 삼고자 하니,
원제가 왕장을 하사했다. 왕장은 융복(戎服)을 입고 말을 타고서, 비파를 지
니고 변방으로 떠났다. 이후 영호알씨(寧胡閼氏)로 불렸다. 처음 원제는 후
궁들이 많았기 때문에 화공 모연수(毛延壽)에게 후궁들의 초상화를 그리도록
하여 그중에서 후궁을 선택했다. 후궁들은 화공에게 뇌물을 주고 초상화를
잘 그려주라고 부탁을 했는데, 그러나 용모가 궁녀들 중에서 으뜸이었던 왕
장은 그러지 않은 까닭에 황제에게 선발되지 못했다. 황제는 사정을 알고서
화공을 사형시켰다. 왕장은 흉노에서 죽었는데, 그녀의 무덤만이 항상 풀이

푸르러서 청총(靑冢)이라 불렸다. 明妃村(명비촌):『일통지(一通志)』에 "소
군촌(昭君村)은 형주부(荊州府) 귀주(歸州) 동북 40리에 있다"고 했다.

평설 ᇰ

- 『후촌시화』에 "'畵圖省識春風面, 環佩空歸夜月魂'은 또한 가구이다"고
  했다.

- 『당시평선』에 "단지 의사(意思)를 드러냈을 뿐인데, 왕왕 그려냄의 날아
  오름이 공수(公輸)가 나무를 깎는 것 같아서, 솔개가 허공을 넘어서 가
  는 듯하다. 수구(首句)는 지극히 좋은 구이다. 다만 '생장명비(生長明妃)'
  의 위에 베푼 것은 부처의 머리에 관을 더한 것이다. 그러므로 비록 가
  구가 있지만, 실패한 곳은 흠이 된다. 평이하게 거두고, 논찬(論贊)하지
  않아서, 바야흐로 시체(詩體)를 이루었다'라고 했다.

- 『당시해』에 "명비를 읊은 것은 천고의 재능을 지니고서 불우한 자들을
  위한 것인데, 십분 통석(痛惜)하다. '省'은 '省事'의 '省'으로 지었다. 만약
  실자(實字)로 지었다고 해석한다면, 어찌 '空歸'와 대(對)가 될 수 있겠는
  가?'라고 했다.

- 『당송시순』에 "허공을 부수며 왔는데, 문세(文勢)가 천리마가 언덕을 내
  려오고, 명주(明珠)가 쟁반 위를 내달리는 듯하다. 명비를 읊은 것 중에
  이 수가 제일이다. 구양수(歐陽修)와 왕안석(王安石)은 제이승(第二乘)
  으로 떨어졌다"고 했다.

- 『위로시화』에 "자미의 '群山萬壑赴荊門' 등의 구절은 호연히 한 번 가는
  가운데, 다시 위완곡절(委婉曲折)의 풍치가 있다"고 했다.

- 『시법이간록』에 "기필(起筆)은 또한 천암(千巖)이 수려함을 다투고, 만

학(萬壑)이 광휘를 다투는 형세가 있다"고 했다.

- 청나라 원매(袁枚)의 『수원시화(隨園詩話)』에 "'천산(千山)'을 쓰지 않고 '군산(群山)'을 쓴 것은 당음(唐音)이기 때문이다"라고 했다.

- 『구북시화』에 "예로부터 명비를 읊은 것 중, 석숭(石崇)의 시 '我本漢家子, 將適單于庭. 昔爲匣中玉, 今爲糞上英'은 말이 몹시 촌스럽고 속되다. 오직 당인의 '今日漢宮人, 明朝胡地妾' 두 구는 의론을 붙이지 않았어도 의미가 무궁하여 가장 절창이 되었다. 그 다음으로 두소릉의 '千載琵琶作胡語, 分明怨恨曲中論'은 그런 의미를 함께 하였다"고 했다.

절구 絶句

江碧鳥逾白	강이 파라니 새 더욱 희고
山靑花欲然[1]	산이 푸르니 꽃이 불타려 하네
今春看又過	금년 봄이 또 지나감을 보는데
何日是歸年	어느 날이 돌아갈 해인가?

주석 〰

1) 然(연): 연(燃)의 본 글자임.

평설 〰

- 『당시선맥회통평림』에 "주정(周挺)이 '강산(江山)과 화조(花鳥)는 시야

속에 쉽게 지나가고, 몸은 타향에 있는데, 돌아갈 기약이 없으니 감촉한
바가 모두 슬픈 생각을 이룬 것이다'라고 했다"고 했다.

● 『두시상주』에 "차장(次章)은 봄이 지나감을 근심한 것이다. 두시 '江碧鳥
逾白……何日是歸年'은 쌍기단결체(雙起單結體)이다"라고 했다.

● 『시식』에 "강의 푸름으로 인하여 새가 더욱 흼을 깨닫고, 산의 푸름으로
인하여 꽃의 붉은 색이 드러난 것이다. 이 10자 중에 다소의 층차(層次)
가 있지만, 연구법(煉句法)을 깨달을 수 있다. 노두는 강산과 화조로 인
하여 사물에 감촉되어 귀가를 생각했는데, 일종의 신리(神理)가 몹시 종
이 위에 약연(躍然)하다"고 했다.

팔진도 八陣圖[1]

功蓋三分國[2]	공훈은 삼등분한 나라를 덮고
名成八陣圖	명성은 팔진도를 이루었네
江流石不轉	강물은 흘러도 돌은 굴러가지 않으니
遺恨失吞吳	남긴 한은 오나라를 삼키지 못한 것이네

주석 ◌◌

1) 대력(大曆) 원년(766), 두보가 기주(夔州)에 있을 때 지은 작품임. 八陣圖(팔
   진도): 고대 군사작전 진법(陣法)의 하나. 제갈량(諸葛亮)이 병법에 의거하여
   기주 장강 남안 영안궁(永安宮) 앞 모래밭에 작은 돌을 사용하여 천(天)·지
   (地)·풍(風)·운(雲)·비룡(飛龍)·상조(翔鳥)·호익(虎翼)·사반(蛇盤) 등 8
   종의 진도(陳圖)를 설치했음. 『荊州圖記』에 "永安宮南一里, 渚下平磧上, 有諸

葛亮孔明八陣圖. 聚細石爲之, 各高五尺, 皆某布相當, 中間相去九尺, 正中開
南北巷, 悉廣五尺, 或爲人散亂, 及爲夏水所沒, 至冬水退如故"라고 했음.

2) 三分國(삼분국): 위(魏), 촉(蜀), 오(吳) 삼국을 말함.

평설 ➰

● 『당시선맥회통평림』에 "주정(周挺)이 '영웅의 눈물을 뿌리게 하니, 타호
(唾壺)를 부수지 않을 자가 없다'고 했다"고 했다.

● 『두시상주』에 "하구(下句)에는 4가지 설이 있다. 오나라를 멸망시키지
못했음을 한으로 삼았다는 것은 구설(舊說)이다. 선주(先主)가 오나라를
정벌하지 못한 것을 한으로 삼았다는 것은 동파(東坡)의 설이다. 임금을
동쪽으로 가게 할 수 없었음을 스스로 한으로 삼았다는 것은 『두억(杜
憶)』과 주주(朱注)의 설이다. 진법(陳法)을 사용할 수가 없어서 오나라
를 삼키려다 군대를 패하게 한 것이라는 것은 유탁(劉逴)의 설이다"라고
했다.

강가에서 홀로 걸으며 꽃을 찾다 江畔獨步尋花¹⁾

1
黃師塔前江水東²⁾　　황사탑 앞 강물은 동으로 흐르고
春光懶困倚微風　　봄빛 속 나른하게 미풍에 임했네
桃花一簇開無主　　복사꽃 한 무리가 피어나 주인도 없는데
可愛深紅映淺紅　　진홍색이 연분홍색에 비춤이 사랑스럽네

1) 상원(上元) 2년(761), 두보가 성도(成都) 완화계(浣花溪) 초당에 있을 때 지은 작품임. 모두 6수임.

2) 黃師塔(황사탑): 황씨 성을 가진 승려의 부도 탑. 당나라와 송나라 때 촉(蜀)에서는 승려를 사(師)라고 불렀음.

평설 ⟳

● 『당시경』에 "노성(老性)이 풍소(風騷)와는 스스로 다르다"고 했다.

● 『두억』에 "'春光懶困倚微風'은 이해하지 못할 듯한데, 두려움과 공포 밖에서 별도의 영략(領略)이 있으니, 몹시 묘하다. 복사꽃은 주인도 없는데, 사랑할 만한 것은 진홍색인가? 연분홍색인가? 남들에게 스스로 선택하게 할 뿐이다"고 했다.

● 『두시경전』에 "모두 춘광(春光)의 신(神)을 전하여 내었는데, 기려(綺麗)한 말이 사람을 죽고 싶어하게 한다"고 했다.

2

黃四娘家花滿蹊¹⁾   황사랑 집은 꽃이 오솔길에 가득한데
千朶萬朶壓枝低   천 송이 만 송이가 가지를 눌러 나직하네
留連戲蝶時時舞   머물러 노는 나비들 때때로 춤추고
自在嬌鶯恰恰啼   자유로운 예쁜 꾀꼬리 즐겁게 노래하네

1) 黃四娘(황사랑): 미상.

● 송나라 소식(蘇軾)의 『동파제발(東坡題跋)』에 "이 시는 비록 그다지 좋
  지는 않지만, 자미의 청광야일(淸狂野逸)의 자태를 볼 수 있기 때문에
  엎드려 기쁘게 적어둔다"라고 했다.

● 『두억』에 "제6수의 묘는 '留連'과 '自在'에 있다. 춘광의 태탕(駘蕩)함이
  사람을 쇠뇌시킴을 깨닫는다"고 했다.

● 『현용설시』에 "黃四娘家花滿蹊……' 시는 모두 아름답지 않는데, 음절의
  이탕(夷蕩)함이 사랑스럽다. 동파(東坡)의 '陌上花開蝴蝶飛'는 곧 이런
  파(派)이다"라고 했다.

화경에게 드리다 贈花卿[1]

錦城絲管日紛紛[2]	금성의 음악소리 매일 분분한데
半入江風半入雲	반은 강바람으로 들고 반은 구름으로 들어가네
此曲祇應天上有	이 곡은 다만 천상에 있어야 마땅한데
人間能得幾回聞	인간 세상에서 몇 번이나 들을 수 있겠는가?

1) 花卿(화경): 화경정(花驚定). 상원(上元) 초에 단자장(段子璋)이 촉(蜀)에서

모반했을 때, 최광원(崔光遠)이 성도윤(成都尹)이 되고 화경정이 아장(牙將)
이 되어 단자장을 토벌하여 죽였음. 두보의 시에 〈희작화경가(戲作花卿歌)〉
가 있음. 한편 명나라 호응린(胡應麟)은 이 시의 화경은 화경정이 아닌 가기
(歌妓)의 이름이라고 주장하여 후세에 많은 논란이 있었음.

2) 錦城(금성): 금관성(錦官城). 성도(成都)를 말함.

평설 ⌒∽

● 『승암시화(升庵詩話)』에 "화경(花卿)이 촉(蜀)에 있을 때 몹시 참람하게
천자(天子)의 예악(禮樂)을 사용했는데, 자미(子美: 두보)가 이 시를 지
어 풍자했다. 그러나 뜻이 언외(言外)에 있어서 가장 시인의 지취를 얻
었다"고 했음.

● 『시수』에 "(두보의 칠언절구 가운데) '錦城絲管' 1수는 태백(太白)에 가
깝다. 양신(楊愼)이 다시 조대(措大)의 말이라고 해석한 것은 어찌 두보
의 불행이 아니겠는가?"라고 했다.

● 『당시해』에 "소릉은 말을 경솔하게 짓지 않는다. 뜻에는 반드시 기탁함
이 있다. 만약 '天上' 1연을 눈앞의 말이라고 여긴다면 무슨 의미가 있겠
는가? 원서(元瑞: 胡應麟)는 다시 용수(用修: 楊愼)가 조대의 말이라고
해석한 것으로써 해석할지 모르는 자라고 했다. 한나라 사람들이 『삼백
편』을 서술하기를 풍자를 지은 것이 열 가운데 일곱이라 했는데, 누가
조대의 말이 아니라고 하겠는가?"라고 했다.

● 『두억』에 "호원서(胡元瑞)가 '화경은 대개 가기(歌妓)의 성(姓)이다'고 했
다……나는 이 시는 한 가기가 감당할 바가 아니라고 여긴다. 공에게 원
래 〈화경가〉가 있는데, 지금 진정 서로 같으니, 그가 화경정(花敬定)임
을 의심할 수 없다"고 했다.

• 『두시상주』에 "이 시는 풍화(風華)가 유려(流麗)하고, 돈좌억양(頓挫抑揚)하여, 비록 태백이나 소백(少伯: 王昌齡)일지라도 그것을 넘을 수 없다"고 했다.

강남에서 이구년을 만나다 江南逢李龜年[1]

岐王宅裏尋常見[2]	기왕택에서 항상 보았고
崔九堂前幾度聞[3]	최구의 당 앞에서 몇 번이나 들었던가?
正是江南好風景	바로 지금은 강남의 좋은 풍경
落花時節又逢君	꽃 지는 시절에 또 그대를 만났구려

주석 ⌒

1) 李龜年(이구년): 당나라 현종 때 궁전악사. 『명황잡록(明皇雜錄)』에 "당나라 개원(開元) 중 악공(樂工) 이구년(李龜年)·팽년(彭年)·학년(鶴年) 형제 3인은 모두 재학(才學)이 있어서 유명했다. 팽년은 춤을 잘 췄고, 학년과 구년은 노래를 잘 했는데 더욱 묘하게 〈위천(渭川)〉을 제작하여 특별한 총애를 받았다. 동도(東都)에다 저택을 크게 지었는데 참람하게 사치스런 제도가 공후(公侯)를 뛰어넘었고, 동도 통원리(通遠里)에 있는 저택은 도하(都下)에서 으뜸이었다. 그 후 구년은 강남으로 유락했는데, 좋은 날과 승경을 만나면 남들을 위해 여러 곡을 불렀다. 좌중에서 그 노래를 들으면 흐느끼며 술자리를 파하지 않음이 없었다. 두보가 일찍이 시를 지어 주기를…"이라고 했음. 대력(大曆) 5년(770), 두보가 담주(潭州)에서 우연히 이구년을 만나서 지은 작품임.

2) 岐王(기왕): 예종(睿宗)의 넷째 아들 이범(李範). 현종(玄宗)의 아우.

3) 崔九(최구): 최척(崔滌). 구(九)는 사촌 간의 항렬의 순서. 현종의 총신으로

전중감(殿中監)과 중서령(中書令)을 지냄.

평설 ◠

- 『두시설』에 "이 시는 〈검기행(劍器行)〉과 같은 뜻이다. 금석성쇠(今昔盛衰)의 감개가 언외에 암연(黯然)하여 숨이 끊어지려 한다. 행간에다 풍운(風韻)을 보이고, 글자 속에 감개를 붙였다. 곧 용표(龍標: 王昌齡)와 공봉(供奉: 李白)에게 붓을 들게 하더라도 이것을 넘을 수 없다. 곧 공이 이 체에다 정성(正聲)을 이룰 수 없음이 아니라, 단지 하찮게 여겼을 뿐임을 알 수 있다. 공의 칠언절구를 별조(別調)라고 지목하는 자는 또한 이 시로서 비웃음을 풀어야 할 것이다"라고 했다.

- 『두시경전』에 "소(邵)가 '자미의 칠절은 이것이 압권이 된다'고 했다"고 했다.

- 『당시별재』에 "품은 뜻을 펴지 못하여, 안(案)은 있는데 단(斷)이 없다"고 했다.

절구 絶句[1]

兩箇黃鸝鳴翠柳	두 마리 꾀꼬리가 푸른 버들에서 울고
一行白鷺上青天	한 행렬의 백로가 푸른 하늘로 오르네
窓含西嶺千秋雪[2]	창은 서령의 천년설을 머금고
門泊東吳萬里船[3]	문은 동오의 만리선을 정박했네

1) 원래 4수임.

2) 西嶺(서령): 민산(岷山)을 말함. 성도(成都) 서쪽에 있음.

3) 東吳(동오): 강소성과 절강성 일대를 말함.

평설 ᧥

- 『시인옥설』에 "두소릉의 시 '兩箇黃鸝鳴翠柳, 一行白鷺上靑天'과 왕유 (王維)의 시 '漠漠水田飛白鷺, 陰陰夏木囀黃鸝'는 사물을 묘사하는 공교 함을 지극히 했다"고 했다.

- 『승암시화』에 "절구 4구를 모두 대우한 것은 두공부의 '兩箇黃鸝' 1수가 그것이다. 그러나 서로 연속(連屬)하지 않았으니, 곧 이는 율시 중의 4구이 다. 절구로서 1구가 1절인 것은 〈사시영(四時詠)〉 '春水滿四澤, 夏雲多奇 峰. 秋月揚明輝, 冬嶺秀孤松'에서 비롯되었는데, 어떤 이는 도연명의 시라 고 하지만, 그렇지 않다. 두시의 "兩箇黃鸝鳴翠柳, 一行白鷺上靑天'은 실 로 그것을 본받았다"고 했다.

- 『시수』에 "두보의 율시와 이백의 절구는 모두 천수신예(天授神詣)이다. 그런데 두보는 율시를 절구로 지었는데, '窗含西嶺千秋雪, 門泊東吳萬里 船' 등의 구는 본래 칠언율의 장어(壯語)인데 절구로 지어서 단금렬증(斷 錦裂繒) 종류이다. 이백은 절구를 율시로 지었는데, '十月吳山曉, 梅花落 敬亭' 등의 구는 본래 오언절의 묘경(妙境)인데 율시로 지어서 병무지지 (駢拇枝指) 종류이다'라고 했다.

- 『당송시순』에 "비록 정격은 아니지만, 스스로 절창이다"라고 했다.

이가우 李嘉祐

이가우, 자는 종일(從一), 월군(越郡: 하북성 越縣) 사람. 천보(天寶) 7년
에 지사에 합격하고, 비서성정자(秘書省正字)를 지냈다. 대력(大曆) 중에
사훈원외랑(司勛員外郎)을 지내고 원주자사(袁州刺史)로 나갔다. 임기를
마치고 소주(蘇州)에 은거했다. 유장경(劉長卿)과 엄유(嚴維) 등과 절친했
다. 건중(建中) 중에 대주자사(臺州刺史)를 지냈다.

소대에서 만정역에 이르니, 인가가 모두 비어있고, 봄철의 사물들로 인하여 사념이 더욱 일어났다. 슬프게 시를 지어서 종제 서에게 보낸다 自蘇臺至望亭驛, 人家盡空, 春物增思, 悵然有作, 因寄從弟紓[1]

南浦菰蔣覆白蘋	남포의 부들은 백빈을 뒤덮고
東吳黎庶逐黃巾[2]	동오의 백성들은 황건적을 쫓아갔네
野棠自發空流水	들 해당은 절로 피어 물가에 쓸쓸하고
江燕初歸不見人	강 제비는 처음 돌아와서 사람을 보지 못하네
遠樹依依如送客	먼 숲은 연모하며 객을 전송하는 듯하고
平田渺渺獨傷春	들의 밭은 아득하게 홀로 봄을 상심하네
那堪回首長洲苑[3]	어찌 장주원으로 고개 돌릴 수 있겠는가?
烽火年年報塞塵	봉화가 해마다 변새의 전쟁을 알려오네

주석 ↫

1) 蘇臺(소대): 고소대(姑蘇臺). 강소성 소주(蘇州) 서남쪽 고소산(姑蘇山) 위에 있음. 오왕(吳王) 합려(闔閭)가 세웠다고 함.

2) 黃巾(황건): 동한(東漢) 말 장각(張角)이 영도한 농민군. 나중에 도둑 떼를 지칭하는 말이 되었음.

3) 長洲苑(장주원): 옛 원림의 이름. 강소성 소주 서남쪽에 옛 터가 있음. 오왕 합려의 사냥터였다고 함.

평설 ↫

● 『당시선맥회통평림』에 "주경(周敬)이 '시든 풀 더미에 감개하고, 동오의

백성이 몰살했음을 상심했다. 대저 제비는 날아들 지붕이 없는데, 어찌
옛 주인을 볼 수 있겠는가? 온 시야가 요락(寥落)하여 배나 마음을 슬
프게 하는 것은 참으로 까닭이 있다. 결구는 더욱 오열하게 한다'고 했
다. 주정(周挺)이 '상란(喪亂)의 음률이 슬퍼서 상심하게 한다. 작자는
애통해하고, 듣는 자는 마음을 놀라고, 독자는 눈물을 흘린다'고 했다"
고 했다.

고적 高適

고적(702?-765), 자는 달부(達夫), 발해(渤海) 수현(蓚縣: 지금의 하북성 景縣) 사람. 초년에는 벼슬에 나가지 못하고 오랫동안 양(梁)과 송(宋) 지역(하남성 開封·商丘)을 떠돌았다. 또 북쪽의 연(燕)과 월(越) 지역을 여행하고, 기상(淇上: 하남성 淇縣)에 머물렀다. 천보(天寶) 8년 고적의 나이 50세에 '유도과(有道科)'에 합격하여 봉구위(封丘尉)에 임명되었으나 곧 벼슬을 버렸다. 가서한(哥舒翰)이 농우절도사(隴右節度使)가 되자, 고적은 그의 장서기(掌書記)가 되었다. 안사(安史)의 난이 일어나자 가서한을 따라 동관(潼關) 전투에 참여했다. 그 후 시어사(侍御史)와 간의 대부(諫議大夫)를 지내고, 나가서 촉주(蜀州)와 팽주자사(彭州刺史)를 지냈다. 또 성도윤(成都尹)을 거쳐 검남(劍南)·사천(四川)절도사를 지낸 후, 조정으로 들어가서 형부시랑(刑部侍郎)을 거쳐 좌산기상시(左散騎常侍)가 되어 발해현후(渤海縣侯)에 봉해졌다.

고적은 잠삼(岑參)과 함께 성당의 변새시파를 대표하는 대가로서 '고잠'이라고 병칭된다.

『전당시』에 "(고적은) 나이 50이 넘어서 비로소 시를 배워 지었는데, 기질(氣質)이 스스로 높아서 매번 한 편을 지으면 곧 호사가들이 전송(傳誦)했다. 개원과 천보 연간 이래 시인 중에서 현달한 사람은 오직 고적뿐이다"라고 했다.

『하악영령집』에서 "고적의 시는 흉억어(胸臆語)가 많은데, 겸하여 기(氣)를 지녔기 때문에 조야(朝野)에서 모두 그 문(文)을 칭송했다"고 했다.

『창랑시화』에서 "고적과 잠삼의 시는 비장하여, 읽어보면 사람을 감개하게 한다"고 했다.

연가행 燕歌行[1] 병서 幷序

개원(開元) 26년(738), 객(客) 가운데 어사대부(御史大夫) 장공(張公)[2]을 따라 변새로 나갔다가 돌아온 사람이 있었는데, 〈연가행(燕歌行)〉을 지어서 나에게 보여주었다. 먼 변방의 군역[征戍之事]에 감개하여 화답했다.

漢家烟塵在東北[3]	한나라의 동북에 연기먼지가 있어
漢將辭家破殘賊[4]	한나라 장수가 집을 떠나 잔적을 격파했네
男兒本自重橫行[5]	남아가 본래 스스로 횡행함을 중시하니
天子非常賜顏色[6]	천자가 특별히 예우를 내렸네
摐金伐鼓下榆關[7]	징을 치고 북을 치며 유관으로 내려가니
旌旆逶迤碣石間[8]	깃발들이 갈석산에 이어지네
校尉羽書飛瀚海[9]	교위의 우서는 사막으로 날아오고
單于獵火照狼山[10]	선우의 사냥불은 낭산을 비추네
山川蕭條極邊土	산천의 쓸쓸함이 변방에 끝없는데
胡騎憑陵雜風雨	오랑캐 기마가 침범하니 비바람소리 섞이네
戰士軍前半死生	전사는 전선에서 반은 죽고 반만 살았는데
美人帳下猶歌舞	미인은 장막에서 여전히 노래하고 춤추네
大漠窮秋塞草腓	큰 사막의 깊은 가을에 변방 풀은 시들고
孤城落日鬪兵稀	외로운 성의 지는 해에 싸우는 병사가 드무네
身當恩遇恒輕敵	몸은 은우를 받아 항상 적을 경멸하건만
力盡關山未解圍	힘이 다하여 관산의 포위를 풀지 못하네
鐵衣遠戍辛勤久	철갑옷이 먼 수루에서 오래 고생하니
玉筯應啼別離後[11]	옥 젓가락의 눈물은 이별 후에 마땅히 울리라

少婦城南欲斷腸[12]　젊은 아낙은 성남에서 애가 끊기려는데

征人薊北空回首[13]　변방 병사는 계북에서 공연히 머리 돌려보네

邊庭飄飖那可度　변방의 바람 속을 어떻게 넘을 것인가?

絶域蒼茫更何有　먼 변방 아득하니 다시 무엇이 있겠는가?

殺氣三時作陣雲[14]　살기가 온종일 진운을 일으키고

寒聲一夜傳刁斗[15]　찬 소리가 밤중에 조두소리를 전하네

相看白刃血紛紛　흰 칼날에 피가 분분하게 흐름을 서로 보니

死節從來豈顧勳　충절의 죽음이 예로부터 어찌 공훈을 바랐던가?

君不見沙場征戰苦　그대 보지 못했는가 사막에서 전쟁하는 고통을!

至今猶憶李將軍[16]　지금도 여전히 이장군을 생각한다네

주석 ᎒

1) 燕歌行(연가행): 악부 〈상화가사(相和歌辭)·평조곡(平調曲)〉.「악부해제(樂府解題)」에 "진악(晋樂)에서 위문제(魏文帝)의 〈추풍(秋風)〉과 〈백일(白日)〉 2곡을 연주하는데, 계절이 바뀌어도 행역을 간 사람이 돌아오지 않아서, 부인의 원망이 크지만 호소할 데가 없는 것을 말한 것이다"라고 했음. 연(燕)은 지명(地名).

2) 張公(장공): 장수규(張守珪). 개원 21년(733)에 유주자사(幽州刺史)·영주도독(營州都督)·하북절도부대사(河北節度副大使)을 지내고, 23년(735)에 전공으로 보국대장군(輔國大將軍)·우우림대장군(右羽林大將軍) 겸 어사대부가 되었음. 24년(736)에 해(奚)와 거란(契丹)을 토벌하였으나 패했다. 26년(738)에 부장(副將) 조감(趙堪) 등이 장수규의 명을 거짓으로 빌려서 평로사(平盧使) 오지의(烏知義)에게 황수(潢水) 북쪽에서 해와 거란의 잔당을 격파하게 했는데, 처음에는 승리했으나 나중에는 패배했음. 장수규는 패배한 사실을 감추었다가 발각되어 괄주자사(括州刺史)로 좌천되었다.

3) 漢家(한가): 한나라를 빌려서 당나라를 말한 것임. 烟塵(연진): 밥 짓는 연기와 군마의 먼지. 거란과 해의 침략을 말함.

4) 漢將(한장): 당나라 장수규를 말함.

5) 橫行(횡행): 적진(敵陣) 속을 종횡치빙(從橫馳騁)하며 꺼리지 않는 것.

6) 賜顔色(사안색): 안색은 광채(光彩). 예우(禮遇)를 베푼다는 의미.

7) 摐金伐鼓(종금벌고): 징[鉦]을 치고 북을 침. 楡關(유관): 산해관(山海關). 하북성 진황도시(秦皇島市) 동북.

8) 碣石(갈석): 산 이름. 하북성 창려현(昌黎縣) 북쪽.

9) 校尉(교위): 한(漢)나라 관직 이름. 장군 바로 아래 관직임. 羽書(우서): 군사문서. 깃털을 꽂아 긴급함을 나타냈음. 瀚海(한해): 내몽고 자치구 동북 일대의 넓은 사막.

10) 單于(선우): 본래 흉노(匈奴)의 군주(君主)를 지칭하는 말이나 여기서는 적의 대장을 말함. 獵火(엽화): 북방 민족들은 전쟁 전에 대규모로 사냥을 하며 전투연습을 했음. 狼山(낭산): 낭거서산(狼居胥山). 내몽고 자치구 서북의 황하 북안.

11) 玉箸(옥저): 여인의 눈물을 말함. 남조 양(梁)나라 유효위(劉孝威)의 〈독불견(獨不見)〉시에 "誰憐雙玉箸, 流面復流襟"이라 했음.

12) 少婦城南(소부성남): 장안에 거주하는 병사들의 아낙들을 말함.

13) 征人(정인): 출정한 병사. 薊北(계북): 계주(薊州) 이북지역.

14) 陣雲(진운): 전운(戰雲).

15) 刁斗(조두): 구리로 만든 군용 솥. 야간에는 두들겨서 경계하는 도구로 사용함.

16) 李將軍(이장군): 서한(西漢)의 명장(名將) 이광(李廣). 이광은 무용이 뛰어났을 뿐만 아니라, 사졸을 사랑하고 관대하게 대했음. 이광이 일찍이 우북평(右北平)에 주둔하고 있을 때 흉노가 그를 비장군(飛將軍)이라 부르며 감히 들어오지 못했음.

평설 ᜅ

- 『당풍정』에 "금과(金戈)와 철마(鐵馬) 소리에 옥경(玉磬)과 명구(鳴球)의 음절이 있어서, 한 뜻으로 서사(敍寫)하여 비장함을 이룬 것이 아니다" 라고 했다.

- 『말은 천근하지만 의미는 깊고, 포배(鋪排) 중에 곧 비자(誹刺)를 이루었는데, 이런 방도(方道)는 『삼백편』 이래, 당나라에 이르러서 미약해졌고, 송나라에 이르러 끊어졌다. '少婦'와 '征人' 1연은 1어(語)를 바꾸었는데 곧 정인이 이처럼 그녀를 상상한 것이다. 연(聯) 위의 응(應)자는 신리(神理)가 어긋나지 않았다. 결구는 또한 몹시 평담(平淡)한데, 그러나 한 필의 옷을 걸친 것처럼, 차라리 얇게 할지언정 구겨짐을 허용하지 않았다"고 했다.

- 『당시별재』에 "칠언고시가 중간에 때때로 정구(整句)를 띠고 있어서, 국세(局勢)가 방정하게 산만하지 않다. 이백과 두보는 풍우(風雨)가 나뉘어 날고, 어룡(魚龍)이 백 번 변하는데, 또한 일격(一格)으로써 논할 수 없다"고 했다.

인일에 두이습유에게 부치다 人日寄杜二拾遺[1]

人日題詩寄草堂	인일에 시를 지어 초당에 부치며
遙憐故人思故鄉	벗이 고향을 그리워함을 멀리서 동정하네
柳條弄色不忍見	버들가지가 봄 색을 희롱해도 차마 보지 못하고
梅花滿枝空斷腸[2]	매화가 가지 가득 피었는데 공연이 애가 끊기네
身在遠藩無所預	몸은 먼 변방에 있어 조정에 참여하지 못하고

心懷百憂復千慮　　마음엔 백 근심이 있는데 또 천 염려를 하네

今年人日空相憶　　금년 인일에 공연이 서로 생각하는데

明年人日知何處　　내년 인일엔 어디에 있게 될 것인가?

一臥東山三十春[3]　동산에 한 번 은거하니 삼십 년인데

豈知書劍老風塵　　어찌 서검이 풍진 속에 늙어 감을 알았으랴?

龍鍾還忝二千石[4]　용종한 몸이 도리어 이천 석에 들어가니

愧爾東西南北人[5]　동서남북인에게 부끄럽네

주석 ᴖᴗ

1) 상원(上元) 2년(761), 고적이 촉주자사(蜀州刺史)일 때 성도(成都) 완화계(浣花溪) 초당(草堂)에 있던 두보(杜甫)에게 부친 작품임. 人日(인일): 정월 초7일. 杜二拾遺(두이습유): 두보를 말함. 이(二)는 항렬의 순서. 두보는 좌습유(左拾遺)를 지냈음.

2) 본 구절은 두보의 〈和裴廸登蜀州東亭送客逢早梅相憶見寄〉시 중 "幸不折來傷歲暮, 若爲看去亂鄉愁. 江邊一樹垂垂發, 朝夕催人自白頭" 구절을 염두에 두고 지은 것임.

3) 東山(동산): 동진(東晋) 사안(謝安)이 은거했던 곳. 절강성 상우현(上虞縣) 서남.

4) 龍鍾(용종): 연로하고 쇠약한 모습. 二千石(이천석): 자사(刺史)를 말함. 당나라 때의 자사는 한(漢)나라 때의 태수(太守)에 해당함. 태수의 봉록이 2천 석이었음.

5) 東西南北人(동서남북인): 나라를 위해 동분서주하는 사람. 두보를 말함. 『예기(禮記)·단궁(檀弓)상』에 "今丘也, 東西南北人也"이라 했음.

● 『당시직해』에 "직솔(直率)하여 그 천근함이 싫지 않다"라고 했다.

● 『당시경』에 "말에 합박(合拍)이 많아서 비록 다른 기이함은 없지만, 그래서 읊을 만하다"고 했다.

● 『이암설당시』에 "법이 노성하고 기(氣)가 창건(蒼健)한데, 배우는 자는 반드시 세심하게 살펴서 본받아야 한다"고 했다.

협중으로 좌천된 이소부와 장사로 좌천된 왕소부를 전송하다
送李少府貶峽中王少府貶長沙[1]

嗟君此別意何如	아! 그대들이여 이 이별에 뜻이 어떠하오?
駐馬銜杯問謫居	말 세우고 술잔 들고 적거지를 물어보네
巫峽啼猿數行淚	무협의 원숭이울음에 여러 줄기 눈물 흘리며
衡陽歸鴈幾封書[2]	형양의 돌아가는 기러기에 몇 번 편지 부치리?
青楓江上秋天遠[3]	청풍강 위는 가을하늘이 멀고
白帝城邊古木疎	백제성 가에는 고목이 성기네
聖代即今多雨露[4]	성대의 지금 우로가 많으리니
暫時分手莫躊躇	잠시의 이별에 주저하지 말구려

주석 ᑏ

1) 少府(소부): 현위(縣尉)의 별칭.

2) **衡陽歸鴈**(형양귀안): 형양은 지금의 호남성 형산현(衡山縣) 동북. 형양 형산(衡山)의 남쪽에 회안봉(回雁峰)이 있는데 기러기가 여기에 이르면 넘어가지 않고, 다시 되돌아간다고 함. 한(漢)나라 소무(蘇武)가 흉노에 억류되어 있으면서 기러기발에 편지를 묶어 보냈다는 고사에서 서신을 안서(雁書)라고 함.

3) **青楓江**(청풍강): 청풍포(青楓浦)라고도 함. 지금의 호남성 유양현(瀏陽縣) 남쪽.

4) **雨露**(우로): 은택(恩澤).

평설 ⌒

● 『영규율수』에 "중간 4구는 사속(士俗)이 숭상한 바를 지적했다. 말구를 열어서 빨리 돌아오기를 기원했는데, 또한 한 체이다"라고 했다.

● 『당시별재』에 "4개 지명을 연달아 사용했는데, 율시에 적합한 바가 아니다. 5·6구는 혼용하게 말한 것이 좋다"라고 했다.

단보 양구소부를 곡하다 哭單父梁九少府[1]

開篋淚沾臆	상자 여니 눈물이 가슴을 적시는데
見君前日書	그대가 예전에 보냈던 편지를 보네
夜臺今寂寞[2]	야대는 지금 적막하겠지만
猶是子雲居	오히려 자운의 거처가 있으리라

주석 ⌒

1) 원래 12운의 5언 고시인데, 『만수절구(萬首絶句)』에 의거하여 취했음.

2) 夜臺(야대): 황천(黃泉).

3) 子雲(자운): 한(漢)나라 양웅(揚雄)의 자. 양웅의 〈해조(解嘲)〉에 "惟寂惟寞,
   守德之宅"이라 했음.

변새에서 피리소리를 듣다 塞上聽吹笛

雪淨胡天牧馬還[1]　눈발 맑은 호천에서 말을 먹이고 돌아와

月明羌笛戍樓間　달 밝은 수루에서 강적을 부네

借問梅花何處落[2]　물어보자 매화가 어디에서 떨어지는지?

風吹一夜滿關山　밤새 부는 바람 관산에 가득하네

주석 ❧

1) 胡天(호천): 중국 북부 호(胡)지역을 말함.

2) 梅花(매화): 악부 〈매화락(梅花落)〉을 말함. 한(漢)나라 악부 〈횡취곡(橫吹
   曲)〉에 〈매화락〉·〈낙매화(落梅花)〉·〈관산월(關山月)〉 등이 있고, 당나라
   대곡(大曲)에 〈대매화(大梅花)〉·〈소매화(小梅花)〉가 있고, 적곡(笛曲)에
   〈매화락〉이 있음.

평설 ❧

● 『당시정성』에 "오일일(吳逸一)이 "牧馬還'으로 인하여 이 같은 강적소리
  가 있게 되었는데, 모사(摹寫)함이 묘를 얻었다'고 했다"고 했다.

● 『당시해』에 "낙매(落梅)는 나그네의 사념을 충분히 일으키기 때문에 적
  소리를 듣는 자는 매번 흥미를 갖는다"고 했다.

동대와 이별하다 別董大[1]

十里黃雲白日曛	십리의 누런 구름 속에 해는 석양인데
北風吹雁雪紛紛	북풍이 기러기에 불고 눈발이 어지럽네
莫愁前路無知己	가는 길에 지기가 없다고 근심 마오
天下誰人不識君	천하에서 누가 그대를 모르겠소?

주석 ⟆

1) 본래 2수임. 董大(동대): 동정란(董庭蘭). 당시 유명한 음악가로 방관(房琯)
   의 문객이었음. 이기(李頎)에게 〈聽董大彈胡笳兼寄語房給事〉 시가 있음.

평설 ⟆

● 『당시직해』에 "강개하고 비장하다. 낙구(落句)는 너무 직설이다"라고 했다.

● 『당풍정』에 "웅쾌(雄快)하다"고 했다.

● 『이암설당시』에 "이 시의 묘는 조호(粗豪)함에 있다.

제야에 짓다 除夜作

旅館寒燈獨不眠	여관의 찬 등불 아래 홀로 잠 못 이루는데
客心何事轉悽然	나그네 마음은 무슨 일로 더욱 처량한가?
故鄕今夜思千里	오늘밤 고향생각이 천리를 가는데
霜鬢明朝又一年	흰 머리로 내일이면 또 일 년이 되네

521

평설 ᙡᙠ

- 『비점당음』에 "이 편의 음률은 약간 중당(中唐)과 같은데, 다만 4구 중의 의태(意態)는 원만하게 충족하여 스스로 다르다"고 했다.

- 『당풍정』에 "중당과 만당의 〈제야〉 두 율시(戴叔倫의 〈除夜宿石頭驛〉과 崔涂의 〈巴山道中除夜書懷〉)가 이 시를 본받았으니, 이 시의 높음을 본다"고 했다.

장위 張謂

장위(711?-780?), 자는 정언(正言), 하내(河內: 河南 沁陽) 사람. 천보(天寶) 2년에 진사에 합격했다. 건원(乾元) 원년에 예부랑중(禮部郎中)이 되어서 하구(夏口)로 사행을 가면서, 이백(李白)과 면주(沔州) 남호(南湖)를 유람했다. 대력(大曆) 2년에 담주자사(潭州刺史)가 되었다. 나중에 예부시랑(禮部侍郎)을 지냈다.

『당재자전』에 "장위는 시를 잘 지었는데, 격도(格度)가 엄밀하고, 어치(語致)가 정심(精深)하고, 격절(擊節)하게 하는 뜻이 많다"고 했다.

호수 가에서 대작하다 湖上對酒行[1]

夜坐不厭湖上月	밤에 앉으니 호수 위의 달이 싫지 않고
晝行不厭湖上山	낮에 호수 위의 산을 가는 것도 싫지 않네
眼前一樽又長滿	눈앞의 한 술동이도 오래 가득하니
心中萬事如等閒	심중의 만사가 등한한 듯하네
主人有黍百餘石	주인에겐 기장 백여 석이 있으니
濁醪數斗應不惜	탁주 여러 말을 아끼지 않으리라
即今相對不盡歡	지금 상대하여 즐거움을 다하지 못한다면
別後相思復何益	이별 후에 서로 그리워함이 무슨 이익이겠는가?
茱萸灣頭歸路賒[2]	수유만 머리에 귀로가 아득하니
願君且宿黃公家[3]	그대는 장차 황공가에 묵으시오
風光若此人不醉	풍광이 이와 같은데 사람은 취하지 못하니
參差辜負東園花	들쭉날쭉한 동원의 꽃을 저버리는구려

주석 ↭

1) 湖上(호상): 동정호(洞庭湖)를 말함. 장위가 담주자사(潭州刺史)로 나갈 때 지은 시임.

2) 茱萸灣(수유만): 일명 수유구(茱萸溝)·동당(東塘)·만두(灣頭)라고 함. 강소성 강도현(江都縣) 동북.

3) 黃公家(황공가): 동진(東晋) 때 왕융(王戎)·완적(阮籍)·혜강(嵇康) 등 죽림칠현(竹林七賢)들이 술을 마셨던 술집.

평설 ↩

- 『당시품휘』에 "유(劉)가 '(기구는) 곧 초초(楚楚)함을 깨닫는다'고 했다"
  고 했다.

- 『당시귀』에 "종성(鍾惺)이 '두 「不厭」의 기구가 묘함을 얻었다. 뒤는 모
  두 약조(弱調)인데, 다행히 추태(醜態)가 없을 뿐이다'라고 했다"고 했다.

- 『당시훈해』에 "정의 참됨을 베껴냈다"고 했다.

- 『당풍정』에 "방언(放言)이 광달(曠達)한데, 흉억(胸臆)의 요료(了了)함을
  베껴냈다"고 했다.

이른 매화 早梅

一樹寒梅白玉條	한 그루 한매의 백옥 가지가
逈臨村路傍谿橋	마을 길 개울 다리에 멀리 임했네
不知近水花先發	물이 가까워 꽃이 먼저 피었는지 모르지만
疑是經春雪未銷	아마 봄눈이 아직 녹지 않았나 싶네

잠삼 岑參

잠삼(715-770), 남양(南陽: 河南) 사람. 나중에 강릉(江陵: 湖北)으로 옮겼다. 어려서 빈천했는데 스스로 독서에 열중하여 천보(天寶) 3년(744), 30세에 과거에 합격했다. 병조참군(兵曹參軍)을 지내고, 두 차례 서북 변경으로 나가서 고선지(高仙之)와 봉상청(封常淸)의 막부에서 7여 년간 변경생활을 했다. 숙종 지덕(至德) 2년(757)에 두보(杜甫) 등의 추천으로 우보궐(右補闕)이 되었으나 풍자시로 인하여 괵주자사(虢州刺史)로 좌천되었다. 대력(大曆) 원년(766) 두홍점(杜鴻漸)의 막료가 되어 촉(蜀)지역의 반란 진압에 참여한 후, 가주자사(嘉州刺史)를 1년여 간 지냈다. 파직한 후 성도(成都)의 여관에서 병사했다.

『전당시』에 "잠삼의 시는 사의(辭意)가 청절(淸切)하고, 형발고수(逈拔孤秀)하고, 가경(佳境)을 낸 것이 많았다. 매번 한 편을 낼 때마다 사람들이 다투어 전사(傳寫)했는데, 오균(吳均)이나 하손(何遜)과 같다고 했다"라고 했다.

『하악영령집』에 "잠삼의 시는 말이 기묘하고, 체(體)는 준발한데, 뜻도 또한 기묘함에 이르렀다"고 했다.

고적과 설거와 함께 자은사 부도에 오르다 與高適薛據登慈
恩寺浮圖[1]

塔勢如湧出	탑의 기세는 땅에서 솟아오른 듯한데
孤高聳天宮[2]	외롭고 높게 천궁까지 솟았네
登臨出世界	올라와보니 세계를 벗어난 듯
磴道盤虛空[3]	돌계단이 허공에 꺾이어 도네
突兀壓神州[4]	우뚝 솟은 모습은 중국을 누르고
崢嶸如鬼工[5]	탁월한 형상은 귀신의 솜씨이네
四角礙白日	네 모퉁이는 햇빛을 막고
七層摩蒼穹[6]	칠층은 푸른 하늘에 닿았네
下窺指高鳥	내려다보며 높이 나는 새를 가리키고
俯聽聞驚風	올려다보며 거센 바람소리를 듣네
連山若波濤	이어진 산들은 물결 같은데
奔湊似朝東	분주히 모여서 동으로 흐를 듯하네
靑槐夾馳道[7]	푸른 홰나무는 치도를 끼고
宮館何玲瓏	궁궐 건물들은 얼마나 영롱한가?
秋色從西來	가을 색이 서쪽에서 와서
蒼然滿關中[8]	푸르게 관중에 가득하네
五陵北原上[9]	오릉의 북쪽 들판 위엔
萬古靑濛濛	만고의 푸름이 짙고
淨理了可悟[10]	청정한 진리를 깨칠 만하니
勝因夙所宗[11]	좋은 인연을 평소 존숭했네
誓將挂冠去[12]	맹세코 장차 벼슬을 버리고 떠나서

527

覺道資無窮¹³⁾　　　불도에 영원히 의지하리라

주석 ↻

1) 천보(天寶) 11년(752) 가을, 잠삼과 고적(高適)과 설거(薛據)와 두보(杜甫)와
   저광희(儲光羲)가 함께 자은사(慈恩寺) 탑에 올라가 모두 시를 지었음. 이중
   설거의 시만 전하지 않음. 설거는 개원 연간의 진사로서 수부랑중(水府郎中)
   을 지냄. 자은사는 지금의 섬서성 서안시(西安市) 동남에 있음. 자은사의 탑
   은 고종(高宗) 때 현장(玄奘)이 세웠는데 일명 대안탑(大雁塔)이라 함. 부도
   (浮圖)는 탑을 말함.

2) 天宮(천궁): 천상의 궁전.

3) 磴道(등도): 비탈진 탑의 계단 길. 盤(반): 반곡(盤曲). 꺾어지며 도는 것.

4) 神州(신주): 중국(中國).

5) 崢嶸(쟁영): 탁월하여 평범하지 않는 모양.

6) 七層(칠층): 자은사탑은 원래 5층이었는데, 무측천(武則天) 때 10층으로 증수
   (增修)했다. 그 후 전란을 겪고 7층만 남았음.

7) 靑槐(청괴): 푸른 회화나무. 馳道(치도): 어련(御輦)이 달려가는 대도(大道).

8) 關中(관중): 섬서성 중부지역.

9) 五陵(오릉): 한(漢)나라 다섯 황제의 능묘. 고제(高帝)의 장릉(長陵), 혜제(惠
   帝)의 안릉(安陵), 경제(景帝)의 양릉(陽陵), 무제(武帝)의 무릉(茂陵), 소제
   (昭帝)의 평릉(平陵). 모두 위수(渭水)의 북안(北岸)에 있는데, 지금의 함양
   (咸陽) 일대이다.

10) 浄理(정리): 정토종파(淨土宗派)의 불리(佛理).

11) 勝因(승인): 선인(善因). 악업(惡業)의 반대개념.

12) 挂冠(괘관): 관모(冠帽)를 걸어놓음. 즉 벼슬을 버리고 은거하는 것.

13) 覺道(각도): 불도(佛道). 『유마경(維摩經)・불국품(佛國品)』에 "大覺之道, 寂
    寞無相"이라 했음. 資(자): 빙자(憑藉).

● 『당시품휘』에 "당인의 창화시(唱和詩)에는 감격함이 많은데 각자 그 묘를 이르게 했다. 〈등자은사탑시〉에서 두보는 '高標跨蒼天, 烈風無時休……俯視但一氣, 焉能辨皇州'라고 하고, 고적은 '秋風昨夜至, 秦塞多淸曠. 千里何蒼蒼, 五陵鬱相望'이라고 했고, 잠삼은 '秋色從西來, 蒼然滿關中. 五陵北原上, 萬古靑濛濛'이라고 했다. 이런 종류가 매우 많은데, 이들은 모두 웅혼지방(雄渾悲壯)하여 족히 백대(百代)를 능과(凌跨)할 수 있다"고 했다.

● 『당시경』에 "형상이 절색이고, 어기(語氣) 또한 웅장하다"고 했다.

● 『당시선』에 "'下窺' 2구는 조(調)가 높고 예스럽고, 처연(凄然)하여 다시 읽을 수가 없다"고 했다.

● 『당시별재』에 "〈등자은사〉 시는 소릉(少陵: 두보) 아래에 마땅히 이 작품을 추대해야 한다. 고달부(高達夫: 高適)와 저태축(儲太祝: 儲光羲)은 이에 미치지 못한다. 설거(薛據)의 시는 전하지 않으므로 살펴볼 수 없다"고 했다.

백설 노래로 무판관이 서울로 돌아감을 전송하다
白雪歌送武判官歸京[1]

北風捲地白草折[2]	북풍이 땅을 말아오니 백초가 꺾이고
胡天八月卽飛雪	호땅의 날씨는 팔월이면 눈발 날리는 때인데
忽如一夜春風來	갑자기 하룻밤에 봄바람이 불어와서
千樹萬樹梨花開[3]	천만 그루의 배꽃이 피어났네

散入珠簾濕羅幕　　주렴으로 흩날려 들어오니 비단장막 축축하고

狐裘不煖錦衾薄　　여우털옷도 따뜻하지 않고 비단이불은 얇네

將軍角弓不得控　　장군의 각궁은 당길 수가 없고

都護鐵衣冷難着4)　도호의 철의는 차가워 걸칠 수가 없네

瀚海闌干百丈冰5)　사막은 종횡으로 백 장 두께로 얼어붙고

愁雲黲淡萬里凝　　근심스런 구름은 참담하게 만 리에 엉겼네

中軍置酒飮歸客　　군영에 술자리 벌려 귀객을 대접하는데

胡琴琵琶與羌笛　　호금과 비파와 강적소리 요란하네

紛紛暮雪下轅門6)　어지러운 저녁 눈발이 군영 문에 내리고

風掣紅旗凍不翻　　붉은 깃발에 바람 부나 얼어서 날리지 못하네

輪臺東門送君去7)　윤대의 동문에서 그대를 전송에 보내니

去時雪滿天山路8)　떠나갈 때 눈이 천산로에 가득하네

山迴路轉不見君　　산이 돌고 길이 돌아서 그대를 볼 수 없는데

雪上空留馬行處　　눈 위에 공연히 말 발자취를 남겨놓았네

주석 Ꮗᎄ

1) 천보(天寶) 14년(755), 잠삼이 윤대(輪臺)에 있을 때 지은 작품임. 윤대는 지
   금의 신강성 미천(米泉) 경내. 정원(貞元) 연간에 토번(吐藩)에 점령당했음.
   武判官(무판관): 미상. 봉상청(封常淸) 막부의 판관.

2) 白草(백초): 서역에서 자라는 목초(牧草). 가을에 하얗게 변함.

3) 梨花(이화): 눈발을 말함.

4) 都護(도호): 관직 이름. 서역 지역의 가장 높은 장관.

5) 瀚海(한해): 서역의 사막. 闌干(난간): 종횡(從橫).

6) 轅門(원문): 군영의 문.

7) 輪臺(윤대): 지금의 신강성 미천(米泉).

8) 天山(천산): 일명 백산(白山), 절라만산(折羅漫山), 기련산(祈連山).

평설 ᔕᕯ

● 『지봉유설』에 "당시에 '胡琴琵琶與羌笛'이라고 했는데, 『운부(韻府)』를 살펴보니, '비파(琵琶)는 본래 호중(胡中)의 마상악(馬上樂)이다. 일명 호금(胡琴)이라 한다'고 했다. 『당서·악지(樂志)』에는 '문종조(文宗朝)에 내신(內臣) 정중승(鄭中丞)이 호금을 잘 연주했다. 곧 비파이다'라고 했다. 이 시에서는 호금과 비파를 분리하여 2개로 했는데, 무엇 때문인가?"라고 했다.

● 『당풍정』에 "세밀하고 수려하며, 아리따워서, 결코 일미(一味)만으로만 붓을 대지 않았으니 곧 연파(烟波)를 보게 된다"고 했다.

● 『당시평선』에 "전도(顚倒)하여 정을 전했는데, 신상(神爽)이 스스로 하나로서, 원진(元稹)과 백거이(白居易)가 화원(花源)과 진도(津渡)를 묻는 것을 허용하지 않는다. '胡琴琵琶與羌笛'은 단지 〈백량(百梁)〉 1구를 사용했는데 신체(神采)가 노고(鷺鼓)소리로 날아오른다"고 했다.

윤대 노래로 봉대부가 출사하여 서정함을 전송하다 輪臺歌 奉送封大夫出師西征[1]

輪臺城頭夜吹角　　윤대성 머리에서 밤에 호각을 부는데

輪臺城北旄頭落²⁾　윤대성 북쪽에 모두성이 떨어지네

羽書昨夜過渠黎³⁾　우서가 어젯밤 거려를 넘어왔는데

單于已在金山西⁴⁾　선우가 이미 금산 서쪽에 있다하네

戍樓西望煙塵黑　수루에서 서쪽을 바라보니 연기먼지가 어둡고

漢兵屯在輪臺北⁵⁾　한병의 주둔지는 윤대 북쪽에 있네

上將擁旄西出征⁶⁾　상장이 깃발을 들고 서쪽으로 출정하니

平明吹笛大軍行　새벽의 취적소리에 대군이 나서네

四邊伐鼓雪海湧⁷⁾　사방의 북치는 소리에 설해가 솟아나고

三軍大呼陰山動⁸⁾　삼군의 큰 외침에 음산이 요동치네

虜塞兵氣連雲屯　오랑캐 요새엔 병기가 눈에 이어져 머물고

戰場白骨纏草根　전장의 백골들엔 풀뿌리가 엉겼네

劍河風急雪片濶⁹⁾　검하엔 바람이 거세서 눈발이 드넓고

沙口石凍馬蹄脫　사구엔 돌이 얼어서 말발굽이 미끄러지네

亞相勤王甘苦辛¹⁰⁾　아상이 나랏일에 근면하여 고생을 달게 여기고

誓將報主靜邊塵　임금께 보답하려 변방의 안정을 맹세하네

古來靑史誰不見¹¹⁾　예로부터 청사를 누가 보지 않았던가?

今見功名勝古人　지금 공명이 옛사람보다 나음을 보네

주석

1) 封大夫(봉대부): 봉상청(封常淸). 천보(天寶) 11년(752)에 안서부대도호(安西
副大都護)가 되고, 섭어사중승(攝御使中丞), 안서사진절도사(安西四鎭節度
使)를 지냄. 輪臺(윤대): 지금의 신강성 미천(米泉).

2) 旄頭(모두): 별 이름. 28수 중의 하나. 호인(胡人)을 상징함. 모두성이 떨어졌

다는 것은 호병(胡兵)이 전멸하리라는 것을 암시함. 『史記·天官書』에 "昴曰 旄頭, 胡星也"라고 했음.

3) 羽書(우서): 군사문서. 渠黎(거려): 한(漢)나라 때 서역에 있던 나라이름. 지금의 신강성 윤대(輪臺) 동남.

4) 單于(선우): 원래 흉노의 수령을 지칭하나 여기서는 적장을 말함. 金山(금산): 지금의 신강성 오노목제(烏魯木齊) 동쪽의 박격다산(朴格多山).

5) 漢兵(한병): 당나라 군을 말함.

6) 旄(모): 소꼬리로 장식한 깃발. 절도사의 의장(儀仗).

8) 陰山(음산): 천산 동부 일대를 말함.

9) 劍河(검하): 물 이름.

10) 亞相(아상): 어사대부(御使大夫)의 별칭.

11) 靑史(청사): 사책(史冊). 고대에는 죽간(竹簡)을 이용했기 때문에 청사라고 함.

평설 ⌒

● 『당시선맥회통평림』에 "기복(起伏)으로 결구(結構)하고, 말마다 장건(壯健)하다"라고 했다.

● 청나라 왕사정(王士禎) 선(選), 오휜(吳焴)·호당집(胡棠輯) 주(注)의 『당현삼매집전주(唐賢三昧集箋注)』에 "어찌 소릉(少陵: 杜甫)보다 못하겠는가? 2구가 1해(解)인데, 평측(平仄)을 번갈아 사용했고, 끝 1해는 4구로 수결(收結)했고, 격법(格法)이 삼엄하다"고 했다.

주마천에서 봉대부가 출사하여 서정함을 전송하다 走馬川行
奉送峰大夫出師西征[1]

君不見	그대는 보지 못했는가?
走馬川行雪海邊	주마천에서 설해까지 가는 것을
平沙莽莽黃入天	사막은 아득하고 누런 먼지가 하늘로 들어가고
輪臺九月風夜吼	윤대의 구월에 바람이 밤에 울부짖네
一川碎石大如斗	한 냇물의 부서진 돌들은 말만큼 큰데
隨風滿地石亂走	바람 따라 땅에 가득한 돌들이 어지럽게 달리네
匈奴草黃馬正肥	흉노땅의 풀은 노래지고 말은 살쪘는데
金山西見煙塵飛	금산에서 서쪽으로 연기먼지 날림을 보네
漢家大將西出師[2]	한나라 대장이 서쪽으로 출정하여
將軍金甲夜不脫	장군은 금갑을 밤에도 벗지 않고
半夜軍行戈相撥	밤중의 군대의 행진 창들이 서로 부딪히고
風頭如刀面如割	바람은 칼날 같아 얼굴을 베는 듯하네
馬毛帶雪汗氣蒸	말 털은 눈에 덮여 땀 기운이 오르고
五花連錢旋作冰[3]	오화와 연전 무늬가 곧 얼어붙네
幕中草檄硯水凝	막중에서 격서를 쓰니 벼룻물이 얼어붙는데
虜騎聞之應膽懾	오랑캐 기병들 격서를 보면 간담이 서늘하리라
料知短兵不敢接	짧은 병기로는 감히 접전하지 못하리니
車師西門佇獻捷[4]	거사국 서문에서 승첩 올림을 기다리리라

1) 走馬川(주마천): 미상.

2) 漢家大將(한가대장): 당나라 장군 봉상청(封常淸)을 말함.

3) 五花連錢(오화련전): 오화마(五花馬)와 연전총(連錢驄). 말의 털 무늬가 다섯 잎의 꽃잎 같고, 또 동전을 이어놓은 듯하여 이름 붙여진 말들.

4) 車師(거사): 한(漢)나라 때 서역에 있던 나라이름. 당나라 때 북정도호부치소(北征都護府治所)가 있었음. 신강성 오노목제(烏魯木齊) 동북. 獻捷(헌첩): 전리품과 포로를 바치는 것.

평설 ⌒

• 『당시별재』에 "세(勢)는 험하고, 절(節)은 짧은데, 구마다 운(韻)을 사용했고, 3구마다 1전(轉)을 했다. 이는 〈봉산비(峰山碑)〉의 문법이다. 〈당중흥송(唐中興頌)〉 또한 그러하다"고 했다.

• 『소매첨언』에 "기재(奇才)이며 기기(奇氣)로서, 바람이 오르고 샘물이 용출한다. '平沙' 구는 기구(奇句)이다"라고 했다.

호가 노래로 안진경이 하롱으로 사신 감을 전송하다 胡笳歌送顔眞卿使赴河隴[1]

君不聞胡笳聲最悲	그대 호가가락이 가장 슬픔을 듣지 못했는가?
紫髯綠眼胡人吹	붉은 수염 초록 눈동자의 호인이 분다네
吹之一曲猶未了	한 곡조를 불어서 미처 끝내기도 전에
愁殺樓蘭征戍兒[2]	누란의 수루의 군인들을 근심 짓게 한다네

涼秋八月蕭關道³⁾　　서늘한 가을 팔월의 소관가는 길엔

北風吹斷天山草⁴⁾　　북풍이 천산의 풀들을 불어서 꺾어놓는다네

崑崙山南月欲斜⁵⁾　　곤륜산 남쪽엔 달이 기우려지려는데

胡人向月吹胡笳　　호인이 달을 향해 호가를 부네

胡笳怨兮將送君　　호가의 원망가락 속에 그대를 전송하며

秦山遙望隴山雲⁶⁾　　진산에서 멀리 농산의 구름을 바라보네

邊城夜夜多愁夢　　변성에선 밤마다 근심의 꿈이 많은데

向月胡笳誰喜聞　　달을 향한 호가가락을 누가 즐겁게 듣겠는가?

주석 ⟨⟩

1) 천보(天寶) 7년(748), 장안에서 지은 시이다. 胡笳(호가): 중국 북방 이민족의
   일종의 관악기. 음조가 비량(悲涼)함. 『악부시집』의 〈호가십팔박(胡笳十八
   拍)〉의 서에, 채문희(蔡文嬉)가 호(胡)에서 한나라로 돌아온 후, 호인(胡人)
   들이 문희를 사모하여, 곧 갈대 잎을 말아서 취가(吹笳)로 만들어서 애원(哀
   怨)의 소리를 연주했다고 했다. 顔眞卿(안진경): 개원(開元) 연간에 진사(進
   士)가 되어, 태자태사(太子太師)를 지내고 노군공(魯郡公)에 봉해졌음. 안진
   경은 천보 7년에 하서롱우군시복둔교병사(河西隴右覆屯交兵使)로 나갔음.
   河隴(하롱): 하서(河西)와 농우(隴右). 하서는 지금의 감숙성 무위현(武威
   縣). 농우는 지금의 청해성(靑海省) 해락도(海樂都).

2) 樓蘭(누란): 한(漢)나라 때 서역에 있었던 나라 이름. 지금의 신강성 약강현
   (若羌縣) 동북.

3) 蕭關(소관): 한나라 때 관중(關中)의 4관(關) 중의 하나. 지금의 영하(寧夏)
   고원(固原)의 동남.

4) 天山(천산): 당나라 때 이주(伊州)와 서주(西州) 일대의 산맥의 이름.

5) 崑崙山(곤륜산): 지금의 감숙성 주천군(酒泉郡) 남쪽 기련산(祁連山)의 주봉.

6) 秦山(진산): 종남산(終南山)을 말함. 일명 진령(秦嶺). 隴山(농산): 일명 농저 (隴坻), 농판(隴阪). 지금의 섬서성 농현(隴縣) 서쪽.

평설 ∽

● 『당시선맥회통평림』에 "주정(周挺)이 '「多愁夢」 3글자가 심오하다'고 했 다"라고 했다.

● 『당현삼매집전주』에 "비장처절하다. 전탁성(錢擇石)이 이른바 한결같은 가락으로 소리쳐 불러냈다는 것이다. 저런 시로 사람들 전송하면 정인 (征人)의 단장(斷腸)의 슬픔을 그치지 못하게 할까 두렵다"고 했다.

● 『당시별재』에 "다만 호가가락의 슬픈 것만 얘기했는데, 하롱의 사신임무 를 감당할 수 없음을 본다. 석별(惜別)은 언외에 있다"고 했다.

좌성 두습유에게 부치다 寄左省杜拾遺[1]

聯步趨丹陛[2]	나란히 붉은 계단에 오르고
分曹限紫微[3]	부서는 자미성을 경계로 나뉘었네
曉隨天仗入[4]	아침엔 천자의 의장을 따라 들어오고
暮惹御香歸	저녁엔 궁궐 향을 풍기며 돌아오네
白髮悲花落	백발의 나는 꽃 지는 것을 슬퍼하는데
青雲羨鳥飛	청운의 그대는 새 나는 것을 선망하네
聖朝無闕事	성스런 조정에 잘못이 없으니
自覺諫書稀	간쟁의 상소가 드묾을 스스로 깨닫네

주석 ◯◞

1) 건원(乾元) 원년(758) 늦봄, 44세의 잠삼이 장안에서 우보궐(右輔闕)로 있을 때 두보에게 준 작품임. 左省(좌성): 문하성(門下省). 좌조(左曹) 혹은 동서(東省)이라고도 함. 杜拾遺(두습유): 두보(杜甫). 당시 좌습유(左拾遺)로 있었음.

2) 丹陛(단폐): 궁전 앞 붉은 칠을 한 계단.

3) 잠삼은 우보궐로 중서성(中書省) 소속이었고, 두보는 좌습유로 문하성 소속이었음. 紫微(자미): 별이름. 황제의 궁전을 상징함. 여기서는 황제의 선정전(宣政殿)을 말함.

4) 天仗(천장): 천자의 의장.

평설 ◯◞

● 『당시광선』에 "'白髮' 2글자에 흥을 기탁했는데 읊을 만하다"고 했다.

● 『당시직해』에 "그려낸 것이 옹용(雍容)함을 얻었다. 체(體)가 있고 도(度)가 있어서 자미의 〈좌액(左掖)〉시와 서로 대적한다"고 했다.

● 『당시별재』에 "아래 반은 늙도록 건백(建白)하지 못함을 스스로 상심한 것이다. 감탄어로써 돌려서 표현해내었는데, 곧 시인의 지취(旨趣)이다"라고 했다.

● 청나라 설설(薛雪)의 『일표시화(一瓢詩話)』에 "잠가주(岑嘉州: 잠삼)의 '聖朝無闕事, 自覺諫書稀'는 진정 잘못이 매우 많은데 자세하게 진술할 수가 없어서 이 은미한 말에 기탁한 것이다. 후인들은 그 마음을 살피지 못하고 간유(奸諛)라고 지목함이 있으니, 또한 한스런 일이다"라고 했다.

중서사인 가지의 <조조대명궁>시에 화답하다 奉和中書舍人
賈至早朝大明宮[1]

鷄鳴紫陌曙光寒[2]	닭 우는 서울거리에 새벽빛 차갑고
鶯囀皇州春色闌[3]	꾀꼬리 우는 서울에 춘색이 저물었네
金闕曉鐘開萬戶[4]	금궐의 새벽종소리에 만호가 열리고
玉階仙仗擁千官[5]	옥계의 선장이 천관을 옹위하네
花迎劒珮星初落	꽃이 검패를 맞이하니 별이 비로소 떨어지고
柳拂旌旗露未乾	버들이 깃발을 떨치니 이슬은 아직 마르지 않았네
獨有鳳皇池上客[6]	홀로 봉황지에 오른 객이 있어
陽春一曲和皆難[7]	<양춘> 한 곡조는 화답하기 어렵네

주석 ⌒

1) 이 시는 가지(賈至)의 <早朝大明宮> "銀燭朝天紫陌長, 禁城春色曉蒼蒼. 千條
弱柳垂靑瑣, 百囀流鶯繞建章. 劍珮聲隨玉墀步, 衣冠身惹御爐香. 共沐恩波鳳
池裏, 朝朝染翰侍君王"에 화답한 시임. 왕유(王維)와 두보(杜甫)에게도 이에
대한 화답시가 있음. 가지는 하남(河南) 낙양(洛陽) 사람, 자는 유린(幼鄰).
현종(玄宗)이 촉(蜀)으로 피난할 때 호종하여 기거사인(起居舍人)과 지제고
(知制誥)를 지냄. 대명궁(大明宮)은 수(隋)나라 때의 봉래궁(蓬萊宮)을 고종
(高宗)이 개명한 것임.

2) 紫陌(자맥): 서울 거리.

3) 皇州(황주): 서울.

4) 金闕(금궐): 궁궐. 萬戶(만호): 궁궐 안의 모든 문들.

5) 仙仗(선장): 황제의 의장(儀仗)을 말함. 千官(천관): 조정의 모든 관료들.

6) 鳳皇池(봉황지): 중서성(中書省)의 별칭. 봉지(鳳池)라고도 함.

7) 陽春(양춘): 악곡의 이름. 예로부터 〈양춘곡〉에 화답하는 자가 적었다고 함.

평설 ☙

• 『지봉유설』에 "〈조조대명궁〉 시는 옛사람이 잠삼을 제일로 삼고, 왕유를 제이로 삼고, 두보를 제삼으로 삼고, 가지를 제사로 삼았다. 나는 네 시가 모두 몹시 아름다워서 우열을 쉽게 정할 수 없다고 여긴다. 만약 그 작은 하자를 말한다면, 잠삼의 '鶯囀皇州春色闌'은 굶주린 듯하다. 또한 '曙'와 '曉'를 연이어 사용했다. 또한 '花迎劍珮' 1연은 좋은데, '星初落' 3글자는 가깝지 않은 듯하다. 왕유의 시는 옷 색의 글자를 중첩하여 사용했고, 또한 '翠雲裘'・'冠冕'・'袞袍' 등의 말은 중첩인 듯하다. 두보의 시 '五夜漏聲催曉箭'은 이미 '五夜'를 말했으니, '曉'를 말함은 부당한 듯하다. 또한 '旌旗日暖龍蛇動, 宮殿風微燕雀高'는 공교하다면 공교하다고 하겠으나, 다만 조조(早朝)에 있어서는 범람한 듯하다. 가지의 시 수구는 몹시 아름답다. 그러나 '劍珮聲隨玉墀步' 1연은 거친 듯하다. 대저 네 시의 결구는 모두 봉지(鳳池)를 사용했는데, 화답하기 위해서이다. 두보는 곧 봉모(鳳毛)로써 맺었는데, 가장 묘하다. 나는 참람되게 이처럼 논했는데, 감히 질언(質言)할 수가 없어서, 6번의 '사(似)'자로만 적어두고 아는 사람을 기다린다"고 했다.

• 『성재시화』에 "칠언으로 공덕을 포송(襃頌)한 것에 소릉(少陵)과 가지(賈至) 등 여러 사람들이 창화한 〈조조대명궁〉이 있는데 전하중대(典雅重大)함을 이루었다. 잠삼은 '花迎劍珮星初落, 柳拂旌旗露未乾'이라고 했는데, 가장 아릅답다"고 했다.

• 『영규율수』에 "4인(두보・가지・왕유・잠삼)의 조조(早朝) 작품은 모두 위려(偉麗)하여 즐길 만하다"고 했다.

- 『비점당음』에 "잠삼의 가장 좋은 칠언으로서 의흥(意興)과 음절(音節)이 왕유(王維)에게 뒤지지 않아서 곧 성당(盛唐)의 종장(宗匠)이다. 이 편은 왕유와 두보와 힐항(頡頏)하여 천고에 회자된다. 모두 '조조(早朝)' 2글자를 보이는 것을 귀하게 여겼다. 중간 2연은 크고 작은 경(景)을 나누었고, 결구는 고실(故實)을 인용하여 친절하게 조창(條暢)했다"고 했다.

- 『시수』에 "잠삼의 통편(通篇) 8구는 모두 정공정밀(精工整密)하여 글자마다 천성(天成)이다. 경련(頸聯)은 현란(絢爛)하고 선명鮮明)하게 조조(早朝)의 뜻이 완연히 눈앞에 있다. 다만 함련(頷聯)은 비록 매우 장려(壯麗)하지만 기세가 촉박하여 끝내 전편(全篇)의 음운이 약간 어그러졌다. 그렇지 않았다면 마땅히 칠언율 가운데 으뜸이었을 것이다. 왕유의 기어(起語)는 뜻이 치우쳐서 잠삼의 대체(大體)만 못하다. 결어(結語)의 생각은 군색하여 잠삼의 자연스러움만 못하다. 경련(頸聯)은 너무나 생기가 있어서 끝내 잠삼의 병절(騈切)만 못하다. 다만 함련(頷聯)은 고아박대(古雅博大)하고 관면화평(冠冕和平)함이 전후로 비추어서 마침내 전수(全首)를 생색나게 하여, 당시에 최고라고 평가되었다. 대개 두 시는 역량이 서로 대등한데, 잠삼은 격(格)으로써 뛰어나고, 왕유는 조(調)로써 뛰어나며, 잠삼은 편(篇)으로써 뛰어나고, 왕유는 구(句)로써 뛰어나며, 잠삼은 지극히 엄정진잡(嚴整縝匝)하고, 왕유는 비교적 관유유양(寬裕悠揚)하다"고 했다.

- 『당시경』에 "당인의 〈조조〉에서 다만 잠삼의 1수가 가장 정당(正當)하며, 또한 어문(語文)이 모두 적합한데, 다만 격력(格力)이 약간 평범할 뿐이다"라고 했다.

- 『당시해』에 "가지·두보·잠삼·왕유의 시가 모두 선발되었는데, 잠삼과 왕유는 서로 우열을 따질 수 없고, 가사인은 안항(雁行)인데, 소릉은 마땅히 가사인보다 못하다. 대개 '척(尺)보다 짧은 바가 있고. 촌(寸)보

다 나은 바가 있다'는 것이다"라고 했다.

참고 ᑕ᙭

● 王維의 〈和賈舍人早朝大明宮之作〉: "絳幘鷄人送曉籌, 尙衣方進翠雲裘.
九天閶闔開宮殿, 萬國衣冠拜冕旒. 日色纔臨仙掌動, 香煙欲傍袞龍浮. 朝
罷須裁五色詔, 珮聲歸向鳳池頭"

● 杜甫의 〈和賈至舍人早朝大明宮〉: "五夜漏聲催曉箭, 九重春色醉僊桃. 旌
旗日暖龍蛇動, 宮殿風微燕雀高. 朝罷香煙攜滿袖, 詩成珠玉在揮毫. 欲知
世掌絲綸美, 池上於今有鳳毛"

서쪽으로 위주를 방문하여 위수를 보고 진천을 생각하다
西過渭州見渭水思秦川[1]

渭水東流去	위수는 동쪽으로 흘러가는데
何時到雍州[2]	언제나 옹주에 도착할까?
憑添兩行淚	두 줄기 눈물을 더하여
寄向故園流[3]	고향을 향해 흐르게 하네

주석 ᑕ᙭

1) 渭州(위주): 감숙성 농서현(隴西縣) 동남. 渭水(위수): 감숙성 난주부(蘭州
府) 위원현(渭源縣) 서쪽 조서산(鳥鼠山)에서 발원하여 동남으로 흘러서 동
관(潼關)에 이르러 황하로 흘러드는 물 이름. 秦川(진천): 번천(樊川)을 말

함. 섬서성 장안현(長安縣) 동쪽.

2) 雍州(옹주): 섬서성 장안현(長安縣) 서북. 잠삼의 고향임.

3) 故園(고원): 고향.

평설 ⌒

• 『당시광선』에 "채중서(蔡仲舒)가 '잠삼 시의 이런 곳은 사람을 통곡하게
  할 수도 없고, 웃을 수도 없게 만드니, 귀왕어(鬼王語)이다'고 했다"라고
  했다.

행군하며 중구일에 장안의 고향을 생각하다 行軍九日思長安故園[1]

强欲登高去	억지로 높은 곳에 오르려고 가니
無人送酒來	술을 보내줄 사람도 없네
遙憐故園菊	멀리서 고향의 국화를 그리는데
應傍戰場開	마땅히 전장 옆에서 피었으리

주석 ⌒

1) 원주에 "아직 장안(長安)을 수복하지 못한 때이다"라고 했음.

- 『당시품휘』에 "방허곡(方虛谷)이 '비감(悲感)하다'고 했다"고 했다.

- 『당시직해』에 "'戰場'자는 무한하게 비창(悲愴)하다"고 했다.

- 『이암설당시』에 "이 시는 국화를 보는 것을 주인으로 삼았고, 등고(登高)를 손님으로 삼았다"고 했다.

옥관에서 장안의 이주부에게 부치다 玉關寄長安李主簿[1]

東去長安萬里餘	동쪽으로 장안을 떠나 만여 리인데
故人何惜一行書	벗은 어찌 한 줄 편지를 아끼는가?
玉關西望堪腸斷	옥관에서 서쪽으로 바라보며 애끊는데
況復明朝是歲除	하물며 내일이 섣달그믐임에랴?

주석 ᴄᴼ

1) 玉關(옥관): 옥문관(玉門關). 主簿(주부): 종7품 관직.

평설 ᴄᴼ

- 『당시광선』에 "장중서(蔣仲舒)가 '또한 한 뜻을 첨가했는데 더욱 심장(深長)하다'고 했다"고 했다.

- 『당현삼매집전주』에 "하나로 일으킨 음조(音調)가 얼마나 초묘(超妙)한가!"라고 했다.

곽주의 후정에서 이판관이 진주와 강주로 사신 감을 전송하며, '추' 자를 얻었다 虢州後亭送李判官使赴晉絳, 得秋字[1]

西原驛路挂城頭[2]	서원역 길은 성 머리에 걸려있는데
客散紅亭雨未收	객들이 흩어진 홍정엔 비가 그치지 않네
君去試看汾水上	그대 가면서 분수 위를 바라보구려
白雲猶似漢時秋	흰 구름은 여전히 한나라 때 가을과 같으리라

주석 ✑

1) 虢州(곽주): 하남(河南) 영보현(靈寶縣) 남쪽. 晉絳(진강): 진주(晉州)는 지금의 산서성 임분현(臨汾縣). 강주(絳州)는 산서성 강현(絳縣).

2) 西原(서원): 하남 영보현(靈寶縣) 서남쪽 50리에 있음.

평설 ✑

● 『당시품휘』에 "사첩산(謝疊山)이 '이 시는 도성을 떠나는 사람을 위해 지었는데, 말구의 은연한 부귀는 말할 수 없다. 한(漢)나라 공경(公卿)들은 분음(汾陰)에 왕래했는데 몇이나 남았는지 알 수 없고, 다만 흰 구름만 한나라 때의 가을과 같을 뿐이어서, 그 흉금의 억울함을 연 바가 된 것이다'라고 했다"고 했다.

● 『시식』에 "'去'로써 위의 '散'과 대(對)하고, '汾水'로써 위의 '江亭'과 대하고, '雲'으로써 위의 '雨'와 대하였는데, 반드시 시율의 세밀함을 살펴야 한다"고 했다.

서울로 들어가는 사신을 만나다 逢入京使

故園東望路漫漫[1]	고향을 동쪽으로 바라보니 길 아득하고
雙袖龍鍾淚不乾[2]	두 소매엔 줄줄 눈물이 마르지 않네
馬上相逢無紙筆	말 위에서 상봉하여 종이와 붓이 없으니
憑君傳語報平安	그대에게 부탁하니 평안하다고 전해주오

주석 ㎝

1) **漫漫**(만만): 길이 먼 모양.

2) **龍鍾**(용종): 눈물이 줄줄 흐르는 모양.

평설 ㎝

● 『당시귀』에 "종성(鍾惺)이 '사람마다 이런 일 있지만, 종래에는 표현해낸 적이 없다. 후인들이 답습할 수가 없어서 오래 갈 수가 있다'고 했다"고 했다.

● 『당시해』에 "서사가 진절(眞絶)하여 스스로 객중(客中)의 절창이다"라고 했다.

● 『이암설당시』에 "'馬上相逢無紙筆' 구를 사람마다 좋다고 말하는데, 다만 옥관(玉關)에 있기 때문에 묘한 것이고, 만약 근처에 있었다면 묘하게 되지 않았을 것이다'라고 했다.

사막에서 짓다 磧中作

走馬西來欲到天	말 달려 서쪽으로 오니 하늘 끝에 닿으려하고
辭家見月兩回圓	집을 떠나 달이 두 번이나 둥글어 짐을 보았네
今夜不知何處宿	오늘밤 어디에서 자야할지 모르겠는데
平沙萬里絶人煙	사막 만 리에 인가의 연기도 끊기었네

주석 ↶

1) 磧中(적중): 사막.

평설 ↶

● 『당시직해』에 "마상(馬上)의 진경(眞境)이다. 만약 변새에 가보지 않은
사람이라면 이런 고통을 모를 것이다"라고 했다.

● 『당시선맥회통평림』에 "주경(周敬)이 '기구(起句)는 경인어(驚人語)이고,
낙구(落句)는 처량어(凄凉語)인데, 기준(奇雋)함이 스스로 남다르다"고
했다.
『당시별재』에 "투숙할 곳이 없으니, 적중(磧中)에 인적이 없음을 알 수
있다"고 했다.

장욱 張旭 ⟿

장욱, 소주(蘇州) 오군(吳郡: 강소성 蘇州) 사람. 술을 좋아하고 초서를
잘 썼다. 신룡(神龍) 초에 하지장(賀知章)·포융(包融)·장약허(張若虛)
등의 오월문사(吳越文士) 등과 함께 문사(文詞)로 경사에까지 명성을 떨
쳤다. 이들 모두를 '오중사사(吳中四士)'라고 불렀다. 세상에서 장전(張
顚)이라 불렀다. 상숙위(常熟尉)를 지냈다. 당시 이백(李白)의 가시(歌
詩)와 장욱의 초서(草書)와 배민(裵旻)의 검무(劍舞)를 삼절(三絶)이라
했다.

도화계 桃花谿[1]

隱隱飛橋隔野烟	은은한 높은 다리가 들안개에 가렸는데
石磯西畔問漁船	강가 바위 서쪽에서 어선에게 물어보네
桃花盡日隨流水	복사꽃이 종일 물 따라 흘러오는데
洞在清谿何處邊	맑은 개울 있는 골짜기가 어느 곳이오?

주석 ⌒

1) 桃花谿(도화계): 호남(湖南) 상덕부(常德府) 도원현(桃源縣) 서남쪽 25리에
   있음.

평설 ⌒

● 『당현삼매집전주』에 "시중유화(詩中有畵)이다"라고 했다.

● 『당시삼백수』에 "4구가 한 편의 「도화원기(桃花源記)」에 해당한다"고
   했다.

찾아보기

기태완(奇泰完)

중앙대학교 문예창작과 졸업
성균관대학교 일반대학원 국어국문학과 석사·박사 졸업(문학박사)
성균관대학교 동아시아학술원 대동문화연구원 선임연구원 역임
홍익대학교 겸임교수
전남대학교 호남문화연구소 전임연구원
저서로『황매천시연구』·『곤충이야기』·『한위육조시선』·『천년의 향기-한시산책』·
『화정만필』등이 있고,
역서로『거오재집』·『동시화』·『정언묘선』·『고종신축의궤』·『호응린의 역대한시 비
평一시수』·『퇴계 매화시첩』·『심양창화록』등이 있음.

한중역대한시선 ❷
당시선 唐詩選 上

2008년 6월 10일 1쇄 발행
2022년 6월 10일 2쇄 발행

선 　역 · 기태완
발행인 · 김흥국
발행처 · 보고사 (제6-0429)
주 　소 · 경기도 파주시 회동길 337-15 보고사
전 　화 · 031-955-9797
팩 　스 · 02-922-6990
메 　일 · bogosabooks@naver.com
www.bogosabooks.co.kr

ⓒ 기태완, 2008
ISBN 978-89-8433-657-5 (세트)
　　　978-89-8433-658-2 (94820)

정가 20,000원